MAY 3 0 2014

Withdrawn/ABCL

BESTSELLER

Javier Olivares (Madrid, 1958) es licenciado en historia por la Universidad Complutense de Madrid y se doctoró en el Instituto de Estética y Teoría de las Artes de la Universidad Autónoma de Madrid. Actualmente es profesor de guión en el Máster de Producción Audiovisual de la Universidad Complutense y en la ESCAC de Barcelona. También ha trabajado en prensa cultural, formando parte del equipo fundador de la revista *Lápiz*, ha sido redactor jefe de *La Luna de Madrid* y director del Área de Cultura del Instituto Europeo de Design (IED) en su sede en Madrid, donde creó la revista digital de diseño y cultura *Abre el Ojo*. Ha contribuido con sus textos en diversas publicaciones, es coautor de *Museos de Madrid* (Consejería de Cultura de la CAM) y escribió la introducción a *Tres lecciones en el Museo del Prado: de introducción a la crítica de arte*, de Eugeni d'Ors.

Como guionista, ha trabajado en programas como *El Club de la comedia* o *La última noche* y en series como *Robles, investigador, Los Serrano, Los hombres de Paco, Camino de Santiago, El secreto de la porcelana, Pelotas* o *Ventdelplà*. Asimismo, es el creador y productor ejecutivo de diversas series, entre ellas *Infidels* y *Kubala, Moreno y Manchón*. Su último trabajo es la primera temporada de *Isabel*, de la que es director argumental y jefe de guión.

JAVIER OLIVARES ZURILLA

Isabel

3 9075 04900507 4

DEBOLS!LLO

Cuarta edición en Debolsillo: febrero, 2014

© 2012, Javier Olivares Zurilla
© 2012, CRTVE SAU como propietario de la marca y logo-
tipos de *Isabel*
© 2012, Diagonal TV, S. A.
© 2012, Penguin Random House Grupo Editorial, S. A.
Travessera de Gràcia, 47-49. 08021 Barcelona

Quedan prohibidos, dentro de los límites establecidos en la ley y bajo
los apercibimientos legalmente previstos, la reproducción total o par-
cial de esta obra por cualquier medio o procedimiento, ya sea electró-
nico o mecánico, el tratamiento informático, el alquiler o cualquier
otra forma de cesión de la obra sin la autorización previa y por escrito
de los titulares del *copyright*. Diríjase a CEDRO (Centro Español de
Derechos Reprográficos, http://www.cedro.org) si necesita fotocopiar
o escanear algún fragmento de esta obra.

Printed in Spain – Impreso en España

ISBN: 978-84-9032-777-7
Depósito legal: B-16550-2013

Compuesto en Fotocomposición 2000, S. A.

Impreso en Liberdúplex,
Sant Llorenç d'Hortons (Barcelona)

P 327777

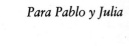

Para Pablo y Julia

Prólogo

Cuando recibí el encargo de dirigir los argumentos y el equipo de guión de *Isabel*, lo primero que pensé fue lo extraño que resultaba que nadie hubiera hecho antes en España una serie sobre este personaje histórico. Porque Isabel la Católica es una figura de una importancia no ya nacional sino mundial, que bien merecía ser protagonista de una serie de televisión desde hace tiempo. Sin duda, no cuidamos de nuestra historia.

Y debo reconocer que cuando me ofrecieron convertir lo que es la primera temporada de la serie en una novela, tuve mis dudas. Guión y novela son técnicas bien distintas, aunque en el fondo las dos tienen algo muy importante en común: nos cuentan historias, personajes, emociones…

Por ello decidí dar el paso a sabiendas de que hacer una novela de una serie cuya protagonista es Isabel la Católica tendría como resultado escribir una novela histórica. Con el respeto que eso me produce.

Remarco la palabra histórica. Porque «histórica» no es lo mismo que «de época». Porque si todo guión o novela se basa en historia y narración (lo que se cuenta y cómo se cuenta, da igual la época en que transcurra la acción), cuando son históricas, además, se debe contar con otros factores: la propia historia y la lealtad a quienes un día vivieron y merecieron formar parte de ella.

Pero también me gustaría dejar algo claro: una serie de televisión, e *Isabel* lo es, por muy histórica que sea, es ficción, no un documental. Y una novela (esta *Isabel* también lo es) no es un libro de historia.

Sobre Isabel y su época hay libros de historia escritos por autores como Manuel Fernández Álvarez, José María Javierre, Joseph Perez, Ernest Belenguer, John Edwards, Tarsicio de Azcona... que cuentan e interpretan, a veces de forma diversa, los hechos (todos los citados aquí, de manera magistral).

En ficción, ya se trate de una novela o de una serie, es misión del que escribe imaginar lo que pasó entre dichos hechos a nuestros protagonistas y qué les movió a actuar de una manera u otra. Indagar en sus estados de ánimo, sus relaciones emocionales, sus objetivos, sus deseos, sus éxitos y sus fracasos. Sólo así, el espectador (y el lector) podrá emocionarse con ellos. Espero haberlo hecho, por lo menos, la décima parte de bien que los historiadores que he citado antes.

No es necesario decir que hablar de Isabel la Católica es hacerlo de una figura adorada por una historiografía con una ideología política muy concreta y, a la vez, de un personaje vilipendiado por quienes tienen la ideología contraria. Esto tal vez la ha convertido en un personaje difícil de tratar en ficción. Aquí, se ha tratado de huir del maniqueísmo y de los prejuicios, buscando plantear perspectivas abiertas y personajes que, hagan lo que hagan, tienen sus razones para hacerlo.

Esencialmente, éste ha sido el objetivo tanto de la serie de televisión (en su primera temporada) como de esta novela, que abarca la vida de Isabel la Católica desde el año 1461 hasta 1474. En términos históricos, desde que con diez años es raptada junto con su hermano Alfonso y llevada a la corte de Segovia por orden de Enrique IV (hermano de padre, que no de madre, de Isabel y Alfonso) hasta su coronación.

Isabel se asocia, evidentemente, a su esposo Fernando. Y a la Santa Inquisición. Y a la expulsión de los judíos. Y al descubrimiento de América. Y a la toma de Granada... Ésos son sus hitos continuamente repetidos. Aquí, de todos ellos, sólo se cuenta su encuentro con Fernando, su boda y su coronación, como hechos conocidos popularmente.

¿Quedaba poca cosa que contar? En absoluto. Porque aquí se relata cómo se formó Isabel como futura reina desde niña, quiénes fueron sus maestros y sus compañeros de viaje, cómo se fue forjando su carácter, cómo defiende hasta el límite su condición de mujer que anhela reinar en un mundo de hombres... Temas todos ellos apasionantes y que conforman una novela (y una primera temporada de la serie de televisión) que, aun sabiendo que tiene continuidad histórica, narrativamente es autoconclusiva y cerrada. Tanto lo es, que no continuaré en siguientes etapas de la serie y, por lo tanto, solo novelaré esta primera temporada de *Isabel*.

Al ser el origen de esta novela una serie, debo recordar a quienes han trabajado en ella: Anaïs Schaaff y Jordi Calafí (que me ayudaron a elaborar los argumentos), y Joan Barbero, Salvador Perpiñá, la citada Schaaff y Pablo Olivares que, además del que esto escribe, dialogaron los guiones.

De todos ellos, querría agradecer especialmente su colaboración a Jordi Calafí, Anaïs Schaaff y Pablo Olivares. Los dos primeros, por la paliza a la que les sometí para documentar la serie y crear los argumentos. Su trabajo ha sido excepcional.

A Anaïs, también, por sus estupendos diálogos y por haberme acompañado en los momentos más complicados en la creación de esta serie (y de alguna otra).

A Pablo Olivares le agradezco, en general, los cerca de veinte años (¡cuántos capítulos, cuántas series juntos!) que llevamos trabajando juntos, que hace que con mirarnos sepamos la línea de diálogo que hay que hacer. Y, en concreto, nunca le estaré lo suficientemente agradecido por escribir junto a mí (y en unas circunstancias especialmente duras) casi la totalidad de esta serie.

Trabajar en televisión es trabajar en equipo. Y hay que citar a los que crean las cosas. No hacerlo sería de miserables, por mucho que trasladar todo a novela ha sido un trabajo complejo y solitario. Sin los compañeros citados, el trabajo no habría sido complejo: habría sido imposible.

Quisiera citar también a la única persona que no es guionista que ha resultado imprescindible para que yo escribiera esta novela: mi esposa, Julia Arcos. Si no hubiera sido por su colaboración, su insistencia, sus ánimos y su capacidad crítica, probablemente nunca habría escrito ni una sola línea.

Por último, agradecer a mi editora, Emilia Lope, su apoyo y comprensión. Conocerla me ha ratificado en que los mejores profesionales suelen ser, también, las mejores personas.

Ahora sólo me queda confiar en que a los que vean la serie y lean esta novela les gusten. Porque para eso trabajamos los que escribimos guiones o novelas: para quienes nos ven y nos leen, que son los que al final nos dicen si lo hemos hecho bien o no.

Lo demás es tontería.

JAVIER OLIVARES

Personajes principales

LA REALEZA

Isabel de Castilla
Alfonso de Castilla
Fernando de Aragón
Enrique IV de Castilla
Juana de Avis
Juana de Castilla, la Beltraneja
Juan II de Aragón
Juan II de Castilla
Isabel de Portugal
Alfonso V de Portugal, el Africano

AL SERVICIO DE LA CORTE

Álvaro de Luna
Gonzalo Chacón
Beltrán de la Cueva
Gutierre de Cárdenas
Beatriz de Bobadilla
Andrés Cabrera
Alonso de Palencia
Gonzalo Fernández de Córdoba

La nobleza

Juan Pacheco
Pedro Girón
Diego Hurtado de Mendoza
Íñigo López de Mendoza
Pierres de Peralta
Aldonza Roig e Iborra
Diego Gómez Manrique
Beatriz Pacheco
Diego Pacheco

La Iglesia

Alfonso Carrillo de Acuña
Pedro González de Mendoza
Alonso I de Fonseca
Paulo II
Antonio Giacomo Venier (De Véneris)
Jean Jouffroy
Sixto IV
Rodrigo Borja

Introducción

I

Los calendarios no sólo se inventaron para medir el tiempo o para ubicar grandes acontecimientos en su momento exacto. También se inventaron para recordar determinados episodios. Algunos, buenos. Otros, tan dolorosos que ojalá pudieran olvidarse.

Cada persona tiene su calendario. Y, en él, las fechas marcadas a fuego que desearía lograr borrar de su memoria.

Gonzalo Chacón, por ejemplo, sabía (desde que partió urgentemente hacia Valladolid) que jamás olvidaría, a sus veintiocho años, aquel 2 de junio de 1453... si no lograba impedir el crimen que iba a cometerse.

No. No quería ni pensar que ese día quedara para siempre en su memoria como el que ejecutaron a su maestro y amigo, don Álvaro de Luna.

Ya había intentado hablar con el propio rey, don Juan, para que diera marcha atrás en la sentencia de muerte de aquel que tanto le había protegido de quienes querían arrebatarle la corona. No logró ni siquiera ser recibido.

Obstinado, Chacón machacó a espuelazos su caballo para llegar cuanto antes a la ciudad. Ya en ella, discutió con su alcalde para que le permitiera visitar al reo. Y lo consiguió. Debía hablar con don Álvaro. Hacerle saber que eran muchos los que consideraban injusta su suerte... y querían salvar su vida.

—Hay que darse prisa, excelencia. Vuestra familia tiene hombres preparados a las puertas de la ciudad para impedir vuestra ejecución. Sólo esperan una orden de vos...

—No.

—¿No? —Chacón no pudo ocultar su estupefacción—. Pero, señor, vuestra vida está en juego.

—No quiero que nadie haga nada por mí, Gonzalo... No quiero más guerras. Es mi hora.

Don Álvaro había tomado una decisión. Y cuando lo hacía nunca daba marcha atrás. Lejos del miedo a lo que sabía eran sus últimas horas, parecía tranquilo. Tal vez porque desde el cansancio de quien ya lo había vivido todo, a sus más de sesenta años, había borrado de su alma todo atisbo de rebeldía.

O tal vez porque, en ese momento, parecía más interesado en saborear sus últimos deseos: unas cerezas que, junto con una copa de vino, descansaban sobre una mísera mesa de madera.

—Si gustáis.

—No sé cómo podéis estar tan tranquilo.

—Nunca daré a mis enemigos el placer de verme nervioso. Y ahora que van a disfrutar de mi muerte, menos.

Chacón estaba a punto de venirse abajo. Y quien venía a salvar y a consolar, fue consolado.

—No os apenéis por mí: estoy viejo y cansado. Y no soy mejor que otros que murieron antes —dijo tras una pausa sentida—. Incluso no soy mejor que algunos que yo mismo he matado.

Unos golpes en la puerta llamaron su atención. Tras los golpes, entró en la estancia un carcelero, acompañado por un sacerdote.

—Vengo a confesaros, don Álvaro.

—Lo que tengo que decirle a Dios, prefiero hacerlo a solas.

Tras una pausa y viendo que, sorprendidos, seguían delante de él, don Álvaro echó mano de la poca energía que le quedaba.

—¡Fuera! ¡Los dos!

Cura y carcelero se marcharon obedientes, acaso pensando que quien les daba la orden no era un hombre que iba a morir, sino quien había sido el más poderoso de Castilla durante tanto y tanto tiempo.

—Marchad vos también, Chacón. Os lo ruego. No es necesario que asistáis a mi muerte.

—¿Marcharíais vos a casa si el reo fuera yo?

Álvaro le miró emocionado y triste.

—No.

—Entonces, perdonad. Pero por primera vez, no os obedeceré.

II

Entre un grupo de curiosos, Chacón esperó delante del patíbulo la terrible hora.

Hubiera preferido hacerlo solo, acompañar en señal de apoyo y duelo íntimo a quien marchaba a la otra vida. Pero había público en la plaza. Bastante. Algunos, tan tristes como él, pero temerosos de mostrar su tristeza.

Otros, curiosos por el malsano espectáculo de la muerte. Sobre todo si el que iba a morir era alguien poderoso. La miseria y el hambre generaban más muertes anónimas que las que podían verse en los cadalsos. Y a aquellos que la sufrían de cerca, ver morir a alguien a quien nunca le faltó de nada debía de servir de cierto consuelo.

Y había otros, como don Juan Pacheco, marqués de Villena, que venían a contemplar que sus intrigas llegaban a buen puerto. Con la muerte de don Álvaro de Luna, por fin iba a quitarse de en medio a su principal enemigo político.

Pacheco llegó a la plaza acompañado por Pedro Girón, su hermano y, si era necesario, guardaespaldas. Éste le señaló la presencia de Chacón, y hasta él se acercaron.

—No esperaba veros por aquí, don Gonzalo.

—Yo, en cambio, estaba seguro de que vendríais. Algún día os arrepentiréis de esto, Pacheco.

Pedro Girón se volvió con violencia hacia Chacón, pero Pacheco le cogió del brazo, calmando a su perro de presa.

—Tranquilo, Pedro... No es necesario que me defendáis: don Gonzalo es hombre de letras... Y toda su fuerza la pierde por la boca.

De repente, don Álvaro de Luna, erguido y entero, apareció atado de manos haciendo el paseíllo hasta el cadalso. Le acompañaban dos guardias, un funcionario del rey y el verdugo.

Chacón quedó impresionado de la imagen y, sobreponiéndose, con un hilo de voz se dirigió a Pacheco:

—¿Había que llegar tan lejos? Os presentó en la Corte cuando erais apenas un muchacho, os nombró doncel del príncipe... Todo lo que sois se lo debéis a él.

—Como todo lo que él fue se lo debe a otro. Es ley de vida...

—¿Qué le habéis ofrecido al rey para que firmara su sentencia?

—Tranquilidad.

Álvaro de Luna ya había subido al cadalso, esperando la última pregunta.

—¿Deseáis decir unas últimas palabras antes de morir?

Don Álvaro, frío e irónico, respondió:

—Sí... Ojalá que el rey Juan, mi señor, os pague por vuestros servicios mejor que a mí.

Luego, se negó a que le vendaron los ojos, miró a Chacón, le sonrió levemente y, ya serio, grave, se postró de rodillas con las manos extendidas, ofreciendo su cuello al hacha del verdugo.

Se oyó un silbido seco sobre el silencio: era el hacha movida por la fuerza del verdugo. A continuación, un chasquido seco, al llegar el arma a su destino.

Y, por fin, el ruido vulgar e infame de una cabeza separada de su cuerpo golpeando la madera del cadalso.

Cuentan que esa misma noche, en Segovia, Juan II recibió la notificación de que don Álvaro había sido ejecutado. Y que tras leerla, pese a las palabras de Pacheco, no sintió tranquilidad alguna.

Después de darle las gracias al mensajero, miró a su esposa, la reina Isabel de Portugal —de la que decían era la mujer más bella que pisaba Castilla—, embarazada de cinco meses. Su hija, una niña rubia de apenas dos años, jugaba, ajena a todo, con un ovillo de lana. Pero su madre —siempre tan pendiente de ella— ni la miraba, esperando unas palabras que ya conocía.

—Ya está hecho —dijo el rey.

—Juan... Yo... —intentó explicarse la reina.

Pero no pudo. Dicen que Juan II tiró su copa al suelo y no le permitió continuar.

Que la niña dejó de jugar, asustada, y empezó a llorar.

Y que el rey dijo probablemente las palabras más sentidas que jamás salieron de su boca:

—Ojalá hubiera sido campesino antes que rey.

Luego, abandonó la estancia dejando solas a su esposa y a su hija, porque no quería que vieran llorar al rey.

Cuando marchó, la propia reina rompió en lágrimas, abrazando a su hija.

—No llores, Isabel.

Cuentan que fue tal el dolor del rey que apenas vivió un año más. A su muerte le sucedió su hijo Enrique... Aunque muchos dicen que quien en realidad le sucedió fue el valido de su hijo, don Juan Pacheco.

Dicen que, quién sabe si porque la conciencia se lo dictó o porque sencillamente era justo, el rey Juan, antes de morir, nombró a Gonzalo Chacón —principal alumno de don Álvaro de Luna— tutor y albacea de sus hijos, Isabel y Alfonso.

Probablemente, aquí empezó la historia de una venganza que cambiaría la historia de Castilla.

1

Poco antes de la tormenta

3 de mayo de 1461

I

Ese día, como tantos otros, jugaba Gonzalo Chacón con Isabel al ajedrez. Y, como tantas veces, Isabel tardaba una eternidad en mover pieza.

—Isabel...

Habían pasado casi ocho años desde la muerte de Álvaro de Luna. Y siete desde que Gonzalo Chacón asumió con gusto (y algo perplejo) el mandato del rey Juan de enseñar a sus hijos, de cuidar de ellos... Nunca olvidaría sus palabras.

—Quiero que os encarguéis de que nunca se olviden que son hijos de reyes. Preparadles por si algún día tienen que serlo.

Ya flaqueaba la salud del rey y los problemas se le amontonaban. Sabía que su fin estaba cerca. Y quería dejar arreglado lo poco que podía en lo personal, ya que en lo político la muerte de don Álvaro dejó vía libre a las maniobras de su hijo, lideradas por Pacheco.

Chacón pensó que era lógica la decisión de buscar tutor para sus hijos, pero no tanto que el elegido fuera él. Por eso se atrevió a preguntar a don Juan.

—¿Por qué yo, majestad?

Buscaba saber si era una muestra de respeto hacia don Álvaro... O un reconocimiento a sus servicios, heredado ahora por él. Pero el rey, escueto, no quiso aclarar sus dudas ni reconocer sus culpas.

—Porque yo os lo mando, don Gonzalo.

Chacón pensaba en todo eso mientras Isabel seguía intentando hipnotizar a peones y alfiles, con su mirada a la altura de las piezas y la cabeza reposando sobre sus brazos cruzados y apoyados en la mesa.

Tras de ellos, Beatriz de Bobadilla, dama de compañía de Isabel, había dejado de coser, expectante.

—Isabel… Os toca mover pieza.

La insistencia de Chacón consiguió por fin que Isabel reaccionara.

—Lo siento, don Gonzalo, pero es que hay algo que no entiendo de este juego: ser reina… es algo muy importante, ¿no?

—Lo es. Bien puede hablaros de eso vuestra madre, que lo fue.

—Entonces, ¿por qué en el ajedrez la reina sólo puede moverse de cuadro en cuadro? ¡Si hasta los alfiles y las torres tienen más lustre y movimiento!

Chacón sonrió ante la agudeza de Isabel.

—Buena pregunta —apostilló Beatriz desde el fondo.

La entrada a la carrera de un niño vestido con ropas que algún día lejano fueron estrenadas, evitó una posible respuesta.

—¿Has vuelto a perder otra vez, hermana?

Isabel le miró enfadada.

—Alfonso, ¿cuántas veces os he dicho que ésas no son maneras de un infante?

—Dejad, don Gonzalo, que mi hijo antes de infante sea un niño.

Los presentes se pusieron en pie como muestra de respeto a quien entraba: Isabel de Portugal, madre de Isabel y Alfonso. Elegante, bella pese al paso del tiempo.

—¿Qué tal juega mi hija al ajedrez, don Gonzalo?

—Aprende rápido, señora.

—Me alegro… —dijo acariciando la cabeza de Isabel—. Si

viviera tu padre estaría orgulloso... Acompañadme, hijos. Es hora de ir a misa.

Hacia ella fueron obedientes sus hijos, Isabel más entusiasmada que Alfonso, dejando a Chacón y Beatriz solos.

—¿Qué tal ha pasado la noche doña Isabel?

—Bien —respondió Beatriz—. Aunque nunca se sabe con ella. Está tan feliz y de repente...

—Y de repente llama a don Álvaro —culminó Chacón con tristeza.

—Sí... Es como si le viera... Como si pudiera hablar con él. ¿Puedo preguntaros una cosa?

Chacón asintió.

—¿Por qué recuerda a don Álvaro y no a su marido? En todos estos años nunca la he oído llamar al rey Juan, que en paz descanse.

—Es una larga historia —dijo mientras observaba coser a Beatriz—. ¿Qué hace la dama de compañía de la infanta cosiendo uno de sus trajes?

—Porque alguien tiene que hacerlo... Y no hay dinero ni para costureras.

—He enviado mensaje de ello al arzobispo Carrillo, a ver si con su influencia puede conseguir algo.

—¿Carrillo? ¿No debería ser cosa del rey Enrique?

—Enrique no ha respondido a mis cartas ni a mis súplicas.

—No lo entiendo; Isabel y Alfonso son sus hermanos...

—Parece que tiene cosas más importantes que hacer que cuidar de sus hermanos.

II

En efecto, el rey Enrique, cuerpo grande con mirada de niño, parecía más preocupado por otros temas. Esencialmente, la necesidad de tener un hijo que asegurara el futuro de la Corona...

y de que acabaran así de una vez los rumores acerca de su impotencia.

En un intento desesperado por conseguirlo, contrató a un médico castellano, ya anciano, que había ido a Münster a estudiar cómo fecundar a una mujer sin necesidad de copular con un hombre. El método consistía en inseminar el semen del hombre a través de una cánula de oro. Y se decía que alguna vez había tenido éxito.

—¿Creéis que puede funcionar este artilugio?

—Tendréis un hijo, ya lo veréis, majestad —respondió con la cánula en la mano—. He rezado para que así sea.

—Mal asunto que la ciencia de un médico necesite de oraciones.

—No os desaniméis, majestad. Funcionará… Vuestro problema es el ayuntamiento, nada más. Si fuera otro, esta cánula no tendría vuestra semilla. Ahora se trata de simular la acción amorosa con este invento, que al introducirlo en…

—¡¿Queréis dejar de hablar y hacer lo que tengáis que hacer, por Dios?!

La súplica desgarrada era de Juana de Avis, la reina, que esperaba, con las piernas abiertas, la inserción.

—Sí, mi señora… —respondió azorado el médico.

Se aprestó a introducir la cánula en el sexo de Juana, mientras Enrique acariciaba con cariño el cabello de su esposa.

—Tranquila, Juana…

Sin embargo, la cara de Juana, lejos de tranquilizarse, mostraba sufrimiento y rabia. Jamás hubiera imaginado vivir esa situación. A sus veinticuatro años, era una mujer sana. Y todos los hombres se giraban con disimulo al verla. Se giraban por su belleza. Con disimulo, porque era su reina. Todos lo hacían, menos su marido, que prefería conciertos, poesías y —sobre todo— escaparse a su coto de caza en Madrid, antes que yacer a su lado.

Siete años, siete, llevaba así. Ya ni recordaba la felicidad que sintió cuando le dieron la noticia de que iba a casarse con un rey, allá en su querida Sintra. Ni las fiestas de la boda. Sólo recordaba lo sola que se sentía.

«¡Si hubiera sabido esto!», pensaba muchas veces, mientras notaba la frialdad del metal dentro de ella. Pero inmediatamente caía en la cuenta de que si lo hubiera sabido, su situación sería la misma.

Porque aunque princesa, era mujer. Y ésos no eran tiempos en los que una mujer pudiera decidir que su vida era suya.

No. Ella no se imaginaba lo que le esperaba. Pero su hermano Alfonso, el rey de Portugal, sí lo sabía cuando accedió a la petición de Castilla de casar a su hermana con Enrique. Por eso pidió una cuantiosa suma como dote. Suma que aumentaba aún más si su hermana era repudiada por no tener hijos... como ocurrió con la anterior esposa de Enrique, Blanca de Navarra.

Blanca... Pobre Blanca. El rey de Castilla no podía olvidarla. Ni a ella ni su noche de bodas. Dos jóvenes de apenas dieciséis años, que casi no se conocían, obligados a hacer el amor ante un notario, que esperaba tras unos cortinajes en la misma alcoba. ¿Cómo se podía consentir tal desatino?

Familiares, algún noble y hasta un obispo esperaban fuera a que el notario mostrara una sábana manchada de la sangre de la virginidad rota de Blanca. Todos esperaban expectantes para vitorear la hombría de Enrique. Y no hubo sábana que mostrar porque no hubo mancha de sangre. En ella, sólo había huellas del sudor propio de los nervios y la ansiedad.

Si pudiera, Enrique olvidaría esa noche. Las ventajas de ser rey le habían permitido abolir el rito de la sábana. Pero olvidar esa noche, nunca pudo conseguirlo.

Había logrado divorciarse de Blanca, con el consentimiento de Roma, y ahora ésta era repudiada por su propia familia.

Blanca, pobre Blanca... Había sido acusada hasta de estar embrujada, señalada como culpable de no tener hijos. Rumor, sin duda alguna, propagado por orden de don Juan Pacheco, especialista en estos menesteres.

Pero Pacheco ya no sabía qué hacer; la historia se repetía y se le estaban acabando las estratagemas. Y de ello hablaba, en su despacho de palacio con el eminente arzobispo de Toledo, don Alfonso Carrillo, a la sazón tío suyo, acompañados por dos copas de vino.

—Os veo preocupado, sobrino... ¿Beltrán de la Cueva otra vez?

—El rey parece que sólo tiene ojos para ese advenedizo... Pero ya me encargaré de arreglar eso.

Pacheco bebió un sorbo de vino y, serio, confesó el motivo de sus agobios.

—El verdadero problema es el de siempre: sigue sin nacer un heredero. Hasta en las plazas se hacen chanzas sobre el tema. Dicen que es cien veces más fácil estafar a un judío a que el rey tenga un hijo.

Carrillo liquidó su copa de un trago y volvió a servirse de la jarra.

—Si no tiene hijos, ya sabemos quién heredaría la corona.

—Sí... El infante Alfonso.

Carrillo le miró extrañado.

—¿Alfonso? Por edad le corresponde a Isabel.

Pacheco empezó a reírse.

—¿Una mujer reina de Castilla? Ruego a Dios que nunca permita tal barbaridad, Carrillo.

—Y yo ruego a Dios que la reina Juana quede embarazada. Sería la solución más sencilla para el bien de este reino.

III

Pero no parecía que el ruego de Carrillo fuera fácil de cumplir, ni siquiera para Dios. Porque ciertas cosas siempre dependían de la voluntad de los hombres.

Y la voluntad del rey parecía ser la de dejar en manos de la ciencia lo que naturalmente él podía resolver como hombre. Tal vez el cariño y la cercanía pudieran obrar el milagro de copular, por fin, con su esposa. Pero no estaba muy por la labor cuando esa misma noche, en la cena, anunció a Juana sus planes inmediatos.

—¿A cazar? ¿A Madrid? —exclamó airada Juana de Avis—. ¿No podéis acompañarme en estos momentos tan difíciles?

El rey la miró incómodo: no le gustaban las discusiones... Y menos en presencia de criados y de su nuevo favorito, don Beltrán de la Cueva.

—Calma, os lo ruego. El médico os recomendó reposo...

—¡No hago más que reposar en mi alcoba! —Y añadió rogando a su marido—: Enrique, no quiero estar sola...

—No lo estaréis... —respondió despreocupado el rey—. Están vuestras damas. Y cualquier cosa que necesitéis llamad a don Beltrán, que como mayordomo de la Casa Real, os la conseguirá.

Beltrán hizo una inclinación casi sumisa dando a entender que así era, pero como respuesta sólo encontró la mirada hostil de Juana, cuyo enfado iba en aumento.

—Hay asuntos en los que sólo puede ayudar un esposo. Disfrutad con vuestros animales, ya que parece que os placen más que yo.

Juana se dirigió a la puerta, enrabietada, seguida de dos de sus damas. Pero ni a ellas quería tener cerca.

—¡Y vosotras dejad de seguirme...! —les vociferó—. Hoy no necesito más sombra que la mía.

Y Juana salió al pasillo, camino de su alcoba.

Cuando estaba a punto de llegar, se detuvo en seco al oír unos jadeos que venían de una de las estancias. Sin reparo, Juana abrió la puerta y descubrió a otra de sus damas haciendo el amor con un caballero.

Al ver a la reina, la joven apartó rauda al hombre de encima suyo y cubrió sus vergüenzas con una sábana.

—Perdón, majestad.

Pero Juana seguía mirando sus cuerpos desnudos.

—Continuad. No paréis por mi presencia.

La pareja se miró sin entender nada, superada por lo insólito de la circunstancia.

—¡He dicho que continuéis! —ordenó la reina.

Y obedecieron, creyendo que la reina iba a marcharse. Pero Juana no se movió, atenta a cada caricia, a cada gemido de placer; preguntándose por qué ella, la reina, no podía conseguir lo que tenía cualquiera de sus damas: el calor de un hombre.

IV

Isabel adoraba a su madre. Pero odiaba el latín. Por eso, cuando ésta la instruía, tenía una extraña sensación. Se esforzaba por ser una alumna perfecta, para hacer especialmente feliz a su madre… Pero nunca lo conseguía. Y, lo que era peor, su hermano Alfonso mostraba más destreza que ella.

—«*Corrumpunt bonos mores colloquia mala…*» —leyó Alfonso despacito y tras pensárselo un poco, tradujo hábil—: «Las malas conversaciones corrompen las buenas costumbres…».

Su madre le sonrió encantada.

—Perfecto. —Miró a Isabel—. Ahora tú, hija…

Isabel, incómoda, empezó a leer su manuscrito.

—«*Gra… Gravis malae conscien… Conscientiae lux est…*»

—¿Y qué quiere decir eso en castellano, Isabel?

Isabel no tenía ni idea… Otra vez la misma sensación: no iba a estar a la altura, no iba a agradar a su madre. Sus ojos se dirigieron, como pidiendo ayuda, a Beatriz que estaba detrás de Isabel de Portugal, cosiendo junto a Clara, la esposa de don Gonzalo Chacón. Beatriz le sonrió con dulzura: no podía ofrecerle más ayuda que ésa.

Isabel tragó saliva y se encomendó a Dios para que la ayudara, tanta fe tenía en Él.

—«Las malas conciencias...» —dijo improvisando rápidamente—. «Las malas conciencias necesitan de una luz que las guíe...»

Isabel madre sonrió.

—¿No es eso? —preguntó azorada la niña.

—No, hija. «La luz es insoportable para la mala conciencia...» Parece que el ajedrez se te da mejor que el latín —respondió cariñosa.

—Lo siento, madre —dijo Isabel compungida.

De repente, una voz se oyó en la sala.

—«*Gutta cavat lapidem...*»

Era Chacón. Clara y Beatriz sonrieron, le habían visto pasar con sigilo, pero callaron obedeciendo un gesto del hombre.

—«... *non vi sed saepe cedendo*», Isabel —completó Chacón la frase, mirando a Isabel—. ¿Qué os he dicho?

Isabel calló avergonzada: no tenía ni idea y no era cuestión de equivocarse otra vez, que el silencio es más digno que la torpeza.

—Don Gonzalo os acaba de dar un gran consejo, hija mía.

—Y su madre tradujo—: «La gota atraviesa la piedra no por su fuerza, sino por su constancia». Eso es lo que nunca te debe faltar, Isabel: constancia y fuerza de voluntad.

—Jamás me faltará, madre.

Tras acariciar cariñosamente a su hija, Isabel de Portugal se puso en pie y se dirigió a Chacón.

—Don Gonzalo, os dejo con mis hijos para que sigan estudiando. —Miró a las mujeres—. Yo me llevo a vuestra esposa y a Beatriz de paseo, que deben de estar fatigadas de tanto coser.

—Gracias, señora —dijo Clara sonriendo.

A solas ya con su tutor, Isabel, como buena alumna, empezó a preguntar con curiosidad a Chacón.

—¿De qué nos daréis hoy clase, don Gonzalo? ¿De gramática? ¿De filosofía?

—¿Con el buen tiempo que hace? No, no... ¿Qué os parece si vamos a cazar?

A Alfonso e Isabel se les abrieron los ojos como platos, encantados con la idea.

—¿Y podré montar a caballo?

—Por supuesto —respondió sonriente Chacón.

Los niños dejaron sus sillas y le abrazaron contentos. Porque cosas como éstas hacían que, pese al respeto que imponía, Isabel y Alfonso adoraran a Chacón.

Para ellos, desde que murió el rey Juan cuando Isabel tenía apenas tres años y Alfonso uno, don Gonzalo era como su verdadero padre. Y a veces así le llamaba Isabel.

Motivos tenía, no sólo porque era quien cuidaba de ellos: Clara, su esposa (también portuguesa y primera dama de su madre), fue quien la amamantó de recién nacida, porque a su verdadera madre no le manaba leche.

Duro en sus lecciones e inflexible en las tareas, Chacón alternaba las clases con salidas al campo y, sobre todo, con lo que los niños llamaban «aventuras». Dichas aventuras eran viajes a pueblos, incluso a ciudades como Toledo o Ávila, en los que Chacón se hacía pasar por un comerciante y los infantes por sus hijos, ocultando su condición real.

Para su maestro, aparte de aventuras, esos viajes suponían —sin los niños saberlo— una parte esencial de su educación: ver a los castellanos de a pie, vendedores del mercado, labradores… era necesario, según él, para que no se olvidaran de que por muy regia que fuera su sangre, eran seres humanos.

Chacón pretendía que por unas horas los niños fueran tratados como uno más sin que nadie supiera que eran hijos de reyes. De esta manera, algún día, si Dios disponía que uno de ellos llegara a tener sobre su cabeza la corona, supieran a quién gobernaban y le gobernaran con respeto.

Pero hoy tocaba caza. Y al cabo de una hora ya habían preparado sus arcos y buscaban un lugar propicio… aunque Alfonso no parecía muy contento.

Porque montaba a caballo… Pero en el mismo que Chacón y

sujeto por éste. Isabel cabalgaba sola... pero en un burrillo. Ambas monturas iban al paso, guiadas por las bridas por sendos criados.

—¡Esto no es lo que yo quería!

—No te quejes, Alfonso, que yo voy en burro —le respondió Isabel, tampoco muy feliz con la situación.

—Sois pequeños para ir a caballo, os podríais caer —les respondió serio Chacón.

—Será por lo deprisa que vamos —volvió a quejarse Isabel.

—Disfrutad del día y no os quejéis tanto... a no ser que queráis volver y estudiar filosofía.

Los niños, al oír estas palabras, cesaron en sus quejas.

De repente algo se movió rápido entre los ramajes.

—¡Mirad! ¡Un conejo! —avisó Alfonso.

—Pues aquí nos quedamos —ordenó Chacón a los criados—. Es hora de afinar la puntería.

Al descabalgar de su montura, Isabel, de repente, vio un pájaro herido en tierra.

—¡Mirad! ¡Un pájaro herido!

Y lo cogió con sus manos. Chacón se acercó a ella, para que se lo mostrara.

—No parece grave.

—¿Puedo llevármelo? Si lo dejamos aquí, se lo pueden comer las alimañas.

—Algo tendrán que comer, ¿no? —masculló enfurruñado Alfonso—. Hemos venido a cazar, ¿no?

—¿Tú, cazar? Pero si no le darías con una flecha ni a un ciprés.

Chacón, para evitar más discusiones, decidió que había que zanjar rápido la disputa.

—Os lo podéis llevar, Isabel. Pero con la condición de que cuando se cure, debéis soltarlo.

Isabel sonrió.

—Gracias. Le pondré de nombre Amadís.

Isabel de Portugal, acompañada por Beatriz de Bobadilla y Clara, caminaba por la vereda del río, disfrutando del paseo prometido.

La primavera daba sus últimos suspiros y, gracias a que había sido un buen año de lluvias, los árboles tenían un verde brillante y las flores lucían, coquetas, sus mejores colores, como si se acabaran de acicalar sabiendo que iban a visitarlas.

Isabel se inclinó a contemplarlas admirada. Beatriz la miró contenta porque veía que disfrutaba del día y, señalando las flores, le preguntó:

—¿Os gustan esas flores?

—Son preciosas.

—Pues no se hable más.

Y acto seguido se agachó a cortarlas.

—¿Qué hacéis arrancándolas, Beatriz?

—Son para vos, majestad —dijo improvisando un ramo.

A quien un día fue reina le cambió la cara al oír la palabra «majestad».

—No me deis ese trato: ya no soy reina, Beatriz —protestó secamente.

—Para mí lo seréis siempre.

—Y para mí… Y para la gente de Arévalo, también —añadió Clara.

En buena hora. La cara de Isabel de Portugal perdió toda su dulzura y se transformó en tensión y rabia.

—Yo no debí ser reina nunca. ¿Entendéis? ¡Nunca! Quiero volver a mis aposentos.

Y, tirando al suelo el ramo que Beatriz le había ofrecido, comenzó a andar deprisa, de vuelta a palacio.

—¿Qué le pasa ahora? —preguntó Beatriz a Clara.

Pero Clara no le respondió. Bastante tenía con caminar apresurada tras la que siempre sería su reina. Y Beatriz fue detrás de ella. Y juntas contemplaron, aliviadas, que Isabel de Portugal se detenía… Pero sólo era el inicio de algo peor. Se dieron cuenta nada más escucharla.

—¡Don Álvaro!

Parecía como si se dirigiera a alguien al otro lado de un pequeño riachuelo. Clara y Beatriz, ya casi detrás de ella, miraron al mismo lugar sin ver a nadie.

Pero para Isabel, don Álvaro la esperaba, impasible al otro lado del agua. Y decidió cruzar el pequeño río, implorando atención.

—¡Dejadme hablar con vos! ¡Tenéis que perdonarme!

Ya estaba empapada cuando Clara y Beatriz, a duras penas, lograron sacarla del agua. Y justo en ese momento, Isabel de Portugal se desmayó.

—Señora, ¿estáis bien? ¡Señora!

A duras penas lograron llevarla a palacio, ayudada por unos labriegos que pasaban por allí.

Esta vez no había sido una pesadilla. Ni se había despertado sonámbula por la noche. Había sido a plena luz del día y acompañada, mientras mantenían una conversación. La cosa parecía más grave.

Tan grave como para que avisaran a Chacón de que interrumpiera la cacería y volviera a palacio con los infantes, a los que ordenó que se recluyeran en sus habitaciones.

Pero Isabel sabía que algo pasaba. Y quería saber qué era. En silencio, salió de su alcoba y llegó hasta la puerta, entreabierta, de los aposentos de su madre.

Desde allí, escondida, escuchó a Beatriz explicar lo sucedido.

—Llamaba a don Álvaro como si éste estuviera en la otra orilla del riachuelo… Nosotras no veíamos nada y… ella se metió en el agua y…

Isabel, al oír los sollozos de Beatriz, asomó curiosa la cabeza y vio que Chacón abrazaba a Beatriz consolándola. En la cama, dormida, estaba su madre.

Chacón vio abrirse la puerta un poco. Alarmado, rompió su abrazo con Beatriz y la abrió de golpe.

—¡Isabel! ¿Qué hacéis aquí?

—Es mi madre. Y quiero estar con ella.

—Señora, ahora está descansando —alegó Beatriz mirando de reojo a Chacón.

Isabel empezó a llorar.

—Quiero estar con mi madre… os lo suplico…

Pero Chacón había dado una orden. Y debía ser obedecida.

—¡Os dije que no salierais de vuestro cuarto! ¡Obedecedme!

Isabel, rabiosa y dolida, escapó por los pasillos con lágrimas en los ojos.

Beatriz, angustiada por la situación, suplicó con la mirada a Chacón, intentando que cediera.

Pero Chacón, triste, no estaba para cesiones.

—Es una niña. Y hay cosas que los niños nunca deben saber si no queremos que sufran en vano.

VI

Enrique ya había regresado a Segovia, tras su viaje a Madrid. Y cenaba, ajeno a lo que les pasaba a sus hermanos. En realidad no les solía visitar: se podían contar con los dedos de una mano las veces que había ido a verles tras morir su padre.

Recién coronado, expulsó a la viuda y a sus hijos y los hizo llevar a Arévalo. Lo hizo amablemente, como siempre. Como amablemente se había despreocupado de ellos hasta el punto de no pagar lo pactado para su mantenimiento. Incluso, pese a haber heredado el pequeño Alfonso el título de maestre de la Orden de Santiago, sin duda el que más réditos económicos generaba, apenas llegaba capital alguno a su legítimo dueño. El dinero parecía llegar a la Corte y allí se quedaba.

Simplemente, sus hermanos no le eran útiles. Y más que en Arévalo, para él vivían en el olvido.

Enrique cenaba sentado en el suelo, a la manera mora. Como moros eran sus gustos en la comida. Como árabe era su guardia. Algo que no estaba muy bien visto por los castellanos viejos, que vivían apegados a las tradiciones y que soñaban con la pureza de raza que habían perdido al mezclarse con judíos y moros.

En vez de ver cumplido su sueño, tenían que aguantar que los árabes camparan a sus anchas por la misma Corte, y debían soportar que los judíos manejaran la economía del reino. O compraran terrenos baldíos y los hicieran productivos porque ellos —nunca lo reconocerían— no habían sabido trabajarlos. Y lo que es peor: que después contrataran campesinos castellanos (muchos de ellos los dueños anteriores del terreno) a los que les pagaban una mísera soldada.

Incluso, curiosa humillación, debían asumir la necesidad de llamar a un médico judío o árabe para no morir de un leve catarro o un rasguño.

Enrique vivía también ajeno a estas preocupaciones. Lo que le gustaba, le gustaba. Y cuando necesitaba algo, lo cogía, como Adán antes del pecado original. Igual que hacía ahora con un dulce de miel para llevárselo a la boca.

—Probad esto, Beltrán; es exquisito.

—Gracias, majestad… Pero ya he comido demasiado.

—¿No vais a obedecer a vuestro rey?

Y Beltrán, sumiso, tomó otro dulce y lo introdujo en su boca. Si el rey lo decía, había que hacerlo: ése era su lema. No podía tener otro porque se lo debía todo, desde que le conoció cuando el rey visitó Úbeda, su tierra natal, hacía ya casi cinco años.

El rey, preocupado por las ansias de poder de Pacheco, intentaba reclutar nueva gente de confianza para que estuviera a su lado en la Corte: quería liberarse de ataduras del pasado. Por ello, pidió al padre de Beltrán que le dejara llevarse a su hijo mayor, Juan. Pero Diego Fernández de la Cueva, regidor de la villa jienense, se negó: el hijo mayor era su mano derecha y, para él, sin duda, el más capaz e inteligente. Y le propuso que se llevara a su otro hijo, Beltrán.

El azar y, en parte, el desprecio paterno, hizo que Beltrán llegara a la Corte. Allí fue recibido como un extraño y así se sentía ahora: como un pez fuera del río, sólo apoyado en la confianza de un rey. Pero penas con pan son menos y, ya al año de llegar, el rey le concedió su primer señorío: la villa de Jimena. Y luego fue nombrado comendador de Uclés. Y después le fueron donadas las fortalezas de Carmona y Ágreda...

Esto sin contar su cargo de mayordomo de palacio, lo que le convertía en un poder fáctico al controlar todo lo que en la Corte ocurría, organizar los viajes reales y, además, supervisar sus audiencias.

Tanto regalo le había hecho ganar la envidia y rencor de los nobles de la Corte (sobre todo de Pacheco), pero también la admiración de las damas, que eran presa fácil de un hombre de cuerpo armonioso y bien ejercitado. Además de rico y soltero...

Beltrán, por su parte, tenía el don de no pasar inadvertido y lucía siempre un aspecto acicalado hasta la exageración, poblando sus dedos de anillos, enjoyando su calzado y hasta engalanando con oro la cincha tripera de su caballo.

Enrique no estimaba tal ostentación: no gustaba de anillos ni collares. Prefería la soledad al público. Odiaba pleitesías y besamanos. No era lo único que le diferenciaba de Beltrán: tampoco (desgraciadamente para el reino, visto lo visto) gustaba de galantear y, pese a no ser mal soldado, aborrecía la guerra.

Pero algo unía a ambos hombres: la lealtad.

Enrique tenía claro que podía confiar en Beltrán hasta la muerte en tiempos de paz por su nobleza natural: era incapaz de cualquier intriga, tal era su devoción por el rey.

Y, en tiempos de guerra, Beltrán de la Cueva ya le había demostrado que era el más valiente de sus soldados.

Por eso le convirtió en su mejor amigo, para despecho de un Juan Pacheco que, justo en ese momento, entraba en la Sala Real.

—Con vuestro permiso, majestad.

—Pasad, pasad, don Juan… Por favor, comed con nosotros.

El marqués de Villena miró serio a Beltrán y luego al rey: nunca como hasta ahora, con los dos sentados en el suelo, había tenido una imagen tan clara de su amistad. Sospechaba de ella, pero no hasta ese grado. Y se sintió tan agraviado como el novio que ve a su prometida con otro hombre.

—No, gracias, majestad… Sabéis que no soy de costumbres morunas.

—¿Qué queréis?

—Hablar con vos —respondió mirando a Beltrán—. A solas.

Beltrán hizo ademán de levantarse, pero el rey se lo impidió.

—Quieto… Pacheco, si tenéis que decir algo, decidlo delante de don Beltrán de la Cueva.

Tras un breve y tenso silencio, Pacheco se atrevió a dejar claros sus pensamientos.

—No hablo delante de este advenedizo.

Beltrán se levantó airado.

—¿Cómo os atrevéis a insultarme?

—¿Acaso no lo sois? Ocupáis cargos que por linaje otros merecerían más que vos.

Enrique IV, viendo la discusión que se avecinaba, decidió intervenir. Y tras ordenar a los criados que se retiraran, ya solo con los dos gallos de la pelea, les mandó callar y ordenó a Beltrán que desnudara su torso.

Beltrán le miró azorado. Pero el rey insistió, repentinamente histérico.

—¡Desnudadlo, por Dios! ¿Cuántas veces ha de dar una orden un rey?

Beltrán obedeció delante de un incómodo Pacheco. Al desnudarse, dejó ver una cicatriz que nacía en su costado derecho y llegaba hasta el pecho. Cicatriz que, acercándose, el rey señaló con el índice de su mano izquierda.

—Mirad esta cicatriz, Pacheco… —Y añadió escrutando a Beltrán—: ¿Cuánto hace que la tenéis, Beltrán?

—Más de dos años, majestad.

—¿Dónde sufristeis la herida?

—Cerca de Sevilla.

Enrique se giró hacia el marqués de Villena.

—¿Estabais vos allí, Pacheco?

—No.

—Pues yo sí… Y a punto de morir mientras todos mis nobles miraban sin hacer nada. Sólo uno se jugó su vida por mí. Y a cambio, recibió esta herida. Miradla, Pacheco. Recordadla cuando faltéis el respeto a quien mi propia vida le debo.

—La recordaré… Pero vos recordad otras muchas cosas. ¿Puedo retirarme, majestad?

—Como queráis —respondió señalando la comida—. Vos os perdéis estos dulces…

Pacheco, airado, ni respondió y salió a paso ligero de la estancia. Nada más hacerlo, Enrique ordenó a Beltrán que volviera a tapar su torso, algo que apresuradamente hizo, superado por la situación.

—Con vuestro permiso, majestad… Pacheco no es santo de mi devoción y menos yo de la suya, pero toda Castilla sabe que os ha acompañado hasta el trono.

—Sí. Pero no sé si lo ha hecho para quedarse con él.

Enrique volvió a reclinarse en busca de un poco de requesón.

—Es una nueva época, Beltrán. Castilla necesita hombres nuevos y leales. Los necesita tanto como yo necesito un hijo para que cesen tantos rumores e intrigas.

Tras probar un bocado, displicente, Enrique miró fijamente a su nuevo elegido.

—Beltrán, ¿estaríais dispuesto a hacer cualquier cosa por vuestro rey?

Beltrán no entendía el verdadero significado del discurso que estaba escuchando, pero Enrique ya sabía su respuesta.

Sería la misma de siempre:

—Por supuesto, majestad.

VII

Pacheco, fuera de sí, hizo llamar a Carrillo para desahogarse. El arzobispo de Toledo acudió a la cita. Y allí estaba, sentado, observando deambular nervioso a su sobrino, hecho una furia.

—¡Cómo se atreve a faltarme así! ¡Y más delante de ese petimetre afeminado! ¡Seguro que le gusta más que su esposa y por eso no la preña!

—No os creáis los rumores que vos mismo lanzáis. Recordad que vuestros enemigos decían lo mismo de vos y el rey.

—No me cambiéis de tema... ¡Yo he educado a Enrique! ¡He eliminado a todo aquel que se interponía entre él y la Corona! Y ahora, así me paga.

—Calmaos, os lo ruego.

—¿Por qué habría de hacerlo? Maldita la necesidad que tenemos de reyes si son como éste. No le gusta su cargo. Todo lo tengo que hacer yo. Porque el señor prefiere tocar el laúd, hablar con poetas y poblar sus reservas de animales exóticos. —Hizo una pausa para tomar aire—. ¿Sabéis qué le regaló el embajador de la India? ¿Oro? No. ¿Especias? ¿Para qué? No. Le regaló un puto leopardo.

Carrillo le miró extrañado.

—¿Un qué?

—Un leopardo. Una especie de lince pero con menos bigotes.

Carrillo no pudo evitar reírse de la descripción y, con sus carcajadas, logró el milagro de que por fin Pacheco se quedara quieto.

—No le veo la menor gracia al asunto. Esto se hunde, Carrillo, y a vos os da por reír.

—Tranquilo, aún tenemos una baza importante.

Pacheco se quedó mirándolo extrañado.

—¿Recordáis cuando hablamos de su posible heredero, el infante Alfonso?

—Perfectamente.

El arzobispo de Toledo sacó una carta.

—He recibido esta carta de su tutor, don Gonzalo Chacón, al que bien conocéis. Parece ser que el rey Enrique no cumple con lo pactado a la muerte de su padre, Juan II. Y tiene a su madrastra y a sus hermanos a dos velas. Tal vez, por si «algo» le pasara a nuestro rey, debamos pensar en el siguiente...

El marqués de Villena le miró pensativo.

—¿Qué planeáis?

—He pensado que si vos colaborarais con algún dinero que añadir al mío, tal vez el infante Alfonso y su preceptor, Chacón, nos lo agradecerían en el futuro.

—Buena idea. Yo mismo se lo llevaré.

—Pensaba hacerlo yo... —Carrillo estaba receloso—. Vuestras relaciones con Chacón no son buenas. No se habrá olvidado de lo que hicisteis a su buen amigo, don Álvaro.

—El tiempo lo cura casi todo. Y lo que no, lo cura el dinero.

VIII

Pese a ser llamado Amadís, el pájaro herido que recogió Isabel parecía tener menos labia y fuerza que el famoso caballero de las novelas.

Más bien le podrían haber bautizado Benito, como el santo que hizo norma el hablar lo estrictamente necesario.

Y Amadís, el pájaro rescatado de la muerte, no se sabe si impresionado por ello, no cantaba ni lo necesario, ni nada.

Pero Isabel no se iba a dar por vencida y allí estaba silbando para ver si el pajarillo encerrado en su jaula la imitaba.

A su lado, Beatriz de Bobadilla... Y un Gonzalo Chacón, que se había acercado a ver a la infanta, preocupado por lo distante que estaba ésta tras su último encontronazo.

—Trina, por favor, Amadís... Canta un poquito...

Beatriz de Bobadilla movió la cabeza ante la tozudez de Isabel.

—No insistáis... Este pájaro o es tímido o nació mudo. Lo que tenéis que hacer es dejar en libertad al pobrecillo.

Isabel se revolvió rápida.

—No... Amadís se queda conmigo... Con lo pequeñito que es no duraría vivo ahí fuera ni unos minutos...

—Pero un pájaro no lo es, si no vuela, Isabel —objetó con amabilidad didáctica Chacón.

—Si queréis que lo suelte lo haré, don Gonzalo, pero con una condición.

—¿Cuál?

—Que me digáis quién es ese don Álvaro a quien llama mi madre.

Chacón suspiró dándose por vencido.

—Está bien... Os lo diré... Don Álvaro de Luna era la mano derecha de vuestro padre, el rey Juan. Él fue quien le presentó a vuestra madre. Era muy querido por muchos de nosotros.

—¿Y de qué murió?

Chacón, que esperaba salir del lance con tan parca explicación, quedó tocado por la pregunta, algo que no pasó inadvertido para Isabel... Y Beatriz acudió en ayuda de Chacón con su habitual desparpajo.

—Del último mal, como todos los que se van.

—¿Y no tenéis nada más que contarme?

—No —cerró la conversación una resuelta Beatriz—. ¿Ahora soltaréis al pájaro?

Isabel no se sentía muy satisfecha del intercambio.

—No. Es mi amigo.

—¡Pero si no canta!

Pero en ese momento, el pájaro empezó a trinar.

—¡Será posible!

—Hay que tener constancia, Beatriz. *Gutta cavat lapide non vi sed saepe cedendo* —dijo mirando a Chacón—. Como veis, os hago caso en todo, maestro.

Chacón la miró emocionado. Isabel se alzó y le dio un beso en la mejilla. Pero rápidamente, volvió con su juguete y cogió la jaula.

—Y ahora, Amadís y yo nos vamos de paseo.

Dicho y hecho, Isabel abandonó la alcoba, dejando a un Chacón impactado y a una Beatriz atónita.

—La quiero como a una hermana, pero ¡qué carácter, por Dios!

De repente, alguien llamó a la puerta: era Clara, que traía una carta para su esposo.

—Acaba de llegar de la Corte.

—Gracias, esposa.

Chacón abrió el sello y empezó a leer. Su cara mostraba un gesto serio.

—¿Son malas noticias? —preguntó Clara al notarlo.

—Viniendo de quien vienen, no espero nada bueno.

La firma de la carta era la clave del pesimismo de Chacón. En ella, se podía leer: «Don Juan Pacheco, excelentísimo marqués de Villena».

IX

¿Cómo mostrar calma cuando cenas al lado de quien intrigó para matar a tu mejor amigo?

¿Cómo anteponer los intereses de los tuyos por encima de las ganas de venganza?

Estas preguntas se estuvo haciendo Gonzalo Chacón los días que pasaron hasta la llegada de Juan Pacheco. Y no encontró respuestas claras en su alma.

Pero su cerebro le decía que debía mantener las formas. Que su interés y su odio no podían pesar más que el posible beneficio de sus queridos Isabel y Alfonso.

Y que, al fin y al cabo, la presencia de Pacheco era debida a la carta que envió a su tío, Carrillo, el arzobispo de Toledo.

Por eso esa noche, Chacón era el perfecto anfitrión de don Juan Pacheco, acompañado —como tantas veces— por su hermano Pedro Girón.

El primero, excesivamente halagador y sociable. El segundo, incontinente en la comida y la bebida, lejos de la sobriedad que exigía su cargo de maestre de la Orden de Calatrava.

Serio pero amable, respetuoso con el protocolo como si estuviera dando una clase a sus niños, Chacón se consolaba pensando que, al fin y al cabo, la venganza, para saborearla, debía servirse en plato frío.

Y contemplaba, impasible, tanta amabilidad y tanta cháchara. Sobre todo por parte de un Pacheco especialmente activo.

—Gracias por vuestras atenciones. Hacéis nuestro viaje doblemente agradable. Primero, porque es grato volver a ver a personas tan queridas. Segundo, por...

Isabel de Portugal, para quien la cena se estaba haciendo tan dura como para Chacón, decidió dar por acabada la función.

—No tenéis nada que agradecer, excelencia. En esta casa se atiende bien hasta a los mendigos. ¿Qué no íbamos a hacer con quien viene de la Corte?

Pedro Girón no dejaba de observar encantado a Isabel de Portugal, especialmente bella para la ocasión. Y por fin abrió la boca para otra cosa que no fuera masticar o beber.

—Gracias, alteza... —dijo mirando—. Veo que vuestra hija es digna heredera de la belleza de su madre.

Isabel, la niña, se ruborizó. Chacón, harto de palabrería, decidió que ya era hora de ir al grano.

—Gracias por los cumplidos, caballeros. Pero ardemos en deseos de saber el motivo de vuestra presencia aquí.

—En primer lugar —respondió Pacheco—, hemos venido para dar fe al rey nuestro señor de la salud de los infantes —giró la cabeza hacia Alfonso—, que ya veo es excelente, así como su compostura y educación. No dudo, señora, que Castilla os lo agradecerá en un futuro muy próximo.

—Con ese fin trabajamos... aunque los medios no son muchos —matizó Chacón.

—Lo sé. Por eso estoy aquí, para solucionar ese problema.

Isabel de Portugal vio que la puerta estaba abierta para abandonar el lugar y se levantó... Y con ella, todos los comensales.

—Sentaos de nuevo, os lo ruego... Que sabiendo ya la buena nueva, creo que es hora de que negocien los hombres. Niños, es hora de ir a dormir —dijo mirando a su consejero—. Chacón, ya sabéis que gozáis de toda mi confianza.

Y salió, con los niños y Beatriz, dejando a los tres hombres, que pronto serían dos por las excusas de Girón.

—Creo que yo también os dejaré. Soy hombre de acción. Y las palabras me marean más que el vino.

Una vez solos Pacheco y Chacón, un tenso silencio dominó la sala del palacio de Arévalo. Un silencio que rompió, irónico y seguro, Pacheco.

—La de vueltas que da la vida. Otra vez estamos frente a frente los dos.

—Sí. Espero llevarme mejor recuerdo de esta ocasión que de la última vez que nos vimos.

—Seré sincero con vos, Chacón. Sé que hay cosas que jamás me perdonaréis. Pero antes que nada está el bien del reino.

—Para mí, lo primero es el bien de los infantes. Y lucharé por ellos sin que me duela el pasado.

—Me alegra oír esas palabras. Porque es muy probable que nuestros intereses sean pronto los mismos.

Pacheco dio una palmada y, a la señal, un hombre del marqués de Villena entró en la sala llevando un pequeño pero pesado arcón que dejó sobre la mesa.

Chacón miró extrañado la escena.

Pacheco, tras ordenar la retirada de su hombre, levantó la tapa del arcón... Y la extrañeza de Chacón se convirtió en asombro, tal era la cantidad de monedas que refulgían en su interior.

—Mi tío, el arzobispo de Toledo, y yo hemos dispuesto adelantaros todo aquello que os debe el rey... Espero que sea suficiente.

—Lo es y sobra... —repuso sorprendido—. Pero ¿me estáis diciendo que este dinero no viene del rey Enrique?

—El rey Enrique tiene otras tribulaciones que espero no perjudiquen al reino.

—Supongo que querréis algo a cambio.

—Sólo que sigáis cuidando de los infantes... Y que les hagáis saber a ellos y a su madre quién les defiende en la Corte.

De repente, una voces de socorro interrumpieron la conversación: sin duda la voz que pedía auxilio era la de Isabel de Portugal.

Corrieron rápidos por los pasillos y cuanto más se acercaban, más preocupante era la situación: a la voz suplicando auxilio de la madre de Isabel, le respondía otra exigiendo respeto. Era la voz de Pedro Girón, que perdidas las formas, forcejeaba con su anfitriona.

—¿Por qué chilláis? No os voy a hacer ningún mal...

—¡Apestáis a vino! ¡Apartaos de mí, os lo ordeno!

—Apesto al mismo vino que vos habéis bebido. Engreída... Creéis que no merezco ni pisar por donde vos pisáis, ¿verdad? Os recuerdo que ya no sois reina y que si lo fuisteis se debe a que os metieron en la cama de un rey, como a una furcia.

Aparecieron en el lugar de los hechos Chacón y Pacheco que, alarmados ante la gravedad de la situación, no se dieron cuenta de la presencia de la pequeña Isabel, asustada por los gritos de su madre.

Chacón, sin apercibirse de su presencia, apartó violentamente a Girón de Isabel de Portugal.

—¿Qué hacéis, malnacido?

Girón, tras trastabillar, se rehízo, girándose hacia Chacón y desenvainando su espada.

—Nadie que me haya dicho eso ha seguido viviendo.

Pacheco se interpuso entre los dos.

—¡Alto, hermano! ¡Guardad vuestra espada! —Y al ver que tardaba, añadió—: ¡Ahora mismo!

A Girón no le quedó otra opción que obedecer. Tras suspirar, Pacheco intentó consolar a una temblorosa Isabel de Portugal.

—Lo siento, señora... Ya hablaré yo con mi hermano para corregir este malentendido.

Ella aún aturdida, ni respondió. Chacón la cogió del brazo, amable, dándose cuenta en ese momento de la presencia de la pequeña Isabel y de Beatriz.

—Será mejor que descanséis, señora...

Isabel de Portugal entró en su alcoba, no sin antes mirar de reojo con odio a Girón.

Chacón se plantó cara a cara con Pacheco.

—Si queréis que colaboremos, atad bien corto a vuestro mastín.

Y se dirigió hacia Isabel y Beatriz.

—Tranquilas... Todo ha pasado...

Pacheco aguantó justo el tiempo de verles desaparecer por los pasillos para encararse con su hermano.

—¿Se puede saber qué intentabais?

Repentinamente, el fiero Girón pasó a ser un niño amedrentado.

—Nada, os lo juro... Estaba siendo amable... pero me despreció. ¿Quién se cree esta gente que es, Juan? ¡No son mejores que nosotros!

—Lo sé, lo sé... —Le tomó la cabeza con cariño—. Pero es mucho lo que nos jugamos, Pedro. Si Enrique no tiene descendencia, el heredero de la corona es Alfonso... Y conviene llevarnos bien con su madre.

—¿Y si el rey tiene descendencia, Juan? ¿De qué habrá servido humillarnos?

—¿Creéis que Enrique es capaz de preñar a su esposa? —bromeó Pacheco—. Como no le ayude el Espíritu Santo...

XI

Pero no era el Espíritu Santo quien llamaba esa misma noche a la puerta de una sobresaltada Juana de Avis.

—¿Quién anda ahí? —preguntó la reina.

No hubo respuesta. Simplemente, la puerta se abrió dando paso a Enrique.

—No os asustéis, soy vuestro marido... Sólo quería saber si os encontrabais bien... Y desearos buenas noches.

El rey abrió la puerta del todo: ahí estaba Beltrán, evidentemente nervioso.

Tras estas palabras, el rey marchó y les dejó solos. Tan solos como sorprendidos, atónitos.

Esta escena la contó alguien que juró haber visto llegar al rey y a Beltrán a la alcoba de la reina... y que vio cómo inmediatamente Enrique salía de ella dejando a los otros dos solos.

Algunos contaron que fue un criado quien dio esta noticia... Otros, que una dama de la Corte... Incluso un borracho juró que el propio Beltrán se lo confesó, no menos borracho que él.

Mentira o verdad, sólo quedó constancia de una cosa: el milagro se produjo.

2

El rapto

Septiembre de 1461

I

—¡Tres faltas! ¡Ha funcionado! ¡Mi artilugio ha funcionado!

Quien casi a gritos proclamaba su alegría era el anciano médico encargado de intentar preñar a la reina. Su cánula de oro parecía haber dado resultado. Y lo festejaba sin pudor delante de los propios reyes.

—¿Es... es verdad lo que decís? —Apenas le salían al rey las palabras por su boca.

—Que caiga muerto ahora mismo, si no es verdad, majestad. —afirmó solemne—. La reina está embarazada.

Enrique miró boquiabierto a su esposa Juana, no menos sorprendida. Como pronto, sin duda, lo estaría toda Castilla. No en vano, los rumores sobre la impotencia de Enrique se paseaban, en forma de chascarrillos, por la plaza en los días de mercado, acompañando a verduras, carnes y hortalizas.

Dichos rumores, en ocasiones, habían sido aliviados por declaraciones de mujeres que se habían confesado amantes del rey. Algunas eran prostitutas e incluso alguna otra de cuna más elevada, como una que fue nombrada abadesa y apartada de la Corte, como cualquier rey acababa haciendo con sus amantes.

Algunos creían en la verdad de estos testimonios. Otros pensaban que eran cortinas de humo, bulos inventados desde palacio para detener tanto chismorreo ante el hecho incuestionable de que el rey se había casado dos veces sin descendencia.

¿Sería su impotencia el resultado del golpe psicológico recibido la terrible noche de bodas con su primera esposa, Blanca de Navarra?

¿Podía puntualmente consumar la cópula?

¿Triunfó la ciencia?

¿Portaba la cánula de oro, posible artífice del milagro, semen del rey?

¿O sería cierto lo que ya se decía acerca de que la reina mantenía relaciones amorosas con Beltrán de la Cueva, mayordomo de palacio?

A tantas preguntas, tantas dudas.

Pero si hay momentos en los que el fin justifica los medios, ése era el más apropiado de ellos. El rey iba a ser padre. Dijeran lo que dijeran los demás, el tiempo todo lo borra y sólo quedan los hechos, pensaba un ilusionado Enrique abrazando como nunca lo había hecho a su esposa, mientras el médico (tal vez no menos sorprendido) seguía ufanándose de su logro.

—¡Esto es el comienzo de una nueva era de la medicina! ¡Y nadie dirá que lo ha logrado un médico judío!

Enrique no quería algarabía ni ruidos y rompió su abrazo para dirigirse al médico.

—Podéis marcharos… Y os aseguro que seréis pagado con creces.

—Gracias, majestad.

Y acompañó, amable como un criado, al médico hasta la puerta. Al quedarse solos, Enrique miró emocionado a Juana.

—¡Vamos a tener un hijo!

—Era la razón por la que me trajisteis a Castilla y jamás hubiera sido feliz sin daros descendencia.

—Gracias, Juana…

Pero Enrique notaba que su esposa estaba seria, pensativa… Que algo rondaba por su cabeza. Pronto lo comprobó.

—Me gustaría pediros un deseo —dijo de repente Juana.

Enrique la miró entre sorprendido y expectante.

—¿Cuál es?

—El futuro de Castilla lo llevo en mi vientre. Y nada ha de interponerse entre mi hijo y la corona…

—Por supuesto que nada lo hará.

—Entonces, os ruego que hagáis venir a la Corte a vuestros hermanos Isabel y Alfonso.

—¿Por qué razón?

—Por su seguridad y la nuestra. No quiero que ningún noble ambicioso los secuestre y los convierta en bandera contra mi hijo. Unos niños no merecen ser utilizados de esa manera. Y sólo vos podéis protegerlos aquí en la Corte.

Enrique accedió.

II

Sentados a una larga mesa de la Sala Real estaban Juan Pacheco, Beltrán de la Cueva, Alfonso Carrillo, Alonso de Fonseca (el obispo de Sevilla siempre fiel al rey) y Diego Hurtado de Mendoza, principal símbolo de la nobleza tradicional castellana.

Frente a ellos, el rey, que no tardó en dar la gran noticia.

—Os he convocado con urgencia, como mis principales que sois, porque quiero que seáis los primeros en saber la noticia… La reina está embarazada.

La buena nueva, como no podía ser menos, causó la sorpresa general entre los presentes.

Pacheco y Carrillo se cruzaron las miradas. El primero decepcionado mientras que su tío no pudo evitar cierto alivio: no le gustaban los pleitos reales entre padres e hijos o entre hermanos… Y ningún bien le hacían a Castilla.

Beltrán recibió la noticia aturdido, pero procuraba disimularlo.

Fonseca parecía feliz: la noticia reforzaba la posición del rey, su señor, del que tantas dádivas recibía.

Pero don Diego Hurtado de Mendoza era, sin duda, el más feliz: su familia siempre había tenido por bandera la lealtad al rey, una lealtad sentida y verdadera, a prueba de intrigas. Su natural compostura le impedía caer en una excesiva adulación. Y articuló sólo tres palabras:

—Maravillosa noticia, majestad.

Tras abrir Mendoza la veda de las felicitaciones, las demás se sucedieron: no iba a ser nadie menos que nadie. La felicidad del rey parecía ser la de estos prohombres del reino. Por lo menos, de palabra. Porque si fuera de hecho, otro gallo cantaría en Castilla.

Fonseca propuso, adulador, que el pueblo participara de esa alegría, pero Enrique mantuvo la prudencia.

—Ya habrá tiempo de celebraciones cuando nazca…

«Sobre todo si nace varón», no se atrevió ni a decirlo. Y puso su mirada en el obediente Beltrán.

—Pero encargaos, Beltrán, de difundir la noticia. Estoy harto de rumores y chanzas.

—Lo haré de inmediato, majestad.

—También ordeno otra cosa. Quiero que los infantes Isabel y Alfonso sean traídos de inmediato a la Corte. Mi esposa así lo desea y yo también.

Carrillo no puso buena cara.

—Pero majestad, la salud de su madre es débil y apartarles de ella podría tener consecuencias funestas.

—Peores consecuencias para ellos y para mi hijo sería que alguien les quisiera utilizar contra mi persona y mi reino.

La orden había sido dada y, ya que había que obedecerla, Carrillo propuso ser él quien fuera en busca de los infantes. El rey aceptó y el arzobispo de Toledo emprendió rápido el viaje, destino Arévalo, con una docena de sus mejores hombres.

Carrillo no era hombre de emociones. Al contrario, y pese a

sus hábitos, era más soldado que cura. En realidad, era más cualquier otra cosa que cura, pues las mujeres despertaban con frecuencia su deseo. Incluso se decía que tenía un laboratorio de alquimia, motivo suficiente para ser excomulgado... si no fuera el arzobispo de Toledo.

Pero para él había cosas que eran sagradas, que no debían hacerse. Una de ellas era que no se debía separar a una madre de sus hijos. Nunca.

Pocas veces había realizado una tarea tan ingrata, pensaba mientras galopaba a caballo y una leve brisa acariciaba su cara.

Pero por mucho que se imaginara, la realidad fue aún mucho peor cuando, tras avisarla de la noticia, Isabel de Portugal, olvidando la altanería de cuando era reina, se derrumbó ante él. Cuando le imploró de rodillas, llorando, que no se llevara a sus hijos.

—¡El rey ya tiene al hijo que quería! ¿Por qué me quita a mí los míos?

Carrillo, un hombre que no se emocionaba fácilmente, empezó a sentirse especialmente nervioso ante la posibilidad de que eso ocurriera.

—Poneos en pie, os lo ruego, señora. Sabéis que no puedo hacer nada: el rey lo ordena.

Pero Isabel de Portugal no se levantó. Tuvo que ser Gonzalo Chacón quien, en volandas, la pusiera en pie.

Clara acudió solícita a consolar a Isabel de Portugal, pero la entrada de Isabel y Alfonso, ya listos para el viaje, hizo que la situación empeorara y que las lágrimas de su madre se multiplicaran.

—Ya está todo preparado —avisó Beatriz de Bobadilla con tristeza.

Los que no estaban preparados para lo que tenían delante de sus ojos eran Isabel y Alfonso que nunca habían visto así a su madre.

Rápidamente, Isabel acudió hasta ella.

—No estés triste, madre. Sólo es un viaje...

Chacón y Carrillo sabían que no era así. Por eso cruzaron sus miradas levemente, gesto que no pasó inadvertido a Isabel, que intuyó la gravedad del asunto de inmediato. Algo que no captó su hermano Alfonso.

—¿Y si no queremos ir?

Sólo fue una pregunta de un niño que no entendía que le impusieran nada por la fuerza. Que no soportaba ver llorar a su madre...

Pero esa pregunta provocó una intervención de Isabel que dejó atónito a Chacón, que, emocionado, vio lo mucho que había aprendido Isabel.

También dejó impresionado a Carrillo al comprobar el carácter y la responsabilidad de una niña que sin duda se sabía hija de reyes y que actuaba, por mera intuición, como muchos adultos no lo hubieran hecho.

Primero, Isabel reprochó a Alfonso sus palabras. Y lo hizo con la dulzura de una madre, impropia de una muchacha apenas dos años mayor que él.

—Si el rey manda que vayamos, tendremos que ir. —Miró de reojo a Chacón—. Las órdenes hay que obedecerlas, Alfonso.

Después se dirigió a su madre. Y oyéndola, parecía que ambas se habían cambiado los papeles, tal fue la entereza de Isabel.

—Tranquila, madre. Vendremos a veros, tranquila...

—¿Qué va a ser de mí sin vosotros? —Las palabras salían de su boca entre sollozos.

—No os preocupéis por nosotros. Seremos cuidadosos y educados. Y nunca dejaremos que falten a nuestra dignidad y a nuestro orgullo porque somos hijos de reyes. Y porque nos habéis educado para serlo.

Por fin, apareció una sonrisa en la cara de su madre. Pero aún no le bastaba a Isabel con eso.

—Y dejad de llorar, os lo ruego, que no quiero acordarme de mi madre llorando por sus hijos.

Chacón, conmovido, susurró al oído de Carrillo:

—Juradme que cuidaréis de ellos.

—Con mi vida si fuera necesario, creedme —respondió también el arzobispo en un susurro—. Lo juro por mi honor.

Isabel de Portugal, Chacón, su esposa Clara, Beatriz y todos quienes les habían visto crecer salieron a despedir a los infantes a las puertas del palacio.

En todo momento, Isabel mantuvo la entereza: nadie la vio llorar.

Eso lo reservaba para el viaje, donde, sin perder el gesto serio, no paró de derramar lágrimas. Lo hizo lejos de su hermano. Hasta se apartó, para evitar que viera su llanto, ralentizando el paso de su caballo hasta quedar rezagada de la comitiva.

Un soldado la instó amable a acelerar el paso, pero el propio Carrillo le afeó el gesto: sabía lo que Isabel estaba sufriendo.

Eso ennoblecía más todavía lo que acababa de hacer la infanta: el consuelo a su madre, la dureza educada con su hermano...

Tal y como había jurado a Chacón, cuidaría de Isabel y de su hermano. Quien quisiera hacerles daño, se las tendría que ver con él y con su ejército si hiciera falta.

Palabra de don Alfonso Carrillo de Acuña.

III

El viaje consiguió amansar un poco la tristeza de Isabel y Alfonso.

Y la llegada a Segovia hasta logró, por unos momentos, que se olvidaran de sus penas.

Divisaron la magnificencia del Alcázar, del que Carrillo les informó que era inexpugnable para el más potente de los ejércitos.

Comprobaron que era día de mercado, el bullicio de la ciudad. Y pese a que Carrillo no les dejó detenerse, las imágenes de cosas extrañas para ellos se sucedían ante los ojos de unos niños boquiabiertos.

Escucharon la música de intérpretes callejeros. Contemplaron malabarismos y contorsiones imposibles realizadas a cambio de unas monedas. Entre los puestos, donde los gritos de los mercaderes sobresalían sobre el bullicio, se asombraron ante la presencia de un hombre negro del que Alfonso creyó que se había pintado la piel y Carrillo tuvo que explicar que venía de África.

—Qué pequeñito era Arévalo, Alfonso.

La llegada a palacio también les impresionó. Empezado a construir por su padre para su hermano Enrique, el propio rey culminó la obra de un edificio que suponía el contraste civil con respecto a los aires militares del Alcázar.

Al lado de la iglesia de San Martín con la que compartió nombre, el palacio era sobrio por fuera, pero, en su interior, de aire mudéjar, el lujo era evidente, destacando sus coloridos artesonados.

Y la sensación de grandeza inabarcable era reforzada por un diseño laberíntico y desordenado que más que parecer de un solo edificio, parecía ser la de varios unidos en torno a sus patios.

Habituados a una vida y unas costumbres sencillas, casi de pueblo, Alfonso e Isabel entendieron de golpe la grandeza que suponía vivir en la Corte... y lo difícil que sería desandar lo andado sin un plano que les guiara por donde Carrillo iba tan decidido, conocedor de cada vericueto de palacio.

Por fin, tan impresionados como asustados, llegaron a la Sala Real, donde los recibió sonriente la reina Juana, acompañada de don Juan Pacheco y de don Beltrán de la Cueva.

—Bienvenidos a la Corte, Isabel y Alfonso.

Embarazada ya de casi cuatro meses, Juana abandonó el protocolo para abrazar a los hermanos de su esposo, que recibieron aturdidos su cariño. Dándose cuenta de ello, Carrillo intentó romper el hielo.

—¿No vais a decirle nada a la reina?

Estas palabras parecieron hacer despertar a Isabel, que rápidamente se inclinó y dio las gracias a la reina. Pero no a Alfonso, que tuvo que recibir un leve codazo de su hermana para hacer lo mismo.

—No tenéis nada que agradecer… Ésta es vuestra casa. Al arzobispo Carrillo ya le conocéis.

—Y a mí también —se hizo notar, en cuanto pudo, Pacheco.

—Entonces —culminó la reina— sólo me queda presentaros a don Beltrán de la Cueva, mayordomo de la Casa Real, que estará atento a vuestras peticiones.

—Encantado de serviros, altezas.

A todos saludaron los niños forzadamente, pero Isabel no paraba de mirar por la sala, nerviosa. La reina, al verlo, se preocupó por ello.

—¿Ocurre algo, Isabel?

—Perdonad, majestad, pero… ¿dónde está mi hermano el rey? ¿No viene a recibirnos?

Carrillo entró al quite:

—Su Majestad seguro que está atendiendo asuntos de gobierno que no pueden esperar.

Juana de Avis agradeció la intervención de Carrillo con una sonrisa y añadió, sabiendo que era posible que su esposo en realidad ni se acordara de que venían sus hermanos:

—En efecto, así es… —Y luego, cambió de tema—. Me han dicho que eres muy piadosa… por eso me he permitido colocar en tu alcoba un pequeño altar y un reclinatorio.

Estas palabras consiguieron, por fin, que Isabel sonriera.

—Gracias, majestad… Así podré rezar por mi madre. Y me sentiré menos sola.

Era un agradecimiento, pero también una constatación del

mal que se había hecho. Y de la indefensión que sentían Isabel y su hermano. Carrillo intentó tranquilizarla.

—No estaréis sola... Vuestra alcoba no está lejos de la mía, por si necesitáis algo a cualquier hora...

La reina dio por concluida la recepción.

—Pues no hay nada más que decir... Beltrán, vamos a enseñar a los infantes sus aposentos. Aunque antes pasaremos por la cocina: seguro que estáis hambrientos del viaje.

No lo estaban; los nervios atenazaban sus estómagos. Pero Beltrán, al lado de la reina, ya había empezado a andar hacia la cocina y ellos le siguieron, dejando solos a Carrillo y Pacheco, que no podía por menos de comentar lo que acababan de ver sus ojos.

—¡Cuánta amabilidad! ¿Habíais visto alguna vez tan servicial a la reina?

—Dicen que el embarazo dulcifica el carácter, sobrino. Y más cuando conseguirlo cuesta tanto.

—Sí... Por cierto... Vos que tenéis tratos con Dios preguntadle si el Espíritu Santo ayudó al rey en ese asunto. Porque sólo él pudo obrar el milagro de que se le pusiera dura. O de que un viejo médico castellano lo haya logrado con su ciencia... ¿Quién puede creerse tal invento?

—Prefiero creer en milagros que en los rumores que por ahí circulan. Supongo que los conocéis.

—¿Que el padre es Beltrán? Conozco bien esos rumores.

Clavó la mirada en su tío.

—Los he propagado yo.

IV

Sin su madre, sin Beatriz, sin Chacón, el caer de la primera noche lejos de su hogar hizo que Isabel entrara en un estado de melancolía nada más llegar a su alcoba.

Pero al contemplar el reclinatorio y el pequeño altar coloca-do frente a él, se sintió aliviada.

Al observar cómo ya habían instalado la jaula de Amadís, que inopinadamente empezó a trinar como si la saludara, hasta son-rió. Tal vez no fuera todo tan malo como se imaginaba, pensó.

Como todas las noches antes de ir a dormir, se puso a rezar, con el deseo de que Dios la ayudara. A ella, a su hermano y, so-bre todo, a su madre, a la que imaginaba aún llorosa y doliente.

—*Pater Noster, qui is in caelis, sanctificetur nomen tuum...*

Unos pasos empezaron a oírse por el pasillo... Luego, una puerta que se abría y no se cerraba. Y unas risas...

—*... adveniat Regnum tuum fiat voluntas tua sicut...*

Tras las risas, empezaron a oírse frases obscenas... E inme-diatamente unos jadeos... Isabel fue hasta donde estaba el paja-rillo, tranquilo en su jaula... Pero en realidad se hablaba a sí misma.

—Tú ni caso, Amadís.

Pero los jadeos iban a más... Isabel buscó una tela y cubrió la jaula de Amadís, para que no oyera nada. Ojalá pudiera hacer ella lo mismo con su cabeza. Pero, pensó, que podía hacer otra cosa: rezar más alto. Y, otra vez de rodillas, comenzó la oración, casi a voz en grito.

—*Pater Noster, qui is in caelis, sanctificetur nomen tuum...*

Pero los gemidos de la habitación contigua resultaban impo-sibles de ignorar. No podía aguantar más y salió corriendo de la alcoba.

Nada más salir, vio a una pareja retozar, desnudos los dos, la puerta abierta, en la habitación de al lado... Escandalizada, si-guió corriendo hacia los aposentos del único que parecía preo-cuparse por ella y por su hermano en esa Corte: Carrillo.

—¡Abridme, por favor, eminencia!

Aporreó la puerta sin parar, hasta que ésta se abrió y apare-ció Carrillo en camisa de dormir, aunque bien despierto. Y, aho-ra, preocupado.

—¿Qué sucede, alteza?

Pero Isabel ni le respondió, aturdida al ver, por detrás de él, a una exuberante dama desnuda en la cama del arzobispo.

—¿Vos también?

Horrorizada, volvió corriendo a su habitación sin que el arzobispo pudiera retenerla.

—¡Esperad, Isabel, esperad!

Definitivamente, las costumbres de la Corte eran bien distintas a las costumbres que ordenaba Dios. Y más a sus representantes en la tierra.

Isabel tardó en conciliar el sueño. Pero la energía de todo ser humano tiene un límite. Y más la de una niña de apenas diez años, sobrepasada por unos días tan llenos de tensión y de emociones como jamás había vivido.

Y se durmió, echando de menos su alcoba de Arévalo y el beso de buenas noches de su madre.

A la mañana siguiente comprendió que si esperaba que su vida en la Corte podría ser llevadera, se equivocaba.

En el desayuno, su hermano el rey siguió ausente. Sólo la reina les acompañaba a ella y a su hermano Alfonso.

—Isabel, tienes mala cara… ¿Dormiste mal anoche?

Antes de que Isabel pudiera contestar a lo que creía unas palabras amables, la entrada de una pareja de criados (trayendo pan y manteca) la hicieron entrar en estado de alarma: la criada era la misma que yacía con un varón en la alcoba de al lado la noche anterior.

Entonces supo el infierno que le esperaba. Pero, al mismo tiempo, se conjuró a no mostrar debilidad ni temor. Y descubrió que el cinismo podía ser más un arma con la que sobrevivir que un pecado.

—Me costó al principio… pero luego pude dormir sin problemas. Gracias por vuestro interés, majestad.

En ese momento, entró Carrillo, que al recibir la mirada reprobatoria de Isabel, no pudo evitar sonrojarse.

—Buenos días, majestad... ¿Puedo pasar?

—¿No tenéis que oficiar misa, eminencia? —respondió displicente la reina.

—He venido precisamente para invitar a los infantes a ella, señora.

De repente, Alfonso, con la torpeza del que se siente absolutamente fuera de lugar, hizo que cayera al suelo el cuenco de madera con las gachas.

Asustado, pidió perdón y miró humildemente al criado que tendría que limpiar su torpeza. Éste acudió solícito para limpiar suelo y mantel, pero la reina se lo impidió con un grito:

—¡No! Que lo limpie él.

Alfonso, más como niño asustado que como infante, cogió un paño dispuesto a obedecer.

Pero ahora, sin necesidad de alzar la voz, con una autoridad impropia de su edad, fue su hermana quien le impidió que se pusiera a limpiar como un criado.

—Ni se te ocurra hacerlo, Alfonso.

Alfonso se quedó atónito, no sabía qué hacer.

Juana insistió: era la reina y sus órdenes debían ser obedecidas.

—¡Limpia lo que has ensuciado! —chilló histérica.

Pero Isabel aguantó el pulso y mirando fijamente a la reina, sin levantar la voz, volvió a dejar claro que hay barreras que con ella no se debían pasar. Y menos con su hermano.

—Somos hijos de reyes... Mi hermano no va a limpiar nada.

Se sabía que la presencia de los infantes iba a generar momentos de tensión, pero no que las cartas se mostraran tan rápido encima de la mesa, debió pensar Carrillo que, para arreglar el desaguisado, humildemente cogió el paño del criado para limpiar él mismo los restos de las gachas.

Pero Isabel también se negó.

—Gracias, pero no es la limpieza la tarea de un arzobispo.

Luego se levantó y pidió educadamente permiso para salir

para ella y para su hermano. Juana accedió sólo asintiendo, de mal humor.

Carrillo contempló admirado a Isabel mientras salía, tan deprisa que su cabello rubio parecía azotado por el viento: nunca habría imaginado que una niña fuera capaz de plantar cara a la propia reina.

Pero enfrentarse con Juana podría acarrearle tremendos perjuicios. Por eso, amable, Carrillo intentó mediar ante la reina, aún iracunda por lo que acababa de suceder.

—Comprendo vuestra impaciencia por tener un hijo, majestad... Pero todo esto no es necesario.

—¿Quién sois vos para decirme lo que es necesario o no, eminencia?

Hubo un silencio. Luego Carrillo se despidió con respeto de su reina y se marchó a sus quehaceres sin decir a la reina lo que realmente le hubiera apetecido: que la vida da muchas vueltas y que quien siembra vientos, acaba soportando tempestades.

V

Pasaron los meses. Uno, dos, tres...

Y al llegar al cuarto, la situación era inaguantable para Isabel y Alfonso.

Estaban solos. Bueno, no del todo: dos guardias les acompañaban a todas partes, como si fueran peligrosos o pudieran escaparse de palacio.

Apenas nadie les hablaba. El rey seguía ausente y sólo pudieron observarle un par de veces de lejos, sin poder acercarse siquiera a él.

Sólo la amabilidad del mayordomo de palacio, don Beltrán de la Cueva, les consolaba. Beltrán contemplaba apenado la situación de esos dos niños: dos extraños en un mundo que no era el suyo... ¡Le recordaban tanto a él! Pensaba el de Úbeda que ser hijo de reyes no era precisamente algo tan afortunado como cualquiera sin título pudiera pensar.

Sólo las atenciones de Carrillo hacían ver a Isabel y Alfonso que alguien se preocupaba de ellos. Aunque ella sólo aceptaba alguna de esas atenciones y a regañadientes: no le perdonaba a un hombre de Iglesia caer en los pecados de la carne.

Pero, sin embargo, ese hombre la tranquilizaba, aunque no se lo dijera. Se sentía protegida por Carrillo, siempre vigilante de sus personas como si temiera que alguien les fuera a hacer daño. Le inspiraba confianza.

Por eso, una mañana, harta, se dirigió directamente a él.

—¿Sabéis dónde está ahora el rey?

Carrillo respondió afirmativamente.

—Llevadnos donde esté: he de hablar con mi hermano.

Era tal la seguridad que mostraba Isabel que Carrillo, pese a que respondió objetando que tal vez no fuera el momento más oportuno, que el rey estaba en sus asuntos de gobierno… Acabó cediendo ante la insistencia de Isabel, pese a que le podía costar algún sermón del propio rey… o lo que era peor: de la reina.

Pero era tan injusta la situación de esos niños y tan admirable el carácter de Isabel que pensó que bien merecían un premio.

Y les llevó donde estaba el rey, que se encontraba a las afueras de Segovia. No estaba reunido con emisarios extranjeros, ni con el Consejo Real, ni controlando las cuentas de Castilla… No: estaba tirando con arco, lo que provocó la ironía de Isabel.

—Ya veo los asuntos de gobierno a los que os referíais, monseñor.

Llegaron hasta el rey y Carrillo, anticipando un seguro reproche, pidió perdón por interrumpir la tarea de éste.

Pero, en vez de mostrar mala cara, el rey sonrió y abrazó a sus hermanos con un afecto impropio de quien no se había molestado ni en verlos desde que habían llegado a palacio.

—¡Hermanos! ¡Qué alegría me da el veros!

Carrillo, discreto, movió la cabeza asombrado del voluble carácter del rey.

Isabel, respetuosa, hizo una genuflexión.

—Perdonad nuestro atrevimiento, señor.

Enrique le sonrió, encantador.

—No os inclinéis, os lo ruego: sois mi hermana. Y entre hermanos nunca hay atrevimientos... Perdonadme vosotros a mí por no haberos recibido personalmente —mintió—. Ayer tuve un día muy atareado y hoy... —Volvió a mentir—. Hoy iba a saludaros después de tirar con arco.

—No importa, majestad —respondió escéptica Isabel.

—Dejaos de majestad y esas tonterías y decidme: ¿qué tal vuestra estancia en la Corte?

—Precisamente quería hablaros de eso.

Isabel no se atrevía a seguir: era valiente y lo había demostrado. Pero Enrique, aunque fuera su hermano, ante todo era el rey. Su rey. Por muy ofuscada que estuviera no podía faltarle al respeto, ni parecer una niña caprichosa... Y se quedó sin palabras.

Enrique se dio cuenta. Y de repente mostró su lado más sensible.

—Podéis hablarme en toda confianza, Isabel. Decid qué queréis de mí.

—Os rogamos que nos deis permiso para volver a Arévalo con nuestra madre.

Enrique acarició su cabeza. Cualquier cosa le hubiera dado si la hubiera pedido. Pero ésa no: se lo había prometido a su esposa y ésta le iba a dar el mejor de los regalos, un hijo.

—No es tan fácil, hermana. Ejercer el poder es muy complicado, tiene unas responsabilidades... Y vosotros, como familia del rey, tenéis que empezar a aprender las vuestras.

—Pero... —intentó explicarse Isabel.

Enrique impidió que siguiera, dulcemente. Tanto como sólo él, a veces, podía llegar a serlo.

—Vos, sin ir más lejos, Isabel... En unos años deberéis estar preparada para casaros con un rey que se os proponga... Y tendréis que mirar por el bien de Castilla antes que por el vuestro.

Isabel le miró seria: por ahí no estaba dispuesta a pasar.

—Perdonad, pero yo me casaré con quien quiera.

A Carrillo estuvo a punto de darle un arrechucho ante la claridad de ideas de la niña.

—Isabel...

Pero Enrique, al que las palabras de su hermana le habían hecho reír, ya dominaba el encuentro y decidía quién hablaba y cuándo.

—Tranquilo, Carrillo... Dejadla soñar ahora que puede, eminencia... —Añadió dirigiéndose a Isabel—: Sé que estos momentos no son agradables para vos... Por eso quiero recompensaros con algo que os gustará. ¿Queréis ser la madrina de mi hijo?

Isabel quedó pasmada ante la oferta.

—¡Sería un honor, majes...!

Su hermano la miró cómicamente reprobatorio, y chistando evitó que Isabel dijera la palabreja «majestad». Y logró que Isabel por fin sonriera.

—Sería un honor, Enrique.

Entonces, Enrique miró a Alfonso, que callado todo el tiempo no dejaba de mirar las flechas y los arcos.

—Y vos, por la cara que ponéis, seguro que estáis deseoso de probar con el arco...

Alfonso no podía creérselo.

—¿Puedo?

—¡Por fin habló! ¡Empezaba a temer que fuerais mudo! —le dijo el rey ofreciéndole su propio arco—. Claro que podéis... Tomad...

Mientras Alfonso cogía el arco alborozado, Isabel se preguntaba al tiempo que contemplaba a Enrique, que si tanto afecto les mostraba, ¿por qué nunca se había preocupado por ellos? Por eso debía insistir...

—¿No podéis traer aquí a nuestra madre?

—Su tiempo de reina pasó, Isabel.

—Dejadnos al menos ir a visitarla —casi imploró.

Enrique la miró con cariño.

—Cuando nazca mi hijo, podréis volver con ella. Os lo juro.

Carrillo se quedó extrañado. Y no tardaría en comunicar su extrañeza a Pacheco, que al día siguiente le hizo llamar para mostrarle unos documentos.

—Este Enrique... nunca dejará de sorprenderme. Es como si fueran dos personas en una. No recibe a sus hermanos, permite que la reina los humille y luego los trata con un cariño que emocionaba verlo.

—Sí... El rey es capaz de no saludaros un lunes y acordarse del cumpleaños de vuestros hijos el miércoles siguiente. Es peligroso, Carrillo. Y si no me creéis, mirad esto...

Pacheco acercó a Carrillo unos edictos dictados por el rey. Tras leerlos, el arzobispo mostró su sorpresa.

—¿Es esto cierto?

—Los firma el rey, ¿os parece cuestión de poca certeza? El rey ha duplicado los bienes de su querido Beltrán desde el embarazo de la reina.

Carrillo se sintió confundido.

—¿Qué hacemos?

—Vos seguid protegiendo a Alfonso y a su hermana. Que no olviden que estamos a su lado.

—¿Aún pensáis en él como futuro heredero?

—Tiempo al tiempo. Los buenos guisos se hacen a fuego lento. Pero si el rey no cambia, algo tendremos que hacer.

—¡Pobres! Ellos sólo piensan en volver a Arévalo, con su madre. El rey les ha prometido que los dejará partir en cuanto tenga a su hijo.

Preocupado, Pacheco se dejó caer en la silla para vislumbrar el futuro.

—Exacto —remarcó—. A su hijo. Porque como sea niña, ya se encargará la reina de que Alfonso e Isabel sigan presos.

Pasó el cuarto mes, y toda la Corte se desplazó a Madrid. Castilla tenía tradición de que su Corte fuera itinerante y, en estos últimos tiempos, Segovia y Madrid alternaban capitalidad según dónde estuvieran el rey y su séquito.

A veces, tanto amaba Enrique a la villa de Madrid, que la Corte permanecía en Segovia, donde se guardaba el tesoro real, mientras él se encerraba en su coto de caza de la sierra, donde un guardés y unos pocos hombres de confianza cuidaban de la principal debilidad del rey: sus animales.

Pero ahora no tenía tiempo de estar con ellos: la reina estaba a punto de salir de cuentas, había que organizar el bautizo y, lo más importante: la ceremonia de juramento a su heredero.

Para Isabel y Alfonso era la misma historia con distinto paisaje: seguían paseando vigilados. Y continuaban sufriendo la total indiferencia de los que los rodeaban, exceptuando a Carrillo y a un amable Beltrán de la Cueva, al que Isabel estaba especialmente agradecida por conseguir que pudiera llevar a Amadís hasta Madrid, pese a las órdenes contrarias de Juana de Avis.

El mayordomo de palacio arregló la cuestión con sensibilidad y discreción: consiguió una jaula algo más pequeña que, camuflada, pasó inadvertida entre los bultos del equipaje de los infantes.

Un buen día, los gritos de la reina se oyeron por todo el palacio. No era otro de sus ataques de histeria: sencillamente, estaba dando a luz.

Su esposo esperó fuera de la alcoba impaciente, mientras dentro una comadrona hacía su trabajo ante los ojos de un notario. El rey se paseaba nervioso de un lado para otro. Estaba viviendo el momento más deseado de su vida. Iba a ser padre.

Enrique nunca fue muy creyente, pero superado por la situación, hasta rogó a ese Dios en el que los demás creían más que él.

Y le pidió, con todas sus fuerzas, una cosa: que su hijo fuera varón.

Por fin, los gritos de Juana se acallaron. Silencio. Y, a los pocos segundos, el llanto de un recién nacido.

Ansioso, Enrique entró en la estancia. Antes de preocuparse por su extenuada esposa, fue corriendo al notario y le preguntó, con el corazón en un puño:

—¿Qué ha sido?

El notario parecía apesadumbrado, dando a entender lo que confirmaron sus palabras.

—Niña, majestad.

La decepción invadió al rey, que ni siquiera hizo ademán de ver a su hija, todo lo contrario que la madre.

—¡Dejad que vea a mi hija!

La comadrona miró al rey, que asintió, y acercó a la recién nacida a los brazos de quien acababa de parirla.

Juana la abrazó con delicadeza, con un amor inmenso.

—Mi niña...

El rey las miraba a una cierta distancia: su decepción por no tener un varón le había paralizado. Pero Juana no iba a consentir que su hija no recibiera el reconocimiento de su padre.

—¿No os acercáis a ella? ¿Acaso la vais a querer menos por ser niña?

Enrique, triste, sabía que no podía hacer eso. Y se aproximó hasta ellas.

—No, amor mío... —dijo acariciando a su hija—. Es nuestra hija. Y mi heredera.

Su heredera fue bautizada con el mismo nombre que su madre: Juana. La ceremonia se celebró por todo lo alto; vinieron personalidades de toda Castilla, de los reinos amigos e incluso de alguno que podría llegar a serlo.

La capilla real de Madrid estaba abarrotada. Las calles que la rodeaban, también.

Las malas lenguas dijeron que la presencia de tanto gentío se debía a que todos querían comprobar si era verdad que el rey había sido capaz de engendrar. Una noticia que sólo creerían cuando vieran a la niña, del mismo modo que Tomás sólo creyó en la resurrección de Cristo al tocar sus llagas.

Isabel estaba allí. De madrina, como le prometió Enrique. A su lado, el embajador de Francia. Paradojas del destino: el padrino fue el marqués de Villena, don Juan Pacheco, acompañado de su esposa.

No se supo si la elección de Pacheco para un papel tan estelar fue por reconocimiento a los servicios prestados, o por mantenerle calmado… O porque hubiera sido excesivo, tales eran los rumores, que el propio Beltrán de la Cueva ejerciera de padrino cuando tantas voces decían que era el verdadero padre de la criatura.

Ofició el acto el arzobispo Carrillo, al que, pese a que nadie lo notó, entre rito y rito, pensaba en lo que podría ocurrir a partir de ese momento.

¿Pasaría lo que vaticinaba Pacheco acerca de que al nacer una niña, Alfonso e Isabel seguirían presos en palacio?

La cara sonriente de Alfonso, que creía que tras la ceremonia de bautizo volvería a su querido Arévalo, podría hacer creer a más de uno que no iba a ser así.

Isabel, temerosa, incluso se acercó a su hermano el rey tras la ceremonia para preguntarle si ahora podrían volver con su madre. Y conoció a otro Enrique. Ya conocía al ausente y al dulce y amable. Ahora conoció al airado y seco.

—No es momento de hablar de esos temas, Isabel.

Isabel supo en ese momento que la batalla estaba perdida.

Y no fue la única: su madre, en Arévalo, tan débil que volvía a tener que guardar cama, también se temía lo peor.

—Una niña… Ha tenido una niña… Mis hijos no volverán.

—Veremos cómo se desarrollan los acontecimientos —respondió sin convencimiento Chacón, que en realidad pensaba lo mismo que la enferma.

Pero Isabel de Portugal repitió obstinada:

—No volverán. Y vos lo sabéis tan bien como yo, don Gonzalo. Un hijo habría asegurado la sucesión. Una hija casada con un rey extranjero pondría Castilla en manos de extraños.

—Si me pedís que me rinda, sabéis que no lo haré —dijo Chacon reconociendo la gravedad de la situación—. Moveré Roma con Santiago para protegerles.

—Sé que lo haréis... Y que lucharéis aun sabiendo que tenéis la batalla perdida... Tengo tanto que agradeceros, don Gonzalo —declaró Isabel de Portugal con ternura.

—Por favor, señora...

—Dejadme hablar, por si mañana no puedo...

Chacón asintió, lo que aprovechó ella para coger aire y seguir hablando, sacando fuerzas de flaqueza.

—En vez de odiarme por promover la muerte de don Álvaro, vuestro maestro, habéis educado a mis hijos como si fueran vuestros.

—Vos no firmasteis su sentencia.

—Pero intrigué para que el rey la firmara... ¡Lo siento tanto! Por eso Dios me castiga, don Gonzalo. Lo sé. Por eso hace que me visite el espíritu de don Álvaro: para recordarme mi pecado.

Chacón observó desconcertado cómo la mirada de Isabel de Portugal dejaba de dirigirse a sus ojos y se desviaba hacia un lado, detrás de él. Ahí estaba, a la vista exclusiva de ella, el fantasma de don Álvaro.

—¿Lo estáis viendo ahora? —preguntó Chacón.

—No. Ahora, no —mintió Isabel de Portugal.

Chacón no las tenía todas consigo, pero evitó mirar detrás de él.

—Ya que no volverán, os lo ruego: visitad a mis hijos. Hacedles saber que su madre los quiere y los querrá siempre. Y regresad con noticias suyas.

—Os juro que así será, alteza... Pero antes haré lo que pueda por que vengan a visitaros.

—Gracias.

Chacón abandonó la estancia, dejando a la enferma sola. Pero Isabel de Portugal no se sentía sola: miró otra vez a don Álvaro, sentado plácidamente en la silla, y le dijo en toda confianza:

—Los dos sabemos que no lo conseguirá, ¿verdad?

VII

Chacón envió cartas a Enrique durante dos meses y, como siempre, no obtuvo respuesta.

Ya sólo le quedaba una opción para lograr que Isabel y Alfonso volvieran a Arévalo: don Diego Hurtado de Mendoza. Y viajó de Arévalo hasta Buitrago para conseguir que intermediara en el conflicto.

Educado, culto y refinado, como pocos hombres había en Castilla, Mendoza antes de hablar enseñó a Chacón su colección de arte. Don Diego era famoso por ser mecenas de grandes artistas y entendía que la presencia de Chacón, hombre también de gran formación, le brindaba una oportunidad casi única de poder hablar de pintura.

Don Diego le mostró un cuadro a Chacón. Era de tema mariano y en él se veía a la Virgen con Jesús de niño y una pequeña iglesia en el regazo, como madre de Dios y protectora de la Iglesia.

—¿Qué os parece, don Gonzalo?

—Temo hablar de arte con vos, excelencia: sabéis mucho más que yo...

—Siempre tan prudente, Chacón. Y hacéis bien. Porque esta pintura es peor que el estiércol en una ensalada. ¿Sabéis quién la ha pintado?

Chacón estaba confundido.

—No, excelencia.

—Yo mismo —dijo mirando la pintura—. ¡Dios mío! Soy un pintor desastroso. Probablemente por eso pago a los buenos pintores, para que ellos trabajen a su libre albedrío. Es una forma de equilibrar la balanza, supongo... Ya sabéis que los Mendoza siempre buscamos el equilibrio.

Chacón no quería perder más tiempo e introdujo en la conversación, adulador, otro concepto:

—También buscáis la justicia, excelencia. El honor de vuestra familia no admite duda en el reino. Por eso he acudido a vos...

Don Diego sonrió. Sabía por qué Chacón decía eso.

—Gracias por vuestras palabras... pero vuestro esfuerzo es en vano.

—¿No haréis nada por los infantes?

—No debo.

Chacón apeló no ya a la justicia sino a la bondad de Dios.

—Vos sois un buen cristiano y tenéis que saber que su madre está gravemente enferma y...

Con un leve gesto de su mano, Mendoza detuvo el discurso de Chacón.

—No insistáis... El rey ha decidido y nuestra misión es obedecer. No soy un intrigante como Pacheco, que se mueve como una veleta. Ni queremos ser más reyes que el propio rey, como quiso serlo vuestro amigo don Álvaro...

Mendoza acababa de atacar el flanco débil de Chacón, donde más podía dolerle.

—Nosotros los Mendoza debemos ser estables y no admitimos otras influencias que las del rey... —añadió dejando caer el dato—. Y más ahora, que ha tenido a bien casar a don Beltrán de la Cueva con mi hija Mencía. Lo siento, don Gonzalo.

Chacón quedó desolado, algo que no pasó inadvertido a don Diego.

—Bien... sólo me queda daros las gracias por vuestro tiempo.

—No hay de qué. Siempre es un placer hablar con alguien tan culto como vos. Por cierto, en unas horas marcho para Madrid, a jurar lealtad a la heredera. Si queréis acompañarme...

Chacón sonrió con amargura.

—Iría… Pero sólo para ver a Isabel y Alfonso, y sé que eso no es posible: ya he escrito al rey varias veces y no he obtenido respuesta.

Tras pensárselo unos segundos, por fin don Diego decidió ceder en algo.

—No os preocupéis; venid conmigo. Yo mismo me encargaré de que podáis verlos. Os doy mi palabra.

Chacón no había conseguido el apoyo de los Mendoza para rescatar a los infantes. Pero, al menos, podría verlos.

«Menos es nada», pensó.

VIII

Lo que no pudo ver Chacón fue la ceremonia de juramento de lealtad a la princesa Juana. Tuvo que esperar en las afueras de palacio a que terminara.

Si hubiera estado allí, en la Sala Real de palacio, habría contemplado a todos los prebostes de Castilla lucir sus mejores galas.

Los nobles, más Alfonso e Isabel, todos en pie, esperaban la llegada del rey. En la sala se habían instalado dos tronos: el de Enrique y el de su esposa.

Para amenizar la espera, los presentes se organizaron en grupos en los que en unos corrillos se despedazaba a los que estaban en otros. Con la mejor de las sonrisas y en voz baja, por supuesto: no era momento de expresar públicamente lo que cada uno pensaba.

En realidad, en Castilla era difícil encontrar un momento apropiado para ello: se preferían las intrigas y las puñaladas políticas por la espalda.

En uno de esos corrillos conversaban, en reunión familiar, Juan Pacheco, Pedro Girón y Alfonso Carrillo. El primero analizó el paisanaje y lo definió con su habitual cinismo.

—Reunión de nobles con el rey, función de teatro.

Al contrario que Pacheco, Carrillo tenía en alta estima momentos tan especiales como ése: se habían congregado allí para nombrar a la pequeña Juana princesa de Asturias y, como tal, heredera de la Corona de Castilla. Por eso no dudó en recriminar sus palabras.

—No hagáis bromas... Hoy es un día histórico.

—Pero ¿no veis que todo es una farsa?

Pedro Girón no escuchaba la conversación, pero sí espiaba todo lo que ocurría alrededor: y encontró una presa.

—Mirad a vuestra derecha...

Y señaló con la mirada a Beltrán de la Cueva, que se encontraba al lado de los Mendoza... Y recibiendo evidentes muestras de cariño de la hija de don Diego, Mencía.

Tal imagen sorprendió a Carrillo

—¿Qué hace Beltrán con los Mendoza?

—¿No sabéis las últimas noticias? —respondió Pacheco—. La hija de don Diego Hurtado de Mendoza se casa con nuestro amigo Beltrán.

—¿Beltrán va a entroncar con los Mendoza?

—Sí. Y, además, recibirá el condado de Ledesma. Nunca un puto fue pagado tan generosamente.

Una voz anunciando la entrada de los reyes interrumpió las diatribas de Pacheco.

Como en una coreografía perfectamente ensayada, todos inclinaron la cabeza ante la entrada de Enrique y Juana, acompañados de unos criados que portaban en la cuna a la pequeña Juana.

Detrás de ellos, serios, Isabel y Alfonso.

Carrillo se apenó al verlos en ese acto de sumisión, sin duda ordenado por la reina.

—Detrás de ellos, como perrillos falderos.

—Veo que por fin os dais cuenta de la situación —apostilló Pacheco.

Los reyes se sentaron en sus tronos y la cuna quedó colocada entre los dos.

Inmediatamente, el obispo Fonseca se situó al lado de los reyes y Enrique dio la orden de que empezara la ceremonia. El funcionamiento era simple: Fonseca iría nombrando a los presentes, que se postrarían delante de la cuna de la niña y jurarían lealtad a la pequeña Juana como nueva princesa de Asturias.

Y, tras sacar un legajo, el prelado fue llamando, uno por uno, a los principales de Castilla que allí se encontraban. La primera fue Isabel, anunciada pomposamente por Fonseca:

—Doña Isabel de Castilla, infanta del reino.

E Isabel llegó hasta su sobrina y se postró y juró. Fonseca remachó el legalismo.

—La nombrada, jura.

Luego le tocó el turno a su hermano.

—Don Alfonso de Castilla, infante del reino y excelentísimo maestre de la Orden de Santiago.

Alfonso también se postró y juró. Y Fonseca volvió a repetir que el nombrado había jurado.

Los nombres se iban sucediendo: don Diego Hurtado de Mendoza, marqués de Santillana; su hermano, don Íñigo López de Mendoza, marqués de Tendilla; don Alonso Enríquez de Quiñones, almirante del reino de Castilla...

Carrillo se sentía especialmente inquieto: ver a Beltrán con los Mendoza, saber del aumento de sus títulos y pecunio... Nunca fue muy proclive a creer en las maledicencias que propagaba Pacheco, pero en este caso las sospechas sobre que el rey no era el padre de la princesa le parecían hasta razonables.

—¿Vos qué haréis, sobrino?

—Jurar lealtad... No tengo alma de mártir —respondió Pacheco con voz casi inaudible.

—Pero si lo que decís es cierto, algo habrá que hacer.

—Y se hará. Pasaos esta tarde por mi despacho y lo sabréis.

Mirando la cuna, Pacheco, sonriendo cínico, dejó claros sus pensamientos:

—Mirad a la niña... Es igual que su padre... La llamaremos la Beltraneja.

A Pedro Girón le costó contener la risa. Carrillo seguía pensativo: no creía que la cosa fuera para bromas.

Fonseca seguía con su lista.

—Don Alfonso Carrillo de Acuña, excelentísimo arzobispo de Toledo.

Carrillo, con faz seria, se acercó hasta la cuna. Después de inclinarse y jurar lealtad, no pudo evitar quedarse unos segundos de más contemplando a la princesa. Luego miró de reojo a Beltrán.

Quería comprobar si de verdad había razones para llamarla la Beltraneja.

IX

Carrillo juró. Como también lo hizo Pacheco. Pero esa misma tarde se encontraron en el despacho de Pacheco, donde les esperaba un notario para firmar un documento público, que dictó Pacheco:

—Por la presente, declaro...

El notario escribió de puño y letra, al dictado.

—Que se me ha hecho jurar forzado y contra mi voluntad...

El notario siguió escribiendo.

—... lealtad a la princesa Juana, que es hija de la reina, pero no del rey.

El notario, al oír estas palabras, dejó de escribir y se quedó mirando a Pacheco.

—¿Estáis seguro de lo que decís? —preguntó perplejo.

Antes de recibir respuesta sintió cómo la mirada de un pendenciero marqués de Villena le atravesaba.

—¿Y vos? ¿Estáis seguro de que queréis seguir trabajando de notario?

—Sí, sí, excelencia...

—Pues escribid, necio.

El notario, temeroso, siguió escribiendo hasta el final todo lo que le fue dictado. Que en resumen era lo dicho: Pacheco no reconocía a la princesa como hija del rey y sí de don Beltrán de la Cueva.

Acabado el documento, Pacheco lo revisó y firmó. Luego miró a Carrillo y le preguntó si también quería dar fe de lo expuesto.

Carrillo, más prudente, se negó.

—Con vuestro juramento, basta.

Y realmente bastaba. No se trataba de hacerlo público de inmediato. La idea de Pacheco era más sibilina: el notario daría fe de que en la misma fecha en que se juró a Juana como princesa de Asturias, alguien denunciaba que ella no era digna heredera de la corona.

Si con el paso de los años, las cosas iban mal dadas, esa acusación no podría ser tachada de acalorada ni improvisada.

Era una carta en la manga. Una daga oculta, pequeña pero mortal de necesidad... que Pacheco usaría si fuera necesaria.

X

Mientras Pacheco intrigaba con el futuro de Castilla, en los pasillos que conducían a la alcoba asignada a Isabel en el palacio de Madrid tenía lugar una escena sin duda más emotiva: el reencuentro de Chacón con Isabel y Alfonso.

En un principio, los soldados que vigilaban a los infantes se negaban a perderlos de vista, ni siquiera en tan especial momento. Pero Diego Hurtado de Mendoza, que acompañaba a Chacón, zanjó el problema.

—Bajo mi responsabilidad, os ordeno que les dejéis intimidad para hablar.

Los soldados no tuvieron más remedio que obedecer, tal era el poder de don Diego, patriarca de una familia que, entre otras cosas, poseía un ejército que era la base de la defensa de Castilla.

Chacón dio las gracias a don Diego.

—Lo que prometo, lo cumplo —respondió Mendoza.

Y marchó, no sin antes mirar de reojo la emocionante imagen de un reencuentro que se diría que era el de unos hijos con su padre, tales eran los abrazos.

Ya en la habitación, Chacón se encontró con Amadís. Chacón miró al pájaro en la jaula.

—¿Canta o no canta?

—Cuando quiere, como siempre... —respondió Isabel feliz—. Tomad asiento y contadnos, ¿cómo está nuestra madre?

Chacón se armó de valor para mentir.

—Bien, bien... Con muchas ganas de veros... por eso me ha enviado, para que le dé noticias vuestras.

Alfonso le miró incrédulo.

—¿De verdad está bien?

Haciendo de tripas corazón, Chacón volvió a mentir.

—Muy bien. Ha vuelto a coger el gusto de los paseos por el campo... Y sólo le faltáis vosotros. Eso es lo único que le falta... que no es poco.

Isabel miró fijamente a Chacón que bajó la cabeza y cambió de tema. En ese momento Isabel se dio cuenta de que Chacón les estaba mintiendo.

—¿Y vosotros? ¿Qué tal vuestra vida en la Corte?

—Mal —respondió sincero y veloz Alfonso.

Isabel, reprobatoria, le corrigió.

—No exageres, Alfonso. Mal, mal..., no. Nos cuidan... Echamos de menos vuestras clases y las de mi madre. Pero no tenemos queja.

Alfonso no podía creer lo que estaba oyendo en boca de su hermana, sin darse cuenta de que Isabel estaba haciendo lo mismo que Chacón: ocultar los problemas para que los otros no sufrieran. Asumir con orgullo su situación.

—Isabel —insistió Alfonso—, ¿cuántas veces hemos hablado de que...?

Isabel no le dejó acabar la frase.

—Tonterías... Un mal día lo tiene cualquiera, Alfonso... —Y dirigiéndose a Chacón añadió—: Decidle a nuestra madre que estamos bien. No tenemos queja de nada.

—A veces no te entiendo, hermana.

Entonces Isabel cambió de tema.

—¿Por qué no nos damos un paseo por el jardín? Hace un día precioso y dicen que el aire de Madrid es bueno para la salud.

Chacón sonrió.

—Por mí encantado...

—Alfonso, ¿te importa que antes hable un minuto con don Gonzalo? Quiero darle un mensaje para Beatriz.

—Os espero fuera —obedeció Alfonso resignado.

Nada más quedarse solos, Chacón se interesó por el supuesto mensaje.

—Vos diréis.

—¿Podéis concederme unos minutos para escribir una carta para Beatriz? No tardaré nada en redactarla y en reunirme con vosotros. Así podéis llevarla a Arévalo.

—Por supuesto...

—Y no os dejéis marear por las quejas de mi hermano.

Chacón asintió y se encaminó hacia la puerta, rumiando todo lo que acababa de escuchar. Antes de salir, lleno de dudas, se giró hacia la infanta.

—Isabel, ¿habéis sido sincera en vuestras palabras? ¿Es verdad que estáis bien en la Corte?

Isabel le miró a los ojos. Su mirada era brillante, segura.

—¿Es verdad que mi madre está bien?

Chacón se extrañó de obtener una pregunta por respuesta y, como Pedro, negó la verdad por tercera vez.

—Claro. ¿Por qué os habría de mentir yo?

Isabel sonrió.

—¿Y por qué os habría de mentir yo a vos?

En ese momento, tras sonreír, Chacón comprobó que, pese a su corta edad, Isabel ya había dejado de ser una niña. Su infancia había desaparecido tras el rapto, tras tantas penas y sinsabores.

Y fue consciente de que su alumna ya jugaba al mismo juego que él: el de la responsabilidad.

—Es cierto. Perdonad por la pregunta.

Isabel mantuvo su sonrisa hasta que su tutor dejó la alcoba. Luego, la tristeza invadió su semblante.

Con esa misma tristeza se dispuso a escribir una carta para sus seres más queridos. Aquellos de los que la ambición de la reina les habían apartado a ella y a su hermano.

XI

No tardó mucho en volver Chacón a Arévalo. Llevó hasta allí los recuerdos y el cariño de los infantes. Y también la carta que Isabel le entregó y que le rogó que no se leyera en presencia de su madre.

Chacón reunió a su esposa y a Beatriz de Bobadilla para leerla juntos. La carta decía así:

> Os escribo esta carta a vos, Beatriz, pero quiero que la leáis en alto delante de don Gonzalo y doña Clara... A mi madre, no, que no quiero que sufra... Os pido perdón, don Gonzalo, por no haber sido clara con vos delante de mi hermano: es pequeño y aún no entiende ciertas responsabilidades que como familia de reyes tenemos que asumir, a veces con pena.
>
> Sobre todas las cosas, decid a mi madre que cada día sus hijos la quieren más... A vos, Chacón, agradeceros vuestros cuidados y atenciones que más que de un tutor han sido las de un padre, pues padre os podemos llamar porque de los pechos de vuestra esposa, mi querida Clara, me amamanté...

Beatriz tuvo que parar al oír el llanto de Clara.

—Seguid —ordenó Chacón.

Y Beatriz siguió leyendo, a duras penas:

> A vos, Beatriz, mi mejor amiga, mi hermana, deciros que os echo de menos, porque aquí de pocas cosas puedo hablar con nadie como lo hacía con vos.
>
> Juro que si algún día Dios me lo permite, haré pagar a quienes me están haciendo vivir este infierno... Porque no pondré la otra mejilla, sino que cobraré ojo por ojo, diente por diente. Ya llegará el momento en que los que me alejan de mi madre se arrepientan de haberlo hecho.
>
> Os quiere,
>
> ISABEL

Los tres quedaron desolados pensando en el encierro de su querida Isabel y de su añorado Alfonso.

Estaban encerrados en una jaula de oro. Pero encerrados, al fin y al cabo.

Isabel debió de pensar lo mismo. Tal vez por eso, una mañana, cogió la jaula de Amadís, lo liberó y contempló cómo volaba por el cielo azul.

Porque si ella se sentía presa, no podía entender la prisión de nadie más. Aunque sólo fuera un pájaro.

3

La rebelión de los nobles

Abril de 1464

I

Isabel miraba el cielo ensimismada como si acabara de despedir a Amadís. Pero, desgraciadamente, no era así: ya habían pasado casi tres años.

Pocas cosas habían cambiado para ella: seguía sin tener la libertad de poder ver a su madre. Continuaba sometida a las nefastas influencias de la reina Juana de Avis. Se sentía desgraciada y como si estuviera detenida en el tiempo.

Pero el tiempo transcurría. Y, a su alrededor, se empezaron a tejer acontecimientos que pronto iban a transformar su vida.

Tras el nacimiento de Juana, el rey Enrique logró —ese mismo año— mejorar su imagen. Hizo incursiones en Aragón y Navarra y hasta llegó a ser nombrado por los catalanes su legítimo rey, como estrategia contra Aragón. Si bien este cargo fue efímero, su prestigio crecía. Y siguió creciendo al año siguiente cuando reconquistó Gibraltar.

En realidad eran fuegos de artificio, porque igual que leve fue su reinado catalán, la tierras poseídas no tardaron en ser perdidas. A veces, las hostilidades con los reinos fronterizos (y en ocasiones con los propios nobles castellanos en sus predios) eran una eterna partida de ajedrez, en la que unos se comían piezas a los otros y viceversa. Batallas sin guerra. Ejercicios de caballeros mostrando su fuerza y, de paso, su habilidad para el pillaje.

Sin embargo, los cronistas de la época lograban dar tal aura a estos asuntos que convertían en grandes hazañas estas pequeñeces. La táctica habitual era engrandecer lo bueno, por nimio que fuera, y obviar derrotas y afrentas.

Al igual pasaba con el sueño de reconquistar Granada: una misión que enardecía a quienes soñaban con una Castilla que ya no era y que nunca se llevaba a cabo.

Para la toma de Granada y la expulsión de los árabes de la Península se recaudaban grandes impuestos. Pero nadie sabía adónde iban a parar, porque batalla no hubo ninguna. Todo lo más, leves escarceos. El rey se conformaba con cobrar impuestos a los reyes moros a cambio de no intervenir. O simplemente, intercambiaba presos de disputas pasadas.

Gracias a Dios, la peste no atacaba con la furia de tiempos anteriores, sin embargo la falta de higiene siempre amenazaba con nuevos brotes.

Afortunadamente, el comercio de la lana —del que Castilla era primera potencia— iba viento en popa, aunque su manufacturado solía caer en manos extranjeras que manipulaban la materia prima castellana.

La ausencia de conflictos bélicos hacía que los campos no fueran arrasados, el ganado robado y los hombres permanecieran cerca de sus familias, trabajando en vez de guerreando, lo que redundaba en mejores cosechas y una cría más abundante de animales.

En definitiva, la economía sustentaba una paz social que no propiciaba intrigas.

Por eso, Pacheco seguía guardando como oro en paño, en espera del momento oportuno, aquel juramento que hizo ante notario acerca de que Juana, la hija del rey, en realidad era hija de la reina y de don Beltrán de la Cueva.

No tuvo que esperar mucho.

En primer lugar, una nueva acuñación de moneda con valores de media blanca, blanca y un maravedí, supuso una distorsión económica propia de cuando el valor no tiene que ver con el precio.

Por otro lado, crecía el malestar popular (alimentado por intereses netamente políticos) ante el cada vez mayor peso de los judíos en la economía castellana. Lejos quedaba el Primer Estatuto de Limpieza de Sangre que emitió el alcalde de Toledo en 1449. Pero muchos querían que se aplicara con toda su dureza quince años después. Entonces, don Álvaro de Luna, cuyo apoyo a los judíos fue la clave de su caída, logró convertirlo en papel mojado. Ahora Pacheco estaba dispuesto a revitalizarlo.

Sobre todo cuando el rey, tantos eran los cargos y ocupaciones de don Beltrán de la Cueva (ya casado con Mencía, entroncando con los poderosos Mendoza), tuvo que buscarle sustituto como mayordomo de palacio.

Y eligió a don Andrés Cabrera, hombre cabal y de eficacia probada en todo lo que se le encomendaba. Tranquilo y reacio a cualquier intriga. Sabio en asuntos de finanzas (no tardaría el rey en hacerle responsable del tesoro real), exquisito en el trato y educado, características todas ellas raras en Castilla, donde se valoraba más una espada que un libro.

Ninguno de esos méritos eran suficientes para Pacheco y los suyos por una sola razón: Cabrera era judío. Se había convertido de niño, como parte de su familia, a la fe cristiana, pero eso no significaba nada para sus enemigos.

Poco a poco se empezaba a conformar la situación necesaria para que Pacheco diera un golpe sobre la mesa. Sólo faltaba que algo más sucediera. Y sucedió.

Esta vez la afrenta tenía nombre propio: cómo no, el de Beltrán de la Cueva, su íntimo enemigo.

El favoritismo del rey hacia Beltrán pasó de ser evidente a escandaloso.

Había acudido a su boda y colaboró en unos fastos que parecían más los de un príncipe que los de un recién llegado a la nobleza.

Después le cedió la reconquistada Gibraltar. Como punto final (nunca mejor dicho) arrebató a Alfonso, el hermano de Isabel, el título de maestre de la Orden de Santiago, para concedérselo a Beltrán. Corría el mes de mayo.

Ésa fue la gota que colmó la copa.

Quitar al hijo de un rey lo heredado de su padre rayaba lo inmoral. Pero, sobre todo, lo que era motivo de escarnio fue que, mientras Alfonso era maestre de la Orden de Santiago, no llegó a las menguadas arcas de su familia en Arévalo ni una moneda de los muchos beneficios que ese cargo generaba. Sin duda, por culpa de Enrique que, ahora, no parecía poner impedimento alguno para el enriquecimiento de su favorito Beltrán.

Tras saber la noticia, Pacheco empezó a organizar encuentros y a desplegar maledicencias e intrigas que exageraban las afrentas (algunas de ellas ya de por sí evidentes).

Viajó tanto de un sitio a otro que rara vez se le veía en palacio. Envió mensajeros que galopaban por la noche para no ser vistos. Su objetivo era reunir un número considerable de nobles a su lado para plantar cara al mismísimo rey.

Todo estalló antes de que el rey y los suyos se dieran cuenta.

Lo hizo mientras Isabel seguía mirando el cielo azul, deseando volver a casa y sin tener ni idea de lo que estaba pasando.

Diego Hurtado de Mendoza, sospechando lo que ocurría, fue recabando pruebas de los manejos de Pacheco. Cuando tuvo suficientes, dio parte al rey.

—¿Estáis seguro de lo que decís, don Diego?

—Sí, majestad.

Y leyó un pergamino en el que figuraban los que iban a amotinarse con Pacheco. No eran pocos ni insignificantes: el almirante Enríquez, el conde de Plasencia, el de Benavente, el de Alba, el de Paredes, el de Miranda, el arzobispo Carrillo, don Pedro Girón...

El rey iba desmoralizándose por momentos. Beltrán, que estaba presente, también.

Enrique no quería escuchar más nombres; los leídos ya eran suficientes para entender el tamaño de la afrenta. Muchos de esos nobles que ahora se rebelaban habían gozado de sus favores.

—Dejad de leer, os lo ruego.

Se levantó del trono preguntándose en voz alta cómo era posible que hicieran eso contra él. Pero aún le quedaba por enterarse de lo peor; Mendoza le avisó de que había otra mala noticia.

—¿De qué se trata?

—Es un acta notarial. Tiene la misma fecha que cuando juramos lealtad a vuestra hija Juana. En ella, don Juan Pacheco da fe de que juró lealtad por la fuerza y de que...

Don Diego, de repente, calló.

—Continuad, por favor —se atrevió a decir un alarmado Beltrán.

—Es tan grande la infamia que me cuesta decirla.

Enrique no aguantó más misterios.

—¿De qué da fe ese traidor?

—De que vuestra hija es hija de la reina, pero no vuestra, sino de don Beltrán de la Cueva.

El rey, rabioso, dio un golpe con su puño sobre la mesa.

—Hijo de puta mentiroso... Ha estado preparando esto todo este tiempo.

Beltrán no podía ocultar su desasosiego, pero había que hacer algo, sobreponerse. Ésa era su costumbre: no darse nunca por vencido.

—¿Se sabe cuáles son los planes de los rebeldes?

—Todavía no —respondió un cariacontecido don Diego.

No tardarían en saberlo, pero ya era demasiado tarde.

II

—¡Es hora de decir basta!

El marqués de Villena arengaba a sus fieles en Burgos.

—¡Estamos hartos de un rey que, en lugar de hacer la guerra a los moros, se viste como ellos! ¡Un rey que come en el suelo, como los infieles!

Los presentes, no excesivos pero sí de gran relieve dentro de la nobleza de Castilla, aclamaron vociferantes estas palabras. El verano estaba llegando a su fin, pero por el acaloramiento de los hombres, nadie lo hubiera dicho.

Pacheco, enardecido, siguió proclamando sus tesis, modelándolas para que el público que tenía delante escuchara lo que quería oír.

—¡Éste es Enrique, no os engañéis! ¡Un rey que permite a los judíos robar nuestra riqueza! ¡Que permite a los conversos llegar a cargos de poder!

Se escucharon nuevos vítores.

—¿Es ésta la Castilla por la que tanto hemos luchado?

Como era de esperar, la palabra «no» surgió coral entre el auditorio.

Ya antes de que se oyera, Pacheco, sabedor de que ésa iba a ser la respuesta, empezó a sacar un pliego de peticiones que comenzó a leer, no sin antes levantar la mano derecha para callar a los presentes.

Carrillo sonrió: nadie en Castilla poseía la labia de su sobrino ni sus dotes de persuasión.

Pedro Girón, sencillamente, estaba boquiabierto admirando el discurso de su idolatrado hermano.

—¡Hemos escrito aquí nuestras exigencias! ¡Y habrán de ser aceptadas!

El asentimiento fue general. Pero una voz se alzó preguntando lo que muchos ya pensaban:

—¿Y si el rey se niega?

Pacheco reaccionó rápido:

—Entonces... ¡tenemos derecho a decir que Enrique no es nuestro rey!

Los aplausos que empezaron a prorrumpirse demostraban que no sólo era él quien pensaba eso.

—¡Porque el rey es más que cualquiera de nosotros... pero no es más que todos nosotros juntos! ¡Porque nosotros somos Castilla!

Las últimas palabras de Pacheco, casi un alarido, provocaron el enardecimiento general. Y pronto provocarían el dolor de cabeza del rey.

Había nacido la Liga de Nobles de Castilla. Y entre sus objetivos, aparte de purificar la raza y apartar a judíos y árabes de sus puestos de poder o comercio, estaban los de defender a los infantes Alfonso e Isabel del atropello al que estaban siendo sometidos. En realidad, era una defensa egoísta: necesitaban otro rey ya que Enrique no les valía.

Y Pacheco y Carrillo siempre habían pensado en Alfonso.

III

Algo sucedía, no cabía duda. Pero Alfonso e Isabel no sabían el qué.

Tampoco imaginaban las razones por las que su vigilancia había pasado de dos guardias a seis. Los mismos que, encabezados por Beltrán de la Cueva, los obligaban a recluirse en sus respectivas alcobas.

Se trataba de evitar a toda costa aquello que tanto temía la reina: que fueran utilizados contra su hija. Que fueran secuestrados por los insurgentes para ser mascarón de proa de sus ambiciones, algo que no era imposible porque Pacheco tenía grandes contactos en palacio.

—¿Por qué nos encierran en nuestros aposentos? —se quejó Isabel.

—Es por vuestra seguridad, alteza —respondió amable, pero firme, Beltrán.

Habían llegado a la puerta. Beltrán la abrió para que entraran. Alfonso suplicó:

—¿Puedo quedarme con mi hermana?

Beltrán miró al infante con una mezcla de pena y dulzura, ante el tono de la petición.

—Por supuesto… Si es lo que queréis…

Alfonso entró con Isabel en la alcoba de ésta. Nerviosos, oyeron cómo Beltrán daba órdenes a los guardias reales de que no se apartaran de la puerta hasta nueva orden. Luego, sólo hubo silencio.

Alfonso se derrumbó, sentándose en la cama, cabizbajo.

—¿Por qué nos hacen esto? No aguanto más…

—Deja de quejarte, Alfonso. —Isabel miró hacia la puerta—. ¿Quieres que toda la Corte sepa de nuestra amargura?

Alfonso, por primera vez, se rebeló contra las habituales órdenes de su hermana.

—Siempre estás mostrando fortaleza… pero en el fondo estás igual de atemorizada que yo. ¿No te das cuenta? Lo hemos perdido todo, Isabel. Lo que heredamos de padre y a nuestra madre… Todo…

Isabel iba poniéndose cada vez más nerviosa al oír a su hermano. Pero más se puso cuando oyó la nueva queja de éste.

—Si es para esto, no merece la pena nacer hijo de rey…

Isabel ya no pudo contenerse y abofeteó a su hermano, que se quedó pálido: nunca le había hecho eso.

—¿Qué… qué haces?

Isabel le miró fijamente a los ojos.

—¡Somos quienes somos! ¿Entiendes? ¡Nunca podemos perder nuestra dignidad ni nuestro orgullo! Eso es lo que quiere la reina… ¿Vas a regalárselo?

Alfonso calló. No le quedaba otro remedio. Mientras, Isabel se preguntaba a sí misma qué estaría pasando ahí fuera.

A unos pasos de esa alcoba, Enrique acababa de leer, para sí, las peticiones de los nobles sublevados.

Junto a él, en una especie de gabinete de crisis, estaban la reina, Beltrán de la Cueva, el obispo Fonseca y Diego Hurtado de Mendoza, que pidió nervioso al rey que contara lo expuesto en la misiva de los rebeldes. Enrique prefirió resumir lo leído que volver a sus puntos y sus comas.

—La Liga de Nobles exige que me deshaga de todos los judíos y musulmanes que están a mi servicio, se hayan convertido a la fe católica o no. —Miró a Beltrán—. También me ordenan que prescinda de vos y os aleje de la Corte. Dicen que tenéis secuestrados a mis hermanos.

Beltrán quedó tocado. Y sorprendido.

—Los trajimos a Segovia precisamente para que no los secuestraran Pacheco y sus aliados.

—No piensan así... Dicen que intrigáis para procurar la muerte de los infantes y así la sucesión de estos reinos recaerá en la princesa Juana —dijo el rey tras hacer una dolida pausa—. Vuestra hija y de la reina, que no mía, según está escrito aquí.

Juana se dio cuenta, asustada, de lo que verdaderamente se escondía detrás de tales peticiones.

—Pretenden arrebatarle el trono a nuestra hija Juana...

Hubo un silencio.

Por fin, alguien dijo algo. Fue Fonseca, el obispo de Sevilla, siempre leal al rey, que gritó entre escandalizado e implorante:

—¡No debéis consentir esta osadía!

—No hace falta que chilléis, eminencia... Dejadme pensar.

Enrique estaba abrumado. Juana ya no pudo aguantarse más.

—Niegan que nuestra hija tenga derecho legítimo a heredar el trono... ¿Qué tenéis que pensar más?

Pero el rey siguió en silencio. Beltrán insistió, no en vano entre las peticiones de los rebeldes estaba la de que él fuera apartado de la Corte.

—Es preciso una respuesta inmediata. Si permitís que os ofendan una vez sin castigo, ya nada les detendrá.

El rey seguía callado, la cabeza baja, perdido en sus pensamientos. No acostumbraba a tomar decisiones y menos bajo presión. Por fin, levantó la mirada hacia los presentes, dubitativo.

—Creo que… creo que debería hablar con ellos.

Diego Hurtado de Mendoza resopló y tomó la palabra.

—¿Vais a negociar? El pueblo espera de su rey autoridad y mando, majestad.

Enrique se puso en pie, aparentando firmeza.

—Y yo mando que habrá negociación. —Y dirigiéndose a Beltrán añadió—: convocad a Pacheco. Le conozco bien y sabré manejar la situación.

El obispo Fonseca dijo lo que todos pensaban y callaban.

—¡Quedaréis como el más cobarde de los reyes! ¡Hay que ir a la guerra!

—¿Y vos? ¿Iréis a la guerra? —El rey sonrió irónico a Fonseca—. Ah, no… Vos estaréis en vuestra iglesia, rezando… Qué fácil os resulta enviar a los hijos de los demás a morir en el campo de batalla.

Enrique abandonó la Sala Real y se dirigió a su despacho.

Todos se quedaron mirando decepcionados. Todos menos don Diego, cuyo gesto era de rabia contenida.

—No convoquéis todavía a Pacheco… Voy a ver si puedo convencer al rey de que esto es una locura —comentó a Beltrán.

Luego, aceleró el paso en busca del rey, al que encontró ya en su despacho y le rogó una entrevista privada.

Enrique mostraba cara de pocos amigos.

—¿Por qué queréis hablar conmigo a solas?

—Hay asuntos en los que la discreción y el tacto son importantes, majestad.

El rey sonrió con cinismo.

—Los Mendoza siempre tan diplomáticos… Tomad asiento y explicaos…

Y así hicieron los dos, acomodarse en sendas sillas.

—Hay datos que debéis tener en cuenta antes de tomar la decisión de negociar. El pueblo ha perdido la cosecha por el mal tiempo y…

—¿También tengo yo la culpa del granizo?

—No, majestad… Pero el pueblo está hambriento y necesita descargar su ira… Y ve cómo los judíos son cada vez más ricos y ellos más pobres…

Enrique meneó la cabeza, aburrido por el tema.

—Los judíos compran tierras baldías y las hacen productivas. Y contratan a muchos campesinos sin trabajo…

Don Diego, en vez de responder, siguió sumando cuestiones a la conversación.

—El pueblo sueña con reconquistar Granada y se escandaliza de que vuestra guardia sea mora…

—No conozco mejores guerreros que ellos. Y me serán leales hasta la muerte.

Hubo un momento de silencio. Mendoza pensó en lo difícil que resultaba que el rey lograra ver la realidad, entrar en razón… No sabía cómo hacerlo. Pero volvió a intentarlo.

—Majestad, no dudo que lo que decís sea verdad… pero, en política, valen más las apariencias que la verdad. Y los rebeldes se aprovechan de ello… hasta para decir que no sois el padre de vuestra hija…

Enrique se tensó al máximo.

—¡Es mentira! Hice traer a los mejores médicos…

—Eso es tan cierto como que cuando volvisteis a casaros, prohibisteis que hubiera testigos en la alcoba —continuó Mendoza decidido—. Y Su Majestad dio orden de no mostrar la sábana manchada de la sangre de vuestra esposa.

—¡Son costumbres bárbaras! —estalló Enrique gritando.

—¡Pero que de haberlas cumplido ahora serían de gran ayuda!

Mendoza había gritado casi tanto como el rey. De hecho, éste le contemplaba entre atónito y asustado.

—Lo siento, majestad, pero tenía que decirlo.

—¿También dudáis vos de mi paternidad?

—Yo nunca dudo de lo que diga mi rey.

—Entonces, ¿adónde queréis llegar con tanta palabrería?

Mendoza tomó aire: por fin había conseguido la atención de Enrique y no podía desaprovecharlo.

—La táctica de Pacheco es la de contar mil mentiras, para que alguna acabe pareciendo verdad. Si negociáis con él, acabará pareciendo que dice mil verdades.

Enrique se quedó pensando. Luego, habló.

—¿Y qué proponéis?

—Que uséis la fuerza. Un rey fuerte siempre es respetado. El pueblo verá que vuestra indignación es justa ante tanta calumnia.

—Lo siento, pero negociaré. Tengo que evitar la guerra...

—¿Calculáis las consecuencias de esa decisión?

—¿Y vos podéis calcular cuántos hombres morirían en el campo de batalla? ¿Podéis imaginar cuántos niños y mujeres morirían de hambre si se pierden las cosechas? Mi dignidad vale menos que tanta muerte, Mendoza.

Mendoza se levantó derrotado y serio.

—Como gustéis... Yo ya no tengo nada más que decir.

Y se dirigió hacia la puerta. Pero Enrique le llamó antes de que saliera.

—¡Mendoza!

Don Diego se giró hacia Enrique, que le miraba especialmente serio.

—¿Cuento con vuestra lealtad?

Mendoza le miró a su vez y masticó cada una de las palabras que salieron de su boca.

—Un Mendoza nunca traiciona a su rey… Ni siquiera cuando éste se equivoca.

Luego, por fin, abandonó la estancia, dejando atrás a Enrique pensativo.

V

Beltrán estaba desconsolado. ¿Cómo podía negociar el rey con quienes le traicionaban? ¿No sabía que la naturaleza de Pacheco era la de engañarle una y otra vez para su propio beneficio?

Se sentía inseguro. La Liga de Nobles exigía su alejamiento de la Corte a más de cien kilómetros. Le trataban como a un delincuente… ¡a él que siempre había sido leal al rey!

Hubiera querido batirse cara a cara con Pacheco, como dos caballeros. Pero sabía que el marqués de Villena nunca accedería: él hubiera mandado a unos secuaces a eliminarlo por la espalda en cualquier calle de Segovia. Ése era su estilo: traicionero y por la espalda.

Así se lo contó Beltrán a don Andrés Cabrera, quien le había sustituido como mayordomo de palacio, y con el que tejió una leal amistad. Probablemente era la primera persona con la que Beltrán podía confesar sus temores desde que llegó a la Corte. Y se lo agradecía profundamente.

—El rey eligió bien al nombraros mi sustituto.

Cabrera, humilde, esbozó una sonrisa.

—Hay quien no le perdona que alguien de origen judío como yo haya llegado a tan alto rango. En palacio, para muchos soy un advenedizo.

—Si os sirve de ayuda: lo mismo me pasaba a mí sin ser judío… En la Corte, lo nuevo siempre resulta sospechoso.

Al fondo, Isabel y Alfonso paseaban con un par de guardias al lado. Cabrera les señaló con la mirada.

—¿Es necesaria tanta vigilancia? Son apenas unos niños.

—Es por su seguridad... —Y después de una pausa, añadió—: Pero os lo aseguro: me dan tanta pena como a vos.

De repente, llegaron hasta Beltrán y Cabrera dos hombres. Uno era un criado de confianza del primero. El otro, un joven de aspecto humilde, pese a que seguro llevaba sus mejores ropas.

Iba limpio, su atuendo no tenía el más mínimo descosido... Parecía un campesino preparado para ir a la boda de su hermana. Pero ese traje de villano no le pegaba a su fornido cuerpo. Le hubieran sentado mejor mallas de soldado.

El criado se dirigió a su señor, don Beltrán.

—Excelencia, este joven quiere hablar con vos. Trae carta de los señores de Aguilar, de Córdoba.

Beltrán miró al joven.

—Vos debéis de ser Gonzalo...

—Fernández, señor. Gonzalo Fernández —respondió servicial el muchacho.

Beltrán mandó retirarse al criado y Cabrera, siempre ocupado, también le dejó con su visita.

Beltrán observó de arriba abajo al joven. Éste no sabía hacia dónde mirar. Por fin, Beltrán habló.

—Muchacho, mal momento has elegido para venir aquí. Son tiempos difíciles.

—En el sur, de donde vengo, tampoco hay muchos días tranquilos, señor.

Beltrán sonrió.

—Lo sé —dijo el noble, cariñoso—. Por quienes me avisaron de vuestra llegada hace un tiempo, creo que os manejáis bien con la espada.

—Me defiendo, excelencia —respondió tímido—. Sin duda quien os dijo eso de mí me apreciaba demasiado como para ser tenido en cuenta.

—Entonces, vamos a comprobar si vuestra habilidad es cierta o no.

Caminaron hasta una campa donde la Guardia Real se ejercitaba. Beltrán pidió dos espadas. Lucharon tres veces y las tres ganó Beltrán, no sin dificultad. Algo que hablaba del valor y el oficio con las armas de Gonzalo.

Tras el combate, aún sudorosos y con la respiración entrecortada, Beltrán preguntó a Gonzalo:

—Lucháis bien para ser un muchacho. ¿Qué edad tenéis?

—Pronto cumpliré trece años.

Beltrán le miró estupefacto.

—¿Trece años? ¡Os echaba dieciocho! ¡Sí que sabéis luchar entonces!

Gonzalo le miró esperanzado.

—Gracias, excelencia. ¿Podré quedarme entonces en la Corte? No quisiera volver a Córdoba diciendo que no me habéis aceptado. Antes me quedo por el camino trabajando el campo.

Beltrán estaba sorprendido de lo que oía y se quedó pensando. Gonzalo, ansioso, le preguntó si le pasaba algo… Le pidió perdón si sus palabras le habían ofendido o le habían parecido muestra de debilidad.

—No tengo que perdonaros por nada —le explicó Beltrán—. ¿Sabéis? Me recordáis a mí cuando tenía vuestra edad. Sois del sur, como yo… Vine a la Corte como vos, asustado, sin tener amigos… Pero dispuesto a todo por quedarme. Y aquí estoy… Aunque la verdad es que todavía no he hecho muchos amigos.

—Amigos, los justos. Lo decía mi madre, que en paz descanse.

Beltrán no pudo evitar la risa ante esa salida tan espontánea.

—Tu madre tenía más razón que un santo.

Beltrán se alzó del suelo y ofreció su mano para ayudar al muchacho a levantarse.

—Anda, pregunta por don Andrés Cabrera. Dile que vas de mi parte y que te dé alcoba y ropa nueva.

Gonzalo sonrió feliz.

—Creo que ya sé qué tarea te voy a encomendar.

La tarea no era otra que proponerle como paje del infante

Alfonso. Ya que, desgraciadamente, el rey había decidido negociar, pronto se relajaría la vigilancia sobre los infantes. Tener un paje que fuera de la confianza de Beltrán y poco mayor que Alfonso, podría evitar que parecieran presos a la hora de paseo.

Sí, era una buena idea, pensaba Beltrán. Probablemente la reina se opondría, pero ya se encargaría él de arreglar el asunto con el rey.

Lo que nunca pensó Beltrán fue que el problema no iba a ser la reina. Ni el rey. Sino la propia Isabel.

VI

—¡Ni hablar! ¡No queremos a nadie a nuestro lado! —exclamó Isabel tras la propuesta de Beltrán.

Alfonso la miraba descorazonado: a él le parecía una buena idea.

No menos descorazonado estaba Gonzalo, que veía peligrar su estancia en la Corte.

Cabrera, que también estaba presente en la alcoba de Isabel, escuchaba y buscaba una solución al problema. Como siempre.

—Isabel, recapacitad… —insistió Beltrán—. Gonzalo será un buen paje para vuestro hermano.

—¿Paje? Espía, querréis decir.

Cabrera decidió mediar, pausado y convincente.

—Alteza, Gonzalo es un muchacho como vos… —dijo mirando a Alfonso—. Además, creo que vuestro hermano tendrá algo que decir. Es su paje, no el vuestro.

Isabel, inflexible, no cedía.

—Y Alfonso es mi hermano y no el vuestro.

Alfonso se acercó a su hermana, con el fin de convencerla para que aceptara la propuesta.

Pero Isabel le impidió hablar con una mirada en la que se podía leer: «Ni se te ocurra».

Beltrán, negando levemente con la cabeza, estaba molesto por la situación... Y decidió zanjarla.

—Da igual. He convencido al rey para que no os vigilaran por palacio a cambio de que tuvierais un paje. Y lo vais a tener. No conseguiréis hacerme quedar en ridículo.

—Es vuestro problema —le espetó la infanta—. Vamos, Alfonso.

Y salieron de la alcoba dejando a los demás estupefactos. El que más lo estaba era Gonzalo.

—¿Y ahora qué hago?

—Ganad su confianza —respondió severo Beltrán—. Ya tenéis vuestra tarea. Cumplidla.

—Como ordenéis, excelencia... —asintió dubitativo Gonzalo.

Y, temblándole las piernas más que si tuviera que combatir con el enemigo, salió en busca de los infantes.

Cabrera sonrió a Beltrán.

—Difícil lo tiene el cordobés.

—No os preocupéis —respondió Beltrán—. Poco tiempo le conozco, pero tengo la certeza de que situaciones más difíciles ha vivido.

Tal vez si Beltrán hubiera contemplado minutos después a Gonzalo con los infantes, habría dudado de sus palabras. Porque cuando Gonzalo llegó corriendo acelerado donde estaban Isabel y Alfonso, ella se giró y le dio una orden que frenó al cordobés en seco.

—Si vais a seguirnos, nunca os acerquéis más de veinte pasos, ¿entendido?

Gonzalo asintió atemorizado:

—Sí, alteza.

Alfonso le miró entre apenado y solidario: él también tenía que aguantar últimamente a una Isabel cada día más fuera de sí, cansada de tanto encierro y tantas humillaciones. Le hubiera encantado tener el valor de decirle al aspirante a ser su paje: «Mi hermana es así, ¡qué se le va a hacer!».

Pero no se atrevió. Y siguió andando junto a su hermana.

Tras ellos, un disciplinado Gonzalo Fernández respetaba la distancia ordenada por Isabel.

Y lo hizo, obediente, mucho tiempo, como si esa muchacha rubia fuera su reina y él el capitán de sus ejércitos.

Al andar solo, sin poder hablar con nadie, a veinte pasos de toda conversación, Gonzalo soñaba.

Su tía, que le cuidó tras la muerte de sus padres, siempre que las cosas iban mal dadas, le decía antes de irse a dormir que soñara cosas buenas para olvidarse de las penas. Y eso hacía ahora.

Sí, soñar era necesario para alguien como Gonzalo, un joven que vino de Córdoba para hacer carrera en la Corte.

Como le dijo tantas veces su tía: «Si no sueñas, Gonzalo, ¿cómo vas a saber si tus sueños se hacen realidad?».

VII

Carrillo también soñaba. Soñaba con que el rey los llamara para reunirse y discutir sobre las condiciones que la Liga de Nobles exigía.

Compartía con Pacheco la idea de que algo había que hacer. Y lo habían hecho declarando su rebeldía, él el primero; no se arrepentía de eso.

Pero en el fondo, temía que si el rey no negociaba, las consecuencias de la rebelión acabarían convirtiéndose en guerra.

Y tenía por la figura del rey algo de lo que su sobrino carecía: respeto.

Delante de un plato de jamón y otro de queso, además del buen acompañamiento de un vino de la tierra, el arzobispo de Toledo estaba nervioso. No podía comprender cómo Pacheco tenía apetito y comía tan tranquilo.

—¿Cómo podéis tener hambre con lo que nos estamos jugando?

—Tranquilo. La fruta madura cae por su propio peso...

—Muy optimista os veo, sobrino. Aún no sabemos nada del rey.

—Tened fe... —dijo antes de beber un sorbo de vino—. Pardiez, tanto tiempo a vuestro lado me hace hablar como un cura.

Carrillo no estaba para bromas.

—¡Dejaos de chanzas! ¿Y si Enrique no quiere negociar?

Pacheco, sin dejar de comer, le miró parsimonioso.

—Negociará. Yo me he inventado a Enrique, le hice rey, sé de sus debilidades... Es pan comido.

Carrillo se atrevió por fin a confesar su temor.

—También os inventaréis a Alfonso, supongo.

—Por eso le pedimos en custodia, Carrillo... Para que sea «nuestro» rey. —Suspiro—. Algún día, la historia dejará de ser la de los reyes, esos imbéciles que se creen más por haber nacido en un palacio.

—A veces pienso que luchamos por intereses distintos.

Pacheco dejó de comer, serio.

—¿Os interesa ganar esta partida?

Carrillo asintió.

—Pues jugadla conmigo y la ganaréis. Dejaos de remordimientos.

—Sabéis que guardo vuestras espaldas como ninguno lo hace. Pero no hagáis nunca nada que yo no sepa —respondió Carrillo ofendido—. Os dejo el protagonismo, pero esta canción se canta a coro o no se canta.

De pronto, se abrió la puerta dando entrada a un Girón eufórico por la noticia que venía a dar.

—¡El rey negociará! ¡Nos han convocado a una reunión en la Corte!

Pacheco sonrió a Carrillo.

—¿Vais a comer algo ahora?

Carrillo, por fin, cogió una loncha de jamón y se la metió en la boca.

Mientras masticaba, no paraba de dar vueltas en su cabeza a la idea de que lo que hacían era necesario. Pero también, que no se fiaba de su sobrino Pacheco.

VIII

Llegó el día del encuentro entre el rey y los rebeldes.

La noche anterior, el rey, para evitar más maledicencias, durmió con su esposa. A buena hora, pensó Juana.

La reina temía que una mala negociación la condenara al ostracismo como a la anterior esposa del rey, Blanca de Navarra: que fue apartada y había muerto sola, encerrada, como esa misma semana habían sabido por noticias llegadas a palacio.

Ni se le ocurrió hablar del tema con su esposo, que tampoco quiso mencionarlo.

Beltrán no pudo dormir, enrabietado, mientras su esposa Mencía lo hacía plácidamente. Sin duda, ser hija del principal de los Mendoza ayudaba a dormir tranquilo. Él, pese a ser su yerno, no las tenía todas consigo. Probablemente porque no nació en una familia tan poderosa. Porque hasta su padre se deshizo de él cuando el rey solicitó a su hermano mayor allá en Úbeda.

La sensación de provisionalidad, de que algún día su suerte se iba a acabar, era continua en Beltrán. A fuerza de que todos le consideraran un advenedizo, él mismo se sentía como tal. La prueba era que el rey, al que tanto amaba, había aceptado negociar cuando una de las condiciones de los rebeldes era su exilio.

La noche pasó con los temores de cada uno. A la mañana siguiente, Pacheco y Carrillo llegaron con su séquito, entre el que se encontraba el inefable Girón.

Beltrán tuvo que tragarse el sapo de recibirles, de aguantar las sonrisas despectivas de Pacheco, que se sentía seguro como nunca de que iba a recuperar su poder.

¿Dónde estaría el rey? ¿Por qué no acudía para acabar cuanto antes con aquella humillación?

El rey no tenía prisa por ir. Sabía (se lo había enseñado Pacheco) que hacer esperar a los contrincantes ayudaba a ponerles nerviosos.

Por eso, Enrique se encontraba visitando a su hija.

La princesa jugaba con su madre en presencia de dos de sus damas. La reina, tras la noche en vela y casi sin cruzar palabra, se extrañó de la llegada de Enrique. Y más cuando las primeras palabras del rey fueron para avisar de que los rebeldes ya estaban esperando en la mesa de negociaciones.

—¿Habéis venido sólo a darme la noticia?

—No. He venido a ver a mi hija… Para recordar que no le puedo fallar.

Enrique se acercó a su hija y la abrazó. Luego sacó de sus ropajes una peonza dorada y se la dio.

—Para ti, hija… Brilla como el sol, pero mucho menos que tus ojos.

La niña aceptó el regalo encantada mientras su madre miraba la escena sorprendida.

El rey se encaminó al lugar de la reunión.

Cuando llegó allí, Cabrera anunció en voz alta su entrada en la sala. Sólo se levantaron Diego Hurtado de Mendoza y el obispo Fonseca. Como era de ley.

Pacheco se quedó sentado, sonriente. Como lo hizo Pedro Girón. Carrillo casi se puso en pie, tal era su hábito de levantarse ante la llegada del monarca. Pero recordó rápidamente de qué lado estaba y tampoco se alzó.

Beltrán de la Cueva se indignó ante esa actitud.

—Cuando el rey entra, todo el mundo se pone en pie.

Pacheco definió claramente la intención de los rebeldes:

—Nuevos tiempos, nuevas costumbres.

El obispo Fonseca reaccionó amenazando al marqués de Villena.

Pedro Girón se levantó por si la amenaza llegaba a más.

Beltrán, en alerta, puso su mano en la empuñadura de su espada.

El rey intervino para serenar los ánimos:

—Calma, señores, calma. Hemos venido a negociar civilizadamente y así lo haremos.

Luego, sonrió. A Pacheco se le borró la sonrisa de su boca: le conocía desde niño. Había un Enrique tímido, asustadizo y fácil de moldear, como el barro. Otro, capaz puntualmente de manejar la ironía y los buenos modos... mientras era un hervidero de rabia. Este último era el más peligroso. Y era el que tenía enfrente, tranquilo, relajado. Imponiendo el orden del día.

—Bien, ¿cuál es el primer tema a tratar?

Carrillo tomó la palabra.

—La moneda. La nueva acuñación de vuestra moneda ha traído consigo problemas de economía que afectan a...

Enrique ni le dejó acabar.

—Acepto vuestra decisión sea la que fuere. Siguiente tema.

Carrillo y Pacheco se miraron extrañados. El primero siguió con sus peticiones.

—Proponemos eliminar los privilegios de los judíos usureros.

—Aceptado.

Carrillo aceleró.

—Proponemos que musulmanes y judíos vivan en zonas restringidas y se les distinga con marcas en su ropaje.

El rey le miró serio.

—Acepto también tamaña injusticia.

Carrillo miró a Pacheco, atónito. Y calló. El marqués de Villena le ordenó que siguiera leyendo. Pero Enrique ni dio tiempo a que el arzobispo de Toledo volviera a mirar el documento que tenía en sus manos.

—Ahorremos tiempo, caballeros... Pacheco sabe que me aburren las reuniones largas. En vuestras algaradas decís que os rebeláis por el bien de Castilla. Y por el bien de Castilla debemos llegar a un acuerdo para que las espadas no sustituyan a las palabras.

Su mirada fue pasando, retadora, por la cara de todos sus enemigos.

—Estáis de acuerdo en ello, supongo...

Carrillo asintió, pero Pacheco puso una mano en su hombro, dejando claro quién mandaba en la Liga de Nobles.

—No tan rápido... Las palabras suelen guardar dobles discursos.

—Vos sois maestro en ese juego —respondió el rey—. Pero no es el caso: mis palabras sólo buscan un acuerdo que impida que nuestros campos se tiñan de sangre. Aceptaré todas vuestras condiciones.

Los murmullos se apoderaron de la sala. Enrique sobrepuso su voz sobre ellos, firme.

—Todas, menos una: no desheredaré a mi hija.

—¿Vuestra hija? ¿La Beltraneja? —contraatacó Pacheco, hiriente.

Beltrán se levantó, ofendido.

—Salgamos fuera, a ver si sois tan atrevido con la espada como con vuestra lengua.

Pero Diego Hurtado de Mendoza le ordenó que se sentara y le instó a que dejara hablar al rey.

Enrique miró agradecido a Mendoza y habló dejando clara su única condición, la que sabía que jamás aceptarían.

—Escuchad mis palabras porque no las repetiré dos veces. Juana es mi hija y mi heredera. Esto es innegociable.

Pacheco, entonces, se levantó y ordenó a los suyos que lo hicieran. Luego miró al rey y a sus hombres.

—Señores, se acabó la función.

Inmediatamente, los rebeldes abandonaron la sala malhumorados.

Al instante, los leales al rey le felicitaron por su actitud. Todos menos uno: Beltrán de la Cueva, que no podía ocultar su decepción.

Esa noche, en la alcoba real, Juana se lo agradeció también, susurrándole al oído:

—Hoy es el día que más orgullosa estoy de vos.

Enrique ni la oyó; ya estaba dormido.

Quien no durmió fue Beltrán de la Cueva, encerrado en una sala de palacio rodeado de jarras de vino como única compañía. Avisado de ello por los criados de palacio, Cabrera acudió, como buen amigo que era, a saber de sus penas. Porque las tenía, pues no era costumbre de Beltrán darse a la bebida.

—¿No estáis bebiendo demasiado, amigo?

Beltrán levantó la mirada hacia quien le había sustituido como mayordomo de palacio.

—A veces, beber ayuda a superar las penas. Si gustáis...

Cabrera no aceptó la invitación. Pero sí se acercó a él y, con cariño, apartó la única jarra que aún tenía vino para que Beltrán dejara de beber.

—Hablar con un amigo sin duda os ayudará más.

Beltrán se quedó con la mirada perdida.

—¿Qué os pasa? —insistió Cabrera—. Me han llegado noticias de que el rey ha estado a la altura...

—Sí. Lo estuvo.

—Pues no parecéis muy contento.

Beltrán, por fin, decidió sacar lo que llevaba dentro.

—Enrique aceptó todas sus condiciones menos una: que no se cuestionara a su hija como heredera de la corona. A cambio cedía en todo. En que se llevaran a Alfonso, en encerrar en barrios a judíos y moros... En todo... Incluso en mi expulsión de la Corte.

Cabrera le miró serio: no eran buenas noticias. Pero se ciñó a su papel de buen amigo, dejando a un lado otras preocupaciones.

—¿Se llegó a hablar de ese tema en la negociación?

—No. Enrique no dio tiempo a ello.

—¿Y cómo sabéis que exigían eso?

—Releed el manifiesto de Burgos: soy el origen de todos los males. Si Pacheco vence, no permitirá que siga al lado de Enrique. Me odia.

—No le deis vueltas al tema. El rey sabía que negándose a lo de su hija ellos iban a rechazar cualquier pacto... Pura estrategia, don Beltrán.

Beltrán no parecía animarse con las palabras de Cabrera.

—Dios quiera que estéis en lo cierto, Cabrera... Es hora de dormir, si es que puedo hacerlo.

Beltrán se levantó, tambaleándose.

—Dejad que os ayude, Beltrán. Apoyaos en mi hombro.

Y le acompañó a sus aposentos. De camino, Beltrán, amargo, confesó su terrible decepción.

—Nunca soñé que tendría tantas posesiones, ni fortuna, Cabrera... Y todo se lo debo al rey... Pero cambiaría lo que tengo por una sola cosa: la lealtad de Enrique.

Cabrera le consoló diciéndole que no dudara de que el rey le era leal. Pero ni él mismo se creía sus propias palabras: sabía que en palacio, la lealtad valía poco cuando entraban en acción las maledicencias y las intrigas.

IX

En Arévalo, cada rumor era una puñalada para Chacón. Le llegaban informaciones de lo que estaba sucediendo y sabía que Castilla, una vez más, estaba a punto de estallar en mil pedazos.

Como patriota, estaba preocupado.

Como tutor de Isabel y Alfonso, y por lo tanto obligado a cuidar de ellos, estaba desesperado.

Sólo había una buena noticia: Isabel de Portugal parecía mejorar, por fin, de sus achaques.

—¿Qué tal ha pasado la noche?

La pregunta de Chacón, repetida cada día como una oración obligada, generó en esta ocasión una sonrisa de alegría en Beatriz de Bobadilla.

—Bien… Muy bien… Pero no me fío. Cuando menos te lo esperas, le da un ataque de los suyos, pero es fuerte como un roble…

Chacón terminó la frase de Beatriz:

—… Y se niega a rendirse antes de volver a ver a sus hijos.

Beatriz asintió en silencio: ella también sabía que así era.

—Me pregunta todos los días por ellos. Y no sé qué decirle.

—Decidle que están bien. Que viene alguna vez un mensajero de la Corte que nos da noticia de ello.

—Mentir se me da muy mal. ¿Sabéis algo de ellos, don Gonzalo?

—Si lo supiera os lo habría dicho…

—¿Aunque fueran malas noticias?

Chacón respiró hondo y contó lo que verdaderamente sabía.

—Castilla está dividida en dos y mucho me temo que Alfonso e Isabel están justo en medio. No sé si puede haber peores noticias, Beatriz.

¿Sabrían Isabel y Alfonso todo lo que estaba pasando?, se preguntaba Beatriz angustiada. Porque a veces es mejor no saber la verdad si eso supone doble sufrimiento.

Evidentemente, los infantes no sabían nada. Pero no porque nadie quisiera ahorrarles padecimientos, sino por puro menosprecio. Aislados en palacio como estaban, nadie se dignó a explicarles nada.

Isabel y Alfonso seguían solos… Bueno, acompañados a veinte pasos de distancia por un fiel y obstinado Gonzalo.

No sabían nada de la alegría de la reina Juana. Ni de la decepción de Beltrán. A Enrique, ni le veían siquiera.

No sabían que, en Burgos, lejos de amilanarse, Pacheco preparaba el siguiente paso, que en esos momentos explicaba a un Carrillo defraudado por la fallida reunión con Enrique y que se atrevió a preguntar en voz alta lo que había callado durante todo el viaje de regreso:

—¿Qué haremos ahora, Pacheco?

—Seguir como si nada hubiera pasado. Sólo que ahora nos costará más dinero.

Con un gesto, hizo que su hermano Pedro Girón le sirviera solícito más vino.

—Tenemos que llamar a todos los nobles aún indecisos y ofrecerles cargos en el futuro... Sobornarles si es necesario... Debemos duplicar nuestro ejército.

Bebió un sorbo y continuó:

—Quemaremos las cosechas que el buen tiempo haya hecho germinar. Castilla será ingobernable y al rey no le bastará con tener a Mendoza a su lado... Y finalmente cederá. —Miró a Carrillo—. ¿Estáis dispuesto?

—Lo estoy.

—Entonces no recordemos este suceso como un fracaso... Sino como el inicio de nuestro éxito final. Brindemos.

Los tres levantaron sus copas. Pacheco brindó.

—Por Castilla.

Carrillo repitió el brindis.

—Por Castilla.

Pedro Girón sonrió antes de chocar su copa con la de los otros.

—Por Castilla... y por nosotros también, ¿no?

Pacheco sonrió.

—Por eso también, no os quepa duda.

Chocaron sus copas y bebieron.

4

Jaque al rey

Enero de 1465

I

«Por el interés de Castilla», ésa fue la frase que más se oyó durante los meses que se sucedieron.

Por el interés de Castilla, el rey Enrique y los suyos se negaban a negociar con los rebeldes.

Por el interés de Castilla y por un rey digno de ella, Pacheco y los nobles rebeldes intrigaron hasta llevar al reino a una situación límite. Como planeó Pacheco, él y los suyos fueron tejiendo una tela de araña que atrajo como las moscas a la miel a muchos otros nobles.

Se les prometieron nuevas posesiones, cargos, prebendas… hasta tal punto que se hubieran necesitado tres Castillas para satisfacer tanta ambición. Los que no quisieron ser sobornados, recibieron amenazas suficientes como para ceder en su dignidad.

Cada noble que iba sumándose a la causa no lo hacía solo: añadía su ejército personal, por lo que las fuerzas rebeldes se duplicaron y superaron a las del propio rey.

Enrique, al verse en inferioridad, reaccionó potenciando el poder popular de villas y ciudades y reforzando, a través de éstas, a las hermandades, que se convirtieron en policía de caminos y perseguidoras de todo delito, aunque a veces no resultaba fácil su tarea porque los mismos nobles actuaban como salteadores de caminos, robando ganado, atracando a los viajantes y quemando bienes ajenos.

En otras ocasiones, las propias hermandades actuaban de forma tan cruel, que el pueblo llano quedó en medio de la violencia de unos y de otros, indefenso.

Los castellanos de a pie, los que no tenían más ambición que ver crecer sus cosechas y criar a sus terneras y ovejas, quedaron desamparados. Precisamente ellos, que debían alimentar gratis a nobles, ricos hacendados y hasta a la propia Casa Real, sin a veces quedarse con lo suficiente para alimentar a sus propias familias.

Todo esto pasaba por el bien de Castilla, decían quienes la habían hecho ingobernable.

Pobre Castilla.

II

Violencia, miedo, insatisfacción, miseria… Todos los ingredientes del guiso de Pacheco estaban dispuestos. Sólo faltaba que empezara a hervir la olla.

Pero antes, en un gesto de soberbia, volvió a enviar una carta al rey para avisarle de lo que se le venía encima. Quería volver a negociar para evitar lo inevitable. Curiosa manera de llamar negociación a lo que era, en realidad, mera imposición. Porque cuando Pacheco negociaba sólo podían pasar dos cosas: que triunfara él o que perdiera su oponente.

Enrique lo sabía y, por ello, estaba indeciso. Por un lado, ir a la guerra era una temeridad dada la desigualdad de fuerzas. Por otro, aceptar las propuestas de los rebeldes supondría un descrédito de su poder y de su imagen difícil de superar.

Por eso volvió a reunir a sus más allegados para tomar una decisión. Diego Hurtado de Mendoza había recabado información y la comunicó serio a los presentes.

—Pacheco ha doblado sus adhesiones en villas y ciudades. Y su ejército es ya superior al nuestro...

Beltrán, pese a los datos evidentes, se negaba a darse por vencido: sabía que si lo hacía supondría la vuelta de Pacheco a la Corte y su expulsión de la misma.

—No podéis ceder, majestad: el marqués de Villena os volverá a traicionar una y mil veces. Mejor luchar con dignidad que vivir arrodillado.

—Las guerras sólo se hacen si se pueden ganar, Beltrán —espetó prudente don Diego.

La reina dio en el clavo:

—Si hubierais actuado cuando os lo dijimos, esto no habría pasado.

Hubo un silencio largo e incómodo, que por fin rompió Beltrán con una temerosa pregunta al rey:

—¿Qué haréis?

—Dejadme solo. Necesito pensar.

Todos se fueron y le dejaron en la soledad de su despacho. El primero, Beltrán, inquieto: su honor no podía aguantar esa afrenta.

Más lentamente, tras él, la reina y Mendoza, que —ya en el pasillo, donde nadie podía oírles— susurró a Juana al oído:

—Debemos hablar. Ahora mismo.

—¿De qué? —respondió amarga Juana—. ¿De que mi hija nunca heredará la corona?

—Precisamente debemos hablar para evitar que eso ocurra.

Estaba claro que alguien debía pensar cómo salir del atolladero en el que se encontraban... pero que ese alguien no podía ser Enrique.

Esa misma noche, ajeno a todo, Enrique seguía pensando. O, por lo menos, intentándolo: porque era tal el dolor que sentía que su cabeza no tenía la claridad necesaria para hacerlo.

Ya era de madrugada y no había ido a dormir. Últimamente lo hacía con su mujer, para evitar más comentarios que reforzaran las acusaciones públicas de Pacheco de que apenas yacía con ella.

Pero esa noche, no podía ir: le avergonzaba ver a Juana. Era consciente de la vida de sufrimiento que le había dado, de su abandono. Y cuando parecía que las cosas se arreglaban, ocurría aquello.

Al rey, esa noche, no le hubiera importado que le llamaran impotente por su archisabida poca predisposición a las mujeres. Le dolía más que eso otra impotencia: no poder defender a su hija ante la encrucijada en la que se encontraban. Saber que muy probablemente nunca sería reina.

En esos pensamientos estaba cuando la puerta se abrió y apareció la reina.

—¿No dormís tampoco?

—No puedo.

Enrique suspiró.

—¿A qué habéis venido? ¿A criticar mis errores?

La reina se acercó firme a él.

—No. He venido a daros consejo para que no cometáis ninguno más.

El rey se sorprendió. Y su sorpresa fue en aumento ante la siguiente orden de Juana:

—Negociad.

—¿Vos me pedís que negocie? ¿Ahora?

—Sí. Negociad. Pero no cedáis en todo… Que no os vean vencido. Nuestros enemigos tienen más fuerza… Pero saben que derrocar a un rey nunca trae buenas consecuencias. No os quieren derrocar: os quieren convertir en su títere.

Enrique la miró esperanzado: tenía razón. Pero lo importante no es que la tuviera, sino que estaba a su lado. Juana prosiguió:

—Asegurad el futuro de mi hija ofreciéndola como esposa de Alfonso. Si mis planes salen mal, por lo menos tendremos eso.

—¿De qué planes habláis?

—De ganar tiempo para disponer de un ejército que doblegue al suyo. El de mi hermano Alfonso, rey de Portugal.

El rey no salía de su asombro.

—Pero tendréis que ser hábil, que crean que negociamos de buena fe. Tenéis que darles algo importante a cambio.

—¿El qué?

—A Beltrán de la Cueva. Pacheco le odia sobre todas las cosas. Expulsad a Beltrán de la Corte, quitadle el cargo de maestre de la Orden de Santiago y os creerá.

Enrique se apenó de Beltrán.

—Beltrán siempre me ha sido leal.

—No hay triunfo sin sacrificio.

—Supongo que no será el único. No creo que vuestro hermano traiga su ejército por nada. ¿Qué le daremos a cambio?

—A Isabel.

—Estoy asombrado de vuestras estrategias...

—Llevo pensando en una solución desde que perdonasteis a Pacheco. ¿Lo habéis hecho vos?

La pregunta de la reina no esperaba respuesta. Juana salió dejando tras ella a un estupefacto Enrique.

Poco después, daba parte a Mendoza de lo ocurrido. Lo hacía en una estancia apartada, donde nadie pudiera verles.

—¿Creéis que le habéis convencido, majestad?

—Sí, don Diego.

—Perfecto. Sabéis que es la única solución posible.

—Lo sé... ¿Cómo reaccionará Beltrán?

—Mal. Aunque si supiera que estoy detrás de ello, sería todavía peor.

Miró a Juana.

—Pero el interés de Castilla está por encima de cualquier persona. Aunque esa persona sea el marido de mi hija.

III

No fue plato de gusto para Enrique dar la noticia a Beltrán.

—Lo siento. Nadie me ha sido tan leal como vos, pero no tengo otra salida.

Beltrán calló, hundido. Sólo fueron unos segundos de silencio, pero fue demasiado tiempo para el rey, que estalló nervioso.

—¡Por Dios, decid algo! ¡No hagáis esto todavía más difícil!

—Está bien, os lo diré. Gracias a vos, tengo títulos con los que nunca soñé. Me he casado con una Mendoza. Poca gente en Castilla tiene más que yo. Pero todo eso, y hasta mi vida, daría por una sola cosa.

Enrique le miró esperando el final del acertijo.

—Que nunca hubiera llegado este día…

Beltrán sacó una carta y se la dio al rey.

—Pero sabía que llegaría… Es mi renuncia al maestrazgo de Santiago. Prefiero renunciar antes que ser desposeído de ello.

Beltrán, dicho esto, se dirigió hacia la puerta ante la mirada de un triste Enrique. Antes de salir, se giró.

—Despedidme de Pacheco.

Todos los pasos marcados por Juana se estaban dando. Ahora sólo faltaba lo más importante: volver a encontrarse con Pacheco.

Ocurrió apenas una semana después. Como la vez anterior, Pacheco llegó con sus inseparables Carrillo y Girón.

El rey sólo llegó acompañado de Diego Mendoza, lo cual ya hizo sonreír al marqués de Villena.

—Parece que fue ayer.

Diego Hurtado de Mendoza, al ver su actitud, quiso poner un punto de autoridad a la reunión.

—Precisamente por lo reciente de vuestra indignante última visita, rogaría que abandonáramos ironías y cuestiones personales.

Carrillo miró a Pacheco, que recompuso su actitud, asintiendo.

El rey aprovechó el momento para comenzar el acto.

—Bien… os hemos convocado para poner fin a nuestra disputa. Para ello, es necesario que todos cedamos un poco. Como muestra de buena voluntad, aquí tenéis…

Enrique colocó dos documentos sobre la mesa.

—Ésta es la carta de renuncia de don Beltrán de la Cueva como maestre de la Orden de Santiago… Y éste es un edicto redactado ante notario en el que restituyo a mi hermano Alfonso como poseedor de tal título.

A continuación, Enrique sacó un paño rojo que envolvía uno de los cargos más preciados de Castilla: el collar que debía colgar del cuello del maestre de la Orden de Santiago.

—Os hago entrega de esta joya.

Carrillo y Pacheco cruzaron sus miradas disimulando su sorpresa, pero claramente satisfechos. Y así lo dejó claro el arzobispo de Toledo.

—Es una buena oferta, sin duda.

—Ahora os toca ceder a vos —dejó claro Mendoza a Pacheco.

—¿Qué queréis?

—Sólo son dos asuntos. Limitar la expulsión de moros y judíos. Serán excluidos de dicha norma aquellos que se hayan convertido al cristianismo.

Carrillo miró a Pacheco, que asintió. Luego tradujo su gesto.

—Aceptamos. ¿Cuál es la otra condición?

—Salvaguardar la dignidad del rey y de su hija —exigió Mendoza—. No es posible la convivencia con un rey humillado e insultado. Debemos evitar que eso ocurra y por ello os hacemos una propuesta.

Pacheco no hizo aquí ningún gesto. Carrillo, ante el silencio, comentó casi en voz baja a su sobrino:

—Están en lo cierto. —Y dirigiéndose a Mendoza añadió—: Continuad, por favor, ¿qué proponéis?

—La boda del infante Alfonso con la princesa Juana.

Pacheco frunció el ceño.

—¿Alfonso pasa a estar bajo nuestra custodia?

Enrique tuvo ganas de sonreír, pero se contuvo; el plan estaba surtiendo efecto. Y disfrutó ayudando a que Pacheco mordiera aún más el anzuelo.

—No habrá problema. Si no, no os habría entregado el collar de la Orden de Santiago para que vos mismo se lo deis.

—De acuerdo, entonces... En cuanto a Isabel, solicitamos que tenga casa propia en Segovia lejos de vuestra esposa. Y que su futura boda sea consensuada por todos nosotros.

Enrique consideró que ya había conseguido lo que quería.

—Aceptamos. Redactad los acuerdos y de aquí a unos treinta días con sus noches nos reunimos y firmamos para que se hagan oficiales... Elegid lugar neutral.

—En Medina del Campo, al mediodía.

—Que así sea. Señores... hasta ese día.

Pacheco y Carrillo se levantaron. El primero se despidió del rey.

—Hasta ese día. Agradezco vuestra voluntad de diálogo. Podríamos haberla tenido antes. —Sonrió—. Vos os habríais ahorrado disgustos y nosotros dinero.

Luego, marchó con Carrillo, feliz de haber conseguido casi todo lo que quería. Y lo que faltaba, ya lo conseguiría, pensaba. Tiempo al tiempo.

Curiosamente, el rey y Mendoza pensaban lo mismo.

—Todo ha ido según nuestros deseos, majestad.

—Sí... Sólo falta que no nos falle la baza portuguesa.

IV

Portugal no falló.

El rey Alfonso respondió afirmativamente a la propuesta de su hermana Juana: se casaría con Isabel. A cambio, ponía a disposición de Enrique mil quinientos hombres a caballo y tres mil peones. Era sólo el principio. Si hacía falta, aportaría aún más refuerzos.

Todo se hizo en el mayor de los secretos. Ni Pacheco ni Carrillo podían sospechar nada. La Liga de Nobles se sentía triunfadora de la negociación y preparaba planes que encorsetaran a Enrique hasta dejarle sin poderes... ignorando que el monarca, con la ayuda de Portugal, estaba preparando un ejército con el que hacerles frente. Cuando lo consiguiera (y por la carta del rey Alfonso de Portugal, iba camino de ello), la negociación y sus acuerdos serían una anécdota, un mal trago ya pasado.

Si Carrillo hubiera sabido todo esto, probablemente se hubiera esfumado de su boca la sonrisa con la que acudió a Segovia a informar a Isabel y Alfonso de los logros que la Liga de Nobles había conseguido para ellos.

Alfonso sería el futuro rey de Castilla e Isabel se liberaría de la tiranía de la reina Juana... Y, quién sabe, tal vez pronto podría negociarse una boda ventajosa para ella y, sobre todo, para Castilla. Sin duda, una situación mucho mejor que la que habían vivido hasta ahora, desde que fueron raptados en Arévalo.

Carrillo, haciéndose valer de su papel de protector de los infantes durante sus primeros años en Segovia, tomó la iniciativa de hablar con ellos. Pero quiso asegurarse de que todo iría bien y llamó al propio Gonzalo Chacón, para que los infantes se sintieran más tranquilos ante el giro que iban a dar sus vidas.

Isabel y Alfonso se alegraron en un principio de ver a Chacón. De saber que su madre estaba mejor... Y se sorprendieron de que incluso pudieran ir a verla en breve. Pero tanta novedad y tanta sonrisa de Carrillo tenía desconcertada a Isabel, que sospechaba acertadamente que había algo más detrás de todo ese cambio tan drástico.

Carrillo lo notó.

—No parecéis muy alegre, Isabel.

—No sé si estarlo. En esta Corte gustan de dar un plato frío después de una sopa caliente. ¿Qué tendremos que hacer a cambio?

—Podéis estar tranquila —aseveró Carrillo—. Vuestro futuro es excelente.

Miró a Alfonso.

—Vos seréis heredero del rey, al casaros con vuestra sobrina Juana…

Alfonso se quedó boquiabierto.

—¿Con mi sobrina? ¿Tendré que casarme con mi sobrina? ¡Yo no quiero casarme con esa niña!

Chacón, por fin, decidió apoyar a Carrillo: no en vano que uno de sus tutelados pudiera llegar a rey era el objetivo de tantos años de trabajo.

—No siempre lo será, Alfonso. Además, pensad que seréis rey de Castilla.

Isabel empezó a preocuparse aún más: ¿qué sería de ella?

Según fue hablando Carrillo, la mezcla de alegría con sentirse juguetes de otros dejó paso a la estupefacción. Sobre todo cuando Carrillo le comunicó a Alfonso que dejaba esa misma tarde la Corte para vivir en Ávila. Allí sería tutelado por Pacheco, algo que no agradaba demasiado a Chacón.

Isabel se atrevió por fin a avisar de que ella también estaba presente en aquella reunión, aunque apenas le hacían caso.

—¿Y yo? ¿Podré ir con mi madre o tendré que seguir aquí con mi cuñada?

—No. Vos abriréis casa propia en Segovia —respondió Chacón.

—¿Mi propia casa?

Isabel no podía creerlo. Chacón sonrió.

—Sí… No tenéis que vivir con la reina… Para eso he venido, para quedarme con vos. Y no he venido solo. ¡Pasad! —dijo alzando la voz.

Quien apareció fue Beatriz de Bobadilla, la principal dama de Isabel desde niña, para ella una hermana mayor.

—¡Beatriz! ¿Vais a vivir conmigo?

—Sí, alteza… Vuestra madre insistió en que viniera. A mí y, sobre todo, a Chacón.

Alfonso las miró con envidia.

—¿Y yo? ¿Tengo que irme solo con Pacheco?

El silencio de Chacón y Carrillo auguraba que así sería. Isabel, rápida, intentó consolarle:

—Solo no. Llevaos a vuestro doncel.

Alfonso, por fin, sonrió.

Las palabras de Isabel no eran de simple consuelo. Con el transcurso de los meses, Gonzalo pasó de estar a veinte pasos a estar cerca de ellos. Y la infanta supo que era leal. Sobre todo cuando un criado (tal vez por orden de la reina) hizo un desplante a Alfonso y Gonzalo le hizo ponerse de rodillas y pedirle perdón.

O tal vez por aquel día en que un guardia de palacio les ordenó, con un tono inapropiado, que volvieran a sus aposentos. Gonzalo se plantó delante de él y recordó el trato de altezas que se les debía dar a los infantes.

El guardia respondió desenvainando la espada. No le duró tres segundos en la mano, tras un golpe de Gonzalo que, empuñando su daga, le apuntó al cuello. Sólo la intervención de Cabrera hizo que la cosa no fuera a más.

A partir de ese día, nadie les faltó nunca al respeto. Y Gonzalo generaba a su alrededor miradas de admiración. Hasta el propio jefe de la Guardia Real, que supo de lo ocurrido, quiso reclutarle tras pedir permiso a Beltrán de la Cueva. Pero Gonzalo, tras dar las gracias, se negó: no aceptaría abandonar a los infantes a no ser que ellos se lo pidieran.

Y Gonzalo, a base de tratarla, notó que se sentía inexplicablemente atraído por Isabel.

Pero esa misma tarde todo se acabaría: los hermanos debían despedirse. A su lado, como siempre, estaba Gonzalo.

Alfonso, como había aprendido de su hermana, ocultaba su tristeza.

—Es la primera vez que nos decimos adiós.

Isabel, maestra en esos menesteres, apenas dejaba traslucir su dolor.

—Piensa en las ganas con que nos saludaremos la próxima vez que nos veamos.

—No sé si voy a acostumbrarme a vivir sin tus regañinas, la verdad.

Estas palabras consiguieron que Isabel se riera.

—Dentro de poco regañarás tú a quien te apetezca.

—¿Cuando sea rey?

Isabel, un tanto amarga, asintió.

—Cuando seas rey.

—No sé si seré rey... Pero lo que siempre seré es tu hermano.

Los dos hermanos se abrazaron. Al separarse, Isabel notó que Alfonso estaba a punto de llorar. Rápida, le sonrió y con su mano cazó la primera lágrima que caía por la mejilla de su hermano.

—Vaya, se te ha metido algo en el ojo...

Alfonso le devolvió la sonrisa.

—Sí, debe de ser eso...

Isabel se giró hacia Gonzalo.

—Prometedme que cuidaréis de él.

—Sabéis bien que lo haré, alteza.

La llegada de Cabrera puso fin a la despedida.

—Todo está preparado. El arzobispo Carrillo os espera en las caballerizas.

Gonzalo y Alfonso se encaminaron a emprender viaje. Ya sin que Isabel le viera, Alfonso rompió a llorar. Avergonzado, pidió excusas a su doncel.

—Lo siento. Debéis de pensar que soy un niño.

—No, alteza. Un hombre debe llorar por lo que ama —dijo pensando él mismo en Isabel—. Si no lo hace, o no es hombre o no ama. Y no sé qué cosa es peor.

Isabel los miraba alejarse, triste y con los ojos humedecidos, delante de un Cabrera que intentó poner solución al problema.

—Os noto triste, alteza... ¿Qué tal si hacemos algo para arreglar eso? Por ejemplo, puedo enseñaros vuestra casa.

Isabel forzó una sonrisa y se sobrepuso como pudo.

—Por mí, encantada.

V

Una hora después, Cabrera enseñaba su nueva casa a Isabel, aún a medio instalar… Los acompañaban Chacón y Beatriz de Bobadilla. La casa estaba situada en un edificio anexo al propio palacio y pese a no ser excesivamente grande a Isabel le parecía más hermosa que el propio palacio.

—¿Os gusta? —preguntó Cabrera a Isabel.

—Sí, no me quejo.

—Me alegro. Ahora a ver si encuentro todo lo que don Gonzalo Chacón me ha pedido para amueblarla…

—No es cosa mía —se defendió irónico Chacón—. Su madre fue quien hizo la lista… Como reina que fue, cuida hasta el más mínimo detalle.

Isabel, cariñosa, puso su brazo en el de Cabrera.

—No os importe si no cumplís con todo: no soy de muchos lujos.

Beatriz, bulliciosa, de un lado para otro, metió baza, fiel a su carácter alegre.

—Pero yo sí… Y voy a vivir con vos…

Todos sonrieron. Especialmente, y para su propia sorpresa, don Andrés Cabrera. Beatriz, sin saber el efecto que causaba, siguió exhibiendo su simpatía. De repente, quedó quieta y olisqueó en el aire, como un perro olfatea a su presa.

—¡Cristo bendito! ¿No lo notáis? Ese olor a mantecadas…

Cabrera, solícito, explicó el porqué de ese aroma:

—El olor viene del horno de la esquina. —Y dirigiéndose a Chacón le preguntó—: ¿Creéis que estaría fuera de lugar si voy a comprar unos dulces para celebrar la inauguración de la casa de la infanta?

Chacón sonrió.

—No estaría fuera de lugar en absoluto.

Cabrera se dirigió tímido a Beatriz.

—Permitidme que yo mismo os invite.

Beatriz miró a Chacón, como pidiendo permiso.

—Podéis ir, no hay problema.

Beatriz y Cabrera fueron a por los manjares... El mayordomo de palacio abrió galante la puerta a Beatriz, que no pudo evitar sonrojarse.

A solas con Chacón, Isabel no lograba ocultar su tristeza. Chacón lo notó enseguida.

—Contadme... Os pasa algo, os conozco como si fuera vuestro padre.

Isabel intentó evadirse, pero tras la insistencia de Chacón, cedió y confesó lo que le atormentaba.

—Está bien, os lo diré...

Cogió aire; le preocupaba pecar de soberbia y quería medir sus palabras.

—Durante todo este tiempo he tenido que sostener a Alfonso y apoyarle como hermana mayor que soy... —admitió infinitamente triste—. No he podido ni llorar mi pena, porque sólo he tenido tiempo para enjugar sus lágrimas... para enseñarle a guardar sus emociones, a tener orgullo.

Chacón la miró preocupado.

—Isabel...

Pero Isabel no le escuchó, tenía la mirada perdida lejos de su tutor y cerca de sus propias penas.

—Y ahora, mientras mi hermano pequeño se prepara para ser rey algún día, aquí estoy yo montando una casa de muñecas. Esperando que alguien decida cuál es mi destino.

Levantó la mirada hacia Chacón.

—¿Por qué una mujer ha de ser menos que un varón?

—Es la tradición. Cada uno ha de cumplir con sus obligaciones.

—Las tradiciones injustas hay que cambiarlas. Porque las injusticias no pueden ser eternas.

—Isabel, debéis cumplir con vuestras obligaciones aunque os duela.

Isabel suspiró con tristeza.

—Y las cumpliré. Mi madre y vos me habéis educado para ello. Y apoyaré a mi hermano en todo lo que sea necesario... Pero ¿tengo permiso para estar triste aunque sea sólo el día de hoy?

Chacón acarició comprensivo la cabeza de Isabel, como un padre lo haría con su hija.

VI

Poco a poco, Isabel fue haciéndose a la idea de su destino; de que, como mujer, nunca llegaría a ser reina porque para eso había que nacer hombre. No importaba que se demostrara mejor formación y carácter. Eso no era suficiente si eras mujer.

No... Nunca sería reina. Y si lo fuera, sería como la reina del ajedrez que según las reglas de la época no podía apenas moverse del tablero.

O algo peor, podría ser reina pero porque la casaran con un príncipe o con el rey de un reino extranjero, con lo que debería dejar Castilla, su amada tierra.

Sin saber que esto último ya estaba siendo organizado y que ese reino extranjero tenía el nombre de Portugal, Isabel se consoló disfrutando del día a día lejos de la reina Juana, lo cual ya era un alivio para ella.

Esto y la presencia de Chacón y de Beatriz hicieron que su vida fuera, por fin, más agradable. Volvió a sus costumbres de Arévalo, donde cada noche, antes de ir a dormir, cotilleaba con Beatriz de lo ocurrido durante el día.

Se reía cuando Beatriz le decía, como aquella mañana paseando por Segovia, que sentía que Cabrera la miraba de una manera «especial».

—¿Cabrera? Pobre don Andrés... Con aguantar a los reyes ya tiene bastante lío como para cortejar a nadie.

—Pues no tendrá tanto lío cuando viene a vernos todos los días.

—Nos está ayudando a montar la casa, Beatriz —respondió Isabel cariñosa—. No le busquéis tres pies al gato... Además, Cabrera es un caballero y es de los pocos que se preocuparon por Alfonso y por mí estos desgraciados años.

—Pues me alegro, porque como mi esposo no le veo, la verdad.

En ese momento pasó junto a ellas un apuesto y joven caballero al que Beatriz se quedó mirando obnubilada.

—A este mozo, en cambio, sí me lo imaginaría encantada siendo el padre de mis hijos.

—¡No seáis descarada! —dijo riéndose Isabel.

Y así pasaban los días, regateando añoranzas con la alegría de volver a estar con Beatriz, con la vuelta a las enseñanzas de Chacón... Y acabando de instalarse en su nueva casa.

Cuando ésta quedó al gusto de Isabel y de Chacón, llegó la hora de acometer otra tarea que le hacía especialmente feliz: volver a ver a su madre.

En ello estaba Isabel cuando, una vez más, los planes de los demás anularon los suyos: a Segovia llegó un mensajero de Sintra con la aceptación de la boda entre Alfonso, rey de Portugal, e Isabel.

Y, lo que era más importante, su apoyo militar si era necesario, con un ejército que cambiaría el equilibrio de fuerzas en Castilla.

El encuentro con su futura esposa sería en el monasterio de Guadalupe, en Cáceres, evitando así el largo viaje del rey portugués hasta Castilla.

Juana de Avis estaba exultante tras leer la carta del rey de Portugal.

—Sabía que no nos fallaría... —Miró a su marido—. Sólo os pido una cosa. Dejadme a mí la negociación de las capitulaciones matrimoniales. Conozco muy bien la forma de pensar de mi hermano.

—¿Quién se lo dirá a Isabel?

—Yo ya me he encargado de mi hermano... Encargaos vos de vuestra hermana.

Enrique asintió e inmediatamente hizo llamar a Chacón. Éste frunció el ceño cuando Enrique le contó sus planes para Isabel.

—¿Algún problema? —le preguntó Enrique al ver su seriedad.

—Con todo el respeto, majestad, dudo que la boda sea del agrado de la infanta.

—Sois su tutor, ¿no?

Chacón asintió.

—Entonces deberíais haberle explicado ya que la vida no se parece en nada a las novelas de caballerías. Y que como infanta tiene un compromiso con Castilla que debe cumplir.

Chacón contuvo su malestar ante las palabras del rey, pero no las dejó sin respuesta.

—Os puedo asegurar que esa lección ya la sabe sin que se la tenga que haber explicado. Como tutor de los infantes me preocupan otras cosas.

—¿El qué? —respondió molesto el rey.

—Que estéis utilizando a Isabel en contra de lo pactado con la Liga de Nobles.

El rey se levantó iracundo.

—¿Pertenecéis vos a ella?

Chacón, pese a tener al rey ya a dos palmos de él, no se arredró.

—No. Pero no me agradaría ver a Isabel en el bando contrario al que está su hermano.

Enrique no podía soportar tanta soberbia. Y menos ahora que parecía haber encontrado una solución al grave problema de mantener su poder en Castilla, amenazado por los rebeldes.

—Se acabó la conversación... ¿Quién os creéis que sois, Chacón?

Enrique cogió aire y atravesando con su mirada a Chacón, le dejó claro lo que tenía que hacer:

—Os ordeno que le comuniquéis la noticia a mi hermana. Y

aún más, que la convenzáis de ir a la boda de buen grado. Procurad no decepcionarme.

VII

La reacción de Isabel fue la esperada por Chacón.

—No me casaré, don Gonzalo. Os lo dije y os lo repito: no aceptaré un marido que yo no quiera... ¿Cuántos años tiene?

—Veinte más que vos.

—Razón de más para no casarme.

Chacón sabía que poco podían hacer para evitarlo.

—Señora, lo ordena el rey.

Isabel se giró nerviosa hacia su tutor.

—¿Otra vez vais a hablarme de tradiciones?

—No, os lo juro... —respondió serio—. Os entiendo, Isabel... Pero queréis dar muchos pasos a la vez y hemos de ir de uno en uno.

—¡Pocos pasos daré en Castilla si vivo en Lisboa! —estalló Isabel—. ¿No lo veis? A su hija la casa con Alfonso para que sea la reina de Castilla y a mí me casa con el rey de Portugal que me lleva veinte años... Si no tuviéramos un hijo, ¿quién heredaría el trono de Portugal? Mi sobrina Juana... ¿Es posible que no lo veáis?

Chacón quedó aturdido por un análisis tan clarividente: en realidad era lo que él pensaba. Y no podía expresarse mejor ni más contundentemente.

—Lo veo, Isabel. Lo que me sorprende es que vos os hayáis dado cuenta.

—¿Por qué decís eso? ¿Porque soy mujer?

—No, porque sois muy joven.

La llegada de Beatriz hizo que la conversación se acabara. Con gesto adusto, Chacón salió a que le diera el aire; lo necesitaba.

Una rara sensación le invadía: había educado a los infantes para que fueran reyes y, ganara quien ganara en la confrontación de los nobles con el rey, uno de ellos lo sería seguro. Isabel, si triunfaba la estrategia de Enrique, sería reina de Portugal... Alfonso, si prevalecían las tesis de Pacheco y la Liga de Nobles, lo sería en un futuro de Castilla.

Pero Isabel sería reina lejos de Castilla.

Alfonso, si llegaba a rey, lo sería bajo el influjo de Pacheco, que a buen seguro le estaría educando para crear un nuevo Enrique, débil y dependiente de él.

Y antes de que lo fueran uno u otro, una confrontación segura estaba servida con ambos hermanos en bandos distintos.

No era eso lo que quería Chacón ni para sus adorados infantes ni para Castilla, necesitada de un gobierno fuerte y un rey que impidiera que campara por sus respetos la ambición de sus nobles. Un rey que mandara de verdad e impusiera cordura y justicia, lejos de las intrigas que zarandeaban en esos tiempos al reino, al borde de una guerra civil.

Chacón paseaba pensando todas estas cosas y de repente se dio cuenta de que algo más le desconcertaba. Era Isabel.

Porque sí, era mujer. Pero poseía un orgullo y una intuición superior a la de Alfonso y a la del propio rey. Incluso aún mayor que la de su padre, el fallecido rey Juan.

Isabel, siguió pensando, era voluntariosa, disciplinada, sabía escuchar y quería aprender... Era consciente de que por sus venas corría sangre de reyes y del ejercicio de dignidad que ello implicaba.

Y ahora, esa semilla que él sembró y que empezaba a germinar estaba a punto de marchitarse prematuramente como las cosechas atacadas por el granizo. Isabel iba a casarse con el rey de Portugal, a mayor gloria de unos intrigantes cuyas luchas de poder asolaban periódicamente Castilla.

¿Cuál era su culpa para padecer tal tropelía, para no poder ser reina? Ser mujer y, como tal, mero objeto de intercambio. Ser mujer y, como estaba mandado, tener como único destino parir príncipes.

Y Chacón se preguntaba si había sido justo con Isabel. ¿Para qué instruirla tanto si su futuro sería ése?

¿Para qué alentarla a mejorar y tener ambición y orgullo si el resultado sería una boda no deseada y el alejamiento de la tierra que la vio nacer?

Porque un buen maestro ha de alentar a sus alumnos a poseer conocimiento, pero ¿y si ese conocimiento sólo sirve para traer la infelicidad? Porque de infelices es trabajar para aprender y no poder hacer uso de lo que se ha aprendido.

Sin duda, en ese caso, eran de envidiar los tontos, porque nunca se amargarían por no conseguir lo que jamás se habrían propuesto.

No habían mejorado las cosas, no. Habían cambiado, pero a peor.

«¡Qué injusticia!», se repetía a sí mismo Chacón en su cabeza.

Iba a perder a Isabel...

Y empezaba a darse cuenta de que temía que también la perdiera Castilla.

VIII

Gonzalo Fernández observaba con gesto serio cómo Alfonso acariciaba las telas que Pacheco había extendido sobre la mesa. Debían de ser caras, pensaba el de Córdoba, como lo eran las comidas y los lujos con los que Pacheco rodeaba a Alfonso desde el mismo día que pisó Ávila.

El infante estaba atónito: su vida siempre había sido austera y no estaba acostumbrado a ser el centro de ningún mimo. Miraba las telas, que le deslumbraban por sus colores y estampados, por el tacto de las sedas y los rasos...

—¿Puedo elegir una?

Pacheco sonrió: su objetivo era buscar las debilidades de quien luego sería rey, dándole todo tipo de caprichos. Cuando Alfonso llegara al trono, él le exigiría que le concediera los suyos.

—No tenéis que elegir, son todas para vos. Un heredero de la corona debe vestir como tal.

Alfonso se volvió hacia Gonzalo.

—¿Has oído, Gonzalo? ¡Todas! ¡Me puedo hacer mil trajes!

Gonzalo forzó una sonrisa y asintió. No le gustaba cómo Pacheco trataba a su señor, desconfiaba de él.

El marqués de Villena, ignorando a Gonzalo, abrió ante Alfonso un paño de terciopelo en donde se encontraban varias gemas talladas.

—Aquí sí que os pediré que elijáis una para que mi orfebre os la engarce en un anillo.

Alfonso, boquiabierto, se decantó por la más grande. La cogió y la mostró a Gonzalo.

—¿Os gusta ésta? ¿Qué decís?

—Lo mayor no es necesariamente lo mejor.

Pacheco plegó el terciopelo y lo apartó de la vista de los jóvenes.

—Si al infante le place, nosotros no somos nadie para contradecirle. Sea.

Gonzalo torció el gesto.

Sin llamar, fiel a su mala educación, Pedro Girón entró en la sala. Su cara de preocupación no le pasó inadvertida a Pacheco.

—¿Qué ocurre?

—Malas noticias. Vienen de Portugal.

Inmediatamente fueron convocados Enríquez, almirante de Castilla, y Carrillo. La preocupación era máxima: uno de sus hombres de confianza en Portugal (Pacheco tenía espías hasta en el mismo infierno) les había mandado mensaje informando de los manejos de Enrique con Alfonso de Portugal. El encuentro de ambos reyes y sus comitivas, para pactar la boda entre el rey portugués y la infanta Isabel, sería en Cáceres.

Pacheco y Carrillo escucharon la noticia sentados. Pedro Girón caminaba de un lado a otro como una fiera enjaulada En una esquina, Alfonso no comprendía lo que pasaba.

A su lado, Gonzalo, vigilaba por lo que pudiera pasar... hasta que al oír la noticia supo que Isabel iba a casarse con el rey de Portugal. Una sensación de amargura, que ni él mismo alcanzaba a comprender, le invadió.

—¿El rey Enrique ha pactado la boda de la infanta con el rey de Portugal? —dijo Carrillo aturdido.

Pacheco, enrabietado, dio otro dato no menos hiriente.

—Sí... Y por las fechas, lo ha hecho mientras negociaba con nosotros. Enrique está faltando a lo pactado: acordamos que Isabel no se desposaría con nadie sin contar con nuestra aprobación. El rey nos ha engañado.

Pacheco miró a Alfonso.

—¿Os había dicho algo vuestra hermana?

—No, excelencia...

Pedro Girón se encaró con el infante, grosero.

—¿Estáis seguro?

Gonzalo se interpuso entre Alfonso y Girón.

—Lo está.

—Vaya, el paje se hace el valiente...

—Don Pedro, dejaos de disputas. Creo a Alfonso —mandó callar Carrillo y mirando a Pacheco, añadió—: ¿Qué hacemos?

—Hay que evitar esa boda. Si el rey de Portugal pone sus tropas al servicio de Enrique, todo lo que hemos hecho no servirá para nada.

Alfonso, aturdido, quiso ganarse a sus nuevos mentores.

—Estoy seguro de que Isabel no sabía nada. Y dudo que acepte el matrimonio con gusto.

Pedro Girón le miró con desprecio.

—Da igual. La forzarán a que acepte.

—No conocéis a mi hermana.

Carrillo vio una posibilidad tras escuchar a Alfonso.

—Tal vez deberíamos apoyar a Isabel… Hacerle ver que estaríamos de su lado si no acepta la boda.

—¿Y a quién enviamos? —inquirió Girón—. No será fácil llegar hasta ella.

Gonzalo dio un paso al frente.

—Con vuestro permiso, yo podría darle la noticia.

Todos se quedaron mirándolo. Girón sonrió.

—Al muchacho no se le puede negar que es valiente. Lo que no sé es si podemos confiar en él.

Alfonso salió en ayuda de su paje.

—Yo confío en Gonzalo. E Isabel también. Si queréis llegar hasta mi hermana, nadie mejor que él.

Pacheco asintió.

—Confiaré en vos, Alfonso… —dijo el marqués de Villena y dirigiéndose a Gonzalo añadió—. Partid de inmediato. Pedro, dadle los dos mejores caballos y que varios hombres le escolten hasta las afueras de Cáceres.

Miró a Gonzalo.

—Una vez allí deberéis actuar solo. Las medidas de seguridad serán extremas y sólo así podréis pasar inadvertido.

—Lo sé —respondió Gonzalo, decidido.

Girón se llevó a Gonzalo camino de las caballerizas.

—Marchad a desear suerte a vuestro paje, Alfonso.

Sin duda, el marqués de Villena quería estar a solas con Carrillo. Alfonso, tras mirar a Carrillo, que asintió, también abandonó la sala.

Pacheco quería hablar con Carrillo del futuro.

—Si Isabel se niega a casarse, el rey de Portugal no traerá su ejército a Castilla. Entonces será el momento de dar el siguiente paso.

—¿En qué estáis pensando?

—Enrique no puede continuar siendo rey de Castilla.

—¿Habláis de derrocar al rey?

Pacheco se frenó en su paseo. Puso su mirada en Carrillo y, medio sonriendo, dejó claras sus intenciones.

—¿Por qué no?

IX

Cuentan que, huyendo de la invasión árabe, en el año 714, unos clérigos que escapaban de Sevilla portaban consigo una imagen de la Virgen de Guadalupe y que la escondieron cerca del río Guadalupe... Y que allí la encontró un vaquero cuando buscaba una de sus vacas, que se había apartado de las demás. La vaca había muerto y cuando el pobre pastor hizo la señal de la cruz, el animal resucitó. En ese momento, la Virgen se le apareció y le encomendó dos tareas: excavar hasta encontrar su imagen y construir una ermita.

Una ermita que fue el cimiento espiritual de lo que luego sería el magno monasterio de Guadalupe, a poco más de un centenar de kilómetros de Cáceres. Allí estaban citados los reyes de Castilla y Portugal para sellar el acuerdo de la boda entre este último e Isabel, la infanta de Castilla.

Todos estaban al tanto de la fe en Dios de Isabel, que no deseaba tal enlace. Pero pese a dicha fe, ella misma sabía que era casi más difícil evitarla que lograr que la Virgen volviera a resucitar una vaca.

Alfonso de Portugal llegó al lugar antes que Enrique y su comitiva. Con él viajaron nobles, damas y criados en un séquito donde todo era boato y lujo. A su lado, más de cien soldados preparados para, cuando se concretara la boda, seguir el viaje hasta Castilla como anticipo de la promesa de refuerzos militares que el monarca de Portugal había hecho a Enrique.

Cuando el rey de Castilla llegó, la solemnidad del monasterio dio paso a fiestas menos solemnes. En ellas, Alfonso de Portugal abrazó con cariño a su hermana, a la que envió a Castilla a casarse con un rey al que todo el mundo daba por impotente. Por eso le impuso una dote desorbitada para aceptar la boda de su hermana Juana.

Ahora, jugaba con su sobrina, Juanita, admirado del milagro de que Enrique hubiera podido engendrarla. Sin duda, Castilla era tierra de milagros.

Isabel, la novia a su pesar, estaba enclaustrada en sus aposentos en espera de la ceremonia donde conocería a su esposo portugués. Y rezaba todo lo que podía para que Dios la ayudara a evitar esa boda.

Como quien deshoja los pétalos de una flor para tomar una decisión, Isabel pasaba, insegura, de decidir no casarse a asumir su triste destino.

Atribulada y herida en lo más profundo de su alma, a sus casi catorce años había sido despojada de su madre, su hermano, su infancia... Y ahora estaba a punto de ser desterrada a otro reino, intercambiada como una pieza de ganado. Enrique, su hermano, la cedía como esposa para tener el ejército que deseaba.

Mientras padecía tanto como cuando la apartaron de su madre y sin dejar de preguntarse si volvería a verla algún día, Isabel miraba el edificio del monasterio embelesada. Le parecía de una belleza innegable, un paraíso construido por la fe de los hombres en la Virgen. Una joya arquitectónica que siempre recordaría como el lugar desde donde se disponía a viajar al infierno de un matrimonio que aborrecía.

La flor se quedó sin pétalos e Isabel seguía indecisa mientras Beatriz la peinaba para acudir a la irremisible cita.

—¿Qué pensáis hacer, Isabel?

—No lo sé, Beatriz... Mi alma me pide que me niegue a esta boda, pero...

—Pero tenéis miedo.

Isabel la miró, efectivamente aterrada.

—¿Se me nota mucho?

—No más que a mí.

Alguien llamó a la puerta e Isabel ordenó que pasara. Era Chacón. Entró serio, como era su costumbre, pero también apresurado, haciendo un gesto a la persona que venía detrás de él.

—Tenemos visita, Isabel...

Por la puerta apareció Gonzalo, el paje de su hermano Alfonso. Iba vestido de criado de la corte portuguesa, sabría Dios cómo había hecho para conseguir el disfraz.

Isabel no daba crédito a lo que veían sus ojos.

—¡Gonzalo! ¿Qué hacéis aquí?

Gonzalo la miró embelesado: pese a vestir un traje sencillo (o tal vez precisamente por eso), Isabel le parecía la más hermosa de las mujeres... pero ese tema no tocaba tratarlo ahora. Ni, probablemente, nunca. Por eso, Gonzalo se limitó a informar de su misión.

—Traigo un mensaje para vos.

Chacón le dio una palmada en la espalda, admirado.

—Y lo ha traído a riesgo de su vida. Entre castellanos y portugueses hay más de dos centenares de soldados custodiando este lugar.

Isabel se levantó a contemplar a Gonzalo más de cerca y no menos admirada. ¿Quién iba a decirle a ella que el paje al que denostó se jugaría la vida por verla?

—¿Cuál es el mensaje que me traéis, Gonzalo?

Gonzalo miró a Beatriz y a Chacón.

—Es privado. Sólo podéis escucharlo vos, alteza.

—Lo que tengáis que decirme lo pueden escuchar ellos.

Chacón estaba empezando a ponerse nervioso, algo inusual en él.

—Sí... Y daos prisa. Están esperándonos. Nunca es bueno hacer esperar a un rey y menos a dos.

Gonzalo asumió que no le quedaba más remedio que comunicar el mensaje.

—Vengo a deciros que vuestro hermano Alfonso y la Liga de Nobles os hacen saber que no apoyan vuestra boda, porque supone un incumplimiento de lo pactado con el rey. —Tomó aire y continuó—: Y que ponen a vuestra disposición todas sus fuerzas si fueran precisas con tal de que este enlace no se celebre, si es eso lo que deseáis.

Isabel sonrió.

—No sabéis la alegría que me dais. Ahora me siento más fuerte para negarme a esta boda.

Chacón, tenso, quiso avisarla de que no todo era tan fácil.

—Alteza, hasta que vuestro hermano consiga ayudaros, pueden ocurrir cosas muy desagradables para vos.

En ese momento, Chacón descubrió algo más de Isabel: su entereza. Con una tranquilidad pasmosa no dudó en reafirmarse.

—Tranquilo, Chacón. Asumo personalmente los posibles peligros. Y lo hago con gusto.

Luego volvió su rostro, de repente alegre e iluminado, hacia Gonzalo.

—Decid a mi hermano que no me casaré. Y Dios sabe que cuando tomo una decisión, nadie me aparta de ella ni con amenazas ni con castigos.

Gonzalo casi tartamudeó al responder, impresionado por esa imagen y esas palabras.

—Os aseguro que este mensaje llegará a vuestro hermano.

Se oyeron golpes en la puerta. Cundió la alarma entre los presentes. Si veían a Gonzalo, su vida podría correr peligro. Beatriz reaccionó la primera:

—¡No podéis pasar! ¡La infanta está vistiéndose!

Al otro lado de la puerta, un desesperado Cabrera avisó de que se dieran prisa o de lo contrario el rey enviaría guardias para llevarla por la fuerza.

—¡Decid a mi hermano que ahora mismo voy! —respondió Isabel ante la amenaza.

Cabrera dejó de incordiar y se marchó a dar el recado.

Isabel miró cariñosa a Gonzalo.

—Debo irme... pero antes he de daros algo.

Isabel se acercó a Gonzalo y le abrazó sentidamente.

—Este abrazo que os doy, dádselo vos a mi hermano.

Pese a la difícil situación que debía afrontar, Isabel estaba firme y tranquila.

Por el contrario, Chacón estaba profundamente preocupado; sabía de la trascendencia de la decisión tomada.

Beatriz se sentía tan nerviosa y atemorizada que, al acompañar a Isabel a la puerta, notó que trastabillaba porque las piernas no la sostenían.

Gonzalo, simplemente, pensaba que era un honor servir a una mujer como Isabel, aunque tuviera que jugarse la vida, como en unos minutos haría huyendo de allí camino de Ávila.

Guadalupe estaba asistiendo a otro milagro.

X

Todos sonrieron aliviados en la gran sala cuando hizo su aparición Isabel.

Alfonso de Portugal incluso disfrutó soñando futuras noches de amor con la joven que acababa de entrar.

Pero sonrisas y sueños se desvanecieron cuando Isabel, tras los parabienes y presentaciones iniciales, dejó clara su intención mirando al que nunca sería su esposo:

—Lamento que hayáis hecho un viaje tan largo para nada. Porque no está en mi ánimo casarme con vos.

Surgieron murmullos entre los numerosos presentes, miembros de ambas comitivas. Murmullos que Enrique acalló con una frase que más que una orden fue un alarido:

—¡Os casaréis con quien yo diga!

Isabel, sin alzar el volumen de su voz, logró que su respuesta se oyera igual de nítida y clara.

—No. Me casaré con quien yo quiera.

Y se retiró de la sala, acompañada de Chacón y Beatriz. El primero, miraba de reojo por si el rey ordenaba rápidamente que fueran encarcelados. Beatriz, en realidad, ya no sabía ni dónde mirar: bastante tenía con seguir con sus temblorosas piernas el paso firme de su señora.

Tan atónitos quedaron los que vivieron la escena, entre ellos don Diego de Mendoza y Cabrera, que en las horas siguientes no hubo reacción alguna contra Isabel.

Juana de Avis tuvo que despedir a su hermano Alfonso de regreso a casa. El rey portugués no le dirigió la palabra a su hermana. Ni se despidió del mismísimo rey de Castilla, al que nunca nadie había visto tan airado.

Después de tan amarga despedida, la reina fue inmediatamente a visitar a Isabel a sus aposentos.

Su aparición fue la de una mujer furiosa: su plan había fracasado. Entró sin llamar y dando voces.

—Sois una niña insolente y malcriada. ¿Cómo os atrevéis a rechazar al rey de Portugal?

Isabel la miraba tranquila y en silencio. Conocía bien sus ataques de histeria y no la intimidaban.

Juana siguió increpándola fuera de sí.

—¿Creéis que ser infanta no incluye obligaciones? ¿Es que no sabéis qué es lo que se espera de una mujer de la familia real?

—Más dignidad que la que tenéis vos —respondió Isabel al fin.

La reina no pudo contenerse y la abofeteó. Chacón fue a ponerse en medio entre la reina e Isabel para que ésta no sufriera un nuevo ataque, pero antes de llegar se oyó una voz que, firme, puso calma desde la puerta. Era don Diego Hurtado de Mendoza.

—Ya está bien, majestad.

Juana de Avis se giró y vio a don Diego, que le hizo un gesto que indicaba que se calmara.

La reina se encaminó hacia la puerta, pero antes de salir logró herir en lo más profundo a Isabel.

—Estáis loca... Como vuestra madre.

Cuando se quedaron a solas Chacón, Beatriz e Isabel, el silencio reinó en la estancia. Al cabo, Isabel lanzó una pregunta, no se sabe si a Chacón o a sí misma... o a Dios incluso.

—¿Qué pasará ahora?

—Hay que prepararse para lo peor —respondió Chacón.

XI

Un tablado estaba montado a las afueras de Ávila, al lado de sus murallas. En el centro, un monigote sentado en una silla señorial representaba al rey. No podía ser a otro cuando portaba una corona, un estoque y un bastón.

Era el 5 de junio de 1465. En pocos meses, y tras la negativa del rey de Portugal a ceder tropas al rey, el camino quedaba limpio de obstáculos para Pacheco.

Ya no había que negociar Juntas que limitaran al rey su poder en la justicia y en la legislación. No era necesario discutir cupos sobre judíos y musulmanes. Ni cómo marcar sus ropas para que todo el mundo al verlos supiera de su origen y de su fe. Todo eso se haría sin necesidad de reuniones inútiles.

En ese momento, había que ir más lejos: había que derrocar al rey. Y, si éste no se rendía, ir a una guerra que se ganaría con total seguridad, pues tal era la desproporción de fuerzas.

Por eso se organizaba esa farsa. Para que el pueblo, congregado delante de las murallas de Ávila, supiera que el rey no era más que un monigote. Y que había que expulsarle del trono para poner en su lugar a otro: ese niño de apenas once años que llegaba allí acompañado de Carrillo, Pacheco, Girón, el conde de Palencia, el de Benavente y algún noble más de quien el propio Alfonso no recordaba ni nombre ni título.

Todos subieron al estrado ante el vocerío general. Alfonso notó que todas las miradas se centraban en él.

Pacheco tomó la palabra para dirigirse a los presentes, casi a voz en grito.

—¡Castellanos! ¡Es un deber doloroso proclamar la traición de nuestro monarca! Dios es testigo que nuestro antes bien amado rey no ha sabido hacer honor a su cargo. Por eso... ¡deja de ser nuestro rey!

Carrillo se acercó al monigote, cogió la corona y la mostró al pueblo. El público observaba con gesto perplejo. A continuación, Carrillo lanzó la corona al aire, provocando muchos vítores y aplausos.

Luego, el conde de Plasencia quitó al monigote su espada, símbolo de la administración de la justicia.

Después, el conde de Benavente le arrancó el bastón, símbolo del buen gobierno.

La multitud, a esas alturas, gritaba entusiasmada.

Pedro Girón, por fin, cogió el muñeco y lo tiró al suelo, insultándolo:

—¡Al suelo, puto!

Girón la emprendió a patadas con el monigote. Lo hizo hasta que Pacheco le pidió que se calmara, de tan enardecido como le vio por las aclamaciones de un pueblo que ya se había transformado en populacho.

Entonces, Pacheco pidió silencio. Cuando la gente calló, lanzó su proclama:

—¡Castilla con el rey don Alfonso!

Todos se volvieron a mirar a Alfonso, que no sabía qué hacer, aturdido.

Carrillo, que notó su estado de ánimo, se le acercó cariñoso y cogiéndole por los hombros le llevó a primera fila de la tarima y también gritó:

—¡Viva el rey Alfonso!

Todos respondieron con un rugido:

—¡Viva!

Conseguida la unanimidad, Pacheco le invitó a sentarse en el trono.

—Majestad...

Alfonso, nervioso y sobrepasado, pero cada vez más borracho de vítores, se sentó.

Gonzalo Fernández observaba la escena, muy preocupado. Le daba la sensación que, aunque Alfonso era de carne, sangre y hueso, era tan monigote como el de trapo que acababan de tirar a tierra.

Pero había una diferencia: el de trapo no sonreía como empezaba a hacer, halagado, Alfonso cuando los nobles le besaron la mano uno detrás de otro.

Castilla tenía dos reyes, pero sólo había una corona.

Eso únicamente podía significar una cosa: la guerra.

5

La guerra

Mayo de 1465

I

Las crónicas y los libros de historia hablan de guerras ganadas, y de generales y reyes triunfantes. Parece que consiguieron la victoria ellos solos. Que no llevaban siquiera un cocinero
o que ningún barbero alivió su dolor de muelas entre hazaña
y hazaña.

Los juglares cantaban a los vencedores y los cronistas los
adulaban. Pocas veces se acordaron, y si lo hacían utilizaban seu-
dónimo, de las madres que lloraron la muerte de sus hijos, de los
hijos que no volvieron a ver a sus padres, de las esposas que, junto a sus maridos, perdían toda posibilidad de seguir trabajando
la tierra.

Eso era, lo ha sido siempre, también, la guerra. Como símbolo de ella, en aquel maldito año de 1465, se podían ver con
frecuencia en Castilla las cosechas destruidas, los rebaños esquil-
mados y tantos y tantos árboles centenarios talados o quemados.

Y entre árboles cortados, trigo humeante y casas arrasadas
paseaba don Pedro Girón con sus hombres. A sus espaldas quedaba el rastro de la destrucción, pero sonreía contento tras una
nueva batalla ganada.

Ya eran muchas para el bando de Pacheco. Los Zúñiga do-
minaban Andalucía. El ejército de Carrillo —junto al de sus aho-

ra rivales los Mendoza, el más importante del reino— controlaba Valladolid, Toledo, Ávila, Plasencia, Cáceres, Osma…

De las grandes ciudades, sólo Segovia y Madrid seguían en manos del rey Enrique. En Galicia, las hermandades resistían, pero su preparación y su armamento poco podían hacer en contra de soldados profesionales, mercenarios que se vendían al mejor postor.

Enrique se sostenía con el apoyo de los Mendoza y con la vuelta de Beltrán de la Cueva, un guerrero capaz de arengar con su valentía a quienes le seguían. Pero no era suficiente para parar los embates de los rebeldes. Porque eran más y porque su ambición era insaciable.

Cada batalla ganada, cada escaramuza, suponía para los mercenarios y los nobles que los mandaban apropiarse de todo lo que se iban encontrando. Lo hacían sin límites, con absoluta libertad y sin miedo a que la justicia se lo recriminara. Era el método con que Pacheco obtenía tanta lealtad: impunidad absoluta.

No sólo se apropiaban del ganado o la comida. No sólo robaban a campesinos y viajantes imprudentes las monedas que tuvieran y sus caballos. Mataban gratuitamente. Y violaban.

Pero eso no lo sabía aquella muchacha que iba con su padre a trabajar su pequeño huerto. De camino a él, tuvo la mala suerte de cruzarse con Girón y sus hombres, que paseaban felices como si salieran de una boda. Como si el paisaje fuera el de una hermosa mañana de primavera, cuando en realidad el humo del campo quemado se confundía con la niebla de una fría jornada.

La muchacha hablaba con su padre sobre el vestido que le estaba arreglando su madre para las fiestas de San Isidro. Era de color rojo, ceñido en la cintura… Había sido de su hermana mayor y ahora lo heredaría ella… Pero nunca pudo llegar a ponérselo.

Su padre fue golpeado pese a que pidió clemencia. A ella la llevaron al claro de un bosque para ser violada por Girón y sus hombres, como otras tantas lo habían sido ya.

Pero María, que así se llamaba la joven, aunque no lo digan las crónicas, no se dejó: cuando Yago, el lugarteniente de Girón, se prestaba a hacerla suya, la joven le arrebató su daga y le apartó amenazante.

Yago, lejos de sentirse en peligro, sonrió.

—¡Vaya! Salió brava...

La media docena de hombres que la rodeaban también sonreían. ¿Qué iba a hacer ella contra unos soldados capaces de hacer hincar la rodilla a poderosos guerreros?

—Será mejor que guardéis esa daga —aconsejó a la muchacha el propio Girón—. Es preferible conservar la vida que la honra.

Ella le miró con lágrimas en los ojos. No opinaba lo mismo.

—Para mí no, hijo de puta.

A continuación clavó la daga en su propio corazón ante la mirada atónita de los hombres que iban a violarla.

Pedro Girón, lejos de impresionarse, se limitó a ordenar a Yago que recogiera su daga. Éste obedeció y la limpió en los ropajes de la pobre muchacha. Y siguieron su camino.

Cientos de historias como éstas pasaron. Pero ni escribieron sobre ellas los cronistas ni las cantaron los juglares.

II

En la Corte, sólo Beltrán, luchador incansable, parecía dar ánimos a los demás. Para él, volver a ser llamado por el rey suponía un honor aun cuando fuera para luchar en una causa perdida. Pero no le importaba: prefería morir dignamente, luchando por su rey, que permanecer quieto y protegido en uno de sus castillos.

Además, aunque sabía que ganar la guerra era harto improbable, la mínima posibilidad de conseguirlo suponía triunfar sobre Pacheco, su enemigo personal. Eso le motivaba doblemente.

Sin embargo, a su alrededor, el desánimo provocado por las noticias que llegaban a Segovia era evidente.

Sobre un mapa del reino, don Diego Hurtado de Mendoza iba clavando banderitas en las villas castellanas que aún resistían el asedio de los rebeldes.

El rey se vino abajo.

—¿Sevilla ya no es nuestra?

—No majestad. Ha caído el Alcázar... —informó serio Mendoza—. Y toda Andalucía. Sólo nos quedan, aparte de Madrid y Segovia, Santillana, Tendilla, Buitrago, Cuéllar, Ledesma...

Enrique negó con la cabeza.

—No es suficiente.

Todos callaron. Sabían, como el rey, que evidentemente era poca cosa lo ganado.

Enrique miró a Cabrera, al que había nombrado alcalde de Segovia y tesorero real en premio a su fidelidad.

—¿Podemos permitirnos más armas, más hombres, más caballos?

—No, majestad. Las arcas menguan cada día. Sale mucho más de lo que entra. La guerra está acabando con las cosechas y con el mercado de la lana.

El rey miró entonces al obispo Fonseca.

—¿Se sabe algo del Papa?

Fonseca puso cara de circunstancias. Ya había llegado su respuesta. Y no era la esperada.

—Así es... Piensa que su deber es mantenerse neutral.

—Debí imaginármelo —comentó con amargura el rey—. Su Santidad no quiere ensuciarse las manos en Castilla, no sea que se equivoque en la apuesta.

Enrique se levantó y empezó a caminar nervioso, como si cada paso pudiera aclarar su mente en un momento tan delicado.

—En resumen, caballeros, y para que yo lo entienda: no tenemos ni una puñetera posibilidad de ganar.

El silencio de los presentes equivalía a un no rotundo. El rey suspiró.

—Entonces, hay que acabar ya con esta guerra. Continuar con ella no haría más que agrandar las deudas de la Corte y el dolor de mis súbditos.

Beltrán reaccionó.

—¿Y ser humillados? Si la perdemos, que sea luchando, majestad. Si no es así, la historia nos recordará como unos cobardes que no supieron estar a la altura.

El rey sentenció más que respondió:

—Prefiero pasar a la historia como un cobarde antes que como un insensato.

Luego ordenó marchar a los presentes. Enrique, ya en soledad, pensó en lo distintas que serían las cosas si su hermana Isabel hubiera aceptado su boda con el rey Alfonso de Portugal.

Y la maldijo por ello.

III

Isabel, ajena a los pensamientos de su hermano y a la indiferencia general con que vivía en Segovia, remendaba uno de sus vestidos.

Pensaba en su madre, a la que como castigo seguía sin poder ir a ver.

Pensaba en su hermano Alfonso, del que ya estaba enterada de que le habían nombrado rey pero al que le faltaba ceñirse la corona de Enrique… Tal vez lo consiguiera: sabía que la guerra era favorable a la Liga de Nobles que lo había nombrado como heredero.

Pero también sabía que cuando el poder de un rey depende de los nobles, como le pasaba a su hermano, el monarca se convertía en mero títere.

La entrada en la sala de Beatriz de Bobadilla hizo que sus pensamientos cesaran. Beatriz miró riendo el traje que Isabel estaba remendando.

—Pero ¿cuántas vidas le quedan a ese brial?

—Más que a un gato, me temo...

—A quién se le cuente, hija y hermana de rey...

Isabel sonrió.

—Como veis, debí perderme los buenos tiempos de las princesas. ¡Ah, Beatriz! Os trajeron esto...

Isabel señaló una misiva que descansaba sobre una mesa. Beatriz la abrió de inmediato.

—¡Es de mi padre! —dijo sonriente.

Pero al empezar a leer, la sonrisa se esfumó. Isabel se dio cuenta, preocupada.

—¿Pasa algo? ¿Son noticias de mi madre?

Beatriz la miró triste.

—No. Son noticias de mi casamiento.

Isabel tomó la carta.

—Pero... ¿cómo? ¿Con quién?

La infanta empezó a leer y al llegar al dato, no pudo dejar de sorprenderse.

—¿Con Cabrera?

Beatriz, a punto de llorar, afirmó con la cabeza.

—Os lo dije. Me miraba como si fuera suya.

Isabel intentó animarla, pero sin mucha fe.

—Os doy... la enhorabuena... Es... es un buen partido... Mayordomo de palacio... tesorero del rey... Y siempre me ha parecido una buena persona.

—¡Pero si apenas le conozco!

Isabel no sabía qué decir. Beatriz, sí, y estaba desesperada.

—Os he escuchado mil veces decir que sólo os casaríais con quien eligierais... y soy de la misma opinión.

—Pues decídselo a vuestro padre. Si queréis que yo le escriba... Como alcalde de Arévalo siempre tomó en cuenta la opinión de mi madre y yo puedo...

Beatriz no la dejó acabar.

—No quiero desobedecer a mi padre... Se lo debo.

Isabel la abrazó cariñosa.

—¿Hay fecha?

—No... Cabrera quiere hablar conmigo antes de hacerlo oficial.

Efectivamente, no tardó mucho en tener lugar esa conversación: esa misma tarde los futuros novios paseaban por los jardines de palacio.

Beatriz estaba tensa y seca. Cabrera, afable... pero un punto nervioso.

—No quiero pecar de pretencioso, Beatriz, pero aunque vivimos tiempos difíciles, puedo aseguraros que no os faltará de nada... —Y continuó incómodo—: Soy mayordomo de Su Majestad, además de tesorero de Segovia y Cuenca... Aunque supongo que eso ya lo sabéis...

—Lo sabe mi padre, y con eso basta —respondió Beatriz sin mirarlo.

Dieron unos pasos más en silencio. Cabrera no sabía cómo llegar a su corazón tan fácilmente como, sin pretenderlo, ella había llegado al suyo.

—Sé... lo unida que estáis a doña Isabel... y no pretendo apartaros de ella. Podéis seguir siendo su dama de confianza...

—Como vos deseéis, mi señor.

Cabrera notaba la incomodidad de Beatriz en cada una de sus palabras. Acercándose a un rosal, arrancó una de sus rosas y se la ofreció a Beatriz, que la aceptó sin entusiasmo alguno.

—Gracias.

Cabrera continuó, en vano, intentando que ella mostrara alguna emoción. Tan hábil en las finanzas como torpe en las lides amorosas, su declaración de intenciones parecía más bien la de un notario.

—En cuanto a nuestra casa, si vos me aceptáis como esposo, debéis saber que seréis vos la que...

Beatriz ya no pudo más y le interrumpió: ya que su boda era un hecho, prefería saltarse el cortejo.

—Mirad, don Andrés, no tiene sentido marear la perdiz. Ya

llegasteis a un acuerdo con mi padre. Yo no tengo nada que aceptar o dejar de aceptar.

Cabrera dejó de andar y la miró serio; no era sumisión lo que quería.

—Escuchadme, Beatriz, me dirigí a vuestro padre porque pienso en vos desde la primera vez que os vi. Ese día sentí lo que nunca había sentido por una mujer.

Beatriz, muy sorprendida, cambió el gesto. Cabrera continuó:

—Vestíais ropas menos lujosas, pero estabais tan hermosa como hoy. Y teníais hambre.

Beatriz se avergonzó del recuerdo.

—Me pueden los dulces, es un defecto que no logro evitar.

—Vuestros defectos deben de ser maravillosos, y no hay nada que más desee que disfrutarlos a vuestro lado.

Beatriz estaba azorada. No esperaba que la conversación tomara ese camino.

—Pero es vuestro sí el que quiero, no el de vuestro padre —zanjó Cabrera—. Tomaos el tiempo necesario, y tanto si es un sí, como un no, lo escucharé y lo aceptaré.

Cabrera hizo una pausa: lo que iba a decir no quería que fuera en vano.

—Tened clara una cosa. No iréis obligada al altar. Conmigo, no. Señora...

Y tras inclinarse a modo de despedida, Cabrera se marchó.

Beatriz se quedó sin palabras, mirando la rosa que tenía en su mano.

IV

Si todo era resignación y tristeza en Segovia, en Ávila las cosas eran bien diferentes.

Pacheco daba órdenes a sus hombres de confianza. Estaban todos: Enríquez, los condes de Plasencia y Benavente, los Zúñiga,

Carrillo… Sólo faltaba su hermano, Pedro Girón, que se encontraba de vuelta de una victoriosa batalla, una más, cerca de Jaén.

—Estamos a punto de conseguir lo que queríamos, caballeros…

Todos sonrieron ante una noticia que ya intuían. Pero Pacheco no era de los que se fiaban de la suerte ni de las apariencias y quería mantenerlos en alerta.

—… pero no por ello debemos bajar la guardia. Debemos seguir firmes en el campo de batalla y gobernar con dureza en las ciudades ganadas.

La palabra dureza servía para aplicarse con los vencidos, por supuesto. Ellos, los vencedores, tenían carta blanca para servirse del plato.

También la dureza servía para sus consignas ideológicas, como bien definió Pacheco tras la pregunta de Álvaro de Zúñiga pidiendo instrucciones.

—Como en Sevilla, como en Toledo… Hay que seguir igual. Entre un converso y un cristiano viejo, no dudéis nunca: siempre el cristiano. Quitad a los judíos sus negocios.

En ese momento, Alfonso entró silencioso en la sala, acompañado de Gonzalo, que escuchó la parte final de la filípica de Pacheco.

—Que los cristianos sepan que nuestros manifiestos no fueron escritos sobre tierra, sino sobre piedra. Nunca dejaremos a un cristiano en manos de esos usureros.

Pacheco, mientras decía sus últimas palabras, vio a Alfonso y, en clara muestra de falta de respeto, dio por concluida la reunión.

Alfonso se quedó decepcionado y, tras la marcha de los presentes, así se lo hizo saber a Pacheco y Carrillo.

—¿Por qué no se me informa de estas reuniones?

Pacheco miró a Carrillo: le tocaba dar la cara.

—No queríamos importunaros, majestad.

—No lo haríais si me llamarais para acudir a ellas. Es mi responsabilidad: ¿acaso no soy el rey?

Pacheco contuvo una sonrisa.

—Lo sois, lo sois... Os prometo que no me olvidaré de llamaros en la siguiente convocatoria... Ahora perdonadme, debo atender otros asuntos.

Tras salir Pacheco, Carrillo quedó solo ante las quejas de Alfonso.

—No me gusta cómo se están haciendo las cosas, eminencia. Ni se me llama, ni se me informa... Y no comparto el mensaje de Pacheco: un judío converso es un católico más. Así me lo enseñó mi madre.

Carrillo, perplejo, respondió evasivo, prometiendo algo que nunca iba a cumplir.

—Así se lo haré saber al marqués de Villena, majestad.

—Gracias, eminencia... También quería pediros otra cosa.

—Lo que deseéis, majestad.

—Quiero unirme a vuestras tropas en Simancas.

Carrillo se quedó de piedra.

—Disculpad, pero no creo que sea buena idea... Si algo os sucediera... perderíamos a nuestro rey. Hombres para luchar hay muchos, pero rey sólo uno... Y vos no habéis entrado nunca en batalla.

—Pero la historia está llena de reyes que conducen a sus tropas..., reyes guerreros.

—Y sin duda vos algún día lo seréis, pero por el momento carecéis de formación con las armas.

—¡Pues formadme! ¿Creéis que no me doy cuenta? Vos, Pacheco, Zúñiga..., todos me veis como un niño inútil.

Carrillo no sabía qué contestar.

—Si me proclamáis rey, si lucháis por mí como rey... ¿por qué no me tratáis como un rey? ¿Por qué no me tratáis siquiera como un hombre?

Carrillo calibró su respuesta un instante.

—Majestad, sois mi señor. Pedidme cualquier cosa, pero no esto. No me perdonaría que algo os pasara. Ahora, disculpad, majestad...

Y Carrillo se fue dejando a Alfonso cabizbajo.

Gonzalo no sabía qué decirle. Porque si le decía lo que pensaba, no iba a ser del agrado de Alfonso: lo veía como un pelele que bastante tendría con sobrevivir entre los buitres que le rodeaban. Si ser rey era eso, mejor no serlo.

V

Enrique había pedido ideas a sus allegados para salir con honor de la deshonrosa situación que supondría perder la guerra.

Y el obispo Fonseca tuvo una que iba a cambiar el curso de los acontecimientos.

—Sólo hay una manera de parar la guerra.

Mendoza, Cabrera, Beltrán y Enrique le miraron extrañados ante tanta firmeza. El rey le espetó sorprendido:

—¿Parar la guerra? Me sorprende de vos, que ya no seáis tan guerrero. ¿Acaso perder vuestro obispado de Sevilla os ha hecho recapacitar?

—Cada momento tiene su estrategia, majestad. Y hay que saber reconocer los errores.

—En fin, ¿y en qué consiste ese ungüento mágico, eminencia?

Fonseca tomó aire e hizo pública su fórmula salvadora:

—En lograr que el marqués de Villena vuelva a nuestro bando.

El estupor se reflejó en los rostros de Cabrera y, sobre todo, de Beltrán de la Cueva.

—¿Pacheco, en nuestro bando? ¿Después de haber organizado esta guerra? ¡Por Dios bendito…!

Mendoza sopesó lo escuchado y pidió más razonamiento y menos exaltación.

—Depende de lo que saque de ello; sólo se mueve por su propio beneficio.

Cabrera, que sabía del valor de las cosas, como buen tesorero, quiso concretar la oferta.

—Con Pacheco siempre hay un precio. Pero mucho habría que ofrecerle...

Fonseca le interrumpió.

—No es cuestión de dinero. Es cuestión de orgullo y honor. En eso, la ambición de Pacheco no tiene límites.

Enrique, nervioso, le pidió más detalles.

—¡Concretad, por Dios!

—Se trataría de emparentar con la familia real.

Beltrán no se creía lo que acababa de escuchar.

—¿Cómo?

—Ofreciéndole casar a su hermano Pedro con la infanta Isabel —se explicó Fonseca.

Cabrera tragó saliva esperando la respuesta de Enrique. Beltrán prefirió mostrar su indignación.

—Eso... eso es imposible... ¿verdad, majestad? Fonseca no puede hablar en serio.

Pero para su decepción, fue su suegro, don Diego Hurtado de Mendoza, quien allanó la decisión del rey.

—Juan Pacheco es el gozne que hace girar a nuestros rivales. Y su hermano, el martillo que golpea a nuestras tropas. Si conseguimos atraerlos, no habrá más guerra.

Tras un silencio, Enrique decidió:

—Que así sea. Cabrera, enviad mensaje a Pacheco. Exigidle una tregua... Cuando sepa la noticia, no dudo de que accederá gustoso.

Beltrán, pese al gesto que hizo Mendoza para que se contuviera, no pudo dejar de alterarse.

—Majestad... ¿Qué lealtad cabe esperar de quien sólo es fiel a sí mismo? ¿De quien ya os ha traicionado?

Enrique le miró calmo.

—Beltrán... sé que Pacheco no es santo de vuestra devoción. Como tampoco lo es de la mía —continuó el rey—. Pero el bien de Castilla está por encima de cualquiera de nosotros. Pactaría con el mismo diablo por conseguir la paz...

Cuando Pacheco recibió la propuesta por escrito tuvo que leerla varias veces para creérsela. Muy desesperado debía estar el rey para ofrecerle eso. Pero entroncar su familia con la de los reyes de Castilla era algo que no pensaba desaprovechar.

El problema era cómo convencer a los suyos de aceptar el trato. Estaban a punto de ganar la guerra, él les había liderado… Había convencido a reyes, nobles y tenderos, no importaba la clase social, de cosas imposibles. Pero ésta superaba todas las anteriores: llevar a una guerra civil a Castilla, prometer cargos y riquezas a tantos nobles que habían puesto sus ejércitos a su disposición… No, no iba a ser nada fácil.

Por eso, y para no dar ni un solo paso en falso, prefirió ver en secreto al rey antes de comunicar nada a la Liga de Nobles ni al propio Carrillo. Y viajó de incógnito hasta Segovia.

Enrique lo recibió confiado. Estaba seguro de lo que hacía. Mendoza le apoyaba y su esposa Juana no veía con malos ojos la jugada: no afectaba directamente a su hija y era una manera de vengarse de Isabel, tras el fiasco con su hermano el rey de Portugal.

Sin embargo, el rey calculó mal: pensaba que la oferta iba a deslumbrar a Pacheco. Y lo hizo, pero el marqués de Villena lo disimuló hábilmente. Si el rey le ofrecía eso, era porque estaba débil como nunca. Y él debía aprovecharse de ello y pedir más aún.

El rey quedó desconcertado.

—¿No os parece suficiente mi oferta? ¡Vuestro hermano se casaría con mi hermana! ¡Por Dios, os estoy ofreciendo emparentar con mi familia! ¿Se puede saber qué más queréis?

—Quiero a Beltrán de la Cueva fuera de aquí.

Enrique se lo pensó y tensó la situación.

—No.

—En ese caso, no hay trato —se reafirmó Pacheco.

—¿Y vais a perder la oportunidad de ser familia de la Corona?

—Igual sois vos el que perdéis la corona, señor. Nuestros ejércitos son fuertes, nuestras arcas están llenas y los nobles pactan con nosotros mientras que no reciben a vuestros emisarios. No tenemos ninguna prisa: la guerra puede continuar. Os estoy ofreciendo el fin de la guerra. —Chasqueó los dedos—. Ya. La vuelta a la tranquilidad. ¿Y vais a decir que no por ese advenedizo? ¿Por él vais a dejar que la pobreza y la muerte sigan arrasando Castilla?

El rey se lo pensó; debía reaccionar.

—Acepto… Pero a cambio, vos tenéis que conseguir una carta de aprobación de mi hermano Alfonso a la boda de Girón e Isabel.

—Hecho.

Y sellaron el acuerdo estrechando sus manos. Pacheco quiso dar la noticia a Beltrán, para saborear más su humillación. Pero Enrique puso freno a tal petición.

—Sé que nada os daría más placer, pero no. Vos encargaos de Alfonso y de vuestra gente, que yo me encargaré de la mía.

Pacheco sonrió. Ahora sólo le quedaba convencer a los suyos del pacto.

Enrique, tras marchar Pacheco, recibió la inmediata visita de Fonseca, Diego Hurtado de Mendoza y un inquiero Beltrán de la Cueva, a los que informó de que el acuerdo se había conseguido.

Beltrán preguntó sobre si no había salido su nombre a colación, sabedor de la inquina que por él tenía Pacheco.

El rey se lo pensó rápidamente y le mintió.

—No. No se os ha nombrado en ningún momento.

Sin duda, conocedor de que muchos pactos se van al traste antes de su culminación, el monarca prefirió tener una carta en la manga: cuando Pacheco cumpliera su parte, ya despediría a Beltrán. De momento, mejor guardar silencio.

Tal era la alegría de Pacheco que, antes de comunicar a la Liga de Nobles la gran noticia, se acercó hasta Almagro a ver a su hermano Pedro.

Girón estaba reclutando nuevos soldados con los que reforzar su ejército. La tarea era responsabilidad de Yago Castro, su mano derecha, pero le divertía ver a los numerosos campesinos que, perdido su trabajo, no encontraban mejor manera de ganarse la vida que convertirse en soldados.

Y ahí estaba, como siempre, en el patio de armas observando a los aspirantes a entrar en su ejército. Pero esta vez le acompañaba Pacheco, que le acababa de dar la noticia. Incrédulo, sólo atinó a comentar:

—¿Yo casado con la hija de un rey?

—Y heredera. Si su hermano Alfonso no tuviera descendencia o le pasara algo... —Y añadió con sorna—: Dios no lo quiera...

Los dos hermanos rieron. Pacheco continuó:

—... Isabel sucedería a Enrique. Y junto a Isabel, estaríais vos.

—¿Y la Beltraneja?

—¿Creéis que permitiría que llegara a reina alguien con la sangre de Beltrán de la Cueva en sus venas?

—Esto no nos lo han regalado, hermano, no nos viene de cuna. Lo hemos logrado nosotros: tú con esto... —Tocó la cabeza de Pacheco con su índice y añadió—: Y yo con esto...

Y tocó la empuñadura de su espada.

Luego, Girón, emocionado, abrazó a su hermano en señal de agradecimiento. En voz baja, Pacheco le aconsejó:

—No proclaméis la noticia hasta que no hable con la Liga de Nobles. Tened cuidado, ¿me oís? No bajeis la guardia.

Tras ese consejo, casi una orden, Pacheco acompañó a Girón en la revista de Yago a sus nuevos soldados. Más que interrogarles, les humillaba, como hacía ahora con un campesino al que arrojó una espada a tierra.

—Demuéstrame que sabes luchar.

El campesino, atemorizado, dio un paso atrás.

Yago miró a otro.

—Tú, cógela.

Un segundo campesino se agachó a cogerla, y Yago le empujó de una patada tirándolo al suelo.

—¿Y éstos son tus hombres? —preguntó irónico Pacheco viendo el panorama.

—Éstos van delante en batalla. Que los que mueran no sean los buenos —le respondió Girón con tranquilidad.

Yago seguía amedrentando al grupo.

—¿Ni uno sólo va a servir para luchar?

Tras un breve silencio, un joven tan desharrapado como los demás dio un paso al frente y se plantó firme, mirando a Yago. Éste le miró a su vez y luego hizo un amago de arrojarle su espada: el joven ni siquiera parpadeó. Yago se puso delante de él, curioso.

—¿Has empuñado un arma en alguna ocasión?

—He combatido.

—¿Sí? ¿Dónde, si puede saberse?

—En el bando equivocado. Por eso estoy aquí.

—¿Y no será que saliste corriendo?

El joven, ufano, se encogió de hombros. Yago insistió:

—Te estoy hablando, destripaterrones.

El joven seguía callado. Se oyó la voz de Girón.

—¿Por qué no le pones a prueba, Yago? Así veremos si es verdad lo que dice.

Girón cedió su propia espada al joven, que la cogió al vuelo. Los demás se apartaron unos pasos y dejaron espacio para la lucha.

Yago, ya frente a él, sonrió bravucón.

—Cuando acabe contigo, no vas a poder servir más que a Pedro Botero...

Luego le atacó. El joven devolvió el golpe. Yago volvió a atacar... Y ocurrió lo mismo.

En el siguiente ataque, el joven se llevó un tajo en un brazo, pero aguantó impertérrito. Alrededor de los combatientes creció un clamor de voces y apuestas.

Enardecido, Yago se lanzó contra su adversario, pero éste le esquivó y le zancadilleó con la pierna logrando tirarle a tierra. Yago perdió su arma y el joven campesino, ante el estupor general, armó su brazo para rematarle, pero otro brazo se lo ancló, impidiéndolo. Era el de Pedro Girón.

—Dejadlo. No tengo muchos como él. ¿Cuál es vuestro nombre, campesino?

—Juan.

Girón sonrió.

—Como mi hermano... Buena señal... ¿Y por qué cambiáis de bando?

—Prefiero estar en el que gana.

Girón se rió y miró a Pacheco, que sentenció:

—Éste es de los nuestros...

Girón alzó su voz poniendo una mano en el hombro de Juan.

—¡Aprended...! ¡A éste lo quiero cerca de mí!

Yago, oída la opinión de sus señores, se levantó y se dirigió a Juan con una sonrisa:

—En vez de servir a Pedro Botero, vas a servir a Pedro Girón. Bienvenido.

Pacheco, tras observar la escena, se despidió de su hermano.

En Ávila le esperaba una difícil papeleta: convencer a los nobles de que debían retirarse de una guerra ya ganada.

VIII

—¿Y para esto hemos luchado?

Ésta fue la respuesta del almirante Enríquez. Él, como el resto de los nobles presentes, estaba confundido ante la propuesta de Pacheco.

Rodrigo Manrique fue más lejos.

—Tenemos al rey puto en nuestras manos…, ¿por qué hemos de aceptar ahora un pacto?

Pacheco empezó a desplegar sus habilidades para el convencimiento.

—¡Porque ahora sí que lo tenemos comiendo de nuestra mano! ¿No os dais cuenta? Beltrán está ya fuera de la Corte, el propio Enrique lo ha licenciado. Fuera Beltrán, se acabó la rabia: volveremos a decidir en Segovia… Nuestros ejércitos siguen siendo los más fuertes…, los del arzobispo, los de los Zúñiga, el de mi hermano…

Los murmullos de los que le escuchaban no parecían compartir tal teoría. Pacheco insistió:

—¡Tenemos lo que buscamos, sin necesidad de gastar más dinero en armas ni en hombres! ¡No perderemos más cosechas ni más impuestos! ¿Qué más queremos?

Carrillo alzó la voz:

—Pero Enrique seguirá siendo rey…

—¡Y qué más nos da quién sea rey! —saltó Pacheco—. A ver si ahora me vais a decir que luchabais por Alfonso… ¡La sucesión es nuestra! Alfonso… o Isabel, casada con mi hermano. ¡Uno de los nuestros en el trono! ¿Qué más podemos pedir?

Pacheco necesitaba el apoyo de los que le habían seguido en esa aventura. Y lo exigió.

—¿Cuento con vuestro apoyo o no?

Y todos le apoyaron. Unos, porque habían sido persuadidos por sus palabras. El resto, porque nunca querrían tener a Pacheco como enemigo.

Convencidos los nobles, le quedaba al marqués de Villena otra misión: conseguir el consentimiento escrito de Alfonso. Seguro que iba a ser una tarea más asequible. Y lo fue, tanto, que ni siquiera tuvo que ir a buscarlo: el propio Alfonso se presentó, con Gonzalo, en su despacho al saber de su vuelta a Ávila.

—Necesito hablar con vos, excelencia.

—Qué casualidad, yo también quería conversar con vos, majestad —respondió Pacheco—. ¿En qué os puedo ayudar?

Alfonso quería que le dejara ejercitarse como soldado y participar en las batallas. Ya que Carrillo se lo había negado, tal vez Pacheco podría permitírselo y de eso le informó.

Pacheco sonrió.

—Por supuesto. Es vuestra obligación como rey.

Gonzalo mostró un gesto de preocupación. Pacheco le miró.

—Instruidle vos, Gonzalo... —Y dirigiéndose a Alfonso añadió—: Ya sabéis que mi tío, el arzobispo Carrillo, es de ideas antiguas. Pero no se lo tengáis en cuenta: si os impidió hacerlo era por el amor que os profesa.

Alfonso sonrió feliz.

Pacheco ya le tenía medio ganado. Ahora quedaba rematar la cuestión.

—Aunque tal vez no necesitéis guerrear tan pronto... Estamos llegando a un pacto con Enrique para que esto acabe.

—Entonces... ¿ya no seré rey? —dijo Alfonso decepcionado.

—Lo seréis. Sois el heredero de don Enrique. Así lo ha firmado él mismo, de su puño y letra. Por delante de su propia hija, Juana, estaréis vos y vuestra hermana Isabel.

—¿Isabel también?

—Detrás de vos. Y además, contraerá matrimonio con mi hermano Pedro Girón, uno de los mejores partidos de Castilla. Vos debéis dar vuestra autorización.

Gonzalo quedó horrorizado ante la noticia.

—Sois muy importante para el futuro de Castilla, Alfonso... Y nada haré si no es con vuestro consentimiento.

Pacheco mostró una carta y ofreció una pluma a Alfonso.

—Firmad, os lo ruego.

Alfonso se lo pensó.

—No sé si debo hacerlo...

—¿Por qué dudáis? Pedro es señor de varias villas, y renuncia a ser maestre de Calatrava por casarse con vuestra hermana...

—No, no es eso. Es que… —Insistió—: ¿Estáis seguro de que seré rey?

Gonzalo miró a Alfonso con odio: sin duda las lisonjas de Pacheco le habían convertido en otra persona distinta a la que conoció.

Pacheco le sonrió cariñoso.

—Sois joven. Tendréis tiempo suficiente para reinar. Hasta entonces, os formaréis, tal como hacéis ahora, conoceréis la Corte, y gobernaréis un país en paz, no dividido, como en el presente. No penséis que dais un paso atrás.

Como vio que Alfonso seguía escéptico, decidió jugar fuerte. No habría querido hacerlo, pero veía que no tenía más remedio. Era su última baza.

—Como veo que dudáis, os voy a demostrar que digo la verdad.

Buscó entre sus papeles unos documentos que, en las fallidas negociaciones con el rey, Enrique le había dado: la renuncia de Beltrán de la Cueva al Maestrazgo de la Orden de Santiago y el documento notarial por el que el rey se lo devolvía a Alfonso.

Se los dio a leer a Alfonso, que al hacerlo volvió a sonreír.

—¿Esto quiere decir que…?

—Vuestra. La Orden de Santiago vuelve a vos como maestre… Como habría querido vuestro padre.

Pacheco sacó el collar de la orden, también facilitado por Enrique, y se lo colgó a Alfonso al cuello. Lo hizo con un leve disgusto: Pacheco lo quería para él.

—¿Consentís, pues, en acuerdo y boda?

Alfonso tomó la pluma y firmó.

Gonzalo contempló triste el acto de la firma. No, ése no era el Alfonso que conoció.

En cuanto tuvo la carta firmada, Pacheco se la hizo llegar a Enrique. A cambio, le pidió confirmación de que Beltrán de la Cueva estaba fuera de la Corte.

Enrique sonrió: tenía lo que quería. Y escribió de su propia mano una carta de respuesta confirmando que ya había licenciado a Beltrán.

En realidad, era mentira. Con motivo de la tregua envió a descansar a su querido Beltrán a Buitrago, con su esposa Mencía Mendoza. Y le pidió que se quedara allí hasta nueva orden. Quería apurar al máximo las posibilidades de mantenerle a su lado. Sólo días antes de que su hermana pisara el altar con Pedro Girón se lo diría...

Porque si eso no ocurría (y Castilla era tierra donde las previsiones de futuro eran de por sí inciertas) no quería prescindir de Beltrán para tener que llamarle de nuevo si volvía la guerra. Porque tal vez, en ese caso, Beltrán no sería tan receptivo a regresar a sus órdenes.

Si tenía que llegar a despedirle, ya lo haría. Ahora tenía asuntos más urgentes que resolver. Esencialmente, comunicar a Isabel su futura boda. La hizo llamar y la recibió en presencia de su esposa Juana: era una venganza que quería que ella también saboreara tras el ridículo y la humillación de lo ocurrido en Guadalupe con Alfonso de Portugal.

Isabel, al recibir la noticia, quedó conmocionada.

—¿Pedro Girón?

Enrique sonrió.

—El mismo... Maestre de la Orden de Calatrava... Señor de Belmonte, Ureña, Osuna, Briones, Frechilla, Morón de la Frontera...

Isabel mantuvo a duras penas la compostura.

—Le conozco, majestad... Y no por sus títulos, sino por sus desmanes. Intentó violentar a mi madre.

—A veces es mejor mirar al futuro que recordar el pasado —respondió cínico Enrique.

Juana sonrió.

—Rechazasteis a mi hermano, rey de Portugal. Un rey os pareció poca cosa... Si hubierais aceptado entonces, no tendríais ahora esta cara.

Isabel estaba a punto de venirse abajo. Chacón observó cómo le temblaban las manos y decidió intervenir.

—Pero, majestad, como vos acabáis de recordar, Girón es maestre de la Orden de Calatrava, y ese maestrazgo exige castidad.

—Ya ha pedido la bula papal.

Chacón fue consciente en ese momento de que ése era un plan preparado desde hacía tiempo a sus espaldas y las de Isabel.

Enrique siguió dando datos a favor de la boda.

—Esta boda acabará con el derramamiento de sangre en Castilla. Alfonso e Isabel entrarán en mi línea de sucesión...

Isabel buscó la única solución que le quedaba.

—Pero... mi hermano Alfonso... debe dar su aprobación.

Enrique sacó la carta que había recibido de Pacheco.

—Aquí la tenéis, firmada de su puño y letra.

El rey, dando por concluida la reunión, se levantó.

—La pedida oficial se realizará en Ocaña. No es seguro de momento que Girón y su gente vengan a Segovia.

Isabel notó que las lágrimas empezaban a resbalar por sus mejillas; nunca hubiera esperado esa noticia.

Esta vez, sin el apoyo de Alfonso y la Liga de Nobles, la boda sería inevitable.

X

Beatriz dormía cuando unos ruidos la despertaron: era Isabel que con sigilo estaba acabando de vestirse. La miró sorprendida.

—¿Sabéis qué horas son? ¿Qué hacéis vestida?

—Voy a ver a mi hermano Alfonso. Es el único que puede oponerse a mi boda con Girón.

Beatriz no podía creerlo.

—Esto es una locura…

—Beatriz, locura o no, salgo al alba. ¿Venís conmigo?

Beatriz la miró como si estuviera loca, pero se dio cuenta de que estaba decidida. Y derrotada se levantó de la cama.

—Jesús, qué cruz…

Fueron a las caballerizas y cogieron dos caballos a escondidas. O eso creían ellas.

El amanecer las sorprendió a pocos kilómetros de Segovia. Y, con el amanecer, algo que no esperaban: unos salteadores de caminos.

Antes de que pudieran reaccionar, los asaltantes habían cogido a los caballos de las bridas. Isabel, alarmada, dio la cara.

—Soy Isabel de Trastámara…, hija del rey Juan, hermana del rey Enrique y del rey Alfonso… Dejadnos seguir, antes de que sea demasiado tarde.

Los bandidos se miraron y empezaron a reír. Uno de ellos, el que tenía agarrada en un abrazo a Beatriz, miraba su ropa.

—Sus ropas son buenas.

Otro bandido dio una orden al que agarraba a Beatriz.

—Quitádselas. No las van a necesitar.

Cuando un tercer bandido bajó a Isabel de su caballo a la fuerza, ésta le dio una bofetada. El bandido le respondió con otra que la tiró al suelo.

—No serás hija de rey, pero eres igual de orgullosa… Ya bajaréis los humos cuando os…

No tuvo tiempo a acabar la frase: una flecha surgió de los arbustos, matándolo en el acto. Los bandidos, asustados, empuñaron sus armas, mirando alrededor. Lo primero que vieron fue a Cabrera a caballo.

—Por desgracia para vos, sí que es hija de rey.

Guardias reales surgieron por todas partes acabando con los bandidos.

Cabrera miró a las jóvenes.

—Subid a vuestras monturas, y permitidme que os acompañe de regreso a casa.

Realizaron el breve camino de vuelta en silencio. Al llegar a casa de Isabel, ésta se atrevió a hablar con Cabrera.

—No sé… no sé cómo agradeceros lo que habéis hecho por nosotras.

Cabrera hizo un gesto, quitándole importancia.

Isabel continuó:

—Quería pediros otro favor.

Cabrera sabía de qué se trataba sin oírlo.

—No os preocupéis. No diré una palabra de lo sucedido a nadie. Pero a cambio, debo pediros también algo. ¿Me aseguráis que no volveréis a hacer una locura así?

Isabel asintió seria.

Cabrera se dirigió hacia la puerta, pero Beatriz lo impidió llegando hasta él.

—Don Andrés…

—Señora…

—Disculpad que aún no os haya dado respuesta. Yo…

Cabrera no la dejó acabar.

—No tengo prisa. Prefiero de vos un sí tardío y sincero que un sí temprano y forzado.

Y Cabrera salió de la casa, dejando tras de sí a una Beatriz que empezó a mirarle de otra manera.

A partir de esa noche, Isabel se alegró de que Beatriz viera que su futuro no era tan oscuro como se imaginaba. Pero también supo que sólo Dios podía cambiar el suyo.

Mientras la novia rezaba por que su porvenir cambiara, el novio preparaba feliz su viaje a Ocaña. Allí se pactarían las capitulaciones de la boda, cuya fecha ya estaba fijada para casi dos meses después.

Para causar una gran impresión cuando llegara a Ocaña, Pedro Girón pidió a Yago que preparara a lo más granado de su ejército. Entre los elegidos estaba Juan, el campesino que admiró a todos el día de su presentación.

Yago, que había hecho buenas migas con el novato, quiso comunicárselo personalmente.

—Mañana partimos hacia Ocaña.

—Perfecto, ya tenía ganas de ganarme el sueldo en la batalla —respondió Juan.

—No nos vamos a guerrear. Vamos de boda.

Juan se extrañó ante la noticia y Yago le aclaró:

—Nuestro señor se casa con la infanta Isabel… —dijo sonriendo—. Lo mismo hasta llega a ser rey…

Luego dio una palmada en la espalda de Juan.

—Os alistasteis para luchar… y ha sido venir vos y acabar la guerra.

—Ya veis… traigo suerte.

Yago rió y luego le dijo:

—No creáis… depende de donde estés, la guerra tampoco es tan mala.

Juan, serio, no lo tenía tan claro.

—Lo que yo he visto no es que sea de gran alegría.

—Porque no estabais junto a don Pedro.

—Tenéis en alta estima a vuestro señor.

—Es el mejor de los señores. Siempre cuida de sus hombres, y cuando hay ganancia, la hay para todos.

Girón apareció junto a ellos: había escuchado las últimas palabras.

—Ya veis, Juan, por qué tengo siempre a mano a Yago: me gusta que me adulen... Tú, campesino..., quiero tenerte cerca. Yago, que tenga siempre un arma en la mano y que no se aleje diez pasos de mí.

Y antes de irse, Girón sacó una moneda y la tiró, sonriendo, al aire en dirección a Juan, que la cogió al vuelo.

Yago sonrió a Juan.

—¿Veis?

Juan se guardó la moneda, la iba a utilizar pronto. Esa misma noche, sin que nadie le viera, acudió a visitar a un anciano alquimista judío.

A cambio de esa moneda, el alquimista le dio un pequeño frasco con un líquido transparente en su interior. Juan lo alzó a la altura de sus ojos. Luego lo abrió y olió.

—No huele a nada...

—Ni sabe —respondió el alquimista—. Ahí está su mérito...

Juan no dejaba de observar el pequeño frasco.

—¿De verdad servirá para mis propósitos?

El alquimista sonrió.

—La mitad de la mitad de lo que os lleváis puede acabar con un caballo. Pero si queréis pasar inadvertido, os recomiendo usarlo poco a poco...

Juan siguió preguntando.

—¿Y no lo descubrirán los cirujanos?

—¿Cirujanos cristianos?

Juan afirmó. El alquimista se rió.

—Aun cuando matarais a un hombre de un hachazo en la cabeza, un cirujano cristiano sería incapaz de averiguar la causa de la muerte. —Señaló el veneno—. Esto no lo descubrirían ni los cirujanos judíos.

Juan guardó con cuidado el frasco con el veneno. No conocía a la infanta Isabel, pero tenía clara una cosa: Pedro Girón nunca sería su esposo.

Tras una larga jornada de viaje, las tropas de Pedro Girón habían hecho un alto para comer.

Junto a una fogata, Girón comía y bebía acompañado de Yago y otros hombres. Juan estaba con ellos, pero un poco apartado, manteniendo la distancia que el rango impone. Era un día luminoso y soleado.

De repente, Girón carraspeó y escupió. Yago se preocupó por él.

—¿No se os pasa la molestia en la garganta?

—No… —Sonrió—. Voy a tener que pedirle la mano a Isabel por señas…

Volvió a carraspear y a toser.

—Maldita garganta. Es como si me quemara.

—Es el polvo del camino, señor —dijo Yago—. Hace mucho que no llueve. Probad con el caldo, siempre os vino bien para la garganta.

Juan se acercó hasta el fuego.

—Yo os lo traigo.

En ese momento, pasó algo raro. Lo que era un día soleado se nubló de golpe, de manera extraña. Todos miraron al cielo: una espesa bandada de cigüeñas tapaba el sol.

Yago, asombrado, exclamó:

—¿Cigüeñas? ¿En esta época?

Las caras de los soldados cambiaron, y pasaron a expresar preocupación y miedo. Muchos se hincaron de rodillas y se persignaron ante lo que para ellos era una mala señal. Girón se puso en pie, abominando de esa actitud.

—Pero ¿qué diantres hacéis…?

Los soldados parecían atenazados. Juan observaba la escena, ya con un cazo de caldo caliente en la mano.

Girón volvió a gritar:

—¡En marcha! ¡Se acabó el descanso! ¡Arriba! —Notó que la garganta le abrasaba—. ¡Maldita sea!

Juan le acercó el cazo, mientras los soldados se incorporaban, no sabiendo si temer más a Dios o a Girón.

—Tomad, señor... Os aliviará.

—Tú no crees en presagios, ¿verdad, Juan?

—No. —Miró al cielo—. A mí no ha de matarme una cigüeña.

Girón rió y bebió el caldo. Luego se dirigió a su caballo y gritó una orden:

—¡En marcha!

Los hombres levantaron el campamento. Inmediatamente, siguieron el viaje.

XIII

Una vela iluminaba pobremente el aposento de Isabel. La infanta rezaba, arrodillada en su reclinatorio, concentrada y con las lágrimas a punto de brotar.

—*Ave, Regina Caelorum, Ave, Domina Angelorum; Salve, radix, Salve, porta, Ex qua mundo luz est orta...*

En ese momento, Beatriz entró tímidamente en la alcoba.

—¿Rezáis para que todo se arregle?

Isabel rompió a llorar. Entre lágrimas, alcanzó a musitar:

—Dios me perdone...

—¿Por qué ha de perdonaros Dios?

—Porque le rezo para que me haga morir...

Beatriz se alarmó.

—¡No digáis eso...!

—Le rezo para que permita que yo muera. Ya que no muere Girón..., que muera yo antes de que él me toque un cabello...

—No está Dios para permitir una maldad tan grande, señora. No, mientras yo viva.

Isabel miró a Beatriz, sin entender. Ésta sacó una daga de entre sus ropajes.

—Os juro que con este puñal le quitaré la vida en cuanto llegue a Ocaña.

Isabel, llorando, la abrazó.

Pero no hizo falta que interviniera Dios. Ni que Beatriz tuviera que usar su daga de manera suicida contra uno de los mejores guerreros de Castilla. Porque Pedro Girón se encontraba cada vez peor. Tanto que su ejército tuvo que hacer parada y fonda en Villanueva de la Rubia.

Se llamó a un cirujano que, de manera poco original, le diagnosticó peste negra ante el estupor disimulado de un Juan que fingía ser leal a Pedro Girón.

—¿Cómo va a ser la peste negra? Somos muchos los que le acompañamos… ¿Y sólo la tiene él?

Juan tachó al cirujano de converso y marrano, ganándose la admiración de su señor y de Yago, su lugarteniente. Mil veces le tuvo que jurar el médico que era cristiano de sangre limpia.

Un alarido de Girón cortó la conversación:

—¡Me cago en Dios!

El cirujano se persignó. Pero Girón siguió en su lamento, incorporándose como pudo.

—¡Cuarenta y tres años! ¡Cuarenta y tres! ¿Y no podéis esperar unos días… sólo cuarenta días para que cumpla mi cometido? ¿No podéis esperar a que me case con la infanta? —Tuvo que coger aire de lo débil que se encontraba—. ¿Y vos sois el Dios todopoderoso y benevolente?

Yago y Juan volvieron a acostarle, mientras Girón proseguía con sus lamentos:

—¡Toda una vida luchando para morir como un grande! ¡Y me vais a dejar en las puertas! ¡En mil cruces más deberían haberte clavado, judío hijo de ramera!

Poco después de desahogarse, le vino la fiebre y se quedó dormido.

A veces se recuperaba, a veces empeoraba… Pero cada vez que empeoraba, su situación era más grave.

Yago, Juan y otros hombres de confianza se turnaban para velar a su señor, pese a la amenaza de la peste diagnosticada por el médico. Juan era el más valiente y el que más se le acercaba.

Incluso, ante el temor de los demás, se encargaba de darle la comida, en la que poco a poco seguía vertiendo el líquido incoloro comprado al alquimista judío.

Pocos días después, por la noche, Pedro Girón dio síntomas de estar ahogándose. Juan mandó a Yago a buscar al cirujano. Y se quedó a solas con Pedro Girón.

—¡Corred! ¡Yo me quedo con él!

Yago salió corriendo.

Ya a solas, Juan se arrimó al enfermo y..., en vez de aliviarle, le tapó la boca con sus propias manos.

Pedro Girón, con un último hálito de fuerza, abrió desmesuradamente los ojos. Y no tuvo más remedio que escuchar a su verdugo:

—No culpéis a Dios, señor... él no tiene nada que ver con esto.

Juan sacó de sus ropas el pequeño frasco con el veneno, lo destapó y se lo mostró a Girón.

—La mitad ya está dentro de vos... Tomad el resto...

Juan apartó su mano. Girón abrió la boca, en un intento desesperado de tomar aire, lo que aprovechó Juan para verter todo el contenido restante del pote en su garganta, y volver a cerrarle la boca, obligándole a tragar.

Después se despidió de su víctima.

—Recordad esto en el infierno: no es Dios quien os quita la vida... —Y añadió con odio—: Soy yo, hijo de mil putas...

Cuando Yago llegó con el médico, Pedro Girón ya había muerto. Les dio la noticia un repentinamente apenado Juan.

XIV

Cuentan que nunca se vio tan triste a Pacheco como al saber de la muerte de su hermano. Lloró como nunca había llorado.

Dicen que el rey llegó a pensar que alguien hacía brujería porque no encontraba otra explicación para que ninguno de sus planes llegara a buen puerto.

Inmediatamente, volvió a preparar a sus ejércitos. Lo hizo no sólo por precaución, sino también para aprovechar el efecto que producirían en sus enemigos dos hechos. Por un lado, la pérdida de Pedro Girón, uno de sus principales generales. Por otro, la melancolía de Pacheco.

Enrique sabía de la especial devoción del marqués de Villena por su difunto hermano y que el dolor le atenazaría durante un tiempo. Así fue y la Liga de Nobles perdió a su principal brazo armado y a su cerebro.

Enrique sólo tenía una cosa por la que alegrarse: no haber licenciado a Beltrán de la Cueva como prometió a Pacheco.

Isabel, al saber de la muerte de quien iba a ser su marido, se conmovió. Tanto había rezado para que la muerte se lo llevara a él o a ella con tal de que no se celebrara la boda, que se sentía culpable.

Se rumorearon muchas cosas sobre la muerte de Pedro Girón, pero ninguno de esos rumores hablaron de los rezos de la infanta ni dieron a Dios como culpable.

Los médicos que analizaron el cadáver de Girón desecharon la peste negra como causa de su muerte. El nuevo diagnóstico hablaba de apostema y de llagas ulcerosas que iban de la garganta al estómago.

Pero otros pensaron que la causa de la muerte había sido el envenenamiento. Y culparon de ello al entorno de Isabel, dada la oportunidad de la muerte.

Algunos dijeron que fue una estratagema del rey para parar la guerra cuando peor le iba en ella y quitarse de en medio a uno de los mejores generales enemigos.

Mientras todos lanzaban difamaciones y rumores, Juan colocaba un ramo de flores en un claro de un bosque. El mismo donde María, su hermana, prefirió quitarse la vida antes que ser violada por Pedro Girón y sus hombres.

A su lado, estaba su padre, el que vio cómo raptaban a María sin poder impedirlo.

Juan le pasó cariñoso el brazo por los hombros y suspiró.

—Ya está hecho, padre.

—Sí, ya lo está.

El padre, tras un breve y sentido silencio, reflexionó en voz alta:

—Girón ahora también está muerto... pero eso no nos devuelve a tu hermana.

Juan calló: sabía que lo que le decía su padre era una verdad innegable.

—¿Te sientes mejor? —insistió el padre.

Juan ni se pensó la respuesta.

—No. Pero lo volvería a hacer mil veces —contestó con amargura.

Pronto se celebrarían, un año más, las fiestas de San Isidro.

6

El rescate

Agosto de 1467

I

Olmedo: allí sería la cita donde los dos bandos en guerra se verían las caras.

No sería la primera vez que los alrededores de esa villa castellana fueran testigo de una gran batalla. El 19 de mayo de 1445 ya tuvo lugar allí un cruel enfrentamiento donde las tropas castellanas de Juan II, padre de Enrique, triunfaron sobre el ejército navarro-aragonés, que intentaba invadir Castilla.

La diferencia, más de veinte años después, era que muchos de los que entonces defendieron unidos Castilla ya no lo estaban.

Ciertamente, lo ocurrido entre las dos batallas de Olmedo era un buen resumen de lo que era Castilla. En la primera batalla, Pacheco luchó al lado de Enrique, todavía príncipe, apoyando a su padre Juan II, al que luego harían la vida imposible. Y junto a ellos, Íñigo López de Mendoza (el mejor guerrero de tan insigne familia) y Álvaro de Luna, posteriormente ejecutado gracias a las intrigas de Pacheco. Todos estaban en el mismo bando.

Tras derrotar al invasor navarro-aragonés, Enrique vio reforzada su figura ante su propio padre, que aceptó nombrar a Pacheco nuevo marqués de Villena, a instancias del entonces príncipe.

La alegría de la victoria, sin saberlo el rey Juan, impidió ver que se estaba plantando la semilla de los males que después vendrían.

Sin duda, los tiempos habían cambiado mucho las cosas. Sólo algo seguía inmutable: la ambición sin límites de Pacheco.

Una ambición que le había hecho olvidar quiénes habían sido sus compañeros de viaje. Entonces y después. Porque del mismo modo que acabó con Álvaro de Luna y arruinó el poder y la moral del rey Juan, después intentó derrocar a su principal valedor, Enrique, al observar el ascenso de Beltrán de la Cueva.

Y cuando Enrique le propuso casar a Isabel con su hermano Pedro Girón, su ambición hizo que se olvidara de todos aquellos nobles a los que había levantado en guerra obnubilado por poder entroncar su familia con la del mismísimo rey.

La muerte de Girón fue un duro golpe para Pacheco, que se aisló del mundo en su residencia de Belmonte. Pero no fue menos duro para los ejércitos rebeldes, que perdieron fuerza y cohesión. A río revuelto, ganancia de nobles, debieron pensar. Si la victoria total ya no era tan segura, ¿por qué no aprovechar para, mientras durara la algarada, beneficiarse del desorden que dominaba Castilla? Dicho y hecho, muchos de esos nobles rebeldes empezaron a ir cada uno por su lado dando prioridad a sus intereses personales, que no eran otros que ejecutar venganzas o la mera búsqueda de un botín como si de salteadores de caminos se trataran.

Ante este desbarajuste, el rey Enrique no desaprovechó la ocasión para reforzar sus ejércitos atrayendo a su bando a muchos nobles desconcertados con la situación. Y las fuerzas se nivelaron.

Carrillo se dio cuenta de que todo se venía abajo y pensó que la única solución era recuperar para su causa a Pacheco.

No fue sencillo para el arzobispo de Toledo convencer a sus correligionarios, a los que llamó a reunirse. Uno de ellos, muy querido de Carrillo, el almirante Enríquez, al saber de sus intenciones le espetó:

—¿Queréis que vuelva? ¿Sabéis lo que ha hecho Pacheco? Ha dividido Castilla en dos... Una parte cree que su rey es Enrique y la otra, que es Alfonso. El único que va de un bando a otro, según sus intereses, es Pacheco. Y mientras él se burla de nosotros, los hombres mueren en el campo de batalla.

Carrillo sabía que Enríquez tenía razón. Pero el fin justificaba los medios.

—¿Queréis ganar la guerra? Pues sólo podemos ganarla con Pacheco. Necesitamos su ejército y el de su difunto hermano. Necesitamos su liderazgo.

Enríquez calló ante estas palabras, como todos los demás. Carrillo asumió que quien callaba, otorgaba y se fue hasta Belmonte a convencer a su sobrino.

No fue fácil. Pacheco estaba especialmente triste y sombrío por haber perdido la posibilidad de emparentar con la familia del rey.

—¡Los tenía comiendo de mi mano! Al rey, a Isabel, a Alfonso... ¡A todos! Y ahora sólo tengo a mi hermano muerto. Quiero saber quién lo asesinó. Tengo que saberlo.

Carrillo, hábilmente, aprovechó el camino que Pacheco le señalaba.

—Pensad quién se beneficia de la muerte de Pedro. ¿Permitiría la reina una boda así cuando se duda si su hija es hija del rey? ¿Le gustaría a Beltrán de la Cueva ver a uno de nuestra sangre como uno más en la familia real al casar con Isabel? La boda de vuestro hermano con Isabel no fue más que un truco de Enrique para ganar tiempo y recuperar fuerzas. —Y tras una pausa añadió—: Volved a nuestro bando, y Enrique y los suyos se arrepentirán de lo que han hecho.

Pero Pacheco no se decidía, recordando aún la pérdida de su hermano, el fracaso de su plan..., lo que obligó a Carrillo a prometer lo que todavía no sabía si podía cumplir.

—Volved y el Maestrazgo de la orden de Santiago será vuestro.

Pacheco le miró extrañado.

—¿Ese niñato de Alfonso estaría dispuesto a concedérmelo?

Carrillo sintió que había dado en la diana y prosiguió:

—Eso me dijo —mintió—. Puede ser un niño, pero no es tonto. Sabe que sin vos perderemos la guerra.

Ser maestre de la principal Orden de Castilla y sentirse imprescindible complementaban una oferta que la vanidad de Pacheco no podían rechazar. Y aceptó.

Lo hizo sin saber que su tío le había mentido (de tal palo, tal astilla): nunca había hablado con Alfonso de ceder el Maestrazgo y su emblema, la Cruz de la Orden de Santiago.

Y cuando se lo propuso después a Alfonso, se encontró con una respuesta impropia de un niño influenciable.

—¿Nos traiciona y hemos de premiarle? No. Ni hablar.

Alfonso arrojó al suelo sus útiles de entreno, pues estaba obsesionado con el manejo de la espada y de la lanza.

—¡Esa Cruz era de mi padre! ¡Durante años la tuvo Beltrán en su poder! Y ahora que por fin la tengo, ¿queréis que la entregue a quien me traicionó?

—No. Quiero que la entreguéis a quien puede hacernos ganar la guerra. A quien puede hacer que seáis rey.

Ser rey… Esas palabras mágicas hacían posible cualquier reconsideración en Alfonso que, tras pensar unos segundos, cedió.

—Está bien… Firmaré un documento otorgándole la Cruz.

Carrillo se retiró feliz: había conseguido sus objetivos.

Ganar la guerra era, otra vez, posible.

II

La vuelta de Pacheco al bando rebelde no tardó en llegar a oídos del rey Enrique. Fue Diego Hurtado de Mendoza quien dio la noticia.

—Volvió a mudar de piel la serpiente —dijo la reina.

—¿Acaso alguien lo dudaba? —añadió rápido Beltrán.

El rey calló, preocupado. Sin duda, esa noticia empeoraba las cosas... Pero no se podían quejar: tenían la guerra perdida y ahora podían ganarla.

De hecho, en las últimas refriegas, el ejército enemigo, antes invencible, se retiraba al ver las fuerzas del rey.

Enrique, pese a que perder a Pacheco le causó un evidente golpe, prefirió ordenar a Mendoza y De la Cueva que siguieran elaborando una estrategia ante la gran batalla de Olmedo.

Mendoza, antes de ello, avisó de sus temores.

—Majestad, os aconsejo que durante la batalla hagáis que vigilen de cerca a la infanta Isabel. Podrían aprovechar un descuido de nuestros hombres para llevarla junto a su hermano. Y si tienen ya una baza, mejor que no tengan dos.

El rey asintió.

—Ordenaré a Cabrera que refuerce la guardia.

Juana reaccionó rápida.

—Tranquilo, yo misma la vigilaré. Ordenaré que la traigan otra vez a mi lado.

El rey pensó que su esposa no lo haría peor que muchos de sus soldados en batalla, tal era su predisposición por la causa, que era la de su hija. Luego añadió:

—Perfecto, pero si me permitís ya daré la orden yo. —Miró a los presentes—. ¿Algo más que decir?

—Sí —respondió Mendoza, que inmediatamente miró a su yerno—. Y se refiere a vos, Beltrán. Pacheco ha puesto precio a vuestra cabeza. Jura que os buscará en el campo de batalla.

—Entonces, no tengo nada que temer.

—Sabéis que él no será quien se enfrente a vos. —Y su suegro le aclaró—: Ha prometido pagar un buen precio a quien os dé muerte. En Olmedo muchos de sus hombres estarán más pendientes de acabar con vos que de ganar la batalla.

—¿Y qué queréis que haga? ¿Huir?

Enrique, cariñoso, puso su mano diestra sobre el hombro de su querido Beltrán.

—No portéis vuestros escudos familiares. Pasad inadvertido. Os lo ruego.

Beltrán sonrió.

—Gracias, majestad, pero no seré yo el que se oculte. El cobarde es él, no yo —dijo irónico—. Probablemente ni veremos al marqués de Villena en Olmedo... Es de los que nunca dan la cara y prefiere los despachos.

Beltrán no sabía lo atinado de su comentario. Porque, a menos de cien kilómetros de Segovia, Pacheco acababa de leer la carta por la que Alfonso le cedía el Maestrazgo de la Orden de Santiago. Y no era lo esperado. De ello daba fe una copa de vino que salió disparada de su mano y se estrelló contra la pared.

—¿Qué clase de burla es ésta? ¿A su muerte? ¿Heredaré la Cruz de la Orden de Santiago a su muerte? ¿Para esto me habéis hecho venir a Ávila? —dijo Pacheco indignado.

Alfonso los había engañado: la carta prometida era ni más ni menos que su testamento (curiosa escritura para un muchacho de catorce años). Ahí, por fin, Pacheco heredaría su título, no ahora.

Pacheco hizo ademán de lanzar el documento al fuego, pero Carrillo se lo impidió, agarrándole el brazo.

—¡Ni se os ocurra! ¡Es el testamento de un rey!

Pacheco se rió.

—¿De qué rey?

—¡Del rey por el que luchamos!

—¡No es por él por lo que luchamos!

Carrillo le miró a los ojos, serio.

—Sé por lo que luchamos... Pero no habrá nada por lo que luchar si no defendemos un rey... Muchos nobles, el pueblo... yo mismo... no entenderíamos una nueva Castilla sin un nuevo rey. Y ése es Alfonso, no lo olvidéis.

—Podríais haberme dado esa homilía cuando me rogasteis que volviera con mi ejército.

Carrillo empezó a preocuparse.

—¿Estáis pensando en volver a cambiar de bando?

Pacheco, sabedor de que tenía bien cogida la cazuela por sus asas, le amenazó:

—Sabéis que podría hacerlo perfectamente... Esto no es lo que acordamos. ¡Lo sabéis! La Cruz era ahora, no en herencia.

Carrillo insistió:

—¿Estáis de nuestro lado o no?

Pacheco, tras pensárselo unos segundos, respondió como si un plan le hubiera venido de repente a la cabeza.

—Lo estoy. Seré leal a Alfonso mientras viva.

—¿Mientras viva... el rey o vos?

Pacheco ya no pudo evitar una sonrisa.

—Yo siempre sobrevivo a los reyes. No sé por qué. Será porque soy sobrino del arzobispo de Toledo.

Y el arzobispo de Toledo no pudo evitar reírse. Pero lo hacía, más que por la chanza, aliviado por el hecho de que su sobrino aceptaba seguir con la Liga de Nobles.

—Será. ¿Partís conmigo, entonces?

—No. A Olmedo irán mis tropas y con ellas, las de mi difunto hermano, a las que he pagado lo que se les debía para que vuelvan a combatir.

—¿Y vos dónde estaréis?

—¿Yo? Estaré ocupado. Me reuniré con un notario para que levante acta de esto —dijo señalando el testamento de Alfonso—. Si el rey no tiene prisa en concederme la Cruz, supongo que tampoco la tendrá en que me juegue la vida por él.

Carrillo simplemente asintió: se conformaba con lo que ya había conseguido de Pacheco.

III

Estaba amaneciendo, pero Isabel no tenía sueño. Sabía que las cosas iban de mal en peor para el bando de su hermano Alfonso.

Temía que si el rey doblegaba a la Liga de Nobles, su futuro y el de su hermano serían igual que su pasado, cuando llegaron a Segovia: un infierno avivado diariamente por la reina Juana.

Pero prefería no hablar de ello. Y menos a Beatriz, feliz esposa ya de don Andrés Cabrera. Pese a ser la mujer del mayordomo de palacio y tesorero real, Beatriz pidió a su marido seguir siendo dama de compañía de la infanta, petición a la que Cabrera accedió amablemente sin poner pega alguna.

Isabel, cuando más triste estaba, le pedía a Beatriz que volviera con su marido. Porque prefería estar sola. Y esa noche era uno de esos momentos.

—Está amaneciendo… Deberíais estar con vuestro marido.

—No os preocupéis por eso. Él apoya mis decisiones.

Isabel sonrió, sacando fuerzas de su desmoralización.

—¿Cabrera os apoya o no tiene más remedio que aceptar vuestro parecer?

Beatriz respondió pícara:

—¿Y qué es el amor sino aceptar los deseos de la amada?

Isabel se quedó pensativa y un tanto melancólica.

—Vuestra boda fue preciosa.

—Gracias a vos, que me ayudasteis en todo…

—No fue preciosa por eso… Lo fue porque bastaba veros a los dos para saber lo mucho que os amáis.

Beatriz no pudo evitar sonrojarse.

Desde el exterior, se oyeron rumores de hombres, relinchos de caballos y chirriar de carros.

Isabel se levantó hacia un ventanuco a ver el motivo de tanto ruido. Beatriz se puso a su lado.

—¿Qué pensáis, señora?

—Que uno de esos hombres puede ser el que hoy mate a mi hermano.

Beatriz no supo qué responderle. Y aunque lo hubiera sabido se lo habrían impedido los golpes que sonaron en la puerta.

Las dos muchachas se miraron extrañadas. Isabel dio orden

de pasar a quien llamaba: era Chacón, flanqueado por dos soldados armados.

—Señora, la reina os manda acudir a su presencia.

Isabel miró a Chacón, que con un gesto le reafirmó que había de ser así. Luego, cogió su rosario y acarició cariñosa la cabeza de Beatriz al pasar junto a ella. Beatriz se puso en pie.

—Voy con vos.

—No. Volved con vuestro marido, por favor.

La reina la esperaba.

Cuando llegó a sus aposentos, Chacón no pudo entrar con ella. Parecía que volvían los viejos tiempos cuando parecía más una presa que una infanta. Aunque Isabel tenía claro que, con casa propia o no, mientras compartiera el cielo de Segovia con Juana de Avis siempre sería una simple cautiva.

La reina le sonrió con cinismo al entrar en la habitación. Luego siguió cantando a su hija en portugués para que durmiera.

Isabel ni la saludó. Se sentó en una esquina y empezó a rezar en voz baja.

—*Per Signum Crucis, de inimicis nostris liberanos, Deus noster. In nomine Patris et Filii et Spiritus Sancti. Amen.*

Juana dejó de cantar. Isabel detuvo sus rezos y se giró hacia ella, que la miraba atenta.

—¿Qué ocurre, majestad? ¿Nunca habéis visto rezar el rosario?

—Sí. Muchas veces aunque no lo creáis.

—Entonces, ¿por qué me miráis?

—Me preguntaba por quién lo rezáis. Supongo que lo hacéis por vuestro hermano Alfonso, y no por mi marido.

Isabel la miró ofendida.

—Rezo por ambos. Y también rezo por Castilla.

Después, Isabel volvió a sus rezos, sin hacer más caso a quien tanto odiaba.

20 de agosto. Olmedo. Sobre una loma, Beltrán, Enrique, Íñigo López de Mendoza y su hermano Diego podían escuchar el rumor de voces y miedos que surgía del grupo de aquellos que iban a entrar en batalla.

Estaban todos montados a caballo. Junto a ellos, clavadas en el suelo, banderolas estandarte del rey y de sus seguidores.

El monarca estaba incómodo: no era amante del espectáculo de la guerra.

Beltrán, por el contrario, parecía ansioso por intervenir.

—Mis hombres están a punto de entrar en combate, mi señor. Solicito permiso para unirme a ellos.

El rey le miró agradecido.

—Permiso concedido, Beltrán. Pero cuidaos, no llamad la atención: os recuerdo que os están buscando.

Con gallardía, Beltrán observó al rey, luego a los hermanos Mendoza, bajó la celada de su casco y enarboló su estandarte antes de alejarse a caballo hacia el combate. En su escudo, en su estandarte, en cada lugar donde podían ser vistos, Beltrán cuidó de no eliminar ni una sola señal de que era él quien luchaba. El que quisiera buscarle, que lo hiciera... si tenía agallas.

Íñigo, dándose cuenta de la preocupación del rey y de su hermano Diego, musitó:

—Es la hora.

Enrique asintió. Volvió a mirar la campa donde los dos ejércitos en liza iban a encontrarse. Como Diego Hurtado de Mendoza predijo, el enemigo iba a cortarles en Cuéllar y Medina del Campo, llevándoles hasta allí. Lo que no sabían los rebeldes era que las tropas del rey estaban avisadas de ello.

Y comenzaron las primeras escaramuzas. Por el bando enriqueño, Íñigo López de Mendoza, Beltrán de la Cueva y los leales hermanos Velasco, con Pedro a la cabeza, lideraban las tropas.

En el bando alfonsino, Carrillo y los condes de Plasencia y Ribadeo empezaron a dar las primeras órdenes. Se les había unido el ejército de Girón y el de Pacheco a las órdenes del clavero de la Orden de Calatrava.

Mientras sus hombres luchaban, Enrique observaba desde la loma: era el rey y sólo entraría si fuera necesario; no era cuestión de perder tan valiosa vida.

Alfonso, sin embargo, imbuido por su ardor guerrero, se trasladó hasta Olmedo con los ejércitos que por él, al menos eso creía el pobre infante, luchaban. Carrillo se negó repetidas veces, pero el hermano de Isabel insistió: debía estar al lado de sus soldados.

Viendo que cuanto más se lo prohibían, más insistía en ir, Carrillo dio el caso por perdido, no sin antes ordenar a Gonzalo Fernández de Córdoba que velara por su vida.

Una hora después de iniciada la batalla, ambos se encontraban en el interior de una tienda de campaña a falta de colocarse la coraza. Alfonso intentaba mantener la compostura, pero la cercanía de la batalla, ésta de verdad, lejos de ejercicios de aprendiz, parecía haber empezado a cuestionar su valentía.

—¿Sabemos algo, Gonzalo?

—Las fuerzas están parejas, señor. —Hizo una pausa—. Os ruego no os expongáis…, yo estaré a vuestro lado.

—Soy el rey. Y debo ganarme el respeto, como rey y como hombre.

Valerosas palabras que hasta el mismo Alfonso se dio cuenta de que eran sólo eso: palabras, dado lo temblorosa de su voz al pronunciarlas.

De pronto, unos gritos desgarradores sonaron en el exterior. Alfonso y Gonzalo salieron a ver qué pasaba.

Un soldado era traído por dos compañeros en volandas mientras gritaba. Un cirujano —cuyas vestimentas denotaban su origen judío— ordenó habilitar una tabla: la pierna derecha del herido colgaba sin vida de rodilla para abajo y de una herida por la que podía caber una mano la sangre manaba hasta mezclarse con la tierra.

El cirujano ordenó poner al herido en la tabla.

—¡Agarradlo, que no se mueva!

El cirujano sacó una esponja y echó sobre ella algo de un frasco. Luego colocó la esponja sobre la boca y la nariz del herido.

—El opio y la mandrágora le atontarán algo... —Y dirigiéndose a un soldado añadió—: Sostenedla en su cara.

El cirujano necesitaba sus manos libres para coger con fuerza una sierra y la calentó en una hoguera. Alfonso se asustó.

—¿Vais a cortarle la pierna?

El cirujano miró de reojo a Alfonso sin saber quién era.

—Como no corte rápido, lo único que se le podrá dar a este hombre es la extremaunción.

El herido se convulsionaba y el cirujano ordenó:

—¡Sujeto, lo quiero sujeto!

Como los dos soldados que estaban no podían con el herido, el cirujano ordenó a Alfonso:

—¡Ayudad a sujetarlo también vos! ¡Así seréis más útil que hablando!

Alfonso ni se movió, tan afectado estaba. Gonzalo se enfrentó al cirujano:

—¡Cuidado con lo que decís, judío! ¡Estáis hablándole al rey!

—¡Pues él será rey, pero yo soy cirujano! ¡Y callaos vos también y sujetad a este pobre hombre!

Ante lo incuestionable de la respuesta, Gonzalo calló y obedeció. El cirujano, una vez estuvo quieto el paciente, miró a los soldados, afirmó con la cabeza y, con su sierra al rojo vivo, empezó a cortar.

Los alaridos del soldado al que estaban amputando la pierna hicieron que por unos segundos dejara de oírse el fragor de la batalla. Y, también, que Alfonso volviera en sí: al ver la escena, se descompuso y vomitó.

Luego corrió hacia su tienda. A sus espaldas, el herido se desmayó.

El cirujano hizo un gesto a Gonzalo.

—Marchad con él... Os necesita más que yo.

Cuando entró en la tienda, Gonzalo vio apenado a un Alfonso que apenas podía tenerse en pie, desvalido y tembloroso... que aún aferraba su casco apretándolo en sus manos, como un náufrago agarra un tablón de madera.

Gonzalo le quitó el casco de las manos. Alfonso se extrañó.

—¿Qué... qué hacéis...?

Gonzalo, firme, le ordenó a su señor lo que debía hacer:

—No salgáis de la tienda, ni dejéis que nadie entre hasta que yo vuelva.

Gonzalo le arrebató el casco regio y se lo puso. Luego hizo lo mismo con el escudo con las armas reales, y salió de la tienda.

Alfonso sólo le observó. Su ataque de pánico era tal que no consiguió que ni una palabra saliera de su boca.

Montado en el caballo de Alfonso, lo que encontró Gonzalo al llegar al campo de batalla fue una carnicería. Acostumbrado a pequeñas escaramuzas en su Andalucía natal, hasta alguien tan valeroso como él no pudo evitar que se le congelara el ánimo. Pero no podía estar quieto o era hombre muerto...

A lo lejos divisó a Beltrán luchar a pie contra dos hombres mientras otro yacía muerto a sus pies. A su alrededor, los gritos con los que los caballeros se daban ánimos a sí mismos, se confundían con los alaridos de quienes eran heridos. O de quienes, sabiéndose heridos de muerte, también gritaban para quitarse el miedo de su paso al otro mundo. Otros rezaban en el suelo, moribundos, intentando ponerse en paz con Dios con la esperanza de que éste existiera y les acogiera en su seno.

Gonzalo vio todo esto en segundos... Y dejó de contemplar el panorama: un guardia real se dirigía hacia él a pie por la derecha. Y un caballero del ejército real galopaba ansioso para derribar a Alfonso, el rey de los rebeldes, sin saber que no era Alfonso, sino Gonzalo Fernández. Un joven cordobés que había tenido el valor de suplantar a su señor para salvarle de una muerte segura.

Un soldado de honor que agarró fuerte las bridas de su caballo, respiró hondo y sacó su espada. Era hora de matar o morir.

V

Horas después, siglos para Gonzalo, éste había perdido la cuenta de los hombres que había derribado. Notaba dolor en el brazo izquierdo: estaba herido... Pero no podía parar, no debía... Y menos ahora que los ejércitos alfonsinos estaban retrocediendo levemente.

Vio a Carrillo ordenando retirada, pero su única respuesta fue degollar a un pobre soldado enemigo que, inexperto, con la mirada perdida, intentó derribarle del caballo. Y siguió luchando como si no tuviera suficiente con tanta sangre.

Entonces ocurrió lo inesperado: el ejército de Enrique empezó a retroceder también.

No tenía sentido hacerlo cuando la batalla apuntaba a su victoria... pero los soldados de las huestes alfonsinas creyeron que era sin duda por el ardor del rey por el que luchaban. Ese joven montado a caballo y que remataba a espadazo limpio a todo aquel que se le acercaba. No sabían que no era Alfonso, pero creyendo que así era, le siguieron enloquecidos pese a estar en desigualdad. Abandonados por la caballería que se retiraba a las órdenes de Carrillo, pusieron sus vidas a disposición de quien arriesgaba la suya al lado de ellos.

Un joven, al que la coraza le quedaba grande y que había perdido el casco en la batalla, se acercó hasta el lugar en que las tropas reales habían abandonado su estandarte. Lo arrancó de donde permanecía clavado y se aproximó a su valeroso rey; ignoraba que sólo era su doncel.

Gonzalo puso pie en tierra, cogió el estandarte y le abrazó: la batalla estaba ganada. Algo difícil de entender cuando al alzar su mirada, Gonzalo vio al ejército que se retiraba y se dio cuenta, por su cantidad y calidad (número de lanceros y caballeros en sus monturas), de que si hubieran seguido luchando, probablemente la victoria hubiera sido suya.

Y no entendió nada.

Tampoco lo entendía Íñigo López de Mendoza, con todo su cuerpo ensangrentado por los hombres que había matado. Subió airado a la loma desde donde el rey divisaba la batalla y allí encontró a un Enrique angustiado y a su hermano Diego y a Beltrán cariacontecidos por la situación.

—¿Quién diantres ha ordenado retirada?

El rey se giró soberbio hacia Íñigo.

—Yo, el rey.

Íñigo no podía creerlo.

—¡No podemos retirarnos, majestad! ¡El enemigo estaba empezando a retroceder! ¡La victoria era nuestra!

Enrique miró a su alrededor y vio el paisaje de devastación y muerte. Se oían los gemidos agónicos de los heridos. La cara del rey era de desolación.

—Si se puede llamar victoria a una carnicería... ¿A cuántos hombres he llevado a la muerte en esta batalla? ¿Quinientos? ¿Mil?

Beltrán decidió intervenir: pese a estar herido, se negaba a retirarse.

—La historia dirá que han muerto por una buena causa... Los juglares harán canciones en homenaje a estos héroes.

—Sí. Pero ellos no las oirán —musitó Enrique—. Y sus hijos cada vez que las oigan recordarán el día que perdieron a sus padres en una guerra absurda. Nos retiramos. No quiero ver un muerto más.

El rey, dichas estas palabras, azuzó su caballo y abandonó el campo de batalla.

Beltrán insistió, desesperado.

—¡Señor! ¡Debéis proclamar la victoria! ¡Señor! ¡Por Dios, no abandonéis la plaza! ¡Majestad!

Pero el rey siguió su camino.

En el otro bando, mientras todo esto ocurría, Alfonso estaba encogido como un ovillo en el suelo de su tienda: quería que se lo tragara la tierra. Comido por el remordimiento y la vergüenza, esperaba las peores noticias... pero de repente, empezó a escuchar vítores a su nombre.

—¡Viva el rey Alfonso!

Alfonso se enderezó, sorprendido, cuando la puerta de la tienda se abrió y entró Gonzalo, aún cubierto con el yelmo del infante y portando su casco. Estaba sucio de sangre y barro. Y en la mano derecha llevaba el estandarte de Enrique.

Rápidamente, Gonzalo se quitó las ropas de armas de su señor.

—¡Deprisa, señor! ¡Tomad y vestíos! Enrique ha abandonado el campo de batalla. Debéis salir y proclamar la victoria...

Alfonso seguía sin reaccionar. Gonzalo le colocó él mismo el yelmo mientras los vítores se multiplicaban en el exterior.

—¡Salid!

Gonzalo le dio el estandarte del ejército vencido por su retirada y luego empujó a Alfonso fuera de la tienda.

Allí, un aturdido Alfonso fue acogido entre aclamaciones que le dejaron tan estupefacto como lo estaba Carrillo contemplando la escena.

—¡Viva Alfonso! ¡Viva el rey!

Los caballeros hincaron rodilla en tierra y bajaron levemente sus cabezas en señal de obediencia y admiración.

Primero tímidamente, pero luego con orgullo, Alfonso levantó su escudo victorioso. Era el reconocimiento que siempre había soñado... pero sabía que el mérito no era suyo.

Lo era de Gonzalo, su doncel, que, dentro de la tienda, vomitaba como antes lo había hecho Alfonso.

Todo el miedo que no había podido mostrar antes, afloraba en él ahora, después de la batalla.

Porque nunca había asistido a un espectáculo de muerte y sufrimiento como el que acababa de contemplar.

Y daba gracias a Dios por seguir vivo.

VI

Cuando Pacheco volvió a Ávila y se encontró con Alfonso convertido en héroe y a su bando como ganador en Olmedo, a duras penas pudo disimular su sorpresa.

Estaba preparado para beneficiarse de Olmedo, fuera quien fuera quien consiguiese la victoria. Si ganaba Enrique, ya se apañaría para que volviera a abrir las puertas de palacio para él.

Si ganaba Alfonso, se adjudicaría el mérito de haber aportado ejércitos suficientes para conseguir la victoria tras volver a la Liga de Nobles ante la insistencia de su tío, el arzobispo de Carrillo.

Pero la evolución de Alfonso como nuevo héroe, como líder de la rebelión, dando una imagen de valor que nada tenía que ver con la de Enrique en el bando enemigo, dejaba a Pacheco en una situación incómoda.

Tenía que demostrar que el líder era él. Y volver a actuar de inmediato.

Tras rendir cínicamente honores a Alfonso, fijó el siguiente objetivo de la Liga de Nobles: Segovia.

Allí estaba el tesoro real. Allí estaba Isabel, a la que su hermano quería liberar cuanto antes del yugo de la reina. Sería una manera de congraciarse con el nuevo héroe.

—¿No tenéis ganas de volver a ver a vuestra hermana?

—Nada me agradaría más.

—Dejadlo de mi cuenta, majestad.

Alfonso sonrió. Pacheco también: Dios le había dado el don

de jugar con príncipes y reyes como los niños lo hacían con una peonza.

Esa batalla la ganaría él, pensó Pacheco. Y lo haría a su manera. Lo primero que sugirió en la reunión de la Liga de Nobles fue enviar un mensaje a Enrique de que se rindiera, exigiendo la custodia de Isabel y de su hija Juana. Así, heredase quien heredase la corona (Alfonso, Isabel o la propia Juanita si el destino lo quisiera), estarían bajo el control de los nobles y no del rey. Si no aceptaba, atacarían Segovia.

Cuando Enrique supo de estas exigencias comprendió, demasiado tarde como siempre, del error de no haber luchado hasta el final en Olmedo.

Íñigo López de Mendoza, ofendido, reprochó al rey su actitud:

—El problema no es Segovia: su alcázar resistirá. El problema ha sido Olmedo... El enemigo tiene ahora la moral alta y eso es más peligroso que mil lanceros.

El monarca, incómodo ante la crítica, dejó claro quién era:

—Pensemos en el ahora y no en el pasado, señores... Si alguien de los aquí presentes duda de mi autoridad, le doy dispensa para abandonar mi causa.

Íñigo fue a contestar airado, pero su hermano Diego le hizo un gesto para que se mantuviera callado. Él era el hermano mayor y a él le tocaba tomar la palabra. Lo hizo con suavidad en las formas pero con dureza en el contenido de su mensaje.

—Majestad... Vos sabéis que los Mendoza siempre somos leales al rey, pero desde esa lealtad he de deciros que os estáis equivocando.

Enrique se quedó mirándolo extrañado. Diego Hurtado de Mendoza continuó:

—El bando rebelde va siempre un paso por delante de nosotros. Tienen la iniciativa que nosotros no tenemos.

Enrique empezó a ponerse nervioso:

—Entonces, ¿qué sugerís?

Don Diego respondió resumiendo el sentir de los presentes:

—Tomad el mando de la situación, tomad la iniciativa… tomad decisiones. Para eso sois el rey y por eso os obedecemos.

Enrique, abatido y agobiado, abandonó la sala sin responder.

Los hermanos Mendoza y Beltrán se quedaron sumidos en la desesperanza.

—¿Qué hacemos ahora? —preguntó Beltrán.

—Preparar el ejército para ir a Segovia de inmediato —contestó Íñigo López de Mendoza—. Si el rey no ordena nada, ya es hora de que lo hagamos nosotros.

Pese a la dureza de sus palabras, Íñigo miró a su hermano buscando la aprobación. Diego asintió.

—Estoy de acuerdo. Vamos a Segovia. Y quiera Dios que cuando lleguemos no sea demasiado tarde.

VII

Fue demasiado tarde. Cuando las tropas de Enrique aún estaban a una jornada de Segovia, las de Alfonso ya habían sitiado la ciudad.

En sus afueras, Carrillo, Pacheco y Alfonso, a caballo, divisaban la ciudad que iba a ser suya. Los soldados esperaban expectantes junto a ellos. Gonzalo, a pie, sujetaba las bridas del caballo de Alfonso.

Carrillo dudó del éxito del ataque a Segovia.

—Conozco esta ciudad. Es infranqueable.

Alfonso mostró su preocupación a Pacheco.

—¿Tenéis algún plan, Pacheco?

Pacheco sonrió: lo tenía todo atado.

—Os puedo asegurar que esta noche cenaréis en palacio con vuestra hermana.

Todos le miraron incrédulos. Pacheco se dirigió cariñoso a Alfonso:

—Descansad en vuestra tienda. Os mandaré llamar en cuanto llegue el momento.

Alfonso obedeció y se marchó acompañado de Gonzalo, que no comprendía cómo iban a poder entrar en una ciudad amurallada y, por si fuera poco, coronada por un alcázar diseñado para resistir al más poderoso de los ejércitos. Pero no dijo nada; él era un simple doncel.

Ya solos, Carrillo siguió poniendo en duda la operación.

—¿Cómo lograremos derribar las puertas?

—No hará falta —respondió misterioso Pacheco—. Esas puertas se abrirán desde dentro, no desde fuera.

Carrillo comenzó a reír.

—¡Ya me extrañaba que vuestro plan se basara en el arte de la guerra! ¿A quién habéis sobornado para que las abran?

—¿Sobornar? No hizo falta. Los hermanos Pedrarías lo harán de buen grado.

Carrillo se sorprendió.

—¿Los Pedrarías? ¿Pedro el Valiente y su hermano Juan, el obispo? ¡Eso es imposible! ¡Los Pedrarías siempre han sido fieles a Enrique!

—No es eso lo que cree Enrique.

Carrillo miró a Pacheco, ansioso por saber el resto de la historia que su sobrino hábilmente le dosificaba. Pacheco continuó:

—El rey oyó que Pedro le traicionaba. Mandó que le emboscaran a las puertas del Alcázar, y medio muerto, le hizo encerrar en la torre. Muchos nobles hicieron falta para rogarle que le soltara. —Hizo una pausa—. Pero ahora los Pedrarías recuerdan aquella humillación y ya no son tan fieles.

—Pero ¿cómo pudo creer Enrique semejante bulo?

—Porque yo se lo conté. Creedme: fue más fácil de lo que pensaba.

Carrillo estaba perplejo.

Se escuchó un ruido, como un reclamo de ave. Pacheco alzó la mano, pidiendo silencio. El sonido se repitió varias veces.

Pacheco respiró hondo.

—Es la señal… —Sonrió a Carrillo—. Como a Pedro, guiado por el ángel, las puertas de la ciudad se nos abren por sí mismas… Vamos, Carrillo, Segovia nos espera.

Y sus caballos, al paso, sin prisas, se encaminaron a las puertas de la ciudad. Carrillo no superaba su estupefacción.

—Sobrino, a veces me dais miedo…

—No hay razón, si me tenéis de vuestro lado.

VIII

En el interior de palacio, Cabrera se enteró de la traición demasiado tarde.

Como mayordomo de palacio y también guarda de sus tesoros, Cabrera iba haciéndose con las riendas de la ciudad poco a poco. El recelo que su origen judío despertaba seguía sin ayudarle. No ser un hombre de Pacheco, tampoco le beneficiaba. Y habían sido tantos y tantos años de poder del marqués de Villena en la Corte que siempre tenía mecanismos, gente de confianza que hacían que, aún estando lejos de ella, Pacheco manejara los hilos de la ciudad sin que Cabrera todavía pudiera percatarse de ello.

Su origen judío, sin embargo, era paradójicamente un contrapeso a esos problemas. Cabrera pensaba desde niño que el hecho de abrazar el cristianismo le convertiría en un extraño para la comunidad judía. Bien al contrario, ésta le respetaba y mantenía sus lazos familiares con una permisividad ante su cambio de fe que los cristianos viejos jamás hubieran tenido.

Concretamente, su tío, Abraham Seneor, era el líder judío en Segovia. Banquero a la luz del día y político en la sombra, Seneor estaba siempre bien informado y logró avisar a Cabrera en cuanto supo de la traición de los Pedrarías por un criado de éstos.

Cabrera quiso cortar de raíz la traición, pero no pudo: las patrullas que vigilaban las afueras de la ciudad le avisaron del movimiento de tropas enemigas.

Así las cosas, Cabrera no tuvo tiempo más que para avituallar el Alcázar con el fin de resistir allí el tiempo suficiente hasta que llegaran los ejércitos del rey.

Luego, ordenó a la Guardia Real escoltar a la reina y a su hija y las llevó al Alcázar. También intentó llevarse a Isabel, pero la infanta no quiso ir: escogió esperar a su hermano aun corriendo riesgos.

Su esposa Beatriz prefirió acompañar a Isabel antes que refugiarse en el Alcázar pese a que Isabel la presionó para que no lo hiciera. Cabrera no tuvo más remedio que aceptar la voluntad de Beatriz: sabía que por mucho que insistiera su mujer no iba a dar su brazo a torcer.

Ahora, con las tropas de los nobles entrando en la ciudad, mientras Cabrera estaba en el Alcázar, ya cerrado a cualquier ataque, Beatriz e Isabel rezaban frente al pequeño altar de la alcoba. Lo hacían en voz baja, apenas se oía un murmullo. Junto a ellas, de pie y tenso, estaba Chacón. No tuvieron que esperar mucho para escuchar fuertes golpes en la puerta y, después, y sin pedir permiso, soldados de Alfonso entraron en la sala de la casa de Isabel.

Chacón desenfundó la espada por lo que pudiera ocurrir... Los soldados se pusieron en guardia, pero la entrada de Carrillo hizo que todo volviera a la calma.

—¡Guardad las armas! —ordenó.

Luego enfundó su propia espada y saludó ceremonioso a Chacón, que le devolvió el saludo guardando la suya.

—¡Majestad, aquí! —avisó Carrillo.

En unos segundos, por la puerta apareció Alfonso.

Isabel, nada más ver a su hermano, corrió hacia él. Iba a abrazarlo, pero de repente, se frenó respetuosa y, como mandan las reglas de trato a un rey, se arrodilló ante él.

—Majestad…

Alfonso la tomó de las manos y la alzó.

—Isabel… levántate, por favor…

Luego, se fundieron en un abrazo. Los dos estaban a punto de llorar, emocionados. Isabel musitó:

—Te he echado tanto de menos…

—Y yo a ti —Y dirigiéndose a Chacón añadió—. Y a vos también.

Carrillo, contento de presenciar la escena, se acercó a Chacón.

—¿Y la reina y su hija? —inquirió.

—En el Alcázar. Os aviso que es inútil que intentéis entrar allí.

—Lo sé. Como ella sabrá que es inútil que intente salir.

Beatriz se preocupó al escuchar estas palabras.

—¿Qué va a pasar con los que están dentro del Alcázar?

Carrillo avanzó sus planes.

—Mandaremos recado a Enrique: hay mucho de lo que hablar.

Isabel, ajena a todo lo que no fuera estar con su hermano, le abrazaba y besaba.

—Estás más delgado…

Alfonso rió, divertido.

—Deben de ser las preocupaciones…

En ese momento entró Gonzalo, al que Isabel miró con cariño.

—Mi buen Gonzalo…

Pero no había tiempo para más saludos. Carrillo avisó a Alfonso de que era necesario controlar el palacio y que se quedara con su hermana. Alfonso se negó.

—Yo siempre estaré al lado de mis soldados.

Luego dio orden a Gonzalo de que se quedara con Isabel y media docena de soldados para su protección. Y marchó.

Isabel se acercó entonces a Gonzalo.

—Veo que habéis cuidado bien de mi hermano.

Gonzalo sonrió tímido.

—Vos me lo ordenasteis: era mi obligación hacerlo.

Entonces sí, rompiendo el protocolo, Isabel dio un sentido abrazo a Gonzalo.

El de Córdoba, notando el calor de esa mujer a la que tanto admiraba, pensó en ese momento que todo lo sufrido había merecido la pena.

IX

Pasaron los días y la situación permanecía enquistada: la reina y su hija estaban protegidas en el Alcázar.

Carrillo y Pacheco enviaron un mensaje al rey para reunirse con él y pactar una salida a la situación. Pese a la insistencia de Alfonso para permanecer con ellos, le liberaron de esa tarea, recomendándole que descansara.

Alfonso no lo aceptó de buen grado, pero Isabel acabó de convencerle: era hora, tras tantos años, de volver a ver a su madre. De volver a Arévalo, el lugar donde tan felices habían sido de pequeños hasta que fueron raptados para ser llevados a la Corte.

Pese al temor de no saber cómo encontrarían a su madre, Alfonso cedió de buena gana. Y empezaron a preparar el viaje, ayudados por Beatriz de Bobadilla.

Cuando llegó la hora de partir, recién cerrado el último arcón con sus enseres, Beatriz se alegró de que por fin pudieran volver a estar juntos los tres y así se lo hizo saber a Isabel.

—¡Qué alegría se va a llevar vuestra madre cuando os vea llegar! Bien, vuestro equipaje ya está listo. No tardaré en tener preparado el mío.

Isabel la miró seria.

—No va a hacer falta, Beatriz. Vos no venís a Arévalo.

Beatriz se sorprendió.

—Pero, señora, mi lugar está junto a vos.

—No. Vuestro lugar está junto a vuestro marido. Ya os he separado demasiado. No debéis permanecer más tiempo alejada de él.

—Pero él está en el Alcázar, rodeado de soldados...

Isabel la tranquilizó.

—Mi hermano ha ordenado que os escolten hasta allí. Vuestra seguridad está garantizada. Cuando empiecen las negociaciones podréis salir sin peligro.

Beatriz intentó decir algo, pero no encontraba las palabras adecuadas.

—Señora... yo...

Isabel abrió sus brazos. Beatriz la abrazó sin poder contener las lágrimas.

—Siento como si os traicionara...

—No digáis tonterías —dijo al ver sus lágrimas—. No lloréis, por favor.

Pero Beatriz no paraba de llorar.

—Desde ahora estaremos en bandos enemigos.

Isabel sabía que era cierto lo que su amiga decía. Beatriz, desconsolada, preguntó:

—¿Volveremos a estar juntas alguna vez?

Hubo un silencio.

Ninguna de las dos mujeres estaba segura de que eso pudiera ocurrir.

X

Isabel y Alfonso anhelaban tanto como temían el encuentro con su madre.

Chacón sabía que su estado no había mejorado a través de los mensajes que le enviaba su esposa Clara, principal dama de Isabel de Portugal.

Sin duda eso hizo del viaje a Arévalo un trayecto lleno de silencios y emociones ocultas.

Cuando la encontraron, su madre estaba sentada, mirando a través de la ventana. Estaba ensimismada, fijando sus pupilas en ninguna parte, tal vez buscando fantasmas que la guiaran en su extravío.

Ni siquiera se dio cuenta de que sus hijos, sus adorados niños a los que no veía desde hacía años, acababan de entrar en su habitación acompañados por Chacón.

Isabel se acercó hasta ella.

—Madre…

Isabel de Portugal se giró, mirando al grupo, escrutando a cada uno de ellos e intentando reconocerlos.

Isabel tomó, como siempre, la iniciativa.

—¿Sabéis quiénes somos?

Chacón intervino entonces:

—Señora, son vuestros hijos… Y yo soy Gonzalo Chacón, su tutor.

Las palabras suaves de Chacón surtieron efecto en la memoria de Isabel de Portugal.

—Isabel… Alfonso…

Y se levantó a abrazarlos. No estaba emocionada, más bien aturdida. Pero a Isabel y Alfonso ya les valía para besarla y acariciarla con lágrimas en los ojos.

Su madre siguió intentando recomponer sus recuerdos.

—¿Cuánto tiempo… cuánto tiempo ha pasado…?

—Seis años, madre —respondió Alfonso.

—Seis años… Vaya… Contadme, ¿qué habéis hecho? Habréis estado siempre juntos, como os dije, ¿verdad?

Isabel y Alfonso se miraron sin saber qué responder. Chacón entró presto al quite.

—Por supuesto, señora.

La mujer le miró agradecida.

—Siempre puedo confiar en vos…

Chacón inclinó la cabeza, agradecido.

Alfonso, nervioso, le dijo lo que tantas ganas tenía de que supiera:

—Madre, soy rey.

Isabel de Portugal, lejos de impresionarse por la noticia, miró a Chacón.

—Decidle a vuestra esposa que venga a peinarme. Tengo unos pelos horribles.

Alfonso se quedó hundido ante la reacción. Isabel lo notó e intervino:

—Es rey, madre... Alfonso es rey... ¡Y en unos días cumple años! ¡Por eso estamos aquí, para celebrarlo juntos!

Por fin la madre sonrió feliz y, como era propio de ella, alternó olvidos con una memoria matemática.

—¡Catorce años ya!, ¿no?

Alfonso sonrió feliz al fin.

—Sí, madre.

—¡Ya eres casi un hombre!

—Madre... ¡soy un hombre! ¡Soy el rey!

Pero su madre, sin hacerle caso, miró a su hija.

—¿Y tú, mi niña? ¿Casaste ya?

Isabel, sorprendida, balbuceó como pudo:

—Eh... no... claro que no...

—¡Pues deberías! —la reprendió su madre—. Ya tienes edad...

Isabel miró a Chacón, que se encogió de hombros en principio. Pero luego decidió poner fin a la visita, prometiendo a Isabel de Portugal que pronto vendría su esposa Clara a peinarla.

Al salir al pasillo, Alfonso, derrumbado, dejó caer su espalda sobre una pared.

—Ni nos conoce... Tantos años de lucha para esto...

Y empezó a llorar. Isabel acarició su mejilla con ternura. Su mirada era seria: si su hermano lloraba ella debía mantener la compostura.

—Calma, hermano... Lo importante es que estemos juntos...

Alfonso se limpió las lágrimas como pudo.

—Juro que haré pagar a Enrique y a Juana por esto. Yo nunca volveré a recuperar mi infancia... Estos años perdidos con madre...

Rompió a llorar otra vez... Chacón miró preocupado a Alfonso, pero Isabel se le anticipó para intentar reconducir la rabia de su hermano:

—Tranquilo, Alfonso. Llegará el día en que se arrepientan por todo lo que nos han hecho.

Alfonso, entonces, se abrazó a su hermana desconsolado. Necesitaba tenerla cerca. Porque cuando todo se venía abajo, era ella quien le daba fuerzas.

Ahora, por fin, estaban juntos otra vez. Y sintió que eso era lo verdaderamente importante.

7

Duelos y quebrantos

Octubre de 1467

I

Castilla temblaba de pies a cabeza. El Alcázar estaba sitiado con la reina y la princesa dentro. Los nobles rebeldes que lo rodeaban con sus ejércitos sabían que sólo podían esperar a la inanición de quienes se habían resguardado en él. Era tiempo de negociar, sin duda, si no se quería acabar con un nuevo baño de sangre.

El rey Enrique quiso protegerse buscando apoyos y suplicó al papa Paulo II que enviara un representante para mediar en las negociaciones.

Siempre solícito a las peticiones de Enrique, el Papa no dudó en mandar un emisario a observar la situación. El elegido fue Antonio Giacomo Venier, conocido por todos por De Véneris.

Nuncio papal en Castilla desde 1460, era a su vez embajador de Enrique IV en la Santa Sede. Estos datos dejaban bien a las claras las estrechas relaciones entre Roma y Castilla. Ahora, la Santa Sede no podía dejar abandonado a su suerte a Enrique cuando se encontraba en una situación crítica. Tanto, que había solicitado una tregua de seis meses al enemigo para evacuar el tesoro del Alcázar e intentar alcanzar una solución definitiva del conflicto.

De Véneris llegó a Castilla sabiendo que aquélla era la empresa más difícil a la que se había enfrentado nunca. Pronto descubriría que sus temores no eran infundados.

La Liga de Nobles, representada por Carrillo y Pacheco, aceptó la tregua de Enrique y que evacuara su tesoro, pero a cambio le pidió que su esposa y su hija estuvieran separadas y bajo la custodia de los rebeldes.

El rey se negó rotundamente: no podía poner a la familia real en manos del enemigo.

Diego Hurtado de Mendoza (que formaba parte de la comitiva del rey junto a Beltrán de la Cueva y el obispo Fonseca) medió y solicitó que si madre e hija eran separadas, al menos su custodia quedara en manos de personas leales al rey. Y él mismo se ofreció a cuidar de la princesa Juana como si de su padre se tratase en sus dominios de Buitrago.

El obispo Fonseca apoyó la moción y brindó su castillo de Alaejos para que la reina Juana viviera allí.

Carrillo y Pacheco aceptaron las condiciones.

Aun así, Enrique se resistía a ello.

—¿Cómo podéis hacerme esto, Pacheco?

—Porque es necesario.

—¡Soy vuestro rey!

Pacheco sonrió cínico.

—El mío, no… Además, ¿de qué os quejáis? Es lo mismo que hicisteis vos con Isabel y Alfonso: la infanta ha sido vuestro rehén todo este tiempo… Quedaos con vuestro tesoro. Pero si no accedéis, vuestra esposa y vuestra hija estarán sitiadas hasta que no tengan qué comer.

El rey guardó silencio, humillado. Pacheco prosiguió:

—Sabéis que somos capaces de eso. ¿Es tan difícil entender que ellas no pueden sucederos? ¿Vale más una corona que sus vidas?

Beltrán se indignó y se puso en pie plantando cara a Pacheco.

—¡No consentiré que se hable así a mi rey!

Pacheco ni se levantó de su silla para responderle.

—¿Os ofende eso o ver en peligro a vuestra amante y a vuestra hija?

Beltrán fue a lanzarse por él, pero Diego Hurtado de Mendoza se lo impidió. De Véneris no pudo aguantar más tantas hostilidades.

—¡Ya basta! ¡El Santo Padre me envía con la misión de hacer que lleguéis a un acuerdo! ¡Sois caballeros cristianos! ¡Debéis cumplir sus mandatos! ¡Si no colaboráis, seréis excomulgados!

Todos guardaron silencio. Carrillo, soberbio, miró a De Véneris.

—¿Vos? ¿Nos excomulgaríais vos?

—Si no me dejáis otra opción...

Carrillo le retó con la mirada.

Fonseca, viendo el cariz que tomaban los acontecimientos, propuso un receso de un día que fue aceptado.

El rey marchó con su comitiva dejando a De Véneris con Pacheco y Carrillo. Éste se dirigió rápidamente a él.

—Decid muchas estupideces como la que habéis dicho de excomulgarnos y pronto dejaréis de ser bienvenido en Castilla.

—¡Soy el nuncio papal!

—¡Y yo el arzobispo de Toledo! Y os juro que o cambiáis de actitud o los caminos de Castilla pueden ser muy peligrosos en vuestro viaje de vuelta.

—¿Os atrevéis a amenazar al enviado del Papa? —dijo De Véneris indignado.

—¡Y al mismo Papa si me faltara al respeto!

Pacheco intervino, seco, para poner tranquilidad en la sala:

—Calma, señores... —Miró a De Véneris—. Sabemos quién sois. Y también sabemos que os beneficiáis económicamente de cada gestión que hacéis en Castilla. ¿Os tengo que recordar que sois obispo de Cuenca cuando ni siquiera os habéis dignado a poner los pies en esa ciudad?

De Véneris calló ante lo irrefutable del dato.

—Conozco bien vuestras andanzas, De Véneris. Y también

vuestro pecunio, porque hasta ahora os he pagado yo, como mano derecha del rey que he sido... ¿Falto a la verdad con mis palabras?

De Véneris negó atemorizado.

—Perfecto. Pues si queréis seguir cobrando, dejad de poner piedras en nuestro camino. Porque nosotros gobernaremos en Castilla: decidle esto a vuestro Papa. Y os apuesto lo que queráis que antes os excomulga a vos que dejar de recibir todo el dinero que Castilla le regala.

De Véneris siempre había pensado que aquélla iba a ser una negociación difícil, pero no tanto.

II

El mensaje llegó tan claro a De Véneris que al día siguiente leyó a ambas comitivas las conclusiones a las que había llegado para la pacificación de Castilla.

Por supuesto, beneficiaban a quienes estaban ganando la guerra, que eran los mismos que le habían amenazado con expropiar sus riquezas.

—Habiendo estudiado la situación con detenimiento, creo de justicia aceptar la petición de que doña Juana de Avis y su hija Juana sean separadas la una de la otra y tenidas en custodia para garantizar el cumplimiento de la tregua solicitada por Enrique. Esta decisión viene sancionada por el Santo Padre de Roma, del que soy representante en Castilla, y es de obligado cumplimiento.

El rey quedó tan cabizbajo que Diego Hurtado de Mendoza se atrevió a poner la mano sobre su hombro, afectuoso.

—¿Son aceptadas nuestras propuestas para que nosotros mismos las custodiemos? —quiso concretar Fonseca.

Pacheco asintió.

—Son aceptadas en prueba de nuestra buena voluntad en la negociación.

Enrique estaba conmovido.

—¿Es necesario separarlas?

Carrillo resopló aburrido.

—No empecemos otra vez, os lo ruego… ¿Aceptáis o no?

El rey, como un autómata, afirmó con la cabeza.

Y todos se levantaron de la mesa.

Beltrán se ofreció voluntario para dar la noticia a la reina y quitar esa losa de encima a su rey.

Cuando llegó a sus aposentos en el Alcázar, la reina enseñaba a su hija la ciudad a través de las almenas.

—¿Ves aquellos arcos tan grandes? Pues por ahí viene el agua que bebes. ¿Y ves esa muralla? ¿Ves cuántas torres?

La niña asentía divertida cuando Beltrán, para hacer notar su presencia, tosió ligeramente.

La reina se giró y vio a Beltrán acompañado de Cabrera, ambos con semblante serio.

—¿Qué pasa? Beltrán… ¿qué hacéis aquí?

—Señora… en virtud de los acuerdos entre vuestro esposo y el bando de Alfonso, habéis de partir de inmediato bajo custodia de monseñor Fonseca.

Tras un silencio en el que quedó patente el dolor de la reina, ésta se atrevió a preguntar a Beltrán:

—¿Me vais a acompañar vos?

—No. —Beltrán miró a la niña—. Yo vengo por vuestra hija…

La reina, aterrada, abrazó a su pequeña.

—No…

—Os prometo que cuidaré de ella…

Juana de Avis gritó enloquecida:

—¡No!

Beltrán, triste, se acercó a la puerta e hizo un gesto. Inmediatamente entraron cuatro soldados.

Nada más entrar, un soldado agarró a la niña, que pidió socorro a su madre. Otro soldado sujetó a Juana para evitar mayores problemas.

Beltrán observó apesadumbrado tan terrible escena. Cogió a la niña con mimo en sus propios brazos y se despidió con tristeza de la reina.

—Estará bien. Os lo juro.

Y salió con la niña escoltado por sus soldados.

La reina rompió a llorar desconsolada ante un impresionado Cabrera.

III

Cuando Juana de Avis llegó a Alaejos, al castillo del obispo Fonseca, ya no le quedaban lágrimas.

Ni tampoco ganas de seguir viviendo. Casada con un rey que no sabía defenderse ni a sí mismo y separada de su hija, maldecía en silencio el día que salió de Portugal para tomar por esposo al rey de Castilla.

Fonseca, notando el estado de ánimo de la reina, se esmeró en tratarla como tal y pidió que le acompañara para presentarle a la servidumbre que ahora pasaba a estar a su disposición.

—Señora, todos mis criados se hallan ahora a vuestro servicio.

Juana respondió con un «gracias» apenas inaudible. No tenía fuerza para más y deambulaba con la mirada perdida, ojeras y como un alma en pena.

—Seguro que el tiempo que paséis aquí os sentiréis como en vuestro propio hogar.

Juana miró triste a Fonseca.

—Monseñor… mi hogar es donde esté mi hija.

Fonseca se dio cuenta de que había entrado en un terreno delicado, y cambió de tema.

—Permitidme que os presente a alguien…

Y se dirigió, acompañado de la reina, cuya tristeza remarcaba aún más su belleza, hasta el final de la hilera de criados y criadas, donde esperaba un joven caballero.

—Éste es mi sobrino, don Pedro de Castilla, biznieto de rey.

Pedro se inclinó ceremoniosamente.

—Señora...

La reina, por mera educación, simuló tener interés.

—¿Es cierto que sois familia de rey?

—Soy hijo de María de Castilla, nieto de Catalina de Castilla, biznieto de Pedro I.

—¿Pedro I, el Cruel?

El joven sonrió.

—En mi familia preferimos llamarle el Justiciero.

Ahora fue la reina quien sonrió triste.

—Los reyes y las reinas no somos dueños de nuestras vidas, mucho menos de lo que la historia diga de nosotros. —Miró a Fonseca—. Si me disculpáis, quisiera retirarme.

Fonseca rápidamente accedió, ordenando a una de sus criadas que acompañara a la reina a sus aposentos.

Tras marchar, Fonseca dio orden a todos de que siguieran con sus obligaciones.

Pedro, como hombre de confianza, se quedó al lado de su tío, conmocionado por la presencia de Juana.

—Qué mujer más triste...

Fonseca sonrió, pues tenía otros pensamientos menos sensibles en su cabeza.

—Y más hermosa... —dijo finalmente.

IV

Nunca se debe hacer a nadie lo que no quieras que te hagan a ti. Probablemente, si hubiera apartado a su hija Juana de su mente, la reina habría podido recordar que estaba sufriendo ahora lo que ella hizo sufrir a la madre de Isabel y Alfonso despojándola de sus hijos.

Nadie dudaba de que la enfermedad de Isabel de Portugal tenía su origen en la muerte de don Álvaro de Luna, de la que se sentía culpable. Pero todos los que estaban cerca de ella daban fe de que su empeoramiento se había debido a la separación de sus hijos.

Tal vez por eso, con la recuperada presencia de éstos, en apenas unas semanas, su predisposición parecía otra. La pena que la afligía parecía haberse mitigado.

Y ahora, estaba sentada, esbozando una sonrisa, algo impensable hacía apenas un mes atrás, junto a su hijo, Clara, Chacón y diversas personalidades del concejo, mientras asistían a una representación teatral en el propio palacio de Arévalo.

Era el 17 de noviembre y Alfonso cumplía catorce años. Su hermana Isabel, por ese motivo, había organizado un momo, una forma de entremés. Amante del teatro y la poesía, la infanta había encargado al poeta Gómez Manrique (que tenía un sobrino de nombre Jorge, que ya prometía con sus rimas) que lo escribiera.

La función dio comienzo. Varias jóvenes irrumpieron en la sala ataviadas con luminosos disfraces de aves y con plumas de colores. Todos aplaudieron.

Isabel de Portugal cuchicheó a Alfonso al oído:

—¿Dónde está tu hermana? Se lo va a perder…

Alfonso se encogió de hombros: no sabía de la sorpresa que Isabel le tenía preparada.

De repente, Isabel apareció en el improvisado escenario. Chacón, que había estado pendiente del comentario de la madre, anunció:

—Ahí la tenéis…

Isabel empezó a declamar, mirando a su hermano.

—Por divino misterio, trascendió a donde moran las musas que en Arévalo se celebraban fiestas por el catorceno aniversario de don Alfonso.

Todos rieron… E Isabel se sintió reforzada: siempre había querido interpretar, pero si ser infanta de Castilla ya podía resultar difícil para una mujer, sabía que ser comediante aún lo era más. Así que siempre que tenía ocasión organizaba fiestas como aquélla.

Isabel continuó:

—Las hijas de Júpiter sabemos cuán grandes fueron los infortunios, peligros y trabajos con que probaron al rey los dioses y por ello decidimos venir a la fiesta. Pero como el viaje desde el Parnaso está lleno de peligros, pedimos que nos transformaran en aves de vistoso plumaje.

Tras los consiguientes aplausos, la infanta disfrazada de pájaro de alegres colores dio por acabada la introducción.

—¡Que empiece la fiesta, y que las dichas y venturas obedezcan tu deseo! —exclamó Isabel.

Las musas empezaron a bailar ante la sorpresa de los asistentes. Entre ellas, y no con menos gracia, bailaba la infanta ante las sonrisas de su madre y de su hermano.

Unas sonrisas que permanecieron en sus bocas durante el tiempo que duró el espectáculo, que tuvo un emotivo colofón: con la música finalizada, Isabel, flanqueada por las demás musas, se acercó a Alfonso y tomó sus manos.

Luego, empezó a recitar un bello poema dedicado a él:

—Dios te quiera hacer tan bueno que excedas a los pasados en triunfos y victorias y en grandeza temporal. Tu reinado sea tal, que merezcas ambas glorias: la terrena y celestial.

Entre aplausos, Isabel besó a su hermano, que estaba feliz como pocas veces se le había visto. Igual que su madre, Chacón, y Clara... Lástima que no estuviera Beatriz, pensó Isabel.

Alfonso se puso en pie y dio las gracias. Tomó por los hombros a su hermana y como rey que se sentía dijo solemne:

—En agradecimiento por este espectáculo... os entrego la villa de Medina del Campo.

A Isabel se le heló la sonrisa, pero Alfonso ni lo notó.

—¿Estás contenta?

Isabel dejó entrever que no lo estaba cuando, tras pedir disculpas, salió atropelladamente de la sala.

Chacón hizo amago de marchar tras ella, pero Alfonso se lo impidió: debía ser él quien averiguara qué pasaba.

No fue difícil adivinar que Isabel se dirigió a su alcoba porque camino de ella Alfonso iba encontrando partes del disfraz que su hermana se había arrancado enrabietada.

—¿Se puede saber qué mosca te ha picado, Isabel? —le preguntó Alfonso cuando entró en la estancia.

Isabel se giró furiosa.

—¿No te das cuenta de nada?

Alfonso se encogió de hombros: efectivamente no se imaginaba cuál era la causa de su enojo.

Isabel se lo aclaró más como hermana mayor que como súbdita de rey.

—Organicé esta fiesta porque eres mi hermano. Porque quería que celebráramos juntos tu cumpleaños, con madre. ¡No para que me regalaras las rentas de ciudad como si fuera un caballero que te hubiera servido bien! ¡No lo hice porque seas rey! ¡Lo hice porque eres mi hermano y como tal te quiero!

Alfonso se quedó helado.

—Y yo... yo también te quiero...

—¡Pues a veces se te olvida! ¿Pensabas en mí como tu hermana cuando aceptaste mi boda con Girón? ¿O pensabas en ti y en los intereses de Pacheco? Aunque fuera sólo por un segundo... ¿no se te pasó por la cabeza qué podía querer yo?

Alfonso se puso en guardia: estaba criticándole como rey y eso no pensaba permitírselo.

—¡Sabes que tengo obligaciones! ¡Me debo a la Corona! ¡A Castilla!

Isabel estalló:

—¡Pues te equivocaste! ¡Como hermano y como rey!

Por la cabeza de la infanta pasaron las imágenes de todo lo que sufrió esperando su boda con Pedro Girón.

—Por fortuna, por encima del rey está Dios. Él se encargó de corregir tu error.

Alfonso fue a responder, pero la aparición de Chacón con un mensaje urgente lo impidió.

—Perdonad… Viene de Toledo.

Alfonso empezó a leer y pronto se dio cuenta de que tenía un problema no menos complicado que contentar a su hermana. Chacón lo comprendió de inmediato.

—¿Es grave, Alfonso?

Alfonso le miró serio.

—Lo es. Pero ya me encargo yo.

Luego se dirigió a su hermana.

—Soy el rey y debo atender mis obligaciones.

V

El mensaje que recibió Alfonso desde Toledo era sin duda urgente y de una gravedad inusitada.

En él se hablaba de los abusos que los cristianos viejos habían cometido en la ciudad contra los judíos que habitaban allí. Abusos que habían llegado a la expropiación de sus bienes y al asesinato. No era la primera vez que ocurrían hechos semejantes en Castilla. Los judíos ya habían sufrido en sus carnes numerosos ataques.

Sin embargo, el período político comandado por don Álvaro de Luna, valido del rey Juan, había supuesto un cambio de actitud. Enrique había continuado profesando el mismo respeto entre religiones y culturas, pese a que Pacheco contaba entre sus más fieles seguidores con los más críticos con la presencia judía en Castilla: los llamados cristianos viejos.

Los que así eran denominados apelaban a una pureza de sangre, ya casi utópica, para el reino de Castilla. Y Toledo era uno de sus principales bastiones.

Gracias a ellos, la ciudad había tomado partido por Pacheco en la guerra contra la Corona. El hecho de que Carrillo fuera arzobispo de Toledo, pese a no pisar demasiado sus calles, ayudó aún más a que el apoyo fuera completo. Por lo tanto, Alfonso se había beneficiado de ello al ser un bastión esencial del reino, una pieza clave que no podía perderse.

Pero ahora, los cristianos viejos habían ido demasiado lejos. Porque no sólo atacaron a los judíos sino también a los conversos a la fe cristiana. Y, en el caso más indignante, habían degollado mientras rezaban a algunos judíos conversos que se refugiaron en una iglesia católica.

Alfonso se documentó detalladamente del caso, tal era su vocación de ser un rey digno. Recibió a una comitiva de conversos llegada desde Toledo. Y se horrorizó ante la naturaleza de lo que le contaron.

El problema para él era decidir entre la justicia y la oportunidad política. Lo primero le obligaba a condenar tales hechos, perseguir a quienes lo hicieron y ordenar proteger los intereses de conversos y judíos pese a que apoyaran a Enrique.

Lo segundo, la oportunidad política, le aconsejaba mirar hacia otro lado. Callar ante la injusticia y seguir contando con el apoyo de los cristianos viejos.

Decidió lo primero y dio orden de capturar a los asesinos y de devolver las propiedades a quienes les habían sido robadas, fueran judíos o no.

Sabía que tal decisión conllevaba enfrentarse a Pacheco. Pero no le importó. Él era el rey y debía tomar las riendas.

Además, Alfonso estaba asqueado de las maneras de actuar del marqués de Villena. No le gustaban sus idas y venidas, traicionando a quien fuera para su propio beneficio. Recordaba con desprecio cómo había jugado con él en relación a la Cruz de la Orden de Santiago.

Incluso en unos días tan señalados como la liberación en Segovia de su hermana Isabel, Alfonso tuvo que intervenir para parar los pies a Pacheco y a uno de sus fieles: el cronista Alonso de Palencia.

El cronista de la Corte de Enrique, de nombre Enríquez, famoso tanto por su objetividad como por su debilidad por las mujeres, no se enteró de la entrada de las tropas de Pacheco al estar ausente disfrutando de dos días con sus noches de su meretriz favorita.

Cuando se dio cuenta de lo que ocurría, recogió sus crónicas, años de trabajo, e intentó huir. Pero Palencia le reconoció y, con el permiso de Pacheco, le encarceló proponiendo su condena a muerte. El marqués de Villena aceptó sin mayores problemas.

Alfonso, como rey, fue llamado a firmar la sentencia. Antes de decidir, leyó las crónicas de Enríquez. Nunca había leído la historia de manera tan objetiva. Enríquez defendía tanto la causa real de Enrique como la de su padre, el rey Juan. Pero no reparaba en criticar sus debilidades. Contaba la guerra sin engaños y sin intereses ideológicos: en definitiva, lo contrario que Alonso de Palencia.

Pero, sobre todo, hacía una larga semblanza de Pacheco: de sus traiciones y engaños, de su ambición aun a costa de vidas humanas...

Y, sobre todo, de cómo permitía a sus afines cualquier tipo de desmanes a cambio de su lealtad. Como acababa de pasar en Toledo.

Una vez leídas sus crónicas, Alfonso preguntó si Enríquez había cometido delito de sangre. No hubo nadie que confirmara tal hecho. Y le liberó.

No pudo evitar que Palencia le robara a Enríquez su trabajo de tantos años para, a buen seguro, utilizar sus crónicas y reescribirlas a su manera.

Pero sí le salvó la vida ante el enfado de Palencia y de Pacheco.

En realidad, aunque Enríquez no lo supiera, Alfonso se lo debía porque leyendo sus crónicas por fin conoció quién era Pacheco.

VI

Alfonso no se equivocó: Pacheco reaccionó airado cuando supo que éste había ordenado detener y castigar a los asesinos de conversos y judíos.

Pacheco no pudo comentar nada a Carrillo, que ya se había marchado a Arévalo.

—¿Quién se cree este niño que es para decidir estas cosas sin mi consentimiento?

Los gritos indignados de Pacheco resonaban en su despacho de Ávila. Allí estaba reunido con una delegación de los cristianos viejos que le apoyaron en Toledo y que en ese momento se sentían traicionados por Alfonso pues los había tratado como auténticos delincuentes.

¿Cómo podían ser considerados asesinos los que mataban a un judío? No lo comprendían: ellos estaban perennemente en guerra santa. Y si, de paso, conseguían apropiarse de los bienes del asesinado, mejor: así estaban en paz con Dios y con su propio bolsillo.

Los toledanos, algunos de ellos nobles de rancio abolengo, fueron claros con Pacheco: o tomaba partido por ellos y controlaba al idiota de Alfonso o daban las llaves de la ciudad al rey Enrique.

Pacheco se dio cuenta del peligro de la amenaza porque los cristianos viejos de otras villas y ciudades que le habían apoyado en la guerra, al saber de esto, harían lo mismo.

Y no sólo perdería la guerra, sino también su prestigio y sus apoyos: los mismos que había manejado para dominar Castilla con mano de hierro. Los que le permitieron acabar con el otrora omnipotente Álvaro de Luna.

Sin ellos, pensó Pacheco, no sería nada. No importaba que estuviera con Enrique o con Alfonso.

No quedaba otro remedio: debía hacer algo. Y lo hizo.

Algo que suponía una vuelta de tuerca definitiva a sus idas

y venidas entre los dos bandos. Algo que significaba que iba a cambiar el panorama político de Castilla: se dirigió a ver al rey Enrique.

Al fin y al cabo, Enrique siempre había sido fácilmente moldeable a los deseos de Pacheco.

Alfonso, en cambio, empezaba a resultar problemático: le engañó cuando Carrillo prometió cederle la Cruz de la Orden de Santiago, se negó a ejecutar al cronista Enríquez pese a su consejo contrario... Y era un héroe para sus propios ejércitos tras su actuación en la batalla de Olmedo.

A veces, Pacheco —que ignoraba, como todos, que fue Gonzalo quien combatió en lugar de Alfonso— se preguntaba a sí mismo cómo no había podido intuir que ese niño se iba a hacer hombre tan rápido.

Por eso prefirió la opción de visitar a Enrique, que le recibió a solas, como había exigido Pacheco, y al que encontró deambulando por su despacho, triste y hundido.

—Sabéis que si siguiera de vuestro lado nada de esto estaría pasando, ¿verdad?

Enrique le miró con amargura.

—No fui yo quien os echó de mi lado. Fuisteis vos.

—No pensaríais que iba a serviros después de convertir a Beltrán en vuestra mano derecha... —Pacheco tomó aire. Lo necesitaba para decir sus siguientes palabras—: Después de lo que le hicisteis a mi hermano.

Enrique se sinceró con Pacheco.

—Puedo juraros que ni yo ni ninguno de mis hombres tuvimos nada que ver con la muerte de vuestro hermano... Pero ya es tarde... Podéis creer lo que queráis: sois el que ha ganado esta guerra.

Pacheco contempló al rey unos segundos. Le conocía bien, desde niño, y sabía cuándo mentía y cuándo no. Ahora estaba siendo sincero, no le cabía duda.

—Nunca es tarde, majestad.

Enrique se mostró intrigado.

—¿Nunca es tarde para qué? ¿Para recuperar a mi familia?

—Nunca es tarde para nada. Ni para volver a ver a vuestra hija, ni para recuperar Segovia… —Y lanzó su dardo más venenoso—: Ni para que Alfonso deje de ser un obstáculo.

Enrique paró de deambular por su despacho y se acomodó en una silla. Necesitaba toda su atención para entender lo que le proponía ahora Pacheco.

—Son muchas las veces que habéis cambiado de bando. ¿Cómo podría ahora estar seguro de vuestra lealtad?

—¿Qué os parece recuperar Toledo?

Enrique no daba crédito.

—¿Combatiendo contra las tropas de vuestro tío?

—No harán falta batallas.

—¿Cómo? ¿Cómo podéis conseguir eso?

—Del mismo modo que conseguí que Segovia se entregara a Alfonso.

El rey sonrió.

—¿Y después de Toledo?

—Podréis seguir contando conmigo, si respetáis las condiciones que os pida.

—Ya sé… —dijo aburrido Enrique—. La primera que expulse a Beltrán de la Corte.

—No tan deprisa. Si le expulsarais, todos sospecharían que es cosa mía. Y nadie tiene que saber que he vuelto con vos si queremos llegar a buen puerto.

—¿Ni siquiera Carrillo?

—Él menos que nadie.

Enrique no podía creer que la suerte cambiara de bando de repente. Además, conocía las veleidades de Pacheco.

—¿Seguro que no estáis prometiendo a Alfonso lo mismo que a mí?

Pacheco sonrió.

—Por supuesto que sí. Pero a él le miento y a vos no.

Luego extendió su mano derecha al rey para sellar el pacto.

El rey le ofreció la suya: ¿qué otra cosa podía hacer?

VII

Ajenas a los manejos del rey Enrique, su hija y su esposa seguían viviendo en exilios separados.

A sus cinco años, Juanita, por muchos llamada ya la Beltraneja, había descubierto un nuevo hogar.

Íñigo López de Mendoza, general despiadado, se había convertido en el más dulce de los padres y en el protector máximo de la niña.

Su hermano Diego también le tomó afecto, pero aun así, estaba sorprendido de ver a Íñigo jugar con la pequeña, llevarla a pasear...

Una noche, cuando Juanita dormía, Diego llamó a Íñigo para conversar del tema con él.

—¿No estáis cogiendo excesivo afecto por la princesa, Íñigo?

Íñigo, a la defensiva, le contestó con otra pregunta:

—¿También vais a decirme en esto lo que he de hacer?

Vertió agua en una copa y bebió. Mientras hizo todo esto, su hermano mayor no se atrevió a responderle.

—Decidme, Diego: en esta Castilla de ambiciones y mentiras, ¿tenemos algo mejor por lo que luchar que no sea por esta niña?

Tras pensárselo un poco, Diego respondió:

—No.

—Esta niña será la reina de Castilla. Lo juro por mi honor.

Diego Hurtado de Mendoza cogió la copa de Íñigo y tiró al suelo el agua que aún quedaba en ella. Luego tomó una jarra de vino y llenó esa copa y la suya.

Íñigo le miró sorprendido.

—Sabéis que no suelo beber. Y menos de noche, pues no logro conciliar el sueño.

Diego sonrió.

—Es obligado, hermano: los juramentos y los brindis, malos son si se hacen con agua.

Luego levantó su copa y dijo:

—Por la princesa Juana.

Íñigo sonrió feliz y emocionado y respondió al brindis:

—Por la princesa Juana... Futura reina de Castilla.

Bebieron para certificar el acuerdo: Íñigo y Diego compartían su apuesta por el futuro.

Y en Castilla, poco se podía hacer sin contar con el apoyo de los Mendoza.

VIII

Por su parte, Juana de Avis seguía triste y melancólica. Tanto que apenas había comido desde su llegada a Alaejos.

De hecho, en la cena de esa misma noche, apenas había probado bocado.

Fonseca, que no le quitaba ojo de encima, mostró su preocupación.

—Debéis comer, señora...

—Gracias, monseñor... pero mi estómago está cerrado.

—Probad al menos el vino. Abre el apetito, lo dicen los cirujanos.

Una criada se aprestó a servir vino, pero Fonseca, sin que Juana se diera cuenta, hizo un gesto a sus sirvientes conminándoles a que abandonaran la sala.

Todos salieron y él mismo sirvió vino en la copa de Juana, sin éxito.

—No, gracias. Y no insistáis... No volveré a decir sí delante de vos. Ya lo hice en el altar cuando me casasteis con Enrique... Si allí os hubiera dicho que no, no estaría ahora viviendo esta tortura.

—Por favor, permitidme que insista. Y no penséis en el pasado. Brindemos por el futuro

—¿Acaso hay motivos?

Fonseca se puso en pie.

—Siempre los hay… para que acabe esta guerra, para que retorne la paz a Castilla, para que volváis a tener a vuestra hija pronto a vuestro lado.

Ante la mención de su hija, Juana finalmente aceptó y levantó su copa.

—Si es por mi hija, sí beberé.

Fonseca siguió acercándose.

—También me gustaría brindar por que ambos disfrutemos de vuestra estancia en este lugar…

Por fin, Fonseca se colocó tras la silla de la reina y empezó a acariciar su cabeza.

Juana saltó de la silla poniéndose en pie.

—Pero ¿qué hacéis?

Fonseca la sujetó por la muñeca.

—No os hagáis la recatada, señora. Todos conocemos vuestra fama, y la de vuestras damas portuguesas, como perras en celo por las alcobas de palacio.

—¡Soltadme!

Pero Fonseca, fuera de sí, insistió en su estrategia:

—… y vos sin poder saciaros… con un esposo que rechaza vuestro lecho.

—¡Soltadme, os lo ordeno!

Fonseca la empujó contra la mesa.

—Vos ya no sois quién para dar órdenes.

Exaltado, se dejó caer encima de Juana intentando sin éxito besarla.

—¡No, por favor! ¡Por favor!

Juana gritó y gritó.

La escucharon las criadas y los guardias, pero no osaron hacer nada. Fonseca era su señor.

Pedro de Castilla también se contuvo en un principio. Pero seguir escuchando los gritos de esa mujer tan triste y delicada hizo que empezara a dudar y que la rabia se adueñara de él.

Además, era la reina… ¿Cómo podía tratarse así a una reina? Ni su conciencia ni su honor le permitían estarse quieto, de modo que dio un paso al frente y abrió violentamente la puerta.

—¡Basta!

Fonseca se giró hacia la puerta.

—¡No os metáis en lo que no os concierne!

Pero Pedro no obedeció a su tío y protector. En dos zancadas llegó a la mesa y le apartó de Juana.

Fonseca cayó al suelo. Desde allí, humillado, miró con odio a Pedro.

—No sabéis lo que hacéis…

Pedro se mantuvo firme mientras con cariño alzaba a Juana para que se pusiera de pie.

—Espero que seáis vos el que no sabe lo que hace… y espero también que no lo volváis a intentar.

Fonseca se levantó para enfrentarse con Pedro, pero éste, rápido, cogió de la mesa un cuchillo de trinchar carne.

—Acercaos un paso más y será la última cosa que hagáis en vuestra vida.

Fonseca se retiró airado, ajeno a las lágrimas de Juana.

Pedro ordenó a las criadas que la llevaran a sus aposentos, pero Juana se negó.

—Necesitáis descansar, señora.

Juana le miró agradecida.

—Llevadme vos, os lo ruego.

Pedro obedeció. Una vez allí, al verla tan atemorizada, quiso tranquilizarla.

—Si lo deseáis, puedo quedarme guardando la puerta toda la noche. No creo que Fonseca vuelva a intentarlo, pero…

Juana cogió sus manos llorosa.

—¡No me dejéis sola! Sois la primera persona que me ha protegido desde que llegué a Castilla.

Pedro la miró sorprendido. No sabía qué hacer.

Juana estaba temblando, desvalida, ante el único hombre que le había demostrado orgullo y honor en toda su vida.

Tal vez por eso le besó e insistió:

—Quedaos conmigo, os lo suplico.

Luego le besó otra vez. Y otra. Estaba desesperada, buscando un poco de cariño.

Pedro notaba la humedad de las lágrimas de Juana en sus propias mejillas. La apartó con delicadeza y limpió con un pañuelo sus lágrimas.

—Sois tan hermosa...

Y entonces fue él quien la besó con toda la dulzura del mundo.

IX

Una vez pactados con el rey Enrique los pasos a seguir, Pacheco viajó a Arévalo para dar la noticia de que Toledo se había pasado al enemigo.

Lo hizo fingiendo decepción y rabia, acusando a Alfonso de malbaratar todo lo conseguido por una mala decisión. Para Pacheco, aquellos a los que Alfonso estaba tachando de ladrones y asesinos impíos, eran patriotas y nobles que habían apoyado la causa de quien ahora les traicionaba

En realidad, el marqués de Villena estaba sencillamente interpretando el papel de ofendido. Porque, en su interior, se sentía satisfecho de la maniobra que le llevaría otra vez al poder junto a Enrique, a costa de traicionar nuevamente al bando rebelde, a la Liga de Nobles.

Curiosamente una liga que él mismo creó y de la que era líder indiscutible.

Delante de Carrillo, Isabel y Chacón, Pacheco informó de la pérdida de Toledo a Alfonso, que como siempre estaba junto a su inseparable Gonzalo. Para hacer su decepción más creíble, y aun sabiendo que no había marcha atrás, Pacheco pidió a Alfonso que se retractara de su edicto contra los cristianos viejos de Toledo.

—Lo repetiré, a ver si lo comprendéis de una vez por todas —explicó Pacheco despectivamente a Alfonso—: En Toledo, los judíos apoyan a Enrique y esos nobles, por muy crueles que sean, han ganado la ciudad para nosotros... Debéis rectificar o perderemos la ciudad... y quién sabe si a partir de ella, la guerra.

Alfonso objetó:

—Pero es la ley de Dios que...

Pero Pacheco lo cortó en seco y no le dejó seguir hablando.

—Señor, Dios mandará en las iglesias, pero en la guerra hay que apoyar a nuestros aliados. Y a veces ser justo no es la decisión correcta.

Hubo un silencio. Sin duda, ésta era una dura prueba para Alfonso: el tema era grave y su interlocutor, un maestro de la intriga y de la oratoria.

Alfonso contuvo su rabia inicial ante el trato despectivo de Pacheco, impropio cuando se hablaba con un rey. Luego le respondió con ironía.

—Os lo preguntaré otra vez a ver si por fin lo entiendo, Pacheco: ¿me pedís que permita el castigo a los que practiquen oficios de otras creencias?

Pacheco respondió con seguridad:

—Sí. Ha de primar la fe verdadera...

—Si ha de primar la fe verdadera, ¿por qué he de permitir que se maten a conversos en una iglesia mientras rezan? ¡Una iglesia es santuario!

Isabel y Gonzalo miraron con orgullo a Alfonso, que continuó hablando con temple y firmeza.

—Os lo repetiré, Pacheco, para que vos lo entendáis de una

vez porque yo lo tengo muy claro: quienes dicen ser mis seguidores han atacado a familias judías indefensas... Se han hecho con sus propiedades... ¡Eso no es problema de fe: son negocios!

Pacheco perdió la calma: no estaba acostumbrado a que dieran la vuelta a sus palabras.

—¡Esos hombres pelearon por vos! ¡Os dieron Toledo!

—¿Y por eso he de permitirles toda clase de abusos?

Carrillo intentó mediar.

—Tal vez podríamos llegar a un acuerdo que...

Alfonso le interrumpió sin miramientos:

—Perdonad, Carrillo, aún no he acabado. —Miró a Pacheco con dureza—. Decidme, Pacheco... ¿Cómo se ha pasado Toledo al bando de Enrique? ¿Por arte de magia, igual que cayó Segovia?

Pacheco titubeó antes de responder.

—No sé de qué me habláis, majestad.

—¡Ni yo sé qué negocios tendréis en Toledo, pero seguro que os habéis beneficiado de lo ocurrido! Y no me extrañaría que Segovia volviera a Enrique... si existe una buena oferta...

El marqués de Villena ni siquiera contestó; prefirió morderse la lengua.

Carrillo contempló admirado a Alfonso: no era mal análisis de la situación. Luego miró serio a su sobrino.

—¿Sabéis de lo que está hablando Alfonso?

Pacheco fingió indignación:

—¿Os habéis puesto todos de acuerdo en ofenderme? ¿Para eso queríais que volviera a vuestro bando?

Sin esperar respuesta, Pacheco abandonó la sala.

Carrillo salió tras él para reconducir la situación.

—Reconsiderad las cosas... Os lo ruego...

Pacheco no paró su caminar para atenderle.

—No. Está todo muy claro.

—No podemos seguir así. Cuando tomamos Segovia estábamos a punto de tenerlo todo... Y entre negociaciones y discusiones, ha pasado demasiado tiempo. Tenéis que hacer las paces con Alfonso.

Esta vez sí, Pacheco se detuvo para dejar las cosas claras a su tío.

—No daré el primer paso. Él me necesita a mí más que yo a él.

Y continuó caminando ante la mirada de un Carrillo decepcionado: había logrado convencer a su sobrino de que volviera a luchar con ellos y le estaban perdiendo otra vez.

No sabía que ya le había perdido, que Pacheco fingía estar con la Liga de Nobles cuando en realidad había vuelto a trabajar para Enrique.

Pacheco, hasta ese mismo día, también ignoraba otra cosa: la fuerza de Alfonso. Nunca le había imaginado tan sagaz e inteligente.

Sin duda, era peligroso: habría que desembarazarse de él.

X

Tras una penosa despedida de su madre, Alfonso partió hacia Ávila con la intención de reforzar sus ejércitos.

Esta vez, además de Carrillo, Pacheco y su inseparable Gonzalo, pidió que le acompañara Chacón... y no pudo convencer a Isabel de que se quedara en Arévalo: harta de estar encerrada tantos años en Segovia, parecía que quería vivir emociones hasta ahora prohibidas. Cerca de un centenar de soldados completaban la comitiva.

Durante el viaje, Alfonso puso su caballo a la altura del de Carrillo.

—Monseñor, una vez hayamos recuperado Toledo...

—¿Sí, majestad?

—... quiero a Pacheco fuera de mi corte.

Carrillo se quedó de piedra ante la determinación del joven rey, y bajando la mirada, asintió levemente.

Alfonso, antes de volver junto a Gonzalo, se cruzó con Isabel que le observaba orgullosa. La infanta cabalgaba al lado de Chacón, al que comentó feliz:

—Mi hermano será un buen rey.

Chacón sonrió.

—Sin duda. Pocas veces he visto a Pacheco tan nervioso y tan falto de argumentos.

Alfonso, ajeno a estos comentarios que sin duda le hubieran enorgullecido, llegó serio a su lugar en la comitiva. Allí le esperaba Gonzalo, expectante por la reacción de Carrillo ante la petición de su señor de despedir a Pacheco.

—¿Qué cara ha puesto Carrillo?

—Creo que de sorpresa... Pero mis órdenes han sido bien claras.

—Estoy orgulloso de serviros, señor.

Alfonso se giró serio hacia su doncel.

—Soy yo el que está orgulloso de teneros a mi lado, Gonzalo. Vos me salvasteis la vida en Olmedo. Hicisteis creer que yo era un héroe cuando lo fuisteis vos. Sin esa lección jamás habría podido ver las cosas tan claras como las veo ahora, os lo juro.

Luego siguieron cabalgando hasta bien avanzada la noche. Era el mes de julio y era preferible viajar de noche que soportar los calores del día.

Ya agotados, pararon en Cardeñosa, donde cenaron. Alfonso tomó su comida preferida: trucha empanada. Pese a la tensión del ambiente tras las últimas discusiones, se le veía de buen ánimo y con apetito.

Luego, se retiraron a dormir unas horas.

A la mañana siguiente, estaban ya todos preparados para afrontar el resto del viaje cuando apareció Gonzalo con expresión de alarma.

—El rey... está ardiendo. Delira. Y además tiene la lengua negra...

Isabel empalideció repentinamente y corrió hasta donde estaba su hermano.

Allí vio a Alfonso inconsciente, envuelto en sudor. Tras de ella, Chacón y Gonzalo. En una mesilla, al lado del lecho, reposaba la Cruz de Santiago.

Hicieron venir a un cirujano, que le practicó una sangría.

Le pusieron paños fríos para bajarle la fiebre, pero ésta no bajaba.

Pasaron dos días con sus noches e Isabel no se separaba de Alfonso, al que daba ánimos.

—Tienes que luchar… como luchaste en Olmedo, como un héroe, sin miedo… ¿Recuerdas? ¿Verdad que fue así, Gonzalo?

Gonzalo, a punto de llorar, asintió.

—Así fue. Como un héroe. Yo lo vi. —Miró a Isabel y le aconsejó—: Descansad unas horas, yo cuidaré de él.

Isabel, desesperada, acudió hasta donde estaban Carrillo y Chacón.

—Pero… ¿qué tiene? ¿Es la muerte negra?

—No, no lo parece. Si lo fuera no estaría enfermo sólo él… Probablemente algo que ha comido… —Chacón cambió el gesto y miró a Carrillo—. Pero ahora debemos tratar de otros asuntos.

Isabel dirigió su mirada hacia Carrillo que, no menos triste, le mostró unas cartas.

—Señora, lamento informaros de que estas cartas no pueden esperar… Y no sabemos cuándo podrá firmarlas Alfonso… o si podrá hacerlo.

—No entiendo, eminencia.

Carrillo se lo aclaró.

—Debéis firmarlas vos, Isabel.

—Pero… yo… no…

Chacón la tomó por los hombros.

—Señora, comprendo vuestro dolor, pues es el mío… pero por encima de todo está Castilla. Y vos lo sabéis.

Isabel asintió, muy afectada, temblorosa.

Carrillo la acercó a un pequeño escritorio. Frente a él Isabel se sentó llorando, tomó una pluma y escribió:

> … como legítima heredera y sucesora que soy del dicho señor rey, mi hermano… Isabel de Castilla.

XI

Llegó de nuevo la noche.

Isabel, agotada, estaba sentada junto al lecho de Alfonso. Se había quedado dormida, sin soltar la mano de su hermano.

Alfonso, de repente, se agitó, como si le faltara el aire.

—¡Isabel! ¡Isabel!

Isabel despertó, sobresaltada.

—¡Alfonso! ¿Cómo estás?

Alfonso aferró con sus dos manos la de su hermana y exaltado exclamó:

—¡Chacón! ¡Chacón y Gonzalo! ¡No confíes en nadie más! ¡En nadie!

Isabel estaba asustada.

—Yo… no….

Pero Alfonso repetía la misma letanía:

—¡Chacón y Gonzalo! ¡Confía sólo en ellos! ¡Prométemelo!

—Te lo prometo…

Al escuchar la promesa, Alfonso se relajó, pero no soltó la mano de Isabel.

—Hermana, ¿crees que hubiera sido un buen rey…?

Isabel, emocionada, acarició la cara de su hermano con la mano que éste le dejaba libre.

—El mejor de los reyes.

Alfonso, al escucharla, sonrió. Y luego expiró. Sus manos dejaron de sujetar la mano de Isabel, que empezó a gritar:

—¡Alfonso! ¡Alfonso!

Los gritos atrajeron a Chacón y a Gonzalo, que encontraron a Isabel llorando reclinada sobre el cuerpo inerte de su hermano.

Después se hizo venir al cirujano, que certificó la muerte de Alfonso, el rey que nunca lo fue.

Isabel perdió un hermano. Chacón, a alguien que era como su hijo. Gonzalo, a su señor y mejor amigo.

Carrillo, más allá de la pérdida de un ser querido, fue más lejos.

—Castilla ha perdido un buen rey.

Pacheco no dijo nada.

Mientras los criados envolvían a Alfonso en un sudario, se acercó a la mesilla del dormitorio, cogió la Cruz de Santiago y se la puso sonriente. Ya era suya: el testamento de Alfonso así lo decía.

Con suavidad, volvió a dejar la Cruz donde estaba: no había prisa, ya tendría tiempo de lucirla.

Ahora debía cuidar las apariencias e ir a presentar sus condolencias a Isabel. Sabía lo que sentía: no hacía mucho que él había perdido a su hermano, Pedro Girón, en circunstancias parecidas.

Ojo por ojo, diente por diente.

8

Princesa antes que reina

Julio de 1468

I

La prematura muerte de Alfonso lo cambió todo en el bando rebelde.

Ya en Ávila, Isabel heredó el papel de su hermano como figura regia del bando rebelde. A instancias de Carrillo, pronto comunicó por carta a villas y ciudades que ella era la heredera de la efímera corona de Alfonso. Una corona también ilusoria, porque oficialmente Enrique seguía siendo el rey, pues no había sido derrotado.

Carrillo no quería frenar la marcha: tras la traición de Toledo temía que todo se les fuera de las manos. Su carácter luchador y noble no era de los que se daban por vencido fácilmente. Por eso no tuvo dudas en que Isabel, pese a ser mujer, fuera la alternativa a la Corona de la Liga de Nobles. Porque Isabel tampoco se dejaba doblegar fácilmente. Lo supo desde que fue testigo de cómo no se dejó humillar por la reina con apenas diez años.

Pacheco no pensaba lo mismo. En realidad, lo único que pretendía era conseguir la desmoralización del bando rebelde, tal como había pactado con Enrique. Tras morir Alfonso, poco quedaba para que pudiera servir en bandeja de plata a Enrique la victoria definitiva.

Carrillo respetaba y admiraba a su sobrino, pero empezó a sospechar que algo escondía tras su actitud escéptica y cínica.

—Ya tenéis la Orden de Santiago en vuestras manos. ¿Acaso es eso lo único que os importa? Desde que murió Alfonso, sólo ponéis impedimentos y no aportáis idea alguna. Y mostráis una falta de respeto absoluta a Isabel.

—No creé la Liga de Nobles para promover que una mujer fuera reina de Castilla.

—A veces pienso que tenéis un pacto con la de la guadaña: siempre os beneficia.

—Sí… —dijo Pacheco con cinismo—. En eso debo parecerme a Isabel.

Su tío quedó estupefacto.

—La muerte evitó su boda con mi hermano, Pedro Girón —prosiguió Pacheco—. La muerte le ha puesto en bandeja la corona que pertenecía a Alfonso.

Carrillo recordó de repente las palabras de Alfonso ordenándole que había que licenciar a Pacheco. Tal vez no le faltaba razón.

La excesiva duración de la negociación con Enrique tras ganar Segovia, Toledo, la muerte de Alfonso… Demasiados problemas en tan poco tiempo como para que fueran mera coincidencia.

Y todos eran propios del estilo de Pacheco.

II

Chacón, por su parte, estaba aturdido. Como tutor de Alfonso e Isabel, les había preparado para ser reyes. La experiencia le indicaba que Isabel estaba más preparada que Alfonso.

De hecho, para la Liga de Nobles, por edad hubiera debido ser la primera en la línea de sucesión si era verdad que la princesa Juana no era hija del rey. Pero asumió que su condición femenina se lo impedía y entendió que Alfonso fuera el elegido.

Pobre Alfonso, pensaba Chacón. Y sorprendente Alfonso, también. Cuando se despidió de él en Segovia al incorporarse a la Liga de Nobles, era un niño inseguro y débil. Y ahora, Chacón tenía la sensación, pocos años después, de que acababa de morir todo un hombre.

Su actitud y su firmeza ante el marqués de Villena en su enfrentamiento por el problema de Toledo le había condicionado. Porque Pacheco era invencible en el frente a frente verbal. Y Alfonso le había dejado sin palabras con unas razones morales que Chacón les había inculcado tanto a Isabel como a él. Pero también con una dialéctica que asombró a su maestro y tutor.

Pero nada de eso importaba ya: había muerto.

En este punto, ante la irremisible pérdida, Chacón pensaba no ya en el Alfonso rey, sino en el muchacho de catorce años al que amaba como a un hijo. Y se sentía culpable por no haberle protegido lo suficiente.

Ahora sólo le quedaba Isabel. Y estaba francamente preocupado por ella: llevaba encerrada varios días entre llantos y rezos. Hasta que agotó las lágrimas y las oraciones.

Gonzalo, siempre pendiente de ella tras la muerte de su hermano Alfonso, la escuchaba llorar y rezar, impotente. Hasta que un día, sorprendido, la oyó estallar de rabia:

—¡Basta de latines y rezos! ¿Por qué os habéis llevado a mi hermano? ¿No os he rezado miles de oraciones? ¿De qué me han servido? Me apartaron de mi madre, y ahora me quitáis a Alfonso... ¿Es la penitencia que debo cumplir por ser reina? ¿Queréis que mi corona sea de espinas, como la vuestra?

Isabel cogió aire y volvió a hablar con Dios, pero con un tono más calmado.

—Juro que os serviré como reina igual que os sirvo como católica que soy. ¿No os basta con eso? Os lo suplico... No me pongáis más a prueba. Haced conmigo lo que queráis... Pero cuidad de los míos, que ya me quedan pocos.

Salió de su cuarto seria, decidida a asumir su nuevo papel

como reina del bando rebelde, ya que como tal había firmado documentos.

Era su obligación: pondría en práctica lo aprendido de Chacón. Tenía que continuar con el legado de Alfonso. Pero antes, debía hacer una cosa: dar la noticia a su madre de que había perdido un hijo.

Cuando informó a Carrillo, Pacheco y Chacón de que quería viajar a Arévalo, no encontró demasiada comprensión en los dos primeros. Objetaron que eran muchos y urgentes los problemas a resolver como para que Isabel se dedicara a otros menesteres.

Pero fue inútil. Isabel ordenó a Chacón que se quedara vigilando en Ávila y pidió a Gonzalo que la acompañara hasta Arévalo. Alfonso, en sus últimas palabras, le aconsejó que sólo se fiara de ellos y eso hizo.

Hizo el viaje sin detenerse apenas. Isabel, buena amazona, apremiaba a continuar cabalgando a la docena de hombres que velaban por su seguridad, ante la admiración de éstos.

Nada más llegar, su madre, al ver el rostro apenado de Isabel, se percató de que algo grave ocurría.

—¿Y Alfonso? ¿Cómo está?

Isabel empezó a llorar.

—Alfonso… Alfonso ha muerto, madre…

Clara, que lo había criado, estalló en un sollozo.

A Isabel de Portugal la noticia la dejó tan conmocionada que no pudo derramar una lágrima en ese momento. Aunque la voz se le quebró al preguntar cómo había muerto.

Antes de que Isabel le dijera la verdad, Gonzalo se adelantó y prefirió dar otra imagen del fallecido: la de un héroe, porque para él lo era.

—Fue en el campo de batalla, alteza. Murió luchando.

Isabel de Portugal, tras un silencio, pidió que la dejasen sola.

Su hija quiso rezar junto a ella, pero se encontró con una negativa.

—No quiero rezar. Solo quiero estar sola.

Cuando la noticia de la muerte de Alfonso llegó a Segovia, muchos se frotaron las manos: los rebeldes habían perdido a su alternativa a la Corona.

Diego Hurtado de Mendoza aún ignoraba los pactos secretos de Pacheco con el rey, como Beltrán. Para ellos, recuperar Toledo era consecuencia natural de la torpeza del difunto Alfonso. Y los cristianos viejos eran tan buenos aliados como podía serlo cualquier otro con tal de ganar la guerra.

Ambos tenían claro que, ante la debilidad del rival, era hora de pasar al ataque.

Poco conocían a Enrique.

—No insistáis, no atacaremos.

Íñigo López de Mendoza no podía creérselo.

—Pero, majestad, es nuestro momento. Hemos recuperado Toledo y Burgos... Ellos están aturdidos tras la muerte de Alfonso.

Cabrera mostró las cartas en las que Isabel ya firmaba como heredera. Diego Hurtado de Mendoza sonrió.

—Una muchacha como reina de Castilla... ¡Qué barbaridad! Nadie en su sano juicio la tomará en serio. El pueblo sabrá de qué lado ponerse.

Enrique zanjó el debate.

—No. Estamos de duelo y se prolongará la tregua. Ha muerto mi hermano. Era un niño.

El menor de los Mendoza puntualizó:

—Un niño que os traicionó.

Enrique le miró triste.

—Un niño, al fin y al cabo. Y quiero que los castellanos sepan que igual que ellos lloran por sus muertos, yo lloro por los míos.

Todos quedaron contrariados menos Cabrera, que se mantuvo frío al margen de la disputa.

En el fondo siempre le había gustado ese lado humano de Enrique, aunque algunos lo definieran como debilidad.

El rey dio por concluida la reunión. Tenía una tarea que hacer: escribir una carta de pésame a su hermana Isabel.

Pero no avisó de ello a los presentes. Era el rey. Y mientras lo fuera, había decidido que no tenía que dar explicaciones a nadie. Nunca más.

IV

Juana de Avis soñaba cada día con volver a Segovia y sentarse en el trono como si nada hubiera pasado. Pero, en realidad, habían ocurrido muchas cosas.

Entre otras, que por fin había encontrado un hombre que la amaba y la cuidaba: Pedro de Castilla. Un hombre al que debería abandonar para regresar a la Corte si Enrique ganaba la guerra.

Tal vez por eso, cuando Fonseca le dio la noticia de la muerte de Alfonso su alegría duró apenas unos minutos. No cabía duda de que, gracias al destino más que a la gallardía de su marido, dicha muerte allanaba el camino de su hija a la corona. Y aceleraría su vuelta a palacio como reina que era.

Pero como mujer, abandonar a Pedro le suponía una amargura que nunca había sentido. De hecho, llevaba unas semanas —desde que le anunciaron la noticia— que ni comía y se sentía indispuesta con frecuencia.

Un día, Pedro se atrevió a preguntarle:

—¿De verdad deseáis que todo vuelva a ser como antes? Hay cosas que no entiendo —continuó Pedro—. ¿Cómo era ese antes que tanto echáis de menos? Explicadme…

—Traje al mundo a mi hija para que fuera reina. Eso está por encima de todo, Pedro.

Pedro encajó estas palabras como pudo.

—Espero que cuando volváis a palacio os acordéis de mí, de vez en cuando.

—Lo siento… Lo siento tanto…

Juana fue a abrazarle, pero Pedro se apartó de ella. En ese momento, la reina sufrió un mareo y notó que las piernas no la sostenían.

—Ayudadme…

Pedro, alarmado, la cogió antes de que cayera al suelo desmayada.

En el palacio de Alaejos, Juana se recuperó y no quiso ser atendida por ningún médico. Pero como los mareos no menguaban, hizo llamar a una criada que tenía fama de curandera.

Era una mujer de avanzada edad que nada más sentarse a su lado, puso su mano sobre la frente de Juana.

—No hay calentura… ¿Y los mareos?

—Por la mañana.

La criada se quedó pensativa mientras Juana intentó justificar por qué se sentía así:

—Me aflige tener a mi hija lejos.

—Y a otro mucho más cerca, majestad.

La reina se sorprendió de lo que insinuaban esas palabras.

—¿De qué me habláis?

—Del hijo que lleváis en las entrañas.

—¡No puede ser!

—No manchasteis la primera luna y pronto se cumplirá la segunda…

La sirvienta hizo ademán de irse, pero Juana, aterrorizada, ordenó que se quedara.

—¡Esperad! Monseñor Fonseca no puede saberlo. Si él lo sabe, lo sabrá el rey. Y… Y eso no puede ocurrir.

—Seré una tumba —respondió la criada, que luego añadió con intención—: sé que sois generosa…

—Lo seré… Y más si me ayudáis a deshacerme de él.

—Si es eso lo que queréis, cuanto antes mejor.

La reina asintió.

No pasaron dos días y Juana yacía con las piernas a horcajadas. En su cara había temor. En su alma, un dolor que le impedía respirar con normalidad. Ése era el día elegido para borrar de su vida todo lo ocurrido tras tener que dejar Segovia. Incluido el hijo que llevaba en su vientre. No había otro remedio: era reina y tenía que seguir siéndolo.

El obispo Fonseca había partido a Segovia a ver al rey. Y Pedro de Castilla tenía que resolver asuntos de intendencia en Medina del Campo. Nadie sabría de lo ocurrido.

A su lado, la criada que le prometió acabar con su problema cuanto antes tenía ante sus ojos un par de ramas de perejil. Tras seleccionar un tallo de un grosor medio, le quitó las hojas.

—¿Duele mucho? —preguntó la embarazada, temblorosa.

—Si todo va bien, no…

—¿Al menos es rápido?

La sirvienta se acercó a Juana lista para empezar.

—¿Os sabéis el romance del rey moro que perdió Valencia? Juana asintió extrañada.

—Pues empezad a recitarlo. Con un poco de suerte, sólo hará falta que lo repitáis un par de veces.

La sirvienta se sentó a los pies de Juana, con el tallo de perejil en la mano.

La reina cerró los ojos con fuerza y empezó a recitar el romance como si fuera una letanía:

—Helo, helo por do viene el moro por la calzada…

Notó que la curandera le levantaba el camisón para empezar su faena. No quiso ni mirar y siguió recitando:

—… caballero a la jineta encima una yegua baya, borceguíes marroquíes y espuela de oro calzada…

Recitando y con las piernas abiertas fue sorprendida por Pedro de Castilla. El joven intuía que algo estaba ocurriendo por el desapego con que le trataba su amada y fingió hacer un viaje que nunca inició.

—¿Qué estáis haciendo? —dijo sorprendido.

La sirvienta se quedó quieta. Pedro le ordenó salir de la estancia con toda su parafernalia. Juana le ordenó que se quedara. Indecisa, la «abortera» no sabía qué hacer hasta que Pedro fue más elocuente y violento:

—¡Salid, hija de puta!

Asustada, la criada obedeció.

Pedro se acercó a la reina, que rápidamente recompuso su figura.

—¿Por qué, Juana?

—Porque sería la deshonra del rey… —Empezó a llorar—. Tengo que pensar en mi hija. No puede pagar las consecuencias de este embarazo.

Pedro se sentó en la cama, al lado de ella, dolido.

—Me he jugado mi honor. Y daría mi vida si fuera necesario por vos. Quiero al hijo que lleváis en vuestro vientre. Él no es menos que vuestra hija porque yo no sea rey. Él no tiene la culpa de nada. Permitid que viva, os lo ruego.

Juana le abrazó emocionada. Sin duda, proseguiría con su embarazo.

V

Isabel seguía en Arévalo. Se sentía inquieta: sabía que sus obligaciones estaban en Ávila, adonde ya debía haber vuelto hacía tiempo, pero no podía dejar sola a su madre, que apenas salía de su alcoba.

Una mañana, Isabel de Portugal dejó su encierro para sorpresa de todos y, como si nada hubiera pasado, paseó con su hija por los jardines y luego dispuso que se preparara un almuerzo de gala.

Isabel, feliz, se alegró por la pronta recuperación de su madre: pensó que era un homenaje en honor a Alfonso.

Sin embargo, todo se vino abajo cuando al llegar a la mesa, se encontró con un plato y un cuchillo de trinchar carne de más: eran para Alfonso.

Evidentemente, Alfonso no llegó al almuerzo. Su madre lo justificó:

—Sus obligaciones como rey deben de tenerle ocupado.

Isabel, Gonzalo y Clara hicieron de tripas corazón y comieron lo que pudieron al lado de la silla vacía y de una mujer que, orgullosa, hablaba del bien que le iba a hacer a Castilla que Alfonso la gobernara.

Al acabar el almuerzo, cuando todos se retiraron, Isabel no pudo más y rompió a llorar.

Gonzalo no sabía cómo consolarla.

Isabel, entre sollozos, repetía:

—No puedo dejarla sola... No puedo dejarla sola.

Ante la actitud de Isabel de ser antes hija que reina, Gonzalo se atrevió a intervenir:

—No podéis abandonar la lucha ahora. Vuestra madre tiene a Clara y a los sirvientes. No le faltará de nada.

—Le faltarán sus hijos. ¿Qué más le puede faltar?

—Comprendo vuestro dolor, pero más grave sería que a Castilla le faltarais vos.

Isabel sonrió agradecida.

—Gracias, Gonzalo... Gracias por estar siempre a mi lado, y al de mi hermano...

—No ha sido fácil —respondió cariñoso—. ¿Recordáis cuando nos conocimos que me obligabais a estar a no menos de veinte pasos de distancia?

Isabel casi logró sonreír recordando aquel momento... Pero al pensar en Alfonso las lágrimas volvieron a manar de sus ojos.

Gonzalo sacó un pañuelo y secó sus mejillas. La proximidad entre sus rostros era tanta que Gonzalo sólo tuvo que hacer un pequeño gesto para conseguir lo que tanto deseaba desde que la conoció: besarla.

Fue un beso ligero e inocente, sus labios apenas se rozaron, pero fue suficiente para que Isabel se apartara asustada.

Gonzalo, al ver su reacción, comprendió, avergonzado, el error que había cometido.

—Perdón... yo... yo no... Será mejor que me retire...

Y se alejó por un pasillo.

Justo en el lado contrario, sin que ni Gonzalo ni Isabel se dieran cuenta, Clara había visto el final de la escena.

Esa noche, Isabel apenas pudo dormir. Ella apreciaba a Gonzalo, pero no lo amaba como para corresponder a su beso. ¿O quizá ese aprecio que le profesaba era amor y no lo sabía?, se preguntaba.

No conocía la respuesta: nunca había amado a un hombre. Ni su abuela, ni su madre, ni Clara, ni —por supuesto— Chacón le habían hablado nunca del amor. Probablemente porque nadie pensaba que una princesa tuviera que estar enamorada para aceptar a alguien en matrimonio.

Isabel no compartía esa idea: por eso se negó a casarse con el rey de Portugal y rezaba a Dios para que le quitara la vida antes que permitir que Pedro Girón le pusiera una mano encima.

No, ella tenía que estar enamorada de aquel con quien se casara. Pero ¿cómo sabría que lo estaba si no lo había estado nunca?

Y, sobre todo, ¿cómo podría saberlo si era incapaz de saber que alguien la amaba? El beso de Gonzalo demostraba sus sentimientos hacia ella. ¿Cómo no lo había notado antes viniendo ese amor de alguien con quien había compartido tantos días? Por más preguntas que se hacía, no lograba responder a ninguna.

Las horas pasaron, el sol se levantó pronto esa mañana de julio y el gallo avisó de que un nuevo día comenzaba. E Isabel necesitaba respuestas.

Por eso, nada más levantarse, fue a buscar a Clara.

No sabía cómo plantearle el asunto. Le preguntó si echaba de menos a su marido, Chacón... Cómo se conocieron... Preguntas de las que ya sabía la respuesta.

Clara, que ocultó que había presenciado el beso de Gonzalo, empezó a ejercer de madre. En realidad, por la salud de Isabel de Portugal, había realizado ese papel desde que le había dado a la heredera la leche de sus pechos.

—¿Qué os pasa, Isabel?

—No lo sé… A veces dudo de si tanto sacrificio merece la pena.

Cariñosa, Clara se sentó junto a su niña al oír eso.

—No podéis hablar como una vieja amargada… Tenéis diecisiete años y toda la vida por delante.

Isabel suspiró.

—A mi edad, cualquier muchacha ya está casada. Y yo no soy capaz ni de entender el afecto de la gente que me rodea. Quiero ser reina y cualquier hija de campesina podría darme lecciones de cómo es la vida.

Clara la abrazó con cariño. Luego, la cogió por ambos brazos y mirándola a los ojos, pidió a Isabel que le prestara atención.

—Escuchadme, Isabel. Cualquier hija de campesina, de panadero o de noble… Y sus hijos… Y los hijos de sus hijos… jamás os podrán dar lecciones de nada. Las lecciones se las daréis vosotros a todos ellos… Porque seréis su reina y su futuro estará en vuestras manos. Ése es vuestro destino. Y está por encima de todo, Isabel.

Isabel escuchó atenta.

Clara no había respondido a ninguna de las preguntas que tanto la atormentaban. Entre otras cosas porque Isabel no se atrevió a formularle ninguna.

Pese a ello, quedó reconfortada. Porque le recordó que ser reina estaba por encima de todo. Y que si los nobles derrocaban a Enrique, ella lo sería.

Ser reina siempre había sido su sueño. Ahora también era una buena razón para dejar de atormentarse con sus dudas sentimentales.

VI

Ávila ya sabía de las intenciones del rey Enrique de prorrogar la tregua.

Carrillo lo vio como una treta para seguir recabando más apoyos y aumentar su ejército. Por eso estaba empeñado en lanzar una ofensiva militar por sorpresa.

Pacheco, al contrario, insistió —fiel a sus objetivos— en que el rey actuaba de buena fe y que eran ellos los que necesitaban tiempo para recuperar fuerzas.

Chacón pensó que Isabel debía regresar: un rey no podía estar ajeno a las decisiones de gobierno y mucho menos, dejarlas en mano de sus nobles. Por eso emprendió camino a Arévalo. No importaba el dolor como hija. Sus obligaciones como reina la reclamaban.

De paso, aprovecharía el viaje de vuelta para reflexionar con Isabel sobre el asunto. Debía avisarle de las ventajas e inconvenientes de cada decisión para que ella decidiera.

Al llegar a Arévalo, Clara no tardó mucho en informarle de lo ocurrido entre Gonzalo e Isabel.

Preocupado, y tras convencer a Isabel de que debía volver, se reunió con Gonzalo. Éste no estaba menos aturdido: tampoco había sentido nada antes por una mujer y no podía entender el arrebato que le llevó a atreverse a besarla.

No hicieron falta muchas palabras. Chacón fue claro:

—Vos sois un soldado y vuestra misión es luchar. La misión de Isabel es otra: ella habrá de gobernar. Y algún día se casará con alguien de sangre regia como ella. Todos tenemos que responder a nuestro destino. Y hay destinos que no deben mezclarse.

Gonzalo asumió rápidamente lo que debía hacer.

—Nada más llegar a Ávila, me incorporaré al ejército del duque de Plasencia. Os juro por mi honor que no volveré a ver a Isabel.

Chacón suspiró aliviado.

—Quedo tranquilo: de vuestro honor y vuestra lealtad no dudaré jamás.

Esa noche, con todo arreglado para partir de madrugada hacia Ávila y tras asistir a una emocionada despedida de Isabel con su madre, Chacón se permitió el lujo de dormir en su cama, junto a su esposa. Aunque tantas eran sus preocupaciones, que dormir tampoco fue tarea fácil.

Clara, que sabía que el problema con Gonzalo estaba resuelto, quiso conocer qué otras cuestiones desvelaban a su marido.

—Nada cambia, Clara: los nobles sólo ven la Corona como un instrumento a su servicio.

Clara supo traducir estas últimas palabras.

—Es Pacheco quien os preocupa, ¿verdad?

—Sí. ¿Quién me iba a decir que acabaría siendo el aliado del asesino de mi mejor amigo? A veces pienso qué me diría don Álvaro de Luna si levantara la cabeza.

—Os felicitaría. Él era capaz de pactar con el diablo por defender al rey… Y lo hizo con Pacheco muchas veces.

—Hasta que le costó la vida. Como a Alfonso.

Clara se incorporó alarmada.

—¿Qué queréis decir? ¿Que Pacheco…?

—No puedo decir nada, porque no tengo pruebas. Pero a veces pienso que no protegí a Alfonso como debiera, Clara.

—Hacéis lo que podéis…

—Sí. Pero me siento solo. Necesito a alguien que me ayude. Necesito tener más ojos para que no se me escape nada. Si perdiera a Isabel, no me lo perdonaría, Clara. No es sólo por Castilla… Son como nuestros hijos. Y ya hemos perdido a uno.

Tras una pausa, Chacón añadió:

—He pensado en mi sobrino, Gutierre de Cárdenas. Entiende de leyes, es vivo de palabra, sabe manejar la espada si es necesario… Y es leal.

Clara se acercó cariñosa a su marido y le dio un beso.

—Dormid tranquilo. Yo me encargaré de enviarle un mensaje mañana mismo para que vaya a Ávila.

VII

El día que Isabel regresó a Ávila, Gonzalo marchó como había prometido. Ella le echó en falta y preguntó por él.

Chacón fue cauto al responder: Isabel no habría de saber nunca que Clara vio el ligero beso del que fuera doncel de Alfonso. Ni que él mismo había hablado con el de Córdoba y pactado su marcha.

Por eso le dijo que había marchado voluntario con el ejército del conde de Plasencia, pues pese a la tregua, las escaramuzas entre las dos facciones enfrentadas se sucedían.

Isabel se sorprendió ante la noticia y por el hecho de no haber sido informada. Chacón, buen estratega, añadió:

—Él mismo me dijo que no quería despedidas... —Y añadió fingiendo—: A mí mismo me ha extrañado, sabiendo de vuestra amistad.

La joven no salía de su estupor: ¿se habría marchado avergonzado por el beso que ella rechazó? No lo entendía: podrían haber hablado y aclarado las cosas. Después de los años que habían pasado juntos, Gonzalo debería haberse despedido antes de partir.

En estas disquisiciones estaba Isabel cuando Carrillo apareció apresurado; habían recibido carta del rey Enrique.

Inmediatamente, se reunieron los tres junto a Pacheco. La misma Isabel leyó la carta:

Estimada Isabel, os hago saber que estando yo en la villa de Madrid, me llegó noticia de la muerte de nuestro hermano. Ruego a nuestro Señor que le guarde y proteja. Mi dolor es grande tanto por ser mi hermano como por morir en tan tierna e inocente edad...

Isabel no pudo evitar emocionarse, pero siguió leyendo una carta que proponía dialogar para acabar con la guerra y que ningún castellano tuviera que sufrir más muertes.

Carrillo no tardó en dar su opinión.

—¿Ahora quiere dialogar? Una de dos: o quiere engañarnos o está perdiendo apoyos. Si es esto último, debemos aprovechar este momento de flaqueza.

Chacón no estaba de acuerdo en esto último.

—Debo advertiros, Carrillo, que su flaqueza no es tal. Muchos nobles, tras la muerte de Alfonso, han decidido cambiar de bando. Y tras Toledo, han recuperado Burgos. Y pronto serán más sus apoyos: Enrique promete paz a todo con el que habla. Y Castilla está cansada de guerras.

Carrillo no estaba de acuerdo.

—Si el rey tiene tanta ventaja, ¿por qué iba a querer negociar? Seguro que son rumores lanzados desde Segovia... —Miró a Isabel—. No aceptemos más treguas. ¡Atacaremos Burgos! ¡Iremos a Alaejos y raptaremos a su esposa! Podemos cambiar las tornas otra vez, ¿verdad, Pacheco?

Pacheco, para decepción de Carrillo, calló. No hizo lo mismo Isabel.

—Negociaremos con Enrique.

—Pero Castilla no puede tener dos reyes... —insistió Carrillo—. Y vos ya habéis firmado cartas como reina...

—Rectificar es de sabios. Renuncio a serlo y se enviarán cartas a todos los lugares para que se sepa.

—Cometéis un inmenso error —sentenció Carrillo.

—Castilla necesita tranquilidad... Dejaré que reine Enrique. Y cuando muera, que Dios le dé muchos años, heredaré su corona.

—Los partidarios de Enrique no os aceptarán jamás. Querrán ver a su hija Juana en el trono.

Por fin, Pacheco dio su opinión al respecto.

—No todos, os lo aseguro. Yo mismo me podría encargar de

evitar que eso ocurra... —Miró a Isabel—. Si vos lo ordenáis, por supuesto.

Isabel asintió con un leve gesto.

—Hacedlo en mi nombre, Pacheco. Iréis a ver a Enrique... Y le llevaréis una carta que escribiré yo misma. Es hora de que Castilla deje de estar sumida en el caos y la guerra.

Al decir esta palabra, se acordó de Gonzalo. Por ello, remarcó, sin nombrarle:

—No quiero que ni uno más de mis soldados muera en el campo de batalla.

Tras decir estas palabras, Isabel marchó a sus aposentos a escribir la respuesta a Enrique. Pacheco se ofreció para ayudar a redactarla, ya que tenía experiencia en ello.

Isabel le sonrió irónica.

—Esa suerte tenéis, porque yo no tengo ninguna... Pero podéis ir a dormir tranquilo: mi caligrafía es clara y sé muy bien lo que quiero decir.

VIII

En menos de una semana llegó la carta que Isabel había escrito a Enrique. En ella, la joven dejaba claro que aceptaba encantada la posibilidad de negociar con el objetivo de conseguir la paz y que respetaba a Enrique como único rey. De hecho, en su misiva, juraba respetarle y obedecerle hasta que Dios decidiera poner fin a su vida, lo que deseaba que tardara mucho tiempo en ocurrir.

Pero no todo iban a ser cesiones, también había exigencias. Esencialmente, dos: llegar a acuerdos para frenar el poder de los nobles y ser nombrada heredera de la corona a la muerte de Enrique.

Tras leer la carta, Enrique levantó la cabeza sonriente. Iba a conseguir la paz y ésta sería duradera.

Pacheco, que le había llevado en persona la misiva, parecía también feliz.

—¿Satisfecho, majestad?

—Es la respuesta que estaba esperando. ¿Esto ha sido cosa vuestra?

—Así es. Aconsejé a Isabel dar este paso. Y me hizo caso. Al que más me costó convencer fue a Carrillo... ya sabéis que le gusta la batalla más que a un judío el dinero.

—Sí —dijo Enrique sonriendo—, no sé cómo no se hizo soldado en vez de cura... ¿Y Chacón?

—Chacón no es nadie. Como os prometí, todo está controlado. —Y remarcó—: Por lo menos, de momento. En su carta, Isabel ofrece la paz, pero la condición es ser vuestra heredera. ¿En qué lugar quedará vuestra hija?

Enrique, al oír estas palabras, no pudo evitar la ironía.

—¿Ya creéis que verdaderamente lo es?

—Yo estoy dispuesto a creer lo que sea si me favorece.

Pacheco hizo una pausa antes de redondear su oferta para volver a ser su mano derecha.

—Y si soy favorecido, yo mismo conseguiré que esas peticiones de Isabel sean leña mojada. Isabel no tiene nuestra experiencia negociando, majestad. Se cree un gallo pero en realidad no pasa de pichón.

El rey contempló admirado al marqués de Villena.

—No cambiáis, siempre seréis el mismo intrigante. No tenéis remedio.

Pacheco sonrió.

—Ni vos tampoco.

Otra vez Pacheco y Enrique estaban juntos. Como lo estuvieron cuando el rey era un niño y Pacheco su doncel.

Mezcla de afecto y dependencia, su relación era tan obsesiva como el perro que, muerto su dueño, no para de dar vueltas a su tumba.

Rápidamente decidieron los siguientes pasos a dar. Se convocaría un encuentro en Guisando, cerca de Ávila, la sede de Isabel. Así, en señal de cortesía, el rey sería el que hiciera el viaje más largo.

Enrique creyó oportuno que se enviara una carta al Papa para que la Santa Sede mediara en los acuerdos.

Por último, Pacheco propuso al rey que acudiera a Guisando acompañado de su esposa Juana para no mostrar fragilidad en las posteriores negociaciones sobre la herencia de la Corona.

Al hacer tal sugerencia, Pacheco ni se podía imaginar cómo estaban las cosas en Alaejos.

IX

El obispo Fonseca comunicó a Juana la petición del rey. La reina notó que se venía abajo.

—¿El rey quiere que le acompañéis a negociar la paz a Guisando?

Fonseca observó más asombro que alegría en lo que creía que era lo que más podía contentar a la reina.

—Esperaba que la noticia os alegrara más… Sobre todo cuando lleváis un tiempo que ni salís a pasear. ¿Os ocurre algo? Os noto melancólica, majestad.

Juana estaba sentada, tapándose con una manta para ocultar el crecimiento de sus pechos y la curva que empezaba a dibujarse en su vientre.

—Perdonad, pero es que estoy tan sorprendida y emocionada que es difícil expresar mi alegría… Creía que al negociar con Isabel, mi hija y yo quedaríamos fuera de los pactos.

—Toda negociación tiene sus vericuetos, señora… Y si Enrique quiere que le acompañéis es porque no se ha olvidado de vos ni de vuestra hija. Sin duda, éste es un día grande para Castilla. Os dejo para que descanséis, majestad.

Fue a salir de la alcoba, pero antes se giró y casi implorante rogó por que no contara al rey el desliz que tuvo con ella. Fonseca pensaba, como Juana, que la reina había pasado al ostracismo. La carta de Enrique cambiaba mucho las cosas.

Juana le aseguró que sería discreta con respecto a tan vergonzoso asunto: bastante tenía ella con ocultar su embarazo.

Una vez a solas, hizo llamar a Pedro: ¿qué iban a hacer ahora? ¿Qué sería de ella y de su hija cuando el rey supiera que iba a ser madre de nuevo?

Porque, además de la grave infidelidad, había otro asunto de no menor envergadura: el hecho de que fuera tan difícil tener descendencia de su esposo, el rey, y tan fácil tenerla ahora, sin duda volvería a alimentar los rumores de que Juanita no era hija de Enrique.

Pedro de Castilla hizo llamar en secreto a una costurera que diseñó un vestido compuesto de rígidos aros cosidos bajo la tela que disimularan su preñez.

Pero nada contentaba a una Juana que, con el paso de los días, se mostraba cada vez más desesperada.

—¿Y voy a tener que vivir todo el día con este trasto? ¿Y qué hago cuando vaya a dormir? Lo notará... Enrique lo notará...

La palabra «paz» iba de boca en boca por una Castilla que miraba ilusionada hacia el futuro.

Un futuro que para Juana de Avis era incierto y en el que sólo imaginaba mil y una amarguras.

X

Gonzalo Chacón ya no estaba solo en sus tareas de asesorar y proteger a Isabel.

Como su esposa Clara le prometió, mandó mensaje a Gutierre de Cárdenas para que ayudara a Chacón y no tardó más de una semana en llegar a Ávila desde su residencia en Ocaña.

Cárdenas era sobrino político de Gonzalo Chacón, ya que su

padre casó con Teresa Chacón, sobrina del tutor de Isabel, y apenas rebasaba los treinta años.

Nada más llegar demostró tanta inteligencia como tesón. Y, en especial, una lealtad hacia Isabel contagiada por su tío, al que admiraba sobre todas las cosas.

Cárdenas y Chacón se dedicaron en cuerpo y alma a los preparativos del encuentro de Guisando. Entrenaron a Isabel en cuestiones jurídicas aplicadas al caso concreto que se iba a debatir y que ellos consideraban esencial: la sucesión de la Corona.

Pero, sobre todo, enviaron cada semana cartas a Segovia estableciendo el orden de los asuntos a tratar para que nada quedara al albur de la improvisación. Cartas que eran respondidas por otras tantas desde Segovia.

Y ahí, Chacón y Cárdenas empezaron a darse cuenta de que no iba a ser todo tan fácil. Se reunieron urgentemente con Isabel.

—Hemos comparado vuestras cartas y las de Enrique, y hemos enviado a vuestro hermano una lista de asuntos a tratar —explicó Chacón—. Fundamentalmente en lo relacionado a los derechos de sucesión que serían vuestros y lo que supone eso para su hija Juana.

—¿Y?

—No ha habido contraoferta.

Isabel mostró su extrañeza.

—¿Han respondido algo en relación a que no me casaré con nadie que yo no acepte?

Cárdenas tomó la palabra:

—Tampoco. Aceptan todo. No plantean alternativas. Es como si todo les pareciera perfecto.

La extrañeza de Isabel empezó a convertirse en preocupación.

—Entonces es que no lo es. No hay que confiarse, ¿verdad, Chacón?

—En absoluto. Ya sabéis cómo negocia Enrique… Cara a cara hasta el agotamiento. Aprendió del marqués de Villena, no lo olvidéis.

—Hasta pienso que es posible que esté preparando con Pacheco el encuentro de Guisando.

Cárdenas mostró su sorpresa: aún no conocía al personaje.

—¿Con Pacheco? ¿No es de los nuestros?

Chacón comentó con amargura:

—Pacheco no está en ningún bando, Cárdenas.

Luego, Chacón quiso conocer por boca de Isabel cómo andaba el otro grave problema que tenían, pues Carrillo no quería saber nada de negociaciones con Enrique.

—Es tan leal como testarudo —comentó Isabel—. Tendré que hablar de una vez por todas con él.

Chacón respondió irónico:

—Si le convencéis, habréis superado la más dura de las pruebas que os esperan hasta llegar al trono, alteza.

Isabel sonrió por la broma, pero en el fondo estaba realmente preocupada: Carrillo era leal y necesario. Pero nunca había conocido a nadie tan testarudo como él.

—¡No insistáis más! ¡No cederé!

Ésa fue la respuesta de Carrillo cuando Isabel volvió a sacarle el tema.

Más suave, con afecto, se reafirmó en la negativa a participar en las negociaciones.

—Isabel... Sabéis que os aprecio. Y os admiro por vuestra entereza, pero no me pidáis lo que no puedo cumplir.

—¿Ni siquiera por el bien de Castilla?

—¿El bien de Castilla? Enrique no puede traer más que desgracias por su blandura y falta de mando... Si quisierais, juntos conseguiríamos recuperar glorias pasadas para el reino.

—¿De qué glorias del pasado habláis? ¿Acaso no es Castilla la ubre de la que maman los nobles hasta dejarla exhausta? Todo eso tiene que cambiar.

Isabel le miró con tristeza y respeto. Se acercó cariñosa a él.

—Desde que os conocí sois mi protector y mi fuerza armada. Y nuestro viaje no acaba en Guisando: es ahí donde comienza.

El arzobispo de Toledo confesó a Isabel lo que verdaderamente le preocupaba:

—Si pactáis con el rey, ya se encargará él de que yo no pueda continuar ese viaje futuro.

Isabel le miró preocupada.

—¿Creéis que no se vengará de mis afrentas? —prosiguió Carrillo—. Recordad todo lo que le he hecho. Sabe que nunca volveré con él, que no soy de pactos ni me gustan las intrigas… No, Enrique no parará hasta acabar con mi vida si es preciso.

Isabel sabía que Carrillo no solía decir las cosas en balde: su experiencia era indudable. Pero, a la vez, Carrillo le había ofrecido una vía de negociación sin él ser consciente.

Para resolver el problema, Isabel ordenó enviar carta a De Véneris, que ya estaba en Segovia para preparar las negociaciones de Guisando. En la misiva, pidió que viajara a Ávila para hablar con ella. Debía ofrecer seguridad a Carrillo y conseguir que no hubiera represalias contra él por parte del rey.

En eso estaba cuando Chacón, con cara de preocupación, avisó que su presencia era urgente y necesaria a las puertas de palacio.

Isabel acudió muy inquieta. Y lo que vio allí la alarmó aún más: era Gonzalo Fernández de Córdoba.

Estaba malherido y sin conocimiento. Junto a él, un soldado, compañero suyo que lo había traído desde el frente. Su nombre, Álvaro Yáñez.

Chacón hizo llamar urgentemente a un médico y ordenó que llevaran a Gonzalo a una de las habitaciones de los invitados.

Isabel se opuso:

—¡No! Llevadle a los aposentos de Alfonso. Era su mejor amigo. Nadie mejor que él para ocupar su alcoba.

XI

El médico atendía a Gonzalo. Mientras, a cierta distancia, Isabel preguntó en voz baja a Yáñez qué es lo que había ocurrido.

—Le hirieron por salvarme la vida —explicó Álvaro—. Me atacaron cuatro guardias reales: él acabó con todos. Luchaba como si quisiera morir, como si no tuviera nada que perder…

—¿No sabíais que estamos en tregua?

—La noticia de la tregua llegó al día siguiente de que le hirieran, alteza.

Un día. Por un solo día que tardó en redactar una carta podían morir en vano muchos hombres en el campo de batalla.

Por fin, el médico empezó a recoger sus utensilios.

Isabel se acercó a saber el diagnóstico.

—¿Se recuperará?

—Ha perdido demasiada sangre y tiene la herida del costado en muy mal estado. Está muy débil. Volveré esta noche a limpiársela.

—¿No puede hacer nada más por él?

El médico la miró serio.

—Rezar, alteza. Rezar.

Desde luego, pensó Isabel, si fuera por rezar, Gonzalo no moriría. Pero tras la pérdida de su hermano Alfonso empezó a dudar de si las oraciones servían para algo.

Aun así, rezó. No sólo hizo eso: ella mismo se ocupó de limpiar sus heridas. Se pasaba las horas que sus obligaciones le permitían acompañando a Gonzalo.

Chacón estaba preocupado por ello: temía que Isabel se descentrase cuando estaba a punto de conseguir ser la futura reina de Castilla. Estaba pensando en todo esto, solo, bebiendo una copa de vino cuando sonaron dos golpes en la puerta de su alcoba: era Cárdenas.

—¿Qué hacéis que no dormís, Cárdenas?

—Preguntarme por qué no dormís vos.

Chacón suspiró abatido.

—¿Isabel sigue al lado de Gonzalo?

—Sí. Teméis que ese muchacho distraiga a Isabel de sus tareas, ¿no es cierto?

—Así es. Gonzalo juró que no volvería. Pero no le puedo recriminar ni eso: no sabe que está aquí al lado de su amada. Y probablemente no lo sabrá nunca... Gracias a Dios.

Chacón bebió un sorbo de vino y continuó:

—Quiero que seáis testigo de lo que voy a decir y recordádmelo si no lo cumplo.

Cárdenas le miró extrañado por la petición. Chacón habló al fin:

—Juro que el día que Isabel sea reina, lo dejaré todo. Ya habré cumplido con mi misión. Y vos me sustituiréis.

—Gracias, pero...

Chacón cortó a su sobrino, insistiendo en su promesa:

—Me sustituiréis. Y yo volveré con mi esposa a vivir los días que me queden, feliz y tranquilo. —Sonrió con amargura—. Sin tener que desear el mal de un hombre de bien por el futuro de Castilla. Porque eso es lo que estoy haciendo ahora.

XII

Se acercaba el 18 de septiembre, fecha fijada para el encuentro en las últimas misivas que se intercambiaron ambos bandos, y lo que parecía un camino de rosas pronto se demostró que no lo iba a ser tanto. Ni para Isabel, ni para Enrique.

Isabel tenía el problema de Carrillo.

Enrique se encontró con otro no menos grave: los Mendoza.

Íñigo y Diego, al saber por boca de Beltrán de la negociación con Isabel y de la presencia continua de Pacheco en la Corte, decidieron no acompañar al rey a Guisando.

Era la primera vez que no obedecerían a su rey, algo que era divisa de los Mendoza, pero habían jurado por su honor defender los derechos de su hija Juana y el honor no podía ser objeto de mercadeos.

Diego Hurtado de Mendoza ordenó a Beltrán que informara de su postura al rey. Beltrán, un Mendoza más pues era su yerno, aceptó el encargo con alegría. Porque aparte de ser el mensajero de la familia Mendoza, iba a aprovechar la ocasión para abandonar una corte en la que parecía que la traición valía más que la lealtad.

Delante de Cabrera, el mayordomo de palacio, así se lo hizo saber a Enrique, que escuchó sus palabras decepcionado.

—Así que ni vos ni don Diego me acompañaréis a Guisando.

—No, majestad. Y cuando regreséis de allí no nos encontraréis en palacio ni a mí ni a mi familia.

Enrique se sorprendió.

—¿Abandonáis la Corte?

—No me dejáis otra opción.

—Si lo decís por Pacheco, he de deciros que por Castilla, soy capaz de pedirle ayuda a él y al diablo si hace falta.

Beltrán sonrió.

—Cuidado, no sean los dos la misma cosa y os acabéis quemando. ¿Cómo podéis premiar la traición y el deshonor, majestad?

El rey no podía soportar que le dieran más lecciones, que le reprobaran sus decisiones. Y estalló:

—¿Y de qué sirve el honor si hay tanta muerte y miseria? Es muy fácil hablar del honor para un noble... Y hasta para un rey como yo. ¿Y sabéis por qué? Porque el hambre no llega a mansiones ni a palacios. A veces pienso que la peste es el único invento de Dios que nos iguala a todos los hombres... porque no hay dinero para sobornarla ni yugo con qué someterla.

Se levantó airado y se enfrentó cara a cara con Beltrán.

—Ya que habéis venido a darme el mensaje de los Mendoza, llevadle a ellos mi respuesta. Decidles que no consiento que nadie le dé al rey lecciones de honor. Porque no me importa arrastrar el mío ni el de mi familia por los suelos si es por la paz de mi pueblo.

Enrique, nada más decir estas palabras, salió de la sala en busca de Pacheco. Debía informarle de lo ocurrido. Pese a responder con orgullo de rey a Beltrán, sabía que perder a los Mendoza era grave para sus intereses. Y no podía permitirse más pérdidas.

Por eso ordenó adelantar el viaje a Alaejos para preparar con su esposa el encuentro de Guisando.

XIII

Alaejos era famoso por su cerámica, capaz de mostrar delicadeza en sus piezas pequeñas y sólida como pocas en la fabricación de jarras, vasijas y cántaros.

La cabeza del obispo Fonseca, quien ahora yacía en el suelo, podía dar fe de ello. Su sobrino Pedro lo había atacado con una jarra cuando el obispo había entrado en la alcoba de Juana sin llamar.

Venía a dar noticia de algo que Pedro ya sabía: el rey llegaría a primera hora de la mañana.

Fonseca abrió la boca para dar la supuesta buena nueva de la llegada de Enrique, pero no pudo articular palabra.

La boca se le quedó abierta al ver el estado de buena esperanza de Juana, a la que no le dio tiempo a ocultarlo bajo una manta.

Justo en ese momento, recibió el jarrazo de Pedro, que rápidamente instó a Juana a huir de allí.

—No tenemos tiempo que perder. Hay que salir por la ventana... Por la puerta principal hay demasiados guardias...

La reina estaba sobrepasada por los acontecimientos.

—¿Por la ventana? ¿Y cómo voy a salir yo por la ventana?

Pedro, con la ayuda de dos criados leales, ya lo tenía todo preparado: había atado a una gran cesta de mimbre largas cuerdas que amarró a la cama de la alcoba para que aguantara el peso de la reina.

Aun así, tuvo que cogerla a apenas metro y medio del suelo porque las cuerdas cedieron.

—Ni con Enrique ni contigo... De ésta, no salgo viva.

Luego montaron en sendos caballos. Por si Juana mostraba debilidad y no podía ejercer de amazona, Pedro también se apropió de un pequeño carro con un burro.

El estado de la reina no permitía cabalgar al galope. Lo importante era llegar donde querían. Por eso viajaron por caminos alejados de las vías principales durante toda la noche. Debían alejarse de allí lo más lejos posible para evitar ser víctimas de la previsible ira de Enrique.

Ira que, a la mañana siguiente, sufrió Fonseca, con la crisma vendada por el golpe de la noche anterior.

—¿Cómo es posible que no supierais lo que estaba pasando delante de vuestras propias narices! ¡Mi mujer embarazada! Vino aquí para ser cuidada y vigilada por vos... y resulta que la monta vuestro propio sobrino...

Agitado, dio órdenes a Pacheco:

—Quiero que enviéis soldados a buscar a Juana y a ese cabrón y los encierren en palacio. No quiero que nadie sepa de mis vergüenzas. Si alguien descubre esto, no tendré argumentos que defender en Guisando.

Pacheco, preocupado, asintió: al rey no le faltaba razón.

XIII

Sólo quedaba un día para la cita.

En Ávila, una Isabel que apenas dormía, tal era su preocupación por Gonzalo, había conseguido que De Véneris, nuncio papal y mediador en las negociaciones de Guisando, viajara hasta allí para convencer a Carrillo.

—Os lo juro por los clavos de Cristo, Carrillo... Yo mismo escribiré un documento que garantice vuestra seguridad y vuestra hacienda.

Carrillo quería certeza de la promesa.

—¿Llevaríais ese documento a Roma para que el Papa lo avale?

—Si es vuestra voluntad, así lo haré. Traigo poderes del Papa para perdonar todos los pecados y las faltas a los que han participado en esta contienda. Todo será perdonado si ha sido en combate. Sólo quedan excluidos los asesinatos y las tropelías cometidos fuera de él.

Isabel le urgió una respuesta rápida.

—¿Me acompañaréis ahora a Guisando?

Carrillo calló unos segundos. Luego miró con cariño a Isabel y respondió:

—Os acompañaré. Pero con una condición: no le besaré la mano al rey.

De Véneris intentó convencerle de lo contrario pero no tuvo tiempo. Chacón entró en la sala para informar de que Gonzalo había recuperado la consciencia.

Isabel corrió decidida hacia la alcoba donde reposaba el que en otro tiempo fue doncel de su hermano.

Chacón, al que siguió Cárdenas, fue tras ella.

Cuando llegó allí, Isabel acarició la cabeza de Gonzalo y le reprendió por ser tan temerario.

—Mal me serviréis si perdéis la vida. Os necesito...

Gonzalo la miró ilusionado. Isabel continuó:

—... como amigo y como soldado. Como princesa que soy y reina que seré.

Chacón, que escuchaba acompañado de Cárdenas al lado de la puerta, suspiró aliviado.

Isabel dio un beso de despedida en la frente al herido; debía preparar el viaje a Guisando.

Al llegar hasta Chacón, Isabel se dirigió a él en voz baja, pero firme:

—Nunca dudéis de mí.

Chacón, en vez de sentirse ofendido, sonrió.

XIV

El 18 de septiembre de 1468, a mediodía, la comitiva de Isabel, alineada como si fuera a lanzar un ataque de caballería, esperaba a la de Enrique.

Isabel mostró su preocupación por el retraso. Chacón la tranquilizó.

—Llegarán, no os preocupéis.

De repente, aparecieron las huestes de Enrique.

Isabel ordenó ir a su encuentro. Ella, en vez de caballo, montaba burro en señal de respeto hacia el rey.

Mientras las dos comitivas se acercaban, Pacheco aconsejaba hasta el último segundo a Enrique.

—Cambiad el gesto, majestad. Se os ve preocupado.

—Lo estoy.

—Sí, pero eso no lo deben saber ellos.

Enrique forzó una sonrisa.

—¿Está bien así?

—Perfecto.

En el bando contrario, Chacón hacía lo mismo con Isabel.

—Recordad, Isabel: si Enrique esta serio, mostrad seriedad... Si sonríe, sonreíd... Y si os mira fijamente...

Isabel continuó la frase:

—Si me mira fijamente, le sostendré la mirada. Tranquilo, me sé la lección.

Las comitivas siguieron avanzando hasta pararse la una frente a la otra.

Enrique, como rey, dio la orden que todos esperaban:

—Tomad la palabra, De Véneris.

—Sí, majestad.

De Véneris se colocó entre las dos comitivas y, solemne, explicó las reglas del juego:

—Como legado papal, declaro anulados todos los juramentos hechos por cada bando en cuanto a la sucesión a la Corona, motivo de la negociación que hoy comienza.

Enrique miraba fijamente a Isabel, que le sostenía la mirada, tal y como acababa de aconsejarle Chacón.

Así, mirándose a los ojos el uno al otro, escucharon las últimas palabras del nuncio papal.

—Es hora de mostrar respeto al rey.

El protocolo obligaba que Enrique e Isabel se encontraran a pie. Y que Isabel se postrara delante del rey.

Así fue a hacerlo, pero Enrique se lo impidió.

—Poneos en pie, no os postréis, os lo ruego… —Le sonrió—. Abrazadme como un igual.

Isabel y Enrique se fundieron en un abrazo, momento que él aprovechó para susurrar al oído de su hermana:

—Sois casi la única familia que me queda. Que nunca volvamos a estar en disputa, Isabel.

Isabel respondió agradecida a Enrique:

—No lo estaremos más, majestad.

Todos lanzaron al aire sus vivas al rey y a Isabel.

Sólo Carrillo miraba la escena enfurruñado. Pero cuando, como todos los presentes, debió inclinarse ante el rey, así lo hizo.

Veía tan alegre a Isabel que prefirió tragarse sus palabras y no amargar el momento a esa joven que tanto admiraba.

XV

Días después, lejos de allí, en Trijueque, apenas a veinte kilómetros de Guadalajara, los Mendoza comían en familia.

Lo hacían acompañados por la princesa Juana, a la que habían jurado proteger y defender. De hecho, el cabeza de familia, don Diego Hurtado de Mendoza, tenía pensado escribir una misiva al Papa para quejarse por las negociaciones de Guisando.

Beltrán apenas probaba bocado: aún le duraba la amargura de su desencuentro con Enrique.

Su esposa, Mencía, le aconsejó con cariño que comiera. Pero Beltrán respondió quejoso:

—No puedo tener apetito con lo que hoy está pasando en Guisando.

Íñigo López de Mendoza ordenó bruscamente que callara.

—Hay cosas de las que no se hablan en la mesa. —Miró de reojo a Juanita—. Y menos en presencia de una niña.

Beltrán asintió avergonzado.

La comida prosiguió casi en silencio, sólo interrumpida por los mimos de Íñigo a la niña... hasta que un criado entró en la sala avisando de que tenían visita.

—¿Quién es el maleducado que viene a esta casa a la hora de comer? —preguntó serio el mayor de los Mendoza.

La aparición de Juana de Avis, acompañada de Pedro de Castilla, respondió a su pregunta.

Ambos tenían la ropa llena de polvo y parecían exhaustos.

Todos los Mendoza estaban estupefactos ante tan inesperada visita... y ante el evidente embarazo de la reina.

Pero Juanita sólo veía delante de sí a su madre, a la que tanto echaba de menos. Y corrió a su encuentro.

—¡Madre!

Juana de Avis la abrazó emocionada.

—¡Hija mía!

Diego, sin dejar de contemplar el vientre abultado de la reina, mostró su sorpresa:

—¡Majestad! ¿Qué hacéis aquí?

—Necesitamos vuestra protección. Nunca veréis a una reina rogaros como os ruego yo ahora vuestra ayuda.

Juanita miró ilusionada a su progenitora.

—¿Vas a quedarte conmigo, madre?

La reina miró temerosa a don Diego, esperando una respuesta a la pregunta de su hija.

—Tranquila, Juanita. Tu madre se va a quedar con nosotros.

9

Pactos e intrigas

Septiembre de 1468

I

Una semana, sólo una, bastó para que Isabel viera convertidas sus ilusiones en desesperanza.

Isabel había preparado con Chacón y Cárdenas cada paso de la posible negociación, las obligadas peticiones y las necesarias concesiones. Lo había hecho hasta el mínimo detalle. El problema era que Enrique dilataba en todo momento cada aspecto a tratar.

Pero, sobre todo, al final las negociaciones se encallaban en el mismo punto: la elección del futuro marido de Isabel.

El rey, apoyado descaradamente por Pacheco, solicitaba dar el visto bueno al pretendiente, cuando no elegirlo directamente.

Eso suponía una trampa, como bien definió Chacón. Porque de nada serviría que Enrique aceptara la petición de Isabel de ser su heredera si luego la casaba con un príncipe o un rey extranjero. Si el monarca conseguía esto, Isabel sería reina, sí... pero no de Castilla, dejando vía libre a las aspiraciones de Juanita, la hija de Enrique.

Una mañana, Isabel estalló y dejó claras cuáles eran las condiciones que debía reunir su futuro esposo.

—Debe ser de edad parecida a la mía para procrear hijos sanos, tener sangre regia, y en ningún caso mi matrimonio debe implicar que tenga que dejar Castilla.

Pacheco se negó en redondo.

—Perdonad, alteza, pero vuestra boda es cuestión de Estado y responsabilidad del rey.

—Ni el Estado ni el rey se acostarán ni tendrán hijos con quien yo me case.

Pacheco fue a responder cuando un criado interrumpió la charla para dar paso a un mensajero. A Enrique le cambió el semblante y ordenó aplazar un día las negociaciones.

Isabel y sus asesores se levantaron serios y dejaron a solas al rey con Pacheco y el recién llegado. Aquél preguntó de inmediato al mensajero:

—¿Se sabe dónde está la reina?

—Así es.

El mensajero dio un pasquín a Pacheco y éste empezó a leer.

—¿Dónde está? —preguntó con insistencia el rey—. Hay que ir a por ella y llevarla a Segovia…

Pacheco le interrumpió.

—No creo que podamos, majestad. La protegen los Mendoza en Trijueque, junto a vuestra hija.

Enrique se mostró sorprendido.

—¿Dice eso este pasquín?

El mensajero asintió.

—Sí, majestad. Ha sido clavado en puertas de iglesia, ayuntamientos y hasta en los árboles de los caminos principales.

—¿Qué dice? —preguntó alarmado el rey a Pacheco.

Pacheco resumió:

—Los Mendoza juran por su honor defender los derechos de la princesa Juana, hija legítima del rey, y reniegan de las negociaciones de Guisando… Han mandado carta a Roma para quejarse de vuestras maniobras. Y acaba así —pasó a leer—: «Porque si el rey no cumple su palabra, mal rey tiene Castilla».

A continuación, Pacheco levantó los ojos hacia el rey para comprobar algo que intuía: la desolación de Enrique era evidente.

No tardó en llegar al bando de Isabel la noticia de la postura de los Mendoza. Chacón ya se había extrañado de la ausencia de los Mendoza en Guisando. Incluso de la ausencia de la reina. Ahora se explicaba todo, lo cual no dejaba de ser insólito. Porque tan extraña era la beligerancia de los Mendoza con el rey, al que siempre habían sido leales, como que se arrogaran la protección y defensa de los derechos de Juana de Avis y su hija.

Isabel mostró su sorpresa.

—¿No se pactó que era Fonseca quien custodiaba a la reina doña Juana en Alaejos?

—Así es —respondió Carrillo—. Nuestro trabajo costó separarla de su hija.

—¿Y qué hace ahora con los Mendoza? ¿De quién la están protegiendo?

Chacón lo tuvo claro.

—Del rey. Si no, los Mendoza no renegarían en público de él, ni alardearían de tener a madre e hija... A lo mejor poseemos más bazas de las que creemos en esta negociación... Sólo que no las conocemos.

Isabel miró a Cárdenas.

—Cárdenas, os agradecería que fuerais a Trijueque para saber qué ocurre con la reina y los Mendoza.

Cárdenas sonrió.

—Ya tengo preparado el caballo, alteza. Partiré de inmediato.

II

Mientras Cárdenas viajaba a Trijueque, un nuevo asunto se añadió a las negociaciones de Guisando: la intervención del reino de Aragón.

Juan II, su rey, había pedido hacía tiempo al Papa la posibilidad de mediar en el conflicto castellano, alegando razones patrimoniales y familiares. Ambas cosas eran ciertas. El comercio castellano y aragonés, como vecinos que eran, compartían intereses. Nobles aragoneses habían invertido en el negocio de la lana, que desde Castilla se extendía hacia toda Europa.

Los intereses económicos eran incluso personales para Juan II de Aragón. Por herencia de su difunta primera esposa Blanca de Navarra (de quien tuvo como hijos a Carlos, Juana, Blanca —la que casó y fue repudiada por Enrique IV— y Leonor), poseía inmensas posesiones en Castilla.

La vecindad, el uso del mismo idioma y los lazos familiares existentes (un buen ejemplo era el del almirante de Castilla, Enríquez, que era tío de Fernando, príncipe de Aragón) aconsejaron que la mediación aragonesa fuera algo lógico y natural. La Santa Sede aceptó y así se lo comunicó a De Véneris y a ambas partes en litigio.

Este hecho fue recibido con especial alegría por Carrillo, viejo amigo tanto del rey aragonés como de su mano derecha, Pierres de Peralta. Éste fue precisamente el elegido por Juan de Aragón para representarle en las negociaciones de Guisando.

Peralta era un noble navarro de cuarenta años, destacado político y militar. Pero, sobre todo, era conocido por su lealtad al rey Juan de Aragón, que le trataba más como a un amigo que como a un súbdito.

Al contrario de lo que sucedía en Castilla, en Aragón el rey mandaba y no tenía validos. Pero la soledad del rey Juan, viudo desde hacía poco más de medio año de su segunda esposa Juana Enríquez (castellana de nacimiento y educación), hizo que Peralta fuera un sostén necesario.

¡Cómo añoraba el rey Juan a su segunda esposa! Su boda pareció en principio un capricho: cuando se casaron en el año 1441, el rey Juan tenía ya cuarenta y seis años y Juana apenas veintiuno. Muchos dijeron que, pese a pertenecer a la familia de los Enríquez, de gran peso en Castilla, Juan la eligió por su belleza sin detenerse a pensar en otras ventajas que podía reportarle.

Sin embargo, a lo largo de sus casi diecisiete años de matrimonio, Juana Enríquez se desveló como una pieza esencial para el gobierno de Aragón.

Ayudó a su marido en la lucha contra los hijos de su anterior esposa que encabezados por el mayor de ellos, Carlos, príncipe de Viana, intentaron arrebatar a su padre la corona, temerosos de que la descendencia de su segunda esposa los apartara del poder.

Se dice que el propio Carlos estaba locamente enamorado de su joven madrastra... ¡cuatro años más joven que él! No debía de ser correspondido cuando se rumoreó, si bien nunca pudo probarse, que la propia Juana Enríquez ordenó el envenenamiento de Carlos porque éste suponía un peligro para los intereses del hijo que ya tenía con Juan II, de nombre Fernando, que apenas había cumplido nueve años.

Fernando... Sólo con pronunciar su nombre, tanto Juan de Aragón como su madre, la reina Juana, se enternecían. Adoraban a su hijo, lo cual no supuso que el joven príncipe tuviera una vida fácil ni llena de lisonjas.

La propia Juana Enríquez, aparte de ser su madre amantísima, fue su tutora rígida y disciplinante. Aragón necesitaba un rey fuerte que controlara las tensiones continuas con Valencia y Cataluña, cuyas Cortes y nobles exigían razones y beneficios a la Corona de Aragón para contar con su apoyo. Y Fernando tenía que serlo.

Por ello, su madre asumió la regencia del joven Fernando en Cataluña, desplazándose con él a Barcelona, donde le inculcó la necesidad de saber catalán y conocer las artes de la negociación.

Y también por ello, se preocupó de que su hijo dominara las armas. Y no pudo hacerlo mejor, porque con apenas quince años, Fernando era un príncipe que mandaba tropas, famoso por luchar al lado de sus soldados en el campo de batalla.

Con la muerte de Juana Enríquez, Juan, que ya tenía sesenta

y dos años, perdió a la mujer que amaba, a la madre y tutora de su hijo Fernando y, también, a su principal consejera.

En ese momento, todo se desmoronaba para Aragón. Castilla estaba en crisis continua y la guerra de Aragón con Francia parecía inacabable. El rey de Aragón se sentía solo y cansado. A sus sesenta y tres años apenas podía ver debido a las cataratas. La economía del reino no era holgada como para estar en guerra permanente con un reino del tamaño y la solera de Francia, capaz de pagar ejércitos a los que sólo la habilidad militar de Fernando podía derrotar. Pero esos éxitos no podían durar eternamente.

El rey Juan temía, también, por la vida de su hijo, el otro sostén —junto a Peralta— de su gobierno. Cada vez que partía a la guerra, lloraba como padre y como rey. Porque si su hijo muriera, ¿qué sería de Aragón?, se preguntaba.

Por todas estas razones, aparte de las económicas, Juan II de Aragón decidió enviar a Peralta a Castilla.

Pero antes de eso, Peralta y él debían hacer algo más importante: recibir al príncipe Fernando tras una nueva victoria contra el enemigo francés.

Fernando entró en la sala sin llamar, como era costumbre.

Su padre, casi ciego, no pudo ver su vestimenta embarrada y manchada de sangre, ni la venda que le comprimía el costado herido. Tampoco pudo ver la mirada pícara de su hijo. Ni su sonrisa, capaz de convencer tanto a un rey en una negociación como a un campesino al regatear el precio de una jarra de vino. Pero sí le pudo oír.

—¿Fernando? No os esperaba antes de la noche…

Fernando le miró con cariño.

—Echaba de menos vuestras regañinas, padre.

—Acercaos, hijo…

Fernando se acercó haciendo un gesto a Peralta de que no le dijese nada a su padre sobre la herida del costado. Estaba dolorido pero procuró no arrastrar una pierna que tenía magullada... Sin embargo su padre, antes de que llegara hasta él, se dio cuenta de que algo le pasaba.

—¿Estáis herido? Vuestros pasos no son los de siempre... Cojeáis.

Fernando resopló. Nunca conseguía engañar a su padre.

—Caí del caballo en una escaramuza —mintió piadosamente.

—No me mintáis, vuestra voz también flaquea. ¿Estáis herido?

—Para no ver bien, no se os escapa una... Pero tranquilo: quien me hirió no podrá alardear de ello. Os lo juro.

Su padre le abrazó.

—Sois el capitán de mis ejércitos... ¿Por qué lucháis como un soldado?

—Porque un buen capitán debe pelear al lado de sus hombres.

—La baja de un soldado la cubre otro... Pero no hay sustituto para el futuro rey de Aragón... —le dijo dándole por un caso perdido—. Marchad a descansar.

Fernando obedeció, no sin antes sonreír con complicidad a Pierres de Peralta, al que consideraba uno más de la familia.

Tras la marcha de Fernando, el rey Juan deseó suerte a Peralta en su viaje a Guisando. Le pidió defender los intereses de Aragón con tesón... y también le avisó que no sólo iba a Castilla a mediar entre Enrique e Isabel. También le encomendaba otra misión no menos importante.

—¿Cuál es, majestad?

—Os la diré mañana antes de que partáis hacia Castilla. Antes debo hablar con mi hijo.

El rey habló esa misma noche con su hijo. Lo hizo durante la cena. A solas, sin criados.

Y Fernando casi se atraganta con un trozo de carne cuando oyó los planes de su padre.

—¿Boda? ¿Me estáis hablando de boda?

—Sí, hijo.

—Y en vez de enviarme a un altar, ¿no podéis mandarme mejor a otra batalla?

Su padre sonrió.

—Hay muchas maneras de ganar las guerras, no sólo con la espada. Necesitamos alianzas: Francia es un gigante al lado de Aragón.

—David le ganó a Goliat.

—Eso pasa pocas veces... O ninguna. A saber si fue verdad o invención del que lo escribió.

Fernando se quedó meditabundo, lo que hizo que su padre insistiera aún más:

—Necesitamos a Castilla de nuestro lado. Por eso quiero que os caséis.

—¿Y quién es la elegida?

—Su nombre es Beatriz. Es la hija de Juan Pacheco, el marqués de Villena, el hombre que gobierna Castilla.

—Pero no es de sangre regia...

—Hay que estar al lado del que manda... Y quien manda en Castilla es Pacheco.

—Mal asunto que un reino no lo gobierne un rey... —Y añadió socarrón—: Espero, por lo menos, que su hija sea hermosa.

—Simplemente tendréis que hacerle cuantos más hijos, mejor —respondió Juan recuperando su sonrisa—. Y en eso no os falta experiencia.... Luego ya sabéis que podréis hacer lo que queráis. Si lo hacéis como príncipe, ¿qué no haréis como rey?

Tras una pausa, Juan quiso saber la respuesta de su hijo.

—¿Aceptáis mis planes?

Fernando sonrió.

—Si vierais la sonrisa en mi boca, sabríais que sí. Todo lo que me ordenáis lo obedezco con gusto.

—No veo la sonrisa, pero la siento, hijo... Y ahora servidme vino... Que el vino de Cariñena es demasiado bueno como para derramarlo en la mesa.

A la mañana siguiente, Peralta supo de su nueva misión. No

sólo debía ayudar a que los intereses de Aragón salieran bien parados del conflicto de sucesión entre Enrique e Isabel. Debía negociar con Pacheco, a espaldas del propio Enrique, la boda de su hija con Fernando.

No sería difícil, pensó Peralta. Al fin y al cabo le iba a regalar a su hija la posibilidad de ser reina.

¿Qué más podría desear un hombre tan ambicioso como Pacheco?

III

Las cosas estaban tomando una curiosa deriva. Mientras la hija de un marqués, el de Villena, podía llegar a reina, la hija de un rey corría el peligro de no llegar a heredar nunca la corona que por derechos de sangre le correspondía.

Era el caso de Juanita, hija de Juana de Avis y, mientras nadie probara lo contrario, de Enrique, rey de Castilla.

A sus seis años, ajena a todo lo que sucedía en torno a ella, jugaba, a gatas por los suelos, con Diego Hurtado de Mendoza a las batallas con soldaditos de madera.

Al verlo, su madre, Juana de Avis, a la que el embarazo ya se le notaba ostensiblemente, no pudo evitar su sorpresa.

—Cuando yo era niña jugaba con muñecas, no con soldados.

Don Diego, al oír la voz de la reina, alzó su mirada hacia ella y respondió de manera seca:

—Con los tiempos que corren, es mejor que vuestra hija se acostumbre a los soldados. Le vendrá bien para cuando sea reina.

—Si algún día lo es.

El mayor de los Mendoza, ahora sí, se levantó del suelo y declaró solemne:

—Lo será. En eso podéis estar tranquila.

Juana de Avis se emocionó por las palabras de don Diego.

—Siempre os estaré agradecida por vuestro apoyo.

—Guardaos vuestro agradecimiento para otros. Nada de esto lo hago por vos, sino a pesar de vos...

La reina quedó boquiabierta por la dureza de las palabras de Mendoza, al que aún le quedaba algo que decir.

—Mi familia ha hecho más por que vuestra hija sea reina que vos con vuestra conducta indecente.

Juana de Avis intentó zanjar la situación llevándose a su hija a dar un paseo. Pero la niña se negó tímidamente:

—Quiero seguir jugando... —Miró a Mendoza—. ¿Puedo?

Don Diego sonrió y miró a la reina esperando su respuesta.

—Claro que puedes, preciosa.

Juana de Avis salió triste al exterior de la casa de Trijueque. Hasta su hija parecía repudiarla. Y, aunque le doliera, no le faltaba razón, pensaba la reina. Probablemente Juanita había encontrado con los Mendoza ese entorno familiar que en Segovia siempre le faltó.

La reina había procurado estar en todo momento a su lado en palacio, la amaba con locura y procuraba que cada uno de sus caprichos infantiles se hicieran realidad. Pero con frecuencia estaban ella y su hija solas, todo lo más acompañadas por criadas.

El rey parecía tener siempre cosas más importantes que hacer que estar con su hija. Eso sí, cuando lo estaba, era tan cariñoso con ella que se hacía difícil de entender que si la quería tanto la viera tan poco.

Sí. Con los Mendoza, la pequeña Juana se sentía querida, protegida, con toda la familia volcada en ella como si fuera hija de todos. Especialmente de Íñigo y de Diego, que la mimaban, jugaban con ella... Y, sobre todo, procuraban que no llegara a los oídos de la niña nada inconveniente acerca de lo que estaba pasando en torno a su futuro.

En los jardines que rodeaban la casa, Pedro de Castilla esperaba a la reina. Nada más verla notó su angustia, pero no le preguntó nada. ¿Para qué? El dolor del alma, cuando no tiene remedio, sólo se multiplica si se habla de él.

La besó cariñosamente, como siempre. Acarició el vientre donde crecía su hijo y caminaron en silencio lentamente hacia un claro del bosque que se había convertido en su verdadero hogar, a unos doscientos metros de la casa de los Mendoza.

No podían ir más lejos. El rey había dado orden de búsqueda y captura sobre ellos. Aunque su paradero ya no era ningún misterio: los pasquines con que los Mendoza habían sembrado toda Castilla ya avisaban de dónde estaban.

Por ello, la seguridad se había duplicado: la pareja siempre paseaba vigilada por varios soldados del ejército de los Mendoza. Y acercarse a Trijueque no era tarea fácil. Íñigo López de Mendoza había ordenado situar controles que, a modo de puestos fronterizos, sólo dejaran pasar a sus dominios a quienes eran de la familia y trabajaban para ellos. Nadie más podía cuzar esas barreras.

Por eso no fue nada sencillo para Cárdenas averiguar lo que ocurría con la reina. Haciéndose pasar por comerciante de trigo, tuvo que sobornar al tabernero de la posada donde se alojaba, para que le indicara cuáles de sus clientes trabajaban habitualmente para los Mendoza.

De todos ello eligió a un hombre maduro, bebedor irredento y poco agraciado físicamente que perdía la vista tras las muchachas que se le cruzaban por delante. Cárdenas se informó acerca de él: era viudo y poco afortunado en amores. Pero sobre todo había un dato que era el que realmente le importaba: era criado desde hacía más de veinte años de la familia Mendoza.

Le observó varios días y se dio cuenta de la debilidad que el hombre tenía: aunque miraba a todas las mujeres, había una en especial que le transformaba el rostro cuando se cruzaba con ella, una de las empleadas de la posada, de generosas carnes y un escote que mostraba que la distancia más corta hacia el placer no era precisamente la línea recta.

No era Cárdenas de costumbres licenciosas, pero no le quedó más remedió que aparentar que las tenía. Él, que ni siquiera bebía, bebió. Él, que no había pagado en su vida por acostarse con una mujer, lo hizo... pero para que la mujer concediera sus favores a quien había elegido como salvoconducto para entrar en terreno de los Mendoza.

Cumplido su sueño, el criado de los Mendoza aceptó llevar a Cárdenas hasta la residencia de tan noble familia, no sin antes volver a pedir más dinero.

Cárdenas accedió, pero con la condición de pagar una vez hubiera visto a Juana de Avis y a su hija.

El criado aceptó y llevó a Cárdenas por caminos y atajos agrestes por donde pocos hombres habían pasado antes.

Cárdenas empezó a desconfiar.

—¿Estáis seguro de que no nos hemos perdido?

—Hay que dar un rodeo... Si nos ve la guardia, estamos fastidiados. Además... No vamos precisamente al palacio.

Cárdenas se sorprendió.

—¿Dónde vamos pues?

—A un claro donde la dama suele ir a pasear a estas horas. Seguidme.

Por fin llegaron a una arboleda desde la que se divisaba un claro en el bosque.

—Ya hemos llegado... Ahí tenéis a vuestra dama.

Cárdenas miró y vio a Juana de Avis, que ya no podía disimular su embarazo, paseando por el campo con un hombre, Pedro de Castilla.

Al ver a la pareja besarse, Cárdenas no pudo reprimir una sonrisa. Ése era el secreto tan bien guardado por Enrique: el embarazo de su esposa.

Un embarazo de otro hombre que suponía una infidelidad impropia de una reina.

Pero que también dejaba claro, las fechas así lo indicaban, que Juana de Avis no debía tener los problemas de fertilidad que desde palacio se pregonaban al no lograr durante tanto tiempo quedarse preñada del rey.

No. Los problemas de fertilidad eran, sin duda, de Enrique.

Cárdenas sonreía pensando en todo esto e imaginando la cara de Chacón e Isabel cuando les diera la noticia, pero la voz del criado exigiendo el dinero prometido le sacó de su ensimismamiento.

Le pagó sin dejar de sonreír: sin duda el viaje había merecido la pena.

IV

En Guisando, las negociaciones seguían sin avanzar y los recesos empezaban a durar más que las horas de reunión.

Con motivo de la inminente llegada de Pierres de Peralta, el enviado de Aragón, también se suspendieron las negociaciones por orden del rey, que dispuso se organizara, ya que el tiempo lo permitía, un ágape al aire libre.

Largas mesas de madera ocupaban una pradera en que se habían extendido lienzos donde los presentes se podían sentar o incluso reclinarse hasta reposar la espalda en el suelo.

Cualquiera que hubiera contemplado la disposición de los que allí se encontraban habría sabido que no era momento de acuerdos ni de confraternización entre los dos bandos.

A un lado, el rey estaba acompañado de Pacheco y De Véneris. A bastantes metros de distancia, Isabel conversaba con Carrillo y Chacón.

Enrique comía como un poseso y no entendía que Pacheco, frugal en sus comidas, apenas probara bocado.

—¿No coméis?

—Gracias, majestad, pero tengo otras cosas en qué pensar... —Contempló al rey devorar un trozo de carne—. Y vos deberíais recordar lo que dicen vuestros médicos acerca de comer con más frugalidad.

Enrique sonrió.

—Curioso caso el vuestro, Pacheco. Según el momento, cuidáis de mi salud o pretendéis arruinarla.

Luego, se levantó y se dirigió a su tienda.

De Véneris se sorprendió.

—¿Dónde vais, majestad? ¿No recibiréis al enviado de Aragón?

Enrique, sin dejar de caminar, dejó claro que no eran ésas sus intenciones.

—Hacedlo vos por mí. Mi salud me pide echar una siesta.

Enrique desapareció, dejando a un alterado De Véneris que comentó crítico a Pacheco la actitud del rey.

—Debería esperar a que llegara nuestro invitado... ¡Es el representante del rey de Aragón!

Pacheco le miró despectivo.

—Como si es el Papa... Enrique es el rey y puede hacer lo que le venga en gana.

—Pero las formas son importantes y...

Pacheco no le dejó acabar.

—¿Quién os creéis que sois para decirnos al rey o a mí lo que debemos hacer o no? No os quejéis, De Véneris, que ya os pagamos lo suficiente como para aguantar vuestras quejas. Aprended de las putas que en cuanto cobran su dinero, obedecen y no se quejan.

De Véneris se puso en pie escandalizado.

—¿Me estáis comparando con una ramera?

—De las más caras, por cierto. —Le miró con condescendencia—. No me amarguéis la mañana, os lo ruego. Hace un día maravilloso como para estropearlo con vuestros lamentos.

Lejos de responder, De Véneris bajó la cabeza humillado.

En el grupo de Isabel, el ambiente era más distendido. Chacón estaba recostado y pensativo, como era habitual en él, jugueteando con una ramita en la boca. Carrillo, especialmente tenso durante esos días, parecía más calmado. Hasta Isabel daba la sensación de haberse acostumbrado al ritmo laxo de las negociaciones y se la veía más tranquila.

Curiosa, preguntó a Carrillo por el mediador que venía de Aragón.

—Habladme de ese tal Peralta. De Véneris me dijo que era amigo vuestro.

Carrillo asintió serio.

—Lo es. Como lo es el rey Juan de Aragón. Hemos vivido juntos más de una peripecia y colaborado en alguna intriga.

Carrillo no pudo evitar una sonrisa, como si estuviera recordando algo. Isabel captó de inmediato que algo pasaba por su cabeza.

—¿En qué pensáis, Carrillo?

—En las vueltas que da la vida. ¿Sabíais que el rey de Aragón os quiso casar con su hijo Fernando?

Isabel se sorprendió.

—¿Cuándo?

—Cuando teníais tres años.

—Por lo que veo, la tradición de casarme sin mi consentimiento viene de lejos.

Carrillo siguió explicando lo ocurrido.

—El rey Juan de Aragón llegó a pedir una bula al Papa, dado que sois primos. Pero Roma no concedió el permiso de boda…

Chacón, por fin, entró en la conversación:

—Como lo son Enrique y Juana de Avis… El Papa parece echar a suertes a quién da la bula o no.

Carrillo sonrió.

—No os creáis. A Enrique le costó lo suyo casarse. Preguntad a De Véneris que siempre saca tajada de ello.

Estas palabras de Carrillo iluminaron la mente de Chacón: si pudiera encontrar algo que resquebrajara la postura de Enrique en las negociaciones… Iba a comentar el tema con Carrillo cuando éste señaló a los lejos:

—Ahí está Peralta.

Justo en ese momento, apareció por la campa Pierres de Peralta, acompañado por un criado que le guiaba al encuentro de los presentes.

Carrillo se levantó de inmediato para ir a saludarle, pero Pacheco y De Véneris se le adelantaron. Peralta se fundió en un abrazo con Pacheco, dejando a Carrillo estupefacto.

Pronto llegaron Isabel y los suyos al lugar donde se saludaban Pacheco y Peralta. Éste, al ver al arzobispo de Toledo, abrió sus brazos.

—¡Carrillo, amigo mío! Os traigo recuerdos de Su Majestad el rey de Aragón.

Carrillo respondió abrazando a Peralta.

—Dadle los míos en cuanto lo veáis…

Tras el abrazo, Carrillo hizo las presentaciones y Peralta se inclinó ante Isabel en señal de respeto.

—A sus pies, alteza.

Isabel sonrió levemente.

—Encantada de conoceros.

Por primera vez durante todo el ágape, los dos bandos estaban compartiendo conversación con motivo de la llegada de Peralta. Sin embargo, eso no debió agradar a Pacheco que decidió que ya era hora de dejar saludos y agasajos.

—No agotemos a nuestro invitado, seguro que tras el viaje desea comer algo y descansar.

Peralta sonrió.

—Nada me apetece más.

De inmediato, Pacheco se alejó a solas con Peralta ante la decepción de Carrillo.

—Cuidado, Carrillo… —comentó Chacón, sin disimular la ironía—. Parece que Peralta es más amigo de vuestro sobrino que de vos.

Carrillo meneó la cabeza preocupado.

—Sí… Creo que necesito una copa de vino.

Chacón miró a Isabel, que rápidamente entendió lo que le estaba pidiendo: que le dejara a solas con De Véneris.

—Será mejor que acompañe a Carrillo. Si sobrio da guerra, no me lo quiero imaginar con unas copas de más.

Y marchó tras los pasos de Carrillo, dejando vía libre a Chacón con De Véneris.

—Tenemos que hablar, De Véneris.

De Véneris asintió serio: aún resonaban en su cabeza las palabras de desprecio de Pacheco. Tal vez fuera ya hora de dejarle claro que no se podía tratar al nuncio papal como si de una ramera se tratase.

V

—¿Queréis que mi hija se case con Fernando de Aragón?

Tras oír el ofrecimiento de Peralta, Pacheco no salía de su asombro.

—Parecéis sorprendido —respondió Peralta.

Efectivamente, lo estaba… pero, rápido como siempre, Pacheco tomó la iniciativa: mostrar emoción en una negociación era dar armas al enemigo. Por eso, Pacheco esbozó una de sus mejores sonrisas y, tras una pausa, para recuperar la normalidad tras tan impresionante oferta, respondió:

—No. Sólo estaba pensando qué me pediréis a cambio. No debe de ser poco para que un rey case a su hijo con la hija de un marqués. ¿Acaso no quedan princesas solteras?

Peralta fue a replicar, pero Pacheco no le dejó y siguió hablando:

—Dejadme adivinar… Os gustaría que me encargara de que Castilla nunca se alíe con Francia. Eso rodearía a Aragón de enemigos.

Peralta asintió.

—¿Podríais conseguir eso de vuestro rey?

—Yo de Enrique consigo lo que quiero.

El navarro apretó para conseguir más contrapartidas.

—¿Y apoyo militar en caso de necesidad?

Pacheco ya estaba en su salsa, jugueteando, dominando la situación… e incluso permitiéndose gastar alguna broma.

—Si el rey de Aragón se encarga de los gastos de la boda…

Peralta sonrió.

—Si ésa es la única condición, yo mismo costearía las nupcias.

El marqués de Villena sirvió vino en dos copas: sin duda, aquello había que celebrarlo.

—Entonces brindemos por el príncipe Fernando y por mi hija. Supongo que querréis conocer a la novia.

—Por supuesto… Pero con la mayor discreción posible. Quisiera que las negociaciones de la boda se llevaran en secreto.

—No os preocupéis. Si hay un experto en guardar un secreto, ése soy yo.

Pacheco levantó su copa y brindó por el futuro.

Sin duda, parecía sonreírle.

VI

Alejados del convite, Chacón pretendía sonsacar a De Véneris. Era lanzar una moneda al aire, pero valía la pena intentarlo. Las negociaciones estaban en punto muerto y, a la espera de lo que averiguara Cárdenas en su viaje a Trijueque, buscaba un movimiento maestro que rompiera la defensa del rey.

Si la bula del Papa para celebrar el matrimonio de Enrique y Juana había costado conseguirla Dios y ayuda, nunca mejor dicho, tal vez hubiera algún detalle que convenía saber.

—Habladme de esa bula.

—Dadme una razón para hacerlo, Chacón.

En realidad, De Véneris tenía ya sus propias razones para ayudar a Isabel.

Tras el desprecio de Pacheco, su paciencia había llegado al límite y tenía tantas ganas como Chacón de rebajar los humos tanto al marqués de Villena como al rey.

Pero, buen negociador, De Véneris sabía que cuantas más objeciones pusiera, más beneficio sacaría. De esa manera, mataría dos pájaros de un tiro: dar debida respuesta al desplante de Pacheco y, de paso, ganar fortuna.

Chacón atisbó que De Véneris le había abierto la puerta. Sabía también que el nuncio papal no era de los que regalaban nada. A buen seguro, sonsacarle el secreto le costaría a Chacón un alto precio económico. Pero la situación era desesperada. Por eso fue directo al grano.

—¿Cuánto costaría saberlo?

De Véneris no se anduvo con contemplaciones:

—Pagar más que lo que me paga Pacheco. Estoy harto de sus maneras...

—El futuro es de Isabel, si vos nos ayudáis a que así sea. Y juro que no se olvidará de vos.

—El futuro siempre es incierto... Concretad una oferta ahora.

Chacón empezó a ponerse nervioso.

—Os la haré llegar esta misma noche.

—La quiero firmada por la propia Isabel.

Chacón estalló.

—¡Tendréis lo que queráis, por Dios!

De Véneris se asustó al ver al siempre pausado Chacón a punto de retorcerle el cuello.

—Estamos atados de pies y manos —prosiguió desesperado Chacón—. Si no conseguimos una buena baza, todo el esfuerzo de estos años no servirá para nada. ¿Qué pasa con esa bula?

Tras una pausa intensa en la que Chacón oía los latidos de su propio corazón, De Véneris confesó la verdad.

—El Papa nunca la firmó. Falsifiqué un documento para que así lo pareciera a ojos de Fonseca y Carrillo, que lo validaron. Pero la bula nunca existió.

Chacón se quedó boquiabierto: era mucho más de lo que esperaba.

—Pero... entonces daría igual que Enrique fuera impotente o no, que su hija sea o no suya...

—Exacto. El matrimonio del rey no es legal y su hija Juana no podría heredar la corona... Si se supiera, claro.

—Se han sucedido tres papas desde que se casó... ¿Cómo se ha podido guardar el secreto?

De Véneris sonrió.

—¿Por qué creéis que Enrique es el rey cristiano que más paga al Papa? No es por su fe, os lo aseguro. Castilla dona a la Santa Sede generosos fondos para la guerra contra el infiel. ¿Sabéis de alguna batalla contra el moro en los últimos tiempos?

La pregunta no necesitó respuesta: ambos sabían que no había habido ni una en muchos años.

—Tenedlo claro, Chacón: Enrique paga por el silencio. Y Roma hace palacios con el oro de Castilla.

Chacón no daba crédito a lo que oía. Siempre pensó que Castilla no funcionaba como debía, pero nunca que se había llegado a tal grado de corrupción y de insidia.

Sin duda, ya era hora de que las cosas cambiaran. Y De Véneris le había dado a Chacón la posibilidad de empezar a maquinar dicho cambio.

VII

Cuando Chacón contó lo averiguado a Isabel, tuvo que contenerla para que no fuera directamente a ver a Enrique y soltarle en sus narices que sabía que su matrimonio con Juana de Avis no disponía de permiso papal.

Pero Chacón, como siempre, aleccionó a la infanta.

—Esperemos a saber las noticias que nos trae Cárdenas de Trijueque. Cuantas más armas tengamos en nuestra mano, mejor.

Isabel accedió obediente.

—Así se hará.

Estaban cerca de conseguir que las negociaciones giraran a su favor. La nueva información requería una nueva estrategia y Chacón ya la tenía preparada.

—Y dos cosas muy importantes, Isabel. La primera, no digáis lo que sabemos en público, solamente debéis hablar con Enrique. Sería faltarle al respeto. Es el rey: si le humilláis, algún día os hundirá.

—¿Cuál es la segunda cosa?

—Nunca le arrinconéis. El enemigo más débil, si no tiene una salida por dónde escapar, os puede matar en su desesperación.

Con esa filosofía grabada en su mente acudió Isabel horas después a la siguiente reunión. En ella ya estaba Pierres de Peralta que, tras hacer la oferta secreta de boda a Pacheco, debía ahora mantener las apariencias. Todos creían que el único objetivo de su viaje a Guisando era mediar en el conflicto entre hermanos. Era hora de simular que a eso había ido.

Pero no tuvo tiempo ni de dar su opinión sobre el asunto, porque los acontecimientos se sucedieron con una velocidad inesperada.

Nada más comenzar la sesión, Chacón pidió la palabra.

—Con vuestro permiso, majestad… Sabéis que estamos aquí por la voluntad de Isabel de ser heredera de la Corona. Ésa es la contrapartida a cambio de evitar la guerra. ¿Asumís esta cuestión?

Enrique miró a Pacheco que asintió en silencio. Luego, respondió:

—La asumimos.

—Entonces —continuó Chacón—, ¿cómo garantizáis que Isabel os pueda suceder si antes decidís casarla con un rey o príncipe extranjero? Eso la alejaría de Castilla.

Pacheco volvió a hacer de muro de contención.

—No es asunto nuestro. Toda esposa debe guardar obediencia a su marido.

Isabel reaccionó con soltura y temple.

—Como esposa obedeceré siempre a mi marido. Como madre, cuidaré de mis hijos. Pero como reina no rendiré obediencia a nadie.

Pacheco iba a empezar a responder cuando entró acelerado Cárdenas.

—Con vuestro permiso, majestad.

Enrique asintió dándoselo.

Los ojos de Cárdenas brillaban de tal manera que Isabel y Chacón notaron que traía buenas noticias.

Nada más sentarse, Cárdenas susurró rápidamente lo averiguado a Isabel y Chacón.

Isabel preguntó a Chacón en voz baja:

—¿Es la hora?

—Vive Dios, que lo es.

Pacheco estaba incómodo. Sabía leer en la mente de sus adversarios antes de que hablaran, y lo que leía no le daba buena espina. Con rapidez, intentó continuar con su intervención:

—¿Podemos seguir?

Isabel le respondió con un brillo especial en los ojos.

—Sí. Continuaremos. Pero el rey y yo solos.

La determinación de la joven provocó un silencio en la sala que sólo el rey se atrevió a romper.

—¿Por qué ha de ser así?

—Porque os interesa, majestad.

El rey accedió a la petición de Isabel y mandó salir a todos los presentes. Una vez a solas con Isabel, preguntó inquieto:

—Bien, hermana, ¿qué tenéis que decirme tan importante?

—Lo sé, Enrique.

El rey se puso aún más nervioso, aunque intentó disimularlo como pudo.

—¿Lo sabéis? ¿Qué sabéis, Isabel?

—Que vuestra esposa está embarazada de otro hombre.

Enrique recibió esas palabras como un golpe en el estómago.

—Va a ser difícil que sigáis defendiendo que sois padre de Juanita. Vuestra esposa tardó siete años en quedarse preñada de vos y fijaos qué pronto ha resultado fértil para otro...

—¿También dudáis de que yo sea su padre?

Isabel, haciendo caso a Chacón, procuró mostrar respeto en su respuesta.

—Sólo vos, vuestra esposa y Dios lo sabéis. Y no he de entrar yo en tales intimidades...

—Pues para no entrar, bien habláis del tema. Os lo ruego, dejad de faltar a mi honor.

Su hermana le respondió con suavidad:

—No falto a vuestro honor. Quiero salvaguardarlo. Sois el rey: merecéis mi respeto.

Enrique la miró aturdido: no esperaba esa esgrima verbal en su joven hermana.

—Y ya que me respetáis tanto, decidme: ¿cómo lograréis que mi honor quede a salvo?

—Porque en el documento que firmemos para resolver estos pactos de Guisando, no se citará la cuestión de vuestra paternidad.

El rey no pudo dejar de apelar a la ironía:

—¿Ah, no? ¿Y qué se dirá en él? ¿Que a mi esposa la preñó el Espíritu Santo?

—No. Se dirá que la bula papal con la que os casasteis por ser primo de vuestra esposa no fue sancionada por Roma.

Enrique volvió a sentirse zarandeado: también sabía Isabel lo de la bula.

—Legalmente —continuó Isabel—, vuestro matrimonio no existe. Legalmente, Juanita no puede ser vuestra heredera. Vuestro honor y vuestra hombría quedarán a salvo de rumores...

Al ver a su hermano confundido, Isabel se le acercó y puso con cariño su mano sobre el hombro del rey.

—Decidí no seguir la guerra porque, como a vos, me desagrada la muerte y valerme de ella para llegar a ser reina. Creí en vuestras palabras de afecto tras el fallecimiento de nuestro hermano Alfonso.

Enrique estaba hundido, a punto de que se le saltaran las lágrimas.

—Eran verdaderas —dijo el rey.

—Lo sé... Tan verdaderas como las mías cuando os deseo una larga vida como rey. Yo os apoyaré en todo. Pero ahora os toca apoyarme a mí, majestad.

—¿Qué queréis?

—Nada que no sepáis y que no sea justo... En los acuerdos que firmaremos los dos, constará que yo soy vuestra única heredera y que alcanzaré la Corona cuando vos fallezcáis de muerte natural... Y que si entro en guerra quedaré desposeída de ese derecho. ¿Estáis de acuerdo?

El rey asintió. ¿Qué otra cosa podía hacer?

Isabel continuó:

—También se hará constar que la reina Juana debe abandonar Castilla y volver a Portugal. Todos los males que nos ha causado a vos y a mí bien merecen ese viaje.

Y volvió a preguntar a Enrique si estaba de acuerdo. El rey afirmó de nuevo con la cabeza. No tenía fuerzas ni para que una palabra saliera de su boca. Sólo deseaba que aquel suplicio acabase.

Pero aún le quedaban a Isabel cosas importantes que decir.

—Por último, en los documentos que firmemos, constará que vos propondréis quién será mi esposo... Pero que yo sólo me casaré con quien me plazca de entre quienes me propongáis.

Isabel cogió aire para acabar sus peticiones, porque lo que iba a decir quería decirlo con voz firme y rotunda, para que a su hermano nunca se le olvidara.

—Y una cosa os debe quedar clara, majestad: nunca dejaré Castilla, la tierra donde nací y donde moriré. La tierra que amo.

VIII

Pocos días después, en Casarrubios del Monte, un pequeño lugar cerca de Guisando, Enrique e Isabel firmaron los pactos.

En ellos, se remarcaba que Isabel era princesa de Asturias y legítima heredera. Los motivos alegados en el documento hablaban, por parte del rey, de que se había llegado a ese acuerdo «por el bien y el sosiego del reino, para atajar guerras y porque ella, Isabel, está en tal edad que, mediante la gracia de Dios, puede luego casar y hacer generación, de manera que estos dichos mis reinos no queden sin haber en ellos legítimos sucesores de nuestro linaje».

Del mismo modo se apuntaba que «la princesa contraerá matrimonio con quien el rey determinara»... Pero, al lado, una cláusula redactada por Chacón detallaba que, después de que el rey opinara, la boda se celebraría «de voluntad explícita de la dicha señora infanta Isabel».

También, como había planteado Isabel al monarca, quedaba reconocida su sumisión y la de sus partidarios a Enrique. Como contrapartida, se perdonaba en nombre del Papa todo agravio o pena que a causa de la guerra se hubiera producido.

Otros puntos del pacto concretaban que la reina Juana sería expulsada a Portugal y que se convocarían lo más rápido posible Cortes para hacer oficial el nombramiento de Isabel como princesa de Asturias.

Por último, se acordó que Isabel, aparte del principado de Asturias, recibiría la posesión de varias (hasta llegar a diez) ciudades rentables que le pagarían tributos y ochocientos mil maravedíes de fondo anual.

Tras la lectura de los acuerdos, el nuncio papal dio por concluidas las negociaciones.

—Los acuerdos están firmados... ¡Viva el rey!

Todos repitieron la consigna, menos Enrique, que parecía serio y apagado.

De Véneris lanzó al cielo otra consigna:

—¡Viva Castilla!

Aquí todos repitieron el viva.

Por último, De Véneris miró a Isabel y gritó:

—¡Viva la princesa de Asturias!

Aquí, Pacheco y Enrique callaron.

Pierres de Peralta contempló con su habitual perspicacia la escena. ¿Qué le habría dicho Isabel al rey para de un día para otro resolviera tan a su favor las negociaciones?

Todos le habían hablado de ella como de una joven caprichosa y con una ambición desmedida. Sin embargo, tanto cuando la conoció, por sus buenas formas, como cuando la había visto hablar en público, Peralta no podía evitar que Isabel le recordara a alguien por su juventud y carácter. Por su dureza de soldado camuflada en el cuerpo de una atractiva dama.

Ese alguien era Juana Enríquez, reina de Aragón hasta hacía apenas unos meses que Dios decidió llevarla con Él a los cielos.

La mujer a la que tanto echaba de menos su amado rey Juan.

La madre de Fernando, el victorioso príncipe de Aragón.

Peralta empezó a pensar si no estaban equivocándose al elegir esposa para Fernando.

10

El engaño

Noviembre de 1468

I

«Yo, el rey. Yo, la princesa.»

Así firmaron Enrique e Isabel los acuerdos de Guisando. Y como rey y princesa viajaron juntos hasta Ocaña, nueva sede de la corte por voluntad del monarca.

Al llegar allí, Isabel y su comitiva se alojaron en un palacio propiedad de Cárdenas, natural de la localidad.

Por primera vez, desde hacía mucho tiempo, Isabel era feliz.

Carrillo, sin embargo, no se sentía tan contento. Seguía pensando que todo aquello era una trampa. Una buena prueba, para él, era la decisión de llevar la corte a Ocaña.

—No os ilusionéis, Isabel. Esto es sólo una jaula dorada... Las decisiones las seguirá tomando Enrique, en Segovia o en Madrid.

Chacón intentó frenar la desilusión que propagaba Carrillo.

—No seáis agorero, Carrillo.

—No lo soy. Simplemente digo lo que veo. Y he visto como vos que el rey y Pacheco, antes de dar tiempo siquiera a que nos instalemos en Ocaña, ya han partido a Segovia. Si ésta es la nueva Corte, ¿por qué no se han quedado con nosotros?

Todos callaron: sus palabras no estaban exentas de razón. Carrillo siguió con sus presagios, esta vez mirando a Isabel.

—Tarde o temprano, Enrique y Pacheco os traicionarán. Recordad estas palabras cuando ocurra, porque no estaré aquí para recordároslas yo.

Cárdenas puso voz a la sorpresa de todos los presentes tras escuchar a Carrillo.

—¿Nos dejáis?

—Así es.

Isabel se acercó cariñosa a Carrillo.

—¿Por qué os vais ahora? Enrique me reconoce como su heredera, pronto las Cortes me confirmarán como princesa de Asturias, nos han asignado recaudadores para cobrar impuestos en ciudades y villas…

—Seguid con vuestros sueños, que yo me voy a mi castillo de Yepes. Si algo os amenaza, hacédmelo saber. Yepes está a apenas catorce millas… Y tengo allí a parte de mi ejército.

Chacón sonrió forzadamente.

—Luego podemos seguir contando con vos.

Carrillo se giró hacia él.

—No permitiré que le pase nada a Isabel. Es la última esperanza de Castilla. Pero os aviso. Si tengo que volver, será por cuestión de fuerza mayor. Y si eso ocurre, cambiarán las reglas del juego: se hará lo que yo decida.

Tras decir esto, Carrillo inclinó la cabeza en señal de respeto a Isabel y se dirigió a la puerta.

—¡Esperad! —exclamó Isabel—. ¿Os vais a ir sin darme siquiera un abrazo?

Carrillo se acercó emocionado para fundirse en un abrazo con Isabel, esa niña que ya era una mujer y toda una princesa de Asturias.

Probablemente sin su protección jamás hubiera llegado a serlo.

Carrillo tenía parte de razón: los pactos recién firmados en Guisando, lejos de solucionar los problemas, sólo estaban sirviendo para generar otros nuevos.

Los Mendoza cumplieron con su amenaza de escribir carta a Paulo II, que fue leída en presencia del Papa por el hermano pequeño de la familia, Pedro de Mendoza. En ella Íñigo y Diego declararon perjuro al rey de Castilla.

Íñigo López de Mendoza también envió cartas a los principales nobles de Castilla para recordarles cómo el rey les había obligado a jurar como sucesora de la Corona a su hija Juana. Un juramento que no podía ser tomado en vano.

Enrique, como siempre que tenía problemas, decidió ir a cazar a su reserva de Madrid. Pacheco aprovechó su ausencia para presentar a su hija a Pierres de Peralta.

Beatriz Pacheco era una joven no demasiado agraciada, de ademanes toscos y cuya principal virtud era el amor que profesaba a su padre. Pese a su fortaleza, nada más saber que estaba prometida con el príncipe de Aragón, casi se desmayó.

—¿Seré reina?

Su padre remarcó con satisfacción:

—Futura reina de la Corona de Aragón...

Peralta, que no podía dejar de pensar en Isabel, miró a la joven y le dijo:

—Si vos aceptáis, Beatriz.

La respuesta de Beatriz fue un sonoro sí, tras el cual abrazó a Peralta. El noble navarro fue estrujado entre los brazos de la joven como lo fuera el rey Favila por el oso que acabó con su vida.

—¡Me dan ganas de salir y contárselo a todo el mundo! —exclamó luego Beatriz.

Peralta miró a Pacheco, que reconvino a su hija.

—Beatriz, si queréis ser reina, ya os he dicho que debéis ser discreta. Esto no ha de saberlo nadie.

—Lo sé, padre… Era una manera de hablar. Sabéis que siempre os obedezco. —Miró a Peralta—. Estad tranquilo, excelencia: si para ser reina sólo debo guardar silencio, estúpida sería si no callara.

Pacheco dio a Beatriz un cariñoso beso en la frente.

—Gracias, hija. Ahora dejadnos solos, que tenemos que hablar.

Beatriz correspondió a su padre con un beso en la mejilla, luego se inclinó ante Peralta y salió.

Pacheco se excusó ante Peralta.

—Disculpad la familiaridad de mi hija. Es una joven llena de vida.

—Tranquilo, Pacheco —respondió irónico Peralta—. Probablemente yo reaccionaría igual si me dijesen que soy el elegido para reinar.

El marqués de Villena dio una cariñosa palmadita en la espalda de Peralta.

—¿Qué pasos hay que dar ahora?

—Partiré a Aragón hoy mismo para comunicar la buena nueva. Haré redactar las capitulaciones de la boda y os las traeré personalmente a su debido tiempo…

—¿Cuándo calculáis que será eso?

—En cuanto la guerra con Francia nos deje un respiro. Pero creed en mi palabra: esta boda se celebrará. Es deseo expreso del rey de Aragón.

Pacheco le respondió confiado y afectuoso:

—Tranquilo, creo en vos… Además, yo también tengo problemas que resolver.

Sus problemas se resumían en un solo nombre: Enrique.

III

No debió servirle de mucho al rey su viaje a Madrid, ya que a su regreso a Segovia, continuaba deprimido.

Como siempre, Pacheco tuvo que hacer las cosas por él. Por ello pensó en las estrategias a seguir para parar el golpe de los pactos de Guisando y se presentó ante el monarca para contárselas.

Cuando llegó a la Sala Real de Segovia, Enrique estaba acompañado del fiel Cabrera.

—Majestad, debemos organizarnos, pensar en el futuro… —Miró a Cabrera—. Aunque de eso, tal vez sería mejor hablar a solas.

Cabrera se revolvió inquieto.

—¿Qué insinuáis?

—Todo el mundo sabe que vuestra esposa es la mejor amiga de Isabel.

—Sí, es verdad. Tanto como que mi lealtad a Su Majestad es inquebrantable.

Enrique zanjó la discusión:

—Confío en Cabrera, Pacheco. Hablad sin remilgos.

Pacheco volvió a mirar desconfiado a Cabrera y empezó a desgranar sus planes a regañadientes.

—Lo primero que debemos hacer es recuperar el apoyo de los Mendoza. Hay que dejarles claro que pensamos, como ellos, en el futuro de vuestra hija como algo prioritario.

—¿E Isabel?

—Eso es lo segundo, majestad: debemos alejarla de Castilla. Es un peligro para vos. Y tengo una idea con la que conseguiremos las dos cosas al mismo tiempo. Pero necesitamos tacto, tiempo y discreción. Lo que aquí se diga no debe salir de estas paredes.

Luego volvió a mirar a Cabrera.

—Si el rey confía en vos, yo no seré menos. Pero esto debe mantenerse en secreto.

Cabrera tuvo que sacar fuerzas de flaqueza para responder.

—Juro por mi vida que así será.

Pacheco le replicó con una seca amenaza:

—Juro por vuestra vida que eso espero.

El rey, a falta de otra opción mejor, volvió a ponerse en manos de Pacheco ante la decepción de Cabrera.

Esa misma noche, mientras se preparaba para acostarse, Cabrera se esforzó en guardar el secreto ante su esposa Beatriz de Bobadilla, que le esperaba ya en el lecho.

—¡Cómo me alegro de que todo haya salido bien!

Cabrera simuló una sonrisa.

—Y yo...

—Pues quién lo diría, Andrés... ¡Tenéis la cara más triste que la Virgen de las Angustias! Venid aquí, cariño...

Cabrera se metió en la cama y besó a su esposa, que le correspondió con pasión.

—Isabel hará grande Castilla, podéis estar tranquilo.

—Ojalá sea así...

—¡Lo será! ¿Cómo podéis dudarlo?

Beatriz le abrazó.

No se dio cuenta de la seriedad que mostraba el rostro de su esposo, obligado a guardar un triste secreto: ésos no eran los planes del rey por muchos pactos que hubiera firmado.

IV

Pacheco acompañó a Enrique a visitar a Diego Hurtado de Mendoza, en su residencia de Buitrago, donde había llevado consigo a Juana de Avis y a su hija.

Don Diego, siempre tan leal al rey, no ocultó su decepción al verle.

—Sabed que os recibo por pura cortesía. No me arrepiento de ninguna de mis acusaciones hacia vos.

Enrique encajó la andanada, pero prefirió no tenerla en cuenta: necesitaba a los Mendoza.

—No vengo a vuestra casa para que os arrepintáis de nada, sino a intentar buscar una solución.

—¿No es un poco tarde? Hicisteis que juráramos a vuestra hija como heredera... ¿Y para qué? ¿Para negociar con Isabel a nuestras espaldas? Ese día cruzasteis una línea que jamás debisteis traspasar.

El rey decidió que ya era hora de responder.

—No permito que me regañéis como a un niño... Soy vuestro rey y un rey no pide perdón a sus súbditos... ¿Recordáis esas palabras?

Mendoza quedó asombrado por las palabras del monarca.

—Sí. Os las dije personalmente cuando apenas teníais quince años.

—Pues si yo recuerdo vuestra palabras con respeto, os pido que vos lo tengáis al menos para escucharnos.

Don Diego le miró unos segundos y pensó que si Enrique hubiera manifestado siempre esa fortaleza en su carácter, otro gallo le hubiera cantado a Castilla.

—¿Qué proponéis, majestad?

Pacheco tomó la palabra:

—Casar a Isabel con el rey de Portugal.

—¿Vais a intentar casar otra vez a Isabel con Alfonso de Portugal? ¿Y cómo le convenceréis esta vez, Pacheco?

—Ofreciéndole otra boda al mismo tiempo: la de su hijo don Juan con la princesa Juana.

Enrique explicó las razones de una estrategia en la que ya parecía creer, tal vez porque no le quedaba otro remedio.

—Así le garantizaríamos a mi hija ser reina de Portugal... Y si Alfonso e Isabel no tuvieran hijos, mi primer nieto se convertiría en rey de Castilla y Portugal, y Juanita en la reina madre de ambos reinos.

Mendoza se mostró escéptico.

—Isabel ya se negó una vez a casarse con Alfonso. ¿Cómo conseguiréis que ahora acceda?

Era el momento de que Pacheco explicara el resto de sus planes.

—Retrasaremos las Cortes hasta tener la confirmación de

que Alfonso de Portugal acepta nuestra oferta. Y en esas Cortes lo que se someterá a votación no será la confirmación de Isabel como princesa de Asturias, sino su boda con el rey de Portugal.

Enrique sonrió.

—Y se votará que sí, os lo aseguro… La guerra ha empobrecido a muchos castellanos. Verán con buenos ojos una bajada de impuestos. Una vez concedida, aceptarán todo lo que les proponga. Esta vez, si se niega, Isabel no me estará desobedeciendo a mí. Sino al pueblo, representado en las Cortes. Y se quedará sola y sin apoyos.

Mendoza pensó en lo que acababa de oír. No pudo hacerlo durante mucho tiempo, porque el rey, ansioso, exigió su respuesta:

—¿Nos dais vuestro apoyo, Mendoza?

—Sí, lo tendréis… Pero cuando vea meterse a Isabel y a Alfonso de Portugal en la misma alcoba. Hasta entonces, sólo os prometo no mostrar beligerancia con la Corona y seguir protegiendo a vuestra hija… que, por cierto, os está esperando.

Enrique asintió: la respuesta le había dejado sin argumentos. Al salir junto al mayor de los Mendoza y Pacheco al pasillo, les estaba esperando Juana de Avis.

Mendoza mostró su disgusto

—¿Qué hacéis aquí? —dijo ofendido a Juana—. Os prohibí que vinierais.

La reina ni le miró: sólo tenía ojos para su esposo.

—Necesito hablar con vos —suplicó Juana al rey.

—Yo no. —Y dirigiéndose a Mendoza añadió—: Apartadla de mi camino.

Los tres hombres continuaron andando hacia donde les esperaba la hija del rey.

Juana de Avis intentó ir tras ellos, pero un guardia se lo impidió. Lo que no pudo impedir fue que gritara sus súplicas:

—¡Enrique! ¡Escuchadme, por Dios! ¡Escuchadme!

V

Desde que supo que Isabel se había instalado en Ocaña, Beatriz de Bobadilla no paró de insistir a su marido, don Andrés Cabrera, en su deseo de ir a visitarla.

Cabrera no estaba muy por la labor. Sabía de los planes que impedirían que Isabel fuera heredera a la Corona y quería ahorrar ese mal trago a su esposa.

Pero al final no le quedó más remedio que acceder. Por un lado, por la insistencia de Beatriz que, tozuda, siempre conseguía sus objetivos. Por otro, porque negarle ese deseo hubiera supuesto que sospechara que algo no iba bien. Y Cabrera, si quería conservar su puesto privilegiado en la Corte, debía mantener el secreto tal como les había jurado al rey y a Pacheco.

El encuentro de las dos amigas se selló con un emocionado abrazo. El afecto que se profesaban era inmenso. Llevaban sin verse demasiado tiempo y, durante el mismo, habían ocurrido muchos acontecimientos.

Por eso, lo primero que exclamó Isabel tras el abrazo fue:

—¡Tenemos tantas cosas de las que hablar!

—Os felicito, Isabel… Conozco por boca de mi marido todos vuestros éxitos.

Isabel asintió orgullosa: aún creía que había conseguido verdaderamente algo.

—Nuestro trabajo nos ha costado… A veces, es difícil comprender a mi hermano, el rey: es como si hubiera dos personas distintas en un mismo cuerpo…

—Dicen que la política causa esos efectos. Cuidado no os pase lo mismo a vos…

Isabel la miró muy seria.

—No. Yo siempre seré la misma. Pero hablemos de otros temas: ahora nos veremos más, os lo juro —dijo alegre—. ¿Aún os acordáis de nuestros juegos en Arévalo?

Beatriz sonrió.

—Cuando estoy triste, pienso en ello para animarme.

—Después de que se celebren las Cortes y todo esté ya firmado y en orden, podríamos hacer un viaje juntas a Arévalo. Nada me gustaría más que volver a ver a mi madre.

Beatriz notó la tristeza de Isabel al recordar a su progenitora y decidió cambiar de tema.

—Contadme… ¿Qué tal con Chacón, sigue tan gruñón como siempre?

—Cuando hace falta, sí… Pero, sin él, nada de esto hubiera sido posible.

—¿Y Gonzalo, aquel muchacho tan apuesto que era el doncel de vuestro hermano?

De repente a Isabel le cambió el gesto. Beatriz lo notó, preocupada.

—¿Le ha pasado algo?

—Le hirieron gravemente —respondió Isabel con tristeza—. Gracias a Dios sobrevivió… Se recupera en Ávila.

—Son buenas noticias. ¿Por qué las decís tan triste?

—Porque tenéis razón. La política causa efectos extraordinarios en las personas. Poca gente me ha mostrado tanto afecto como él. Y a pocas personas las tengo en tanta estima como a Gonzalo…

Isabel volvió a perder la mirada lejos de los ojos de Beatriz.

—… Y no me he acordado de él, hasta que no me habéis preguntado.

Beatriz supo de inmediato que era mejor no seguir hurgando en la herida. Por eso, sencillamente, acarició los cabellos de Isabel.

Al contrario que Isabel, Gonzalo sí pensaba en ella. Continuamente.

Sabía que había cometido un grave error confundiendo amistad con amor… ¿O era verdaderamente amor? Daba igual. Aunque lo fuera, Isabel no estaba al alcance de él.

Sin embargo, lejos de desfallecer, Gonzalo se propuso mostrar su cariño a Isabel de la única manera que podía hacerlo: protegiéndola. Evitando, como soldado que era, que pudiera sufrir cualquier daño. Eso, se juramentaba, nadie podría impedírselo durante el resto de sus días.

Sin duda, ésa era la razón por la que intentaba recuperarse cuanto antes de sus heridas y viajar hasta Ocaña, donde sabía que se encontraba la ya princesa de Asturias.

La obsesión por regresar para reunirse con ella y cumplir la misión que se había impuesto, llevó a un Gonzalo, pálido y descuidado, a abandonar su descanso antes de tiempo.

Álvaro Yáñez, el soldado al que salvó la vida y que se negaba a abandonarle en agradecimiento por ello, recriminó sus prisas.

—¿Qué hacéis de pie? El médico aconsejó que debíais seguir en reposo.

—No puedo estar más tiempo quieto, sin hacer nada. ¡No aguanto más en el lecho! Conseguid dos espadas y venid conmigo...

Los consejos de Álvaro no sirvieron de nada: a los pocos minutos, se encontraban los dos ejercitándose con la espada.

Álvaro apenas mantenía su guardia, dada la debilidad de su amigo. Gonzalo se dio cuenta y reaccionó rabioso:

—¡Sujetad fuerte vuestra espada! ¡Atacad! ¡No me tratéis como a un niño!

Álvaro simuló coger su arma con más fuerza y mintió:

—¡No lo hago!

Gonzalo, sacando fuerzas de flaqueza, realizó una maniobra que dejó en tierra a Álvaro.

—Lo hacéis —dijo Gonzalo jadeando por el esfuerzo—. Aprended esta lección: nunca se puede uno fiar de tres cosas: una espada rota, un borracho y un niño. ¡Levantaos!

Álvaro obedeció y siguieron luchando. Pero no fue por mucho tiempo: al volver a levantar su espada en posición de ataque,

Gonzalo sintió tal pinchazo en su herida que le obligó a frenar su movimiento y doblarse en cuclillas.

—Tal vez debiera haceros caso y descansar un poco más.

Álvaro se le acercó cariñoso.

—Tenéis razón. Nunca se puede fiar uno de cuatro cosas: una espada rota, un borracho, un niño... Y un insensato como vos.

VI

A su llegada a Aragón, Pierres de Peralta fue agasajado por el rey Juan y su hijo Fernando con una comida por los servicios prestados.

Durante la misma, Fernando no paró de preguntar al navarro sobre su futura esposa, pero Peralta callaba discreto.

El príncipe no se dio por vencido, llevado por la curiosidad y la perseverancia propias de su edad. Pese a sus dieciséis años, el destino le había obligado a demostrar una madurez sorprendente tanto en la batalla como en la política.

Pero Fernando, a veces, no podía evitar mostrar lo que en realidad era: un muchacho adolescente.

—Dejaos de tanto misterio... ¿es o no hermosa?

Peralta suspiró, pues alguna respuesta debía dar a Fernando.

—En verdad, no tiene una belleza delicada. Pero es simpática, fuerte...

Fernando le miró decepcionado.

—Bruta.

Su padre intervino divertido:

—Ha dicho fuerte, no reinterpretéis sus palabras... —Se dirigió a Peralta—: ¿Cómo son sus caderas?

—Anchas.

—Bien. —Miró a su hijo—. Con vuestro tino y sus caderas parirá buenos hijos.

Fernando empezaba a desesperarse ante las perspectivas poco halagüeñas de su futuro marital.

—Además de que es fuerte y ancha de caderas..., ¿podríais decirme algo más de ella?

Peralta volvió a evadirse como pudo:

—Me pareció una joven dispuesta y voluntariosa.

El rey Juan cerró la cuestión.

—Y es la hija del hombre más poderoso de Castilla. Suficiente.

Fernando mostró su malestar:

—Sí, es suficiente... Lo siento, no tengo apetito.

Y se levantó de la mesa dejando solos a su padre y a Pierres de Peralta.

—Desde luego, Peralta, como casamentera no tendríais futuro...

—Lo siento... No había visto nunca así a vuestro hijo.

—Ni yo. Y sé la razón.

Peralta le miró inquieto esperando unas explicaciones que el rey no tardó en ofrecerle.

—Sé de sus muchas amantes... Pero nunca me ha preocupado. Eran mujeres de una noche, de una semana. Yo mismo era así hasta que conocí a mi difunta esposa Juana... —Tras una pausa añadió—: Ahora, no es lo mismo... Ahora lleva tiempo con una tal Aldonza. ¿La conocéis?

—Es una noble catalana. De Cervera.

—¿Es hermosa?

—Lo es. Y mucho.

Juan se quedó pensativo.

—Debe de ser algo más que hermosa. Si no, no sería un peligro para nuestros planes.

El viejo rey no andaba desencaminado. Nada más abandonar palacio, Fernando fue a buscar el consuelo de su amante y amiga, mientras daban un paseo por el bosque. Lo primero no preocupaba en demasía a su padre. Pero el amor y la amistad que el príncipe profesaba a la muchacha era lo que realmente perturbaba al rey.

A eso se sumaba que Aldonza era una mujer de delicada belleza. También poseía una madurez impropia de sus dieciocho años. Tenía la capacidad de saber escuchar y la habilidad del buen consejo.

—Calmaos... Cuando vuestro padre os lo propone, sus razones tendrá.

—¿Casarme con una mujer que no posee sangre de reyes? No encuentro razones para ello. Teme por Francia, pero ya me encargaré yo de mantener a raya a los franceses.

Aldonza cogió cariñosa las manos de Fernando.

—Prefiero saber que os pierdo porque os casáis que porque habéis muerto en la batalla.

El príncipe la miró enamorado.

—¿Cómo podéis ser tan dulce?

Aldonza sonrió pícara.

—No os creáis... A veces tengo mi temperamento.

—Lo sé.

Fernando la besó y ella devolvió el beso mientras las manos de él empezaron a desvestirla.

Aldonza lo frenó en seco.

—Estáis loco... Nos pueden ver...

—Me da igual... ¿Y a vos?

Ella le miró con deseo.

—También.

VII

Poco a poco, Isabel empezó a darse cuenta de que los presagios de Carrillo se estaban haciendo realidad: ya habían pasado cinco meses desde los acuerdos de Guisando y apenas llegaban fondos de las ciudades que le fueron concedidas. De cada tres villas que el rey Enrique le concedió para su usufructo, apenas pagaba una.

Cárdenas no tardó en averiguar que dichas ciudades ni siquiera habían recibido la carta real que ordenaba los pagos. Y aún peor, otras habían recibido órdenes de Segovia de no pagar a los recaudadores enviados por Isabel.

Eso explicaba que muchos de los cobradores reales destinados a recoger los fondos ni siquiera eran atendidos en esas villas. Y algunos, hasta eran agredidos cuando llegaban.

Isabel resumió lo terrible de la situación:

—No convoca Cortes para confirmarme oficialmente como princesa de Asturias, su esposa Juana sigue en Castilla... Y nos tiene en la miseria. No está cumpliendo el acuerdo. ¿Qué estará tramando mi hermano ahora?

Encerrada en su jaula dorada de Ocaña, como bien la definió Carrillo, la princesa no sabía qué estaba ocurriendo.

Al disolver sus ejércitos y desmembrar la red de comunicación tras los pactos de Guisando, nadie podía avisarle de que Pacheco se encontraba en Sintra intentando, una vez más, negociar su boda con el rey de Portugal.

Alfonso aún recordaba la humillación de Isabel en el monasterio de Guadalupe. Y aunque la oferta de la doble boda le parecía interesante, no quería arriesgarse a hacer el ridículo otra vez.

Por mucho que Pacheco le juró que no volvería a pasar, el rey portugués prefirió guardarse las espaldas y decidió enviar una comitiva para que negociara en su nombre. Sólo cuando el pacto estuviera firmado, viajaría a Castilla.

Pacheco no tuvo otro remedio que aceptar. No era lo deseado, pero era suficiente.

Antes de despedirse, Alfonso de Portugal preguntó por su hermana, Juana de Avis.

—Por cierto, Pacheco... ¿Qué tal está mi hermana? Me preocupa, la última vez que la vi, aquel nefasto día, la encontré muy delgada.

Pacheco no pudo evitar sonreír.

—No os preocupéis. Ha engordado un poco.

No era cuestión de desvelar a Alfonso que su hermana estaba embarazada tras ser infiel a Enrique. Ya bastante deteriorada estaba la imagen exterior de Castilla como para encima dar noticias que más parecían de un burdel que de un palacio.

Al llegar Pacheco a Castilla se encontró a Enrique especialmente nervioso: había recibido una petición de entrevista de Isabel, a través de una carta en la que también le acusaba de no cumplir con los pactos de Guisando.

Conocía el carácter de su hermana y no podían mantenerla bajo presión tanto tiempo o todo se iría al traste.

Cabrera propuso pagarle parte de los ochocientos mil maravedíes que se le adeudaban. Ya que apenas recaudaba de las ciudades a su servicio, esto aliviaría su situación y relajaría las cosas.

Pacheco, ante la sorpresa de Cabrera, le dio la razón. En realidad, éste planteó esa solución apenado por la situación de Isabel. Tal vez por ser la mejor amiga de su esposa, tal vez por la inquina que estaba tomando a Pacheco, pero sobre todo porque estaba harto de tanta intriga y tanta promesa sin cumplir, Cabrera empezaba a pensar que quizá Isabel podría mejorar el gobierno de Castilla, visto lo visto.

Pacheco dio un paso más: ya era hora de convocar Cortes. Se haría justo al cabo de un mes, cuando la comitiva portuguesa ya estuviera en Castilla. De esa manera, Isabel no tendría tiempo de reaccionar.

Dicho y hecho, Enrique ordenó enviar quinientos mil maravedíes a Isabel, así como el anuncio de convocatoria de Cortes.

En Ocaña la sorpresa al recibir ambas noticias fue mayúscula.

—No entiendo nada —comentó Cárdenas—. Meses sin cumplir su palabra y ahora nos paga de golpe más de la mitad de lo adeudado… Y convoca Cortes de inmediato.

Isabel, buscando alguna justificación, recordó lo inconstante y olvidadizo que era su hermano Enrique. Tenía tantas ganas de que todo fuera bien, era tan grande el esfuerzo realizado y las penas sufridas, que Isabel, próxima a cumplir los dieciocho años, se ilusionaba ya con cualquier buena noticia que recibiera.

Chacón, sin embargo, no era tan optimista. Y menos, estando de por medio el marqués de Villena.

VIII

Fernando, príncipe de Aragón, estaba emocionado. Delante de él, apoyada sobre un almohadón, había una corona. La cogió y la ciñó sobre sus sienes. Luego sonrió en dirección hacia Peralta y el rey. El primero estaba contemplándolo, mientras que al segundo le hubiera encantado hacerlo, pero su vista no se lo permitía.

—Ya la tengo puesta.

—¿Le queda bien, Peralta?

—Perfecta. Como si hubiera sido rey de Sicilia.

Fernando siguió ajustándose la corona.

—Si hubiera llevado este trasto desde mi nacimiento, ahora tendría las cejas en las rodillas... —Y añadió quitándose la corona—: ¡Cómo pesa!

El rey Juan alivió las inquietudes de su hijo:

—Tranquilo, no hace falta llevarla todos los días... Ser rey está en el corazón y en la cabeza, no en lo que se ponga encima de ésta.

Fernando estaba feliz.

—Lo sé... Vos sois mi ejemplo. —Miró la corona—. ¡Rey de Sicilia! ¿Puedo abrazaros?

Su padre sonrió.

—Os lo ordeno.

—Aprovechad para dar órdenes ahora que aún no soy rey..., que luego hablaremos de igual a igual.

Fernando se abrazó con su padre. Peralta contemplaba satisfecho la escena.

—Gracias, padre.

—¿Por qué? Os lo merecéis. Sois mi hijo, mi mejor capitán y hasta mi lazarillo cuando hace falta… Venga, disfrutad los días que os quedan como príncipe con esa amiga vuestra.

Fernando, contento, salió de la sala. Peralta sonrió.

—Sois zorro viejo, majestad.

—Más viejo que zorro. Y ciego como un murciélago… Pero no soy tonto. Algo tenía que darle a mi hijo a cambio de una boda obligada.

—Para colmo, le animáis a que se divierta con Aldonza… ¿No os preocupaba tanto?

—Conozco a mi hijo. Si le prohíbes algo, más ganas tiene de conseguirlo… ¿Habéis mandado a Pacheco mensaje de la noticia?

En efecto, Peralta lo había mandado.

Cuando dicho mensaje llegó a Pacheco, éste dio un brinco de alegría tras leerlo. No era muy dado a mostrar sus emociones. Pero esta vez no había problema: estaba solo en su despacho.

De hecho, al llegar su hija, disimuló toda su alegría. Beatriz estaba nerviosa: no tenía nuevas noticias de la boda y quería saber si su padre sabía algo, ignorante de que acababa de recibir noticias de Aragón.

Pacheco asintió y le ordenó serio:

—Sentaos.

Beatriz Pacheco obedeció pensando que algo malo estaba pasando.

—Ya no os vais a casar con el príncipe.

Su hija quedó desencantada y a punto de llorar.

Pacheco notó la tristeza de Beatriz, pero decidió seguir jugando con ella.

—¿Qué os tengo dicho?

—Que a malas noticias, siempre hay que tener buena cara, padre.

—¿Entonces?

Beatriz consiguió forzar una sonrisa. Muy amarga, pero sonrisa... aunque de vez en cuando amagaba algún puchero.

—Lo siento, padre. Pero es que me hacía tanta ilusión...

—Tranquila, porque a cambio, os casaréis con un rey. Fernando va a ser coronado en breve rey de Sicilia.

Pacheco sonrió como nunca nadie le había visto hacerlo. Ni siquiera su hija, que le miró incrédula y luego empezó a llorar.

—Perdonad por no controlarme, pero es que... ¡soy tan feliz!

Pacheco se acercó y la levantó de la silla para abrazarla.

—Sonreíd, llorad, haced lo que os dé la gana... porque vais a ser reina. Y os lo podéis permitir todo.

Pacheco era feliz, aunque no lo sería del todo hasta que lograra alejar a Isabel de Castilla. Entonces, todo cambiaría: él volvería a dominar el reino y el siguiente paso sería establecer alianzas con Aragón. ¿Qué menos podía hacer si su hija iba a ser su reina?

IX

Por fin llegó el día en el que se celebraron las Cortes.

Isabel asistió esperanzada acompañada de Chacón y Cárdenas. Según avanzaba la sesión, los nervios empezaron a aparecer.

En voz baja, Isabel cuchicheó a Chacón:

—Han hablado de ovejas, del coste del pan, del castigo a los ladrones de los caminos... Pero de lo nuestro, nada.

Chacón mantuvo la compostura pese a que sus sensaciones eran sombrías.

—Esperemos.

Pacheco tomó la palabra.

—Me es grato informar a los presentes —dijo Pacheco elevando la voz— que, por la gracia de Su Majestad el rey, se rebajarán los impuestos en una tercera parte.

El anuncio provocó grandes clamores entre los asistentes. Incluso se escuchó más de un viva al rey.

Tal entusiasmo no carecía de lógica y estaba perfectamente estudiado por Pacheco: la guerra y la incertidumbre política habían mermado las arcas de los castellanos y esta nueva medida suponía para ellos un gran alivio. Y, además, la sensación de que el rey también se sacrificaba por ellos.

Chacón se percató de la maniobra.

—Como veis, quieren tener a todos contentos.

Isabel asintió seria:

—Y lo consiguen.

Los gritos de apoyo obligaron al rey a tomar la palabra.

—Gracias, castellanos… No lo toméis como una dádiva, sino como un reconocimiento. Lo hago para resarciros de las pérdidas provocadas por la guerra. Una guerra que llegó a su fin gracias al diálogo y el respeto de Isabel, mi hermana.

Isabel por fin sonrió: parecía que se acercaba el momento esperado.

Enrique continuó:

—Precisamente sobre ella, pieza clave de nuestro futuro, trata el último punto de la sesión.

Isabel suspiró ilusionada; siguió escuchando a su hermano y deseando que todo lo pactado se cumpliera. Que no tuviera que volver a desconfiar nunca más. Que su vida fuera a partir de ese momento tranquila.

No fue así.

—Tengo a bien comunicar a los presentes la propuesta de casar a doña Isabel con Su Majestad el rey don Alfonso de Portugal —dijo el monarca continuando con su discurso. Y añadió dirigiéndose a los asistentes—: Compromiso del que solicitamos vuestra aprobación por el método del alzamiento de mano.

Mientras todos los presentes alzaban su mano aceptando la moción, a Isabel se le heló el alma.

—Me han engañado… Me han engañado todo este tiempo.

Con lágrimas más de rabia que de tristeza, se levantó y salió apresurada, seguida por sus fieles Cárdenas y Chacón.

Al llegar al palacio de Cárdenas, donde vivía, Isabel estalló:

—¡Carrillo tenía razón! ¿Cómo nos hemos dejado engañar? —Miró desconsolada a Chacón—. ¿Qué hacemos ahora?

Chacón estaba hundido: Pacheco le había ganado la partida pese a los avisos de Carrillo.

—Es complicado. Algo sancionado en Cortes es difícil de desobedecer.

—Pues yo lo haré, no os quepa duda. Ya le dije una vez que no al portugués y con ésta serán dos.

Chacón intentó hacer ver a Isabel que no era tan fácil.

—Han sido muy hábiles. La primera vez era sólo una decisión del rey. Y le desobedecisteis. Pero ahora, si os negáis estaréis desobedeciendo al pueblo, representado en Cortes... Y el pueblo es precisamente vuestra fuerza.

Isabel se derrumbó en una silla.

—¿Y todo lo que he luchado y sufrido estos años no servirá para nada? Todo esto parece un mal sueño donde me pasa lo mismo una y otra vez... —Y con firmeza sentenció—: No. No me casaré. ¡Cárdenas!

—Sí, alteza.

Isabel estaba frenética.

—Escribid una carta al rey dejándole claro que no aceptaré la boda de acuerdo a los pactos de Guisando, según los cuales debo dar el visto bueno al pretendiente propuesto por el rey.

—Así lo haré, alteza.

—¡Hacedlo ya!

Cárdenas miró a Chacón, superado por los acontecimientos. Cuando iba a salir, llamaron a la puerta y al abrirla encontró a un criado.

—Tenéis visita, alteza.

Isabel reaccionó histérica:

—¿Quién quiere verme ahora?

Apareció Gonzalo con Álvaro. A Isabel le cambió la cara.

—¡Gonzalo!

Gonzalo inclinó la cabeza en señal de respeto.

—Perdonad que no llegara a tiempo para asistir a las Cortes. Me hubiera gustado ver cómo os proclamaban princesa de Asturias...

Isabel rompió a llorar, definitivamente rota.

Gonzalo miró a Chacón: ¿qué había dicho tan inoportuno?

X

—¿Cuándo veremos a doña Isabel, la novia?

Ésa era la pregunta más repetida por el duque de Braganza, líder de la comitiva portuguesa.

Los portugueses llevaban varios días esperando en Ciempozuelos noticias sobre cuándo comenzar a redactar las capitulaciones de boda, pero nadie les informaba de nada.

Sólo escuchaban la misma respuesta del rey:

—Pronto, no os preocupéis...

—Esperábamos verla en la recepción. Luego creíamos que nos visitaría en Ciempozuelos... ¿Hay algún problema?

—No, no... Todo está hablado y la infanta Isabel tiene plena disposición a cumplir con nuestro compromiso con Portugal.

—Me alegra oír esas palabras. Sobre todo después de la experiencia anterior con Su Majestad el rey Alfonso.

Pacheco asintió y se los quitó de encima como pudo, ordenando a Cabrera que organizara agasajos donde no faltara la comida ni las mujeres.

Nada más salir el duque de Braganza, don Alonso Barcelos, acompañado de Cabrera, Enrique se levantó nervioso.

—Mendoza tenía razón, Isabel no iba a ser tan fácil. Malditos pactos de Guisando... ¡En qué hora los firmé! ¡Un rey manda, no cede! ¡Y yo he cedido demasiadas cosas estos últimos tiempos!

—Vuestra hermana aceptará la boda, dejadlo en mis manos... pero antes necesito un favor de vos.

Enrique le miró expectante.

—Necesito que convoquéis a Chacón y a Cárdenas. Proponed una reunión en respuesta a la carta de Isabel... Decid que preferís hablar con ellos que no con vuestra hermana.

—No hay tiempo para negociaciones, Pacheco.

—Y no las habrá. Cuando lleguen a Segovia dad orden de retenerles. Carrillo ya les abandonó hace tiempo. Necesito estar a solas con Isabel.

Hubo un silencio. Tras él, Pacheco avisó al rey de lo que podía ocurrir:

—¿Sois consciente de que utilizaré la fuerza si es necesario?

Enrique le miró serio.

—Haced lo que tengáis que hacer.

XI

La estrategia de Pacheco era clara: convocar a Chacón y Cárdenas en Segovia y retenerles allí. Con Carrillo lejos de Isabel, él se encontraría a solas con ella y la forzaría a firmar la aceptación de sus nupcias con Alfonso de Portugal.

Pacheco solía gustar de manejar las intrigas con sus mejores armas: la palabra y el engaño. Pero no iba a ser la primera vez que utilizara el secuestro y la violencia para llevar a cabo sus propósitos.

Sitió a Juan II, anterior rey de Castilla y padre de Enrique. Consiguió del mismo Juan que firmara la ejecución de su principal enemigo, don Álvaro de Luna. Y más de un noble sufrió la vejación de ser recluido en una torre. Alguno murió por infamias propagadas por Pacheco. Otros, envenenados por órdenes suyas.

Sus manos parecían estar limpias, pero si limpias estaban era porque otros se las manchaban de sangre por él.

Cuando la petición del rey de hablar con Chacón y Cárdenas a solas llegó a Ocaña, nadie atisbó que era la primera fase de una trampa.

Isabel, en principio, se negó a la petición de Enrique, porque quería hablar cara a cara con él. Pero Chacón le aconsejó que no agraviara al monarca y prometió defender aquello por lo que tanto habían luchado. Isabel acabó cediendo y aceptó quedarse en Ocaña.

A la mañana siguiente, Chacón y Cárdenas partieron hacia Segovia. Al mismo tiempo, Pacheco hacía el viaje inverso: de Segovia a Ocaña.

Cuando los asesores de Isabel llegaron a Segovia, se encontraron con la sorpresa de que el rey estaba de caza. El mismo Cabrera se lo anunció.

Cárdenas y Chacón presintieron que algo estaba pasando e inmediatamente decidieron hacer el viaje de vuelta hacia Ocaña. Cabrera se lo impidió y ordenó a la Guardia Real su encierro en una habitación destinada a tal efecto.

Chacón estalló indignado:

—¿Qué está ocurriendo aquí?

Cabrera, apesadumbrado, le rogó:

—No me hagáis esto más difícil, excelencia.

—Pacheco, ¿verdad?

Cabrera calló y vio, solo y meditabundo, cómo la guardia se llevaba a Chacón y Cárdenas. Estaba rogando a Dios que el encierro fuera leve y que no hubiera orden de ningún tipo de violencia, porque dudaba de poder obedecerla.

Su esposa, Beatriz de Bobadilla, no tardó mucho en saber de la situación y acudió a él alarmada.

Cabrera la miró triste.

—Tengo que desvelaros un secreto. Isabel nunca será reina.

Beatriz empezó a llorar.

—Yo tengo que contaros otro.

Su esposo la miró alarmado esperando la respuesta.

—Estoy embarazada.

Cabrera, triste, abrazó a Beatriz: nunca tan buena noticia alegró menos a nadie.

XII

Al mismo tiempo que se sucedían los hechos en Segovia, Pacheco ya había llegado a Ocaña, acompañado de doscientos hombres. No los necesitaba para convencer a Isabel, pero sí para controlar todos los pasos de entrada y salida de la villa, que fue lo primero que ordenó.

Luego, junto a una docena de hombres entró en la residencia de Cárdenas, donde vivía Isabel.

Allí se encontró con una sorpresa: la presencia de Gonzalo, que al ver a Pacheco no se quedó menos pasmado.

—¿Qué hacéis vos aquí?

Pacheco forzó una sonrisa.

—Se trata de una visita de cortesía. Traigo un mensaje del rey… En Guisando me dijeron que os habían herido gravemente. Me alegra veros recuperado.

Gonzalo combatió con otra sonrisa la de Pacheco. Le costó; sabía que algo grave estaba pasando.

—Es un honor que el marqués de Villena se interese por un simple soldado. Ahora, si me dispensáis, tengo cosas urgentes que hacer.

—Por supuesto… Yo también ando muy atareado.

Gonzalo y Pacheco siguieron cada uno su camino.

El primero, sin acelerar el paso, dando apariencia de normalidad. El segundo también la aparentó… Pero en voz baja dio orden de cerrar no ya la ciudad sino el mismo palacio, y detener a Gonzalo. Ahora no podía entretenerse: debía reunirse con Isabel.

La encontró en su despacho leyendo. Isabel pidió explicaciones sobre lo que ocurría, pero Pacheco ni se molestó en contestarle. Prefirió exponer claramente el motivo de su visita. Colocó unos documentos en la mesa y los señaló con su dedo índice. Luego sacó una pluma y dijo:

—Firmad los papeles de vuestra boda.

Isabel estaba asustada, pero mantuvo la compostura.

—Ni lo soñéis...

Pacheco la miró con odio.

—Firmaréis... Por vuestro bien, espero que lo hagáis. Por que si cuando amanezca no lo habéis hecho, os llevaré a Segovia y os encerraré en la torre del Alcázar... Y os juro que yo mismo os tiraré de ella si hace falta.

—No os atreveréis a llegar tan lejos.

—Ponedme a prueba, Isabel. Además, nadie sabría que fui yo quien os despeñó... Vuestra madre está loca, así que bien puede estarlo también su hija. Y los locos a veces hacen cosas extrañas en sus delirios.

A continuación, Pacheco salió de la sala. Isabel, al quedarse sola, se derrumbó llorando.

Mientras esta conversación transcurría, Gonzalo logró llegar hasta donde estaba su compañero Álvaro Yáñez. Lo encontró preso por dos guardias reales que lo escoltaban.

Gonzalo sacó su espada, lo que sorprendió a uno de ellos, momento que aprovechó Álvaro para golpearle. Entre ambos acabaron con los dos.

Álvaro exclamó aturdido:

—¿Qué está sucediendo aquí?

—Pacheco está en Ocaña. Todo era una trampa. Hay que avisar a Carrillo.

Ambos salieron corriendo buscando una salida, pero pronto se encontraron con media docena de hombres que los rodearon, desenvainando sus espadas.

Los dos amigos respondieron con el mismo gesto.

Gonzalo evaluó las posibilidades de victoria.

—Son demasiados.

—Sí —respondió Álvaro—. Marchaos ahora mismo. Yo les entretendré.

Gonzalo le miró de reojo, alarmado.

—Seréis hombre muerto.

—Y vos también. Isabel os necesita: es la hora… Y vos ya me salvasteis la vida. Ahora me toca a mí. Corred y avisad a Carrillo.

Nada más decir eso atacó de frente a los guardias que le esperaban.

Gonzalo comenzó a correr. Pero oyó algo que no iba a olvidar nunca: el grito de muerte de su amigo.

Ahora no podía fallar. Y no lo hizo. Nunca recordaría cuántos hombres mató hasta salir de Ocaña. Ni el color del caballo que robó para recorrer las pocas millas que separaban Ocaña de Yepes. Ni siquiera si quien le llevó hasta el laboratorio de alquimia donde estaba Carrillo fue hombre o mujer.

Sólo recordaría de ese día, aparte del grito de su amigo al morir, que cumplió su misión de avisar a Carrillo de lo que sucedía.

Para sorpresa de Gonzalo, el arzobispo de Toledo no se extrañó.

—Sabía que pasaría algo parecido. Mi sobrino es tenaz y sin escrúpulos.

Gonzalo, con la poca voz que pudo salir de su garganta, exclamó:

—¡Tenemos que ir en su ayuda!

Carrillo le miró con una sonrisa llena de furia.

—Sí… Y no iremos solos, os lo juro. Como también os juro que si alguien toca un solo cabello a Isabel, lo pagará con su vida.

XIII

Con las primeras luces del día, Pacheco acudió puntual a ver si Isabel había firmado el documento.

Al llegar a la sala se encontró a Isabel como ida, derrumbada, a punto de quebrarse. Sin duda debía haber pasado la noche llorando… Pero no había firmado.

Pacheco quedó contrariado.

—Isabel, os lo ruego… —Empezó a hablar despacio, saboreando cada palabra—. No me obliguéis a hacer ninguna barbaridad. ¿O tenéis dudas de que no cumpliré lo que os dije ayer?

Isabel ni respondió.

Pacheco dio un alarido:

—¿Firmaréis o no firmaréis?

Isabel negó lentamente con la cabeza. No tenía fuerzas para hacer otra cosa.

—Vos lo habéis querido, Isabel. Levantaos: venís conmigo a Segovia.

Pero Isabel no tuvo tiempo de levantarse. La puerta se abrió y por ella apareció Carrillo seguido de una docena de soldados, entre ellos Gonzalo.

Los guardias reales que acompañaban a Pacheco intentaron reaccionar, pero Carrillo les puso sobre aviso:

—Envainad vuestras espadas si queréis seguir vivos. —Miró a Pacheco—. Mis fuerzas doblan a las vuestras. Os aconsejo la retirada, sobrino.

Las palabras de Carrillo rebosaban suficiencia, algo que hería especialmente a Pacheco.

—Estáis estropeándolo todo… ¿Y para qué? Sabéis que Chacón e Isabel os acabarán traicionando.

—Eso ya lo veremos… De momento, decidle a Enrique que si se vuelve a poner en peligro la vida de Isabel, yo mismo llevaré mi ejército a Segovia, a Madrid o donde quiera que esté. Y le haré pagar ojo por ojo y diente por diente.

Pacheco, con un gesto, ordenó a sus hombres la retirada.

Nada más quedarse a solas con Carrillo y Gonzalo, Isabel no tuvo tiempo ni de agradecer el rescate. Se desmayó.

XIV

Pacheco regresó a Segovia sin haber cumplido su objetivo. Enrique ni le miró a la cara.

Como premio, le concedió el dudoso honor de avisar a la comitiva portuguesa de que no habría boda. Ya que el marqués de Villena no había sabido cumplir con sus tareas, ¿quién más indicado que el mismo Pacheco para sufrir tan mal trago?

El rey llamó urgentemente a Diego Hurtado de Mendoza. Después de lo ocurrido, le necesitaba: Castilla precisaba una mano firme y recuperar el prestigio. Y nadie superaba en ello a los Mendoza.

Don Diego sólo puso una condición para volver a su lado: defender los derechos de la princesa Juana, hija del rey. Éste accedió, aunque temía que eso pudiera provocar una nueva guerra.

Mendoza expuso sus planes para evitar que eso sucediera: esencialmente, y en eso no se diferenciaban mucho de los planes de Pacheco, se basaban en casar a Isabel y alejarla de Castilla.

La diferencia era la capacidad diplomática de don Diego y sus contactos en todo el mundo cristiano, entre ellos el mismísimo rey de Francia, de cuya amistad no dudó en hacer gala.

—Tengo información de que el rey Luis busca esposa para su hermano, el duque de Guyena, que es de edad parecida a la de Isabel. Y que estaría encantado que fuera castellana. Sería la mejor manera de acabar ganando la guerra a Aragón: asfixiando al rey don Juan por el norte y por el sur.

Enrique dudó.

—¿Y si Isabel vuelve a negarse?

—Entonces habrá guerra. Pero una guerra que ganaremos. Ya me encargaré yo de que el rey de Francia nos envíe un ejército que, sumado al nuestro, nos haga invencibles. A cambio, le ofreceré que nuestras huestes le ayuden a acabar con la resistencia de Aragón. Contadle esto a vuestra hermana y ya veréis como deja de molestarnos.

El rey escuchaba con atención y agrado.

—De acuerdo... Hablaré con Isabel lo antes posible. Otra cosa, don Diego... ¿Mi esposa ha dado a luz? Por tiempo, ya le toca.

Mendoza bajó la cabeza, incómodo.

—Sí, majestad... Ha parido gemelos.

Enrique torció el gesto.

—¿Puedo pediros un favor?

—No hace falta que digáis cuál es —respondió don Diego—. En cuanto llegue a Buitrago la expulsaré de mi casa.

XV

Mendoza cumplió su promesa y envío a Extremadura a la reina, su amante y sus dos hijos.

Enrique no tardó en hacer su parte del trabajo y viajó a Ocaña para ver a Isabel. Ofreció a Chacón y a Cárdenas que le acompañaran en el viaje, pero ambos, indignados por lo sucedido, se negaron.

Al llegar a Ocaña, Carrillo aceptó a regañadientes que el rey viera a Isabel. Él mismo acompañó a Enrique a la alcoba donde su hermana aún estaba convaleciente del golpe emocional sufrido.

Allí les dejó a solas, pero se quedó guardando la puerta junto a dos de sus soldados: no se fiaba del rey y prefería estar cerca de Isabel por si algo pasaba.

Enrique, tras preocuparse cínicamente por su estado, no tardó en contarle la propuesta de Mendoza.

—Vengo a ofrecer una solución a todos nuestros problemas.

—¿Os ha dado la idea Pacheco? Si es así...

Enrique la interrumpió con delicadeza.

—No. Es cosa de Mendoza... Y mía.

—Hablad.

—¿Queréis un marido de vuestra edad? Tengo un candidato perfecto... Sólo tiene un par de años más que vos...

—¿De quién se trata?

—Del duque de Guyena, hermano del rey de Francia.

Isabel le miró con tristeza.

—Definitivamente, me queréis lejos de Castilla...

—Olvidad Castilla, Isabel. Os lo aconsejo como hermano: gobernar es algo demasiado grande para los hombros de una mujer.

—Dejad que eso lo decida yo misma.

De repente, Enrique cambió el gesto, enfadado, olvidando la debilidad de su hermana.

—No aprendéis, Isabel... Estoy cansado de vuestra ambición...

—Y yo estoy cansada de que no cumpláis nunca vuestra palabra.

El rey se puso en pie, ya visiblemente nervioso.

—¿Os negáis? Está bien... Pues os aviso de mis planes. Y esta palabra juro que la cumpliré.

Isabel le miró impresionada: nunca le había visto tan fuera de sí.

—Francia es un reino fuerte... —continuó Enrique, casi gritando—, con un gran ejército, que me ayudaría a luchar y a ganar la guerra que surgiera de vuestra negativa. Vos veréis la de muertes que queréis cargar sobre vuestra conciencia si no aceptáis esta boda.

Al oír los gritos del monarca, Carrillo no dudó en entrar. Miró a Isabel.

—¿Queréis que se marche? —le preguntó.

—Sí.

Carrillo se giró hacia Enrique.

—Ya habéis oído.

Enrique se marchó dudando de que sus palabras tuvieran el éxito deseado.

Pero Carrillo, viendo a Isabel, se dio cuenta de que habían hecho mella en ella. Tal vez demasiada.

Sin duda, lo sucedido con Pacheco había llevado a Isabel al límite de su resistencia.

XVI

Nada más llegar Chacón a Ocaña fue a ver a Isabel, pero Carrillo se lo impidió.

—Antes debemos hablar… El día que marché de Ocaña, camino de Yepes, os dije que si volvía por causa mayor, las reglas del juego cambiarían. ¿Lo recordáis?

Chacón asintió. Muy a su pesar, recordaba esas palabras perfectamente.

—¿Asumís que debe ser así, Chacón?

—Sí.

—Bien, pues os diré lo que haréis. Os quedaréis en Ocaña, con Isabel. Para vuestra seguridad, os dejo mis mejores soldados… Os lo ruego: no negociéis nada con nadie hasta que yo regrese. Ni dejéis que Isabel vea al rey ni a ninguno de sus emisarios.

—¿Y vos qué haréis?

—Yo salgo de viaje. Me dirigiré al lugar donde pueden resolverse nuestros problemas.

Ese lugar era Aragón.

Allí llegó Carrillo con la nueva de que el rey de Castilla quería casar a Isabel con el duque de Guyena, hermano del rey de Francia.

Sus viejos amigos, el rey Juan y Pierres de Peralta, se mostraron muy preocupados tras recibir la noticia.

Juan preguntó a Peralta:

—¿Cómo es que no sabíamos nada?

Sin darse cuenta, a Peralta se le escapó un secreto por la boca:

—Pacheco no ha dado noticia de ello.

Carrillo sonrió.

—Decidme, majestad, ¿qué tratos teníais con mi sobrino?

El rey aragonés calló, pero Carrillo insistió:

—Creo que nuestra amistad y la información que os traigo merecen una respuesta a mi pregunta.

Juan bajó la cabeza para responder.

—Estábamos negociando la boda de Fernando con su hija.

—¿Con Beatriz? No os engañéis... Hay una novia mucho mejor que ella para Fernando.

—¿Quién?

—Isabel. Tiene sangre de reyes, la edad de Fernando y acabará ciñendo sobre su cabeza la corona de Castilla.

—Muy seguro os veo de eso.

Carrillo replicó solemne:

—Por mi vida lo juro: Isabel será reina.

Juan buscó a su mano derecha entre las sombras que impedían ver a sus ojos.

—¿Qué os parece, Pierres?

Peralta le miró con cariño.

—Una decisión acertada. Isabel me recuerda a alguien que fue muy querido por vos, majestad.

—¿Quién?

—Vuestra difunta esposa, doña Juana Enríquez. Tiene la misma desenvoltura, la misma fuerza... Y un orgullo difícil de doblegar.

El rey estaba conmovido recordando a su querida esposa. Tardó casi un minuto en reaccionar ante la ansiedad de Carrillo.

Peralta, en cambio, sabía ya cuál sería la respuesta de su rey. Tanto como que su tardanza era para evitar que, tras recordar a su difunta esposa, no se le quebrara la voz.

Por fin el rey dio su veredicto:

—Pues no se hable más. Mi hijo se casará con Isabel.

Carrillo puso su mano sobre el hombro de su viejo amigo.

—No os arrepentiréis, majestad... Isabel es el futuro.

11

La gran decisión

Febrero de 1469

I

Isabel y Fernando tenían muchas cosas en común: prácticamente la misma edad, dieciocho y diecisiete años, respectivamente; y lo más importante, ambos eran hijos de reyes. Incluso eran primos.

Pero todo esto no parecía suficiente para convencer a Isabel.

Carrillo, nada más llegar de Aragón, había convocado urgentemente una reunión con la princesa a la que también acudieron Chacón y Cárdenas.

El arzobispo de Toledo creía que la noticia de sus negociaciones con Aragón iba a ser recibida con alegría. Su decepción fue grande: Isabel, como primera respuesta, recordó que el monarca quería casarla con el duque de Guyena, hermano del rey de Francia. También tenían edad parecida y por ello la infanta no descartaba tal opción.

Carrillo miró a Chacón y a Cárdenas: mal asunto cuando Isabel valoraba la oferta de su hermano el rey. Sobre todo porque, si no hubiera aparecido la opción de Fernando, probablemente se hubiera dado por vencida, habría aceptado casarse con el duque de Guyena, y tantos años de trabajo, de sufrimiento y de lucha no habrían servido para nada.

Era comprensible. Sin duda el ánimo de Isabel estaba resquebrajado. A sus dieciocho años, había soportado que la separaran primero de su madre y luego de su hermano, la muerte de éste, la presión por negarse a contraer matrimonio con los pretendientes que le imponían... Todo ello había terminado haciendo mella en ella. Las amenazas de Pacheco y del rey fueron, ya, determinantes para que se viniera abajo.

Carrillo, alarmado, insistió:

—Pensadlo bien, alteza: Fernando es el candidato ideal.

Isabel buscó en Chacón apoyo para las muchas dudas que tenía. Le miró casi implorando que la ayudara a acabar con ese suplicio que estaba siendo su vida.

Pero Chacón apoyó a Carrillo.

—Yo también creo que la mejor opción es Fernando. Es cierto que el duque de Guyena es de vuestra edad. Pero casaros con él supondría alejaros de Castilla.

Carrillo miró agradecido a Chacón. Pero Isabel siguió mostrándose escéptica:

—¿Y si me caso con Fernando, no?

—Hay una gran diferencia, alteza: con Aragón nos unen costumbres, vecindad, la lengua... Y la sangre. Vos misma sois prima de Fernando. En cambio, ¿qué nos une con Francia?

—No sé... puede que obedecer al rey sea lo mejor para Castilla... y para mí. Tal vez si no me opongo, se cumpla con el tiempo lo firmado en Guisando. Tal vez, Enrique respete que yo sea su heredera...

Carrillo no podía creer lo que estaba oyendo, después de todo lo que había ocurrido.

—¿Os vais a volver a fiar de él? Isabel, no podemos abandonar ahora nuestros propósitos. No después de tantos años de lucha.

—Llevo luchando desde niña, y hasta ahora todo lo que he conseguido es ver morir a mi hermano... ver cómo mi madre perdía la razón... Y en todos esos años de lucha, respondedme... ¿Cuántos hombres han muerto en este tiempo? ¿Cuántos van a morir si me decido por un pretendiente en vez de por el otro? No puedo cargar con más muertes. O los difuntos acabarán apareciéndoseme por las noches como a mi madre.

Las palabras de Isabel causaron un efecto evidente en los presentes, que guardaron silencio.

Cárdenas, siempre en un humilde segundo plano, dio un paso al frente.

—Alteza, siempre ha habido y habrá guerras —expuso—. Lo importante no es la guerra, sino que la causa sea justa… Y la vuestra lo es. Tanto Carrillo como don Gonzalo os han dado razones de peso: no es hora de ceder, de dar ni un solo paso atrás.

Isabel calló. Parecía que las palabras de Cárdenas estaban a punto de hacerla recapacitar y decidirse por Fernando. Pero no fue así.

—Tengo una misión para vos, Cárdenas: partid de inmediato a Aragón y Francia. Averiguadlo todo, tanto de Fernando de Aragón como del duque de Guyena. Enteraos de sus hábitos. Si gustan de la caza, los juegos de envite, del vino… Si son buenos cristianos. Traedme informe de ello y yo decidiré quién será mi esposo.

Cárdenas miró a Carrillo y a Chacón preguntándose qué debía responder. Los dos asintieron y Cárdenas se comprometió a cumplir lo que le pedía Isabel sin más demora.

Antes de salir, Isabel se acercó a Cárdenas y le dio una orden:

—Miradme.

Cárdenas obedeció.

—Recordad esto Cárdenas: sois mis ojos.

Después, Isabel marchó de la estancia.

Entonces fue Carrillo quien se acercó a Cárdenas.

—Sí, recordad que sois sus ojos… Y recordad que esos ojos han de preferir al aragonés.

II

En Aragón, el rey Juan también tuvo que explicar a su hijo Fernando, en presencia de Peralta, el cambio de novia.

—El rey de Castilla quiere casar a su hermana Isabel con el hermano de Luis, rey de Francia… Si Castilla y Francia se unen en ese matrimonio, serán el martillo y un yunque que nos aplastarán. Debemos evitar que Isabel se despose con el duque de Guyena.

Fernando le miró sorprendido.

—¿Y qué puedo hacer yo en ese asunto?

—Mucho. Porque quien se casará con Isabel seréis vos.

Primero le casaban por conveniencia con la hija de Pacheco, ahora con Isabel… Fernando estaba confundido.

—¿Algún problema, hijo?

—No, no… Pero… si el rey de Castilla quiere casar a Isabel con ese duque de Francia…, ¿cómo vais a lograr que se case conmigo?

Peralta intervino:

—Os aseguro que si Isabel decide elegiros a vos, nadie, ni su hermano el rey, podrá convencerla de lo contrario… Y de eso se encarga Carrillo: no fallará.

Sin duda, Peralta no sabía cómo andaban las cosas por Ocaña. Pero sí le preocupaba cómo podrían ir por Segovia si Pacheco se enteraba de la noticia.

—¿Y qué hacemos con Pacheco, majestad?

—Haceos el sorprendido cuando os dé la noticia del plan de boda de Isabel con el duque de Guyena —respondió el rey—. Mostraos decepcionado… Pero haced que Pacheco siga creyendo que seguimos queriendo casar a Fernando con su hija. Será la mejor manera de que nadie sepa de nuestros nuevos planes. Partid para Castilla de inmediato, Peralta… Y cuando Carrillo os avise de que es la hora, concertad cita con Isabel.

Peralta salió raudo de la sala. Cuando se quedó a solas con su hijo Fernando, Juan casi le suplicó que no le fallara.

—Hijo…, tenéis un don con las mujeres. Por Aragón os lo pido: ganaos a ésta.

—Sabéis que siempre intento complaceros, padre… No os preocupéis. Isabel será mi esposa.

Juan sonrió.

—Y yo que lo vea.

III

No eran buenos momentos para Pacheco.

Seguía sin tener noticias de Aragón con respecto a la boda de su hija Beatriz con Fernando. Y, esa misma mañana, el marqués de Villena comprobó que el fracaso de su plan con Isabel estaba teniendo consecuencias.

Cuando supo de los planes del rey de casar a Isabel con el duque de Guyena, Carlos de Berry, Pacheco sintió que la tierra se tambaleaba. Todo por lo que había trabajado estaba a punto de venirse abajo. De hecho, ni siquiera se había atrevido a informar a Peralta de esa boda por las nefastas consecuencias que tal hecho pudiera acarrear para otra boda: la de su hija con Fernando de Aragón.

Por eso su principal objetivo pasó a ser abortar esas nupcias. Fue a palacio e informó al rey, delante de don Diego Hurtado de Mendoza, de que el duque de Guyena no mantenía una buena relación con su hermano, el rey Luis de Francia. Recordó cómo éste había desheredado al duque por encabezar una confederación de nobles, que se hacían llamar la Liga del Bien Público, para derrocarle. Sin duda, ese tipo de intrigas no eran patrimonio exclusivo de Castilla, ya que era una maniobra casi idéntica a la que el mismo Pacheco dirigió con la Liga de Nobles.

Pero había una gran diferencia: el rey de Francia tenía grabado en su conciencia, y eso lo distinguía de Enrique, que la Corona debía domar los intereses de los nobles y el clero y eliminar los privilegios feudales. Y los aplastó con su fuerza y con su maña.

No en vano el rey de Francia tenía dos sobrenombres. Uno era «el Prudente», por no dar un solo paso en falso, pese a ser de tendencia belicosa y expansiva. El otro era el Rey Araña, por su capacidad para tejer intrigas.

Enrique de Castilla no tenía, desde luego, tanta suerte con los motes. Por su guardia y sus costumbres algunos le llamaban «el Moro», acepción no muy positiva según la tradición castellana. Por su facilidad para caer en la influencia de otros, le apodaban «el Indeciso». Y por su dudosa capacidad para engendrar hijos también tuvo que pechar con el mote de «el Impotente».

Era muy probable que, pese a estas tachas, ganara a su colega francés en sensibilidad, cultura y sencillez. Pero éstas no eran dotes demasiado valoradas en un monarca en esos tiempos.

Pacheco tenía razón. Eran ciertas las malas relaciones entre el rey Luis y su hermano Carlos. Eso podría acarrear que fuera el rey de Francia quien quisiera a su hermano lejos de París. Exactamente igual que el rey Enrique quería a Isabel fuera de Castilla. En ese caso, la estrategia de la boda sería fallida.

Diego Hurtado de Mendoza no se arredró ante la habilidad verbal de Pacheco.

—No ocurrirá eso. Francia necesita nuestro apoyo militar contra Aragón. Y nosotros el suyo, si Isabel no acepta esta boda. Ésa es la garantía de que se hará lo que le pidamos.

El rey, tras escuchar a los dos, tomó partido por Mendoza y sentenció:

—Pacheco, casaremos a Isabel con el duque de Guyena, no se hable más.

No había duda: el rey miraba por los ojos de don Diego.

Cuando, dos semanas después, Pacheco recibió la visita en secreto de Pierres de Peralta pensó que su suerte cambiaba. Sin embargo, lo primero que escuchó de Peralta sólo fueron reproches: le echó en cara, como le había aconsejado su rey, el no haberles informado de los planes de Enrique de casar a Isabel con el duque francés.

Pacheco sólo pudo justificarse.

—Os juro que no he tenido nada que ver en esa decisión del rey —declaró con voz firme.

—Tengáis que ver o no, no puedo enterarme de noticias tan

graves por mis contactos en Francia. ¿A qué esperabais para informarnos?

—A tener todo controlado. Sé que una boda entre Castilla y Francia pone a Aragón al borde del abismo. ¿Qué creéis? ¿Que quiero que mi hija reine en un avispero? Mal me conocéis, Peralta.

El navarro calló: estaba pensando en cómo reaccionaría Pacheco si supiera la farsa que estaba interpretando. Si supiera que —estaba seguro de ello— Isabel iba a casarse, pero no con el duque de Guyena sino con Fernando de Aragón.

De repente, se dio cuenta de que no podía pensar delante de Pacheco, que parecía que podía leer sus silencios.

—¿Seguís queriendo que mi hija se despose con Fernando?

Peralta sacó un legajo de una funda de cuero y lo puso en la mesa.

—Sí… Aquí están nuestras condiciones para que la boda se celebre.

Pacheco suspiró aliviado.

—Pues se celebrará. Dejad todo de mi cuenta. Pero hay que seguir manteniéndolo todo en secreto.

Peralta asintió, conteniendo una sonrisa. Eso era justo lo que él quería: el máximo secreto. Y se lo estaba regalando Pacheco.

—Diego Mendoza utiliza esa boda para apartarme de Enrique, pero no lo conseguirá. Volved tranquilo a Aragón: evitaré que se celebre esa boda entre Castilla y Francia. Y si no lo logro, ya haré lo que tenga que hacer para que media Castilla se levante en armas contra el rey.

Cogió las capitulaciones de boda traídas por Peralta como si fueran la más preciada de las joyas.

—Mi hija será reina de Aragón como sea. Y no de un Aragón derrotado y cautivo de Francia. Mal padre sería si lo permitiera.

IV

El rey Juan parecía revitalizado ante la boda de su hijo con Isabel. En primer lugar, prefería verlo casado con alguien de sangre real antes que con la hija de un marqués. Y más cuando, como le pasaba al de Villena, éste había caído en desgracia.

Pero si, además, podía casar a su hijo con una buena esposa, como él tuvo la suerte de tener, la felicidad era doble.

Las vueltas que daba la vida... Juan ya había intentado comprometer a su hijo con Isabel cuando la princesa apenas tenía tres años. Al necesitar, por ser primos, de dispensa papal, solicitó la pertinente bula a la Santa Sede pero le fue negada.

Más tarde, el rey de Aragón pidió una bula general que permitiera a Fernando casarse con cualquier princesa a pesar de que tuviera lazos de consanguinidad. No había muchas en el mercado matrimonial, pero Isabel era una de ellas. Tampoco tuvo suerte.

Ahora tendría que volver a intentarlo. Sin duda, conseguir la bula de Paulo II no iba a ser fácil, dadas las buenas relaciones del Papa con Enrique. Pero eso no le desanimaba: lo importante era celebrar la boda.

Desde la muerte de su esposa, la tristeza y su ceguera convirtieron al anciano rey en alguien taciturno, que sólo aceptaba la compañía de su hijo y de Peralta. Pero ahora parecía otro. Sentía que no castigaba a su hijo pese a lo obligado de su matrimonio. Pensaba que por fin estaba tomando la iniciativa en el conflicto contra Francia. Y sonreía cuando imaginaba al rey Luis de Francia compuesto y sin novia para su hermano Carlos.

Juan sabía que ya lo había alcanzado la vejez, pero quería volver a sentirse vivo. Y, sobre todo, recobrar la vista.

Por ello hizo venir desde Lérida a un afamado cirujano judío de nombre Cresques Abnarrabí, al cual conocían bien desde que estuvo en Zaragoza, la tierra donde se había educado. Se decía de él que había operado con éxito de cataratas a más de un paciente. Aunque nunca tuvo uno de la categoría del rey de Aragón, al que estaba examinando el ojo derecho con una lente, ante la mirada nada amigable de Fernando.

Juan se mostraba ansioso por saber si su ceguera tenía cura.

—¿Podéis hacer algo por mis ojos?

—Puedo limpiar esa catarata.

—¡Pues hacedlo! ¡Hacedlo cuanto antes!

Abnarrabí le contestó pausadamente:

—Dejadme que consulte con los astros.

Abnarrabí extendió la mano hacia su ayudante y éste le alcanzó un libro. Mientras el judío hacía cábalas con el calendario, Juan le pidió a su hijo que se le acercara a él. Luego le habló en voz baja:

—¿Qué os pasa, hijo mío? Porque veros, no os veo, pero os conozco como si os hubiera parido yo y no vuestra madre. Y cuando estáis tan callado, es que algo os preocupa.

Fernando le respondió enfadado pero también en voz baja:

—Estáis poniendo vuestra salud en manos de un judío y sus supersticiones. Padre… Habéis de asumir que una larga vida conlleva los achaques propios de la edad.

—Soy un hombre… ¡un rey! Y me aferraré a un clavo ardiendo para seguir siéndolo. —Volvió a bajar la voz—. Y si este cirujano me devuelve la vista me da igual que sea judío, moro o navarro.

Abnarrabí interrumpió la conversación: ya había estudiado la situación.

—Los astros están de nuestro lado. La tercera semana del próximo mes se da la confluencia propicia para la operación. Vendré con tiempo para prepararos.

—Gracias, rabí. En vos confío.

Abnarrabí se despidió con una inclinación y marchó con su ayudante. Con ellos se cruzó un criado, que avisó de que tenían visita.

—Ha llegado un caballero que se anuncia como don Gutierre de Cárdenas. Dice que viene en nombre de Isabel de Castilla.

El rey sonrió.

—Ya está aquí vuestro examinador. Será mejor que no le hagáis esperar.

Fernando no parecía muy contento por esta situación.

—¿No os parece humillante que Isabel mande a alguien para que me dé el visto bueno?

—Hijo, el objetivo es demasiado importante como para tener en cuenta ese detalle. Además, si fuisteis capaz de convencer a las Cortes de Valencia para que pagaran más impuestos, no creo que esto os resulte más difícil.

Fernando sonrió por el recuerdo de su primera intervención pública: aún recordaba cómo le temblaban las piernas al empezar a hablar. Y el éxito que tuvieron sus palabras.

Juan le dio un último consejo:

—Os aviso, ese Cárdenas es sobrino político de Chacón. Y Chacón es como un padre para Isabel... Hijo, os lo ruego: debéis causarle la mejor impresión.

Y en busca de Gutierre Cárdenas salió Fernando con ese objetivo y una sonrisa en la boca: sabía que tenía fama de engatusar a cualquiera que se le ponía por delante. Pero también era consciente de que ese don lo había aprendido de su progenitor, capaz de imponer su opinión haciendo creer a los demás que la idea había partido de ellos. Eso era lo que estaba haciendo ahora mismo con él.

Tras saludarse Cárdenas le explicó por qué había venido:

—Mi mandato consiste en recabar toda la información posible sobre vos para mi señora.

Fernando sonrió.

—Y el mío pareceros encantador, educado y un esposo perfecto.

Cárdenas bajó la mirada, tímido.

—Os pido disculpas por esta situación...

—Tranquilo, Cárdenas. Entiendo que es vuestra obligación. Preguntadme lo que os plazca.

—Os seré sincero. El deseo de todos los que cuidamos de la princesa es que seáis vos el elegido. Así que mucho no os puedo preguntar...

Fernando le miró con afecto.

—Entonces, ya que no preguntáis nada, ¿os puedo preguntar yo algo a vos?

Cárdenas asintió.

—¿Cómo es ella?

—¿Isabel? —dijo azorado—. No sé qué deciros...

—Empezaremos por lo más sencillo, ¿rubia o morena?

El sobrino de Chacón estaba incómodo: no le gustaba hablar de estas cosas. La discreción era una de sus virtudes, pero Fernando insistió:

—Un matrimonio, por muy regio que sea, no deja de ser la unión de un hombre y una mujer. Y quiero saber cómo será mi futura esposa. Exactamente igual que Isabel quiere saber cómo soy yo.

Cárdenas, por fin, se arrancó, aunque no pudo evitar más de un balbuceo pese a que no era torpe en el verbo.

—Es... es rubia... de ojos azules... como son los Trastámara. —Pensó cómo podría seguir definiéndola—. Es elegante, pero modesta...

Poco a poco, Cárdenas, pensando en Isabel, fue convirtiendo en palabras la imagen que tenía de su señora.

—Es austera, poco amiga de lujos ni joyas. Muy cristiana y devota. Nunca habla por hablar. Es muy consciente de los deberes que por cuna le corresponden. Y es fuerte. De carácter y de ánimo. —Miró a los ojos a Fernando—. No conozco a ninguna mujer... y apenas conozco a algún hombre, con su fortaleza. Creedme: es una persona excepcional.

Fernando bromeó con Cárdenas:

—Sin duda sabéis halagar a vuestra señora.

—Lo hago porque no está ella presente. Si me oyera, me despediría.

Ahora, el príncipe quedó sorprendido: sí que debía de tener carácter.

Cárdenas le preguntó si quería saber algo más: tenía un poco de prisa. Debía viajar a París para entrevistar al otro candidato.

Fernando contuvo una carcajada.

—¿Al duque de Guyena? Creedme... podéis ahorraros el viaje.

Cárdenas puso cara de extrañeza: no entendía lo que Fernando quería decirle.

—¿No le conocéis? —preguntó divertido el aragonés.

Cárdenas negó con la cabeza.

—Cuando le veáis, acordaos de mí...

Fernando se despidió de Cárdenas dándole dos palmadas en la espalda.

Según se alejaba, Fernando ya no pudo controlar su risa, para sorpresa de un estupefacto Cárdenas.

Al arribar a París, Cárdenas no tardó mucho en saber el porqué de las carcajadas de Fernando. Estaba esperando en una sala decorada con estandartes azules con las tres flores de lis doradas, cuando un chambelán irrumpió en la estancia avisando en su idioma de la llegada del duque de Guyena.

Cuando entró, Cárdenas quedó tan sorprendido que casi se olvidó de hacer la obligada reverencia. Ante él estaba Carlos de Berry, hermano del rey de Francia.

Su alcurnia sería grande, pero no era más que un hombre pequeño, enclenque y contrahecho. Se apoyaba en un bastón para poder dar cada paso. Y un criado caminaba a su lado para ayudar a que mantuviera el equilibrio.

Y, efectivamente, Cárdenas se acordó de Fernando.

V

Ajeno a estas vicisitudes que se movían a sus espaldas, Pacheco estaba en Segovia, de cara a la pared del salón de su mansión. Parecía feliz, como un niño que juega al escondite.

—¿Puedo mirar ya?

—Aún no, padre…

Era la voz de su hija, que está acabando de ponerse un vestido con la ayuda de su madre, María de Portocarrero. Ésta era una mujer de tan pocas palabras como salud. De gesto adusto, sólo la presencia de sus hijos conseguía transformar su visible amargura en dulzura.

Beatriz, por fin, avisó a su padre que se podía girar para verla.

—¿Os gusta, padre?

A Pacheco, hombre de tan fácil expresión, le costó articular palabra.

—Estás… tan hermosa…

Avanzó hacia su hija y la abrazó.

—Todo lo que he hecho en mi vida… habrá merecido la pena sólo por verte convertida en reina…

Su esposa intentó que la alegría no se desbordara.

—Cuando lo sea —replicó.

Pacheco se giró serio hacia María.

—¿Acaso lo dudáis?

—Yo sólo digo que es muy complicado jugar a ser rey sin serlo… Porque al final, siempre son ellos los que ganan, de los que se habla en los libros y las leyendas… Y quienes casan a sus hijos con los de otros reyes…

Enfurruñada, Beatriz reprochó a su madre esas palabras.

—Madre, ¿por qué siempre tenéis que aguar la fiesta?

María preguntó con pesimismo:

—¿Han llegado buenas nuevas de Aragón?

Pacheco respondió harto:

—Llegarán… No le hagas caso, hija mía.

—No me lo hace nunca, tranquilo —comentó quejosa la madre—. Es igual que vos.

Pacheco reafirmó su fe en que todo iría bien.

—Esas noticias llegarán. Peralta ya estará en Aragón y no tardará en darlas.

Pero Pierres de Peralta no había vuelto a Aragón: se encontraba en Yepes, en el castillo de su amigo Carrillo. Estaba oculto esperando algo que confiaba haber obtenido ya: el sí de Isabel para casarse con Fernando. Y se sentía tan decepcionado como ansioso.

—No entiendo la razón de sus dudas. ¿No podría ayudar que hablara con ella personalmente? Pensad que si los franceses mueven pieza...

—Calma... Tranquilizaos y descansad, Pierres. Todo saldrá bien. Lo importante es que Pacheco no sepa que seguís en Castilla. Y que nadie sepa de nuestros planes de boda.

Carrillo sirvió vino en las dos copas que estaban frente a ellos.

Tras beber un sorbo de la suya, sus pensamientos se fueron volando hasta Ocaña.

—Además, no es bueno presionar a Isabel... Con ella, no es ése el camino. Bastante mal lo estará pasando ya.

Si Carrillo hubiera tenido el poder mágico de poder contemplar en ese momento a Isabel, habría constatado lo certero de sus palabras.

Porque la princesa rezaba y rezaba, convulsa. Lo hacía con la ilusión de que Dios le aconsejara lo que debía hacer. Porque ella, cada minuto que pasaba, tenía más dudas.

VI

Beatriz de Bobadilla estaba sentada en su alcoba. Su esposo la peinaba con dulzura antes de ir a dormir. Ella, siempre tan locuaz, llevaba tiempo administrando silencios. Cabrera estaba preocupado por ello y esa noche quería resolver el problema.

—Venga, decidme qué pensamiento nubla vuestra cabeza... Os temo cuando estáis callada.

Beatriz apartó la mano de su marido de su cabeza y le hizo la pregunta que rondaba por su mente tantos días.

—¿Por qué no me dijisteis la verdad? ¿Por qué no me informasteis de que querían casarla con el rey de Portugal a la fuerza?

—No podía decíroslo. Juré guardar el secreto al rey. Y eso está por encima de todo. Además, si lo hubierais sabido, ¿no se lo habríais contado a Isabel?

Beatriz se levantó airada de la silla.

—Si me hubierais pedido que mantuviera el secreto, nunca se lo habría dicho. Sois mi esposo y os debo lealtad.

—Perdónadme... Y no os enfadéis... —Tocó con cariño el vientre de su esposa—. No sea que se enfade también nuestro hijo.

Beatriz no pudo evitar una leve sonrisa... Pero pronto desapareció de su cara al volver a pensar en su querida amiga.

—Pobre Isabel. ¡La vi tan ilusionada creyendo que todo iba a cambiar! Primero un portugués, ahora un francés... Parece una mercancía.

Sólo le faltó a Beatriz añadir: «un aragonés». Si hubiera sabido de las gestiones de Cárdenas su asombro habría sido aún mayor.

VII

Recién aseado y cambiado de ropa, pero aún exhausto pues había llegado de un largo viaje, Cárdenas contó sus experiencias a Carrillo y a Chacón. Estaba preocupado.

—Definitivamente no puede haber otra elección que Fernando.

Carrillo, fiel a su estilo, rugió:

—¡Eso ya lo sabemos todos! El problema es convencer a Isabel… ¿Podréis hacerlo?

Cárdenas calló. Chacón se dio cuenta de que algo iba mal.

—Decid, ¿qué os preocupa?

—Que como Mateo, hay que ver para creer.

Carrillo solicitó que se explicara y Cárdenas así lo hizo.

—El problema es que ha dado Dios tan pocas gracias al duque de Guyena que si las cuento, Isabel no me creerá…

No debieron parecer muy convincentes estas palabras a Carrillo, que estalló:

—¡Haced lo que tengáis que hacer, pero convencedla! Os está esperando en su alcoba y quiere veros en privado. ¡Y cambiad el gesto, que parece que vais a un velorio!

Cárdenas retó con la mirada a Carrillo. Chacón al ver que la situación se podía ir de las manos, pidió a Cárdenas parlamentar con él a solas antes de que informara a Isabel de su viaje.

A Carrillo le pareció bien.

—¡Sí, hablad! Pero mejor fuera, a ver si le da el aire a vuestro sobrino y se despabila.

Camino de los jardines, Cárdenas se confesó:

—Carrillo me saca de quicio, lo siento.

—Ahora le toca llevar la voz cantante, lo sabéis… Sin él, Isabel estaría encerrada en una torre… O algo peor.

—Pero vos tenéis un nuevo proyecto para Castilla en vuestra cabeza. Y él… Él es más de lo mismo… Será a Isabel lo que Pacheco a Enrique.

Chacón suspiró amargado.

—¿Creéis que no lo sé? Pero ahora toca callar y observar. Apoyar las ideas que en común tenemos. Luego será nuestra hora… Pero ahora sois vos quien debe actuar. No falléis: tiene que elegir a Fernando.

Cárdenas movió la cabeza preocupado.

—Si ella hubiera visto lo que yo —dijo al cabo—, os aseguro que no tendría dudas. Pero la estamos presionando tanto que creerá que exagero...

Al llegar al jardín, se encontraron a dos jardineros que estaban trabajando. Uno de ellos era escuchimizado y bajito: era la viva imagen del duque de Guyena.

A Cárdenas se le iluminó la cara como si viera una aparición.

—¿Os pasa algo, sobrino?

Cárdenas sonrió.

—Creo que ya sé cómo convencer a Isabel.

VIII

Isabel miraba atónita cómo Cárdenas indicaba amablemente al no menos asombrado jardinero qué postura poner.

—El hombro derecho más alto... La pierna izquierda, más encogida... —Le acercó un bastón—. Coged el bastón, no os caigáis, buen hombre.

Luego miró al jardinero: estaba orgulloso de su obra.

—¡Ya está! Alteza, así es el duque de Guyena en persona.

Isabel sonrió.

—¡Estáis exagerando!

—No... Os juro que este buen hombre es mucho más lustroso que él. Puede que Francia sea grande y poderosa, pero os aseguro que el duque no lo es...

Isabel, por primera vez en mucho tiempo, rompió a reír.

Cárdenas siguió con su discurso:

—Es más. Incluso me quedo corto. Las piernas del duque son más deformes, sus brazos alambres sin lustre... Y los ojos... Los ojos de este hombre son rayos de luz en comparación con los ojos llorosos y perdidos de ese duque. Creedme. Al duque de Guyena le cuadra más tener un lazarillo que un escudero.

El jardinero puso cara de alivio: parecía haber alguien más horrible que él. Sin duda, se lo contaría esa noche a su esposa.

Cárdenas entregó unas monedas al jardinero, que salió de allí encantado contándolas.

Cárdenas se dirigió inquieto a Isabel.

—Y bien... ¿Qué decidís?

A Isabel se le evaporó la alegría: era hora de decidir, en efecto. Y tenía miedo de equivocarse.

—Voy a rezar para que Dios me ayude a elegir.

Isabel hizo ademán de salir, pero Cárdenas la detuvo.

—Esperad... ¿Puedo hablaros con franqueza?

—Os lo ruego.

—Sé que lleváis días rezando a Dios para que os ayude a elegir esposo. ¿No creéis que deberíais dejarle ya en paz?

Isabel le miró sorprendida, casi ofendida... Pero Cárdenas decidió emplearse a fondo: debía conseguir su objetivo.

—Todo lo que había de iluminaros, sin duda ya lo ha hecho. Debéis escoger a Fernando. Y hacerlo ya. No tenemos mucho tiempo, alteza... Vos me pedisteis que fuera vuestros ojos. Y os cuento lo que he visto: Fernando es un príncipe notable, ingenioso, discreto y de edad igual a la vuestra.

Isabel le respondió seca:

—Y que ya tiene un hijo fuera del matrimonio.

—Como veis no os he ocultado nada.

—Y os lo agradezco. Porque ese dato no es propio de un cristiano virtuoso.

Cárdenas estaba apunto de regañarla como a una hija. Pero se contuvo.

—No lo es, pero hasta el más virtuoso peca, alteza. En los tiempos que corren hasta los obispos tienen hijos. Además, eso es prueba de salud y fertilidad. Y, como habéis visto con el rey Enrique, eso es algo que necesita la Corona.

—¿Y debo aceptar su falta de virtud?

Cárdenas la contempló con tanta admiración que Isabel estuvo a punto de ruborizarse.

—Vos ya sois suficientemente virtuosa. Es seguro que los hijos que concibáis serán sólo de vuestro marido, y no de favoritos, nobles o amantes. —Y tras una pausa añadió—: Vos no sois como Juana de Avis.

Esta argumentación hizo diana en el corazón de Isabel.

—¡Yo nunca haría eso!

—Lo sé... Pero, señora, para poder ser recta, habéis de permitir que otros tuerzan.

A Isabel empezaban a faltarle los argumentos. Aunque el más poderoso no había salido a la luz. Cárdenas intuyó cuál era.

—No os preocupéis por las amenazas del rey, alteza. Porque es eso lo que más os preocupa, ¿no es cierto?

Isabel asintió temerosa. Pero Cárdenas le recordó que había que temer más a que se repitiera el pasado que a un nuevo futuro.

—El rey, vuestro hermano, sólo desea casaros con quien a él le plazca, sin tomar en cuenta si os place a vos. Sólo quiere alejaros de la corte. El rey os apartó de vuestra madre. Ha firmado pactos que no ha cumplido. Ha permitido que Pacheco utilizara la fuerza contra vos... ¿Vais ahora a hacer caso a quien tanto daño os ha hecho?

Cárdenas notó que Isabel había cambiado la mirada: empezaba a ser la de siempre, orgullosa, decidida. Tal vez por el recuerdo de tanta tropelía que debía ser vengada.

—¿Aceptáis que Fernando sea vuestro esposo?

Isabel ya no dudó en dar su respuesta:

—Sí, acepto.

IX

De inmediato, Carrillo mandó un mensaje a Pierres de Peralta, que esperaba inquieto en Yepes la respuesta de Isabel.

Cuando supo del consentimiento de la princesa, Peralta sonrió aliviado: esa misma noche iría a Ocaña a pedir su mano.

Sin duda la noticia haría feliz al rey Juan. Empezaba a andarse un largo camino: Peralta sabía que la guerra con Francia sería larga y que Isabel tenía muchos asuntos que resolver en Castilla.

Pero por la edad de los novios y por su carácter, intuía que acababa de nacer un buen proyecto.

Y que Castilla y Aragón empezaban a mirar hacia el futuro.

Sin embargo, Juan y su hijo Fernando estaban más pendientes del presente: el cirujano Abnarrabí estaba a punto de iniciar su operación de cataratas en el ojo derecho del rey. Para ello daba órdenes en hebreo a su ayudante, lo que molestó a Fernando.

—¿No podéis hablar en cristiano?

Abnarrabí le miró serio.

—Le estaba diciendo que acercara la silla a la ventana. Necesito luz para la operación.

Juan reprendió a Fernando.

—Hijo, dejadles trabajar. No les pongáis nerviosos, que al que le van a meter una aguja por el ojo es a mí.

Abnarrabí avisó de que todo estaba preparado. Su ayudante acompañó a Juan hasta la silla donde iban a operarle. Fernando vigilaba de cerca.

El cirujano volvió a hablar en hebreo a su sirviente. Luego miró sonriente a Fernando.

—Le he dicho que le sujete la cabeza.

Todo estaba listo para empezar.

—Ahora estaos quieto, majestad…

Abnarrabí cogió la aguja y acercó su punta hacia la esquina del ojo derecho del rey.

Fernando apartó la mirada impresionado: hacía falta valor para someterse a esa tortura.

X

La noche ya había caído sobre Ocaña: frente a la puerta de la residencia de Isabel, Chacón esperaba silencioso a Peralta, sentado a la luz de una tea.

El día había amenazado lluvia y esperó hasta que se fuera el sol para ejecutar dicha amenaza: en esos momentos estaba cayendo el diluvio universal.

Sonaron dos golpes en el portón. Un guardia miró a Chacón, que respondió ordenándole que abriera: quien llamaba era Peralta.

Chacón le llevó a la sala de palacio, donde esperaban Carrillo, Cárdenas e Isabel, que le recibió con afecto.

—Gracias por vuestro esfuerzo y paciencia —agradeció Isabel a Peralta—. Veo que ni el mal tiempo os impide cumplir con vuestra misión.

—Tranquila, alteza... —ironizó Peralta—. Uno se puede ocultar de Pacheco y el rey... Pero con la lluvia, no hay manera.

Isabel sonrió por la ocurrencia, manteniendo exquisitamente una compostura aprendida de su madre. Se dio cuenta de que Peralta estaba empapado y que gotas de lluvia perlaban todavía su frente.

Rápidamente, le entregó su pañuelo al navarro:

—Tomad, secaos.

Peralta quedó conmovido por el detalle.

—Permitidme que lo guarde como prenda el primer día que entre en batalla y no para secarme la lluvia, alteza.

A continuación, quien era mano derecha del rey de Aragón se congratuló de la respuesta afirmativa de Isabel: aquel enlace no podía sino traer bondades a Aragón y Castilla, que serían más fuertes juntos que separados.

Isabel, protocolariamente, compartió su opinión. Sin embargo, avisó a Peralta.

—Os he hecho venir para daros mi consentimiento al enlace... Pero antes debo mostraros mi preocupación.

Todos los presentes la miraron extrañados: ¿qué problema podría haber ahora?

—Fernando y yo somos primos —explicó Isabel—. Necesitamos que el Santo Padre nos conceda una bula para poder casarnos. Ni que decir tiene que sin esa bula nada de lo aquí hablado tendría validez.

De repente, Carrillo intervino:

—Tranquila, esa bula existe.

Peralta miró a Chacón sorprendido: no tenía noticias de ella.

Antes de que nadie hiciera ninguna pregunta incómoda, Carrillo siguió mintiendo:

—Está en poder del rey de Aragón, don Juan. El Santo Padre extendió una bula múltiple hace años permitiendo que Fernando pudiera tomar esposa entre los miembros de su familia.

Isabel creyó lo que decía Carrillo.

—No sabéis el peso que me quitáis de encima. Ahora mi elección no tiene pero alguno —dijo dando una carta a Peralta—. Esta carta es para Fernando: decidle a mi futuro esposo que ansío conocerle cuanto antes.

Luego deseó un buen viaje de vuelta a Peralta, que marchó, acompañado por Cárdenas, tras dar un fuerte abrazo a Carrillo. Sin duda a él se debía aquel éxito.

Isabel, agotada por la tensión de los últimos días, también se retiró a sus aposentos.

Cuando la princesa hubo salido, Chacón se dirigió a Carrillo.

—Enhorabuena por vuestras gestiones —dijo, y a continuación no pudo evitar lanzarle una ironía—: Sólo falta pintar la bula que os habéis inventado.

Carrillo no parecía estar preocupado por esa cuestión.

—Ahora que Isabel ha aceptado, no habrá fuerza en la tierra ni en el cielo que impida que esta boda se celebre.

Isabel, por su parte, decidió que antes de ir a dormir debía hablar con Gonzalo. Quería comunicarle personalmente su decisión de casarse con Fernando.

Había sido tanto el cariño recibido, tanto el sacrificio que Gonzalo había hecho por ella y por su hermano Alfonso, que pensaba que era un detalle obligado. Y más, sabiendo de sus sentimientos hacia ella. Que no le pudiera corresponder, no significaba que no fuera alguien muy especial para Isabel.

Gonzalo ya imaginaba que algún día escucharía esta noticia. Pese a ello, no pudo evitar un pellizco en el estómago, que disimuló cuanto pudo. Pero sin duda, era más hábil con la espada que con los sentimientos e Isabel lo notó.

Por eso, diciéndole en el fondo que era libre de hacer lo que quisiera, le preguntó:

—¿Podré seguir contando con vos a mi lado?

Gonzalo la miró como el que jura ante los Santos Evangelios.

—Sólo la muerte podría impedirlo, señora. —Sonrió amargo—. Y parece que no se me da mal esquivarla.

XI

Enrique estaba preocupado. No llegaban noticias de Francia en relación a la proyectada boda de Isabel.

Además, sus tareas de gobierno tampoco le daban muchas alegrías. Esta vez, las malas noticias le llegaron desde Andalucía.

El problema andaluz no era nuevo. Muchos años antes habían avisado con quejas que fueron sofocadas con negociaciones. Y cuando las negociaciones fracasaron, apareció la figura de Pedro Girón. El hermano de Pacheco controlaba Andalucía bajo el peso de la fuerza.

El hecho de que Girón luchara en el bando rebelde mantuvo esa unidad, pero no a favor del rey. Muerto Girón y acabada la guerra, Andalucía quedó sin control y desgajada por los intereses particulares de los nobles. Muchos de ellos seguían mostrando a Enrique una rebeldía como si la guerra no hubiera finalizado.

Ahora, esos nobles rebeldes se habían puesto de acuerdo para una sola cosa: no pagar impuestos al monarca.

Cabrera, como tesorero del reino, alertó al rey: las arcas estaban medio vacías. Sobre todo, tras la bajada de un tercio de los impuestos que Enrique realizó en las últimas Cortes para granjearse la simpatía del pueblo. Perder el dinero de Andalucía podía llevar a Castilla a la ruina.

Enrique, harto, decidió dar un escarmiento. Reunió un potente ejército y, para no dar imagen de debilidad, ordenó a los Mendoza y a Pacheco que viajaran con él a Andalucía.

Faltaban dos días para partir hacia Andalucía cuando llegó el esperado mensaje de Francia: el obispo de Arras, Jean Jouffroy, avisaba de la llegada de una comitiva en apenas tres semanas.

—¿Tres semanas? ¿Estarán aquí en sólo tres semanas?

Enrique maldijo a los nobles amotinados en Andalucía. Si por su culpa se echaba todo a perder, no descartaba volver las veces que hiciera falta para que supieran quién mandaba en Castilla.

Aconsejado por Diego Hurtado de Mendoza, el rey decidió adelantar un día la salida y pasar antes por Ocaña a ver a Isabel. No se fiaba de ella y quería darle personalmente la noticia de la llegada de la comitiva francesa.

Exigiría de ella un compromiso de no agresión hasta su vuelta de Andalucía, de donde regresaría lo antes posible con la ilusión de poder recibir personalmente a Jouffroy, del que Diego Hurtado de Mendoza hablaba maravillas. No había mandado el rey de Francia a un cualquiera: había delegado su poder en su favorito y, se rumoreaba, futuro cardenal.

Para vigilar durante su ausencia a Isabel hizo viajar hasta Ocaña a un hombre de confianza de los Mendoza, el conde de Cifuentes, y a otro de Pacheco, Acuña, obispo de Burgos y con quien le unían lazos familiares.

Hubo otra persona que, como el rey, también se alarmó ante la pronta venida de la comitiva francesa: Beatriz de Bobadilla, que ya mostraba un evidente embarazo.

—¿Tres semanas? ¿Nada más tres semanas? ¡Tengo que ir a ver a Isabel!

—¡Ni hablar! En vuestro estado, no os encontráis para hacer viaje alguno.

—Probablemente, después de la negociación, Isabel marchará a Francia... Y es posible que no la vuelva a ver en años. —Imploró—: Os lo suplico, Andrés...

Ante la insistencia de Beatriz, Cabrera pidió permiso al rey para la visita de su esposa a Ocaña.

Pero no estaban las cosas para andarse con tonterías. El rey ni le escuchó siquiera. Estaba reunido con Pacheco y los Mendoza, y bastantes problemas tenía para preocuparse de trivialidades de mujeres.

XII

Abnarrabí se acercó a Juan de Aragón, que estaba ansioso porque le quitaran la venda del ojo operado. Fernando era testigo de la situación.

Con tacto, Abnarrabí quitó la venda. Y Juan empezó a vislumbrar poco a poco formas más definidas. Cada vez más claras... Y posó la mirada en su hijo.

Fernando notó una sensación extraña: la mirada de su padre se dirigió hacia él de forma nítida y directa.

El rey sonrió. Y Fernando, emocionado, también.

—Padre... ¿podéis verme?

—¡Como no os había visto desde hace dos años, hijo mío! ¡Cómo habéis cambiado, Fernando!

Fernando fue a abrazar a su padre pero el cirujano se lo impidió: nada de movimientos bruscos.

Sin embargo a Juan le hubiera gustado hacer uno: ponerse de rodillas ante ese prodigioso judío que le había devuelto la vista.

—¡Sois maravilloso! —y señaló su propio ojo izquierdo—. ¡Ahora el otro ojo! ¡Venga!

Abnarrabí meneó la cabeza serio, mientras sacaba su libro de astrología.

—No es tan sencillo, majestad... Habría que buscar un día en el que los astros sean tan propicios como en esta ocasión. —Y consultando el libro añadió—: Dejadme mirar...

Juan esperó ansioso el escrutinio, que por fin llegó.

—El día adecuado, según los astros, no será hasta dentro de cinco años.

—¿Cinco años? ¡Vamos, hombre, dejaos de tonterías! ¡El mes que viene, a más tardar!

Abnarrabí quiso negarse, pero Juan le dejó claro que como rey se lo ordenaba. El judío no tuvo más remedio que acceder.

Juan ya podía ver. Por un ojo, pero la vida dejó de ser un inventario de sombras para él.

Cuando a los pocos días llegó Peralta, éste se emocionó al saber que el monarca había recuperado la visión.

—Majestad... me alegra veros tan recuperado.

—Más me alegro yo de poder veros a vos, os lo aseguro... ¿Qué tal han ido las cosas por Castilla?

Peralta sonrió.

—Traigo una carta para vuestro hijo.

La sonrisa de Peralta indicaba que mal no habían ido las cosas, pero Juan necesitaba saber más y pidió a su hijo que la leyera.

Fernando le miró con cariño.

—Ahora que podéis, leedla vos.

Juan, feliz como un niño con un juguete nuevo, acercó la misiva a su ojo bueno y empezó a leer para sí.

Tras un momento de silencio, Fernando, inquieto por el contenido de la carta, no pudo aguantar más espera.

—¿Qué dice, padre?

—Empieza bien, Fernando, empieza bien... Os llama señor,

recuerda que sois su primo... Y os pide perdón por el retraso en su decisión.

El rey siguió leyendo. Su sonrisa se agrandaba a cada momento. Casi al mismo ritmo que la excitación de Fernando, que ya no pudo más.

—¡Padre, leed en voz alta, por Dios!

Juan dio la carta a Fernando.

—El final mejor que lo leáis vos.

Fernando cogió la carta y leyó en silencio. Miró a su padre gratamente sorprendido y repitió las últimas palabras de Isabel en voz alta:

—Mandadme lo que queráis que haga, que yo lo haré. La princesa de Asturias.

—¡Felicidades, hijo! ¡Lo hemos logrado!

Peralta confirmó la alegría:

—En breve, nos enviarán sus condiciones para el enlace.

El rey mostró su optimismo.

—Si está tan entregada, seguro que no serán difíciles de cumplir.

XIII

El optimismo del rey de Aragón era infundado: Isabel sabía lo que quería y cómo lo quería.

Parecía con fuerzas renovadas. Ella misma dictaba artículos y condiciones de las capitulaciones de su boda antes que Carrillo, Chacón o el propio Cárdenas, experto en estas lides, que tomaba nota de todo lo que se decía.

—Fernando reconocerá como rey de Castilla a mi hermano Enrique.

Carrillo objetó:

—Pero, señora, si ni siquiera tenemos seguro que Enrique os considere como heredera.

—Lo hará, creedme. Además, no quiero más conflictos de los necesarios.

Isabel continuó dictando capitulaciones.

—Fernando vivirá en Castilla y no saldrá de aquí sin mi consentimiento.

Chacón y Carrillo se miraron sorprendidos: sin duda Isabel apretaba en sus condiciones.

—La educación de nuestros hijos se realizará en Castilla —prosiguió Isabel—. Así podré controlar este matrimonio.

Tras una pausa, la princesa dejó a todos atónitos con la última cláusula.

—Y la sucesora al trono seré yo, Isabel; no mi esposo.

Carrillo vio que las condiciones empezaban a ser demasiado duras para Aragón.

—Isabel, tal vez no convenga apretar tanto al principio.

—Fernando, y no yo, sucederá como rey de Aragón cuando su padre muera. ¿Por qué tendría que ser al contrario en Castilla?

Estaban a punto de enzarzarse en una discusión cuando Gonzalo entró preocupado.

—El rey Enrique envía mensaje de que viene a veros.

La alarma era evidente: eso era señal de que las negociaciones con Francia habían culminado.

—¿Qué hacemos? —preguntó Isabel.

—Mostrar absoluta normalidad cuando venga vuestro hermano —respondió Chacón—. Haced creer al rey que le obedeceréis.

Isabel notó que Carrillo estaba preocupado y preguntó a qué se debía.

—Lo siento, Isabel, pero vos no tenéis práctica en mentir…

—Tranquilo. Sé que mentir es pecado. Pero cuando me confiese de ello, espero que, como sacerdote, me deis el perdón sin gran penitencia.

Carrillo entonces sonrió: por fin había vuelto la Isabel de siempre. Lo que el arzobispo toledano no alcanzó a vislumbrar fue la nueva Isabel que estaba surgiendo tras sus dudas y su sufrimiento. La que, al día siguiente, recibió y engañó a su hermano Enrique con una educación exquisita.

Cualquiera que hubiera visto la reunión, hubiera pensado que se había vuelto a la época de Guisando: todo el poder de Castilla se encontraba en esos momentos en Ocaña que, por una vez, sí pareció la capital del reino.

Al rey le acompañaban Pacheco, los hermanos Mendoza y los encargados de vigilar a la infanta durante el viaje del monarca a Andalucía: el conde Cifuentes y el obispo Acuña.

A Isabel, sus inseparables Cárdenas, Carrillo y Chacón, a los que se había sumado Gonzalo Fernández, el de Córdoba. Se lo pidió Isabel: para ella no era menos que muchos de los que acompañaban a Enrique.

Enrique informó de la llegada de la delegación francesa, de su urgente viaje a Andalucía y de que, en su ausencia, Cifuentes se encargaría de la defensa de Ocaña y Acuña de ayudar a Isabel con vistas a su reunión con Jouffroy.

Carrillo mostró su desacuerdo por la presencia de los dos últimos, pero Isabel zanjó la situación. En realidad, ambos estaban representando un entremés.

—Se hará lo que el rey diga. Cuando negocié en Guisando prometí paz y obediencia. Y voy a cumplir mi parte del trato.

Enrique la miró extrañado y quiso ponerla a prueba. Sabía lo religiosa que era su hermana y que jamás osaría jurar en vano.

—¿Juráis por Dios que os casaréis con el duque de Guyena?

Isabel captó la estrategia y no sólo aceptó el reto, sino que lo dobló.

—Lo juro por Dios.

Dicho esto, acabó la reunión y, por separado, empezaron las reflexiones sobre la misma en ambos bandos.

En el del rey, Pacheco sospechó de tanta amabilidad y obediencia. Enrique se mostró confiado de que eran ciertas.

—Isabel ha jurado por Dios. Mi hermana nunca lo haría en vano, os lo aseguro...

Pero Pacheco seguía dudando. De repente, tuvo una idea.

—¿No os pidió Cabrera permiso para que su esposa viniera a ver a Isabel?

Enrique asintió y Pacheco se sacó de la manga un ardid.

—Mandad mensaje a Cabrera de que dais vuestro consentimiento. Beatriz de Bobadilla es su mejor amiga. A ella le dirá la verdad de lo que piensa... —Miró a Acuña—. Vigilad esa reunión, Acuña, porque jurar por Dios en vano y engañar a su mejor amiga son dos cosas que esa mojigata no es capaz de hacer. No sin pensar que va a arder en los infiernos.

Hasta el propio Diego Hurtado de Mendoza halagó a Pacheco por su idea.

Isabel y los suyos se reunieron extramuros de Ocaña para evitar cualquier escucha. Era necesario organizar cada paso a dar a partir de ahora: el tiempo apremiaba.

Chacón y Carrillo irían a Aragón con las capitulaciones de boda. Cárdenas y Gonzalo se quedarían con Isabel. Lo primero era buscar un lugar donde celebrar la boda con Fernando. Carrillo tenía claro el lugar ideal.

—La plaza más segura es Valladolid. La protege Enríquez. Es leal y familia del propio Fernando.

Isabel aceptó y prometió ir allí en cuanto pudiera.

Chacón no pensaba que salir de Ocaña fuera a resultar fácil para Isabel.

—¿Y qué excusa daréis para abandonar Ocaña? —inquirió.

—Dejadlo de mi cuenta... Pero os aseguro que ni Acuña, ni Cifuentes, ni el rey en persona me lo va a impedir. No he jurado por Dios en vano para seguir presa de Enrique.

XIV

Todo se había puesto en marcha para el encuentro entre Isabel y Fernando, pero el conde de Cifuentes y el obispo Acuña vigilaban a la princesa como si ésta fuera el tesoro del reino. Y con ella, a todos sus hombres de confianza.

Había que urdir una treta rápidamente porque el hecho de que abandonaran todos Ocaña de golpe levantaría sospechas.

Se decidió que el que saliera fuera Chacón, con la excusa de visitar a su esposa. Cifuentes y Acuña no pusieron ningún impedimento: quienes más les preocupaban, según las órdenes de Pacheco, eran Carrillo y la propia Isabel.

Chacón, camino de Zaragoza, se reunió con Gómez Manrique para que le acompañara. Hombre de letras, también era un buen soldado y experto en leyes.

En Ocaña quedaron, junto a Isabel, Chacón y Carrillo. El primero era natural de la villa y manejaba todos los hilos necesarios. El segundo esperaría a que marchara Isabel para ir a Valladolid a preparar la boda junto con el almirante Enríquez.

Sin duda, fue muy útil la presencia de Carrillo para debilitar al enemigo.

—El problema es Cifuentes, no el bobo de Acuña. Es de la familia, le conozco bien. Quiere jugar a político, pero sólo sabe de lecturas piadosas.

Cárdenas no pudo evitar mostrar su ironía.

—Espías, políticos, soldados… ¿Cuándo se dedicarán los curas sólo a oficiar la misa?

Isabel sonrió. Carrillo no hizo lo mismo, pero tampoco respondió. Tenía cosas más importantes que hacer: quitarse a Cifuentes de en medio.

Maestro de la alquimia y elaborador de potingues, cocinó uno que fue a parar a la comida del conde que les vigilaba. Un cocinero, hombre de confianza de Cárdenas, dueño del palacio que albergaba a Isabel y a sus invitados, dosificó la fórmula en las comidas de Cifuentes. El efecto fue devastador: se le descompuso el cuerpo, padeciendo de frecuentes diarreas que los cirujanos no lograban remediar. En apenas una semana era tal su debilidad que no podía levantarse de la cama.

Sólo quedaba engañar a Acuña. Y de esto se encargó Isabel, que soportaba estoicamente las lecturas a las que éste le sometía.

—Y dice san Jerónimo... —leía Acuña—. Una mujer, y más si está casada, ha de lavarse todas las mañanas manos, brazos y cara...

Isabel, también piadosa, se encomendó al propio san Jerónimo para que Dios la perdonara por las mentiras que iban a empezar a salir de su boca.

—¿Podemos dejar un momento a san Jerónimo? Debo pediros un favor. Hay algo que me duele en el alma...

Acuña dejó a un lado sus lecturas.

—Contadme.

—Vos sabéis que justo ahora se cumple el aniversario del fallecimiento de mi hermano...

Acuña se persignó.

—Que el Señor tenga en su gloria...

Isabel también hizo la señal de la cruz.

—Me gustaría poder darle una misa con la presencia de mi madre. La mujer está mayor y delicada, no puede desplazarse.

—¿En Arévalo? —Acuña lo pensó unos instantes—. ¿Y no podríais posponer vuestro viaje? No sé si Su Majestad... o al menos el marqués de Villena deberían saber de ello.

—¿Vuestro? Diréis nuestro viaje. He pensado que vos oficiéis la misa.

Acuña dudó.

—Gracias, pero...

Isabel le interrumpió, continuando con la mentira.

—En apenas una semana estaremos de vuelta.

—Dejadme pensarlo un poco más... —Hizo una pausa y continuó—: Y ahora, sigamos escuchando a san Jerónimo...

Pasó una semana y mucho debía estar pensándoselo Acuña, pues no daba respuesta. En realidad, esperaba a la llegada de Beatriz de Bobadilla para, tal y como le aconsejó Pacheco, saber de las verdaderas intenciones de Isabel. Sin duda, se las contaría a su amiga.

Para enterarse de dichas intenciones, Acuña había decidido con Cifuentes, antes de que éste cayera tan oportunamente enfermo, colocar espías entre el personal de palacio.

La llegada de Beatriz fue una sorpresa para Isabel, que no sabía nada al respecto. La dos se fundieron en un abrazo nada más verse.

—Pero ¿qué hacéis aquí?

—¡Venir a veros! Si me descuido, ya no os veo hasta la boda.

Isabel hizo las presentaciones entre Beatriz y Acuña, que sonrió al ver su estado de buena esperanza.

—¿De cuánto estáis?

—De cinco meses, excelencia.

Isabel pidió permiso para hablar con su amiga a solas y Acuña se lo concedió. No le importó: allá donde fueran habría alguien escuchándolas.

Beatriz preguntó a Isabel qué tal estaba y mostró su preocupación por lo que había ocurrido con el rey y Pacheco. También, se mostró ilusionada con que por fin todo se hubiera arreglado con Enrique y se fuera a casar nada más y nada menos que con el hermano de Luis de Francia.

—¿La boda va a ser en Francia o en Castilla? Y después... ¿dónde viviréis? En Francia, ¿no? Aunque he oído que el duque y su hermano el rey no se llevan bien, así que igual hay suerte y os venís aquí...

Isabel hacía verdaderos esfuerzos por escucharla: no tardó en darse cuenta de la presencia de un jardinero demasiado cerca de ellas.

—Beatriz, tengo que contaros algo. Tengo miedo...

Beatriz se alarmó:

—¿De qué, señora?

—Mejor sigamos andando...

Y se alejaron del jardinero... Al llegar al lado de un macizo de rosas, vio que otro hombre, al que no conocía, cuidaba de las flores. Entonces decidió quedarse allí: ¿qué mejor manera de engañar a Acuña que mintiendo ante sus espías?

—Sabéis que para mí el sacramento del matrimonio es muy importante... No sé si estaré a la altura de todo lo que se me pide...

—Isabel... Sabréis estarlo. Vuestra madre os educó para ello.

Isabel miró sonriente el vientre de Beatriz.

—Espero tener tan buena maña como vos.

Beatriz mostró su alivio al escuchar estas palabras.

—Me habíais alarmado... Creía que me ibais a confesar que no os pensabais casar.

Isabel sintió tener que mentir a su mejor amiga, pero no le quedaba otro remedio.

—No... Obedeceré al rey. Hasta ahora, todo han sido penas y lágrimas. Quiero ser feliz, tener hijos... En Francia o en Castilla. Quiero ser mujer y madre antes que reina.

Los espías repitieron estas palabras al obispo Acuña que dio el visto bueno de inmediato a celebrar misa en Arévalo.

No cabía duda de que Isabel estaba domada: ¿por qué desconfiar de ella? Al fin y al cabo, iba a organizar una misa por el aniversario de su hermano Alfonso.

XV

El rey de Aragón ya podía ver con los dos ojos, gracias al cirujano Abnarrabí. Pese a que la confluencia de los astros no era la idónea, grande era la maestría del médico judío.

Con ambos ojos, Juan comprobó lo mucho que Isabel exigía en sus capitulaciones de boda. El rey las estaba leyendo con inquietud, en voz alta, junto a Peralta y su hijo Fernando, ante las miradas de los enviados de Isabel, Chacón y Gómez Manrique.

Su hijo debía reconocer a Enrique como legítimo rey de Castilla y a Isabel como su legítima y única heredera. Sus hijos se educarían en Castilla. Había que asignar señoríos y rentas de Aragón a la princesa de Asturias y, si fuera necesario, también ejércitos. El novio no podría adueñarse de propiedades de la Corona de Castilla, ni hacer designaciones sin el consentimiento de Isabel. Y Fernando no podría abandonar Castilla sin que Isabel le diera permiso.

Fernando no aguantó tanta humillación y abandonó la sala airado.

Juan miró a Chacón y a Manrique.

—Creo que algunas de estas capitulaciones deberían ser renegociadas.

Chacón mantuvo el tipo: sabía de la necesidad de Aragón de buscar aliado en Castilla y, sobre todo, de impedir que Isabel se convirtiera en cuñada del rey de Francia.

—No hay tiempo. Los enviados del duque de Guyena visitarán próximamente a nuestra princesa.

El rey, derrotado, bajó la cabeza y fue a encontrarse con su hijo. Fernando rozaba la histeria.

—¿Cómo se atreve a exigir todo eso? Pero ¿quién se ha creído esa mujer que es?

—Una mujer de carácter, como lo era vuestra madre.

Pero Fernando no se dejó convencer: nunca firmaría esas capitulaciones.

Como sabía que su hijo era más testarudo todavía que él, Juan le dejó a solas. Pero sólo unas horas. Luego le mandó llamar a su despacho. Al llegar, Fernando vio sobre una mesa, posada en un cojín, una joya de una belleza deslumbrante.

—¿Os gusta el collar? Está hecho de rubíes y perlas. Se lo regalé a vuestra madre cuando nos casamos. Y ahora se lo regalaré a Isabel como dote.

—¡No podéis hacerlo!

—¡Dejadme hablar! Sí. Se lo daré porque no tengo nada más que darle. ¿Y sabéis lo mejor?

Fernando le miró expectante.

—Que lo tenía empeñado a unos usureros valencianos. Lo he tenido que recuperar casi por la fuerza.

El asombro de Fernando fue grande.

—¿Lo teníais empeñado? ¡Sois el rey de Aragón!

—Soy el rey de un reino pobre, hijo. Por eso necesitamos esta boda. Prometo mucho, pero no tengo un florín que darle ahora a Isabel. Sólo este collar. Y a mi hijo.

Fernando quedó en silencio, pensativo. Sabía que aquella boda era necesaria, pero no tanto ni que su reino estuviera al borde de la bancarrota.

—¿Entendéis la situación? Aceptadlo todo, hijo.

—No sin que ella acepte por su parte alguna condición que impongamos. Isabel sabe la fuerza que ganará en Castilla con mi presencia a su lado. ¿La tendría estando sola y abandonada de su hermano Enrique? No quiero que piensen que soy un manso, padre. Porque soy todo menos eso.

—Pondremos condiciones, hijo. Pero aceptad las suyas.

Y así fue. Al día siguiente, tras renegociar algún punto, se firmaron las capitulaciones de la boda.

Fernando preguntó dónde y cuándo se celebrarían los esponsales. Chacón dio la respuesta:

—En Valladolid. Es una plaza segura y la protege Enríquez, almirante de Castilla y hermano de vuestra madre, que en paz descanse.

Lo que no estaba tan claro era cuándo se celebraría el enlace tal y como avisó Gómez Manrique.

—Hay que pensar que Isabel tendrá difícil dejar Castilla... Y que ya le será complicado escapar de Ocaña.

Fernando reaccionó con rapidez.

—Entonces yo le corresponderé yendo a Valladolid. No os preocupéis por eso, Manrique.

—Será un viaje difícil.

—Lo haré. Por mucho carácter que demuestre mi futura esposa, el hombre sigo siendo yo. Si hay que correr un riesgo, yo lo haré.

Chacón agradeció sus palabras, pero no quiso marcar fecha.

—Os avisaremos cuando sea el momento. Antes hay que confirmar que Isabel ha logrado llegar a Valladolid. Y os juro que no le resultará sencillo.

XVI

De momento, Isabel había llegado a Arévalo, acompañada del obispo Acuña y media docena de hombres. Entre ellos estaba el leal Gonzalo Fernández, el de Córdoba.

Al llegar al lugar donde fue feliz en su infancia, Isabel se llevó una desagradable sorpresa: su madre no estaba allí. Había sido expulsada de su propia casa al concedérsele la villa a los Stúñiga, gente de Pacheco.

La rabia de Isabel era incontenible.

—¿Dónde está? ¿Dónde la han llevado?

Una sirvienta, asustada, le dijo que a Madrigal.

Gonzalo miró a Acuña con cara de pocos amigos. El obispo se justificó como pudo.

—No... no tenía ni idea —dijo con sinceridad—. Nadie me había dicho nada.

Isabel ni le miró; montó en su caballo y dio una orden:

—¡A Madrigal! ¡Ya!

Todos obedecieron sin rechistar y galoparon sin descanso hasta llegar allí.

Clara, la esposa de Chacón, recibió a Isabel con cara de circunstancias.

El panorama que Isabel se encontró en Madrigal era de una tristeza inconmensurable. Y el estado de los aposentos donde su madre vivía ahora, lamentable.

Isabel fue al encuentro de su madre. La halló sentada, ausente, frente a una ventana. Contemplaba el exterior con la mirada perdida.

—¿Madre?

Isabel de Portugal no respondió. Su hija llegó hasta donde ella estaba y se arrodilló, cogiéndola luego de las manos.

—Madre, soy Isabel... vuestra hija...

Su madre se quedó mirándola como buscando algo en el interior de su cabeza... Hasta que, de repente, pareció encontrar un destello de lucidez:

—¡Isabel! ¡Mi niña!

Su hija la abrazó, llorando. Gonzalo y Acuña, que contemplaban la escena, se miraron emocionados por la situación.

Isabel estaba afectada. Pero, a la vez, se sentía reafirmada en la decisión que había tomado de huir, de casarse con Fernando de Aragón. Sería la mejor manera de que, algún día, quienes la estaban haciendo sufrir tanto pagaran por ello.

XVII

Antes de marchar a Valladolid, Chacón quiso hablar a solas con el rey de Aragón. Había algo que no se le iba de la cabeza: no tenían bula para el matrimonio.

Mientras esperaba a don Juan, contemplaba una estatua de una santa en pleno martirio: es decir, con un voluminoso clavo en la frente.

A sus espaldas, el rey le dijo quién era la martirizada.

—Santa Engracia. Virgen y mártir local.

Chacón se giró hacia Juan, que continuó explicando:

—Esta imagen estará en el retablo de la basílica que levantaremos como agradecimiento al milagro de la curación de mi ceguera.

Extendió su mano hasta tocar el clavo de la frente de la santa y dijo irónico:

—Fue tocar el clavo y empezar a disiparse las tinieblas.

Chacón no pudo evitar sonreír.

—Y yo que creía que el milagro de recuperar vuestra visión se debía a un médico judío...

—Como buen hombre de Estado, sabéis que a veces es necesario alimentar al pueblo con supersticiones.

—Como buen hombre de Estado —replicó incisivo Chacón—, me gustaría que santa Engracia o todo el santoral reunido nos ayudaran a que tuviéramos bula del Papa para esta boda, majestad.

El rey le miró preocupado. Chacón se explicó:

—Isabel aceptó esta boda porque creyó que la había. Carrillo la engañó diciendo que disponíais de ella.

Juan suspiró: no cabía mentir a quien ya era su aliado y socio.

—Me temo que la bula habrá de ser tan falsa como el milagro que ha curado mi ceguera.

—¿Entonces...?

—Entonces, ni se os ocurra decirle a Isabel que se va a casar con una bula falsa... Si Isabel la toma como válida ya veréis como vale... por lo menos hasta que consigamos la verdadera.

Juan le puso una mano en el hombro, en señal de confianza.

—Dejad que yo me ocupe de ello —le pidió—. Pondré a De Véneris a trabajar de inmediato. Lo importante es que la boda se celebre. Por cierto, quería enseñaros otra cosa.

El rey abrió un cofre y sacó el collar de perlas y rubíes que había desempeñado en Valencia.

—Para doña Isabel.

Chacón, agradecido, inclinó levemente la cabeza.

—Yo mismo se lo daré cuando nos encontremos en Valladolid. Dios sabe que este regalo le levantará el ánimo.

—Eso espero... Y, hablando de santos, que todos os guíen para que Isabel llegue a ser reina... Porque, si no, todo este esfuerzo será en vano. Os lleváis a mi hijo, Chacón. Y bastante trabajo me ha costado convencerle.

Acto seguido, Chacón emprendió viaje a Valladolid acompañado de Gómez Manrique. Habían cumplido con su objetivo.

Ahora sólo faltaba que Isabel cumpliera con el suyo.

Por eso espoleó a su caballo hasta hacerlo sangrar: necesitaba saber cuanto antes que Isabel estaba sana y salva.

Por Castilla y por él mismo. Porque no podría soportar, perdido Alfonso, que a quien tanto quería le pasara algo.

XVIII

El obispo Acuña ofició la misa en recuerdo de Alfonso.

No fue tan majestuosa como esperaba: la capilla donde se celebró era pequeña y, sin duda, había vivido tiempos mejores.

Y los que a ella asistieron fueron pocos: Isabel, Clara, Gonzalo, algunos criados y una Isabel de Portugal que ni sabía en honor a quién se estaba celebrando la liturgia.

Tras la misa, Acuña insinuó tímidamente que habría que volver a Ocaña, pero Isabel ni le escuchó de tan atareada que estaba. Arremangada, se afanaba en adecentar la casa junto a Clara.

Gonzalo la observaba agobiado.

—No es necesario que trabajéis..., podemos traer más criados para que se ocupen de esto.

Isabel siguió limpiando.

—No hace falta, yo me basto.

—¡Pero sois una princesa!

—No, soy su hija.

Limpiando estaba, días después, cuando para sorpresa de todos llegó hasta Madrigal la comitiva francesa encabezada por Jouffroy, que pese a su marcado acento galo, hablaba un correcto castellano.

—Ha sido bastante difícil encontraros, señora. Venimos siguiendo vuestros pasos desde Ocaña.

—Lamento las molestias. Es el aniversario de la muerte de mi hermano y quería pasarlo con mi madre.

—Creí que vuestra madre estaba en Arévalo…

—Eso creía yo también.

Acuña, superado y abrumado, pidió excusas.

—Hubo un malentendido. Sentimos lo ocurrido.

Jouffroy le miró extrañado: no entendía nada de lo que estaba pasando. Esperaba que le recibiera el rey y en vez de eso se había tenido que recorrer media Castilla para dar con la futura cuñada de su rey Luis. Pero ya la había encontrado y, en vez de quejarse, prefirió mentir educadamente:

—No importa ya eso. —Miró a Isabel—. Lo que importa, sobre todo, es vuestra boda con mi señor, el duque de Guyena.

Isabel calló. Apenas movió un músculo de la cara. Sólo siguió escuchando al obispo de Arras, que resultó ser tan pomposo como melodramático.

—Es motivo de gran alegría la inmensa felicidad y satisfacción que en el cielo habrá de experimentar vuestro señor padre, el rey Juan de Castilla. Él hubiera sido feliz al ver como nuestros dos grandes reinos cristianos se unirán por el santo sacramento.

Jouffroy optó por no decir nada, esperando una respuesta de Isabel. La consiguió, pero fue más seca que el discurso que acababa de dar el obispo de Arras.

—Sin duda.

—Una boda de tan alta alcurnia requiere largos y cuidadosos preparativos —manifestó entonces Jouffroy—: capitulaciones, detalles respecto a la dote y el establecimiento de la casa y el séquito de vuestra majestad, decidir la residencia del matrimonio…

—En efecto, muchos son los aspectos a tener en cuenta. Pero lamento no poder entrar a valorarlos ahora —replicó la princesa.

Jouffroy se quedó sorprendido: ¿para qué había realizado tan largo viaje entonces? Miró a Acuña, que tampoco salía de su asombro tras las palabras de Isabel. Unas palabras que no fueron las únicas que dijo:

—Según las leyes de Castilla, yo, como heredera, he de consultar con nobles y consejeros antes de tomar cualquier decisión. Así que ruego respetéis nuestras costumbres.

—Por supuesto... Pero, al menos, sí podríamos avanzar respecto a la fecha de la boda. De aquí a entonces, habrá tiempo para consultas y negociaciones...

—Siento no poder complaceros tampoco en ese extremo.

Jouffroy se dio cuenta de que la muchacha que tenía delante estaba jugando con él, el favorito del rey de Francia, pero prefirió no crear conflicto alguno.

—Ya. Las leyes de Castilla... Creo, sin duda, que lo mejor será hablar con el rey Enrique.

Al oír el nombre de su hermano, Isabel sintió un pinchazo de rabia en el estómago y respondió con dureza:

—Haced lo que gustéis. Como él ha hecho lo que le ha parecido con mi madre.

Desde luego, pensó Jouffroy, algo no iba bien.

Por eso fue directamente de Madrigal hasta Segovia, donde tuvo la suerte de encontrarse al rey recién llegado de resolver sus problemas en Andalucía.

Acompañado de Diego de Mendoza y Pacheco, el rey mostró su disgusto.

—¡Vengo de pelear en Andalucía y me encuentro mi reino manga por hombro! ¿Qué demonios hace Isabel fuera de Ocaña? ¿Y Cifuentes?

Jouffroy respondió pues sabía más que nadie del tema.

—Un tal Cárdenas me informó de que estaba gravemente enfermo, majestad.

—¿Y Acuña? ¿Dónde está Acuña?

—Estaba con ella en Madrigal.

El rey calló: se dio cuenta de que algo pasaba. Y ese algo lo definió a la perfección Jouffroy.

—Majestad, no dudo de vuestra buena fe... pero por lo que he visto, Isabel no tiene ninguna intención de casarse con mi señor, el duque de Guyena. No hubo manera de sacar de ella el más mínimo compromiso, ni siquiera sobre el lugar de la boda. Se negó siquiera a hablar sobre el asunto.

Hubo un silencio en la sala. Por fin, el enviado francés hizo algo que llevaba tiempo apeteciéndole: mostrar su ira. Y no le importaba que la sufriera todo un rey de Castilla.

—¿Para esto me habéis hecho hacer un viaje tan largo? Llego a Ocaña y no estáis ni vos ni la novia... Tengo que peregrinar de pueblo en pueblo hasta encontrarla... Ocaña, Arévalo, Madrigal... ¡He venido a casar al hermano del rey de Francia, no de paseo!

Se abrió la puerta: era Cabrera. Pacheco le miró airado.

—¿No os dije que no nos interrumpieran?

—Lo siento... Pero han llegado noticias de nuestros vigías de la frontera con Aragón. Se ha visto a Chacón y Gómez Manrique cruzarla en dirección a Castilla.

A Pacheco se le cayó el mundo encima. Chacón en Aragón: eso significaba que negociaba por Isabel. Y eso y la tardanza en tener noticias de Peralta sólo significaban una cosa.

—Nos ha engañado a todos. Fernando e Isabel... Ése es el plan.

Diego de Mendoza estalló:

—¡Es una cría, por el amor de Dios! ¡Es una maldita niña, y está haciendo con todos nosotros lo que quiere!

Jouffroy les miró aturdido.

—Confío en que arregléis vuestros problemas internos. Cuando lo hayáis hecho, llamadme.

Y marchó. Eso le libró de asistir a la ira de Enrique que, tras tirar una mesa con las jarras y copas que en ella reposaban, se dirigió amenazante a Cabrera:

—Vuestra esposa es amiga de Isabel. Fue a visitarla... ¿Y no sabe nada de esto?

Cabrera no encontró respuesta. La buscó yendo a ver inmediatamente a su esposa, pero tampoco la obtuvo. Beatriz se echó a llorar.

—Me mintió..., Isabel me mintió... ¿Por qué nadie me dice la verdad?

Su marido movió la cabeza, preocupado.

—Isabel se está equivocando. Rechazar al hermano del rey de Francia..., volver a enfrentarse con el rey... Nunca había visto a nadie tan enojado.

Estaba en un error: había otro hombre más enojado que el rey. Era Pacheco que, en esos momentos, ya había dado a su hija Beatriz la noticia de que no se casaría con Fernando.

—Te juro... te juro por lo más sagrado que has de ver a Isabel encerrada en una mazmorra. Te lo juro, hija. Porque en cuanto amanezca voy a ir por ella.

XIX

—Nadie viene a verme. ¿Y tu hermano?

A Isabel se le heló la sangre al oír las palabras de su madre.

—Alfonso está muerto, madre.

Pero su progenitora ni se inmutó al oír su respuesta: su mente ya no estaba allí.

Isabel se quedó ensimismada, mirando preocupada a su madre. Una voz la sacó de sus pensamientos.

—¡Señora, señora! ¡El alcalde quiere veros, es urgente!

Era Clara, que había entrado en la alcoba de Isabel de Portugal visiblemente nerviosa.

Sin duda, no parecía que fueran buenas noticias. Llamó a Gonzalo y fue a ver al alcalde de Madrigal, que esperaba inquieto en una sala.

—¿Qué sucede?

El alcalde se inclinó, respetuoso.

—Señora... La Corte ha emitido una orden de detención contra vos.

Gonzalo puso su mano en la empuñadura de su espada. El alcalde le tranquilizó.

—No, no os preocupéis. No pienso detener a la princesa. —Miró a Isabel—. El pueblo no me lo permitiría: os adora... Y yo os debo un respeto por vuestro padre y por vuestra madre, que tan bien me trataron siempre. Por eso vengo a avisaros que debéis salir de aquí. Inmediatamente.

Gonzalo opinaba lo mismo.

—Hay que ir a Valladolid sin más demora.

—No —respondió el alcalde—. Si el rey ha dado esa orden, tendrá vigilados los caminos y no tardará en llegar el ejército... —Habló directamente a Isabel—: Debéis ocultaros. Hay un convento extramuros de monjas de clausura. Allí estaréis segura.

—Allí iré. Así ganaremos tiempo. —Miró a Gonzalo—. Id a Valladolid y decidle a Carrillo que necesito ayuda. Cuando estéis cerca de aquí, venid a buscarme. Será más fácil huir en un trecho corto. Y contra Carrillo no se atreverán a atacar.

Gonzalo partió al instante.

Isabel miró al alcalde.

—¿Cuidaréis de mi madre?

—No os preocupéis por ella. Yo respondo por su seguridad. Y conmigo, todos los pueblos de la región, a cuyos hombres he convocado.

Isabel abrazó al alcalde. Si un reino se medía por la lealtad y la nobleza de su hombres, Castilla sería grande con muchos como él.

Luego, tras despedirse de su madre y de Clara, marchó al convento. Se hizo acompañar del obispo Acuña, al que le dijo que necesitaba de orientación espiritual.

Isabel pensó que se estaba acostumbrando a mentir, pero no le quedaba otra solución: así Acuña no se enteraría de lo que estaba ocurriendo.

XX

Pacheco llegó a Madrigal con sus tropas, pero nadie reconoció haber visto a Isabel. Nunca un pueblo mintió como un solo hombre.

Rastreó cada palmo de la localidad y pueblos limítrofes… Hasta el convento de clausura donde Isabel se escondía. No pudo encontrarla: las propias monjas la ocultaron en un sótano camuflado, en el que la acompañó a la fuerza un Acuña que, entonces, se dio cuenta del engaño.

Parecía que Isabel nunca hubiera pisado Madrigal. Y Pacheco volvió a Segovia maldiciendo su suerte.

Al salir de su escondite, Acuña preguntó a Isabel qué estaba pasando.

—Nada que debáis saber. Mejor será que me contéis la vida de algún santo.

Acuña intentó escapar para avisar al rey. Los hombres de Madrigal lo llevaron de vuelta al convento.

Allí estuvo hasta que regresó Gonzalo. Llegó a caballo mientras las monjas cuidaban el huerto ayudadas por la propia Isabel, a la que se le iluminó la cara al verle.

—Señora, os traigo un presente del rey de Aragón y de su hijo, el príncipe Fernando.

Gonzalo sacó de la bolsa el collar que había sido de doña Juana Enríquez y se lo ofreció a Isabel, que se lo puso sonriente.

—¿Y Carrillo?

—Nos espera a unas siete millas de aquí. —Ahora quien sonrió fue Gonzalo—. Con trescientos hombres armados. Es hora de irnos.

Gonzalo le tendió la mano; ella le dio la suya y con la fuerza de su fiel amigo subió al caballo.

En ese momento llegó Acuña.

—Pero ¿qué sucede? ¿Adónde vais?

—Nada tengo que explicaros, pues soy libre. Libre de decidir mi vida, libre de escoger mi boda. Decídselo a quien se lo tengáis que decir.

12

Ése es

Septiembre de 1469

I

Fernando esperaba noticias de Castilla. Mientras tanto, procuraba estar el máximo tiempo con Aldonza.

No sabía qué tenía aquella mujer. Hasta ahora había disfrutado de muchas amantes. Incluso tenía un hijo de una de ellas, pese al enfado de su padre. Aunque el rey Juan no era el más indicado para hacer reproches de este tipo: había engendrado cuatro fuera de sus dos matrimonios.

Pero Aldonza era diferente. Como amante, no había conocido otra igual. Como amiga siempre le escuchaba y siempre sabía dar al príncipe el consejo adecuado.

Y de vez en cuando, también le daba alguna sorpresa. Como ahora, cuando ambos reposaban tras hacer el amor.

—¿Por qué no me habéis dicho nada de Isabel de Castilla? —le preguntó de repente.

—No quería enredaros con los líos de palacio.

Aldonza sonrió.

—No es por eso. Isabel tiene sangre real como vos. No entendíais perderme por alguien que no la tuviera, como yo... Pero con Isabel, es distinto, ¿verdad?

Fernando se sintió incómodo al oír estas palabras.

Aldonza le revolvió el pelo, cariñosa.

—No os preocupéis. Los dos sabíamos que esto pasaría. Vos gustáis de las mujeres... Mucho... pero hay algo que os gusta lo mismo o más: el poder.

Luego le besó levemente en los labios.

—¿Cuando marcháis?

—No lo sé... Supongo que pronto.

—Entonces habrá que aprovechar el tiempo.

Aldonza volvió a besarle. Pero esta vez el beso fue largo y profundo. Fernando contestó abrazándola.

II

En Valladolid, Isabel no se ocupaba en distracciones tan mundanas como su futuro esposo, ni parecía tan contenta. Por mucha entereza que quisiera demostrar, todo tenía un límite: su cara demacrada y su mirada cansada así lo indicaban.

Chacón se preocupó por ella. En primer lugar, puso a su servicio una dama de compañía que estuviera junto a la princesa en esos momentos previos a la boda y que, de paso, informara a Chacón de las cuitas de Isabel. La elegida fue Catalina, una mujer cercana a los cuarenta años. Pero no dio resultado: Isabel seguía sin explicar las causas de sus desvelos.

Sin duda, una de esas causas era todo lo sufrido por culpa de su hermano Enrique. Isabel tenía la obsesión de que lo ocurrido no pasara al olvido. Por eso decidió escribirle una carta al monarca. En ella, le decía:

> Muy alto príncipe y muy poderoso rey y señor: Sabéis que tras la muerte del rey don Alfonso, hermano vuestro y mío, pude retener la corona que él obtuvo en vida. Pero por vos, por el bien del reino, la paz y el sosiego, opté por respetaros como rey, y ser vuestra legítima sucesora y heredera. Sin embargo, vuestra majestad quebrantó los acuerdos de Guisando. Dilató lo prometido y, sin

consultar conmigo, quiso casarme con el rey de Portugal. Luego, me prometió con el duque de Guyena, excelente y noble príncipe, pero que me alejaría de mi patria. Consulté a grandes, prelados y caballeros, súbditos vuestros y servidores de Dios con quién debía desposarme, por el bien de Castilla. Y todos loaron y aprobaron mi matrimonio con Fernando, príncipe de Aragón y rey de Sicilia, con quien tanto vos como yo compartimos estirpe y lazos. Vuestra majestad dio entonces orden de apresarme. Mandó a los vecinos de Madrigal que me prendieran. Por ello debí llegar a Valladolid con la ayuda del muy reverendo en Cristo padre Alonso Carrillo, arzobispo de Toledo. Por mi parte, os aseguro que tanto yo como el rey de Sicilia os prometemos obediencia como nuestro señor. Os suplico, rey y señor, cesen ya estos agravios.

Añadió la fecha de envío, 8 de septiembre, y firmó: «Yo, la princesa».

Antes de enviar la misiva, en cuya redacción fue ayudada por Cárdenas, la mostró a Chacón y a Carrillo. El primero avaló su decisión pero no así Carrillo.

—¡Por el amor de Dios, esta carta es una pérdida de tiempo! ¿Qué creéis que harán cuando la lean? La echarán junto con la leña para que prenda fuego. Hay que atacar.

—¿Por qué?

—Porque si no lo hacemos nosotros, lo harán ellos. La guerra sólo la ganará quien dé el primer golpe. Y Pacheco forzará al rey a darlo.

—No lo haremos, Carrillo. Pacheco no es el rey. Y vos, tampoco.

La carta de Isabel llegó a su destino, Segovia. Allí, el monarca hizo que Cabrera la leyera en voz alta delante de Hurtado de Mendoza y de Pacheco. Éste, como preveía Carrillo, instó al rey a atacar a Isabel en Valladolid.

Pero el rey, al igual que la princesa, se negó a cualquier tipo de acción bélica.

—Estoy harto de guerras… Si el problema es Fernando, para eso os tengo a vos y a vuestros espías: para ganarlas sin combatir. Vigilad las fronteras y los caminos. Fernando no debe llegar a Castilla.

Diego Hurtado de Mendoza preguntó entonces, señalando la carta enviada por Isabel:

—¿Responderéis a esta misiva?

—No tengo por qué hacerlo.

Tras estas palabras, el rey arrojó la carta al fuego.

III

Era hora de avisar a Fernando. Y el elegido por Isabel para esa misión fue Cárdenas.

Pero Carrillo impuso un compañero de viaje: se trataba del cronista Alonso de Palencia.

El arzobispo de Toledo quería tener a uno de los suyos en cada acontecimiento importante. Por eso hizo llamar a Palencia ante el desagrado de Isabel y de Chacón, que no olvidaban el incidente con el cronista Enríquez en la toma de Segovia y rescate de Isabel.

Entonces, sólo la decisión del difunto Alfonso evitó que condenaran a muerte a Enríquez, el cronista del rey, valorado en toda Castilla por su ecuanimidad.

Palencia, al contrario, era bien conocido por ser experto en contar mil veces una mentira hasta que pareciera verdad.

Otras características suyas eran el descrédito del contrario a través de la difamación, la exageración de las victorias y el olvido de las derrotas.

Todo estos defectos le convertían, a ojos de Isabel y de Chacón, en un mal compañero de viaje. Pero para Carrillo dichos defectos eran virtudes, así que no pudieron convencerle de que prescindiera de Palencia. El arzobispo sabía que la propaganda era tan necesaria como un buen ejército. Y Palencia, en eso, sin duda era el mejor.

Así que los dos hombres, Cárdenas y Palencia, viajaron juntos para encontrarse con Fernando. Durante el trayecto tuvieron que esquivar numerosas patrullas del rey.

Al llegar a Aragón, el rey les recibió, junto a Peralta, para informarles de que su hijo había viajado a Barcelona, cuyos condes se habían levantado en pie de guerra. No tenían bastante con los franceses que ahora debían enfrentarse a los catalanes.

Cárdenas mostró su indignación:

—¡Lo pactado no era esto! Nos hemos jugado la vida para llegar hasta aquí…

El rey le miró despectivo.

—Estoy harto de tanta exigencia. ¿No os bastó con todas las capitulaciones? ¡Aragón está en guerra! ¡Mi hijo es el jefe de mis ejércitos y está donde debe estar! ¡Fuera de aquí!

Cárdenas ni se movió. Pero Palencia, cogiéndole del brazo, le aconsejó en voz baja:

—Será mejor que nos vayamos.

Ya a las afueras del palacio, sin nadie alrededor, Cárdenas le preguntó a Palencia el porqué de la retirada.

—Debimos habernos quedado hasta que nos dieran una explicación.

—Os la darán, Cárdenas. Pero no en público.

El sobrino de Chacón le miró extrañado.

—Dudo que el rey de Aragón no cumpla sus compromisos, se juega mucho en esto. —Y Palencia añadió—: Tendremos noticias. Vayamos a nuestros alojamientos y esperemos.

Palencia tenía razón: esa misma noche, mientras cenaban en una posada, apareció Peralta vestido con ropas de campesino.

—Al amanecer, id a la Seo —se limitó a decirle a Cárdenas.

Cárdenas quedó estupefacto: sin duda Palencia tenía un don para el arte del espionaje y las intrigas.

IV

Pacheco informó al rey de que Cárdenas, acompañado de Palencia, había llegado a Aragón.

—¿Palencia? ¿No trabajaba para vos?

—Palencia trabaja para quien más le pague, majestad. Y Carrillo debe de pagarle más de lo que se merece.

El marqués de Villena dijo todo esto relajado y sonriente, para perplejidad del rey y de Diego Hurtado de Mendoza.

—No veo el motivo para esa sonrisa en vuestro semblante.

—Porque Fernando no se va a reunir con él. Los nobles catalanes vuelven a darle guerra al rey Juan... Ha enviado a su hijo al mando de sus tropas.

Enrique suspiró.

—Me tranquiliza saber que no soy el único monarca con problemas. ¿Y cómo os habéis enterado de eso?

—Tengo oídos en la corte aragonesa —aclaró Pacheco.

—No esperaba menos de vos.

Al oír este halago del rey a Pacheco, Mendoza se incomodó. El rey siguió hablando:

—Con un poco de suerte, Cárdenas habrá hecho el viaje en balde...

Pacheco pensó entonces en su hija Beatriz, que era quien debía haberse casado con Fernando.

—Con un poco de suerte, tal vez alguna espada catalana nos dé una alegría.

Enrique se levantó con aire relajado.

—Es un disparate. Todo esto, la boda de Isabel y Fernando... una auténtica locura. Los aragoneses lo saben: han pinchado hueso y ahora reculan. ¿Qué van a hacer, enemistarse con Castilla, con Francia más todavía, con Roma? No...

—Estando detrás mi tío, Carrillo, yo no estaría tan tranquilo.

Enrique intentó transmitirle confianza:

—Vuestro tío es arzobispo, pero la bula que necesitan para

esa boda sólo la puede conceder el Papa. No la dará nunca. Sus buenos dineros se lleva. Y si duda, tenemos a alguien que le recordará lo que nos debe.

Miró a Mendoza sonriente. Pacheco no sabía de qué estaba hablando Enrique. Diego Hurtado de Mendoza le sacó de dudas:

—Mi hermano Pedro está al lado del Papa. Yo también tengo mis espías, Pacheco.

V

Tal y como le había indicado Peralta, Cárdenas se encaminó hacia la iglesia. Lo hizo solo: el mismo Palencia le dijo que sería más discreto.

Sin duda le estaba sorprendiendo ese Palencia. Tenía ínfulas de grandeza y una verborrea inaguantable que soportó a duras penas durante el viaje. Pero poseía la intuición y la picardía de los que llevan años cerca del círculo de poder de palacio. Una experiencia de la que él carecía.

Al entrar en la iglesia, Cárdenas miró alrededor... Estaba prácticamente vacía. Apenas algunos clérigos dedicados a sus labores que se quedaron extrañados al ver a un hombre pío tan madrugador.

Cárdenas, tenso por la situación, optó por acercarse a un banco y arrodillarse. Pero aunque simulaba rezar, no dejaba de mirar con el rabillo de ojo, alerta ante la posibilidad de que se le hubiera tendido una trampa.

Un clérigo, con la capucha puesta, se aproximó a él. Cárdenas, sin abandonar su posición, tendió la mano derecha a su daga.

Pero la mano del clérigo le detuvo.

—Tranquilizaos.

A continuación, el clérigo se arrodilló a su lado.

—Esperaba ver al rey.

—Pues tendréis que conformaros con su hijo.

Cárdenas, sorprendido, giró la cabeza y miró al clérigo. Éste también le miró: era Fernando de Aragón.

—Os hacía en Cataluña...

—Vos y todo el mundo, a excepción de mi padre, Peralta y los hombres que me han de acompañar a Castilla. Nadie más debe saber cómo pienso llegar allí.

—¿Vuestro padre sabe que os estáis viendo conmigo?

Fernando asintió.

—Siento tener que hablar con vos de esta manera, pero vuestro rey parece tener ojos y oídos en nuestra mismísima Corte.

—Esos ojos y oídos son de Pacheco.

—Menos mal que no me casaré con su hija. Sabría de mí hasta dónde tengo los lunares.

Cárdenas, pese a lo tenso que estaba, no puedo evitar sonreír. Luego, preguntó al príncipe:

—¿Cómo pensáis llegar hasta Valladolid? Nunca he visto la frontera tan vigilada.

—Mejor que no lo sepáis. Vos regresad a Castilla... regresad ofendido por el feo que se os ha hecho aquí...

—¿Y vos? ¿Cuándo iréis?

—Pronto. Tranquilo..., os juro que allí estaré. Confiad en mi estrategia.

Fernando se levantó y se santiguó.

Cárdenas se quedó mirando cómo el príncipe se marchaba. Lo hizo sólo unos instantes. De inmediato, volvió a simular que rezaba.

Fernando no tardó en quitarse el traje de clérigo. No cuadraba con su siguiente misión: despertar a Aldonza. Quería dedicar su último día antes de dejar Aragón a estar con ella.

Aldonza se sorprendió al verle.

—Os hacía en Cataluña, guerreando espada en mano... y al final vos y vuestra espada habéis venido a guerrear aquí.

—Lo de Cataluña era un engaño. Salgo mañana, pero para Castilla. Voy con dos hombres de confianza: ellos se harán pasar por comerciantes y yo por su mozo de mulas.

Aldonza suspiró: le hubiera gustado mucho estar en el lugar de Isabel.

—Parece una novela de caballerías —dijo a Fernando—. Vos seréis el caballero disfrazado para ocultar su verdadera identidad. El que correrá peligros y aventuras para conseguir a su dama, una princesa virtuosa que está en peligro. Sólo falta que sea rubia y de larga cabellera.

—Rubia es.

Aldonza sintió haber hecho el símil de las novelas de caballerías, tanto se parecía a la realidad.

Fernando sonrió sin darse cuenta de lo afligida que empezaba a estar Aldonza.

—Tenéis razón: todo es como en las novelas. Sólo faltan los monstruos.

Aldonza intentó, orgullosa, imaginar un papel para ella en la supuesta novela.

—Cierto… pero dejadme recordaros algo de esas novelas. En ellas, el héroe nunca obtiene la pasión y los placeres en la dama rubia. Los encuentra en otras mujeres que nunca serán su esposa.

Fernando la miró con seriedad: mucho se temía que fuera así. Que nunca encontrara a nadie como Aldonza.

Y decidió que era el momento de dejar de hablar y hacer el amor.

VI

Isabel seguía sin dormir por las noches. Y, cuando conseguía conciliar el sueño, pronto era atormentada por pesadillas.

Por fin se atrevió a decírselo a Catalina, con la que paseaba por una arboleda. La dama le preguntó cuáles eran esas pesadillas, pero Isabel no quiso responder a esa cuestión.

Catalina mostró su inquietud:

—No es bueno que durmáis tan mal, señora. Necesitáis descanso para los días que vienen. Debéis hablar de vuestras penas con alguien, sacarlas fuera...

—No me pasa nada, no os preocupéis.

De súbito, unas risas llamaron la atención de la princesa. Al mirar hacia el lugar de donde provenían, puso un gesto de desagrado: una pareja de jóvenes sirvientes coqueteaban creyendo no ser vistos.

Él la acarició con deseo y ella volvió a reír nerviosa. Cuando él estaba a punto de arrancar a la joven un beso, ésta se dio cuenta de que les miraban. Y reparó que, quien les estaba contemplando, no era un cualquiera, sino la princesa, su señora.

Isabel se encaminó hacia ellos, pese a los intentos de Catalina de evitarlo. Al llegar junto a la pareja, la princesa les amonestó.

—¿No tenéis trabajo que realizar? ¡Marchad ahora mismo a vuestros quehaceres!

La pareja inclinó la cabeza y huyó avergonzada. Isabel, viéndoles irse, dio una orden a Catalina:

—No quiero volver a verlos en esta casa. ¡Se comportan como animales!

Catalina le respondió con cariño:

—Perdón, señora, pero se comportan como recién casados.

Isabel la miró incómoda: recién casados, como pronto lo estaría ella con alguien a quien nunca había visto.

Catalina intuyó en ese momento qué tipo de pesadillas eran las que padecía Isabel. E intentó preparar a la princesa para lo que no tardaría mucho en vivir ella:

—Acaban de contraer nupcias, están enamorados, son jóvenes..., están en ese momento en que no desean otra cosa que la presencia de su amado. Ese deseo debería durar siempre. Vos lo entenderéis pronto, señora.

Isabel no quiso hablar más del asunto.

—Sigamos paseando.

Tras el paseo, Catalina fue llamada por Chacón.

La dama de compañía se alegró: porque si no la hubiera convocado él, ella misma le habría solicitado una entrevista.

Cuando se sentó frente a Chacón, éste no tardó en hacerle una pregunta:

—¿Hay algo entre la princesa y Gonzalo?

Catalina pensó en la capacidad que tienen los hombres, incluso los que eran tan cultos e inteligentes como Chacón, para no entender los sentimientos de las mujeres.

—Señor, si lo hubiera yo ya os lo habría contado... Vos sabéis lo agradecida que estoy por haberme hecho entrar al servicio de la princesa. Gonzalo está enamorado de ella..., eso lo ve hasta un ciego.

Chacón insistió preocupado:

—¿Y ella de él?

—Le tiene afecto, sin duda..., pero no de la clase que vos teméis. Al contrario. Ése no es el problema de Isabel, os lo aseguro.

Alarmado, Chacón preguntó que cuál era el origen de los desvelos de la princesa. Catalina respondió con discreción:

—No hay ninguna obligación como reina que le aterre más que sus deberes como esposa.

Chacón se quedó pensativo: sin duda ése tampoco era un problema menor. Y era uno de los pocos, casi el único, en el que él no podía aconsejar a Isabel.

VII

A última hora de la tarde, ya prácticamente de noche, una mujer entró en una humilde iglesia casi vacía. Miraba de un lado a otro y un velo tapaba su rostro para evitar que nadie la reconociera.

Observó los dos confesonarios. Uno estaba vacío; en el otro, había una feligresa que parecía estar acabando su confesión.

Cuando ésta se levantó y salió de la iglesia, la mujer apartó el velo de su rostro: era Isabel. Nerviosa, se acercó al confesonario que había quedado libre y se arrodilló.

—Ave María Purísima.

El sacerdote correspondió a su saludo.

—Sin pecado concebida.

Por su voz, el cura parecía de avanzada edad, algo que tranquilizó a Isabel.

—Padre, me confesé esta mañana.

—Pues no os habrá dado tiempo a cometer muchos pecados...

—Espero no haberlos cometido, pero no es por eso por lo que acudo a vos. Vengo a pedir consejo. —A Isabel le costaba seguir hablando—. Padre... próximamente voy a contraer matrimonio...

—Enhorabuena, hija.

—... pero hay algo que... algo inherente al sacramento que... Padre, temo la consumación.

Tras un breve silencio, el sacerdote le hizo una pregunta:

—¿Amáis a vuestro futuro esposo?

—No se trata de eso. La sola idea de compartir... lecho, de dejar que un hombre haga... haga conmigo...

El confesor acabó su frase:

—... lo que hacen los esposos con las mujeres...

—Sólo pensarlo me resulta insoportable. Conforme se aproxima mi boda, y se aproxima ese momento, yo... no puedo soportarlo.

El silencio que vino entonces fue aún más largo. Y acabó con otra pregunta del cura:

—¿Habéis pensado en tomar los hábitos?

—Lo he pensado muchas veces, padre..., pero debo casarme. Os ruego no preguntéis por qué. —Tras una pausa añadió—: Padre, ¿qué he de hacer?

—Hija, os deberéis a vuestro esposo. Seréis su mujer, y no debéis negarle el uso del matrimonio tantas veces como os lo requiera.

—¿Por mucho que me repugne?

—No es algo que debáis hacer por placer, sino por obligación. No olvidéis que sois mujer. ¿Qué os preocupa?

Isabel se levantó y se dirigió a toda prisa hacia la salida.

El sacerdote, al no recibir respuesta, salió del confesionario a ver quién era la mujer que no se había atrevido a acabar la confesión.

Pero no encontró a nadie.

VIII

Fernando ya había iniciado su viaje hacia Valladolid. Le acompañaban dos hombres: Ramiro y Martín. El primero tenía treinta años y era fuerte como un roble, aunque de baja estatura. Martín era delgado y fibroso y de una altura que destacaba sobre los que se pusieran a su lado.

El mismo príncipe los había elegido de entre sus mejores soldados. Ahora habían cambiado las tornas: eran sus señores y él su mozo. Por eso, los dos soldados vestían ropas más lujosas que el humilde atavío de Fernando.

De esta guisa entraron en una posada, donde Fernando había decidido hacer noche. Acababan de sentarse a una mesa, cuando Ramiro hizo ademán de levantarse al ver al posadero.

—Habrá que preguntar si nos puede dar alojamiento...

Fernando se lo impidió, agarrándole del brazo.

—Seguid sentado. Recordad que el criado soy yo.

Fernando se levantó y, con discreción, habló a sus soldados:

—Supongo que querréis una jarra de vino.

Ramiro volvió a mostrar que no se adaptaba bien al papel que se le había requerido.

—Señor…

Fernando le fulminó con la mirada y en voz baja le amenazó:

—¡Ramiro, recordad: soy vuestro criado!

Ramiro intentó corregir sus formas.

—Sí…, una jarra de vino estaría bien…

—¿Así le pediríais algo a un criado? ¿Para eso hemos ensayado?

Ramiro negó con la cabeza y, luego, espetó a gritos:

—¡Y traed una jarra de vino, inútil!

Fernando respondió también en voz alta:

—¡Sí, señor! —Luego, en voz baja, le dijo—: Tampoco hace falta insultar.

Fernando se alejó en busca del posadero. Eso permitió que Ramiro pudiera mostrar su incomodidad a su compañero Martín.

—Algo me dice que llegaremos a Castilla y no me acostumbraré a tratarle como a un criado…

—Somos soldados, no cómicos… —se quejó su compañero—. Cualquier día nos pedirán que vistamos faldillas.

En la mesa de al lado, un joven no había perdido ripio de lo sucedido y se acercó hasta los dos soldados vestidos de comerciantes.

—No parece muy eficiente vuestro mozo. Creo que necesitáis otro sirviente más.

Ramiro y Martín le miraron extrañados. El más espigado observó el aspecto del joven: bajo, delgado, con ropas demasiado grandes y el pelo cortado a trasquilones.

—¿Y dice eso un alfeñique como vos? No, con éste nos basta…

El alfeñique insistió:

—El dinero no será problema… Puedo dormir con vuestro sirviente.

En ese momento volvió Fernando con una jarra de vino y vasos. Al ver al joven se quedó perplejo.

—¿Aldonza?

—Llamadme Alonso.

Fernando dejó todo lo que llevaba en la mesa y, ante la sorpresa de sus hombres, agarró al «muchacho» por la pechera y se lo llevó aparte, donde nadie les oyera.

—Pero ¿qué creéis que estáis haciendo? ¡Volved a casa ahora mismo!

—Me apartaré de vos cuando lleguéis junto a vuestra princesa... pero ni una noche antes. ¡Volveré antes de que entréis en Valladolid! ¡Seré un mozo como vos! —Sonrió—. Bueno, menos por las noches...

Fernando calló, ¿qué podía hacer?

Aldonza señaló a Ramiro y a Martín, que si hubieran visto un ángel bajar del cielo no estarían menos impresionados pues ya habían reconocido a la muchacha.

—Pobres..., nunca dos señores tuvieron peores sirvientes..., una dama y un rey.

Fernando les miró y..., al ver su expresión de pánico, empezó a reír.

Los soldados, al oír las carcajadas, comprendieron que Aldonza viajaría con ellos. Ramiro sirvió vino en dos vasos.

—Santa Engracia nos asista...

Martín negó con la cabeza, superado por la situación.

—Este hombre necesita de mujer como de respirar...

Luego observaron cómo Fernando hablaba con el posadero, acompañado de Aldonza. Su «criado» estaba negociando alojamiento. Y lo hizo a buen precio.

Por la noche, Fernando y Aldonza dormirían en un pajar mientras los dos «señores» compartirían una habitación.

Al llegar al pajar, Fernando bromeó:

—No, si al final nos confundirán con dos desviados y nos colgarán de nuestras partes.

Aldonza rió.

—En caso de necesidad, puedo mostrar en público las mías.

Justo cuando Fernando iba a besarla, apareció Martín.

—Majestad, Ramiro y yo habíamos pensado que en nuestra alcoba estaríais más cómodos.

Fernando reaccionó tirándole su hatillo.

—¡Maldita sea, Martín! ¡Que somos vuestros criados!

El soldado marchó raudo antes de recibir una bronca de su señor.

Ahora sí, Fernando y Aldonza se besaron. Él acarició su cabello, cortado a trasquilones.

—Dios mío, qué destrozo... Es para matar al barbero que lo hizo.

Aldonza sonrió.

—Pues matadme, porque fui yo.

IX

Esa misma noche, Pacheco interrumpió al rey Enrique durante la cena. Se alegró de que ningún Mendoza estuviera compartiendo viandas con el monarca: las noticias que traía no eran buenas.

—Cárdenas y Palencia ya han entrado en Castilla.

El rey le miró sin dejar de comer.

—¿Solos o con Fernando?

—Solos y con mala cara.

—Entonces, ¿por qué la vuestra no es buena?

—Porque quien comanda las tropas aragonesas en Cataluña no es Fernando. Mis contactos catalanes dicen que nadie le ha visto por allí.

Enrique dejó de comer alarmado.

—¿Dónde está entonces?

—No lo sabemos, majestad. Pero dejadme insistiros: mandad tropas a Valladolid antes de que sea demasiado tarde.

—No. ¡Por Dios, vigilad las fronteras! ¡Sólo tenéis que detener a un hombre!

Pacheco optó por no responder a eso e inclinó la cabeza.

—Como ordenéis, señor.

Enrique intentó meterse un dátil en la boca, pero lo escupió: ya no tenía hambre. No paraba de preguntarse dónde estaría Fernando, el maldito príncipe de Aragón.

Fernando, en esos momentos, se encontraba en un pajar con una mujer que había decidido hacerse pasar por un muchacho. Y que quería saber cómo era esa tal Isabel.

—Habladme de ella.

—Poca cosa sé. No la conozco.

—Algo sabréis.

—Pues… al parecer es muy beata…

Aldonza contuvo a duras penas la risa pensando en cómo podría vivir Fernando con una beata.

—Según me dicen, es inteligente —continuó Fernando—. Y tiene mucho carácter y mucho genio… Cosa que no sé si me agrada, pero ya me encargaré yo de eso. ¿Os sirve para haceros una idea?

Aldonza ya no tenía ganas de reír.

—Perfectamente. Y no es como las mujeres a las que estáis acostumbrado, os lo aseguro.

—¿Importa eso?

—Mucho. Por lo que me decís, ella es religiosa, seguramente virgen, probablemente poco sensual… pero también inteligente, recta y orgullosa.

—Vaya, parece que la conocéis…

—Conozco a muchas como ella… pero hay una diferencia. Isabel tiene un reino detrás. Y ella lo sabe. Aprovechad para aprender humildad en este viaje, ahora que sois criado.

—Me da igual lo orgullosa y decidida que sea, pronto será mi esposa y yo su marido, y habrá de hacerse lo que yo diga. Soy hombre, soy rey e hijo de reyes. Ninguna mujer me va a decir lo que debo hacer… Será mejor que durmamos: nos espera un viaje muy duro, Aldonza.

Luego, Fernando se dio la vuelta pensando que ya había recibido demasiados consejos por esa noche.

X

Juan de Aragón había mandado mensaje a De Véneris: quería hablar con él urgentemente. El nuncio papal acudió en cuanto pudo; el rey aragonés siempre había sido buen pagador.

Al llegar a palacio, se encontró al rey y a Peralta delante de una mesa donde había extendidos unos planos.

—Bienvenido, excelencia... Llegáis en el momento oportuno. ¿Conocéis mis planes para el monasterio de Santa Engracia?

—No, pero estaría encantado de que me los contarais, majestad.

—Como sabéis, la milagrosa curación de mi vista obedeció a la intercesión de la mártir...

Peralta siguió el juego al rey:

—Explicadle dónde irán las reliquias de santa Engracia y san Lupercio.

El rey señaló un punto del rudimentario plano.

—Aquí, irán aquí. Para mayor gloria de dos santos tan ilustres de la Santa Madre Iglesia... —Miró a De Véneris—. Que espero que atienda mis peticiones de una vez por todas. No tengo suerte yo con Roma, nada de lo que solicito se me concede... pero en esta ocasión tenéis que hacer que se firme esa bula.

A De Véneris le cambió la expresión de la cara. El rey dejó de atender a los planos y fue directo al grano:

—Espero que Carrillo haya sido suficientemente generoso... Por lo menos tanto como yo. Nuestros intereses son los mismos. Y los vuestros, con lo que cobráis, no deberían ser otros.

—Le dije lo que os digo a vos, majestad, que haré lo que pueda... Pero no va a ser fácil.

—Pues os digo yo lo que seguramente él os respondió: que sea como sea habrá de hacerse.

De Véneris sintió que la voz del rey no era la del que pide algo, sino la de quien lo ordena.

Nada más volver a Roma, De Véneris se puso manos a la obra y solicitó audiencia con el Papa, quien le citó en los jardines de la Santa Sede.

Allí se encontró con Paulo, que contemplaba extasiado cómo un pavo real desplegaba su plumaje. Con menos exuberancia que el ave, De Véneris hizo otro gesto ceremonioso: se arrodilló ante el Papa y besó su anillo.

—Levantaos, levantaos... ¿Cuál es el motivo de vuestra visita?

—Santidad, os traigo el saludo de Su Eminencia el arzobispo de Toledo y de Su Majestad el rey de Aragón.

—¿Carrillo y Juan? Vaya, vaya... ¿Y qué quieren?

—Ofreceros todo su apoyo en vuestra cruzada... Un apoyo financiero inigualable, que muestra su compromiso de expulsar definitivamente al infiel de la Península.

Un joven jardinero trabajaba a escasa distancia. La mirada del Papa se concentró en él, sin dejar de hablar —ajeno y no muy impresionado— con De Véneris.

—Ya, ¿y qué piden a cambio?

«Viejo zorro», pensó De Véneris: como si no supiera lo que querían. Pero, evidentemente, había que guardar las formas.

—Una bula para que Isabel de Castilla case con Fernando de Aragón. Como sabéis, les unen lazos de parentesco.

Paulo giró su mirada hacia De Véneris.

—Lo sé, lo sé..., pero el rey Enrique ya me solicitó una bula para que Isabel pudiera contraer matrimonio con el rey Alfonso de Portugal. Y la concedí. Y el rey de Francia me ha pedido otra para casar a Isabel con su hermano... Como comprenderéis, no puedo otorgar a la misma dama tantas bulas para casarse con pretendientes distintos.

—Santidad, si hay algo que os puedo asegurar, es que doña Isabel no va a desposarse con el rey Alfonso. Por ello, me permito humildemente pediros que...

Paulo no le dejó continuar y alzó la mano para que De Véneris callara, cosa que éste hizo.

—Lo meditaré —dijo el Papa—. No puedo prometeros más.

De Véneris dedujo que no iba a poder sacar más de la audiencia e inclinó la cabeza en señal de sumisión y agradecimiento.

El Papa volvió a mirar atentamente al jardinero. Y no precisamente por su habilidad con las plantas.

XI

Ramiro y Martín estaban hablando con un hombre de elegante vestimenta cuando llegaron Fernando y Aldonza.

Tras despedir al hombre, Ramiro y Martín se acercaron a ellos.

—¿Quién era ése? —preguntó Fernando.

—Un comerciante de paños —respondió Ramiro—. Viene de Soria y dice que jamás vio a tantos hombres armados en la frontera. No podemos pasar por Calatayud... Sería una auténtica locura.

Martín se unió a la conversación.

—¿Cuál puede ser el camino más seguro?

Ramiro mostró su preocupación.

—Seguro no va a ser ninguno.

—No seáis tan negativo... —apuntó Fernando—. Hay uno que puede servirnos... El del puerto de Bigornia... Entre Berdejo y Gómara...

—¿Bigornia? ¿Con este tiempo que hace? —respondió el pesimista—. Además, está plagado de salteadores...

—Pues ése es el camino, amigos. —Fernando miró a Aldonza—. Pero no es travesía para una mujer.

A Aldonza no le gustaron nada esas palabras, pero no tuvo prácticamente tiempo de responder pues Fernando empezó a ejercer de criado.

—Ahora mismo traemos vuestro desayuno, señores.

Aldonza se le adelantó:

—Ya me encargo yo de eso.

Y fue donde estaba el posadero a hacer el encargo. Fernando la contempló preocupado mientras se alejaba.

—No sé qué es más peligroso, si el puerto de Bigornia o esta bendita mujer.

Los dos soldados no osaron aclarar esta duda a su señor. Pero ambos no tenían ninguna duda: Bigornia. Porque pese a ser octubre, hacía un frío de enero y eso haría aún más difícil la travesía.

Pronto se confirmaron sus temores. Pese a llegar allí al mediodía, apenas había luz y la ventisca arreciaba.

Ramiro y Martín iban a caballo mientras que Fernando se ocupaba del carro tirado por una mula. Sobre él, iba sentada Aldonza.

Fernando mandó parar.

—No parece haber nadie…

Ramiro vio lógica la ausencia de gente.

—¿Quién va a haber en este sitio perdido de la mano de Dios, majestad?

Fernando se preocupó por Aldonza:

—¿Tenéis frío?

—¿Vos no?

Fernando sonrió y ordenó a todos que comieran. Era la mejor manera de aguantar el frío.

Tras la comida, Aldonza, maravillada, se apartó para mirar desde lo alto tan extraño paisaje.

Fernando se acercó donde estaba ella. Aldonza le sonrió con cariño.

—¿Os dais cuenta de que hoy estáis cruzando de uno a otro reino pero que mañana reinaréis sobre ambas tierras?

Fernando esbozó una sonrisa pero Martín, que había oído a Aldonza, le devolvió a la realidad:

—Eso será mañana, señor, porque lo que es hoy... como nos pillen por aquí, lo vamos a pasar muy mal.

Fernando se giró hacia Martín y le dio la razón. Había que llegar cuanto antes a una villa afín a Carrillo.

La elegida fue Burgo de Osma.

XII

La bajada del puerto fue aún más dura que la subida. La lluvia parecía querer tan poco como el rey de Castilla que Fernando llegara a Valladolid.

Pero, tras pasar una noche a la intemperie, ateridos de frío, el sol decidió hacer su viaje más llevadero. Eso animó a Fernando y a sus compañeros de viaje, que empezaron a creer en el éxito de la aventura.

Eso hacía que viajaran día y noche, con jornadas de seis o siete leguas diarias, siempre por los caminos menos transitados en dirección a Burgo de Osma, que apenas en tres días desde que salieron de Zaragoza, ya estaba casi a su alcance.

Aldonza se había contenido de seguir dando consejos a Fernando. Habían sido tantas las atenciones del príncipe en los momentos más duros del viaje que no se atrevió a molestar a quien la arropaba y mimaba en los momentos más fatigosos.

Pero ante la cercanía del final de trayecto, Aldonza volvió a las andadas.

—Sé que no os gustan mis recomendaciones, pero permitidme que os dé un consejo: tened paciencia con Isabel, no pretendáis que sea como no es. Amadla como es y, si no conseguís amarla, respetadla.

Fernando se molestó por el consejo.

—Pero ¿vos sois familia de Isabel o ha sido ella quien os ha enviado para ablandarme?

Aldonza, esta vez, no calló:

—Creedme. Hasta ahora bastaba que expresarais vuestros deseos para que las mujeres se afanaran en cumplirlos.

Fernando sonrió pícaro.

—No os engañéis, muchas de ellas los cumplieron sin saber que era el hijo del rey. Nunca me gustó jugar con ventaja en determinadas lides. Y menos en las del amor.

La joven, al darse por aludida, no supo qué decir. Fernando continuó:

—Porque, si lo que consiga de una mujer es por llevar una corona, mal rey sería, por aprovechado. Y aún peor hombre, por débil. Así que dejad de darme lecciones, Aldonza. Os las agradezco y sabéis lo que os aprecio tanto que, si no tuviera obligaciones, nadie me apartaría de vos.

Aldonza le miró enamorada.

—Pero he tenido grandes maestros —añadió Fernando—. Y el mejor de todos fue una mujer: mi madre.

—Yo sólo quiero ayudaros.

Fernando la miró con afecto.

—Lo sé. Pero podéis estar tranquila. En el amor como en la guerra, nunca se vence por la fuerza sino por la estrategia.

—Pues por lo que contáis, vais a Castilla obligado a cumplir mil condiciones por Isabel.

—Dadme tiempo y veréis quién es el que tiene que cumplir tanta obligación… Si ella o yo.

No pudieron continuar la conversación: un pedrusco de considerable tamaño golpeó en la frente de Fernando.

De repente, un grupo de salteadores surgió del bosque cerrándoles el paso y la retaguardia. Eran seis en total y todos con un aspecto desharrapado.

Quien parecía ser su jefe tomó la palabra:

—¡Dadnos todo lo que llevéis! ¡Todo! La carreta, la mula… —Miró a Ramiro y a Martín—. Vosotros, bajad de los caballos y dadnos también vuestras ropas.

Fernando y sus hombres, lejos de ponerse nerviosos, escrutaban como buenos soldados las armas del enemigo. Y parecían satisfechos: eran utensilios primitivos como garrotes y hondas… Sólo el jefe empuñaba espada.

Fernando les avisó de lo que podía ocurrir:

—De verdad, no queréis hacer lo que vais a hacer.

Los salteadores rieron y su cabecilla se burló de Fernando.

—Vaya, salió respondón el criado… ¿Qué queréis, que os dejemos atados a un árbol hasta que vengan los lobos?

Fernando negó lentamente con la cabeza dándoles por imposibles.

—De acuerdo, pero no digáis que no os advertí…

De repente, Fernando sacó su espada, que tenía escondida entre paños en la carreta. Ramiro y Martín empezaron a hacer giros con su montura y blandiendo sus armas. Los salteadores quedaron boquiabiertos. Y Aldonza no lo estaba menos.

Fernando, espada en mano, se acercó lentamente al jefe… Que no esperó a tenerle más cerca para salir corriendo como alma que lleva el diablo. Todos sus hombres le siguieron en la huida.

Los soldados de Fernando hicieron ademán de perseguirles, pero Fernando lo impidió con un gesto.

Eso sí, cogió la piedra que le había herido en la cabeza y, tras mirar a los que huían, la lanzó apuntando al jefe de los salteadores ya a cierta distancia.

Le dio de lleno, obligando a sus compañeros a recogerle del suelo y llevárselo.

Fernando se volvió hacia Aldonza.

—¿Os encontráis bien?

Aldonza no pudo ni responder. Todavía no había salido de su estupor.

No sería ésta la última peripecia del viaje de Fernando.

Cuando estaban a pocas millas de Burgo de Osma se toparon con un grupo de soldados que bloqueaban el camino. Aldonza dormía en el carro.

Ramiro se dejó alcanzar por Fernando y, en voz baja, le preguntó:

—Señor, ¿damos media vuelta?

Era demasiado tarde: uno de los soldados ya levantaba la mano en señal de alto.

—No... Nos han visto —dijo Fernando—. Seguid... y que sea lo que Dios quiera.

Fernando y sus hombres se prepararon para lo peor. Martín y Ramiro pusieron con disimulo sus manos diestras en la empuñadura de sus espadas.

Fernando decidió no mostrar la suya para no anticipar malos acontecimientos. Pero no pudo evitar, en un acto reflejo, palpar su daga.

En ese momento, Aldonza se despertó y vio el panorama.

—¿Qué sucede? —inquirió.

—Tranquila —respondió un tenso Fernando—. Pase lo que pase, no os mováis.

Al llegar donde estaban los soldados, Ramiro les dio los buenos días. El jefe de la patrulla respondió preguntando adónde iban.

—Acudimos a Burgo de Osma, a la feria.

Tras la respuesta de Ramiro, y sin hacerle mucho caso, el jefe se dirigió a Fernando.

—¿Podéis enseñarme las manos?

Fernando obedeció. Todos los soldados le miraban a él. Tras ver sus manos, el jefe de la patrulla le preguntó:

—¿Sois mozo de estos hombres?

—Sí, lo soy.

—No veo callos en vuestras manos. Dudo que vos sirváis a nadie; más bien, parece que os sirven. Vuestro aire no es el de mozo, ni tampoco el de estos...

—Preguntad a mis señores.

El jefe se le encaró:

—No, os lo pregunto a vos... porque si sois quien creo que sois, no tenéis más señor que un rey... y no el de Castilla.

Fernando miró a sus hombres, que se mentalizaron para lo que parecía inevitable.

Esta acción no pasó inadvertida al el jefe de la patrulla, que continuó hablando:

—Y si sois quien creo que sois, no deberíais pasar por Almazán camino a Burgo. Almazán está en manos de los Mendoza, señor.

Fernando se extrañó de estas palabras, pero pronto salió de dudas.

—Somos hombres del arzobispo de Toledo, así que no es necesario que saquéis vuestras armas.

Fernando suspiró aliviado, aunque no más que sus hombres ni, mucho menos, que Aldonza.

—¿Sois hombres de Carrillo?

—Así es. Suponíamos que os dirigiríais a Burgo y que pasaríais por Almazán... y que si no lo impedíamos os apresarían allí. Hasta llegar a vuestro destino, es mejor que sigáis siendo mozo de mulas. No sabéis la suerte que habéis tenido de que os haya reconocido a tiempo...

Fernando fue ahora el que se le encaró. Calmado, sin levantar la voz y sonriendo, le contestó:

—No menos que vos por no haber empuñado vuestra espada.

XIV

Tras saber que Fernando había llegado a Burgo de Osma, Carrillo informó a todos de la noticia. Estaba feliz por el éxito de la operación que él mismo había diseñado. Se sentía la piedra angular del proyecto de Isabel.

Todos se alegraron de la buena nueva, aunque Chacón notó que la alegría de Isabel no era completa. Sabía que ya estaba cerca la hora de su matrimonio y tenía pánico a ese momento.

El 9 de octubre, Fernando llegó de Burgo de Osma a Dueñas, ya cerca de Valladolid. Allí le protegió Buendía, hombre de Carrillo.

Y allí le esperaban Cárdenas y Palencia que tenían la misión de recoger al príncipe y acompañarle hasta Valladolid.

Cuando vieron llegar a Fernando y a sus hombres, no pudieron evitar la sonrisa. Aún fingían ser lo que no eran: Fernando tiraba del carro y Ramiro y Martín iban a caballo.

Las ropas de todos estaban en un estado lamentable, pero las de Fernando, humildes ya de origen, ya eran auténticos harapos.

Fernando se dirigió a Cárdenas:

—¿Podemos dar por acabado el teatro?

—Supongo que lo estaréis deseando.

A continuación, Fernando les espetó a Ramiro y Martín:

—¡Ya os estáis bajando del caballo, bribones!

Ramiro y Martín bajaron de sus monturas... y Aldonza, sobre la carreta, también dio por concluido su papel.

Cuando la vio, Palencia soltó un codazo cómplice a Cárdenas, que no se había dado cuenta de la presencia de la muchacha.

Cárdenas, al verla, se quedó con la boca abierta por la sorpresa.

Fernando, recobrada su verdadera identidad, preguntó:

—¿Podréis proporcionarnos ropas más adecuadas, Cárdenas?

Cárdenas no podía dejar de mirar a Aldonza.

—Por supuesto. Aunque no creo que estén a la altura de un príncipe. Y supongo que al otro mozo le vendrán mejor ropajes de mujer...

Fernando sonrió, entre pícaro y pillado en falta.

—Sí, ropajes de mujer y, si fuera posible mañana, un transporte para Zaragoza.

—Por supuesto. Haremos noche aquí, y mañana partiremos para Valladolid. Allí os esperan para presentaros a la princesa.

—Perfecto. Y con respecto a esto...

Fernando señaló sutilmente con la cabeza a Aldonza. Cárdenas entendió lo que le pedía, aunque a medias.

—Descuidad. La discreción será máxima.

—No sólo os pido discreción... La quiero de vuelta en Aragón sana y salva. Preparad las medidas que sean necesarias.

Fernando le dio una palmadita en la espalda a Cárdenas, saludó a un admirado Palencia (¡cuánto podría escribir de esto si le dejaran!) y marchó a descansar con sus hombres y con la que no lo era.

XV

No tardó mucho el rey Enrique en saber de la llegada de Fernando a Castilla. La propia Isabel le escribió para darle la noticia. Había ganado y quería saborear la victoria.

En la misma carta, Isabel le invitaba a su boda con Fernando.

Enrique ordenó a Cabrera que hiciera venir a Pacheco a palacio. Nada más llegar el marqués, el rey desahogó su amargura con él.

—Os doy mi enhorabuena. Fernando de Aragón ya está en Castilla. Un hombre... ¡un solo hombre! ¡Debíais evitar que tan solo un hombre cruzara nuestras fronteras! ¡Y no habéis sido capaz!

Pacheco le recordó sus consejos:

—Majestad, os aconsejé una y mil veces que enviarais vuestro ejército a Valladolid...

—¡Y mil veces os dije que no! ¡Para iniciar guerras no os necesito, os necesito para evitarlas!

El marqués de Villena no pudo aguantar más y se encaró con el rey.

—¡Me necesitáis para ver el futuro porque vos sois incapaz!

Las palabras de Pacheco resonaron por toda la sala y dejaron a Enrique perplejo.

Cabrera intentó que Pacheco se calmara: sabía las consecuencias que podía tener gritarle al rey como si de un posadero se tratase. Pero fue inútil: nada podía parar ya la ira de Pacheco.

—¡Yo os dije que todo era un plan de Carrillo, os avisé que ni el Papa ni nadie le iba a detener, os previne que esto no era sino un golpe contra vos y el trono! ¿Y me escuchasteis? ¡No! Preferisteis andaros con medias tintas, como siempre. ¡Actuad, haced algo! ¡Repudiad a Isabel, nombrad heredera a Juana! ¡Comportaos como un rey por una vez!

El rey le miró con odio.

—¿Ahora queréis declarar legítima heredera a mi hija…, después de haber proclamado a los cuatro vientos que ni siquiera era hija mía? Fuera, Pacheco… ¡Fuera de aquí!

Pacheco salió sin hacer reverencia alguna, dejando a sus espaldas un silencio tan denso como incómodo.

Cabrera no se atrevía a abrir la boca. Sólo contempló cómo Enrique se levantaba y se servía vino en una copa. Tras dar un trago, le miró y, por fin, dijo:

—¿Soy un incapaz como rey, Cabrera?

Cabrera se quedó atónito.

—¿Disculpad, majestad?

—Me habéis oído perfectamente.

—No, señor… No sois un incapaz.

—¿Sois sincero o decís eso por obediencia?

—Soy sincero.

Cabrera lo decía de verdad: creía en la capacidad de Enrique, pero no en su constancia… Ni en la elección de sus compañías.

—Me alegra oíroslo decir —repuso Enrique—. Porque no es sólo Pacheco el que piensa eso, no... Don Diego Mendoza sólo sabe darme consejos... ¿Y por qué me los da? Porque cree que soy un pusilánime.

Volvió a beber de su copa antes de continuar.

—Hasta yo mismo he dudado de si soy un buen rey... Y sabe Dios que quiero lo mejor para mi pueblo y que siempre que he podido he evitado derramamientos de sangre... —Estalló ya gritando—: ¡Pero no! ¡No debo de ser un buen rey cuando hasta mi propia hermana me engaña para casarse con Fernando de Aragón!

—Calmaos, señor...

—¡No quiero calmarme! A veces..., a veces sale de dentro de mí una ira que no es natural en mí... Una sensación de que tengo que ser violento, fuerte..., injusto si es necesario, para mantener a tanta gente a raya. Ésa es la única manera de gobernar que entiende la gente... Y me he dado cuenta tarde.

Cabrera no pensaba lo mismo, pero no era el momento de decírselo.

—Todo saldrá bien —lo confortó—. Ya lo veréis...

—Sí. ¿Y sabéis por qué saldrá bien? Porque pago tanto dinero al Papa de Roma que no le concederá la bula a Isabel para su boda. No le saldría rentable. El dinero mueve el mundo, Cabrera... No lo mueve la justicia, ni el amor, ni el respeto, ni la fe en Dios, cualquiera que éste sea... Todo lo mueven la violencia y el dinero.

En eso, pensó Cabrera, al rey no le faltaba la razón.

XVI

También acertaba Enrique en sus previsiones. El Papa no concedió la bula a Isabel: no podía perder el favor de Castilla.

Pero eso, en Valladolid, nadie lo sabía. Sólo esperaban la llegada de Fernando, que no se hizo esperar. Antes debía despedirse de Aldonza, con la que se citó en una posada de Dueñas.

La muchacha ya vestía de mujer, cosa que hizo sonreír a Fernando.

—¡Vaya! Aldonza ha vuelto. ¿Qué pasó con el mozo Alonso?

Aldonza, pese a su tristeza, forzó una sonrisa.

—Se fue con el otro mozo. Dicen que el hábito no hace al monje... pero la verdad, yo no comparto ese dicho.

Una posadera, joven y muy atractiva, les trajo las viandas. Fernando no pudo evitar mirarla y sonreírle... Cuando la muchacha se alejó, Fernando se encontró con la mirada reprobatoria de Aldonza.

—Deberíais aprender a controlar esas miradas.

—¿Ni mirar podré cuando me case?

Fernando dijo estas palabras con una sonrisa. Aldonza, ya seria, le aconsejó:

—No, si sois listo. No siempre conseguiréis el perdón con vuestra sonrisa.

Pero Fernando seguía sonriéndole... y ella acabó sonriendo también.

—Bueno, no siempre.

Pese a que en la mesa había comida y bebida, ninguno de los dos estaba pendiente de ello. Sabían que habían llegado al final del viaje en todos los sentidos y que alguien debía atreverse a decir adiós.

Aldonza tomó la iniciativa.

—El señor Cárdenas aconseja que salgamos esta misma noche. Esto es nuestra despedida, Fernando.

El príncipe la miró apenado.

—Gracias por todo, Aldonza.

—Os deseo que seáis feliz con vuestra esposa...

Aldonza se levantó presta para marchar, pero Fernando la agarró suavemente de la muñeca.

—¿Volveremos a vernos?

—Si alguna vez lo deseáis, no podré rechazaros…

Tras soltar Fernando su muñeca, Aldonza salió de la posada, lista para emprender el viaje de regreso a Zaragoza.

Lo hizo con el convencimiento de que aquélla no sería la última vez que vería a Fernando.

«Y lo desearé», pensó para sus adentros.

XVII

Fernando marchó apenas una hora después a Valladolid. Por fin iba a encontrarse con Isabel.

Para tan importante momento, Carrillo había dispuesto que se organizara un ágape de bienvenida en la casona palaciega de Juan de Vivero, donde se alojaba Isabel.

Todos se encontraban allí: Carrillo, Cárdenas, Gonzalo, Palencia y el almirante Enríquez, que abrazó a su sobrino Fernando con cariño tras tanto tiempo sin verlo.

Ramiro y Martín no paraban de observar la belleza de las mujeres que también asistían al acto.

—Me parece que nuestro príncipe lo va a pasar muy mal aquí, Ramiro…

—O muy bien.

Gonzalo no podía dejar de escrutar todo lo que hacía Fernando: quería ver cómo era el hombre que iba a tener la suerte de casarse con Isabel.

Pero Isabel no aparecía y Carrillo se impacientaba. Sobre todo cuando Fernando preguntó dónde estaba su futura esposa.

Antes de que la cosa fuera a más, Chacón pidió a Cárdenas que fuera a buscarla. La encontró, sola, en su despacho.

—Señora… Don Fernando pregunta por vos.

Isabel miró tensa a Cárdenas.

—¿Qué debo hacer?

—Pues…, como princesa y anfitriona, recibirle.

—¿Y como futura esposa?

Cárdenas se quedó en blanco.

—Ahí, señora, me declaro incompetente.

Isabel asintió preocupada con la cabeza. Luego se levantó y, acompañada por Cárdenas, llegó a la sala donde todos esperaban.

En el agasajo cada uno seguía a lo suyo, menos Chacón, que la miraba tan cariñoso como tenso. Isabel estaba visiblemente nerviosa y Cárdenas intentó animarla.

—Señora, habéis afrontado situaciones mucho más complicadas que ésta.

—Lo dudo.

Isabel buscó con la mirada intentando adivinar quién de los presentes era Fernando. Pero entre los nervios y que no había visto nunca al príncipe de Aragón, finalmente pidió ayuda a Cárdenas.

—¿Dónde está Fernando?

Cárdenas con un sutil gesto señaló al príncipe, que hablaba en esos momentos con Palencia.

—Ése es.

Isabel tragó saliva y encaminó sus pasos hacia él.

Fernando recibió un leve codazo cómplice de Carrillo y miró a Isabel.

Sonrió sorprendido: no esperaba que fuera tan atractiva. Sin duda, la aventura había merecido la pena.

13

La boda

Octubre de 1469

I

A pocos días de la celebración de los esponsales, eran muchos los preparativos pendientes. Carrillo se encargaba de ellos como si le fuera la vida en cada detalle: invitados, ceremonia, celebraciones... No importaban los gastos ni las críticas de Chacón, que veía cómo el arzobispo de Toledo daba órdenes a diestro y siniestro.

Hasta tal punto de autoridad llegó Carrillo que, a la salida de una reunión, Cárdenas comentó a Chacón:

—No os equivoquéis: la novia de esta boda es Carrillo.

Palencia tomaba nota de todo lo que veía y había empezado a escribir una crónica no ya de lo relacionado con la boda, sino con la figura de Fernando, su llegada a Valladolid y la habilidad política de Carrillo, que después de todo era quien pagaba.

Isabel quedó en segundo plano, para desencanto de Chacón y de Cárdenas. Pero no era momento de alzar la voz. Al fin y al cabo, sin Carrillo y sus intervenciones en Segovia, en Ocaña, sus negociaciones con Aragón... muy probablemente no se hubiera llegado a aquello.

Chacón, preocupado por los temores de Isabel a su noche de bodas, hizo llamar a su esposa Clara. Dado que la verdadera madre de Isabel no estaba en su sano juicio, nadie mejor que ella, que fue su nodriza y en muchos momentos su segunda madre, para ayudarla. No avisó a Isabel de esto: quería que fuera una sorpresa.

Fernando observaba todo con atención. Sociable por naturaleza, parecía haberse adaptado a su nueva situación sin gran esfuerzo. Además, como príncipe de Aragón, estaba acostumbrado a tratar con culturas e idiomas diferentes desde niño. Sin duda, la educación de su madre y los años de infancia en Cataluña le sirvieron de ayuda.

Pero pese a compartir lengua y otras muchas costumbres, y pese a que su madre era castellana, Fernando no tardó mucho tiempo en cerciorarse de que Castilla y Aragón tenían sus diferencias.

Sobre todo, le llamó la atención el poder de nobles y prelados. Personajes como Pacheco o Carrillo no tendrían cabida en la Corte de Aragón. Su padre, el rey, los habría echado a patadas de palacio.

Amante de estudiar a las personas, analizó a quienes le rodeaban y rápidamente hizo un retrato mental de ellos.

Por ejemplo, apreciaba la elegancia de Chacón, más pendiente de atender a los demás que de ser protagonista, aunque nunca le veía sonreír y siempre desconfiaba de quienes no lo hacían.

Cárdenas le parecía un tipo de fiar, noble y con un sentido de la ironía que mostraba su inteligencia. Además, tenía virtudes muy apreciadas por Fernando: era discreto, nunca levantaba la voz cuando hablaba y jamás tomaba la palabra antes que las personas de mayor posición y edad. Y, sobre todo, no tenía doblez.

Alonso de Palencia le gustaba: era de frases ingeniosas y críticas afiladas. Sin duda, era un hombre difícil de engañar y experto en intrigas; se notaban los muchos años que había pasado cerca del poder. Pero desconfiaba de él por los continuos halagos que recibía de su parte.

Carrillo le aturdía. Le veía demasiado ansioso de poder para no ser un rey. Sabía de sus desvelos con Isabel y de su lealtad. Conocía la larga amistad que unía al arzobispo con su padre...

Pero le sacaba de quicio su obsesión por mandar, por hacer alarde de lo importante que era delante de todo el mundo.

De Gonzalo no se había formado una opinión: se mostraba esquivo y todavía no había hablado con él. Sólo sabía que era de su edad, un buen soldado, y que estaba demasiado pendiente de Isabel.

Pero quien más le había impresionado en esos pocos días que llevaba en Valladolid era precisamente Isabel. Tenía que dar la razón a Carrillo y a Peralta, al que sonsacó antes de viajar a Castilla: se parecía a su madre, doña Juana Enríquez. No era, ni de lejos, tan bella como ella, pero tenía un cuerpo bien formado, unos ojos preciosos y una bonita cabellera rubia. Se parecía a ella en comportamiento y carácter.

Nunca decía una palabra de más, pero sus ojos hablaban. Tenía obsesión por aprender de todas las cosas. E intuía, como le había dicho Cárdenas, que tenía una fuerza de voluntad que ya quisiera Fernando para muchos de sus soldados.

Sólo había dos aspectos que no le gustaban de ella. El primero, que no la había visto reír en los tres días que llevaba allí. Y eso le hacía mostrar tensión y un sentido excesivamente trascendente de la vida. Aunque la justificaba: sabía de los años tan difíciles que había pasado.

Pero lo que más le disgustaba de Isabel era su obsesión por evitar el contacto corporal. Eludía que la cogieran del brazo, que le dieran la mano; procuraba mantenerse a cierta distancia y cuando se acercaba cualquiera a ella, sobre todo si era un hombre, notaba que se le erizaba el vello como a un gato cuando siente el peligro.

Fernando podía entender que lo hiciera con cualquier otro, pero no con él, que iba a ser su esposo. Era algo que debía corregir.

Por ello, esa mañana, dedicaba toda su sapiencia acerca de las emociones humanas y derrochaba su famoso encanto para ver si lograba cambiar la situación.

Habían salido a pasear y Fernando se sintió optimista cuando, por primera vez, fue Isabel quien inició la conversación.

—¿No echaréis de menos vuestra tierra?

—Siempre. Pero hay un deber que cumplir. Además, no habléis de Aragón como si fuera sólo mi tierra… Porque también será la vuestra cuando nos casemos.

—Como de vos será Castilla.

Isabel dijo esta frase esbozando una leve sonrisa, algo que aumentó todavía más la moral de Fernando para afrontar el paso que quería dar.

—¿Y vos, Isabel, echáis de menos algo?

—Desde luego. Arévalo… Mi madre… Beatriz, mi amiga… Mi hermano Alfonso…

A Isabel, según iba dando nombres, se le hizo un nudo en la garganta. Fernando lo notó, emocionado.

—Sois una mujer más valiente que muchos hombres. Os habéis negado a contraer matrimonio con quien no queríais. Defendéis Castilla como yo Aragón. Nos parecemos, Isabel. Mucho… Incluso nuestras vidas han andado parejas sin darnos cuenta.

—¿A qué os referís?

—Yo también peleé contra mi hermano mayor por los derechos que quería usurparnos a mi padre y a mí.

Fernando acarició su cabello… Isabel no se apartó, por lo que Fernando continuó en su discurso:

—Por nuestras venas corre la misma sangre. Y mi padre ya quiso prometernos cuando éramos niños. ¿Os imagináis que hubiera tenido éxito?

Isabel sonrió. Fernando acercó despacio su cara a la de ella.

—Por fin una sonrisa.

Y puso sus labios levemente sobre los de ella. Pero Isabel se apartó al instante, con el gesto alterado y tensa ante tal atrevimiento.

—Tengo que volver.

Y salió corriendo de regreso a palacio.

Fernando maldijo su suerte. Sin duda había ido demasiado rápido.

Acostumbrado a llegar y besar el santo con tantas y tantas mujeres, sintió que no había sabido manejar la situación.

Sin duda, Isabel era distinta a todas ellas, pensó. Y debería ser tan humilde como le aconsejó Aldonza para conseguir que Isabel le abriera las puertas de su cuerpo y de su alma.

II

Corrían malos tiempos para Pacheco. Sus continuos fracasos en relación a Isabel le habían hecho perder el favor de Enrique. Además, en su vida familiar tampoco reinaba la felicidad. Su hija Beatriz no había superado el disgusto por su frustrada boda con Fernando y, sobre todo, la delicada salud de su esposa le tenía francamente preocupado.

María Portocarrero sufría de asma y de fiebres continuas que la tenían tan debilitada que apenas se levantaba ya de la cama.

Pero Pacheco era un animal político y sentía pasión por su trabajo. Pese a la evidente crisis familiar, sólo tenía una obsesión: recuperar el favor del rey. En pos de ello pasaba la mayor parte del día encerrado en su despacho, esbozando en su mente estrategias e intrigas con las que pudiera recuperar su prestigio.

Tras mucho pensar, sólo encontró una posibilidad, ya que Enrique se negaba a usar la fuerza: volver la mirada hacia Francia.

Si Isabel y Fernando se casaban, siempre cabía la posibilidad de que Aragón cediera su ejército en apoyo contra Enrique si las cosas iban mal dadas. Aragón tenía muchos frentes abiertos, pero no se podía despreciar esta posibilidad. En ese caso, y con el apoyo de Carrillo, Enríquez y muchos de los que conformaron la Liga de Nobles, sería un ejército imbatible para Enrique.

Por el contrario, Francia quería anexionarse parte de Cataluña, perteneciente al reino de Aragón, y quién sabía si entrar con sus tropas hasta el mismo Aragón. Pero, pese a la grandeza del ejército francés, Aragón le hacía frente con numerosos éxitos militares conseguidos por la habilidad de Fernando.

¿Por qué no llevar a la práctica la idea de Diego Hurtado de Mendoza de crear una alianza francocastellana? Sólo habría que ofrecer a Luis de Valois otra novia para su hermano, el duque de Guyena, tras el rechazo de Isabel.

Y esa novia tenía que ser Juana, la hija de Enrique y Juana de Avis.

Estaba seguro de que a los Mendoza, que tanto defendían los derechos de Juanita, les agradaría esta opción. De hecho, aún la invitaban a pasar largas estancias en sus mansiones de Trijueque y Buitrago.

Con esta idea en mente, pidió audiencia a Enrique. Tras pedir excusas por su comportamiento en su última reunión, donde Pacheco había perdido las formas, contó su plan con todo lujo de detalles.

Pero la reacción del rey no fue la esperada por Pacheco.

—¡Dejaos de intrigas por una vez en vuestra vida! Todos vuestros planes sólo han servido para que hagamos el ridículo con Portugal y con Francia. Sólo nos queda el Papa, esperemos su decisión sobre la bula de Isabel.

Pacheco quedó hundido. Enrique lo notó y no pudo evitar sentir pena por él. Al fin y al cabo fue su mejor amigo, su compañero de tantos años. Y no olvidaba que le debía haber llegado al trono.

Por eso se preocupó por el marqués.

—Tengo entendido que vuestra esposa está enferma.

—Sí, majestad…

—Id con ella. Allí tenéis ahora más que hacer que aquí. Os mandaré a mi mejor médico para que la visite.

—Gracias. Será bien recibido en mi casa.

Pacheco salió de palacio doblemente herido por el rechazo a su oferta y por la piedad del rey.

Nada más llegar a casa, fue a ver a su esposa. Ahora el que se apiadó fue él: cada día que pasaba la encontraba más débil.

Tras ayudarla a beber un poco de agua, le comentó que el rey había preguntado por ella y que le había ofrecido a su mejor galeno.

María no se mostró demasiado ilusionada.

—Os lo ruego... No quiero más médicos...

Lo dijo con el hilo de voz que le quedaba. Pacheco la miró triste. Su esposa, pese a ser ella la enferma, se preocupó por él.

—No traéis buena cara.

—El rey me está dando la espalda.

—Siempre dije que os pasaría algún día.

—Enrique es un necio. Espera que Roma no permita la boda de Isabel. ¡Cómo si eso parara la tormenta que se avecina!

—Supongo que ya estaréis tramando algo para que escampe.

—Sí. Pero no quiere escucharme.

—No tenéis remedio, esposo. Siempre intrigando.

Pacheco se sintió ofendido.

—Por eso seguramente hemos alcanzado la fortuna de la que disponemos.

—¿Y de qué nos sirve? No hemos disfrutado ni de un paseo juntos en meses.

Pacheco sabía que su mujer decía la verdad. Amable, le prometió:

—Cuando os encontréis mejor, pasearemos todos los días.

—No habrá más paseos, Juan. Ya es demasiado tarde.

III

Palencia ya había empezado a escribir sus crónicas y dio cuenta de ello a Carrillo, que le pidió que le leyera lo escrito.

El cronista empezó a leer, pomposo:

—Dos mil invitados, la flor y nata de Castilla...

Carrillo le interrumpió, corrigiéndole:

—Perdón, Palencia, pero los invitados no llegarán a mil.

—Pongamos entonces tres mil. Dará más grandeza a la ceremonia. Y quienes lean mi crónica en años posteriores lo creerán. —Sonrió—. Porque no estuvieron aquí, como yo, para contar los invitados.

El que sonrió entonces fue Carrillo.

—Me encanta vuestra manera de contar la historia… y a los invitados de las bodas. Continuad.

Palencia retomó la lectura:

—Tres mil invitados, la flor y nata de Castilla, fueron testigos del nacimiento de una nueva era auspiciada por el excelentísimo don Alfonso Carrillo, arzobispo de Toledo y canciller mayor de Castilla.

Carrillo disfrutaba oyendo los títulos que poseía… y el que el cronista anticipaba: el de canciller mayor del reino. Palencia continuó leyendo:

—Un nuevo amanecer ilumina las tierras castellanas con la vida de los príncipes Fernando e Isabel… Aragón y Castilla unen sus fuerzas.

De repente unos golpes en la puerta interrumpieron la lectura. Carrillo ordenó pasar.

—Tenéis visita, excelencia —anunció un criado.

El criado hizo entrar a un hombre encapuchado. Carrillo intuyó quién era. Palencia tuvo que esperar a que se quitara la capucha: era De Véneris.

Carrillo preguntó al criado:

—¿Alguien sabe de su presencia aquí?

—No, monseñor.

—Bien… —Miró a Palencia—. Dejadnos a solas.

El criado y el cronista salieron del despacho. Entonces Carrillo preguntó ansioso a De Véneris si había bula.

El nuncio papal negó con la cabeza, preocupado.

—¡Maldita sea! —rugió Carrillo—. ¿De qué ha servido tanto dispendio con vos y con el propio Papa?

—Pensad que concedió bula a Isabel para desposarse con Alfonso de Portugal. Y que Francia la solicitó para casarla con el duque de Guyena. No puede conceder tres bulas para una misma princesa... Abriría una crisis diplomática sin precedentes.

De Véneris notó que Carrillo, muy inquieto, se había quedado sin habla e intentó ayudarle.

—Si queréis, yo mismo podría hablar con Isabel para explicarle la situación: sé que será duro decirle que no puede casarse.

Carrillo despertó de su letargo al oír esas palabras.

—¡Ni se os ocurra hablar con ella! ¡Esta boda se celebrará!

—Pero ¿cómo? Si no hay bula...

—Si no hay bula, tendremos que inventárnosla. Cubríos y acompañadme.

De Véneris, atónito, obedeció.

IV

No tardó en llegar a Segovia la noticia de que no había bula. La decepción de Pacheco fue grande. Tanto como la alegría de Enrique, que pensó que Isabel jamás se casaría sin autorización papal, tal era su fe en Dios y la Santa Madre Iglesia.

Sin duda, tanta alegría habría menguado si hubieran sabido de los planes de Carrillo: falsificar la bula. Para eso había abandonado la residencia de Vivero y se había ocultado con De Véneris en una casa apartada, lejos de Isabel y los suyos.

La bula falsa que redactó era la que el papa Pío II había negado al rey de Aragón en su día, cuando le pidió una bula general para su hijo Fernando. Para no comprometer al papa Paulo II, se falsificó la firma del difunto Pío II y se puso la fecha de tres meses antes de muerte del mismo.

De Véneris no estaba de acuerdo en falsificar la bula.

—¿Qué necesidad había de mentir?

—Mucha. Sin esa mentira, Isabel nunca habría aceptado la boda y estaría ahora en París con el duque de Guyena. Esperaba que consiguierais una nueva para decirle que era muestra expresa del apoyo renovado de Roma a nuestra causa. Pero donde no hay pan tierno se come el duro.

Miró la bula.

—Nos está quedando perfecta. Conseguir un pergamino avejentado no es tan fácil.

Carrillo derramó polvo secante encima de la tinta, esperó un instante y sacudió la bula en el aire.

De Véneris insistió:

—¿Creéis que Isabel lo aceptará si sabe de esto?

—No, por eso no hay que decírselo.

Carrillo quemó la vela de lacre hasta que unas gotas rojas cayeron al pie del documento

—Sello.

De Véneris sacó un anillo de una bolsita y se lo dio a Carrillo. Éste lo cogió y lo imprimió en la cera.

—*Habemus bula.* —Miró a De Véneris—. Mañana al mediodía vendrá gente de mi confianza y os llevaran a palacio… Recordad que debéis decir que llegáis de Roma para dar una buena noticia.

V

Beatriz de Bobadilla ya había salido de cuentas, para su preocupación y la de su marido. Pero cuando Cabrera le dio la noticia de que el Papa no había concedido la bula a Isabel, fue tal su indignación que, por un momento, hasta se olvidó de su embarazo.

—¿Estás seguro de lo que dices?

—Sí. Don Diego de Mendoza dio fe de ello. Vamos, salgamos fuera, necesitas pasear.

Beatriz fue hacia una mesa.

—Más tarde. Tengo que escribir a Isabel.

—Olvídate de ese asunto.

—¡No puedo! ¡Es mi amiga! ¡Y piensa casarse sin bula!

—El rey opina que no se atreverá.

—Lo dudo. De momento ya se ha atrevido a mentirme y a escaparse a Valladolid.

Así pues, Beatriz escribió la carta. En ella se quejaba a su amiga Isabel de cómo la había engañado haciéndole creer que se casaría con el duque de Guyena y no avisándola de su huida de Ocaña. También le decía que sabía que no tenía bula, pues don Diego Hurtado de Mendoza leyó al rey delante de su esposo el mensaje del Papa. Por último, le recordó a Isabel su juramento de que la política no le cambiaría. Beatriz acabó la misiva con esta frase: «Siento deciros que sí habéis cambiado. Habéis engañado a vuestra mejor amiga y no obedecéis los designios de la Iglesia, vos que sois tan creyente».

Cuando terminó de escribir la carta, se la dio a leer a su esposo.

—¿Qué te parece?

—El rey Enrique suscribiría lo que le dices punto por punto.

—No sé si eso es bueno o malo, la verdad. Él también tiene culpa de todo lo que ha pasado.

Luego, miró a Cabrera de esa manera que, cuando lo hacía, él no podía negarle nada.

—Te suplico que se la hagas llegar a Valladolid. ¿Puedes hacerlo sin que el rey te llame la atención?

Cabrera sonrió.

—Qué remedio me queda… Temo más tu ira que la del propio rey.

VI

Isabel seguía mostrándose tensa, y en su cara se podían adivinar sus pocas horas de sueño. Chacón, cariñoso, le preguntó por ello.

—¿Algún problema, Isabel?

Ocultando sus cuitas personales, Isabel habló de otras cosas que no le preocupaban menos.

—Vos me diréis si no los hay. ¿Y Carrillo?

Cárdenas, que se hallaba presente, intervino:

—Anda desaparecido. Uno de sus criados me ha dicho que tenía que ver a carpinteros para las tablas de las mesas y a ganaderos para que nos provean de carne para el banquete.

—¿También va a probarse el traje de la novia? —dijo irónica Isabel—. Porque parece que quien se casa es él.

Chacón temía que las tensiones pudieran romper la unidad que había entre ellos. Y Carrillo, aun a su pesar, era necesario.

—Sed benevolente, Isabel. Carrillo ha luchado mucho para que pudiéramos llegar hasta aquí.

—Sí. Pero está asumiendo todo el poder de decisión. Los gastos de los esponsales, las relaciones con el Papa de las que no sabemos absolutamente nada, Palencia... ¡Por Dios! ¿Qué hace ese hombre con nosotros?

—Es seguro que Pacheco montará propaganda en vuestra contra —justificó Chacón—. Y Carrillo piensa que Palencia os defenderá de ella mejor que nadie.

Isabel reaccionó punzante.

—¿Porque es tan mentiroso como Pacheco?

A Chacón se le acababan los argumentos y miró a Cárdenas, que recogió el guante.

—Os prometo que vigilaré a Palencia bien de cerca, alteza.

—Conseguid también sus textos. Quiero leerlos.

Cárdenas salió de la sala. Ya a solas, Chacón preguntó a Isabel:

—Isabel, aparte de estos asuntos, ¿hay algún problema más que queráis contarme?

Isabel negó, mintiendo.

En ese momento se abrió la puerta: Catalina, sonriente, asomó por ella.

—Señora, ya ha llegado la primera invitada de la boda —anunció.

Era Clara, su nodriza, a todos los efectos su segunda madre. Y esposa de Chacón. A Isabel le cambió la cara al verla.

—¡Clara!

Y corrió a sus brazos. Chacón guiñó un ojo, cómplice, a Catalina. Ella era la que había insistido en que viniera una hermana, una amiga o su progenitora. Como Isabel no tenía hermanas, a su amiga Beatriz de Bobadilla le era imposible desplazarse hasta allí y su madre no gozaba de buena salud, sólo quedaba Clara. Y bien que valdría para levantar la moral a Isabel, pensaba Chacón. También a él mismo, pues apenas veía a su esposa.

Isabel quiso mostrarle a Clara la casa donde ahora vivía y sus aposentos. Cuando se aproximaban a su alcoba, vieron a Fernando esperando a la princesa en la puerta.

Isabel miró a Clara preocupada.

—¿Qué hace aquí?

Clara sonrió.

—Esperarme a mí, no, desde luego.

Al llegar hasta donde estaba Fernando, Isabel hizo las presentaciones. Tras éstas y discretamente, Clara se metió en la alcoba con la excusa de preparar su cama. Isabel le suplicó con la mirada que no la dejara, pero Clara le sonrió y la dejó a solas con Fernando. Éste no tardó un segundo en hablar, serio y casi tan tenso como Isabel.

—Isabel, quiero hablar con vos. Siento esperaros aquí, pero no os he podido encontrar en todo el día.

La princesa no podía ocultar su incomodidad.

—Os escucho.

—No sé qué os pasa, aunque supongo que los nervios de la boda son los que os hacen ser tan huidiza… Sea lo que sea, quiero dejaros algo claro.

Isabel le escuchaba muy atenta. Sentía que Fernando la estaba tratando de otra manera.

—Pensaba que no tendría la suerte de casarme con alguien que me gustara de verdad —continuó Fernando—. Pero estoy contento de haberme equivocado, porque vos me gustáis, Isabel. Mucho.

Fernando aguardaba alguna respuesta, pero Isabel, turbada, calló. El rey de Sicilia insistió, con una humildad impropia de un monarca.

—¿Yo os gusto a vos?

Isabel quiso responder que sí. Pero no se atrevió. Al final, sólo pudo decir:

—Buenas noches.

Y se metió en la alcoba, dejando a Fernando desanimado, sin saber cómo llegar hasta su corazón.

Nada más entrar en la habitación, Clara se permitió dar a la novia su primer consejo, ya que antes nadie había podido hacerlo.

—Isabel, no podéis huir de él siempre. Dentro de nada será vuestro esposo. Algún día tendréis que complacerle.

—Eso depende.

Clara la miró perpleja.

—¿De qué depende?

—Del día. Lo tengo todo controlado... Durante la cuaresma y el adviento no se debe complacer al marido. Ni en las otras fiestas de guardar, ni en las vigilias.

—Lo tenéis bien estudiado...

Isabel continuó:

—Ni los lunes, en honor a los santos difuntos; ni los jueves, en memoria de la Última Cena; ni los viernes, en recuerdo de la Crucifixión. Los sábados, tampoco, en honor de la Santísima Virgen y los domingos, en honor de la resurrección de Cristo.

Clara estaba sorprendida: qué pocas ganas de estar con su esposo debía de tener Isabel cuando había planeado tantas excusas.

—¿Y los martes y miércoles?

—Sólo si no caen entre Pascua y Pentecostés, ni en los cuarenta días después de Navidad, ni tres días antes de recibir sacramento. Es lo que dice la Iglesia.

Clara acarició con afecto a Isabel.

—Pero mi niña, con ese calendario, ¿cómo pensáis tener descendencia? Os aseguro que hay cosas entre marido y mujer en las que la Iglesia no debe mediar.

—Decidme una.

—La atracción entre un hombre y una mujer existe antes del primer Papa, Isabel. ¿A vos os atrae Fernando?

Isabel se sonrojó, avergonzada.

—Sí..., mucho. Y que Dios me perdone.

Clara, enternecida, le dio un beso en la frente.

—Tranquila, mi niña. Dios tiene asuntos más difíciles de perdonar que eso.

VII

Esa misma noche, Clara pudo acostarse con su marido, algo que hacía mucho tiempo que no pasaba.

Chacón apagó la vela y le dio las buenas noches. Clara quedó decepcionada. ¿Tanto tiempo sin verse y se iba a dormir con sólo un buenas noches? Pero prefirió no decir nada.

Sin embargo, pronto notó que su marido no podía conciliar el sueño.

—¿No podéis dormir...?

—Hace días que me cuesta pegar ojo.

—¿Qué os preocupa? Si es Isabel, dejadla de mi cuenta: hay cuestiones que mejor tratarlas sólo entre mujeres. —Y tras una pausa añadió—: ¿Qué más os turba el sueño?

Chacón se sinceró.

—Carrillo. No consulta, no pregunta, decide todo por su cuenta... Sé que sin él hubiera sido imposible llegar hasta aquí. Pero si continúa así...

Clara le animó.

—Vos lo sabréis manejar.

—Eso espero… Además, aún no ha llegado la bula del Papa y temo que Isabel se eche atrás. Tenemos que llevar esta boda a buen puerto. Como sea.

—Así será. Pero ahora, dejad de pensar en problemas y relajaos.

Clara empezó a hacerle arrumacos.

—¿Sabíais que sólo hay treinta y siete días al año en los que se puede hacer el amor sin ofender al Altísimo?

Chacón sonrió.

—¡Qué cosas decís!

—Es lo que dice la Iglesia. Y los he contado.

Clara le besó en la boca.

—Y resulta que estamos en octubre… y vamos muy atrasados.

Chacón la correspondió y empezaron a hacer el amor.

No eran los únicos que no dormían. Fernando estaba empezando a inquietarse por su relación con Isabel. Le gustaba, se iba a casar con ella… Pero si todo seguía así, su matrimonio sería un infierno. Necesitaba nuevos puntos de vista: por eso llamó a Gonzalo, al que recibió junto a una jarra de vino y dos copas.

Gonzalo acudió a la cita alarmado.

—¿De qué queréis hablar conmigo?

—Os seré franco: desde que he llegado a Castilla no tengo a nadie al que dar parte de mis cuitas. Carrillo está demasiado interesado por el poder. Chacón está demasiado ocupado en controlarle y Cárdenas demasiado afanado en obedecer a Chacón…

Fernando bebió relajado un sorbo de vino e invitó a Gonzalo a sentarse y a beber con él. Lo que éste no quisiera decir, el vino haría que lo dijera.

—El resto son mujeres y no frecuento mucho a los curas, así que sólo os tengo a vos para confesar mis tribulaciones.

Gonzalo estaba desconcertado.

—Os agradezco la confianza.

—Y yo agradecería que me dierais la vuestra. Habladme de vos...

—¿Qué os puedo contar de mí? —dijo cortante Gonzalo—. Yo soy un simple soldado. Y vos sois rey.

—Un rey no deja de ser hombre nunca... Os lo juro. —Le miró pícaro—. Ni un soldado tampoco.

—Un rey puede ser infeliz sin ningún motivo. Pero un hombre siempre tiene algún motivo para ser desdichado.

Fernando le miró serio.

—¿Y vuestro motivo para ser infeliz cuál es?

Gonzalo calló, pero Fernando no era de los que soltaban la presa fácilmente y sirvió más vino.

—Venga, Gonzalo... Sé cuando un hombre sufre penas de amor. Y vos las tenéis. Contadme vuestras penas y yo os contaré las mías. ¿Quién es esa mujer que os ha llegado tanto al corazón?

Gonzalo le miró. Notó que Fernando quería que cayera en una trampa y recurrió a la mentira para escabullirse.

—Está lejos... Muy lejos de mí.

Fernando le pidió con la mirada más detalles. Gonzalo lo notó y zanjó con otra mentira.

—Se quedó en Córdoba cuando vine a servir a la Corte, hace casi cuatro años.

—Mucho tiempo es ése. ¿Queréis mi consejo? Olvidadla. Y buscad alegría y placer con otras. Un clavo quita otro clavo, os lo aseguro.

—No es tan fácil.

—Porque no lo habéis probado. Una mujer hace olvidar a otra... Salvo que sea vuestra esposa y madre de vuestros hijos. Entonces es sagrada. —Le miró fijamente—. Como lo será Isabel para mí.

Gonzalo le observó. Fernando notó que había pasado la primera barrera y siguió hablando:

—Mi problema es que no sé cómo llegar a ella. Me esquiva. Os juro que nunca he encontrado tanta resistencia en mujer alguna. Quiero saber qué debo hacer para tenerla de mi lado, para hacerla feliz en todo. ¿Podéis darme algún consejo?

Gonzalo sonrió. Fernando pensó que la segunda barrera ya había sido traspasada.

—En ese caso, intentaré ayudaros —dijo amablemente Gonzalo—. Nunca prometáis nada que no podáis cumplir: la vi discutir incluso con su hermano por ser débil de espíritu… Y eso que le amaba sobre todas las cosas. Si estáis a su lado, nunca os fallará. Poneos en su contra y será el peor enemigo.

Fernando sonrió.

—Eso es bueno saberlo, sin duda. ¿Algo más?

—Respetad su fe en Dios. Y amad a Castilla porque os lo agradecerá tanto como que la améis a ella.

Gonzalo hablaba de Isabel embelesado. Sin saberlo, había caído en la trampa. Fernando supo esa noche que los sentimientos de Gonzalo por la que iba a ser su esposa sin duda eran algo más que mera lealtad.

VIII

A la mañana siguiente, Carrillo reunió a todos: había llegado la bula papal.

—Aquí está por fin. —Mostró el documento falsificado—. Gracias a Antonio Giacomo de Véneris hemos conseguido que el papa Paulo II avale la bula concedida por Pío II al príncipe Fernando de Aragón para casarse, tan pronto cumpliese los dieciocho, con una princesa de sangre real consanguínea en tercer grado.

Chacón y Cárdenas observaban al legado papal y al arzobispo con algo de prevención. Y notaron que De Véneris no se encontraba a gusto con la ceremonia.

Isabel preguntó a De Véneris:

—¿Y qué opina Paulo II de esta bula antigua? ¿Os ha dicho algo?

De Véneris vaciló un instante y Carrillo se le adelantó en la respuesta.

—La acepta, por supuesto. Ningún Papa desdice lo firmado por el Papa anterior.

Isabel aún no estaba convencida.

—Entiendo, pero Paulo II me concedió dispensa para casarme con el rey de Portugal. —Miró a De Véneris—. ¿Le parece bien que mi prometido sea otro?

Carrillo, aunque bromeando, lanzó una pulla a Isabel.

—Parece que ponéis más impedimentos en la boda que el propio Papa.

Isabel se quedó contrariada con el comentario. Fernando lo notó: era lo que le faltaba por ver de Carrillo, que fuera un insolente con su futura esposa.

—Toda novia que se precie está nerviosa antes de ir al altar. Os rogaría que no hicieseis chanzas con la que va a ser mi esposa.

Isabel agradeció a Fernando el gesto con una mirada. Carrillo suavizó el tono inmediatamente.

—Lo siento, majestad. —Miró a Isabel—. No estéis nerviosa. La dispensa para desposar al rey de Portugal llevaba vuestro nombre, pero ésta fue concedida a Fernando. Y, como ya os he dicho, Paulo II jamás daría un paso en falso negando la legalidad de esta bula. —Y preguntó a De Véneris—: ¿Verdad, monseñor?

—Sí, excelencia.

Chacón, suspicaz, se dirigió a De Véneris.

—De Véneris, hoy os veo menos locuaz que de costumbre.

—Es el cansancio del viaje.

En realidad, Chacón no necesitaba que De Véneris le dijera nada: sabía que la bula era falsa. Y así se lo hizo saber a su leal Cárdenas en cuanto estuvieron a solas.

—¿Estáis seguro de que la bula es falsa?

Chacón le dijo lo que sabía.

—El propio Carrillo me lo reconoció cuando habló de ella delante de Peralta. Y ahora aparece como por arte de magia.

Cárdenas no salía de su asombro.

—¿Y De Véneris, como nuncio papal, se ha prestado al juego?

—De Véneris ha intentado conseguir una nueva bula por encargo del rey de Aragón. Pero no debe de haber tenido suerte, y lo entiendo… Si el Papa la hubiera concedido, tendría en contra a Castilla, Francia y Portugal. Demasiados frentes abiertos.

Tras un silencio, Cárdenas hizo la gran pregunta:

—¿Se lo vais a decir a Isabel?

—No.

Cárdenas le miró sorprendido. Chacón se explicó:

—Si denunciamos esa bula, Isabel no querrá casarse… Y que se celebre la boda es esencial para nuestros intereses.

—Las mentiras son malas compañeras de viaje, don Gonzalo.

Chacón frunció el ceño.

—Lo sé… Pero a veces hay que convivir con la mentira para acabar consiguiendo tus objetivos. Y mientras Isabel y Fernando no sepan nada, seguiremos la corriente.

IX

Ya que el rey no daba el visto bueno a su idea de proponer en matrimonio a su hija Juana con el duque de Guyena, Pacheco decidió saltarse las normas y el protocolo.

No era algo nuevo para él: Enrique era tan laxo en sus obligaciones que, en tiempos pasados y más felices para el marqués de Villena, muchas veces debía decidir por él. Sonreía recordando cómo, en ocasiones, llegó a falsificar su firma, algo de lo que el monarca ni se daba cuenta.

Tocaba volver a hacerlo. Por eso escribió una carta al obispo Jouffroy, favorito del rey de Francia, haciéndole la proposición de boda en nombre de Enrique. En la misma misiva, pedía excusas por su mala experiencia cuando vino a Castilla a preparar las capitulaciones de boda del duque francés con Isabel. Y por supuesto, Pacheco mintió a Jouffroy diciendo que esta carta la mandaba en nombre del rey Enrique de Castilla. Si no tenía éxito, la respuesta sólo la sabría él. Y si lo tenía, ya se lo agradecería Enrique.

Apartado de la Corte y sabiendo que su mujer estaba en sus últimos momentos, esta nueva intriga mantuvo vivo a Pacheco entre tanta amargura.

Otro acontecimiento que le animó fue la llegada de Diego, su hijo primogénito, que había venido a ver a su madre. El mismo Pacheco le avisó de su estado crítico, pero no le hizo desplazarse desde Toledo sólo por eso. Tras abrazar a su madre y llorar por ella, Diego fue llamado por su padre para una reunión privada.

—Necesito que dejéis nuestros asuntos de Toledo en manos de gente de confianza y que os quedéis aquí conmigo. Me siento demasiado solo. Temo que todo mi trabajo sea en balde si no tiene heredero que lo continúe. Tendréis que estar atento: aprended de mí… Fijaos en cada detalle. Con el tiempo habréis de ser como yo.

Diego le miró sobrepasado por la confianza que depositaba en él su padre.

—Dudo que llegue a tanto, padre.

—Ni se os ocurra dudar: sois mi hijo. —Agarró el brazo de su hijo y se expresó con vehemencia—: Vamos a dejar claro al rey que a un Pacheco no se le humilla… ¡nunca!

No dijo estas palabras en vano. Pacheco ya tenía preparado el siguiente paso a dar: visitar a Diego Hurtado de Mendoza. Enemigo tantas otras veces, ahora necesitaba tenerle como aliado.

Y tenía en sus manos algo con lo que lograrlo: un borrador de la lista de invitados a la boda de Isabel.

Pacheco tenía contactos y gastaba más su dinero en estos menesteres que en ostentar posesiones y riqueza. Por eso consiguió esa lista de invitados tan valiosa. Con ella viajó, acompañado de su hijo, hasta Buitrago a ver a Diego Hurtado de Mendoza. Tras presentarle a su hijo («Observa y aprende», le había dicho Pacheco a su primogénito antes de entrar), dejó caer en la mesa de su anfitrión un legajo.

—Leed esta lista. Me ha llegado de Valladolid.

Don Diego leyó y le cambió el semblante.

—Por la Virgen de los Remedios... —Levantó su mirada hacia Pacheco—. ¿Todos estos irán a la boda de Isabel?

Pacheco asintió.

—Sí. Cerca de mil invitados. Clero, nobles, caballeros... Cuando organicé la rebelión contra Enrique no conseguí tantos apoyos.

Mendoza guardó un inquietante silencio.

—Hay que solucionar este problema, don Diego.

—¿Y qué proponéis? ¿Que el ejército tome Valladolid?

—Ya es demasiado tarde para eso. Habría que haberlo hecho cuando lo avisé. Ahora, llegaríamos en plena boda, entre los festejos y las verbenas. Sólo serviría para convertir a Fernando e Isabel en mártires a los que el pueblo adoraría. —Hizo una pausa y continuó—: La única solución es Francia.

—¿Francia?

—Sí. Casar a la hija del rey con el duque de Guyena. He enviado carta a Jouffroy planteándole el asunto.

Mendoza no podía creerse lo que estaba oyendo.

—¿Sin pedir permiso al rey?

—Si hubiera tenido que pedirle permiso para todas las cosas desde que se coronó, Castilla sería un desgobierno. A Enrique le gusta cazar, tocar el laúd... Pero llevar las riendas del reino, poco.

Pacheco tenía razón, pensó don Diego. Por lo menos en eso la tenía. Así le iba a Castilla.

—Hemos manejado mal el problema —continuó el marqués de Villena—. Todos, y yo el primero. No hemos sabido entender lo que supone unir dos personalidades como la de Fernando y la de Isabel. Son jóvenes, suponen la unión de dos reinos, un cambio... Si no tienen bula ahora, la tendrán... Y ni Enrique ni nadie podrá hacer nada contra ellos.

Mendoza torció el gesto.

—Isabel... Sólo oír su nombre me da dolor de muelas.

—Apoyadme y no os dolerán más. Si logramos casar a Juanita con el hermano del rey de Francia, apretaríamos a Aragón. Luego, habría que desheredar a Isabel por no cumplir los pactos de Guisando al contraer nupcias por su cuenta y sin bula. De esta manera...

Prueba de que había entendido el plan, Mendoza acabó la frase:

—De esa manera, la hija de Enrique también pasaría a ser la heredera de la Corona de Castilla.

Pacheco sonrió asintiendo. Luego observó de reojo a su hijo Diego: éste estaba boquiabierto por la exhibición de su padre.

X

En Valladolid, Fernando seguía buscando un mayor acercamiento con Isabel, con la que ahora paseaba.

—Curiosa nuestra boda. No estará mi padre, no estará vuestra madre... Es extraño.

Isabel le miró melancólica.

—Cierto.

—La gente llana nos envidia muchas veces... Y les entiendo. Ellos pasan penalidades que nosotros no sufrimos. Pero a cambio, ellos no tienen sobre sus espaldas el futuro del reino... Y en sus bodas no faltan padres ni gente querida, como nos sucede a nosotros.

La princesa se sentía emocionada por la sensibilidad que le estaba mostrando Fernando y decidió corresponderle.

—Os agradezco cómo me habéis defendido ante Carrillo.

Fernando dejó de caminar, obligando a hacer lo mismo a Isabel.

—Yo os defenderé siempre, Isabel...

Isabel le miró emocionada. Fernando cogió sus manos y siguió hablando:

—Juro que os seré leal, que vuestras causas serán las mías. Y que nunca me temblará el pulso en luchar por Castilla como no me ha temblado jamás por defender Aragón.

—Sabéis que yo no lucho con la espada... Pero que mi voluntad es la misma.

—Lo sé. Vuestro sacrificio os ha costado...

—Y costará. Nos queda un camino difícil por recorrer, Fernando.

—Es cierto. Pero hay algo que lo hará menos difícil.

Isabel miró atenta a Fernando, que culminó su discurso.

—Que estaremos juntos.

Se quedaron mirando unos segundos. Fernando, tímido, acercó sus labios a los de Isabel. Y, por fin, la besó.

XI

Esa misma noche, Carrillo organizó una cena para celebrar la obtención de la bula, en la que un buen número de criados y criadas no dejaban de servir bebidas y viandas.

De Véneris no comió mucho: aún estaba dando vueltas al lío en que se habían metido.

Cárdenas y Chacón estaban, como siempre, más atentos a lo que hablaban los demás que a hablar ellos.

Isabel ya no podía evitar que sus ojos buscaran la mirada de Fernando. Y éste, al notarlo, sonrió satisfecho.

Carrillo se sentía tan feliz como el padre que reúne a sus hijos después de años sin verles.

Y Palencia no paraba de hablar. Ahora el tema elegido por el cronista eran los festejos de la boda.

—Echo de menos la organización de justas y torneos con motivo de las nupcias.

Fernando interrumpió la perorata del cronista.

—Yo mismo me negué. No son de mi gusto.

Palencia insistió, adulador.

—Pero sería una oportunidad para que Castilla conociese de primera mano vuestra habilidad con la espada y con la lanza.

—Mis habilidades con las armas prefiero que no las conozca nadie más que mis enemigos en el campo de batalla, Palencia. No es algo que me guste exhibir en público. Las armas son para hacer la guerra, no para celebrar bodas.

Chacón alabó el sentido común de Fernando.

—Sabias palabras. —Miró a Palencia—. Espero que las transcribáis palabra por palabra.

—Siempre lo hago —respondió Palencia, molesto—. Sabéis que la verdad ilumina mi camino.

Isabel replicó irónica al cronista.

—Por si acaso, llevad una vela, no sea que os quedéis a oscuras.

Carrillo puso orden dirigiéndose a todos.

—Por favor, dejad las discusiones a un lado. Hoy estamos de celebración. —Miró a Palencia y añadió—: Y dejad de molestar a Palencia. Que un buen cronista puede hacer caer reyes y ganar batallas tanto como un buen ejército.

Después, Carrillo pidió que se sirviera más comida, cuando en la mesa sobraba para dar de comer al doble de personas que en ella estaban.

Mientras Carrillo hablaba, ocurrió algo que nadie notó.

Isabel vio que Fernando miraba a una de las criadas, la más hermosa. Y que ella le devolvía la sonrisa.

Isabel sintió como un pinchazo en el pecho. Pero lo disimuló como pudo.

Sin embargo, al día siguiente, el pinchazo se convirtió en indignación cuando contempló a Fernando y a la criada hablar sonrientes en los jardines de palacio.

Al verlo, pensó que no valía la pena ilusionarse si el premio era ése.

Fernando no se dio cuenta de que Isabel los estaba mirando y siguió hablando con la muchacha hasta que apareció Palencia. Entonces, la despidió.

Al ver a la dama, Palencia sonrió.

—Vaya, veo que es cierta la fama de que tenéis éxito con las mujeres.

Fernando le respondió con gravedad:

—No es lo que pensáis, os lo puedo asegurar...

Fernando empezó a andar y Palencia lo acompañó.

—Bien, Palencia, ¿de qué queréis hablar conmigo ahora?

—De vuestro viaje desde Aragón... Un viaje digno de una novela de caballerías que debe perdurar en la historia de Castilla.

—No fue para tanto. Apenas recibí una pedrada en la cabeza. Os aseguro que he tenido viajes peores.

—No me extraña... Os vi bien acompañado.

El príncipe detuvo su camino y se encaró con Palencia.

—No es cierto tal rumor, os lo juro.

—¿Rumor? —contestó un ufano Palencia—. Pero si yo lo vi con mis propios ojos...

—Es rumor, porque de ahí no pasará... Porque nunca se contará esta historia como cierta. Y porque no escribiréis de ello si queréis conservar mi amistad. ¿Entendido?

Palencia estaba atribulado.

—Entendido, alteza.

—Perfecto. Sabía que podía confiar en vos.

Fernando retomó el paseo y Palencia le siguió.

—Olvidaos de frivolidades. Por lo menos, conmigo. Si merezco que la historia hable de mí, que sea por ganar batallas o por dictar leyes... —Le miró de soslayo—. Y por ser un buen rey, no por ser un buen amante.

Palencia se quedó tan admirado como decepcionado. Lo primero, por las palabras que acababa de oír. Lo segundo, porque vive Dios que esa historia era digna de ser contada y ya no se atrevería a escribirla.

Fernando, príncipe de Aragón y rey de Sicilia, le estaba ofreciendo su amistad. Y Palencia no iba a perderla por un asunto de faldas.

XII

Isabel cosía concentrada en su alcoba, cuando entraron Catalina y Clara.

Catalina se extrañó de verla allí.

—Perdonad, alteza… Pensábamos que estabais de paseo con el príncipe.

—Pues ya lo veis, no lo estoy.

Clara empezó a preocuparse al verla tan seria… Y cosiendo.

—¿Qué estáis haciendo?

—Un chal para el hijo de Beatriz. Tiene que estar a punto de parir…

—Isabel, ¿qué os ocurre? A mí no podéis engañarme. Sois como vuestra madre, que siempre que tenía un problema sólo se tranquilizaba con la costura.

Isabel, por fin, levantó la cabeza casi llorosa.

—No puedo fiarme de él. Creía que todo iba bien entre nosotros… Estaba rompiendo mi cerrazón. Y cuando he ido a buscar a Fernando, le he visto coquetear con una criada….

Clara y Catalina se miraron preocupadas. Isabel siguió con su letanía.

—¿Por qué los hombres rompen reglas que no dejan romper a las mujeres? Un hombre tiene hijos en pecado y es signo de buena semilla… Pero si en la noche de bodas no se muestra la sangre en la sábana, pobre de aquella mujer que no haya llegado al matrimonio virgen. No es justo, Clara, no es justo…

—Calmaos… Puede haber sido un equívoco.

—No. Vi cómo la miraba ayer durante la cena… —Fijó la vista en el chal que estaba cosiendo—. Cuánto echo de menos a Beatriz, a mi madre…, mi infancia en Arévalo.

Clara se sentó junto a ella y le pasó con dulzura su mano por el hombro.

—No digo que no tengáis razón en preocuparos. Pero no miréis hacia atrás…

—¿Por qué no? Entonces era feliz.

—Isabel, erais feliz porque hay cosas que no se les cuentan nunca a los niños… Pero pasaron muchas cosas malas mientras vuestro hermano y vos jugabais.

—¿Qué queréis decir?

La que fuera su nodriza la miró con ternura pero le habló con dureza:

—Que no añoréis el pasado y que luchéis por vuestro presente y por vuestro futuro. Y el de Castilla.

—Pero ¿cómo puedo estar tranquila si después de pasar la noche conmigo a la mañana siguiente puede coquetear con cualquiera de mis damas?

Catalina intervino con rapidez.

—Para eso hay un remedio muy fácil. ¿No teníais hoy que elegir damas para después de casada?

Isabel asintió.

—Dejad que me ocupe de ello.

Esa misma tarde, Catalina eligió las damas de Isabel junto a Clara.

Ya había acabado la selección cuando Fernando pasó a visitar a la princesa y vio cómo cuatro muchachas de gran belleza salían serias de la alcoba de Isabel.

Fernando no pudo evitar mirar a las jóvenes. Al salir Catalina, le preguntó:

—¿Son ésas las damas de mi esposa?

—No, majestad, son éstas.

Por la puerta de la alcoba salieron en ese momento cuatro

muchachas sonrientes y felices. Eran tan jóvenes como las anteriores, pero la que no era gorda, era fea. La que no era fea, era tan flaca que podría quebrarse con un abrazo. Y la que no era ni fea, ni gorda ni flaca, cojeaba de manera ostensible.

Sin duda, pensó Fernando al comparar la hermosura de unas y la fealdad de otras, Dios no repartía la belleza a todos por igual.

Isabel salió acompañada de Clara tras las elegidas. Contempló la cara estupefacta de Fernando. Y no pudo evitar sonreír.

XIII

Aprovechando los muchos momentos que Palencia pasaba conversando con Fernando, Cárdenas logró hacerse con sus crónicas. Antes de enseñárselas a Isabel, se las dio a Chacón, que ahora se las leía en voz alta.

—«Al saber los temores de su amada prometida Isabel, que temía perder su libertad y hasta su vida, Fernando me llamó a solas y me preguntó si creía conveniente que para ampararla cuanto antes, debía ir él a Valladolid para celebrar la boda… Y lo hizo, no importándole poner en riesgo su vida por la angustiada doncella…»

Cárdenas no podía creer lo que estaba oyendo.

—¿Habló con él a solas? Pero si yo estaba allí y juro que no le vi. Y, por Dios, qué frases tan largas. No sé cómo no os falta el aire para acabarlas.

Chacón siguió leyendo:

—«Isabel esperaba deseosa de cumplir su destino como mujer. Obedecer y apoyar a su marido y salvador: Fernando».

Chacón no leyó más: tiró las crónicas al suelo.

—Bien poco conoce Palencia a Isabel —dijo Cárdenas—. Si la princesa leyera esa bazofia, sería capaz de tirarle a la cabeza lo primero que encontrara a mano.

Un criado interrumpió la conversación: había llegado carta de Beatriz de Bobadilla.

Chacón ordenó a Cárdenas que le llevara la misiva a Isabel.

—Le alegrará saber de ella...

Efectivamente, al darle Cárdenas la carta, Isabel mostró su contento.

—Seguro que ya ha dado a luz... —Rompió el sello—. A ver si ha sido niño o niña... Si es niña le iba a poner mi nombre...

Pero todo cambió cuando empezó a leer la carta. Cárdenas, al ver cómo la alegría de Isabel mudaba en seriedad, quiso saber qué sucedía.

Isabel le miró enojada.

—¡Quiero veros a todos juntos ahora mismo!

No tardó mucho Cárdenas en reunir a Chacón, De Véneris, Carrillo y Fernando.

Les leyó la carta de Beatriz a todos: en ella se daban pruebas de que no había bula papal. Isabel les gritó:

—¿Quién miente aquí? ¿Hay bula o no la hay?

Tras un silencio, Chacón decidió desvelar la verdad.

—No la hay.

Fernando se sorprendió.

—¿No la hay?

—No, no la hay —afirmó un De Véneris que parecía haber recuperado la voz—. Ni la ha habido. La bula que tenemos es una falsificación.

Isabel se vino abajo.

—¿Una bula falsificada? ¿Queréis que me case con una bula falsificada?

Carrillo intentó justificar la situación.

—Alteza, lo importante es celebrar la boda ahora. Es el momento... Si no, puede ser demasiado tarde. La bula se puede conseguir con tiempo... Entendedlo, por favor.

La princesa no parecía muy de acuerdo.

—Lo que no comprendo es que todo un arzobispo de Toledo engañe a un reino y a la Santa Madre Iglesia. —Miró a Chacón—. No me esperaba esto de vos... —Se dirigió a Cárdenas—:

Ni de vos... Cuando gobierne, si eso ocurre algún día, espero que mi gente de confianza me diga la verdad.

Fernando tomó la palabra.

—Dejemos los reproches para otro momento... Ahora lo importante es decidir qué hacemos, Isabel.

—Lo siento pero no me casaré con una bula falsa...

—Pues yo sí —le replicó Fernando.

La sorpresa fue general, pero en el caso de la princesa fue mayúscula.

Isabel no quiso escuchar más: salió de la sala. Fernando, decidido, se levantó y fue tras ella. Pero antes de llegar a la puerta, se giró hacia los presentes para dejar las cosas claras:

—Voy a convencer a Isabel. Porque no dudéis ninguno de que nos casaremos. Como no dudéis tampoco de que jamás volveré a admitir componendas como ésta.

Luego fue al encuentro de la princesa. La encontró llorando, pero no de pena, sino de rabia.

—Creedme, Isabel... Casarnos es la mejor solución.

—¿Por qué?

—Porque a veces la grandeza del fin justifica la vileza de los medios.

—¿Estáis seguro de eso?

—Lo estoy... Tanto como de que no debo fallar a Aragón ni a mi padre... —Se acercó cariñoso—. Además, no he llegado aquí para ver a una mujer tan bella como vos y pasar de largo.

—Poco debe de ser eso para vos cuando coqueteáis con la primera mujer que se cruza en vuestro camino... Y no me lo neguéis: yo misma os he visto con una criada.

Fernando sonrió: Isabel estaba celosa. Eso era señal de que le quería.

—¿Acaso creéis que he hecho un viaje jugándome el pescuezo para venir a cortejar a una criada?

Isabel, por respuesta, miró hacia la arboleda que, frente a ellos, era testigo mudo de tan crucial conversación.

—No estaba cortejándola, Isabel. Os lo juro.

—¿Y de qué hablabais? ¿De la comida de la boda?

—Estaba organizándole una cita a vuestro amigo Gonzalo.

Isabel se giró sorprendida hacia Fernando, que siguió explicándose.

—Hablé con él. Es un buen hombre. Es humilde. Sabe servir y no llamar la atención, como buen soldado. Y os es leal... como lo estoy siendo yo ahora. Me contó que tiene penas de amor.

Isabel empezó a ponerse nerviosa, pero disimuló.

—¿Añora a una dama?

—Sí, una antigua novia que dejó en Córdoba.

Isabel se tranquilizó: Gonzalo había sido discreto. Fernando la miró; estaba seguro de que Isabel no estaba enamorada de Gonzalo. También pensó que ella jamás se haría una idea de lo mucho que la amaba el joven cordobés. Y que lo que estaba haciendo era para que Gonzalo borrara de su mente a la princesa... o tendría que ordenar su marcha.

—Hablé con la criada para ver si podía consolarle... —continuó, pícaro—. De alguna manera. Sé que no os parecerá moral, pero os juro que es cierto.

Isabel le creyó, aunque no osó decírselo. Fernando volvió a la carga.

—Quiero ser vuestro esposo, Isabel. Somos jóvenes y tendremos tiempo de conseguir esa maldita bula. Y mientras tanto tendremos hijos... Y tendrán unos ojos azules tan preciosos como los vuestros. ¿Os casaréis conmigo, Isabel?

Isabel volvió a mirar a Fernando. Sus ojos mostraban que la tenacidad de él había logrado sus frutos.

—Sí, me casaré con vos.

Fernando no pudo evitar abrazarla.

Isabel sintió que cuando él la abrazaba sentía una seguridad que nunca había tenido.

Pero también notaba un hormigueo en su estómago que era nuevo para ella. No sabía si eso era pecado. Pero le gustaba.

Tras saber que Isabel aceptaba casarse, Chacón respiró tranquilo. Conseguido aquello, pensó que ya era hora de hablar con Carrillo, al que fue a ver a su despacho. Nada más entrar le devolvió las crónicas de Palencia, robadas por Cárdenas.

Carrillo le miró enfadado.

—¿Fuisteis vos quien ordenó robarlas? ¡Con qué derecho...?

—Con el derecho que me otorga la verdad. En estas crónicas sólo se habla de vos y de Fernando. Isabel parece una joven afligida a la que salva un apuesto caballero. ¿Es ésa la imagen que queréis dar de Isabel a la posteridad?

—Cambiad el tono, Chacón. No os olvidéis las veces que he tenido que intervenir para que nuestro plan siga en pie. Incluso para que, probablemente, Isabel siga con vida.

—Y vos no os olvidéis de que con vuestros apaños habéis estado a punto de conseguir que no hubiera boda.

Carrillo le miró harto.

—Hablad claro y no me hagáis perder el tiempo: qué cargo queréis cuando lleguemos al poder.

Chacón quedó tan sorprendido como asqueado al escuchar estas palabras.

—No habéis entendido nada, Carrillo. ¿Creéis que estoy aquí para disputarme el poder con vos? ¿Que lo único que pretendo es un cargo? Estáis ciego. Esta boda no es el final del cuento. Es el principio... Y si acaba bien porque Isabel llega a ser reina, ese día me retiraré con mi mujer a Arévalo y no me veréis más. Así que guardaos los cargos para algunos de vuestros invitados. Podéis engordar de felicidad ostentando influencia o poder... Pero en realidad os estáis quedando solo, ¿no os dais cuenta?

—Si tanto me criticáis, ¿por qué me habéis apoyado hasta ahora?

—Por todo lo que habéis hecho por Isabel... y porque la

boda con Fernando es la única solución. Pero todo tiene un límite: el honor de Isabel. No quiero que cuando pasen los años y se lean estas crónicas nadie sepa su esfuerzo, su lucha y sus valores como mujer y como reina, si llega a serlo. Si respetáis eso os apoyaré en todo lo que propongáis.

Altivo y seguro de sí mismo, Carrillo le espetó:

—¿Y si no? ¿Qué haréis?

Chacón respondió con una sonrisa a tanta prepotencia.

—Nada. No hará falta. Vos mismo os condenaréis: sois vuestro peor enemigo.

—¿Habéis acabado, Chacón?

Chacón asintió.

—Entonces, dejadme a solas, tengo cosas más importantes que hacer que oír vuestras tonterías.

No cabía duda, pensó Chacón mientras abandonaba el despacho: pedirle humildad a Carrillo era tan inútil como esperar que hubiera cosecha tras un pedrisco.

XV

Isabel había aceptado casarse sin bula papal. O mejor dicho: con una bula falsa. Pero por lo menos sabía la verdad del asunto.

Todo se lo debía a Beatriz de Bobadilla y a su carta. Cuando apenas faltaban dos días para casarse, Isabel decidió que tenía que recuperar la fe de Beatriz: su primera dama, su amiga de siempre.

Tenía que decirle, pues tantas vueltas habían dado las cosas en tan poco tiempo, que sí, que contraía matrimonio sin bula. Pero que lo hacía por razones de peso.

Para hacérselo saber, nadie mejor que Cárdenas, al que llamó para encargarle la misión de ir a Segovia.

—No podría casarme sin que Beatriz sepa mis razones para hacerlo sin bula, para mentirle como le mentí... Mañana, cuando haya dado el sí, me gustaría que vos se las hubieseis explicado... Y llevadle esto.

Le dio el precioso vestidito que había cosido para el niño y una cadena con un pequeño crucifijo.

Cárdenas le preguntó por el mensaje que le debía dar, pensando que lo tendría por escrito.

—No necesito escribir nada, Cárdenas. Sois bueno con las palabras... Y me conocéis bien. Tenéis mi confianza, porque sabéis lo que siento.

Luego le rogó que tuviera cuidado de no ser visto: no era buen momento, siendo alguien tan cercano a Isabel, para ir a Segovia.

Si Enrique hubiera sabido del viaje de Cárdenas, hubiera dado órdenes de prenderle de inmediato, tal era su ira.

—¡Se van a casar! ¿Isabel va a atreverse a casarse sin bula? —dijo el rey alterado.

Diego de Mendoza le pasó la lista de invitados que le había facilitado Pacheco.

—Sí. Y lo hará con muchos testigos. Mirad la alcurnia de los mismos.

Enrique la leyó desolado. Tras ello, preguntó a don Diego:

—¿De dónde habéis sacado esta lista?

—Me la ha dado Pacheco. Tiene espías hasta en el infierno.

—Probablemente allí tenga más que en ningún sitio ese hijo de puta.

—Ese hijo de puta tal vez tenía más razón de lo que pensábamos. Tal vez su plan con Francia no sea ninguna locura...

Enrique pensó que por mucho que luchara contra ello era inútil: su destino siempre estaría ligado al de Pacheco.

XVI

Llegó el día de la boda. Pero Cárdenas no acudiría a ella: estaba en Segovia. Lamentaba no estar, pues se sentía especialmente implicado en ella. Había convencido a Isabel de que se casara con Fernando, había presentado a los novios.

Pese a todo, sabía lo importante que era para Isabel la misión que estaba cumpliendo. Y eso le hacía feliz.

Logró llegar hasta Beatriz con la ayuda de Cabrera, que le acompañó en secreto hasta la alcoba donde dormía con su esposa. Nadie osaría entrar allí.

Cuando Cárdenas intentó darle los regalos de Isabel, Beatriz se negó a cogerlos.

—No quiero nada de ella. Lo siento, Cárdenas... sabéis del aprecio que le tengo a vuestro tío y a su esposa, pero os pido que cojáis estos regalos y os vayáis de vuelta a Valladolid ahora mismo.

Cabrera intercedió:

—Escúchale, Beatriz... Este hombre ha cruzado Castilla a caballo sólo para hablar contigo.

—Está bien... —accedió Beatriz—. ¿Qué quiere Isabel? ¿Mi perdón?

—No quiere vuestro perdón, señora. Alguien que va a ser reina sólo puede pedir perdón a Dios. La princesa sólo quiere vuestra comprensión. Quiere que sepáis que os engañó porque si os hubiera dicho la verdad, todo se habría venido abajo... Y no por vuestra indiscreción, sino porque los espías del rey la vigilaban a todas horas en Ocaña.

Beatriz miró a su marido, que asintió: lo que decía Cárdenas era verdad.

—De acuerdo —convino Beatriz—. Pero casarse con una bula falsa no es de recibo.

—Hay ocasiones en que no se puede ir por el camino más recto para llegar a destino. Vos sabéis de sus duelos cuando la quisieron casar a la fuerza... ¿No tiene derecho Isabel como mujer y como princesa a casarse con quien ella acepte como marido? Escuchó al rey cuando éste le propuso al duque de Guyena, pero no podía esperar hijos sanos de quien está enfermo y tullido. ¿Estaríais más feliz si hubiera bula pero esperarais con temor el nacimiento de un hijo que heredara las taras de su padre? Vos vais a ser madre… ¿Os podéis imaginar tal tormento?

Beatriz quedó impresionada ante la noticia, que desconocía.

Cárdenas prosiguió: sabía que iba por buen camino.

—Por eso eligió a Fernando. Es joven y sano. Unirá Aragón con Castilla, si Dios lo quiere. Y vuestro hijo y los hijos de vuestros hijos se alegrarán de ello. Porque vivirán en una Castilla mejor. Una Castilla donde sus reyes no sean títeres de los intereses de unos pocos.

Cabrera, que escuchaba atento, pensó que ojalá así fuera.

Cárdenas culminó su improvisado discurso:

—Éste es el mensaje de Isabel. ¿Cuál es vuestra respuesta?

Beatriz miró a Cárdenas emocionada.

—Decidle que le deseo que sea feliz… Y que sus deseos se conviertan en realidad.

XVII

Isabel estaba a punto de vestirse para la ceremonia nupcial cuando fue llamada urgentemente por Carrillo. Al llegar a su despacho se sorprendió de ver que Fernando también estaba allí, no menos extrañado que ella.

Carrillo, una vez reunidos los tres, dijo con voz grave:

—Debemos hablar de asuntos importantes.

Isabel no entendía a qué se refería.

—Si tan importantes son, ¿por qué no está aquí Chacón?

—Porque son asuntos que sólo nos atañen a nosotros tres.

Isabel y Fernando se miraron aturdidos. Carrillo les dio un documento.

—Leed.

Fernando tomó el documento y leyó:

—«Todos tres de un mismo acuerdo, haremos y gobernaremos como si de un cuerpo y un alma fuésemos y seguiremos vuestro consejo y no haremos nada sin vuestro consentimiento...».

Levantó la cabeza indignado.

—¿Qué es esto, Carrillo?

—Un contrato que espero selléis con vuestras firmas.

Isabel se encaró con Carrillo.

—¿Y por qué habríamos de hacerlo?

—A veces siento que tengo que recordar asuntos que nunca deberían ser olvidados...Yo os he hecho llegar hasta aquí, Isabel. Os protegí a vos y a vuestro hermano de niños. Y, en los momentos difíciles, ¿quién estaba allí para salvaros?

Carrillo también tenía cosas que decir a Fernando

—Y a vos os recuerdo que fui yo quien ideó esta boda que tan grandes beneficios puede dar a vuestro padre y al reino de Aragón. Creo que lo que pido es justo.

—Lo siento —dijo Fernando—, pero...

Isabel no le dejó continuar.

—Firmaremos.

El príncipe la miró atónito.

El arzobispo sonrió y sacó una pluma. Isabel firmó. Fernando seguía reticente, pero una mirada de su novia acabó convenciéndole y firmó.

—Seréis reyes de Castilla... —dijo feliz Carrillo—. Y haremos que sea más grande que nunca lo fue.

Cuando salieron camino de sus respectivas alcobas para engalanarse para su boda, Fernando no pudo contener su ira.

—Muchos reyes de Castilla se han hundido por hacer caso de lo que decían otros. A mí no me pasará lo mismo, os lo juro... ¿Por qué habéis aceptado?

Isabel se detuvo para dar sus razones a Fernando.

—Porque ahora lo prioritario es que esta boda se lleve a

cabo. Y para eso necesitamos a Carrillo. Porque Aragón y Castilla se merecen un futuro mejor... ¿Recordáis? Son vuestras propias palabras.

Fernando estaba embelesado escuchándola. Isabel continuó:

—Al final llegaremos a donde queremos ir, Fernando. Porque lo importante es que por fin estamos juntos. Y que tenemos la misma idea: quien reina no recibe órdenes de nadie. Y entonces, este documento servirá para avivar el fuego de nuestra chimenea.

Fernando sonrió.

—Vamos a firmar este contrato que vos me proponéis.

—¿Cómo?

—Casándonos.

Y fueron a engalanarse para la boda, que comenzaría en apenas un par de horas.

La sala grande del palacio de Vivero acogía a cientos de personas a duras penas. Era la consecuencia lógica de la filosofía de Carrillo: caballo grande, ande o no ande. Había sido tan exagerado en la organización de los esponsales que los criados no daban abasto para atenderlos. Chacón se multiplicaba como podía, ayudando a Carrillo a recibir a los invitados de más alcurnia. Pero, pese a los apuros, todo estaba preparado.

La entrada de Fernando, rey de Sicilia y príncipe heredero del reino de Aragón, fue acogida con murmullos. Mucha era su fama, pero casi ninguno de los allí presentes le había visto nunca.

Como requisito previo, Carrillo preguntó a Fernando si juraba el cumplimiento de las leyes, fueros, cartas, privilegios, buenos usos y buenas costumbres del reino de Castilla y de León.

Fernando así lo hizo.

Ya podía celebrarse la ceremonia. Isabel entró acompañada de Chacón; un velo cubría la cara de la princesa.

Al llegar hasta donde estaba Fernando, Chacón ocupó un sitio en primera fila, junto a su esposa Clara, que lloraba emocionada: era como si fuera a casarse su hija. Chacón no mostraba sus sentimientos, pero eran los mismos que los de su esposa.

Carrillo comenzó con el ritual.

—Nos encontramos aquí reunidos delante de Dios para unir en sagrado matrimonio a doña Isabel, princesa de Castilla y León, con don Fernando, rey de Sicilia y príncipe de Aragón.

Fernando observó a Isabel con embeleso. Ella, más tímida, sonrió y miró al novio con el rabillo del ojo.

Carrillo continuó. Lo hizo con aplomo, ya que lo que venía a continuación lo requería:

—Lectura de la bula papal por don Antonio Giacomo Venier, nuncio pontificio y embajador plenipotenciario del Santo Padre.

Miró a De Véneris, que se acercó y comenzó a leer:

—«Pío II, obispo siervo de los siervos de Dios, concede a don Fernando, príncipe legítimo heredero sucesor de los reinos de Aragón, la dispensa pontificia de casarse, cumplida la mayoría de edad, con princesa de sangre real consanguínea en tercer grado».

Miró a los presentes y pensó que nunca una mentira había tenido tanto público. Y acabó la faena:

—«Roma, 28 de mayo, año del nacimiento del nuestro Salvador Jesucristo de 1464. Firma y sella: Pío II, obispo de la Santa Iglesia Católica».

De Véneris mostró al público la bula, mientras Carrillo le hablaba:

—Si alguno de los presentes conoce impedimento para la boda, puede y debe hablar ahora o callar para siempre.

Evidentemente, nadie dijo nada, por lo que Carrillo sentenció:

—Por autoridad de la Santa Sede Apostólica queda autorizada esta boda.

Y la ceremonia se celebró con los respectivos «sí, quiero». Fernando besó a la novia y luego los recién casados se giraron hacia los presentes, que empezaron a lanzar vítores en su honor.

Entre el ruido, Fernando comentó al oído de su ya esposa:

—¿Quién pagará tanto gasto y oropel? ¿Serán todos estos?

Pero sean quienes sean, los que paguen esta boda están equivocados si creen que les debemos algo.

Isabel, mientras saludaba, tuvo que contener la risa ante la chanza de Fernando.

Luego salieron al balcón a saludar al pueblo, que también les vitoreó, de forma más apasionada. Porque, para el pueblo, la juventud de los príncipes y su fama de virtud y gallardía eran la esperanza de una nueva Castilla.

Isabel comentó en voz baja a Fernando:

—Éstos son nuestros verdaderos invitados.

XVIII

Cuando llegó la noche, Isabel estaba rodeada de sus damas, con Catalina y Clara a la cabeza. La acicalaban para su noche de bodas.

Isabel estaba muy nerviosa. Tanto que Clara pidió quedarse a solas con ella antes de un momento tan especial.

La princesa preguntó a Clara:

—¿Qué he de hacer ahora, Clara? ¿Qué he de hacer?

—Tranquila, Isabel... La naturaleza os llevará a hacer lo que tenga que hacerse.

Isabel no parecía muy convencida por la respuesta. Clara intentó ser de más ayuda:

—¿Qué sentís cuando estáis al lado de Fernando?

Las mejillas de Isabel se sonrosaron.

—Calor.

Clara sonrió.

—Pues por estas fechas, de noche, en Valladolid ya empieza a hacer frío, cariño.

Catalina apareció por la puerta avisando de que ya venía Fernando. Antes de salir, Clara besó a Isabel como una madre besaría a su hija.

Cuando se vio sola, Isabel suspiró... Cuando Fernando entró contuvo la respiración. Luego notó que el corazón le latía más fuerte y más rápido que de costumbre.

Fernando se sentó en el lecho y cogió sus manos.

—No estéis nerviosa, os lo ruego.

—No puedo dejar de estarlo, Fernando... Yo...

Fernando puso un dedo en los labios de su esposa para que guardara silencio.

—Tranquila, dejaos llevar.

Fuera de la alcoba, en la sala contigua, un notario esperaba.

Y junto a él las criadas, las damas de Isabel, Carrillo, Palencia y, más apartados, unos preocupados Chacón y Clara.

Chacón preguntó a su esposa por cómo se encontraba Isabel.

—Nerviosa, muy nerviosa... Pero todo saldrá bien, ya lo veréis...

Isabel había decidido recuperar la costumbre abolida por su hermano Enrique de mostrar la sábana manchada de la esposa, prueba de virginidad y de que el matrimonio se había consumado.

Porque era virgen y porque no podía permitir que ocurriera con ella lo que con su hermano y sus dos esposas: que nadie supiera si alguna vez habían consumado el acto. Aunque la virilidad de Fernando ya estaba probada, pues tenía un hijo fruto de una de sus aventuras.

Clara, de tan nerviosa que estaba, necesitaba hablar. Y preguntó por Gonzalo, al que no había visto en todo el día.

—Yo tampoco —respondió su marido—. No deben de ser momentos fáciles para él.

No lo eran, evidentemente. Pero si Fernando hubiera sabido que Gonzalo estaba en esos momentos durmiendo con la dama con la que el príncipe hizo de celestina, no hubiera evitado sonreír, pese a estar cumpliendo con sus deberes conyugales.

De repente, se oyó la voz de Fernando que avisaba al notario y a una dama de que podían pasar a recoger la sábana. Catalina se encargó de ello.

Así lo hicieron. No tardaron en salir sonrientes con la sábana manchada de la sangre de Isabel, que fue acogida con vivas a los príncipes. Luego, Carrillo se ocupó de que se mostrara la sábana al pueblo desde el balcón que, entre verbenas y banquetes pagados por el arzobispo, celebraba la boda.

Se repitieron los vítores y las campanas de las iglesias empezaron a repicar.

En la habitación, ajenos a tanto escándalo, Fernando e Isabel estaban abrazados en silencio.

Fernando acarició a su esposa.

—¿Estáis bien? —le preguntó.

—Sí...

—Ahora, dormid tranquila... Yo vigilaré vuestro sueño.

Ella se acurrucó junto a él, relajada y satisfecha.

En ese momento, no pensaron en el futuro de Castilla. Ni en el de Aragón. Ni tampoco ella pensó en el rey Enrique. Ni él en si Francia habría vuelto a entrar con sus tropas en Cataluña.

En ese momento, eran sólo una pareja de recién casados.

14

En lo bueno y en lo malo

Noviembre de 1469

I

Isabel y Fernando reposaban tras haber hecho el amor. Ella, con la camisa de dormir puesta, se apoyaba sobre el pecho desnudo de su marido y lo miraba dulcemente.

Fernando extendió una mano para acariciar sus cabellos.

—¿En qué estáis pensando?

—En vuestros ojos... Parece como si rieran.

—Será porque les gusta lo que están viendo. Y les gustaría ver más.

Isabel se ruborizó. Fernando intentó despojarla de la camisa de dormir, pero Isabel, cohibida, se lo impidió. Sin duda, estaba enamorada aunque todavía sentía temor a determinados impulsos.

Fernando se mostró decepcionado.

—¿Por qué no? Sois hermosa... —La acarició—. Y deseable.

Isabel retiró la mano de su esposo.

—¿Acaso sentís vergüenza, Isabel? No hay mal alguno en entregarnos al placer, somos marido y mujer.

—Tenemos otras obligaciones, Fernando. Aún no hay respuesta de Enrique a nuestra carta y tenemos pendiente con Roma el asunto de la bula.

—¿No podéis olvidar por un momento quiénes somos? Pensad que somos unos amantes cualesquiera, a los que nadie conoce.

Acercó su cara a la mejilla de ella y la besó. Luego mordisqueó con suavidad el lóbulo de su oreja. Isabel se estremeció levemente.

—Olvidad el mundo por un instante, ahora mismo en esta alcoba estamos sólo vos y yo.

En ese momento, se oyó el canto de un pájaro que se había posado en la ventana. Al verlo, Isabel se rió.

—Y él...

—No necesitamos más.

Fernando volvió a besarla. Su esposa, por fin, cedió en su resistencia.

No cabía duda, la luna de miel estaba durando ya semanas e Isabel, pese a sus reticencias, se sentía feliz. Y la ilusión por su matrimonio no se limitaba a la propia pareja. El pueblo parecía feliz al verlos juntos. Mujeres y hombres los saludaban, les acercaban a sus hijos para que los conocieran. En días de mercado, los vendedores les regalaban sus mejores piezas...

En definitiva, eran queridos y respetados. Sin duda, Castilla estaba harta de tanto inmovilismo. Sus ciudadanos miraban hacia atrás y sólo encontraban guerra y miseria.

No se podía negar que con Enrique hubo tiempos prósperos, pero tanta intriga había hecho olvidar esos buenos tiempos. Y al rey y a muchos nobles que de él se beneficiaban se les olvidó que gobernar era procurar la paz y el beneficio de sus ciudadanos, y no sus propios intereses.

Isabel tenía una convicción: las ilusiones eran muchas, pero no era menos el trabajo que quedaba por hacer. Y se puso manos a la obra.

Lo primero que hizo fue escribir una nueva misiva al rey. Sabía que sin llegar a acuerdos era difícil conseguir el bien de Castilla. Ya había hecho una demostración de orgullo casándose con Fernando a sus espaldas. Convenía ahora reconducir la situación.

Si Castilla no estaba para más guerras, ella tampoco las quería.

II

En Segovia, en aquellas pocas semanas, habían pasado muchas cosas.

Pacheco había vuelto a ganarse el favor del rey Enrique, lo cual le resarció de la muerte de su esposa, doña María Portocarrero.

Si bien era cierto que sus obligaciones le apartaban de su familia a menudo, Pacheco adoraba a su esposa y a sus hijos. A su manera, pero los adoraba. Por eso, su alma sufrió un duro golpe al despedirse para siempre de ella.

Nunca olvidaría ese momento. Se acercó a su lecho y le dijo emocionado que le esperara en el cielo, que allí darían juntos los paseos que tenían pendientes. María, en lo que fueron casi sus últimas palabras, le respondió con un hilo de voz:

—Vos y yo iremos a sitios distintos, podéis estar seguro.

Al entierro acudieron altas personalidades del reino. No faltaron ni Diego Hurtado de Mendoza ni el propio rey, que ya habían aceptado su plan de casar a la princesa Juana con el duque de Guyena.

Probablemente, aún sin asumir dicho plan, ambos hubieran acudido igualmente a las exequias. Mendoza, por cortesía. El rey, porque más allá de discusiones y crisis, era un hombre emotivo y Pacheco le había acompañado desde la infancia.

Pocos días después, hubo otro acto social importante: el bautizo del primer hijo de Andrés Cabrera y su esposa Beatriz de Bobadilla.

A él acudieron también Diego Hurtado de Mendoza y el rey. Pero no fueron tantos los asistentes, pese a que siempre es más alegre un bautizo que un entierro. El hecho de compartir iglesia con la familia de Cabrera, judíos conversos, no era plato de gusto de muchos nobles. Y menos de Pacheco, que nunca confió en el mayordomo de palacio y guardián del tesoro real.

El rey trató a Cabrera y a su esposa con cariño, tal era la estima que sentía por quien le era tan leal. Aun así, no pudo evitar torcer el gesto cuando el sacerdote dijo el nombre que sus padres pusieron a su hijo: Fernando.

Pese a esos momentos que recordaron a todos que la vida, más allá de intrigas y ambiciones, es esencialmente que unos nacen y otros mueren, la obsesión del rey, al igual que la de Mendoza y Pacheco, era una sola: que Jouffroy aceptara la propuesta de boda de Juanita con el hermano tullido del rey de Francia.

Antes de que llegara la respuesta de los franceses, se recibió la carta de Isabel.

Enrique comentó airado:

—¿Carta de Isabel? Pero ¿qué quiere ahora? ¿No le basta casarse sin mi permiso que además pretende restregarme su hazaña por las narices?

Pese a todo, Enrique hizo leer la carta a Pacheco delante de Diego de Mendoza. En ella, Isabel, entre otras cosas, mostraba su pena por no contar con la presencia de su hermano en la boda. Pero, sobre todo, remarcaba que las puertas seguían abiertas a posibles acuerdos.

Tras saber del contenido de la misiva, el rey mostró su desazón.

—Nunca pude imaginar que mi hermana pequeña se convirtiera en mi peor pesadilla.

Y siguieron esperando noticias de Francia.

III

Un mes después, Enrique empezaba a desesperar. Ni Jouffroy respondía ni podía hacer nada en contra de Isabel. Su popularidad y el respeto que generaba Fernando eran tan evidentes que toda acción militar estaba descartada.

Las razones eran varias. Enrique aborrecía derramar sangre. Atacar Valladolid hubiera sido elevar a Isabel y Fernando al altar de los mártires. Pese a contar con el apoyo del Papa, éste no hubiera aceptado el sacrificio del príncipe de Aragón, cuyo prestigio era cada vez mayor en toda la cristiandad. Y no se podía descartar una intervención de Aragón en el conflicto que les llevaría a una guerra abierta en la que, sin el apoyo de Francia, la victoria sería dudosa.

Había sido una buena baza casar a Isabel con Fernando de Aragón. No le cabía ninguna duda a Enrique, que se encontraba atado de pies y manos.

Cuando por fin Pacheco avisó de la respuesta afirmativa de Francia y de que Jouffroy visitaría Segovia en tres semanas, Enrique suspiró aliviado.

Inmediatamente convocó una reunión con el marqués de Villena y Diego Hurtado de Mendoza.

Una vez los tuvo frente a él, no dudó en arengarles:

—Señores, estamos ante una oportunidad que no se nos puede escapar… El futuro de Castilla y el de mi hija dependen de que hagamos las cosas bien de una vez por todas.

Luego miró a Pacheco y a Mendoza, casi amenazante.

—No quiero más discrepancias. Necesitamos estar unidos de una vez por todas.

Pacheco respondió al instante:

—Por supuesto, majestad.

Mendoza tampoco tardó mucho en sumarse:

—Siempre podéis contar conmigo para defender vuestros intereses y los de vuestra hija. Por eso me permito haceros una sugerencia.

El rey le miró con atención.

—Creo que sería conveniente traer a la Corte a vuestra esposa.

Esta idea no gustó al rey.

—¿Traer a Juana? ¿Para qué? —inquirió.

—Conozco a Jouffroy. Es amante de las tradiciones, y si ve a la familia real unida será más proclive a la negociación. Pero sobre todo lo pido por vuestra hija. Bien sabéis lo que opino de la reina…, pero una niña que va a empezar a asumir responsabilidades tan joven, necesita a su madre.

Enrique no parecía que fuera a ceder, pero Pacheco decidió apoyar la propuesta de Mendoza: mejor tenerle de aliado que de enemigo.

—Creo que debéis hacer caso a don Diego, majestad.

El rey se asombró del gesto de Pacheco.

—Acabo de pedir que estemos unidos, así que me alegra que los dos seáis de la misma opinión… Es un milagro y no voy a oponerme a un hecho semejante.

Mendoza lanzó una mirada agradecida a Pacheco, que le sonrió levemente como si fuera un «de nada».

Dicho y hecho, se hizo venir a la reina y a su hija. Juana se encontraba apartada en Extremadura, junto a Pedro de Castilla y sus hijos. Juanita era cuidada en un convento, si bien los Mendoza estaban pendientes de ella y solían visitarla a menudo.

Juanita llegó primero, para alegría de Enrique, que enseguida se fue a pasear con ella por los jardines de palacio.

—¿A qué os gusta jugar, hija?

—A esconderme y que no me encuentren.

Enrique se inclinó y miró a su hija haciéndose el misterioso.

—Os voy a contar un secreto. A veces a mí también me gustaría que no me encontraran.

Juanita se rió.

—Pero si sois rey…

—Por eso, hija, por eso…

En ese momento, apareció Juana de Avis, acompañada de sus doncellas y de don Diego. Al verla, Juanita fue corriendo a abrazarla.

Enrique se sintió tan incómodo contemplando la escena que apenas escuchó las palabras de Mendoza:

—Jouffroy llega mañana.

IV

La llegada del obispo de Arras revolucionó la Corte. El rey, poco dado a ceremonias y protocolos, no quería que ningún detalle se pasara por alto. Esta vez no se podía fallar: había que dar la mejor imagen posible.

Antes de ir a la cena de bienvenida, Enrique fue a visitar a su esposa a su alcoba. Pese a lo incómoda que le resultaba su mera presencia en palacio, quedó deslumbrado al verla: lucía espléndida. Sin embargo, no hizo ningún comentario al respecto. El rey había ido a visitarla para hablar de otros temas.

—Os lo dejaré claro, Juana... Está en nuestras manos el futuro de nuestra hija. Y si por ella tenemos que tragarnos la vergüenza y la infamia, así lo haremos. Porque Juana es nuestra hija pero nosotros nunca volveremos a ser una familia... ¿Me habéis entendido?

Juana le miró con tristeza. Como no respondía, Enrique insistió:

—¿Lo entendéis?

—Sí.

—Perfecto... Y a partir de ahora, a ojos de todo el mundo, yo seré un buen padre y vos mi leal esposa y amante madre..., aunque los dos sepamos que eso no es verdad.

Juana intentó justificarse:

—Enrique..., yo...

Su marido la mandó callar con dureza.

—Silencio. No quiero justificaciones ni penitencia: no tengo alma de cura. Sólo quiero saber si estáis preparada para llevar adelante esta farsa. ¿Lo estáis?

Juana asintió.

—Sólo una cuestión —dijo ella entonces—. Me han llegado rumores de que el duque de Guyena no es... no es... muy agraciado físicamente.

Enrique la miró con altivez.

—Es el hermano del rey de Francia. Con eso es suficiente.

Juana de Avis tragó saliva: iba a ayudar a que su hija fuera infeliz de por vida.

Disimulando su amargura, la reina cumplió con elegancia en la cena, para alegría de Diego Hurtado de Mendoza. Él había tenido la idea de traerla a la Corte para la ocasión.

Tan bella estaba que Jouffroy no paró de lanzarle miradas furtivas durante la cena.

Pacheco sonreía: pensaba cuánta miseria se ocultaba tras esa imagen de familia perfecta.

Enrique mostraba una faceta inesperada: la de padre especialmente atento con su hija. Ésta a su vez se sentía tan feliz como sorprendida por los mimos de alguien a quien apenas veía.

En un momento dado del ágape, el rey señaló a Jouffroy y dijo a su hija:

—Este señor ha venido en nombre del rey de Francia, desde muy lejos, para pedir vuestra mano. Como veis, sois alguien importante, hija mía...

La niña se sorprendió.

—¿Sí?

Todos sonrieron. La niña no entendía nada, pero estaba encantada: nunca había recibido tantos halagos.

Empalagado por tanta zalamería, Pacheco fue directamente al grano:

—Tal vez sea el momento de que hablemos de los acuerdos de boda.

Exquisita, Juana de Avis se retiró entonces con la niña para dejar a los hombres que trataran dichas cuestiones. Además, era una oportunidad de estar a solas con su hija, algo casi imposible para ella.

Ya solos los hombres, Jouffroy felicitó al rey por el saber estar y la belleza de su esposa.

—No conozco reina más hermosa ni madre tan cariñosa.

El rey sonrió y respondió con cierta ironía:

—Sí, nunca estaré suficientemente agradecido a Dios por el regalo que me ha hecho.

Para evitar que las mentiras del rey derivaran en un sarcasmo que fuera percibido por el francés, Mendoza empezó a plantear cuándo se haría oficial el compromiso.

—Será mejor dejar pasar el invierno —comentó Jouffroy—. Pero podéis dar por segura su celebración desde este momento.

Pacheco sonrió contento.

—Esperaremos impacientes la visita de su alteza el duque de Guyena.

—No puedo asegurar su presencia —respondió Jouffroy—. El señor duque es de salud frágil. Hay que estar preparados para celebrar la boda por poderes.

El marqués de Villena exigió el máximo respeto.

—Espero en cualquier caso que al menos delegue su representación en un noble de alto rango de la Corte de Francia.

—Dadlo por hecho.

Diego Hurtado de Mendoza, pensando en Juanita —a la que quería como un padre—, solicitó que la niña se quedara en Castilla hasta la mayoría de edad.

El enviado del rey de Francia no puso ningún reparo a esto.

—No hay problema. Lo importante es que nuestros reinos, hasta entonces y siempre, estén unidos.

Después de tanta cortesía, y bien atados los cabos, Jouffroy preguntó qué acciones tenía previstas el rey contra la insolencia de Isabel y la falsedad de Carrillo. Sin duda, se sentía humillado por ellos tras su anterior visita a Castilla y quería venganza.

—En Francia, por menos que eso, rodarían cabezas.

Mendoza intervino con diplomacia:

—Estad tranquilo, Jouffroy: hay muchas maneras de acabar con el enemigo, no sólo con la ayuda del verdugo.

—Así es, monseñor —remató Pacheco—. Pronto llegará el invierno. Y este año las cosechas no han sido buenas. Aragón no podrá hacer nada por ayudar a Isabel y Fernando... Juan II está casi en la ruina.

Pero a Jouffroy le faltaba alguien a quien castigar.

—¿Y Carrillo? —inquirió.

Pacheco sonrió.

—Carrillo pronto se va a llevar una desagradable sorpresa. Será un invierno muy duro para Isabel, os lo aseguro.

V

En efecto, el invierno iba a ser muy duro para Isabel y los suyos. Carrillo recibió notificación de su hijo Troilo, que vivía en Toledo. En ella le informaba de que las tropas del rey, comandadas por Pacheco, habían entrado en la ciudad y habían incautado sus bienes.

Si no había dinero, no había soldados: el potente ejército de Carrillo y sus mejores mercenarios fueron reclutados por el propio Pacheco.

No fue la única medida de Pacheco. Todos aquellos sospechosos de poder ayudar a Carrillo fueron amenazados con perder títulos y posesiones... Y su hijo Troilo, confinado en la casa familiar hasta nueva orden.

Carrillo mostró su desolación.

—Lo siguiente será aislar Valladolid y no dejar que nos lleguen alimentos...

—No será necesario... —comentó Chacón—. Además, tampoco querrán que el pueblo piense que estamos sitiados. Si hicieran eso, se sabría que el culpable de sus penurias es el rey. ¿Por qué creéis que no nos han atacado todavía? Quieren vernos caer y que el pueblo crea que somos incapaces de maniobrar. No que somos víctimas de la fuerza.

Evidentemente, la estrategia de Pacheco pasaba por no utilizar al ejército. La Corona compraría a mejor precio sus mercancías a quienes abastecían habitualmente Valladolid. Así, todos pensarían que la miseria estaba causada por la escasez de productos, no por la política...

Era cuestión de sitiar la ciudad económicamente. Y esperar hasta que Isabel y los suyos no pudieran más. Sin duda, Pacheco era un maestro en asfixiar a quien quisiera sin necesidad de ponerle la mano en el cuello.

El plan del marqués de Villena tuvo éxito rápidamente. En apenas un mes, los soldados dejaron de cobrar y muchos abandonaron su puesto. La precariedad era absoluta: no había dinero para polainas ni para guantes y los que quedaban estaban ateridos de frío. Tanto, que algunos sólo vieron solución de calentar su cuerpo y su espíritu con la bebida. Gonzalo, encargado de organizar la defensa de Isabel, informó de todo esto el mismo día de Navidad.

Durante la cena, nadie hablaba. Ni siquiera Palencia, de por sí tan locuaz. Cárdenas intentó jovialmente sacar temas de conversación pero nadie siguió su hilo.

Fernando, sin embargo, no pudo contenerse y miró a Carrillo.

—¡Qué bien nos vendría ahora el dinero gastado en la boda!

A Carrillo no le sentaron bien esas palabras.

—Lo que nos vendría bien son los doscientos lanceros y los cuatro mil florines que nos prometió vuestro padre.

—Si no han venido es porque no los tiene —reaccionó airado Fernando—. Mi padre está en guerra... Pero de las de verdad... Con hombres que mueren en el campo de batalla. No con reyes, príncipes y obispos cruzándose cartas.

Isabel se dio por aludida, pero no quiso responder para no aumentar la tensión. Chacón lo hizo por ella, apelando a la sensatez.

—Si Enrique pudiera vernos ahora, sería feliz. Quiere generar la discordia entre nosotros. —Miró a Fernando y a Carrillo—. Y sabe Dios que lo está consiguiendo. Rogaría que tuviéramos calma y dejáramos de discutir.

Fernando no estaba dispuesto a ello.

—A veces dudo quién es el cura, si Carrillo o vos.

Chacón ni le respondió. Entonces, el príncipe se levantó.

—Pero tenéis razón, Chacón… Será mejor dejar de discutir y hacer algo. —Se dirigió a Gonzalo—: Contad conmigo para hacer guardia.

Gonzalo intentó evitarlo, pero no pudo.

—Es una orden —dijo Fernando, que inmediatamente miró a Carrillo—. Si es que como rey que soy se me permite dar alguna.

Y marchó hacia la fría noche de Valladolid acompañado de Gonzalo.

Isabel no tardó en abandonar la cena y fue a su alcoba, a buscar ropa de abrigo para su esposo. Chacón la siguió hasta allí.

—Parad, Isabel… No es tarea vuestra hacer eso.

—Ni la de un rey hacer guardia.

Isabel, hundida, dejó de buscar mantas y ropa de abrigo y se dejó caer deprimida sobre la cama.

Chacón se acercó a ella cariñoso, esbozando una leve sonrisa.

—¿Os acordáis de cuando aprendíais a coser de niña?

Chacón logró que Isabel sonriera recordando momentos más felices.

—Sí… Quería hacer todo desde el primer momento. Y todo lo estropeaba.

—¿Y qué os decía vuestra madre?

—Más corre un galgo que un mastín, pero si el camino es largo, corre más el mastín que el galgo. —La melancolía pudo con ella—. Lo aprendió de mi padre, el rey Juan…

Chacón la miró, ahora serio.

—Pues tened esa frase bien presente. Y haced que sepa de ella Fernando. Ahora más que nunca.

Chacón tomó la ropa de abrigo que Isabel había reunido.

—Traed, ya se la llevaré yo a vuestro esposo…

VI

Evidentemente, la situación en la Corte de Segovia no era tan precaria. Y para alivio de todos, Enrique parecía más tranquilo: tenía garantizada la boda de su hija por alguien de la categoría de Jouffroy que, además, parecía tener especial ansias de venganza hacia Carrillo e Isabel.

Para ir preparando a la niña, el rey accedió a una nueva petición de Diego Hurtado de Mendoza: que se quedara en la Corte junto a su madre, Juana de Avis, hasta que la boda se celebrase.

Así las cosas, sólo cabía esperar. Y en esta espera, Enrique demostró una vez más su capacidad camaleónica para adaptarse a todas las situaciones.

Como era natural, no pisó la alcoba de su esposa. No lo había hecho casi nunca, así que no era cuestión de cambiar las costumbres tras saber de su infidelidad y sufrir las consecuencias políticas de la misma.

Sin embargo, desplegaba ternura en el trato con su hija y se mostraba muy educado con Juana de Avis. Y prefería ver a Cabrera y a su esposa que a Pacheco o a alguno de los Mendoza. Probablemente, el cariño que la pequeña Juanita cogió por el hijo de Beatriz y Andrés ayudó a eso. La princesa, a sus siete años, veía al pequeño, de apenas dos meses, casi como un juguete.

Esa noche de Navidad, el rey volvió a invitar al mayordomo de palacio y a su esposa a que cenaran con ellos. Unos músicos amenizaron la velada.

Al terminar, Beatriz, sonrojada, pidió permiso para abandonar la sala: debía amamantar a su hijo.

El rey se lo concedió con cariño. Beatriz se levantó un tanto avergonzada cuando Juana de Avis pidió permiso para acompañarla con su hija.

Beatriz miró a Cabrera, que le suplicó con la mirada que aceptara. Su esposa así lo hizo y se dirigió a su alcoba escoltada por la reina y por su hija.

En cuanto salieron las mujeres, Enrique sirvió más vino a Cabrera.

—Os agradezco que nos hayáis acompañado en un día como éste.

—Somos nosotros los que estamos agradecidos, majestad.

Enrique se quedó pensativo.

—Vuestro hijo tiene ya...

—Dos meses, majestad.

—Dos meses... Y yo sin haceros un regalo.

—No es necesario, señor.

—Lo es, realmente lo es. Vos me servís bien. Y me proporcionáis tranquilidad porque nunca intrigáis a mis espaldas. No soy mago, pero sí soy rey. Y por enero os traeré un regalo. —Tras reflexionar un poco, añadió—: ¿Qué os parecería ser el alcalde y tesorero de la villa de Madrid? Sin dejar de serlo de Segovia, por supuesto...

A Cabrera se le iluminó la cara: pasaría a ser el guardián del tesoro de las dos principales ciudades del reino. Y pensó en su esposa y en lo contenta que se pondría al saberlo.

Seguramente, más contenta de lo que estaba ahora, dando de mamar al pequeño Fernando delante de testigos. No le importaba que estuviera Juanita... pero la reina... A la reina no podía soportarla.

Juana de Avis lo notó.

—¿Aún no os habéis olvidado de mis diferencias con Isabel?

—Maltrato querréis decir, majestad.

—A veces, ser reina te obliga a hacer cosas que los demás no entienden.

—A veces, la vida es justa y hace pagar a quien hace daño a los demás.

Luego, Beatriz se acercó a ella para que Juanita no oyera lo que iba a decir a su madre.

—Vuestra hija tiene licencia para entrar a ver a mi hijo cuando le plazca. Es una niña y es inocente... Pero vos no me pidáis calor ni afecto. Simplemente obedezco al rey y a mi esposo. Procurasteis la infelicidad de mi mejor amiga... Pedidme cualquier cosa menos que olvide eso.

Juana de Avis no respondió. Sabía que a Beatriz no le faltaba razón. Le hubiera gustado replicarle que era otra, distinta a la de antes. Que el sufrimiento y las ausencias cambian a las personas. Y que si ella fuera Beatriz, haría lo mismo.

Prefirió decir a su hija que no molestara al bebé, no fuera a despertarle. Luego la cogió de la mano y ambas salieron juntas de la alcoba.

VII

Fue transcurriendo el invierno. Cuando llegó la primavera, poco quedaba en las huestes de Isabel de la ilusión de la boda. Y, desgraciadamente, tampoco quedaba mucha en el pueblo, acuciado por la hambruna propia de una mala cosecha. Todo se había evaporado en apenas cinco meses.

Isabel, como le había aconsejado Chacón, se esforzaba por calmar la impaciencia de Fernando y mejorar sus relaciones con Carrillo.

Fernando intentó hacerle caso, pero le costó lo suyo: su carácter impulsivo era difícil de domar. Y su orgullo de rey no gustaba de ser sometido a las órdenes de nadie.

Aparte de eso, había algo que le dolía especialmente al príncipe de Aragón: que su padre no cumpliera sus promesas. Sabía que si no lo hacía era porque no podía. Pero detestaba que los demás se lo pudieran echar en cara.

Por eso le escribió un par de veces, reclamando lo prometido, es decir, el dinero y los soldados, pero la respuesta no había sido positiva. Francia apretaba y a duras penas las tropas de Aragón podían resistir su empuje.

Fernando no podía soportar que mientras su reino estaba en guerra, él, su príncipe y el jefe de sus ejércitos, se hallaba ocioso viendo cómo pasaban los días en Valladolid. Ocioso y tremendamente aburrido.

Isabel, al verlo así, le preguntó qué le ocurría. En realidad, lo intuía, pero prefería que se lo dijera su marido.

—Me mata el tedio, Isabel. Lo más excitante que ha sucedido en los últimos días ha sido que una mula le ha dado una coz en el trasero a un oficial... Íñiguez se llama.

Isabel rió.

—No os quejéis. Que todas las malas noticias sean ésas... Tal vez un paseo nos venga bien para subir la moral. Además, hoy es día de mercado.

A Fernando no le pareció buena idea: se rumoreaba que el pueblo mostraba cada día más su descontento. Incluso se hablaba de posibles amotinamientos.

Isabel no quiso escucharle, aunque aceptó el consejo de Fernando de llevar soldados de escolta. En mala hora.

Lo que Isabel contempló en la plaza fue gente pidiendo limosna, rostros desanimados... Todos les miraban serios y con expresión reprobatoria... Nada quedaba del fervor popular de los días de la boda.

Fernando aconsejó a Isabel volver a palacio, pero ella se negó.

—¡No! Si tengo miedo de mi propio pueblo, no mereceré jamás ser su reina...

De repente, las voces de una discusión llegaron hasta sus oídos: una mujer se quejaba de que la hogaza de pan costaba el doble que la semana anterior. El tendero le respondió seco:

—Si queréis el pan, habréis de pagarlo...

En ese momento, el tendero se dio cuenta de la presencia de los príncipes y aprovechó para terminar su frase:

—No es culpa mía que quien nos tiene que proteger no lo haga...

La mujer notó que el tendero miraba a espaldas de ella. Al girarse, vio a Isabel. No fue la única: la gente se fue acercando a la princesa hasta rodearla.

Fernando volvió a insistir en que había que marcharse de allí. Isabel se negó de nuevo: quería dar la cara.

La mujer que se quejaba del precio del pan llegó donde estaba ella.

—Misericordia, señora. Nos morimos de hambre, los campos están yermos, ¿qué podemos hacer?

Isabel la trató con cariño.

—Los campos volverán a dar fruto, mujer, las guerras no han de volver...

La mujer la miró con odio.

—Volverán, como siempre... Y vos no haréis nada por evitarlo.

Fernando ordenó callar a la mujer, pero Isabel le pidió que la dejara hablar: quería saber lo que sentía su pueblo.

—Cientos de invitados fueron a vuestra boda —continuó la mujer—. Y buenos asados se comieron... Y nosotros nos jugamos la vida por echarnos algo a la boca. No os importa el pueblo, señora... Nunca les importa a quienes no les falta de nada por nacimiento. Podéis hacer lo que queréis y no rendís cuentas a nadie. ¿Es eso justicia?

Cada vez había más gente alrededor de los príncipes. Gritaban y pedían comida, limosna, justicia... Los soldados se pusieron en guardia. Y Fernando ya no esperó a saber la opinión de su esposa.

—¡Salgamos de aquí! —vociferó—. ¡Ahora!

Sacó su espada y sus escoltas le imitaron. Gracias a eso lograron llegar a salvo a palacio. Allí, Fernando mostró su indignación por lo ocurrido: el pueblo no podía tratar así a sus príncipes.

Isabel, aún deprimida, justificaba lo sufrido.

—Si mis hijos pasaran hambre, yo cazaría y robaría..., hasta sería capaz de matar. No podemos culpar de nada al pueblo, Fernando. Vivimos en nuestros palacios, bien abrigados, bien comidos, intrigando..., nos creemos la sal de la tierra...

—El pueblo siempre padece, eso forma parte de la naturaleza de las cosas. Sólo en el paraíso no falta de nada, Isabel. Y no estamos en el paraíso. Estamos en un mundo de intrigas y guerras...

Isabel le miró con cariño.

—Pero nuestra obligación es mejorarlo.

—Por mucho que lo mejoremos —respondió Fernando—, habrá cosas que nunca cambiarán: regalas pan dos días y al tercero te roban en casa aquellos a los que has dado de comer.

Su esposa no opinaba lo mismo.

—Esa gente que hoy nos rodeaba, vitoreaba nuestros nombres cuando nos casamos, Fernando. Y ahora no queda en ellos nada de ese entusiasmo. Si no les damos nuestro apoyo, la seguridad de que pueden dar de comer a sus hijos cada día..., ¿cómo pretendemos pedirles lealtad? ¿Qué les ofrecemos para...?

Isabel no pudo continuar la frase: sintió un vértigo y se desmayó.

Fernando, alarmado, tuvo que cogerla al vuelo para que no cayera a tierra. Y gritó desesperado pidiendo ayuda. Ésta no tardó en llegar.

De hecho, poco después, Isabel ya había vuelto en sí y quiso saber la opinión del médico que la atendía. A su lado se encontraban Chacón y Fernando, especialmente preocupado.

—¿Es grave?

La sonrisa del médico alivió a los presentes.

—Tranquilo, se recuperará. Calculo que dentro de seis meses más o menos... Vuestra esposa está embarazada, majestad.

Isabel miró a Fernando.

—En malos tiempos viene nuestro hijo.

—Nunca es mal tiempo para ser padres, Isabel —dijo Fernando acariciándola—. Es... es maravilloso. Quiero que comiencen a repicar cuanto antes todas las campanas, que todo el mundo lo sepa.

Fernando empezó a llorar emocionado. Isabel quedó conmovida.

VIII

Al poco tiempo, todo el mundo lo supo. El pueblo no lo celebró demasiado, bastante tenía con sobrevivir. El rey Enrique, tampoco. Se quedó atónito cuando recibió la noticia de Pacheco.

—Embarazada…, Isabel está embarazada… Pero si se casaron casi en noviembre y estamos a finales de marzo. No han perdido el tiempo, desde luego. —Miró a Pacheco, inquieto—. ¿Hay noticias de Francia?

—Todavía no, majestad.

—Mucho se retrasan.

—Confiad en Jouffroy.

—Yo ya no confío ni en Cristo que volviera… Sabéis como yo que Francia ha recuperado el Rosellón y prepara ejércitos para entrar a fondo en Cataluña. El día menos esperado se plantan en Barcelona.

Estaba tan nervioso, que no pudo permanecer sentado en el trono mientras seguía hablando.

—El objetivo de casar a Guyena con mi hija era acabar con Aragón… Y ya lo están haciendo sin necesidad de boda. Temo que ese enlace ya no les interese tanto como antes del invierno. Si Isabel da a luz un hijo varón, tendremos problemas… Muchos problemas.

Justo lo contrario pensaba otro rey, el de Aragón. Al saber la noticia brindó con su amigo y asesor, Pierres de Peralta. Por fin recibían una buena nueva, que se convertiría en excelente si el hijo de Isabel y Fernando naciera varón.

Mientras brindaba, el rey suplicó a Dios que así fuera. Luego, empezó a pensar en el futuro. No le quedaba otro remedio, ya que el presente era terrible para Aragón. Francia ya había instalado sus tropas en el norte de Cataluña y no había manera de expulsarlas.

Y si cuando casó a Fernando con Isabel sus arcas estaban medio vacías, poco faltaba para que lo estuvieran por completo.

—No podemos estarnos quietos —dijo el rey—. Ahora, menos que nunca.

—¿A qué os referís, majestad?

—Francia nos aprieta más que nunca. Debemos conseguir que Castilla nos apoye ya. No podemos esperar a que Isabel y Fernando lleguen a ser reyes. Hay que lograr un acuerdo con Enrique.

Peralta estaba estupefacto.

—Majestad, se la hemos jugado a Enrique y, aún peor, hemos engañado a Pacheco haciéndole creer que casaríamos a su hija con Fernando. ¿Cómo vamos a congraciarnos ahora con ellos? Porque dinero no tenemos.

—Les ofreceremos algo más importante que eso: futuro. Nos comprometeremos a que si nace varón, el hijo de Fernando e Isabel contraerá matrimonio con Juana, la hija del rey Enrique.

—¿Y si nace hembra?

—No seáis agorero. Será varón, ya lo veréis. Tiene que serlo...

Peralta estaba en silencio, pensativo. Su rey lo notó.

—¿Qué os preocupa ahora?

—Os va a parecer una excentricidad: pero veo más fácil convencer a Enrique que a Isabel.

—Fernando es su marido y debe obedecerle... —dijo convencido Juan—. Y mi hijo hará lo que yo le pida. Pero, si hay problemas, hablad con Carrillo. Él sabrá manejar la situación.

Con estas instrucciones, Peralta partió para Valladolid.

IX

Como esperaba Peralta, nada más oír la propuesta, Isabel se negó en redondo.

—Lo que no he querido para mí, no lo quiero para mi criatura. No le impondré una boda. Y menos antes de nacer ni de saber siquiera su sexo.

Testigos de esta opinión eran Chacón, Carrillo, Cárdenas y

Fernando, que no podía evitar estar molesto por la vehemencia en la negativa de Isabel. Ésos eran temas que debían hablar los dos antes de opinar en público.

Tal vez por eso, y por guardar las formas, pidió a su esposa que dejara a Peralta explicarse, ya que ni eso le había permitido Isabel.

—Enrique ha recuperado la iniciativa —explicó Peralta—. Se siente fuerte, está arropado por la nobleza… Y, siento decirlo, vuestra causa ha perdido muchos apoyos y está ahogada económicamente.

Carrillo reconoció que eso era cierto.

—Lo que dice Peralta es verdad. Vos fuisteis testigos de la precariedad en que vive el pueblo. Y ayer supimos que hay planes de motín en la ciudad. He mandado detener a sus cabecillas. Planeaban tomar palacio…

Isabel pidió a Peralta que siguiera hablando, pues quería saber qué ganaban ellos casando a su hijo no nato con Juanita, la hija del rey. Peralta así lo hizo.

—Mi rey piensa que Enrique aceptaría de buen grado la propuesta, ya que la consideraría un gesto de acatamiento.

—¿Más aún? —respondió Isabel—. Tendríais que haber leído las cartas que le he enviado y que no han merecido respuesta por su parte.

Carrillo volvió a apoyar a Peralta.

—No olvidemos que os casamos sin su consentimiento…

Cárdenas, que solía esperar a que hablara todo el mundo antes que él, no pudo contenerse.

—Me sorprende veros predicar mansedumbre, Carrillo.

—No es mansedumbre, excelencia… Es cuestión de ganar tiempo y esperar tiempos mejores. Sabéis lo lejos que estoy de querer pactar con Enrique y Pacheco.

Isabel zanjó la discusión indignada:

—¡Basta ya! No estamos hablando de intercambiar tierras ni títulos… ¡Estamos hablando de mi hijo!

Peralta intentó replicar, pero esta vez el propio Fernando no le dejó.

—No hay más que hablar —dijo el príncipe—. Y ahora dejadnos a Isabel y a mí a solas, os lo ruego... Mi esposa está cansada y no le convienen estas discusiones.

Todos salieron. Nada más quedarse a solas con Isabel, ésta le agradeció su apoyo. Fernando estalló:

—¿Me dais las gracias por mi apoyo? Es eso todo lo que queréis de mí, ¿verdad? Mi apoyo.

—¿Qué queréis decir? ¿No estabais en realidad de acuerdo conmigo?

—Creo firmemente en todo lo que he dicho... Y ya le haré saber a mi padre que no juegue con nuestro hijo. Ése no es el problema.

Isabel estaba sorprendida.

—¿Cuál es, entonces?

—¿No os habéis dado cuenta? ¡Os habéis comportado como si yo no estuviera en esta habitación!

—¡Estaban disponiendo de la criatura que llevo en mis entrañas!

—Esa criatura no la ha engendrado el Espíritu Santo, ¡soy su padre y vuestro esposo! Soy rey de Sicilia y heredero de la Corona de Aragón, y la propuesta que traía Peralta es de mi padre, el rey... ¡No podéis hablar como si sólo fuera asunto vuestro, Isabel!

Isabel reaccionó con orgullo.

—Y yo soy princesa de Asturias y heredera de la Corona de Castilla... —Puso una mano en su vientre—. Y soy la madre de este hijo. Decidme qué asunto puede ser más mío que éste...

Fernando la miró furioso.

—Los demás siempre cedemos, alguna vez os debería tocar a vos hacerlo.

X

No sólo el orgullo de Fernando había quedado dañado. También el de Carrillo lo estaba. Había pactado con los príncipes el mismo día de su boda que gobernarían de a tres, que no harían nada sin consultarle, y ahora le humillaban.

Palencia, cada vez más cercano a Fernando, ironizó sobre el tema.

—Creo que Fernando os va a resultar difícil de domar.

Carrillo le contestó echándole de su despacho, algo que disgustó a Palencia. Al salir, vio que Peralta entraba a ver a Carrillo.

El navarro, tal y como le había ordenado el rey de Aragón, debía hablar con el arzobispo de Toledo si su idea era rechazada por Isabel.

A espaldas de ésta y de Fernando, Carrillo escribió una carta al rey Enrique aceptando la propuesta del rey de Aragón.

Peralta se extrañó.

—Pero si Fernando e Isabel…

Carrillo no le dejó acabar.

—Fernando e Isabel harán lo que vuestro rey y yo digamos que hagan. Ya va siendo hora de ponerles en su sitio. —Le mostró el documento—. Aquí dejo claro a Enrique que vais en mi nombre y en el de vuestro rey. Vos hacedle el ofrecimiento de boda si el hijo de Isabel nace varón… Necesito que Enrique se lo crea. Necesito tiempo para recuperar mi ejército.

—¿Y si nace niño y el rey de Castilla acepta el compromiso?

—No hablemos del futuro. Lo que vaya a pasar sólo lo sabe Dios… Y Dios suele ser discreto en esos asuntos, os lo juro.

Dios sería discreto, pero Palencia no: y lo había escuchado todo desde la puerta del despacho de Carrillo.

Se fue a ver a Fernando de inmediato. Su admiración era tal que era la primera vez que ponía a alguien por encima del que le pagaba. O tal vez, Palencia estaba invirtiendo en su propio futuro, tal fe tenía en que Fernando sería rey de Castilla.

Por eso se le contó todo.

Tras saberlo, Fernando le pidió discreción a Palencia. No haría nada por evitar el encuentro de Peralta con Enrique. Si las cosas iban mal dadas, podría ser una solución y la política, para él, era el arte del doble o el triple juego si fuera necesario.

Pero también tenía clara una cosa: Carrillo pagaría por maniobrar a sus espaldas.

Aunque esto no se lo dijo a Palencia.

XI

No fue plato de gusto para Peralta su visita a la Corte de Segovia. Lo cierto era que no sentía gran simpatía por Enrique. Pensaba que, en Aragón, un rey como él no hubiera durado ni un año en el trono, por su debilidad y falta de orgullo.

Tampoco le resultaba agradable reencontrarse con Pacheco después de haberlo engañado en relación al matrimonio de su hija con Fernando. Pero el rey Juan le había ordenado esa misión y debía cumplirla.

Cuando Enrique escuchó la propuesta no ocultó su sorpresa.

—Os aseguro que no esperaba esta proposición… Casar a mi hija con el hijo de mi hermana Isabel, si fuera niño…

Mientras vigilaba de reojo a Pacheco, que le miraba iracundo, Peralta recitó de memoria el discurso que le había dictado su rey.

—Mi rey, don Juan, cree fervientemente en que la unidad de Aragón y Castilla daría más beneficios a ambos reinos que la vuestra con Francia.

—Y también cubriría más sus necesidades actuales —ironizó Pacheco.

En realidad hubiera preferido dejar la ironía y clavar su daga a Peralta, pero debía mantener las formas: ni siquiera el rey sabía de sus frustrados negocios de boda con Aragón.

Peralta decidió hacerle sufrir jugando con ese secreto.

—Cada problema tiene su solución, Pacheco. Vos sabéis bien de ello.

—Lo sé de sobra. Y con los aragoneses, más.

Enrique decidió intervenir.

—Gracias, Peralta. Os prometo que estudiaré con detalle vuestra oferta, pero comprenderéis que necesito tiempo para daros una respuesta.

Cuando marchó Peralta, Pacheco se puso en guardia.

—No iréis a hacer caso a esta oferta, majestad…

Enrique le sonrió.

—Tranquilo, Pacheco, haré todo lo contrario. —Le mostró la carta de Carrillo que le había dado Peralta—. Este documento logrará que la boda de mi hija con el duque de Guyena se celebre como muy tarde a final del verano. —Sonrió—. ¿Os apostáis algo?

A Pacheco le brillaron los ojos: había captado la idea.

—Entiendo, majestad. Queréis que haga llegar a París esta oferta.

—Exacto. A los franceses les va muy bien en su guerra con Aragón… Pero sólo de pensar que al aceptar esta oferta, Castilla se aliaría con Aragón, ya veréis cómo responden a nuestras cartas con más celeridad.

Tras explicar su estrategia, el rey preguntó por Cabrera, pues llevaba todo el día sin verle.

Pacheco le respondió que estaba con su hijo que, al parecer, había caído enfermo.

El rey rogó a Pacheco que, más allá de sus diferencias con Cabrera, pusiera a su disposición todo lo que necesitara.

Pacheco asintió de mala gana. No por el pobre niño enfermo, sino porque creía que Cabrera no merecía estar donde estaba.

Y si tanto se preocupaban los reyes por él, definitivamente, era peligroso.

XII

Fernando, no el príncipe de Aragón, sino el hijo de Andrés Cabrera y Beatriz de Bobadilla, hervía de fiebre.

Su madre le ponía paños fríos sin mucho resultado.

Cabrera, al saber de la enfermedad, no acudió al médico de palacio. Conocía, por su familia, médicos judíos mucho más cualificados y se encargó de traer al mejor que había en Segovia, conocido de Abraham Seneor, tío suyo con el que, pese a seguir profesando la fe de Yahvé, seguía manteniendo excelentes relaciones.

Rabino y banquero de gran reputación, Seneor era el líder de la comunidad judía: nadie mejor que él para encontrar al mejor médico, que no tardó en llegar a palacio.

En ello estaba, cuando entró Juana de Avis que oyó el diagnóstico del médico, que hablaba a Cabrera con gesto serio.

—Haced que tome estas hierbas. Y seguid aplicándole paños fríos. Esta noche será decisiva para ver si sana o no.

Beatriz rompió a llorar. Mientras Cabrera despedía al médico, Juana de Avis se acercó a ella y la abrazó.

Beatriz, seca, se deshizo del abrazo.

—Ya sabéis cómo está mi hijo. Podéis marchar.

—Querría acompañaros.

—Y yo preferiría estar sola.

La reina ni se movió.

—Lo siento, pero me quedo con vos. Sé que pronto dejaré de ver a mi hija por su boda. Rezaré con vos para ayudar a que no perdáis al vuestro, y podáis seguir viéndole crecer cada día. Ese privilegio que por ser reina no tengo.

Beatriz quedó tan impresionada por estas palabras que no osó repetirle a Juana de Avis que se fuera. Es más, se abrazó llorando a la reina.

Cuando llegó Cabrera las encontró así, abrazadas.

Juntos los tres pasaron en vela esa noche tan temida.

Al amanecer, el niño volvió en sí. Cabrera gritó de alegría al verlo. Puso su mano sobre la frente de su hijo: ya no hervía.

Luego, emocionado, se abrazó a su esposa.

Juana de Avis les miró sonriente. A continuación, discretamente, salió de la alcoba.

XIII

Faltaban veinte días para su primer aniversario de boda, cuando Isabel dio a luz.

Y con ello, todos los planes del rey de Aragón y de Carrillo quedaron en nada: porque fue niña.

Al parto asistieron la comadrona y, como mandaban los cánones cuando da a luz una princesa, un notario que dio fe del parto.

Pese a las caras de decepción de Carrillo, de Chacón y de Cárdenas, Fernando entró ilusionado en la alcoba donde acababa de parir Isabel. Había aprendido de sus progenitores que la paternidad era el mejor de los regalos y a esa niña no le faltaría su cariño ni su protección.

Cuando entró en la habitación, Fernando notó que tampoco había allí un ambiente muy festivo, ni siquiera en la cara de su propia esposa.

Le dio igual: cogió a la niña en sus brazos y le sonrió embelesado.

—Es preciosa… Se llamará Isabel, como su madre.

Isabel sonrió y, fuera, empezaron a repicar las campanas.

Pero ni esas campanas ni el ánimo de Fernando levantaron la moral de los presentes.

Pasados unos días, Carrillo fue a visitar a la madre sabiendo que con ella estaría Fernando: quería hablar con ellos a solas.

Encontró a Isabel dando de mamar a su hija, un hecho que le extrañó.

—No es labor de reinas dar el pecho.

—¿Habéis sido madre alguna vez, Carrillo?

Carrillo se mostró azorado ante la pregunta. La propia Isabel la respondió:

—No me digáis entonces cómo serlo.

Fernando sonrió ante las palabras de su esposa. Si había algo que valoraba de ella era su genio.

Isabel, antes de que Carrillo hablara, le preguntó:

—¿Ha sido anunciado el nacimiento?

Carrillo estaba incómodo.

—No, aún no. He pensado que es algo que deberíamos hablar previamente.

Fernando se sorprendió.

—¿Y de qué es de lo que tenemos que hablar?

—En cuanto se sepa que no se trata de un varón corremos el riesgo de perder los pocos apoyos que nos quedan...

Isabel apartó a su hija de su pecho para que no mamara la rabia que a su madre le estaba entrando.

—¿Acaso estáis proponiendo que mintamos y digamos que ha nacido varón? ¿Tan poca fe tenéis en nuestra causa que pensáis que hemos de recurrir a una mentira? Como si fuera una afrenta haber nacido mujer.

Carrillo respondió como pudo.

—¡No tiene nada que ver con eso! Es una cuestión de supervivencia. Aquí tenéis un documento, esperaba que lo aprobarais y firmarais para dárselo a los mensajeros.

Isabel miró a Fernando, esperando su opinión: fue nítida.

—Estoy cansado de vos, Carrillo... ¿Creéis que muchas mentiras juntas se pueden convertir en verdad?

—No os entiendo, majestad.

—¿No habéis enviado a Peralta a Segovia con la propuesta de mi padre a nuestras espaldas?

Isabel miró seria a Carrillo.

—¿Es verdad? ¿Habéis sido capaz de todo eso?

Carrillo les miró con soberbia.

—El arte del buen gobierno requiere en ocasiones guardarse los escrúpulos. Ya tendréis oportunidad de comprobarlo...

Fernando se contuvo de abofetearle: él era rey, no un muchacho. Pero prefirió responderle con palabras:

—Os diré una cosa, Carrillo. Hasta aquí hemos llegado: porque a mí no me gobierna nadie.

—¡Teníamos un acuerdo! ¡No podéis tomar vuestras decisiones sin contar conmigo! ¡Gobernaríamos a tres, como si fuéramos un cuerpo y un alma!

Fernando le miró asqueado.

—Lo siento, pero cada cuerpo tiene su alma. Vos que dais misa, deberíais saberlo.

Carrillo salió de la estancia, ofendido y lleno de ira.

XIV

El rey Juan de Aragón recibió la noticia de que era abuelo de una niña con la misma tristeza que si le hubieran avisado de que los franceses estaban entrando en Zaragoza.

Enrique, en cambio, recibió de repente dos buenas nuevas. Que había tenido una sobrina y que los franceses ya daban fecha para la boda: estarían en Segovia en pocos días.

La estrategia de enviarles la carta de Carrillo proponiendo casar al posible hijo varón de Isabel con su hija Juanita había funcionado. El rey decidió que la boda por poderes se celebrara en Valdelozoya, el 26 de octubre. Quedaba apenas una semana para llegar a esa fecha e instó a todos que siguieran trabajando unidos.

Diego Hurtado de Mendoza y su hermano Íñigo, que habían sido llamados a la Corte para saber las noticias, estaban felices. Pero la alegría de ambos no llegaba a superar la que Pacheco se reservaba para él solo.

Acudió a la reunión acompañado de su hijo Diego, que había pasado todo aquel tiempo en Toledo, vigilando que Carrillo no pudiera gastar ni un maravedí de su fortuna.

Aprovechando el éxito de su idea, presentó a su hijo a los Mendoza y al propio rey como el heredero de toda su obra, y exigió que como tal se le respetase y se le permitiera estar en las reuniones de gobierno.

El rey estaba tan contento que accedió.

Cabrera, también presente, pensó que si ya no había bastante con un Pacheco, ahora habría que soportar a dos.

Al salir de palacio, Pacheco abrazó a su hijo.

—¡Hemos triunfado, hijo mío! —le dijo alborozado.

El rey, una vez marcharon todos sus leales, pues ahora parecía que por fin lo eran, fue a ver a su esposa. La encontró en su alcoba, junto a su hija que, ajena a todo, jugaba con una peonza.

Juana de Avis, nada más verle, y por la cara de alegría de Enrique, supo que venía a darle una mala noticia. En efecto, así era.

—Creo que ya es hora de que preparéis a nuestra hija…

—Lo sé.

—Entonces, ¿a qué estáis esperando?

—La estoy dejando ser niña unos minutos más… No es mucho regalo cuando sólo se tienen ocho años.

Enrique evitó caer en melancolías.

—Hacemos esto por su futuro.

Juana de Avis calló: triste futuro el de su hija, esperar a ser mujer para vivir con un tullido, por muy duque que fuera. Pero se sobrepuso para hacer a su esposo una pregunta.

—Ya sabemos el futuro de nuestra hija… ¿Cuál será el de su madre?

Enrique prefirió esquivar el asunto.

—Daos prisa… Os lo ordeno: preparad a Juanita para el viaje.

El rey dejó solas a madre e hija. Juanita seguía jugando con su peonza.

Juana permitió que la niña jugara un rato más.

XV

Enrique invitó a Cabrera y a su esposa a viajar a Valdelozoya. La idea no gustó en absoluto a Pacheco: sin duda, el rey tenía una amistad cada vez más profunda con Cabrera, y eso no le agradaba. Pero tuvo que aceptar la orden.

Beatriz se sentía desplazada en ese oleaje de criados preparando ceremonias y nobles medrando para satisfacer sus intereses.

También se sentía sola: su marido organizaba el acto del enlace, supervisando que cada cosa estuviera en su sitio.

Por eso, y porque estaba agradecida a la reina por su apoyo y compañía cuando sucedió la enfermedad de su hijo, fue a ver cómo preparaban a la pequeña Juanita para la boda.

Cuando entró en la sala donde la acicalaban, sintió en su estómago una sensación de profundo desagrado. La niña estaba peinada, vestida y maquillada como una mujer adulta cuando sólo tenía ocho años.

Tampoco le animó mucho comprobar el desasosiego de la reina. Tanto era su nerviosismo que mandó a las damas que se fueran. Beatriz fue a hacer lo mismo, pero Juana de Avis le pidió que ella sí se quedara.

Entonces, Juanita preguntó:

—¿Es guapo mi marido?

Su madre, haciendo de tripas corazón, le respondió:

—No lo sé, no le he visto…, pero es el hermano de un rey.

—Seguro que montará muy bien a caballo…

A Juana de Avis se le puso un nudo en la garganta. Beatriz lo notó y sintió que a ella le pasaba lo mismo mientras oía lo que la reina decía a su hija, aun sabiendo que su futuro marido necesitaba de un bastón para caminar, que no tenía fuerzas ni para subir al caballo, que precisaba de criados para muchas de sus necesidades.

—Tranquila, hija, serás feliz. Tu esposo dará muchas fiestas en tu honor y te colmará de regalos.

La niña se rió, feliz.

—¡Qué bien! ¿Os puedo hacer una pregunta, madre?

—Claro, cariño.

—Cuando estemos casados... ¿podré darle un beso?

Juana de Avis la abrazó conmovida.

—Claro, Juana... Claro que le podrás besar.

Al abrazarla, la reina lloró.

—¿Por qué lloráis, madre?

La reina no podía ni hablar.

Beatriz lo hizo por ella:

—Vuestra madre llora de alegría porque os casáis.

La niña no entendía mucho que eso pudiera ser así.

—¿Y se llora cuando se está alegre?

—Muchas veces, cariño. Ahora salid fuera un momento, vuestra madre irá enseguida.

La niña salió y Beatriz se dirigió a la reina:

—Ahora desahogaos... Que no os vean llorar fuera.

Juana le hizo caso. Entre lágrimas le dijo:

—Si hacéis esto porque soy vuestra reina...

Beatriz la interrumpió con dulzura:

—No. Lo hago porque sois madre.

Juana siguió llorando mientras Beatriz acariciaba su cabello.

XVI

El duque de Guyena no fue a Valdelozoya. Su salud se lo impidió. En su lugar fue el conde de Boulogne quien asistió a la ceremonia, que en esos momentos estaba a punto de empezar.

En representación de Castilla y en lugar preferente se podía ver al rey, a la reina y a la novia, la infanta Juanita.

Jouffroy comenzó el acto.

—En nombre de mi señor el rey de Francia y su hermano, el duque de Guyena, tomo la palabra ante sus majestades los reyes de Castilla. Y la tomo para decir que Francia respalda la legitimidad de la primogénita del rey como heredera del trono de Castilla.

El rey sonrió. Pacheco y su hijo, al lado de los Mendoza, no lo hicieron menos.

Jouffroy siguió haciendo feliz a tan especial concurrencia con sus siguientes palabras:

—Y acuso a Isabel y a Fernando de celebrar un matrimonio ilegal, al ser primos y no tener bula del Papa que permitiera dicha unión. A continuación, como cardenal de Albi que soy, oficiaré este matrimonio.

El siguiente paso de la ceremonia correspondía a Juana de Avis, que tras poner su mano derecha en la Biblia, se dirigió a todos los presentes:

—Juro ante Dios Nuestro Señor que yo, Juana de Avis, soy cierta y que la princesa presente, doña Juana, es hija legítima y natural de don Enrique, rey de Castilla.

El conde de Boulogne tomó entonces las manos de la pequeña Juana. En ese momento, Jouffroy se dirigió a ellos:

—Vos, conde de Boulogne, en representación de Su Alteza el marqués de Guyena, ¿aceptáis por solemne juramento desposaros con Juana de Trastámara?

El conde, con el poco castellano que sabía, juró.

Jouffroy miró entonces a la niña.

—Y vos, Juana de Trastámara, hija del rey Enrique IV y de Juana de Avis, ¿aceptáis por solemne juramento desposaros con el marqués de Guyena?

Juanita se quedó sin habla. Nunca había visto a tanta gente pendiente de ella.

Jouffroy repitió la pregunta, pero la niña seguía callada. Sus ojos buscaron a su madre, que asintió con la cabeza. Sólo entonces, la pequeña infanta pudo dar el sí.

Jouffroy liquidó en breves minutos lo que quedaba de ceremonia. Cuando iba a clausurarla, Enrique pidió la palabra ante la sorpresa de todos, menos la de un sonriente Pacheco.

Su hijo, al verle sonreír, le comentó:

—Vos sabíais que iba a hacer esto, ¿verdad?

—Sí, hijo… Siempre hay que anticiparse a los acontecimientos.

Efectivamente, el mensaje que iba a dar el rey, lo había instigado Pacheco: volvían a ser un equipo, como antes.

Pero aunque sabía lo que iba a oír, no por ello dejó de disfrutar escuchando al rey.

—Yo, Enrique de Trastámara, rey de Castilla por la gracia de Dios, visto el poco acatamiento y menos obediencia mostrados por mi hermana Isabel, casándose sin mi consentimiento, en contra de lo que la ley, los usos y los acuerdos firmados contemplan, procedo mediante este real decreto a anular de manera irrevocable todos los acuerdos de Guisando.

Hubo murmullos entre los asistentes. El rey continuó:

—Por tanto y por la presente Isabel queda desheredada y oficialmente excluida de la sucesión a la Corona de Castilla.

Mientras el rey abandonaba el estrado para volver al lado de su hija, los murmullos ya eran como las olas del mar en día de tormenta.

Juanita, cuando le tuvo cerca, preguntó al rey:

—¿Qué quiere decir eso, padre?

—Que seréis reina, hija mía. Que seréis reina.

Mientras esto ocurría, en Valladolid, Isabel cantaba una nana a su hija para que se durmiera.

15

El príncipe

Noviembre de 1470

I

En la Corte de Segovia, todos habían conseguido sus objetivos a la vez. Algo inusual cuando, hasta ahora, la felicidad de unos siempre suponía la desgracia de otros.

Enrique ya tenía lo que quería. Había asegurado el futuro de su hija con su alianza matrimonial con Francia y, de paso, asestaba un duro golpe a Isabel y Fernando.

Pacheco también estaba satisfecho: había convencido al rey para que anulara los pactos de Guisando. Isabel ya no heredaría la corona, recuperando —por omisión— sus derechos Juana, la hija del rey Enrique.

Los Mendoza también se sentían contentos: siempre habían defendido los derechos de Juanita y ahora éstos eran reconocidos hasta por el rey y el mismísimo Pacheco.

Pero Enrique aún tenía una cuenta pendiente que resolver con su esposa Juana de Avis. La saldó inmediatamente: nada más volver de Valdelozoya, la expulsó de palacio. Nunca le perdonaría su infidelidad ni su deslealtad.

—No puedo evitar que sigáis siendo reina —le dijo—, pero sí vuestra presencia en palacio. No creo que seáis un buen modelo de comportamiento... Además, tenéis otros dos hijos que cuidar allá en Extremadura.

Juana de Avis tuvo apenas un día para abandonar la Corte. Cuando estaba a punto de dejar Segovia, Beatriz de Bobadilla fue a su encuentro.

—Mi marido me ha dicho que os vais de palacio.

—Sí. Vuelvo a Extremadura. Así lo manda mi esposo.

—¿Y vuestra hija?

—No viene conmigo...

La reina abrazó a Beatriz con cariño y le dio un consejo:

—Cuidad de vuestro hijo... Vedlo crecer... Disfrutad cada día con él. —Hizo una pausa y añadió—: Es un lujo que una reina no puede tener.

La reina no fue la única que dejó palacio. Semanas después, su hija volvió al convento donde la cuidaban.

Diego Hurtado de Mendoza no vio con buenos ojos estas dos decisiones del rey. Pero no dijo nada: ahora que parecían ir bien las cosas, mejor no plantear problema alguno.

II

La noticia de que Isabel había sido desheredada por Enrique causó un profundo efecto en Valladolid. Isabel no tenía previsto que Enrique llegara hasta ese extremo. Pero su hermano no sólo la desheredó, sino que ordenó, convencido por Pacheco, que sus tropas entraran en Valladolid.

El rey aceptó la intervención militar ante las garantías de Pacheco de que no habría derramamiento de sangre. La presión económica de Pacheco había logrado que Carrillo no tuviera con qué pagar a su ejército. Isabel apenas disponía de cincuenta hombres para que la protegieran. Entrar en Valladolid sería un desfile militar.

Sin embargo, alguien, de forma anónima, avisó del ataque y las intenciones del rey llegaron a Valladolid antes que su propio ejército. Eso dio tiempo a Isabel y Fernando a escapar. Tuvieron que hacerlo deprisa y casi con lo puesto. Tampoco tenían mucho más, dado que Pacheco había cortado sus fuentes de ingresos desde poco después de su boda.

En primer lugar fueron a Dueñas, pero rápidamente tuvieron que volver a huir a un nuevo destino: Medina de Rioseco.

Cuando, al llegar allí, Isabel y Fernando tomaron posesión de lo que serían sus nuevos aposentos, lo hicieron acompañados de las damas de Isabel. Una de ellas, Catalina, llevó a la pequeña Isabel a la cuna. La alcoba estaba llena de humedades, necesitaba un nuevo encalado y los gastados muebles aún olían al barniz que se les acababa de aplicar para maquillar su deterioro. Isabel se vino abajo.

Fernando, al ver el desaliento de su esposa, ordenó a las damas que salieran y se acercó a ella.

—Nuestro viaje no va a acabar aquí, os lo juro...

La niña empezó a llorar como si, a sus dos meses, hubiera percibido la amargura de su madre.

—Pobre hija mía...

Isabel fue hasta ella y consiguió acallar su llanto con unas carantoñas. Fernando se dirigió al lecho, junto a su esposa y su hija.

—Saldremos de ésta. —Miró a Isabelita—. Lo juro por nuestra hija.

III

Enrique mostró a Pacheco, en privado, su extrañeza ante la huida de Isabel antes de que llegaran sus tropas a Valladolid.

—¿Ha huido entonces?

—Sí, alguien debió de avisarlos a tiempo...

—¿Acaso tienen espías en la Corte?

—¿Os extraña? Tenéis de mayordomo de palacio al esposo de su mejor amiga.

Enrique le miró serio.

478

—Cabrera me es leal.

—Cabrera es judío. Y los judíos nunca son sinceros. Siempre miran por su interés. Y si Isabel le ha prometido cargos...

El rey le paró los pies.

—¡Basta ya! Cabrera es quien es por mí. Y no me fallará. Nunca.

Pacheco volvió a insistir en que el ejército persiguiera a Isabel y a los suyos. Enrique se negó: prefería otras soluciones ya que ésta no había dado sus frutos. Y pidió calma a Pacheco.

—Veamos el lado positivo: Isabel nunca ha sido mujer de salir corriendo, y el que lo haya hecho ahora significa que ha tocado fondo.

Pacheco reconoció que eso era cierto, pero insistió en no dar respiro a sus enemigos.

—Hay situaciones que no deben repetirse nunca más. Tenemos que hablar alto y claro a los que todavía estén pensando en apoyarla.

El marqués de Villena propuso la confiscación de las posesiones de quienes hubieran dado cobijo a Isabel, como era el caso de Enríquez. También, amenazar con despojarles de sus títulos si volvían a hacerlo. Había que extirpar el mal de raíz.

El rey aceptó.

IV

En Medina de Rioseco no pasaba nada excepto el transcurrir de los días y luego de los meses. Y con ellos, la falta de medios aumentaba a la misma velocidad que la desesperación. Había que volver a tomar la iniciativa si querían cambiar la situación.

Como no tenían medios y sus aliados estaban maniatados, Isabel no encontró mejor solución que redactar una nueva carta al rey.

Fernando no estuvo de acuerdo.

—¿Otra carta? ¿Vamos a escribirle otra carta a Enrique? A este paso vamos a necesitar antes escribanos que soldados...

Isabel se reafirmó en su idea.

—Hay que impugnar punto por punto las mentiras de su misiva. El pueblo debe saber la verdad.

Fernando seguía sin estar de acuerdo.

—El pueblo sólo quiere que le bajen los impuestos. Y que llueva, para bien de sus cosechas. Esta guerra no la vamos a ganar con cartas.

Su esposa, molesta por sus palabras, le respondió con acritud:

—Os recuerdo que no estamos en guerra.

—Lo estamos, no os engañéis —replicó Fernando—. Y desde hace tiempo. Nuestro problema es que nuestro enemigo lucha y nosotros, no.

—Porque no he dejado de luchar, escribiré esa carta.

La frase hirió a Fernando. Bien sabía que no tenían ejército, pero también, y era lo que más le dolía, que no se contara con él para nada.

Isabel escribió su carta. En esta ocasión, no sería Enrique su primer destinatario. Porque, en realidad, Isabel no escribió esa misiva sólo al rey. La había escrito al pueblo de Castilla.

De hecho, cuando Cárdenas fue a Segovia a entregársela en mano al monarca, ya hacía un día que los pocos mensajeros de que disponían habían partido de Medina de Rioseco con copias de la misma.

V

La carta era tan extensa que pronto fue conocida como el Manifiesto de la Princesa. El rey la había acusado en Valdelozoya de muchas cosas. Isabel quiso responder a todas y cada una de ellas, punto por punto.

El primero, trataba de su legitimidad como heredera. Isabel

no tenía dudas: ella era la sucesora de la corona y no su sobrina Juana, a la que aludía como «la hija de la reina». Sin más.

No mencionaba las correrías ni el embarazo de Juana de Avis con Pedro de Castilla, pero expresaba claramente que Juanita no era quién para heredar la corona: «¿Qué infamia es y será para la antigua nobleza y el honrado pueblo de Castilla cuando en los tiempos venideros sepan que os han dado cobre por oro, hierro por plata y falsa heredera en vez de legítima sucesora?».

Sin duda, Isabel quería hablar al pueblo de manera que éste la entendiera, contando emociones que todos sentirían al saber de ellas. Quería que su mensaje llegara a plazas y mercados. Que se comentara en el hogar de los castellanos a la luz de una vela antes de ir a dormir.

A la acusación de que se había casado sin su consentimiento ya que, por ley, toda menor de veinticinco años debía hacerlo con licencia paterna o de sus hermanos mayores, Isabel contestó preguntando que cuándo Enrique la había tratado como un hermano. Y le acusaba de algo tan poco familiar y cariñoso como ordenar que la apartaran de su madre, para gran perjuicio de la salud de ésta.

Le acusaba, también, de algo que —remarcaba Isabel en su carta— jamás le perdonaría: dejarla abandonada en manos de la reina Juana. Para que todos entendieran lo mal que fueron tratados ella y su hermano, Isabel buscó un ejemplo popular: «porque si a todas las madrastras les son odiosos sus ahijados y las nueras, cuánto más lo fuera yo de la reina, que tan gran herencia se esperaba».

A la acusación de haber roto los pactos de Guisando, Isabel respondía que el rey los rompió antes, encerrándola en Ocaña y forzándola a contraer matrimonio con el rey de Portugal. Todo con el fin de alejarla de Castilla y de su pueblo, la tierra y las gentes a las que tanto amaba.

También defendió su matrimonio con Fernando, príncipe de Aragón. Su sangre, alegaba Isabel, también era Trastámara, y por ello, si le ocurriera algo a ella, él sería digno sucesor de esos reinos que no le eran ajenos. No citaba a Fernando como rey de Sicilia: podría haberla dejado en inferioridad. Pero hablaba de él con cariño, como una enamorada, para que el pueblo se ilusionara con que sus posibles futuros reyes se amaran como en las leyendas y novelas de caballerías.

Respecto a casarse sin bula, la carta no entraba a fondo en eso. Sin duda era la cuestión en la que peor podía defenderse Isabel. Pero sorteaba el problema alegando que les casó un arzobispo, Carrillo, y que Roma acabaría dándoles la razón.

Tras pasar rápidamente por tema tan espinoso como la bula, Isabel mostraba su decisión y firmeza, avisando de que lucharía por sus legítimos derechos y que Dios haría responsables a quienes tanto mal le habían causado a ella y al pueblo de Castilla.

En este aspecto, tocaba un tema de gran sensibilidad para los castellanos: la posibilidad de que hubiera otra guerra si no se llegaban a acuerdos por la obstinación del rey Enrique.

Precisamente para no cerrar puerta alguna a la negociación, Isabel aseguraba que no pretendía poner a nadie en contra del rey, al que juraba ser leal. Sólo, explicaba, se defendía de las mentiras que sobre ella había dicho el monarca.

Isabel acababa afirmando que no diría nada. Porque serían sus obras, y no sus palabras, las que hablarían por ella en el futuro.

En realidad, Isabel no tenía más que decir porque lo había expresado todo.

VI

Cuando el rey leyó la carta guardó un profundo silencio. Cabrera miró preocupado a Cárdenas, que siguió cumpliendo con su misión de mensajero.

—¿Hay respuesta para vuestra hermana?

Enrique lo miró serio.

—No. Y dad gracias a Dios de que no os haga detener.

Cárdenas respondió irónico:

—No sería la primera vez, majestad.

Alguna vez su ironía le metería en problemas, pensó Cárdenas nada más responder al rey. Cárdenas salió rápido de Segovia por si acaso Enrique se arrepentía de no hacerle preso. Tanto que ni tuvo tiempo de dar recuerdos en persona a Beatriz de Bobadilla.

Enrique convocó a sus leales. Pacheco acudió con su hijo. Diego Hurtado de Mendoza lo hizo con Pedro González de Mendoza, su hermano pequeño.

Pedro, al ser el menor de la familia, fue destinado a cumplir con la Iglesia. No lo hizo en vano. Y no por el cumplimiento de los sagrados mandamientos (era conocida su pasión por las mujeres), sino porque en iglesias, monasterios y catedrales se guardaba la cultura. Y él era el más culto e inteligente de los Mendoza, y dedicaba gran parte de su tiempo al estudio del latín —era un experto traductor— y la retórica. En Salamanca se doctoró en Cánones y Leyes.

Tenía una gran capacidad de expresión. Y, además, gustaba del mecenazgo —como su hermano Diego—, y era hábil como soldado, como su otro hermano Íñigo.

Como Diego no destacaba como guerrero, ni Íñigo por su cultura, Pedro, a sus cuarenta y tres años, resumía en su persona lo mejor de la familia Mendoza, de cuyo apellido siempre se benefició.

De hecho, a los nueve años ya había conseguido el curato de Santa María en Hita. A los veintisiete, el obispado de Calahorra y Santo Domingo de la Calzada. A los cuarenta, el de Sigüenza. Y, entre medias, el arcedianato de Guadalajara, que siempre conservó, pues suponía unos importantes beneficios económicos.

No pisaba mucho sus diócesis. Experto en diplomacia y leyes, había hecho valer más de una vez los intereses del rey Enrique en la Santa Sede.

Su hermano Diego le había reclamado para estar a su lado en sus relaciones con el rey: veía cómo crecía el poder de Pacheco y la aparición del hijo de éste, Diego, como una amenaza de futuro. El cariño era tan grande entre los dos hermanos que Pedro no pudo negarse.

Enrique le saludó con amabilidad al verle: siempre le había tenido en gran estima. De hecho, el rey había querido nombrarle, años atrás, asesor personal suyo. Le había elegido, junto a Beltrán de la Cueva, para renovar los aires de la Corte, cansado de la ambición de Pacheco. Pedro prefirió seguir otros caminos, lejos de palacio.

Pese a la alegría de ver a Pedro, el rey no perdió el tiempo en agasajos. Había un tema que tratar: la carta de Isabel, que Enrique hizo leer en alto a Cabrera, para conocimiento de todos.

Tras la lectura, el rey mostró su hastío y su desagrado.

—Es dura de pelar mi hermana. No deja ningún cabo suelto en su misiva.

Pese a ese dato irrefutable, Pacheco no se sintió amedrentado.

—Total, para lo que le va a servir… Podéis tirarla al fuego: sólo valdrá para eso.

Todos callaron. Todos, menos Pedro.

—No menospreciéis esa carta, majestad —recomendó.

Enrique le miró sorprendido.

Pacheco, ofendido, contestó en vez del rey:

—¿Y por qué no ha de hacerlo? ¿Porque lo dice un obispo?

Diego no pudo aguantar que Pacheco despreciara a su hermano.

—No. Porque os lo dice mi hermano. Y lo hace con respeto.

Enrique no quiso conflictos.

—Dejad que se explique, Pacheco…

Pero Pacheco insistió:

—No hace falta ser una eminencia para saber que esa carta lo único que muestra es la extrema debilidad de Isabel.

Pedro González de Mendoza respondió al marqués de Villena.

—Humildemente, opino lo contrario: creo que Isabel no da la batalla por perdida.

—¿Y cómo la va a ganar sin ejército?

—Los muros de Jericó cayeron al sonar de las trompetas.

Pacheco sonrió.

—Bueno... tampoco creo que Isabel tenga dinero para comprar trompetas.

Enrique estuvo a punto de reír por la ocurrencia de Pacheco, pero Pedro siguió defendiendo sus tesis.

—No hay que desdeñar la fuerza de sus palabras. En esa carta hay argumentos jurídicos ciertos... —Miró a Pacheco—. Y por lo que sé por mi hermano, cuenta cosas que son verdad. Cosas que cuando el pueblo sepa de ellas, pueden perjudicaros, majestad...

Enrique se extrañó de esta aseveración.

—¿El pueblo? ¿Y cómo va a saber de esto el pueblo?

Diego Hurtado de Mendoza mostró entonces una carta similar a la que había recibido Enrique.

—Porque Isabel ha hecho llegar su respuesta a iglesias, villas y ciudades. Ayer tarde nos llegó a Buitrago.

Enrique miró decepcionado a Diego.

—¿Por qué no me habéis dicho esto antes, don Diego?

—Porque estabais hablando. Y un Mendoza nunca interrumpe a su rey. Pero ahora que puedo hablar, os aconsejo que evitéis toda acción militar contra Isabel. El pueblo entendería que reaccionáis con la fuerza porque no tenéis razones para refutar esta misiva.

El rey, por fin, empezó a preocuparse.

Acabada la reunión, los Mendoza abandonaron palacio. Mientras lo hacían, Pedro dejó claro su parecer a su hermano.

—Algún día no muy lejano los hombres como él desaparecerán del gobierno de Castilla.

—Dios lo quiera, Pedro... Pero hasta que eso ocurra, os lo ruego: tened cuidado.

VII

Si Enrique tenía un problema, el rey de Aragón acumulaba muchos ya. Y ahora se le añadía otro: un ciudadano de buena reputación y grandes medios se había rebelado contra él. Su nombre era Jiménez Gordo. Y había renunciado a su acomodada vida para convertirse en bandolero salteador de caminos.

Eso, por sí solo, no hubiera preocupado al rey Juan. El problema era que solamente robaba al rey. Asaltaba a los recaudadores y a los enviados que se dirigían a pagar las nóminas de su ejército en Cataluña, poniendo los intereses de Aragón en serios aprietos.

Juan estaba indignado.

—¡La audacia de ese hombre es cada vez mayor! Cualquier día, ese rufián de Jiménez es capaz de venir a palacio a robarnos la vajilla...

Jiménez no sólo robaba: asesinaba a gran parte de los asaltados. Pese a ello, su popularidad empezaba a ser grande entre el pueblo.

La pobreza de las arcas reales obligó al rey a multiplicar impuestos en Aragón, ya que valencianos y catalanes eran menos generosos con su rey. Tenían su propias leyes y sus propios derechos, y el rey debía convencerles en largas sesiones en Cortes para que cedieran el dinero necesitado.

Así las cosas, eran cada vez más los aragoneses que veían en Jiménez un líder que defendía sus intereses contra la avaricia de su rey. Porque el bandolero no se quedaba con los beneficios de los robos, sino que los repartía entre los menesterosos.

Peralta aconsejó a su rey que utilizara el ejército contra Jiménez, pero el rey se negó.

—Jiménez es popular. Y cada día tiene más seguidores, muchos le ven como un caudillo. Ha organizado tropas de caballería, incluso... Sería como abrir una segunda guerra aquí y apenas podemos contra Francia.

El rey suspiró triste.

—Lo que daría por tener a mi hijo Fernando aquí conmigo…

VIII

Fernando estaba ocioso con pies apoyados en la mesa en que escribía Palencia. Pocas veces se había sentido tan inútil.

—Curioso oficio el vuestro, Palencia… Nosotros tomamos decisiones, batallamos, ganamos reinos, nos manchamos las manos de sangre, nos morimos… y lo que queda finalmente es lo que los cronistas escribís.

—Lo llaman posteridad. Todo hombre sueña con pasar a ser parte de ella.

Fernando sonrió.

—¿Todos? Preguntadle a un campesino… Os cambiaría la posteridad por una buena ternera. Y en la situación que estamos, yo mismo haría ese trato.

Palencia le miró apenado. Le entristecía ver a quien tanto admiraba en aquella situación.

Tal vez por ello, le ayudó en cuanto pudo. Y procuró enterarse de todo lo que pasaba alrededor para informar de ello a Fernando.

A través de Carrillo, Palencia supo que pronto llegaría a Medina de Rioseco una comitiva de nobles asturianos. El motivo era su temor ante las últimas medidas de Pacheco. Los asturianos apoyaron a Isabel en la guerra civil y el rey les castigaba ahora con un aumento de tributos y penas por cualquier causa. Lo mismo había pasado en Vizcaya, donde el rey Enrique había anulado sus fueros e impuso al duque de Haro como gobernador. Los asturianos temían que lo mismo les ocurriese a ellos.

Ante la llegada de la delegación asturiana, Isabel reunió a todos para valorar la respuesta que debía dar.

Chacón se sentía muy preocupado por estas noticias. El rey Enrique estaba apretando a quienes les habían sido leales, anulando la idiosincrasia de cada región y recuperando una política de señoríos feudales.

—El siguiente paso será que se cambien de bando.

Isabel asintió.

—No seré yo quien les culpe. Podemos pedir a la gente que nos sean leales… No que sean mártires.

Fernando, al haber sido avisado a tiempo por Palencia, había diseñado una estrategia.

—No tienen que saber que pueden serlo…

Todos le miraron sorprendidos.

—Mañana —prosiguió el príncipe—, cuando esos nobles asturianos vengan, que vean toda nuestra guardia en la entrada. Que los soldados abrillanten sus espadas… Que las damas zurzan sus ropas… Mañana, señores, nadie ha de ver preocupación en nuestras caras.

Luego, miró con cariño a Isabel.

—Y vos les mostraréis lo hermosa que es vuestra sonrisa…

IX

Tal vez por su capacidad de persuasión, tal vez porque fue el único que demostró ideas y ánimo, al día siguiente, todos le hicieron caso.

Los nobles asturianos, nada más llegar, no notaron la miseria en la que Isabel se encontraba. Si no, probablemente no se hubieran sentado a parlamentar, como sí lo hicieron. Querían saber cuáles eran los planes de Isabel ante lo que estaba pasando. Sabían que había sido desheredada, pero seguían apostando por ella…, si es que ella podía defender su causa.

Buscando el apoyo de la princesa, le contaron sus cuitas a Isabel, que estaba acompañada por todos sus asesores. Lo hizo un tal Carrete, a quien los asturianos eligieron como representante.

—El rey Enrique está decidido a acabar con todos aquellos que os apoyamos en la guerra. En Asturias ya ha empezado a exigir vasallaje... Quita títulos, tierras y riquezas y las da a sus leales. Nos obliga a mantener a nuestra caballería para que sirvamos a su ejército pero todo a nuestro cargo, bajo amenaza de perder nuestra condición de caballeros.

Fernando interrumpió al asturiano.

—No hace falta que nos deis más explicaciones. Habéis venido a averiguar si merece la pena apoyarnos y yo os daré razones para que nos sigáis siendo leales. Razones claras, fáciles de entender. Para empezar, Castilla podría permitir a los nobles pelear a pie y así os desprenderíais de todos los gastos de caballería.

Isabel miró sorprendida a Fernando. Chacón y Carrillo no lo estaban menos. Por el contrario, Cárdenas sonrió: sabía de la capacidad de persuasión del príncipe.

El representante de los asturianos asintió interesado.

—Me parece razonable, señor.

Fernando siguió hablando animoso y seguro:

—Castilla no permitirá que tierras que desde hace siglos se rigen por sus propias costumbres sean feudos de un rey que mira hacia el pasado. Apoyadnos... Y cuando Isabel y yo gobernemos, podéis estar seguros de una cosa: Castilla será la suma de sus regiones... No la anulación de las mismas despreciando sus costumbres ni sus fueros, como quieren Pacheco y el rey.

Carrete miró a quienes le acompañaban, que asintieron con la cabeza. Luego se giró hacia el rey de Sicilia:

—Vuestras palabras son las que queríamos oír... Pero el ejército de Enrique es muy poderoso.

Fernando garantizó su seguridad, mintiendo como pocas veces había hecho en su vida.

—Yo no soy rey de Castilla, pero sí de Sicilia y futuro rey de Aragón. Si Enrique os ataca, os juro que el ejército aragonés y yo mismo lucharemos por vuestra causa. Mientras tanto, ordenad a vuestros hombres que resistan… Y que si reciben un golpe, respondan con dos.

—Así se hará, majestad. —Carrete sonrió—. Creo que ya hemos averiguado lo que queríamos.

Chacón quiso confirmar su apoyo.

—¿Cuenta entonces Isabel con vuestra lealtad?

—Nunca ha dejado de contar con ella, alteza… —Miró a Isabel—. Asturias os ha apoyado y os apoyará como princesa que sois de todos los asturianos, diga lo que diga el rey Enrique.

Cuando los asturianos volvieron a su tierra, Isabel se encaró con su esposo.

—¿Podéis garantizar ese ejército que tan alegremente habéis ofrecido?

Fernando la miró con calma.

—De momento, no…

—¿Qué se llevan entonces? ¡Nada!

—No… Les hemos dado mucho. Se van cargados de ilusión y con algo por lo que luchar. Y eso es más importante que mil lanceros.

Chacón y Carrillo, al igual que Cárdenas, no se atrevieron a entrar en la discusión. Pero de haberlo hecho, habrían dado la razón a Fernando.

Sin duda, el príncipe de Aragón había decidido que ya era hora de ser también príncipe de Castilla. Y lo iba a ser, le dejara o no su propia esposa.

X

La decisión de Fernando mostraba que, por muy malos que fueran los tiempos, siempre se podía luchar por que fueran mejores.

Pronto iba a ocurrir algo que permitiría a Fernando mayor libertad de movimientos. Al redoblar Francia sus ataques en el frente catalán, el rey Juan se veía obligado a ir allí con lo que le quedaba del ejército. Al mismo tiempo, el bandolero del pueblo, como así llamaban a Jiménez, había ganado aún más poder y simpatías.

El rey Juan decidió que no podía dejar Aragón sin mando y decidió cambiar de estrategia: Fernando debía acudir a Aragón. Mientras él lidiaba con los franceses, su hijo se encargaría de poner paz en su propia tierra.

—¿Y cómo conseguiremos que venga vuestro hijo? —objetó Peralta—. Firmamos que no saldría de Castilla sin consentimiento de Isabel.

—Para conseguirlo habrá que pagarle el dinero que le debemos… Y algo más: rebañad nuestras arcas si hace falta. Se lo llevará mi propio contador, don Juan Sebastida, que ayudará a Isabel a administrar.

—Pero si no tenemos para pagar a nuestros soldados…

El rey ni le escuchó: siguió dando órdenes.

—Con Sebastida partirán hacia Medina de Rioseco cincuenta hombres de mi guardia; no son los doscientos lanceros que prometí, pero a cambio tienen el dinero, que no es poco.

Peralta no entendía las razones de esta nueva estrategia.

—Perdonadme, pero no necesitaremos a esos hombres en el frente.

El rey Juan le miró serio.

—A veces la guerra es como el ajedrez: hay que perder algunas piezas para ganar la partida. He de pactar la paz con Francia… Y no quiero dejar Aragón sin mando. Jiménez aprovecharía la ocasión para hacernos más daño. Mi hijo me necesita… Y yo le necesito a él, Peralta.

XI

Llegaron a Enrique noticias de Francia. Y no eran buenas: el rey de Francia había tenido por fin un hijo. Y era varón. El duque de

Guyena, al saberlo, se dio cuenta de que sus aspiraciones a la corona eran nulas y decidió no esperar a que Juanita, la hija de Enrique, llegara a la mayoría de edad. Directamente, renunció a la boda.

Joffrouy enviaba, dolido por la situación, toda esta información a Enrique en una carta que leyó Cabrera delante de Pacheco y, cómo no, de su hijo Diego.

El rey no podía ocultar su pesar.

—Estamos igual que antes...

Ahí surgió Pacheco para levantarle la moral. Como Fernando en el bando de Isabel, el marqués de Villena tenía la convicción de que la pesadumbre sólo podía llevar a la derrota. Y no estaba dispuesto a consentirlo. Ni eso, ni a perder el favor de Enrique, al que comenzó a halagar.

—No, no estamos igual que antes. Y es gracias a vos.

Enrique le miró extrañado.

—¿Gracias a mí?

—La boda de vuestra hija hizo que dierais un paso al frente: desheredasteis a Isabel. Rompisteis los pactos de Guisando... Y nombrasteis heredera a vuestra hija Juana. ¿Para qué necesitamos que Juana sea reina de Francia si lo va a ser de Castilla?

Luego hizo una pausa para dar más énfasis a sus siguientes palabras:

—Además... Si el rey Luis ha tenido un hijo, siempre podemos proponer su boda con Juanita...

Enrique sonrió.

—Veo que tenéis solución para todo.

—Los problemas existen para ser solucionados, majestad. Vuestra hija Juana será reina de Castilla de una manera u otra.

Cabrera, sin que Pacheco le viera, movió levemente la cabeza: Pacheco era inasequible al desaliento.

Pero Diego, el hijo del marqués de Villena, sí vio el gesto de Cabrera. Por ello, a la salida se encaró con él.

—No parecíais muy satisfecho con las palabras de mi padre,

Cabrera. ¿He de pensar que no os alegráis de que la princesa Juana pueda llegar a reina?

Cabrera hubiera insultado con gusto a ese petimetre, sombra de su padre. Pero hacerlo podía ser peligroso. Por eso se limitó a decir:

—La alegría del rey siempre será la mía.

Y dio la espalda a Diego Pacheco, pensando para sus adentros que mal futuro tenía Castilla si la gobernaba un intrigante y el hijo chivato del mismo.

XII

Carrillo supo también que el duque de Guyena jamás se casaría con la Beltraneja, como su sobrino había bautizado a la hija del rey Enrique.

Fernando, al conocer la noticia, pensó que las cosas estaban cambiando. Aragón se veía liberada de un futuro rodeada de enemigos al norte (Francia) y al sur (la Castilla de Enrique). Eso y el respeto conseguido tras su intervención con los asturianos hizo que su carácter jovial y dicharachero volviera a hacer acto de presencia.

Daba ánimos a todos, mostraba una confianza en el futuro que los demás no tenían y, como era llano por naturaleza, hasta un día ayudó entre bromas a una criada a tender los lienzos que el viento arrancaba de sus cuerdas.

Isabel, de carácter más discreto y menos expresiva, no se sentía cómoda ante la exuberancia emocional de Fernando. Y menos lo estuvo cuando la casualidad quiso que viera bromear a su esposo con una de las criadas.

Iba a recriminárselo, pero no tuvo tiempo: llegó a Medina de Rioseco la delegación aragonesa enviada por el rey Juan. Cincuenta guardias bien pertrechados, dos cofres con el dinero adeudado y Juan Sebastida al mando.

Carrillo dio gracias al cielo. Las cosas estaban cambiando. Chacón suspiró aliviado y Cárdenas sirvió vino, encantado ante tan beneficiosa visita. También estaban presentes en la recepción, Palencia y Gonzalo.

Sin embargo la situación se torció cuando Isabel se negó a las condiciones que Sebastida traía del rey Juan: ser él quien administrara el dinero y que Fernando viajara a Aragón.

—No os necesito: para eso tengo a Gutierre de Cárdenas.

Cárdenas sonrió halagado mientras Juan Sebastida intentaba replicar a la princesa. Isabel no le dejó.

—Agradezco la presencia de vuestros soldados, nos serán útiles. Se pondrán inmediatamente al mando del señor Gonzalo Fernández de Córdoba.

Entonces, el que se molestó fue Fernando.

—Tenéis que saber que ya tienen un capitán y que el peor de esos guardias aragoneses ha batallado el doble de veces que Gonzalo.

El de Córdoba miró decepcionado a Fernando, pero calló. Isabel, no.

—Gonzalo es el jefe de mi guardia y lo seguirá siendo.

Aún fueron peores las cosas cuando Isabel se negó a que Fernando abandonara Castilla, lo que sería un incumplimiento de las capitulaciones de su boda.

Fernando pensó que Isabel estaba cruzando una línea que nunca debería cruzar.

—Lo siento, Isabel, pero partiré esta misma noche... Hasta ahora he cumplido con todas las condiciones que se me impusieron. Pero si Aragón me necesita no puedo permanecer aquí de brazos cruzados. Lo que es malo para Aragón también lo es para Castilla.

Chacón intervino apoyando a Fernando.

—Vuestro marido tiene razón, alteza... Es de obligada nobleza que ambos reinos se ayuden mutuamente. Y más después de saldar el rey Juan su deuda con creces.

Isabel miró con ira a quien tanto amaba desde niña.

—Parece que todos estáis de acuerdo en llevarme la contraria.

Luego miró a Fernando.

—Haced lo que os dé la gana.

Y se marchó a su aposentos. Fernando observó a los presentes: todos estaban contrariados por lo ocurrido. Tras pedir disculpas, fue a buscar a su esposa.

Al llegar a la alcoba, Fernando habló con claridad:

—No tengo nada más importante que vos. Nos estamos jugando nuestro futuro. Y eso es lo único que importa ahora. Podéis contar con mi lealtad, si eso es lo que os quita el sueño.

De repente, Isabel le sorprendió con una pregunta.

—¿Y con vuestra fidelidad? ¿Puedo contar con ella también?

—¿Por qué hacéis esa pregunta?

—¿Por qué no me dais respuesta?

Fernando no sabía qué motivo llevaba a Isabel a plantear esa cuestión. Le había sido fiel desde que se casaron... Pero si lo que quería Isabel era mansedumbre, estaba equivocada.

—Os aseguro que hay muchas maneras mejores de demostrar el amor que os tengo que eso que me pedís... Y os las demostraré. Me llevaré a Palencia para que dé fe de todo lo que hago.

Era la primera vez que Fernando e Isabel se separaban desde su boda. La primera noche que la princesa dormiría sin su marido. Pero tenía decidido no hacerlo sola. Por eso ordenó a Catalina que ella y el resto de sus damas durmieran con ella siempre que su esposo no estuviera a su lado.

Catalina obedeció y mandó llamar a las damas. Cuando Isabel vio a la que había visto coquetear, eso creía, con Fernando se acercó a ella y le dijo:

—Vos podéis retiraros. No vais a dormir aquí ni esta noche ni ninguna otra. Que mañana se os pague lo que se os debe, no queremos volver a veros por aquí.

La muchacha se marchó llorosa, sin saber cuál había sido su falta. Catalina, aturdida, intentó mediar.

—Si me permitís, señora... Esa muchacha es de mi plena confianza.

Isabel fue tajante:

—Pero no lo es de la mía.

XIII

Cuando Fernando volvió a ver a su padre, ambos se fundieron en un gran abrazo.

—Padre..., dejad que os vea.

Fernando le miró de arriba abajo. Juan dijo socarrón:

—¿Me veis más viejo todavía?

Fernando rió y luego pidió a Peralta y a su padre que le contaran las razones por las que le habían hecho volver.

Juan miró incómodo a Palencia. Fernando tranquilizó a su padre.

—Es Alonso de Palencia, cronista de Castilla. Confiad en él como yo lo hago.

Palencia hizo una exagerada reverencia. Juan pensó que no le cuadraba ese tal Palencia como amigo de su hijo, pero no había tiempo que perder y explicó a Fernando que debía marchar a Cataluña... Y sus problemas con el bandolero Jiménez.

Fernando escuchó con atención y al cabo respondió:

—Podéis marchar tranquilo.

Cuando a la mañana siguiente Palencia se había preparado para acompañar a Fernando en sus gestiones, se encontró que no estaba: había ido a ver a Aldonza. Y para esos asuntos, mejor que no estuviera presente Palencia.

Nada más verla la besó con dulzura en la mejilla.

—¿Todo está bien?

Aldonza sonrió.

—Sí. Todo está bien. ¿Y vos? ¿Qué tal vuestra vida en Castilla?

—Complicada… Nunca he tenido que cumplir tantas reglas. Los castellanos son secos…

—¿Más que los aragoneses?

—Mucho más.

—¿Y sus mujeres? ¿Cómo son?

—Yo sólo os puedo hablar de una, porque a ella me debo.

Aldonza le miró con ternura: ojalá fuera ella de quien hablara Fernando.

—Habladme pues… ¿Os sirvieron de algo mis consejos?

Fernando sonrió.

—Mucho… Y más me hubieran servido si os hubiera hecho más caso.

—¿Sois feliz?

—Más allá de intrigas y políticas, sí… Lo soy. Isabel es una buena esposa. Y una buena madre.

Aldonza sonrió ante la noticia.

—¿Tenéis hijos?

—Una niña. Le pusimos Isabel, como su madre. —Al decirlo, le brillaron los ojos—. Es preciosa…

—¿Y a quién se parece más? ¿A vos o a Isabel?

—A Isabel, gracias a Dios.

Aldonza le cogió de la mano.

—Si se hubiera parecido a vos tampoco tendría poca gracia. Y eso es algo que os puedo demostrar.

Hizo un gesto a una doncella, que rápidamente trajo ante él a un niño que no llegaba a los dos años. Su parecido con Fernando era evidente.

El príncipe contempló emocionado al niño.

—¿Cómo se llama?

—Alonso.

Fernando ya no pudo contenerse y le abrazó.

—¿Podéis criarlo con desahogo? Decidme la verdad, ¿os falta algo?

—Vuestro padre se encargó de todo en cuanto se enteró...
—respondió ella.

—Porque estoy seguro de que si por vos fuera nunca se habría enterado.

—No soy alguien que busque favores especiales, Fernando.

Él la miró con admiración.

—Lo sé... Ahora debo dejaros. Tengo trabajo que hacer.

—Ya me imagino. Si no, no estaríais aquí.

Se despidieron con un abrazo. Sabían que no volverían a estar juntos, pero había algo que les haría estar unidos para siempre.

XIV

Pacheco no tardó en saber que Fernando estaba en Aragón. No gastaba en lujos, pero sí en espías que le hicieran ser más rico en la única cosa que le interesaba: el poder.

El marqués de Villena informó de ello al rey en compañía de Diego Hurtado de Mendoza y, cosa rara, sin que estuviera presente su hijo, algo que relajó a Cabrera. A todos les hizo ver que era una buena noticia.

—El que Fernando haya viajado a Aragón sólo puede significar dos cosas... O bien la situación en Aragón es realmente desesperada o bien hay desavenencias en esa unión. Y ambas cosas nos convienen. Creo que por fin tenemos la oportunidad de librarnos de una vez por todas de Isabel.

Diego Hurtado de Mendoza no lo veía tan evidente.

—¿Tan fácil lo veis?

—Ya no les queda nada. Cuando las cosas empiezan a ir mal todos te dejan solo.

El rey miró a Pacheco.

—¿Cuál será nuestro siguiente paso?

—Sepúlveda.

A Cabrera le cambió el gesto. Sepúlveda tenía una gran comunidad judía y allí vivía gran parte de su familia.

—¿Sepúlveda?

—Es uno de los bastiones más fieles a Isabel y deben pagar por ello. Tiene fortunas que vendrían bien al tesoro de la Corona. Y es de fácil asalto.

Enrique no dudó y ordenó a Pacheco que preparara el golpe.

Diego Hurtado de Mendoza notó la incomodidad de Cabrera. Él también la compartía: Pacheco estaba dispuesto a emprender una política de tierra quemada. Pero no se opuso al ataque.

Cabrera, cuando acabó la reunión, se desahogó con su esposa Beatriz. Estaba harto de la tiranía de Pacheco y de la sumisión de los Mendoza.

—Si la Castilla donde va a crecer mi hijo es la que está construyendo Pacheco, pienso que es mejor irse de aquí...

Beatriz nunca había oído hablar así a su marido. Sin duda, que en Sepúlveda residiera gran parte de su familia influía en su desaliento. Por eso, señaló una posible solución.

—Tal vez Isabel... Sepúlveda es muy querida por ella.

—Isabel está sin recursos en Medina de Rioseco... Y Fernando en Aragón. No parece que le vayan muy bien las cosas.

—Algo habrá que hacer.

—Estoy atado de pies y manos, ¿qué quieres que haga?, ¿que me rebele contra Pacheco? ¿Qué sería entonces de nosotros?

Beatriz pensó que cualquier cosa era mejor que estarse quietos.

—Nada nos impide avisar a Isabel. Sería la mejor manera de ayudarla. Que por lo menos sepa de las maniobras del rey.

—¿Y cómo? ¿De quién podría fiarme para una misión semejante? Pacheco tiene ojos y oídos en todas partes.

Su esposa sonrió.

—Conozco a alguien en quien puedes confiar como si de ti mismo se tratase.

Cabrera entendió lo que le quería decir.

—¿Tú, Beatriz? No… Es un viaje peligroso.

—Más peligroso es esperar como el cerdo a la matanza.

XV

Tras manejar sus contactos, Fernando había conseguido, en apenas una semana, pactar un encuentro con Jiménez. Éste exigió que fuera en un lugar público para evitar cualquier tipo de emboscada. Sin duda, pensó Fernando, el tal Jiménez se sentía arropado por el pueblo.

El príncipe echo un vistazo a los clientes del local y su intuición le señaló quién podía ser Jiménez. Fernando dio un codazo a un atemorizado Palencia.

—Es aquél.

Allí fue y sentó frente a un Jiménez que no pudo evitar admitir su sorpresa.

—¿Cómo me habéis reconocido?

—Por cómo me habéis mirado. Y por la media docena de hombres que os protegen.

Jiménez previno a Fernando de que no hiciera ninguna locura.

—Antes de nada os diré que espero que no intentéis ninguna treta conmigo. No saldríais vivo de aquí… Como veis me gusta hablar claro, así que espero que vos hagáis lo mismo.

—Lo haré.

Fernando miró alrededor, desconfiado. Cogió aire y empezó a hablar:

—Mi padre ha partido a negociar con el francés. El gobierno de Aragón está ahora en mis manos y me parece que es una buena oportunidad para que conversemos. Creo que tenemos puntos de vista parecidos sobre algunas cuestiones.

—¿Por qué os habría de creer?

—Porque os daré motivos para hacerlo… Aragón se desangra en guerras estériles y quiero detener esa hemorragia. Me consta que no os mueve la codicia y que debéis de tener serios motivos para haber renegado de vuestra condición de noble y hacer lo que hacéis. Eso demuestra una generosidad que es prueba de la nobleza de vuestra causa.

—Lo es. Y cualquier aragonés lo sabe. Por eso cada día crece el número de mis seguidores.

De repente, Fernando notó que Jiménez levantaba la voz. Se dio cuenta de que, en realidad, no sólo estaba hablando con él; estaba hablando para que le oyera todo el mundo.

—Encorvamos de sol a sol nuestros lomos sobre una tierra ingrata... ¿Y todo para qué? ¿Para que nos opriman con impuestos que sostendrán más y más guerras? Nuestros hijos caen en conflictos bélicos que sólo benefician a reyes y nobles... Y hay quien aún nos llama ladrones... ¡No queremos dinero, lo que queremos es justicia! —Miró a los parroquianos de la posada—. ¿No es así?

Los presentes empezaron a clamar.

—¡Justicia! ¡Justicia!

Tal y como había intuido el príncipe, Palencia y él estaban en medio de una soflama popular. Tranquilo (mucho más que el cronista), Fernando esperó que las voces se acallaran para hablar.

—Os estoy tendiendo la mano. No sois hombre tibio ni de medias tintas, ¿qué me decís?

—No tomaré ninguna decisión sin contar con la opinión de mis hombres.

—Me agrada escucharlo, porque nada se hará en Aragón sin contar con la opinión del pueblo.

Jiménez miró fijamente a Fernando, que le sostuvo la mirada hasta que el bandolero la apartó.

XVI

En Medina de Rioseco todos esperaban noticias de Fernando. Sobre todo una Isabel que había vuelto a ser la de pocos días antes de su boda. Apenas dormía y no gustaba de entablar conversación con nadie.

Catalina pidió hablar con Chacón para intentar arreglar el problema. Le contó lo que ya sabía y lo que no. Que obligaba a las damas a dormir con ella en su alcoba. Que había despedido a una de ellas por una conversación inocente con Fernando...

Chacón intentó buscar explicación a lo que le pasaba a la princesa.

—Es la primera vez que Fernando e Isabel se separan desde su boda... Y ella no lo soporta. Y más sabiendo del éxito de Fernando con las mujeres.

Catalina rompió una lanza por Fernando.

—Pero desde que se casó no ha tenido desliz alguno. Si lo hubiera tenido, se sabría.

—Lo sé, Catalina, lo sé...

Se quedó pensativo unos segundos y luego dijo algo que, desde Valladolid, le rondaba por la cabeza.

—Les casamos por conveniencia de los dos reinos... Como se casan tantos príncipes sin conocerse. Pero éstos se han conocido y se aman, Catalina. Se aman... Ése es nuestro bendito problema.

Luego prometió a Catalina que hablaría con Isabel. En apenas una hora estaba cumpliendo su promesa. Sin éxito alguno.

—Mis problemas conyugales no os atañen, lo siento.

Chacón la miró incrédulo.

—Vuestros problemas matrimoniales son cuestión de Estado, Isabel... Y personalmente no me digáis que no me interesan, os lo ruego. Sois como una hija para mí.

Isabel iba a responderle cuando Gonzalo entró en la sala.

—Siento interrumpiros, pero debéis venir conmigo...

—¿Qué ocurre, Gonzalo? —preguntó Isabel.

—Han sido apresados un par de guardias de Enrique en las proximidades del pueblo, señora. Estaban disfrazados de labriegos y les acompañaba una mujer. Es vuestra amiga Beatriz.

Cuando acudieron a verla, ya estaban allí Carrillo, Gonzalo y Cárdenas.

Tras abrazarse con Isabel y con Chacón, Beatriz les explicó que se había atrevido a viajar hasta allí, ataviada de labriega, para avisarles del ataque del rey a Sepúlveda.

—Se efectuará de aquí a dos días, al amanecer y por sorpresa. Cuadrillas de soldados de Pacheco estarán ya introducidas en la ciudad sin llamar la atención.

Gonzalo preguntó si lo haría un ejército regular o si en caso contrario sabía del número de atacantes.

Cabrera había informado a Beatriz de todos los pormenores.

—Mi marido calcula que Pacheco enviará un centenar de hombres. Quieren hacer que parezca una rebelión de parte de la ciudad contra los judíos que viven en Sepúlveda.

Isabel preguntó a Gonzalo de cuántos soldados podían disponer para ayudar a Sepúlveda. El que contestó fue Carrillo:

—Ahora llegamos a cerca de cien… Pero los necesitamos aquí.

Isabel no estaba de acuerdo.

—No a todos. Gonzalo, coged a la guardia aragonesa que trajo Peralta y marchad a Sepúlveda de inmediato.

Chacón dudaba del éxito de la operación.

—Cincuenta contra cien… Mala proporción.

Gonzalo no se desanimó.

—Podemos utilizar el factor sorpresa. Y buscar el apoyo de la población.

Carrillo despreció su estrategia.

—¿Queréis luchar con campesinos y labriegos? Eso es batalla perdida.

Gonzalo le miró con orgullo.

—No subestiméis el valor de quienes quieren defender lo que es suyo, excelencia.

Pese a que Carrillo siguió insistiendo en que era una locura, Gonzalo hizo que los soldados aragoneses se pertrecharan y viajó hasta Sepúlveda con ellos.

Beatriz se quedó un día más para estar con Isabel. Por fin pudo conocer a su hija, a la que cogió en brazos.

—Es preciosa… Se parece muchísimo a vos.

—Cada día me digo que tengo que ser fuerte por ella, porque si no, a veces…

—Isabel, no os vengáis abajo, que sois vos quien siempre me ha dado ánimos a mí.

Isabel la miró con cariño.

—Os necesitaría aquí conmigo.

—No creo que eso le agradara a mi esposo… ¿Va todo bien con el vuestro?

Isabel no pudo ocultar sus problemas a su amiga.

—No sé… A veces soy feliz sólo con verlo reír… O cuando le veo con nuestra hija… Otras, dudo, Beatriz… Dudo mucho.

—Lo que os ocurre es que tenéis miedo de que en Aragón pueda retomar viejas amistades… ¿Sabéis cómo se llama a eso? Celos.

—Pero yo no quiero sentir celos, no quiero nada que no pueda controlar.

—Pues mala solución hay… Porque amar sin sentir celos es imposible.

Beatriz volvió a mirar a la niña.

—A ver qué día puedo presentarle a mi hijo…

—Perdonad, Beatriz, en todo este rato ni siquiera os he preguntado cómo se llama.

—Os lo diré: se llama Fernando.

Por fin Isabel sonrió.

XVII

Fernando seguía ganándose la confianza de Jiménez. Éste le pidió que hiciese su propuesta a sus hombres, pues él nunca decidía nada por sí solo.

El príncipe acudió, sin hacerse de rogar y acompañado de Palencia, a un bosque a las afueras de Zaragoza. Allí repitió sus propuestas ante una especie de asamblea popular que juntaba a ciudadanos, estudiantes y desharrapados.

El eco que tuvieron sus palabras no fue bueno. Gritos, murmullos e incluso se pudo escuchar alguna petición de que se ajusticiara al príncipe allí mismo.

Palencia hubiera deseado salir corriendo. No podía comprender la tranquilidad de Fernando cuando podían matarles en cualquier momento. Y menos, que mandara callar a todos para hablar él. Lo consiguió.

—Matadme si queréis... Aunque antes de que nadie me toque un pelo, yo acabaré con cuatro de los que me ataquen.

El silencio se hizo más denso.

—Comprendo que no os fiéis de mí. Pero vengo a convenceros con hechos y no con palabras.

Fernando hizo un gesto a Palencia, que fue hasta su caballo y trajo unas sacas que dio al príncipe. Éste metió las manos dentro y mostró las monedas.

—Éste es el dinero destinado a pagar a los soldados que combaten en Cataluña. Es vuestro... Y no habréis tenido que robar ni matar a mis mensajeros. Vosotros pedís justicia y allí donde la justicia reina no hay necesidad de violencia. Es mi deseo que la justicia vuelva a Aragón... De vosotros depende.

Jiménez se dirigió a él e inquirió:

—¿Qué queréis a cambio?

—Vuestra ayuda. Mi padre representa el pasado, yo os vengo a traer un futuro del que podéis ser parte. Un futuro sin guerra y sin impuestos injustos... donde cada hombre pueda trabajar la tierra y criar a su familia en paz. Y mientras ese futuro llega, me encargaré de que recibáis vuestra parte.

Los vítores de los presentes apoyaron el discurso de Fernando. Mientras todos se repartían las monedas entusiasmados, el príncipe hizo un aparte con Jiménez.

—Me gustaría que estos acuerdos fueran puestos en papel antes de que vuelva mi padre. No quisiera que mis palabras se las llevara el viento.

A la mañana siguiente, Jiménez se presentó en palacio para firmar dichos acuerdos. No esperaba lo que iba a encontrarse en el despacho del rey. Junto a Palencia y Fernando, allí le esperaban un sacerdote y un verdugo con una soga.

—Me habéis traicionado.

Fernando le miró despectivo.

—¿Vos os atrevéis a hablar de traición? Habéis robado y asesinado a nuestros emisarios y nos habéis causado un grave quebranto. Pero os diré cuál es vuestro peor delito: querer ser rey en lugar del verdadero rey.

Antes de dejarle con el verdugo, Fernando juró a Jiménez que su familia no sufriría represalias ni se le incautarían casa ni huerto. Sus hombres tendrían la posibilidad de elegir entre dos opciones: morir a manos del verdugo o enrolarse en el ejército del rey.

Fernando no se quedó a contemplar la ejecución: salió de la sala con Palencia.

—¿No os parece que esto es más animado que nuestra vida en Castilla?

Palencia sonrió como pudo mientras empezaba a oír los gemidos del que estaba siendo ejecutado.

—Sin duda, majestad. ¿Ahora esperaremos a que regrese vuestro padre?

—No. Ya he cumplido con mi padre, pero ahora he de cumplir con mi esposa. Isabel no va a perder Vizcaya, al menos mientras yo pueda evitarlo.

En efecto, y sin saberlo Palencia, Fernando había concertado parlamento, a través de Peralta, con representantes vizcaínos contrarios al duque de Haro, que contaba con el apoyo de Pacheco para apropiarse del señorío.

Sus promesas fueron las mismas que hizo a los asturianos. Incluso superiores: aprovechando las negociaciones que su padre, el rey don Juan, había emprendido en búsqueda de aliados (entre ellos el reino de Inglaterra), prometió que lucharía por que los marinos vascos pudieran faenar en aguas del Norte. También les aseguró ayuda militar de Aragón si hiciera falta. A cambio, sólo pedía el apoyo a la causa de Isabel.

Tras cerrar el pacto, el príncipe volvió a Medina de Rioseco.

XVIII

No le resultó fácil a Gonzalo ganarse la confianza de sus soldados aragoneses, pero lo consiguió. Y con ello, salvar Sepúlveda. Necesitó ayuda de ciudadanos y labriegos, que tanto aborrecía Carrillo. Y lucharon como héroes por defender sus ideas y su ciudad.

Al ser menos en número, con la colaboración del alcalde de la localidad, leal a Isabel, aprovecharon la información de que el ataque no iba a producirse en campo abierto. Guardaron cada puerta de la ciudad y exigieron contraseña a quien pasaba por ellas. Sólo no sabían de ella los enviados por Pacheco, que cuando pudieron escapar de las espadas de los hombres de Isabel, se encontraron con una trampa en cada calle de la ciudad. Quien no llevaba una lanza, llevaba una azada. Quien ni una cosa ni otra utilizó como arma un palo. El plan de Pacheco fue un fracaso.

Y no fue el único.

Los asturianos lucharon como nunca y triunfaron sobre las huestes reales.

Los vizcaínos aplastaron a Diego de Haro en la batalla campal de Munguía.

Y Sepúlveda, Asturias y Vizcaya reafirmaron su lealtad por Isabel y juraron defenderla en caso de guerra.

El rey Enrique definió la situación a la perfección:

—Habíamos dedicado mucho esfuerzo en hacer creer que

Isabel estaba acabada y ahora sus hombres nos han derrotado y todo el mundo lo sabrá…

Diego Hurtado de Mendoza aprovechó el momento para plantear sus ideas.

—Tal vez deberíamos ir pensando en cambiar de estrategia. Castilla necesita ahora sosiego. Más que nunca.

Pacheco negaba la mayor:

—No es el momento de cambiar nada.

Pero sabía que, en realidad, ya había cambiado todo.

16

Nihil obstat

Julio de 1471

I

«No conozco a nadie mejor para reinar en Castilla»: ésta era la frase más repetida por Alonso de Palencia a quien quisiera escucharle.

Tanto fue así, que Carrillo llamó a Palencia para poner las cosas en su sitio: no deseaba que el nombre de nadie figurara en la posteridad más que el suyo.

Sin embargo, lo único que consiguió Carrillo tras amonestar a Palencia fue que éste siguiera hablándole de Fernando.

—No negaréis que su gestión con asturianos y vizcaínos nos ha sacado del atolladero...

—Cierto, pero no le alabéis demasiado: es joven y vanidoso.

—Será joven en edad, pero no en conocimiento, pues sabe del oficio de ser rey como ninguno. Y vanidoso, con sus virtudes bien puede serlo.

El arzobispo empezó a perder la paciencia.

—¿Queréis callar? Os recuerdo que el dinero que cobráis sale de mis arcas y no de las de Fernando.

—Barato os salgo si consigo con mis escritos que el pueblo conozca quién es Fernando. Nadie dudará de él como rey, y vos, estando a su lado, os beneficiaréis el primero.

Carrillo pensó en lo que le estaba diciendo el cronista: no le faltaba razón.

—Además —prosiguió Palencia—, con Fernando no habrá problemas de sucesión. Como bien sabéis, tuvo un hijo antes de casarse con Isabel, a la princesa le ha dado otro y aún tiene un tercero.

—¿Un tercero? —se extrañó Carrillo—. No sabía de esa noticia.

—Me lo quiso ocultar, pero eran muchos los rumores en Zaragoza sobre el asunto. El niño no llega a los dos años... Debió de tener una alegre despedida antes de venir a Castilla. Negociador, soldado y con buena semilla, ¿qué más se puede pedir?

Palencia, con sus palabras, sólo quería el bien de Fernando. Por eso, de saber que, tras la puerta, alguien escuchaba habría callado.

Era sólo un criado. Pero éste se lo dijo a otro y este otro a una muchacha a la que pretendía en matrimonio... Y esta muchacha se lo dijo a Isabel para que supiera de su lealtad, pues era una de sus damas.

A la princesa, el rumor le sentó como si se hubiera bañado en el río una noche de enero.

Isabel había recibido a su marido con todos los honores, agradeciendo su gestión con vascos y asturianos. Había vuelto a creer en sus palabras de lealtad y de cariño... Y de repente, la fe en su esposo que tanto le había costado construir, se derrumbaba de nuevo.

Y se preguntó para qué servía el amor si siempre acababa doliendo.

II

El rey de Aragón había recuperado la sonrisa. Sabía que su hijo Fernando no le fallaría en el caso del bandolero Jiménez. Eliminando a quien les robaba los ingresos de los impuestos habían recobrado la normalidad y engordado las arcas del reino.

Él también había cumplido su cometido. Negoció un pacto con Francia que le permitía recuperar fuerzas. Varios factores contribuyeron a que dicho pacto fuera favorable a Aragón.

Uno fue la muerte de Juan de Lorena, que mandaba las tropas francesas que invadieron Cataluña. Era tal su maestría en el arte de la guerra que su baja era imposible de reemplazar a corto plazo.

Otro, la renuncia del duque de Guyena a casarse con la hija del rey Enrique. Esa boda suponía una peligrosa alianza entre Francia y Castilla, y con el no del hermano del rey francés al saber que éste había tenido un hijo varón, tal amenaza se quedó en nada.

Por último, Juan culminó su alianza con el ducado de Borgoña y con Inglaterra, enemigo natural de los franceses. Y como política y economía siempre van de la mano, dicha alianza con los ingleses le permitió cumplir la promesa de Fernando a los vizcaínos y sus marinos pudieron faenar en el mar del Norte. Por ello prometieron a Aragón su apoyo en cualquier conflicto que le perjudicara.

Pese a que los catalanes volvían a alzarse en pie de guerra, el balance general era altamente positivo para el rey Juan.

Aún lo sería más cuando, una mañana de julio, el monarca aragonés supo que el papa Paulo II había muerto. Nada más conocer la noticia, Peralta le preguntó si quería que se declarase luto oficial o se diera una misa en honor del Papa fallecido.

Sirviéndose tranquilamente una copa de vino, el rey respondió:

—Con la misa, sobra. A ver si ahora le vamos a hacer más caso por estar muerto que el que nos hizo él a nosotros cuando estaba vivo.

El sustituto de Paulo ya se conocía, era Sixto IV.

—Esperemos que éste nos dé algo, porque lo que es el difunto... ¿Qué sabemos de él, Peralta?

—Es franciscano..., genovés..., muy pío...

—Como todos.

—… muy generoso con los suyos…

—Como todos.

—… planea una cruzada para liberar Esmirna.

—Como todos.

—No fue elegido por unanimidad…

Peralta, por fin, aportó una información que llamó la atención de Juan.

—¿No? Eso es bueno…, necesitará apoyos.

Juan bebió pensativo un sorbo de su copa. Luego dio a Peralta una orden urgente.

—Os vais a ir a Roma, Peralta, a ver a De Véneris y luego al nuevo Papa. Sacad el dinero de donde sea, pero llevádselo para esa cruzada. Haced lo que sea menester…, pero necesitamos la bula para mi hijo…, la bula y su apoyo para que él y su mujer reinen en Castilla.

Peralta alzó su copa: así sería.

—Por cierto —preguntó el rey—, ¿de qué murió Paulo?

—Dicen que se atragantó con una fruta…, un trozo de melón.

El rey movió la cabeza: el destino era caprichoso, sin duda.

—Desde luego, no somos nadie. Todas sus riquezas, todo su poder… ¡y morir atragantado con un trozo de melón!

Peralta sonrió.

—En realidad, la del melón es la versión oficial. Pero las malas lenguas dicen que Nuestro Señor le llamó a su seno mientras yacía con un paje.

El rey le miró atónito… Hasta que estalló en incontenibles carcajadas.

—¡Qué inoportuno, Nuestro Señor! —Volvió a reírse—. ¡Así que no fue por melón, que fue por pepino!

Peralta intentó mantener su habitual compostura, pero la hilaridad de su señor acabó pudiendo más que sus modales y rompió también a reír.

III

En apenas una semana, Pierres de Peralta besaba el anillo del nuevo Papa arrodillado ante él. De Véneris fue testigo de ello.

—Creedme, santidad, cuando os digo que mi rey derramó lágrimas de dolor por vuestro antecesor.

—Alegrémonos por él —respondió Sixto—, que está ahora con Nuestro Señor.

Tras el pésame, pronto se pasó a la negociación.

—Mi señor, el rey de Aragón, os ofrece todo su apoyo en la Santa Cruzada que ha de expulsar al infiel de Esmirna, cuna del mártir Policarpo.

—¿Todo su apoyo?

El papa Sixto IV había remarcado intencionadamente la palabra «todo». Peralta, la remarcó más aún en su respuesta.

—Todo.

Sixto sonrió complacido.

De Véneris vio en esa sonrisa una puerta abierta y habló al Papa.

—Santidad, el rey Juan de Aragón está preocupado por los derechos de su hijo y su nuera al trono de Castilla...

—Pues es hora de atender esa preocupación. De Véneris, vos conocéis el problema.

De Véneris asintió: vaya si lo conocía. De hecho, había sido el causante de que Sixto hubiera recibido a Peralta antes de que Enrique IV hubiese movido un dedo.

Sixto continuó hablando a De Véneris.

—Quiero que pongáis al día del asunto al cardenal Rodrigo Borja. Traedlo aquí. —Miró a Peralta—. Es compatriota vuestro.

Peralta sonrió.

—Sí. Es aragonés, del reino de Valencia.

No podía haber mejor noticia que dar al rey Juan, pensó Peralta que, a la salida de la audiencia papal, estaba exultante. Al mirar a De Véneris lo vio muy serio.

—No parecéis muy contento... No os entiendo.

De Véneris, cuya cara era un poema, le tranquilizó.

—No pasa nada. Son cosas mías. Digamos que el tal Borja es un cardenal un poco especial.

Sin duda lo era cuando, para encontrarle, tuvo que ir hasta un lujoso burdel. Allí sorprendió a Borja (al que en la Santa Sede muchos llamaban Borgia) fornicando con dos mujeres a la vez.

Borja, desnudo como sus acompañantes, estaba ocupado en placenteros menesteres cuando oyó la puerta abrirse a sus espaldas. No paró, como tampoco ellas, de hacer lo que hacía mientras se dirigía a De Véneris.

—Monseñor, ¿no podríais esperar un poco?

De Véneris contemplaba estupefacto los juegos amorosos del trío.

—Lo siento, pero tenemos que hablar.

Borja, finalmente, le prestó su completa atención.

—¿Tan urgente es, De Véneris?

Lo era: el Papa le esperaba.

IV

Sixto recibió al cardenal valenciano invitándole a comer. Bandejas con carne de ternera, perdices y abundante fruta reposaban sobre la mesa.

El Papa explicó claramente su problema a Borja: necesitaba el apoyo de Aragón, pero no podía enemistarse con Enrique, el rey de Castilla.

Borja, que daba buena cuenta de los manjares sin mostrar especial respeto al Papa, le recordó cómo arreglaba ese tipo de asuntos su antecesor.

—Paulo lo tendría claro: a quien más nos dé.

—¿Vos haríais ahora lo mismo?

—En parte, santidad, creo que sí, que tenemos que apoyar al

que más nos dé... Aragón o Castilla. Pero hay cosas más importantes que obtener dinero rápido.

—¿Cuáles son esas cosas?

—La estabilidad política y social, el equilibrio de fuerzas... La guerra en Castilla debería parar.

—Ésa es la idea. Como sabéis es hora de nombrar un cardenal castellano. Tal vez eso ayude a conseguir esos fines.

—¿Tenéis alguna preferencia?

—No... Nombraré a quien vos digáis. Elegiréis entre Carrillo, el arzobispo de Toledo, que apoya a Isabel..., o el que proponga el rey, que querrá que su hija Juana sea su heredera. Quiero que viajéis a Castilla, que habléis con ambas partes. Elegid al cardenal que nos interese, según la princesa que nos interese.

Rodrigo Borja aceptó el encargo asintiendo con la cabeza: tenía la boca ocupada masticando una manzana.

—Respecto a Aragón —continuó Sixto— ¿puedo hacer algo para tener contento a vuestro rey Juan? Parece muy dispuesto a aportar su ayuda a la cruzada.

—Con poco que hagáis, haréis más que vuestro predecesor. Muchas veces le pidió la bula para su hijo, y ni le escuchó.

Sixto se encogió de hombros.

—Pues si ése es el mayor de los problemas, lo solucionaremos. Antes de que partáis hacia Valencia, os daré esa bula firmada por mí.

Borja asintió de nuevo. Luego empezó a toser atragantado por un trozo de manzana.

Sixto, amable, le sirvió vino.

—Bebed, no os vaya a pasar lo que al pobre Paulo...

Rodrigo, pese a la tos, no pudo evitar la risa.

—¿A mí? Lo dudo.

Sixto le miró sonriente.

—Hay cosas que me cuestan de entender...

—Si os referís al misterio de la Santísima Trinidad, a mí me ocurre lo mismo...

—No seáis tan irrespetuoso... Lo que no entiendo es algo más terrenal... ¿Por qué un vividor como vos apoya a un Papa como yo?

Borja sonrió.

—Porque después de vos, el próximo Papa seré yo.

V

Antes de marchar a Valencia, el cardenal Borja fue a ver a De Véneris: quería estar bien informado de lo que ocurría en Castilla.

—Entonces, según me decís, los que de verdad mandan en cada bando son el marqués de Villena y el arzobispo de Toledo, no el rey Enrique ni la princesa Isabel... Que además son sobrino y tío.

De Véneris asintió.

—Sí, pero pese a ser familia, se sacarían los ojos si fuera menester.

Borja sonrió irónico.

—De eso sabemos bastante aquí en el Vaticano... No me costará adaptarme. Bien, decidme sus defectos, sus virtudes... Nunca se sabe por dónde se debe tirar del hilo hasta deshacer la madeja.

—Se parecen mucho. Los dos son ambiciosos..., pero mientras que monseñor Carrillo es directo, brusco quizá, Pacheco es sibilino y desleal. Pero ambos buscan lo mismo: reinar sin ser reyes.

—¿Y Enrique e Isabel consienten?

—Enrique es errático y débil de carácter. A ella no le queda otra opción, ha tenido que sobrevivir sin más apoyos.

Rodrigo se quedó pensativo: estaba asimilando toda esa información en su cabeza. Luego, siguió preguntando:

—Habladme de Isabel y Fernando. ¿Cómo son?

—Él, además de su habilidad para mandar ejércitos, es un

político astuto como su padre. Sabe dar un paso atrás si eso le permite dar tres adelante.

—¿Y ella?

—Una mujer de fe. Pía, prudente, muy religiosa... Hija de una reina de misa diaria.

Borja casi se rió al saberlo.

—¿Y qué hace siendo princesa en vez de monja?

—Sé que a vos no os gustan especialmente ese tipo de mujeres, pero convendréis conmigo en que no son malas cualidades para una reina cristiana.

Borja le dio una palmada amistosa a De Véneris.

—No lo dudo, De Véneris, no lo dudo. Como no dudo de que vuestros consejos me serán de gran ayuda. En Castilla no saben que, en realidad, voy allí a hacerles un examen. Fernando, Enrique, Isabel, Carrillo, Pacheco, Mendoza... Nadie es más que nadie para mí ahora mismo. Del talento de cada uno dependerá a qué bando apoye.

—Del talento... y la generosidad.

—Generosos van a ser todos, ya lo veréis... Pero no olvidéis que para ser generoso basta sólo con tener riqueza. Para tener talento, hace falta algo más complicado: ser inteligente y capaz... Y eso no está al alcance de cualquiera.

De Véneris sonrió. Las palabras de Borja eran ciertas. Tan ciertas como aplicables a quien las decía. Porque sin su inteligencia y su capacidad, Rodrigo Borja no habría llegado tan alto.

VI

Al saber de la llegada del cardenal Borja, Aragón se movilizó de inmediato. El rey Juan avisó a Fernando de que debía recibir al enviado del Papa, que arribaría a Valencia. Pero antes, quería ver a su hijo en Zaragoza para trazar una estrategia ante la nueva situación política.

Cuando Fernando dio la noticia a Isabel, ésta no la aceptó de buen grado.

—¿A Aragón? ¿Otra vez tenéis que ir a Aragón?

—Debo hacerlo.

—¡Debéis vivir en Castilla! ¡Ése es el acuerdo que firmasteis!

—El enviado de Su Santidad desembarcará en Valencia: he de recibirle. Os recuerdo que además de vuestro marido, soy príncipe de Aragón.

—¡Pero antes pasaréis por la Corte!

—¡He de ver a mi padre! ¿Se puede saber qué os sucede ahora?

Ése era el verdadero problema: lo que sentía Isabel tras averiguar que su esposo tenía una amante en Aragón.

Fernando lo notó.

—Si tenéis algo que decir, decidlo.

En ese instante, Isabel decidió no contenerse más.

—¿Creéis que no sé que tenéis un hijo con una tal Aldonza?

Fernando se sintió como si acabaran de darle un puñetazo. Y pensó en Palencia y en quien lo parió. Isabel siguió atacando.

—¿Acaso lo negáis?

—No. No lo niego…. Pero eso fue antes de casarme con vos…

—¿Cuánto? ¿Un mes? ¿Dos? Porque ese niño no es mucho mayor que nuestra hija Isabel. ¿Es que el matrimonio no significa nada para vos?

—Pero ¿cómo podéis decirme eso? ¡Me jugué el cuello para venir a casarme con vos! ¿Soy mal padre acaso? ¿Soy mal marido?

—¿Cómo os podéis tener por buen marido, si os falta tiempo para meteros en otras camas?

Fernando la miró: no había sido infiel a Isabel nunca desde que contrajeron matrimonio. Pero en vez de decirle eso, su orgullo le llevó a responder otra cosa.

—¿Y qué? ¡Soy un hombre! ¡Y soy rey!

—¿Y eso os da derecho a pecar contra la Ley de Dios? ¡Él dijo: «No cometerás adulterio»!

—Él dijo muchas cosas... ¡Pero si hasta los curas lo hacen! ¡Mirad Carrillo! ¿Y los Papas? ¡Tienen hijos, y no los ocultan, no, sino que los nombran cardenales! ¡Y si les gustan los hombres, tienen favoritos, y también los nombran cardenales!

—¡Yo sólo os pido respeto!

—¡Y os respeto! Isabel..., ¿qué más queréis de mí?

Ella le miró y, tras unos segundos, respondió a su pregunta:

—Juradme que no volveréis a hacerlo. Que no volveréis a ver a esa mujer.

—¡Veré a quien me dé la gana!

Fernando no quería más discusiones y se encaminó hacia la puerta de la alcoba.

—¡Cárdenas irá con vos! —le gritó Isabel.

Sin detenerse ni girarse, Fernando respondió:

—¡Que venga quien quiera!

VII

En cuanto Enrique recibió mensaje del Papa de que enviaba al cardenal Borja a Castilla, empezó a pensar cuál sería el plan a seguir. Pero también tenía otro grave problema: los disturbios que asolaban la ciudad de Segovia.

Tras la pérdida de poder en Asturias y Vizcaya, después de no lograr tomar Sepúlveda, Pacheco había vuelto a perder prestigio. Y decidió retornar a sus antiguas estrategias y obsesiones. Una de las principales era su animadversión por los judíos.

Desde luego, no era el más radical de los antisemitas, pero sí el que más beneficio sacaba de ese odio religioso. Los cristianos viejos, radicales en este asunto, eran sus principales valedores. Y era hora de que recordaran quién era su líder.

Por eso promovió disturbios que acabaron con el asesinato de más de un judío en la propia Segovia. La táctica siempre era la misma. Se inventaba un gran crimen, un niño vilmente asesinado para la celebración de algún rito... O el crimen (a veces bastaba un simple robo) se realizaba pero, en vez de buscar a quien lo hizo, se cargaban las culpas contra el primer judío que pasara por allí.

Segovia empezaba a ser un hervidero en el que se producían acosos y agresiones casi a diario. Y los judíos tenían miedo hasta de salir a la calle.

Cabrera decidió pedir ayuda al rey. Lo quiso hacer a solas, sabiendo quién era el promotor del conflicto, pero no pudo. Pese a sus últimos fiascos, Pacheco estaba presente en palacio a todas horas. Y con él, su hijo.

Aun así, Cabrera habló. Era necesario.

—Majestad, pido vuestro amparo: las víctimas de estas tropelías son castellanos leales.

—Es de lamentar. ¿Qué aconsejáis que haga?

Cabrera fue a contestar, pero Pacheco se le adelantó.

—De momento, nada, majestad. Tenemos asuntos más importantes, como decidir a quién proponemos para cardenal. El cardenal Borja llegará pronto a Valencia y el elegido debería ir a recibirle ya en Valencia.

—Cierto —dijo el rey.

Cabrera perdió toda esperanza de arreglar el problema que había venido a negociar.

Pacheco hizo una sugerencia al rey.

—Me permito proponer que ese hombre sea monseñor Alonso de Fonseca, arzobispo de Sevilla. Ha prestado grandes favores a la Corona...

Enrique, esta vez, no estaba tan de acuerdo.

—Gracias, Pacheco, pero no. El más indicado es don Pedro González de Mendoza, arzobispo de Sigüenza. Si es por favores a la Corona, los Mendoza no han dejado de prestarlos nunca.

Ahora, el que sonrió, fue Cabrera. Por fin tomaba el rey una buena decisión. Como decían los campesinos, nunca era bueno poner todos los huevos en la misma cesta, por si se les caía.

Y no poner todo el mando en manos de Pacheco era algo que el rey parecía haber aprendido. Sobre todo tras sus fracasos con Isabel.

Por esa razón, sin duda, fue Pedro González de Mendoza el elegido de Enrique y quien iría a recibir a Borja a Valencia.

Su hermano Diego le aconsejó antes de partir.

—Sed discreto, no carguéis contra el enemigo... Pensad que os recibirá en Valencia el rey Juan o quién sabe si el propio príncipe Fernando. Aprovecharán el ser anfitriones para arrimar el ascua a su sardina. Hablad caballerosamente del rey Juan, y sobre todo de Fernando, si os preguntan. Faltar al contrario es muestra de debilidad y dice mal de quien lo hace. Hay que...

Pedro acabó la frase de su hermano.

—... sonreír al enemigo aun cuando el odio sea a muerte... Eso también me lo enseñasteis vos, hermano.

Diego sonrió.

—Pocas cosas os he enseñado, pues sois más inteligente que yo, Pedro. Perdonad mi insistencia, pero sabéis lo importante que es este asunto. Si os eligen a vos, el nuevo Papa apostará por el rey. Y si elige a Carrillo...

—El futuro es de Isabel. Lo sé, hermano. Podéis estar tranquilo. No fallaré.

Los dos hermanos se abrazaron.

VIII

Como pensaba Mendoza, y en realidad todo el mundo, la elección de cardenal iba a suponer algo esencial para el futuro de Castilla.

Fernando lo tenía claro y quiso tranquilizar a su padre.

—No os preocupéis. Conseguiré que sea Carrillo.

Juan le miró serio y le respondió:

—No. Apoyaréis a Mendoza.

A su hijo casi se le cayó la copa de vino de la mano, tal fue su sorpresa.

—¿A Mendoza?

—Sí, hijo, sí… A Mendoza.

—Creía que Carrillo era vuestro amigo.

—Sí, pero no vuestro ni de Isabel. —Miró a su hijo a los ojos—. ¿Me equivoco?

—No, no os equivocáis… Como siempre.

Juan explicó las razones de su tan inesperada decisión.

—Carrillo pertenece a otra época. Como yo, como Pacheco. Somos el pasado. Isabel, vos, el cardenal Borja… vosotros sois el futuro. El mundo está cambiando, y no pueden seguir gobernándolo los mismos. Hay que superar el pasado… Y para conseguir eso, os interesa contar con el apoyo de los Mendoza. Porque ellos son la llave para gobernar Castilla.

—Así se hará, padre.

Cuando Fernando informó a Cárdenas, que le acompañaba, de la decisión de apoyar a Mendoza, el sobrino de Chacón no podía creer lo que oía. Pero pronto se dio cuenta de que era una estrategia maestra, la clave que en un futuro podía acercar a Isabel a la corona.

Por eso, no dudó en apoyar a Fernando en su cometido.

IX

Fernando, nada más llegar a Valencia, organizó un lujoso acto de recepción al cardenal Borja, a quien había ido a recibir al mismo puerto de Valencia. Pero antes del ágape, visitó junto con Cárdenas a Pedro González de Mendoza. Quiso saber si estaba cómodo en sus alojamientos y si, como anfitrión, podía servirle en algo.

—Es un honor recibiros. Espero que no os extrañe mi presencia presidiendo el encuentro…

—Sois príncipe de Aragón... Y estamos en Valencia. ¿Por qué habría de sorprenderme?

—¿Tal vez porque soy parte interesada?

—No más que yo... Lo importante es que Su Eminencia el cardenal Borja sea bienvenido como merece en Aragón. Como luego lo será en Castilla...

—Tranquilo. Sólo seré el anfitrión hasta que partáis hacia Castilla con el cardenal. Sabemos que los Mendoza siempre han jugado limpio. Os prometo que haremos lo mismo. Como prueba de ello, os invito esta noche a la cena de bienvenida que damos al cardenal Borja. Estaríamos honrados con vuestra presencia.

—Con mucho gusto.

Cuando Fernando y Cárdenas abandonaron a Mendoza, éste se quedó francamente preocupado. Tanta amabilidad le escamaba. Por eso fue especialmente prevenido a la cena.

En ella, Mendoza estaba un tanto apartado de la mesa principal donde parlamentaban Fernando y Borja. Un sonriente Cárdenas fue el encargado de acompañar a Mendoza.

—¿Más vino, excelencia?

Pedro le fulminó con la mirada: se sentía engañado por haber sido acomodado tan lejos del cardenal Borja en esa recepción.

—No.

Después clavó su mirada en Fernando y en el cardenal valenciano.

Fernando se dio cuenta satisfecho: era lo que buscaba. Luego, se dirigió a su invitado.

—Me temo, eminencia, que monseñor Mendoza cree que estoy intentando ganaros para mi bando.

Borja le miró serio.

—Lo que me extraña es que llevamos ya media cena y aún no habéis empezado a hacerlo.

—Y aunque cenarais conmigo tres días seguidos, no lo haría.

—¿De verdad? ¿No vais a contarme todas las cosas que se supone que debo saber de monseñor?

—No las hay. Ningún bien nacido puede hablar mal de los Mendoza.

Borja se sorprendió.

—Creí que erais enemigos.

Fernando siguió con su estrategia. No le costó mucho: sabía que lo que iba a decir era cierto.

—La lealtad y la nobleza se han de valorar hasta en los que luchan en tu contra… Y los Mendoza son leales a la Corona por encima de todo. En Castilla, donde todos cambian de bando por interés, eso es algo muy valioso.

—¿Os referís a Pacheco?

Fernando sonrió.

—Nunca hablo mal de alguien a quien no puedo mirar a los ojos en ese momento… Pero hay dos Castillas. Una antigua, anquilosada en las viejas formas, y otra nueva que quiere deshacerse de ellas. En este viaje, vais a conocer ambas… Vos decidiréis quién pertenece a cada una de ellas.

El cardenal miró al príncipe intentando averiguar qué había detrás de esos halagos.

—Supongamos que Su Santidad decidiera nombrar cardenal a Pedro de Mendoza… ¿Cuál sería vuestra postura?

—Tendría siempre al rey de Castilla de su lado. Siempre.

—Si vos e Isabel llegarais a reinar, ¿también?

Fernando remarcó más todavía:

—Siempre.

Borja estaba tan sorprendido como admirado. Dio un trapo de vino de su copa. Sin duda, Fernando se merecía el regalo que le traía.

—Hablando de Su Santidad…, os traigo algo de su parte.

—Viniendo de él, siempre será bien recibido.

—No lo sabéis bien, Fernando… ¿Me juráis ser discreto?

Fernando asintió. El cardenal, disimuladamente, bajo la mesa, mostró a Fernando la bula que santificaba su boda. Fernando no podía creer lo que estaba viendo.

Borja sonrió.

—*Nihil obstat.*

Mendoza no perdía detalle de lo que ocurría en la mesa de Fernando y Borja. Y, francamente, no le gustaba demasiado lo que veía, tan evidente era la complicidad en forma de sonrisas, silencios y discretos apartes.

Cuando llegaron los postres, sin embargo, Fernando reservaba a Pedro una sorpresa: le cedió su sitio para que estuviera al lado de Borja.

—Monseñor Mendoza, creo que ya he monopolizado bastante a nuestro invitado. —Miró luego a Borja y le dijo—: Os dejo en buenas manos.

Mientras veía sentarse a Fernando donde antes estaba Mendoza, junto a Cárdenas, Borja comentó a su nuevo compañero de mesa:

—Un hombre interesante. ¿Le conocéis bien?

—Conozco más a su esposa.

—¿Y qué podéis decirme de ella?

Pedro recordó las palabras de su hermano sobre hablar bien del enemigo.

—Es hija de rey y como tal ha sido educada. Prudente, inteligente, con carácter... Y muy religiosa.

—Estoy sorprendido. Vine esperando un combate a espada y lo que me encuentro son unos juegos florales.

Mendoza le miró con expresión de no entender lo que decía. Borja se lo aclaró.

—Don Fernando se ha pasado toda la cena contando excelencias de vos y de vuestra familia. Dudo que entre los vuestros encuentre defensa mayor de vuestra candidatura.

A Mendoza le cambió el gesto al oír esto.

—Debo admitir mi sorpresa...

—Me alegra que así sea entre nobles cristianos. —El cardenal miró los dulces que había en la mesa—. Creo que renunciaré a los postres. Comer demasiado es gula... Y además, tengo que evitar engordar. Monseñor, nos vemos mañana.

Borja se retiró impidiendo que Pedro se postrara como despedida obligada.

Antes de ir cada uno a sus aposentos, Mendoza se acercó a Fernando.

—Quisiera pediros disculpas. Pensaba que estabais sacando provecho de vuestro papel de anfitrión, pero...

—No seré yo quien ataque por la espalda a un Mendoza. Ni vos os lo merecéis ni yo soy tan vil... —sonrió— pese a lo que hayáis oído de mí.

Mendoza asintió agradecido.

—Sin duda es algo que os honra y que no olvidaré.

Fernando oyó complacido esas palabras.

—Suceda lo que suceda, todos buscamos lo mismo: vos, vuestra familia, mi esposa, yo... Por encima de las personas, queremos lo mejor para el reino... aunque ahora estemos en bandos contrarios.

—Me alegra escuchar vuestras palabras. Quizá hayamos hablado poco, majestad.

—O quizá haya habido gente que ha hablado demasiado. Y que no era la apropiada para hacerlo.

Pedro asintió con media sonrisa en la boca: sin duda se refería a Pacheco, al que él también consideraba nocivo para Castilla.

—Quizá. Mi familia y yo estaríamos muy honrados de recibiros como invitados a la princesa y a vos.

—Es un honor. Pero quizá sea demasiado pronto para eso, ¿no os parece? Tal vez algún día, ¿quién sabe?

—Quién sabe.

Mendoza se despidió cortésmente y fue camino de su alcoba.

Fernando le preguntó entonces a Cárdenas:

—¿Todo bien?

—Perfecto.

X

Después de Valencia, Borja visitó Segovia: allí le esperaba el rey Enrique.

Antes de reunirse para hablar del tema motivo de su viaje, Enrique, en señal de cortesía, mostró a Borja la colección de pinturas de palacio. Sabía que su invitado era un amante del arte.

Pacheco, que les acompañaba, se aburría, deseando que llegara el momento de la reunión.

Borja no sólo contemplaba las pinturas, también la sala donde se encontraban: austera, oscura.

—No se parece en nada al lugar del que vengo. Allí todo es color, luz... Las pinturas parecen cobrar vida, imitan la naturaleza...

Enrique suspiró.

—Os envidio. Aquí la tradición es muy importante. Lo antiguo se valora mucho.

Borja miró a Pacheco, que iba vestido de negro de los pies a la cabeza, y no pudo reprimir una ironía.

—Sí..., ya lo veo.

Pacheco cazó la ironía al vuelo y respondió con otro dardo.

—Esto es Castilla, monseñor. —Hizo una pausa y añadió—: Aquí, la luz se la dejamos al sol... El color, a los ríos y los bosques. Nos gusta más la realidad que la pintura que intenta imitarla.

Un criado avisó de que los hermanos Mendoza estaban ya esperando en la Sala Real. Y allí fueron.

Nada más empezar el cónclave, el cardenal Borja tomó la palabra.

—Su Santidad está muy preocupado porque las diferencias por la sucesión al trono de Castilla deriven en una guerra entre cristianos, cuando deberíais aunar fuerzas contra los enemigos de la fe. No es hora de dividir, sino de sumar.

Todos, incluido el rey, mostraron su acuerdo por estas palabras. Sin embargo, Pacheco quiso puntualizar un hecho.

—Su Santidad debe ser consciente de que ésa ha sido siempre nuestra idea. Podríamos haber derrotado a nuestros enemigos en el campo de batalla... Pero el rey, nuestro señor, se apiadó de su hermana y le ofreció negociar el futuro.

Rodrigo Borja miró a Pacheco con atención.

—Lo sé.

—Y que esas negociaciones se sellaron en Guisando... Pero que Isabel, con su continua desobediencia y orgullo, rompió dichos pactos casándose con Fernando de Aragón sin nuestro consentimiento.

—También lo sé.

Pacheco sonrió: pero poco le duró la sonrisa cuando escuchó a Borja.

—Como también sé que no fue la única que se saltó lo firmado... —Miró a todos los presentes—. Señores, iniciemos una nueva etapa, evaluemos el pasado y busquemos una solución.

Pedro González de Mendoza no tardó en mostrarle su apoyo. Ya pensaba eso de siempre, pero su reciente experiencia valenciana le había reafirmado en ello.

—Estoy de acuerdo. Y que esa solución mire hacia el futuro corrigiendo los errores de ese pasado.

Pacheco se sintió ofendido y fue a intervenir, pero una mirada del rey se lo impidió.

—Esto es lo que haremos —dijo seguro de sí mismo el cardenal—. En nombre de Su Santidad, escucharé a ambas partes en comisión. En representación de los intereses de doña Isabel, estarán su principal valedor, monseñor Carrillo, y quien le dio cobijo y protección en Valladolid, el almirante Enríquez.

Miró a Pacheco y al mayor de los Mendoza.

—Por doña Juana, vuestras excelencias.

Pacheco no estaba de acuerdo con que en la comisión estuviera Carrillo, pero Enrique le hizo callar. Había mucho en juego y no era cuestión de incomodar a Borja. El objetivo del rey era que Pedro fuera el elegido por el bien de sus intereses.

Pacheco no tenía duda alguna de que si el menor de los Mendoza recibía el capelo cardenalicio, eso beneficiaría al rey.

Lo que empezó a preguntarse era si le beneficiaría a él.

XI

Nada más llegar a Medina de Rioseco, Fernando avisó a todos de que ya tenían bula. Chacón mostró su incredulidad.

—¿Estáis completamente seguro?

—La toqué con mis propios dedos.

Carrillo estaba eufórico.

—¡Eso significa que Roma está de nuestra parte! ¡Seréis reyes! ¡Y yo seré cardenal! Hay que hacerlo público inmediatamente para que la gente sepa que hemos triunfado.

Fernando le cortó en seco.

—No. Prometí que no se sabría hasta que Borja no partiera de vuelta a Roma. No creo que favoreciera a vuestros intereses que el cardenal viera incumplidas sus instrucciones.

Carrillo se lo pensó unos instantes... y finalmente asintió con la cabeza.

—Tenéis razón. Así será.

Fernando se dio cuenta de que Isabel apenas había dicho una palabra. Pero ya hablaría con ella en privado. Por eso le propuso salir a pasear. No habían dado ni tres pasos fuera de su casa de Medina, cuando le preguntó:

—¿Acaso no os alegráis de que dispongamos de bula?

Isabel no dejó de mostrar seriedad cuando le respondió.

—Por supuesto. Es lo que tanto tiempo habíamos buscado, ¿no? Además, bastante alegría ha mostrado Carrillo.

—Pues hace mal en estar tan alegre. Porque no será elegido cardenal.

Por primera vez, Isabel cambió el gesto: ahora era de sorpresa.

—Vamos a apoyar a Mendoza. Es la oportunidad de quitarnos a Carrillo de encima. No quiero ser un matrimonio de tres.

Isabel meditó unos momentos. Fernando necesitaba saber su opinión.

—¿Estáis de acuerdo?

—Sí.

Fernando tomó las manos de su esposa. Isabel no las apartó, aunque estaba incómoda.

—Pero no podéis decírselo a nadie. Ni siquiera a Chacón.

—Pero Cárdenas lo sabe…

—Y ha prometido no decir nada. ¿Guardaréis silencio?

Isabel le miró a los ojos.

—Claro.

Fernando sonrió satisfecho.

—Creo que ya no gobernaremos de a tres, como nos quería imponer Carrillo.

Luego fue a dar un beso a su esposa pero Isabel se apartó.

—¿Qué os pasa ahora, Isabel?

—Ya sabéis lo que me pasa.

Fernando resopló: otra vez el mismo tema.

—¿Cuántas veces os tengo que jurar que os he sido fiel? Preguntad a Cárdenas, que no me ha abandonado día y noche en Valencia.

—No hace falta. Vuestra palabra me basta.

—Entonces, ¿qué demonios queréis?

Isabel le miró seca.

—Os diré mejor lo que no quiero ni querré jamás: ser un matrimonio de a tres.

XII

La comisión nombrada y presidida por el cardenal Borja para llegar a acuerdos sobre el futuro de Castilla duró una sola sesión.

Cuando el marqués de Villena atacó el matrimonio sin bula de Isabel con Fernando, quiso recordar el apoyo del Papa para ganarse a Borja. El efecto fue el contrario: Borja le recriminó.

—Dejad de nombrar al Santo Padre, que aquí lo represento yo.

Cuando hizo una acalorada defensa de los derechos de Juanita buscó el apoyo de quien debía ser su aliado. Pero Pedro González de Mendoza le despreció.

—Quizá si en su día no os hubierais esforzado tanto en desacreditar a doña Juana, no tendríamos necesidad de esta comisión. ¿O no jurasteis ante notario que no era hija del rey?

Pacheco le replicó:

—¿De qué bando estáis vos?

—Siempre del lado de Castilla —respondió el obispo Mendoza.

Pacheco se dio cuenta de que estaba en franca minoría. Carrillo y Enríquez, firmes los dos, cerraron filas en torno a los intereses de Isabel. Pero Mendoza parecía haber olvidado el juramento de su familia defendiendo los derechos de Juanita.

Para colmo, el cardenal Borja, que debía ser el moderador de la disputa, utilizaba su ironía contra Pacheco para menospreciarle e interrumpirle cuando lo consideraba oportuno.

Pacheco no aguantó más y se levantó de la mesa.

—Esto es una farsa.

Y salió dando un portazo.

Inmediatamente, planteó sus quejas al rey. Éste no le creyó.

—¿Un Mendoza... aliado con Carrillo? Pero, por favor, Pacheco... Si son como el agua y el aceite. A veces creo que vivís obsesionado con vuestro tío. Veis cosas que no son.

Pacheco decidió que ya que nadie quería hacerle caso, mejor no perder el tiempo.

—No volveré a esa comisión. No me gusta estar donde se ríen de mí.

El encuentro en Valencia de Fernando con Pedro González de Mendoza y Borja estaba empezando a dar sus frutos. Pero de eso no sabían nada ni el rey ni Pacheco... Ni tampoco Carrillo, que volvió a Medina de Rioseco seguro de que sería nombrado cardenal.

En reunión con los príncipes, Chacón y Cárdenas, Carrillo contó palabra por palabra, gesto por gesto, todo lo acaecido en la comisión.

Chacón no podía creer que todo estuviera resultando tan fácil.

—¿Pacheco abandonó la comisión que ordenó el emisario del Papa...? Es un gesto de inmensa torpeza. Es impropio de él.

Cárdenas, que todo lo sabía y todo lo callaba, inventó una explicación.

—Ya sabéis que Pacheco es hombre al que no le gusta que le lleve la contraria ni Dios; no iba a hacer menos con el emisario del Papa.

Fernando sonrió por la ocurrencia de Cárdenas.

Carrillo daba por segura la victoria.

—Está claro que Borja lo tiene todo decidido: nos trae la bula que necesitábamos, no simpatiza con Pacheco... —Miró a Fernando—. Sin duda, vuestro padre el rey Juan tendrá mucho que ver con esto. Borja es aragonés y seguro que le habrá hablado bien de mí.

—Sin duda —respondió Fernando.

Isabel contempló admirada la naturalidad con que mentía Fernando. Y, aunque era necesario para sus intereses políticos, no le agradó.

Carrillo empezó a preparar el encuentro con Borja. Lo hizo especialmente ilusionado.

—Recibiremos al cardenal coincidiendo con la Nochebuena. Oficiará la misa del gallo en mi capilla privada, yo le asistiré. No podemos fallar ahora.

Tras decir estas palabras, se dirigió a Isabel.

—Y vos, menos que nadie.

Isabel se extrañó del comentario.

—No entiendo qué queréis decir.

—Hasta un ciego puede ver que algo os pasa con vuestro esposo. Borja os juzgará como heredera, y debéis estar a la altura, como princesa, como esposa…

Fernando se acercó a Carrillo hasta quedar a un palmo de su cara.

—No os permito dudar de mi esposa.

Carrillo no se acobardó.

—Con lo que está en juego, dudaré de todo lo que haga falta.

—¡Pues de ella, no!

Luego, Fernando señaló a su esposa.

—Isabel ha sido educada para esto. Siempre ha estado a la altura, y siempre lo estará.

Carrillo quiso ponerlo a prueba.

—¿Dejaríais nuestro futuro en sus manos?

Fernando fue tajante.

—Antes que en las mías.

Después vinieron unos segundos de tenso silencio, en los que Fernando y Carrillo mantuvieron enfrentadas sus miradas. De repente, Carrillo sonrió con cinismo y habló.

—Por el bien de todos, espero que no os equivoquéis. Partimos para Alcalá mañana a primera hora.

Tras decir esto, Carrillo abandonó la reunión.

XIII

Isabel y Fernando llevaban tiempo acostados. Pero ninguno de los dos dormía.

Como tantas veces en los últimos tiempos, cada uno ocupaba su lado del lecho. No se hablaban y apenas se rozaban. Pese a estar tan sólo a dos palmos el uno del otro, les habría dado lo mismo dormir en el mismo lecho que estar en alcobas diferentes.

Sin embargo, esa noche Isabel tenía algo que decir a su esposo.

—Quería daros las gracias por responder de mí ante Carrillo.

—No tenéis por qué.

Fernando se giró hacia ella y le habló con cariño.

—No me arrepiento de lo que he hecho. Ni de lo que probablemente haré.

—¿Por qué me decís eso?

—Porque me conozco bien, y os conozco a vos: jamás os trataré como a una niña o a una tonta.

Fernando apartó el pelo suelto de la cara de Isabel, a la que el gesto pilló por sorpresa, desarmándola.

—Pero también quiero que sepáis que sé lo afortunado que soy.

—¿Por qué?

—Porque estoy seguro de que no hay príncipe ni rey en el mundo que tenga la suerte que tengo yo de estar con una mujer como vos.

Isabel, desconcertada, bajó la guardia y, por fin, se giró también hacia su esposo. Ambos se miraban ya a los ojos.

—Buenas noches, Isabel.

—Buenas noches.

Fernando se dio la vuelta, como siempre lo hacía en esos momentos de crisis.

Isabel hizo lo mismo. Pero Dios sabía las ganas que tenía de abrazarle.

XIV

El último día de su estancia en Segovia, Borja conoció a Juana, la hija del rey traída ex profeso para tal encuentro. Enrique justificó su habitual ausencia de palacio porque al estar a menudo su madre en Portugal por motivos de enfermedad de su hermano el rey, prefirieron que siguiera su educación en un convento.

—Sabia decisión —respondió Borja.

Sin embargo, Borja sabía todo lo que querían ocultarle. De Véneris ya le había informado. Los detalles más escabrosos y los rumores de palacio, esos que nunca sabría De Véneris, los averiguó Borja de la forma que mejor sabía: acostándose con dos damas de palacio.

La última noche antes de viajar a Alcalá de Henares a entrevistarse con Isabel y Carrillo, el rey Enrique despidió a Borja con una gran cena. A ella acudieron nobles y prelados entre los que se encontraban los hermanos Mendoza (Diego, Íñigo y, cómo no, el obispo Pedro), Cabrera y el marqués de Villena acompañado de su hijo, Diego Pacheco. Todos platicaban en grupos antes de sentarse a la mesa.

Diego Pacheco, al ver a Borja hablar animadamente con el rey, los Mendoza y Cabrera, no podía creer lo que le había dicho su padre.

—¿Estáis seguro de que Carrillo es el elegido, padre? Parecen uña y carne.

—Ese Borja es un falso y un hipócrita. Si no, no hubiera llegado donde está en Roma. Además, no sé qué será peor... Carrillo está en el bando enemigo pero los Mendoza nos odian.

—Entonces, va a ser difícil obtener honra, padre.

—Pues si no hay honra, habrá que centrarse en el beneficio. Acompáñame, hijo. No podemos estar aislados.

Pacheco se acercó al grupo. Al llegar allí, levantó su copa mirando a Borja.

—Quiero proponer un brindis por nuestro invitado. ¡Que el Altísimo le ilumine en su misión!

Todos brindaron y bebieron.

Borja miró irónico a Pacheco.

—Gracias por el brindis, pero hubiera preferido que hubierais seguido viniendo a las reuniones de la comisión.

—Mi presencia era innecesaria. —Miró a Diego Mendoza—. Nadie mejor que un Mendoza para defender los intereses de la Corona. Y doña Juana es alguien muy especial para ellos, casi como una hija, ¿no es así?

Diego Mendoza sospechaba que Pacheco tramaba algo, pero ni dudó en responder.

—Así es.

—El rey os la confió con buen criterio. El mismo que demuestra proponiendo a vuestro hermano como cardenal. Nadie podrá dudar nunca de la fidelidad de los Mendoza.

Dado que Pacheco nunca daba puntada sin hilo, todos entendieron que estaba mandando un aviso para navegantes. Dejando claras las reglas del juego en caso de que hubiera futuras traiciones.

Porque Pacheco no dudaba que las habría.

La cena transcurrió sin sobresaltos. Al llegar a su fin, Borja solicitó al rey hablar con él en privado. Enrique le llevó a su despacho.

—¿Sucede algo, eminencia?

Rodrigo Borja le miró serio.

—He de haceros una confidencia, pero es preciso que me prometáis guardar el secreto.

Enrique empezó a preocuparse.

—Por supuesto.

—Mi viaje a Alcalá es una mera formalidad. El elegido para cardenal es Pedro Mendoza.

Enrique pasó de la tensión al alivio.

—¡Eso es una gran noticia!

—Nunca ha habido ninguna duda. Pero, recordad: ni una palabra hasta que se haga oficial. Si se supiera antes de tiempo, el Santo Padre podría cambiar de parecer. No ha de saberlo ni el propio Mendoza.

—Os doy mi palabra de rey.

Borja sonrió agradecido.

—¿Puedo comunicarle también a Su Santidad que cuente con vuestra aportación para la cruzada?

—Contad con ello.

XV

Un manto de nieve cubría la llanura frente a la fachada del palacio de Carrillo en Alcalá de Henares.

Ateridos de frío, Fernando, Carrillo y Chacón saludaron respetuosamente al cardenal Borja. A su paso, se arrodillaron y besaron su anillo.

El primero en presentar sus respetos fue Fernando. Borja le sonrió con afecto.

—Un placer volver a veros, Fernando.

—El honor es mío. Permitidme que os presente a don Gonzalo Chacón.

Chacón se inclinó ante Borja.

—Eminencia...

Por fin le tocó el turno a Carrillo.

—Eminencia, bienvenido a vuestra casa.

—Gracias, monseñor.

Borja se sorprendió de que no estuviera Isabel. En realidad había hecho ese viaje y pasado ese frío de mil demonios para conocerla. Mojigata, religiosa pero a la vez con carácter, nobleza... Muchas veces quería imaginar cómo era, pero no lograba ponerle rostro.

—Querría hablar con la princesa, ¿no ha venido?

Fernando señaló a lo lejos.

—Allí está.

Todos miraron hacia allí. Cabalgando sobre la nieve, Isabel se acercaba a ellos, melena rubia al viento. Montaba con la habilidad de un caballero y vestía como tal, traje ceñido de cuero negro y un manto, también negro, que la protegía a duras penas del viento helado.

Borja estaba impresionado.

—¿Es ella?

Fernando asintió, orgulloso.

Al llegar donde estaban, Isabel desmontó con agilidad y se arrodilló ante Borja.

—Eminencia…

Borja nunca se la había imaginado así. Tan sorprendido estaba que no articuló frase alguna, algo impropio de él.

Fernando sonrió.

—Cardenal, querréis hablar con mi esposa. —Miró a todos los presentes—. Será mejor que les dejemos a solas.

Todos aceptaron la petición de Fernando, aunque Carrillo tenía cara de no estar muy contento.

Isabel sonrió a Borja.

—¿Paseáis conmigo, eminencia?

Borja aceptó, aunque a los pocos pasos estaba tiritando. Isabel lo notó.

—Tenéis frío…

—Soy valenciano y vivo en Roma: no consigo acostumbrarme a este clima.

—Soy castellana. Ésta es mi tierra. La amo.

—Una tierra dura, la vuestra.

—El suelo y el cielo. Y entre ambos, sólo Dios.

Isabel miró el paisaje.

—Escuchad, eminencia.

Los dos callaron.

—Cuando nieva, el silencio puede oírse.

Borja estaba fascinado. Se hubiera quedado más tiempo callado, sólo observándola en ese perfecto contraste provocado por su traje negro y el fondo nevado. Y su cara, tan pálida como la nieve, en la que destacaba una viva mirada.

Pero tenía que saber más de ella. Y empezó la entrevista.

—Me dijeron que erais muy religiosa.

—Así me educaron.

—Lo sois más que muchos prelados. Creedme, vengo de Roma.

—Sí, conozco algunos casos.

—¿Y qué pensáis de ello?

—El Señor los ha puesto ahí. Yo no soy quién para cuestionar sus designios. Aunque sí creo que no deberían entrometerse en la política del Estado. Un clérigo debe rezar, no gobernar.

El cardenal no se esperaba una afirmación tan tajante y sonrió abiertamente. Luego continuó con la prueba, porque eso y no otra cosa era esa charla.

—Vengo de la Corte. He hablado con vuestro hermano, he conocido a su hija...

Isabel respondió seca:

—Es una niña preciosa.

El cardenal se detuvo e Isabel hizo lo mismo.

—Decidme, ¿por qué deberíais ser vos la sucesora y no ella?

—Porque así se acordó, así firmó el rey —dijo con firmeza Isabel—, y yo he cumplido mi parte del trato.

—¿No será porque vos sois la hermana del rey mientras que no sabemos si doña Juana es su hija?

—Yo soy su hermana, ella es su hija. Y yo soy la heredera.

Borja se quedó sorprendido por la firmeza y rectitud de Isabel. Luego siguió andando: estaba helado.

—Contadme, Isabel, ¿qué planes tenéis si accedéis al trono?

—Cuando eso suceda, y ojalá sea dentro de muchos años porque Dios guarde a nuestro rey, hay una misión por encima de todas: conquistar Granada. Escogí esposo para poder unir Castilla y Aragón. Para que fuera el principio de un Estado fuerte, unido y cristiano.

Borja no tuvo dudas: Isabel era válida para ser reina de Castilla.

XVI

El cardenal ofició la misa del gallo, tal como había organizado Carrillo. Aparte de ser una liturgia propia de la Navidad, también pareció un homenaje al propio animal. Porque fueron tantos los fastos y los festines que se celebraron por la llegada de

Borja a Alcalá que no quedó gallo, gallina, ni capón vivo, pues todos se sirvieron en la mesa.

Cárdenas bromeó sobre el tema con Fernando, cuando éste decía que se había levantado más tarde que de costumbre.

—No me extraña… El gallo que nos despertó ayer o se ha quedado mudo del frío o nos lo comimos anoche en la cena.

Carrillo no encontraba un momento para hablar con Borja. Entre ágapes y oficios religiosos, el cardenal siempre se le escapaba. A pesar de ello, estaba seguro de que iba a ser él el elegido.

Pero quería saber de su charla con Isabel. Por eso, un día antes de que el cardenal partiera, fue a darle las buenas noches en persona.

Borja le respondió que todo había ido bien con la princesa. Por si acaso y para mayor lucimiento suyo, Carrillo le pidió perdón por los posibles fallos que pudiera ver en Isabel.

—Que no os preocupe su inexperiencia. Para eso estoy yo. Habéis de saber que todas las decisiones que Isabel y Fernando tomen, son de acuerdo conmigo.

Borja pensó lo equivocado que estaba el arzobispo.

—¿Estáis seguro?

—Así se acordó. Ese matrimonio se produjo gracias a mí, y ellos lo saben. No se atreverían a dar un paso sin mi consentimiento. Por ello, si Su Santidad me concediera la gracia de ser cardenal, podría tener por seguro que las decisiones en Castilla se tomarían de acuerdo a sus intereses.

Borja sonrió. Ahora no sólo pensaba que Carrillo estaba equivocado sino que era ambicioso y estúpido. ¿No era capaz de darse cuenta del brío de Fernando, ni del orgullo de su esposa? Pero no era momento de decirle a Carrillo lo torpe que era y se limitó a ser cortés.

—Seguro que lo agradecerá.

Al día siguiente, Borja se despidió de todos antes de volver a la Santa Sede. Lo hizo a la entrada de palacio. Los presentes, ordenados en fila, se fueron arrodillando según pasaba delante de ellos.

Cuando se arrodilló Isabel, bromeó:

—Vuestra tierra es preciosa, Isabel, pero demasiado fría para mí.

Isabel sonrió.

Cuando llegó a Fernando, le susurró al oído:

—Será Mendoza.

Fernando también sonrió.

Cuando llegó junto a Carrillo, mandó llamar a un criado a su servicio. Éste le dio una carpeta de cuero. Borja la abrió y de ella extrajo un documento.

—Tomad esta bula, vos sois quien más ha luchado por esto.

Carrillo sonrió también, como antes los príncipes.

Borja miró a Fernando e Isabel.

—A los ojos de Dios, ya sois marido y mujer. Dejad que todo el mundo lo sepa... Pero a su debido tiempo, os lo ruego.

Carrillo preguntó cuánto tiempo sería. Borja le respondió serio:

—Cuando el Papa confirme quién es elegido cardenal. ¿Seréis capaz de guardar el secreto, Carrillo?

Carrillo, tan seguro estaba de ser él, contestó sin dudar.

—Con mi vida, si hiciera falta.

Borja montó en su caballo con la ayuda de dos soldados y marchó.

Cuando ya estaba a cierta distancia, Carrillo levantó los puños al cielo y gritó eufórico en medio del llano nevado.

—¡Ganamos!

Estaba equivocado.

Borja, antes de partir para la Santa Sede, visitó a los Mendoza en Buitrago. Lo hizo por sorpresa, pero bendita sorpresa: les confirmó que Pedro era el elegido.

Pidió a los Mendoza lo mismo que a todos: que guardaran el secreto hasta que recibieran la confirmación del Papa. Los Mendoza aceptaron.

Pedro se arrodilló dándole las gracias.

Entonces, Rodrigo Borja hizo su última jugada.

—No me lo agradezcáis a mí. Agradecédselo a quien ha sido vuestro principal valedor desde el principio: Fernando de Aragón. Confío que en el futuro vuestras alianzas sean las correctas.

La cara de los Mendoza era la viva imagen de la estupefacción.

Y Borja viajó hacia tierras más cálidas dejando a sus espaldas Castilla. Desgraciadamente, pensó, no podía cambiar su frío invierno ni su ardiente verano. Eso era cosa de Dios, si es que existía, algo que pese a ser cardenal a veces dudaba.

Pero la política era cosa de los hombres. Como tal, tenía la certeza de que había asentado los cimientos de una nueva Castilla.

Ahora el que sonreía era él.

XVII

Isabel se sentía feliz y triste a la vez. Feliz porque veía cumplida su ambición de ser heredera de la corona más cerca que nunca. Triste, por su relación con Fernando.

Estaba deseosa de arreglar sus problemas con él, pero necesitaba una justificación, una causa para poder entender las infidelidades de su esposo. Necesitaba hablar con alguien de más experiencia. Y que fuera mujer. Lejos Clara, sólo le quedaba Catalina. A ella le preguntó mientras su dama la peinaba de buena mañana.

—Las mujeres debemos ser fieles a nuestros maridos, ¿verdad?

Sin dejar de peinarla, Catalina respondió:

—Debemos.

—¿Y los maridos a las mujeres?

Catalina sonrió. Isabel, de espaldas, no se dio ni cuenta.

—Deberían. Pero no lo son.

Isabel se giró hacia su doncella.

—¿Y por qué no deberíamos exigir el mismo trato?

—Debemos exigirlo. Pero también debemos ser conscientes de que no lo vamos a conseguir.

—¿Y por qué?

—Es una batalla perdida. Y como vos sabéis mejor que yo, hay que elegir las batallas que se puedan ganar. Reyes, príncipes, hombres de Iglesia… todos son infieles: tienen amantes, hijos naturales. El mundo está hecho así.

Isabel se quedó pensativa.

—Entonces, ¿qué he de esperar de un marido si además es príncipe y joven?

Catalina, ahora sí, sonrió para que la viera Isabel.

—Y guapo…

Isabel se sonrojó y bajó la mirada.

—¿Creéis que me ama, Catalina?

—No sólo os ama: os admira. Y eso es algo con lo que muy pocas de nosotras podemos siquiera soñar.

Isabel pensó que por qué no podía soñar ella.

XVIII

Pacheco fue llamado urgentemente por el rey a palacio. Cuando llegó a su despacho encontró a Enrique con una sonrisa de oreja a oreja.

—Os llamo para deciros algo que ya sabía, pero que no os podía comunicar. Estabais equivocado, Pacheco.

—¿Respecto a qué, majestad?

—Respecto a vuestro tío, el arzobispo de Toledo.

Enrique alzó, para que Pacheco lo viera, un documento que tenía sobre su mesa.

—Tomad y leed.

Pacheco obedeció. Al acabar la lectura, estaba perplejo.

—¿No os alegráis, Pacheco?

—En casos así, es un placer errar, majestad.

El rey no cabía en sí de gozo.

—El Papa sigue estando de nuestro lado —convino Pacheco—. Han elegido a Mendoza y no a Carrillo; y elegirán a Juana y no a Isabel.

—¿Qué os dije? Tenéis una obsesión con vuestro tío. Me pregunto cómo se lo habrá tomado Carrillo...

Viendo la cara de Pacheco podía intuirse que él también se estaba haciendo la misma pregunta.

Viendo la cara de los criados que estaban presentes cuando Carrillo recibió la noticia, podía intuirse el pánico.

Porque el arzobispo de Toledo, al saber que no había sido el elegido, estaba destrozando su despacho mientras se acordaba de Rodrigo Borja.

—¡Hipócrita! ¡Falso! ¡Judas! ¡Ojalá te alcance la peste, Rodrigo Borja!

Su ira aumentó cuando, reunido con los príncipes, Chacón y Cárdenas, éste dio la noticia de que los Mendoza invitaban a Isabel y a Fernando a la ordenación de Pedro González de Mendoza como cardenal.

—¿Os han invitado? ¿Los Mendoza tienen la indignidad de invitaros a la ordenación de Pedro como cardenal? ¿Quieren humillarme aún más?

Se produjo un tenso silencio que rompió Isabel.

—No iremos.

Todos la miraron. Isabel se acercó cariñosa a Carrillo.

—Lo que han hecho con vos es injusto y nos duele a todos. Nadie ha luchado tanto por nuestra causa. No dudo que las intenciones de los Mendoza al invitarnos sean buenas...

Carrillo la interrumpió.

—Yo sí.

Isabel continuó:

—... pero, sea como fuere, asistir sería doloroso para vos.

Lo entendemos y no lo haremos. Es lo menos que podemos hacer.

Carrillo dio las gracias por el detalle. Lo hizo mascullando en voz baja. Luego se retiró a sus aposentos.

Fernando dudaba de la decisión de Isabel. Pero ella le convenció.

—No podíamos ofenderle más. Una bestia herida es aún más peligrosa.

Cárdenas carraspeó antes de hablar.

—Quizá sea el momento de hacer participe a mi tío de nuestro secreto.

Chacón miró a los tres sin entender nada. Fernando fue el que dio la cara.

—Desde el primer momento apoyamos a Mendoza.

Chacón, sorprendido, miró a Fernando. Y luego, serio, a Cárdenas.

—¿Lo sabíais desde el principio? ¿Y no me lo habéis dicho?

Cárdenas estaba avergonzado, pero era hora de decir la verdad.

—Sí, excelencia.

Sin cambiar su gesto serio, Chacón dio una palmadita a Cárdenas.

—Bien hecho.

Cárdenas suspiró aliviado, mientras Chacón dirigió su mirada hacia Isabel.

—Entonces, señora, ¿cuál es el siguiente paso?

Isabel sonrió.

—Anunciar a todo el mundo que tenemos bula del Papa.

17

Otra vez Segovia

Febrero de 1473

I

Cuando el rey Enrique supo que el Papa había concedido la bula a su hermana, se quedó conmocionado. Creía que la elección de un Mendoza suponía el apoyo papal a los derechos sucesorios de su hija Juana. Pero ahora ya tenía sus dudas.

Y las que no tuviera, se las recordaba agriamente Pacheco.

—¿Seguís pensando que contamos con el apoyo de Roma? Éste es el resultado de los errores cometidos.

Enrique calló, pues no tenía respuesta que dar para revertir la situación.

Como siempre que el rey flaqueaba, Pacheco decidió asumir la responsabilidad de tomar sus propias medidas. No fueron muy originales.

Acrecentó la presión sobre la comunidad judía hasta un límite insoportable. Esto agradaría a sus seguidores más fieles, los cristianos viejos, que pronto se verían azuzados por Pacheco para que, en cada rincón de Castilla, camparan por sus respetos y fueran más tiranos que señores de sus tierras.

Ya que Enrique no quería guerra, la proporcionaría él. No le hicieron falta farsas, intrigas, ni manifiestos. Podía convertir cada pueblo de Castilla en territorio de batalla haciendo que su gente hiciera la vida imposible a los que no eran de los suyos. El resultado fue que, sin grandes batallas, sin nuevos Olmedos ni Aljubarrotas, Castilla volvía a entrar en guerra.

Enrique, como habitualmente hacía, decidió mirar hacia otro lado. Para satisfacerle, Pacheco ordenó apretar económicamente al pueblo a través de sus fieles para incrementar los beneficios del rey. Con eso consiguió que las arcas de palacio ingresaran más dinero, a costa de la pobreza del pueblo.

Conseguido esto, su objetivo era Cabrera. ¿Por qué mantenerle como tesorero del reino si eran él y los suyos quienes hacían rico al rey? Además, su origen judío era motivo de disgusto para los cristianos, alegaba Pacheco, que vendió su oferta como un detalle hacia el Papa.

Enrique dudó. No quería prescindir de Cabrera, pero tampoco podía enfadar a Pacheco. Y, como Salomón, ordenó dividir en dos el objeto de la disputa. Cabrera era guardián de los tesoros de Madrid y Segovia. Le cesó de sus funciones en Madrid.

Pacheco cedió: lo vio como un primer paso hacia el logro final de sus objetivos.

Cabrera, en cambio, vio en su cese el inicio de su caída en desgracia. Y fue a ver al rey.

—Señor, no atendéis mis consejos ni mis súplicas sobre los conflictos de Segovia y la persecución que sufre la comunidad judía. Y ahora me retiráis del tesoro de Madrid...

Enrique, nervioso, le gritó.

—¡Ya basta, Cabrera! No tengo que daros explicaciones. ¡Por Dios, soy el rey! Aún mantenéis el tesoro de Segovia. Dad gracias por ello.

Cabrera, por primera vez en su vida al servicio de Enrique, le respondió.

—¿Y quién llevará ahora la tesorería de Madrid? No hace falta que me lo digáis, majestad. Pero yo os diré a vos una cosa: estáis cometiendo un grave error.

Y salió del despacho del rey dejándole con la palabra en la

boca. Cuando salió al pasillo, se encontró con Pacheco y con su hijo, que le miraban sonrientes sabiendo de su cese.

Diego Pacheco, el que callaba y observaba para aprender, estaba recibiendo una gran lección de su padre, eufórico al ver la cara de amargura de Cabrera saliendo del despacho del rey.

—Los reyes piensan que son ellos quienes toman las decisiones. Y no sabrían ni llevarse la comida a la boca sin nosotros... Por no darse cuenta, ni se enteran cuando eres tú el que toma las decisiones por ellos.

—¿Y si se enteran, padre?

—No les gusta. Toman represalias. Cuando eso os pase, debéis aguantar los golpes y retiraros de la escena, pero no muy lejos. Y esperar. Porque, tarde o temprano, volverán a necesitarnos. Y volverán a hacer lo que nosotros digamos.

Sin embargo, el marqués de Villena olvidó dar a su hijo otra lección no menos importante: lo perjudicial que era arrinconar al enemigo hasta no dejarle salida alguna. Porque quien no tiene nada que perder tiene mucho que ganar. Y si está en juego su supervivencia, más todavía.

Ése fue el caso de Cabrera que, desesperado, buscaba una solución a sus problemas. Y su esposa tenía esa solución resumida en un solo nombre: Isabel. Beatriz se ofreció a mediar con la princesa, pero Cabrera se negó.

No sabía que, en unos meses, sería Isabel quien llamara a su puerta sin necesidad de mediadores.

II

El tiempo pasaba demasiado lento para Isabel. Creía tener todos los triunfos en la mano, pero transcurrían los meses y el rey no mostraba ningún acercamiento hacia ella.

En ese período, Isabel recibió una triste noticia: Gonzalo decidió abandonar Medina de Rioseco. Pensó que, con Fernando allí presente, la princesa ya no necesitaba de sus servicios.

En realidad, no podía soportar verla junto a Fernando. Y más, sabiendo —no hacía falta más que verla para saberlo— de los celos y tribulaciones que padecía Isabel con respecto a su marido.

La pulla recibida por Gonzalo cuando Fernando dudó que valiera como soldado más que ninguno de los guardias enviados desde Aragón, hizo lo demás. Por eso, tras su hazaña de Sepúlveda, decidió marchar en cuanto las cosas se tranquilizaran.

Isabel le miró triste.

—¿Os volveré a ver?

La mirada de Gonzalo era tan firme como un juramento.

—Siempre que me necesitéis.

Cuando marchó, Isabel pensó que su vida era una sucesión de pérdidas y, de vez en cuando, alguna buena noticia.

Gracias a Dios, le quedaba su hija Isabelita, a la que adoraba. Y la simpatía y los detalles como padre que tenía Fernando lograron que sus relaciones matrimoniales se normalizaran. Eso, sin duda, hacía el paso de los días más grato. Aun así, Isabel era comedida en sus pasiones: intuía que sólo podían llevarla al dolor.

O, todavía peor, a distraer su atención de lo que se había convertido en la principal ambición de su vida: ser reina y cambiar el rumbo de Castilla.

Ciertamente, Castilla necesitaba una transformación. La política de Pacheco, reforzada por la pusilanimidad del rey y de los Mendoza, estaba convirtiendo el reino en escenario de un caos y un pillaje generalizados.

Cárdenas hizo un balance de la situación. En el sur, los duques de Medina y de Cádiz campaban por sus respetos. Murcia estaba aislada y de allí no se recibía carta ni se atendía a procuradores en Cortes que la visitaran. En León, el maestre Alcántara se había levantado contra la injusticia. Galicia también estaba en guerra. Toledo había dejado de ser esa noble ciudad de las tres culturas para convertirse en una tiranía en la que judíos, musulmanes e incluso conversos apenas podían salir de sus casas.

Castilla era una olla llena de agua hirviendo a punto de desbordarse. A Pacheco, sus leales se le estaban yendo de las manos, dada la libertad que les había concedido el marqués de Villena para saciar sus ambiciones.

Con los datos de que disponía, Chacón instó a Isabel a dar un nuevo paso: concertar una entrevista con su hermano Enrique. Era necesario y urgente, y no sólo por los intereses de Isabel sino también por los de Castilla.

—Vuestra lucha de años, de toda una vida, es por Castilla. Y el momento ha llegado. Cada vez son más las ciudades leales al rey que están descontentas. Gobierna el descontrol… cuando no Pacheco y sus leales, lo que es aún peor.

Isabel no quería dar un paso en falso, volver a viejas disputas.

—Si hablo con Enrique será porque él me llame.

Fernando encontró otra solución.

—O porque otros intermedien. Enrique habla por boca de Pacheco: nunca os llamará. Pero los Mendoza nos deben una.

Cárdenas también apoyó la moción. Carrillo, sencillamente, no estaba presente: apenas salía de sus aposentos tras la amargura que le produjo no ser elegido cardenal. Por lo tanto, no había nadie en la reunión que desaconsejara el plan.

Pero para llevarlo a cabo se necesitaba no sólo a los Mendoza sino a alguien cercano al rey. Cárdenas sabía quién era el indicado: Cabrera.

Y hasta Segovia fue para convencerle. No le costó mucho.

III

Cabrera aprovechó un momento de soledad del rey para hablar con él, aunque Enrique no se mostraba muy animado a ello.

—Por favor, escuchadme —le suplicó Cabrera—. Las cosas

no son como os las cuenta Pacheco, majestad. El vandalismo aumenta y no sólo contra los judíos. La gente se siente desprotegida. Es terreno abonado para la causa de Isabel y volveremos a entrar en guerra si no lo evitáis a tiempo.

Citar a Isabel y mentar la guerra fueron claves para despertar el interés de Enrique.

—¿Y qué sugerís, Cabrera?

—Que la llaméis para que venga a Segovia a parlamentar con vos. Recibid a Isabel.

—¿Y por qué habría de pensar que todo esto no es una estratagema para libraros de Pacheco?

Cabrera le miró con rabia.

—Vos veréis lo que hacéis. No digáis que no os avisé.

No insistió más. Cárdenas, antes de ir Cabrera a hablar con el rey, le aconsejó que se limitara a plantear la idea. Ya vendrían otros a remachar la faena.

Esos otros eran los Mendoza y el plan de convencimiento al rey llevaba la firma de Fernando. El príncipe le dijo a Cárdenas que Cabrera diera el primer golpe y que dejara a Enrique alertado.

Un mes después, Fernando envió una carta a Pedro González de Mendoza requiriendo su ayuda para conseguir que el rey recibiera a Isabel. Y Pedro no dudó en dársela. Sabía por boca de Borja que era cardenal gracias, esencialmente, a Fernando.

Pedro habló con su hermano Diego de la petición de Fernando. No tuvo que repetírselo dos veces. En pocos días se presentó en la Corte para informar a Enrique. Y no le habló de los problemas de Segovia (Cabrera ya lo había hecho), sino de toda Castilla.

—Toledo, Murcia, Toro, Zamora, Salamanca, León, Valladolid… Todas están hartas. Unas, de venganzas por haber apoyado a Isabel; otras, de saqueos a manos de hombres de Pacheco.

Diego Hurtado de Mendoza mostró al rey cartas de los alcaldes de las villas citadas, mencionó partes de la situación que recibía de sus informadores personales e incluso una misiva que el cronista Fernando del Pulgar, de gran reputación por su objetividad, había mandado al obispo de Coria detallando los hechos ciudad por ciudad.

Enrique se quedó conmocionado: imaginaba que Pacheco utilizaría algunos medios no muy agradables, pero no que hubiera llegado tan lejos.

—Yo... no sabía nada de esto... Pacheco no me había dicho nada...

A partir de ahí, Mendoza le habló del futuro de Castilla y de la necesidad de que llegara a un acuerdo con Isabel.

—¿Recibiréis a doña Isabel, señor?

El rey, aturdido, no respondió.

IV

Enrique fue presa de un estado de ansiedad. Y, como siempre que le ocurría eso, comía demasiado y a todas horas. A veces vomitaba para poder seguir comiendo. La congénita debilidad de su estómago no tardó en avisarle de sus excesos.

Eso no evitó que enviara una carta a Isabel en que solicitaba reunirse con ella en Segovia. En cuanto Pacheco se enteró, fue a verle. Lo encontró en la cama.

—¿Os encontráis bien?

—Sí, sólo es una indigestión...

—¿Llamo al médico?

—No, no es necesario..., ya me purgué. —Incómodo, cambió de tema—: ¿Queréis algo, marqués?

Pacheco puso gesto adusto.

—He oído que vais a recibir a Isabel.

—Y habéis oído bien.

—Cometéis un error.

—¿A qué habéis venido? ¿A preocuparos por mi salud o a sermonearme? No me habléis de errores, os lo ruego. Vos cometisteis uno peor ocultándome lo que pasa en mi reino.

—Majestad, esos hombres son las patas de vuestro trono. Ellos no han hecho sino aquello que les pedisteis.

—Será lo que les pedisteis vos.

Pacheco miró a Enrique con cara de pocos amigos.

—Siempre por vuestro interés... ¿O también vais a renegar ahora de mí? Porque yo sigo en el mismo sitio de siempre, a vuestro lado. ¿Dónde estáis vos?

—Donde esté el bien de Castilla.

El marqués de Villena se rió.

—¡Es curioso! ¡Todo el mundo habla del bien de Castilla para justificarse! Pero ¿qué demonios es Castilla? ¿Podéis decírmelo vos, ya que sois su rey?

El rey calló. Ni siquiera miraba a Pacheco.

—¿Qué es Castilla, decidme? —insistió Pacheco—. ¿Sus campesinos, muertos de hambre? ¿Sus curas, que viven de la sopa boba? Un rey no se pliega a negociar con una usurpadora.

Enrique se mantuvo todo lo firme que su debilidad le permitía.

—Voy a ver a mi hermana.

—Pues vedla. Pero exigid a su hija como garantía. Mientras esté en nuestro poder, no se atreverán... O podemos aprovechar su estancia en Segovia para secuestrar a madre e hija...

Enrique, pese a su estado de postración, estalló.

—¡Ya basta! ¿Es ésa la única manera en que sabéis hacer las cosas? Estoy... cansado, y harto... Veré a mi hermana. Es mi decisión.

Tras un silencio, Pacheco intuyó lo que verdaderamente pasaba.

—Los Mendoza están de acuerdo en que veáis a Isabel, ¿verdad?

El rey no respondió.

—Ahora entiendo todo, majestad.

V

Cuando se recibió carta del rey pidiendo ver a Isabel, Fernando no se encontraba en Medina de Rioseco. Otra misiva había llegado antes desde Aragón: en ella Peralta avisaba de que su padre estaba pasando grandes apuros en Cataluña y necesitaban su ayuda.

Sin Fernando, pero ilusionada por haber conseguido el objetivo deseado, Isabel preparó su viaje a Segovia con mimo, pese a que aún quedaba un mes para la cita. Decidió llevar a su hija para presentarle a su tío, el rey, pues no la conocía.

Carrillo, que se había negado a acompañarla a Segovia, quería saber cuáles eran los planes de la princesa.

—¿Qué vais a negociar?

—No pienso negociar nada —le respondió Isabel—. Me atengo a lo que acordamos en Guisando: él es el rey, y confío en que por muchos años.

—Y vos, ¿esperaréis hasta que muera para sucederle?

—Así es.

Carrillo negó con la cabeza.

—Mal negocio es esperar en Castilla… y menos estando Pacheco de por medio. Enrique quiere ganar tiempo. No cumplió en Guisando y no va a cumplir ahora.

Isabel miró a Carrillo.

—Venid conmigo a Segovia y lo sabréis. —Se acercó a él—. No ignoráis que os necesito y yo no he olvidado todo lo que os debo. Ni mi marido ni yo fuimos a la ordenación de Pedro González de Mendoza… ¿Qué más pruebas queréis de mi lealtad? ¿O es que pretendéis hacerme pagar por culpas que no son mías?

El arzobispo cedió. Luego marchó a su despacho a seguir rumiando su pena.

Nada más irse, Chacón aconsejó a Isabel.

—Convendría avisar a vuestro esposo.

Isabel frunció el ceño.

—Me basto y me sobro yo sola.

Chacón le recordó que gracias a Fernando habían logrado acercarse a los Mendoza. A regañadientes, Isabel aceptó y consintió en que Cárdenas fuera a informarle de que el rey Enrique recibiría a Isabel.

Cárdenas tuvo que ir hasta Pedralbes, en Barcelona, para encontrarse con Fernando. Su presencia había sido definitiva para vencer la rebelión catalana y había llegado el momento de negociar la paz.

Fernando no se tomó a bien las noticias que le dio Cárdenas.

—¡Por Dios, qué mujer! ¿No podía esperar a que yo volviera para visitar a Enrique?

—Era la oportunidad de ver al rey. —Cárdenas templó la situación como pudo—. Además, con el debido respeto…, la sucesora al trono es ella.

—¡Sí, pero su marido soy yo!

Cárdenas tragó saliva.

—Ahí no me meto.

Fernando informó a su padre de que debía partir de inmediato a Castilla. El rey Juan se enfadó mucho al saber la noticia. Ya estaba cansado de las negociaciones con los condes de Barcelona y encima ahora tenía que seguir adelante con ellas sin su hijo.

Fernando pidió a su padre que se calmara, pero no lo consiguió.

—¡Pero cómo me voy a calmar! Estoy harto de estos condes catalanes… ¡Hablas y hablas, y cuando crees que ya está todo hablado, siempre sacan otro asunto de la manga! Estoy demasiado viejo para tener tantos líos a la vez en mi cabeza…

Su hijo le miró con cariño.

—Sé que debería ser al revés, pero me gustaría daros un consejo: tened paciencia con los catalanes.

—¿A qué tanto miramiento? ¡Les hemos vencido! ¿Para qué tanto negociar?

—Porque tienen que vernos como sus reyes, que es lo que somos..., no como sus enemigos, padre. Y malos reyes seríamos si avasallamos a nuestros súbditos.

—Peores reyes seríamos si mostráramos cariño con quien se rebela continuamente.

—Es el momento de la paz... De ayudarles a reconstruir lo arrasado por la guerra. Que los catalanes vean que nos preocupamos por ellos. Sólo así serán nuestros mejores aliados cuando Francia vuelva a atacar..., y no tardará en hacerlo.

Su padre le miraba atento. Fernando, con dulzura, puso la mano en su hombro.

—Negociad... No podemos tener enemigos en todos los lados... Y perdonad que os deje solo en las negociaciones. Pero no hemos invertido tantos esfuerzos para olvidarnos ahora de Castilla.

Sus palabras consiguieron que, por fin, el rey Juan sonriera.

—Seréis un gran rey, Fernando. Suerte en Castilla.

VI

Los nervios se apoderaron de Isabel minutos antes de encontrarse con Enrique. Estaba esperándole en la Sala Real y todos los recuerdos de su anterior etapa segoviana pasaban en esos momentos por su cabeza.

El maltrato sufrido por parte de la reina, el olvido absoluto de su hermano, las veces que tuvo que consolar a Alfonso... Ahora esperaba al hombre culpable de todo eso con la inevitable necesidad de llevarse bien con él. Lo hacía rodeada de nobles, entre los que se encontraban los Mendoza. Todos habían luchado contra ella y ahora parecía que nada hubiera ocurrido. Pensó en quienes murieron en la guerra, en uno y otro bando. Para nada.

Al llegar el rey, Isabel hizo ademán de postrarse ante él, pero Enrique, como en Guisando, lo evitó dándole un abrazo.

—Bienvenida, hermana.

Cuando dejó de abrazarla la miró de arriba abajo. Lo hacía con curiosidad, pero también con cariño. En ese momento notó Isabel la debilidad en el rostro de su hermano, demacrado, con los pómulos especialmente marcados.

Enrique, por fin, habló. Y lo hizo emocionado.

—Cuánto tiempo…

—Mucho, hermano.

—Sí. Tal vez demasiado. ¿Y vuestro marido? Después de todo lo que me hicisteis sufrir por él, ¿ahora no le voy a conocer?

—Hubo de marchar a Aragón por asuntos urgentes, pero en uno o dos días estará aquí.

—Muy bien, muy bien… Tengo ganas de conocerle.

A Isabel nunca dejaba de asombrarle su hermano, capaz de sufrir un ataque de histeria y al minuto siguiente ser el hombre más cariñoso del mundo. Capaz de perseguirla con un ejército y también de escribir las más bonitas palabras de pésame a la muerte de su hermano Alfonso.

No era momento de preguntarle por su doble personalidad. Probablemente nunca lo sería, pero ahora menos que nunca: estaban en juego cosas más importantes.

Carrillo se acercó a Chacón y le habló en voz baja.

—Por lo que veo, Fernando no es el único ausente…

—Cierto —respondió Chacón—. ¿Dónde estará Pacheco?

Enrique vio cómo cuchicheaban.

—Seguro que estáis hablando de política… ¡y hoy está prohibido hablar de eso! —Miró a Isabel—. Hoy es un día feliz. Mi hermana ha vuelto.

Ésa fue la señal para dar comienzo a la cena, a los brindis y a las celebraciones.

Cuando acabó la recepción, Isabel anunció a su hermano que le tenía preparada una sorpresa, pero que sería mejor hacerlo a solas.

Enrique pidió a los presentes que se marcharan. Todos se miraron extrañados menos Carrillo y Chacón, que ya sabían del asunto: Isabel quería que su hermano conociera a su hija.

Cuando se fueron todos, Catalina trajo a la pequeña Isabel, que acababa de cumplir tres años.

Enrique, emocionado, se puso en cuclillas ante ella.

—Es igual que vos cuando erais niña… —Miró a Isabel—. ¿Puedo cogerla?

—Por favor.

El rey la cogió. La niña le miraba seria pero sin queja alguna.

—Eres una niña bien educada…

Isabel le advirtió cariñosa.

—Que no os engañe, tiene un carácter de mil demonios.

Enrique, sonriente, se giró hacia Isabel.

—Lo dicho: igual que vos.

Isabel sonrió y bajó la mirada.

Enrique depositó a la niña en el suelo y, sin dejar de mirarla, se sinceró con Isabel.

—No sabéis lo afortunada que sois pudiendo ver crecer a vuestra hija. Hubiera dado cualquier cosa por tener esa suerte. Hubiera dado cualquier cosa porque mi vida hubiera sido otra.

—No podemos cambiar el pasado…, pero sí el futuro.

Enrique sonrió animado por las palabras de Isabel.

—Hace tiempo que no visitáis Segovia. Mañana quiero que paseéis de nuevo por sus calles. Y si me lo permitís, me gustaría acompañaros. Quiero que la gente me vea pasear de la mano de mi hermana…

—Será un honor.

De repente, Enrique hizo un gesto de dolor.

—¿Estáis bien? —preguntó Isabel.

Enrique disimuló el dolor como pudo.

—Sí…, sólo estoy cansado.

Isabel se despidió preocupada: algo le pasaba a Enrique.

Cuando se fueron su hermana y su sobrina, Enrique se dobló de dolor.

Así se lo encontró Cabrera al entrar a darle las buenas noches, y llamó urgentemente a un médico.

VII

El médico atendió a Enrique en su propia alcoba. Le hizo beber una infusión de hierbas que no debían tener buen sabor por la cara que puso el rey al tomarlas.

—Aaaargh... ¿Y con este brebaje pensáis que puedo sanar?

—Son hierbas... Nada malo os pueden hacer.

—Por su sabor, provocarme el vómito, seguro.

—Eso no, pero que tengáis el vientre más ligero, seguro...

El médico mostró su preocupación.

—Debéis ser más comedido en vuestras comidas. No comáis carne de caza durante unas semanas, majestad... Y no os purguéis vos mismo sin mi consejo.

El rey ni respondió. El médico le miró como un padre lo haría ante una travesura de su hijo.

—¿Me haréis caso alguna vez?

Para quitárselo de encima, Enrique pensó que lo mejor sería fingir que seguiría sus recomendaciones.

—Sí, sí, lo haré...

—Eso espero. Porque a mí me podréis engañar. Pero a vuestra salud, no.

El médico también aconsejó reposo al rey. Pero Enrique, en esto, tampoco le hizo ningún caso.

A la mañana siguiente se puso sus mejores galas y fue a pasear por Segovia acompañado de su hermana.

Los dos iban montados a caballo, con dos criados que llevaban las bridas de sus corceles.

Los segovianos les contemplaban admirados. Isabel sintió una felicidad como pocas veces había sentido.

—Siempre os agradeceré este gesto, majestad.

—Tal vez debería haberlo hecho antes. —Señaló a las personas que les aplaudían y vitoreaban a su paso—. Miradles. Todos ellos desearían estar en nuestro lugar. Ser reyes, príncipes y princesas… Sin saber que por serlo no somos más felices. Fijaos, nos miran y sonríen.

—Porque están hartos de disputas, luchas y guerras.

—Igual que yo, hermana. Disputé la corona con mi padre. Luego con mi hermano Alfonso… Hay que arreglar este problema. Para siempre.

—Tardaréis muchos años en dejar este mundo. Rezo a Dios por que así sea…

En ese momento, para sorpresa de todos, apareció Fernando a caballo. Al llegar a Segovia, Chacón le había informado de que su esposa estaba paseando con el rey y decidió ir a su encuentro.

—Por fin os conozco —le dijo Enrique—. Bienvenido seáis… Si gustáis de pasear a nuestro lado…

—Será un honor.

Prosiguieron el paseo los tres, rodeados de la gente que se aglomeraba en torno a ellos y les acompañaban aclamándoles.

Enrique sonrió feliz. Probablemente nunca se había sentido tan agasajado por su pueblo.

—Sin duda, éste es un día que habrá que celebrarlo.

VIII

Muchos se preguntaron en la recepción de Isabel dónde estaría Pacheco. Estaba camino de Trujillo. Cerca de allí tenía su residencia Juana de Avis, donde vivía con Pedro de Castilla y los dos hijos de ambos.

Pedro, al ver a Pacheco, quiso expulsarle de la casa, pero Juana de Avis evitó que la cosa fuera a más y le rogó que les dejara solos. Una vez sentada frente a Pacheco, la reina le preguntó:

—¿Qué queréis?

—Que vuestra hija sea la reina de Castilla… Y lo tiene más difícil que nunca.

Juana se preocupó.

—¿A qué os referís?

—Isabel está en estos momentos reunida con vuestro esposo. Él mismo la ha convocado para llegar a un acuerdo.

Juana le miró con odio.

—¿Ahora lucháis por los derechos de mi hija? ¿Vos, que fuisteis el primero que dudó de ella? Sin duda —insistió irónica Juana— otros deben de ser los motivos para que ahora os interéséis por ella.

—Sé que vos y yo tenemos cuentas pendientes. Pero debéis tener claro que nadie mejor que yo puede hacer valer los derechos de vuestra hija Juana.

—¿Y qué me pedís a cambio?

—Que habléis con vuestro hermano, el rey de Portugal. Decidle que debe ayudarnos… Y que, si no lo hace, Aragón tendrá en Castilla el peso que podría tener Portugal.

—¿Preparáis una guerra?

—Preparo una demostración de fuerza. Y si no es suficiente, lo que haga falta. Bien, ¿qué me respondéis?

—Os respondo que estoy harta de intrigas. No dudo de que el rey me odia. Pero mi hija tiene el apoyo de los Mendoza.

—Los Mendoza no son de fiar.

La reina sonrió con amargura.

—Si los Mendoza no son de fiar, ¿de quién se puede una fiar ya en Castilla? ¿De vos?

IX

La llegada de Fernando supuso una buena oportunidad de organizar otra celebración en palacio.

En esta ocasión, incluso había músicos y bailarines. Y, para sorpresa de todos, Isabel bailó para el rey. Al acabar el baile la princesa hizo una reverencia final a su hermano. Éste empezó a aplaudir y todos los allí presentes le secundaron.

Isabel ocupó su asiento entre el rey y Fernando.

Nada más hacerlo, el rey levantó su copa.

—Quisiera brindar por todos mis invitados... Porque olvidemos las malas experiencias del pasado y trabajemos juntos por una Castilla mejor...

Luego, se giró hacia Fernando.

—También quiero levantar mi copa por vos, Fernando. Siempre habéis sido de mi familia, pues primos somos... Ahora sois también mi cuñado. Y por fin os recibo en casa como familia, no como enemigo. ¡Por vos!

Todos brindaron y bebieron. Diego Pacheco, al que el rey había invitado, en ausencia de su padre, también lo hizo, pero a regañadientes.

Enrique también quiso anunciar que para demostrar su buena voluntad, ponía Segovia en manos de la princesa Isabel para que fuera su señora y viviera allí.

—Ya que tanto sufristeis aquí cuando erais niña, es justo que ahora os veáis recompensada.

Todos aplaudieron la generosidad del rey. Isabel y Fernando se miraron sonrientes: las cosas parecían empezar bien.

Luego tomó la palabra el recién nombrado cardenal don Pedro González de Mendoza, que propuso otro brindis.

—Yo también quisiera brindar. Levanto mi copa por la generosidad. La que acaba de tener nuestro rey y la que en su día me demostró Fernando, príncipe de Aragón. —Miró a Fernando—. Vos me recibisteis con cariño y hospitalidad en Valencia cuando nos visitó el cardenal Borja. Que sepáis que sois recibido aquí de igual manera.

Todos volvieron a brindar y a beber. Todos menos uno: Carrillo. Se acababa de dar cuenta de hasta qué punto había sido traicionado.

Sin decir palabra, se levantó y salió de la sala.

Chacón, tras pedir permiso al rey, salió tras él. Iba andando raudo por el pasillo.

—¡Esperad!

Carrillo se paró y se giró hacia Chacón, que se acercó hasta él.

—Os ruego que volváis a la cena.

Carrillo le miró grave.

—De acuerdo, pero con una condición: juradme que no habéis maniobrado a mis espaldas.

Chacón calló.

—Vuestro silencio confirma mis sospechas... —casi le escupió Carrillo—. Fernando apoyó a Pedro de Mendoza y no a mí para ser cardenal en Roma. Y vos lo sabíais... Y Cárdenas, que estaba con Fernando, también. Y lo habéis guardado en secreto.

—Lo supe después de que ocurriera. Pero no pido perdón por ello. Vos en mi lugar habríais hecho lo mismo.

—No a costa de humillar a quien tanto ha hecho por Isabel, como lo he hecho yo.

—Vos habéis humillado a Isabel y a Fernando imponiéndoles lo que tenían que hacer. Os avisé y no me hicisteis caso.

Carrillo sonrió con amargura.

—Curioso. No os importó mi ambición cuando salvé la vida de Isabel, cuando mis ejércitos os daban seguridad. Pero una vez conseguidos los objetivos, os molesta... Sin mí jamás habríais llegado hasta aquí. Y ahora me pagáis con esto.

Tras una pausa, añadió:

—Decidle a Isabel que no cuente nunca más conmigo.

Esa misma noche, Isabel supo de boca de Chacón la renuncia de Carrillo. Y estaba preocupada. Fernando, no.

—Alegrad esa cara. No le necesitamos como amigo.

—Ni tampoco como enemigo, os lo aseguro.

Fernando le acarició el cabello.

—No nos hace falta Carrillo ni nadie, Isabel. Pero debemos

estar juntos en todo. En lo bueno y en lo malo. Sólo así gobernaremos con criterio cuando seamos reyes. Sólo así seremos felices como marido y mujer.

Besó a su esposa y siguió hablando.

—Debemos ser el uno para el otro y el otro para el uno.

Isabel le devolvió el beso.

X

Nada más llegar su padre a Segovia, Diego Pacheco le informó de lo ocurrido en su ausencia. Sobre todo, de lo acontecido con Carrillo.

—Otro al que han engañado —comentó su padre—. Nos fastidió bien el tal Borja. Ha unido a los Mendoza con Isabel.

—Y a vos… ¿qué tal os ha ido con la reina?

—No he conseguido nada… De momento. Pero ya vendrá a nosotros como un corderito cuando le vea las orejas al lobo.

Diego admiraba la capacidad de su progenitor para no darse nunca por vencido, pero no compartía su optimismo.

—Si hubierais estado en las celebraciones a la llegada de Fernando…, todo era alegría, todos parecían amigos de toda la vida, como si no hubieran guerreado unos contra otros. Los Mendoza, Isabel, Fernando, el rey… A veces pienso que tanta lucha no sirve para nada.

Pacheco miró enfadado a su hijo.

—¿Os vais a dar por vencido ahora? ¡Un Pacheco no se rinde nunca, hijo! ¡Nunca! Sólo nos puede vencer la muerte. Y el día que me llegue, quiero que sigáis mis pasos.

Diego estaba compungido.

—Yo no valgo ni la mitad que vos, padre.

—Lo valéis. Y con experiencia llegaréis a ser lo que yo. Sois mi heredero, ¿entendido? Sólo hay que esperar nuestra oportunidad. Este rey es blando y en cuanto le hablo de los tiempos pasados, de nuestra amistad… se emociona como una damisela. No os olvidéis nunca de lo que os digo, hijo.

Luego le abrazó. Fue un abrazo breve y nervioso de un hombre desesperado que intentaba agarrarse a lo que le quedaba de poder. Que se estaba quedando sin aliados en el peor momento de su vida.

Por eso, tras dejar a su hijo, incansable, volvió a salir de viaje. Esta vez el destino era Yepes, donde estaba Carrillo, al que encontró entre sus alambiques y fórmulas magistrales.

—¿Para qué habéis venido?

—Para recordaros todas las veces que os aconsejé que abandonarais a Isabel… Sin vos, la princesa ahora no sería nada y estaría encerrada en la torre de un castillo. O muerta. ¿Os ha merecido la pena tanto esfuerzo?

—No parece que vuestra entrega al rey se haya visto tampoco muy recompensada. Estamos iguales, sobrino, reconocedlo. Los dos estamos derrotados.

Pacheco se negaba a admitir eso.

—Veo que os dejáis vencer fácilmente. ¿No deseáis evitar que los Mendoza se salgan siempre con la suya? ¿No os hiere que Pedro de Mendoza sea cardenal y no vos? ¿No os duele que una niña que creció protegida por vos ahora os desprecie y engañe?

A Carrillo le dolieron estas palabras: desgraciadamente, resumían perfectamente su situación.

—Uníos conmigo para conseguir que la princesa Juana sea la reina de Castilla —insistió Pacheco—. Para que lo sea ya. Quitemos a Enrique su corona.

Carrillo lo miró con tristeza.

—Estoy cansado, Pacheco. Me estoy haciendo viejo, como vos… aunque no os queráis dar cuenta. Quiero descansar.

Pacheco suspiró y se dio por vencido.

—Sólo una pregunta. ¿Algún día volveréis a apoyar a Isabel?

—Nunca.

—Con eso me doy por satisfecho. Descansad. Ya os avisaré cuando llegue el momento.

XI

Pasó la Navidad y siguieron los festejos. Llegó la primavera y todo eran buenas palabras y celebraciones. El verano quedó atrás y las hojas de los árboles empezaron a caer. Y con ellas, los ánimos de Isabel.

Porque pese a tanto cariño y tanta promesa, el rey no había firmado nada, exceptuando la donación de la ciudad de Segovia a la princesa.

Pero en lo relativo a sus derechos de sucesión, sólo hubo silencios por respuesta a toda tentativa de reunión. Por ello, Chacón solicitó una entrevista con Diego Hurtado de Mendoza.

Reunido con los príncipes y Chacón, don Diego preguntó:

—Decidme, ¿para qué me habéis hecho venir?

Isabel respondió en nombre de todos.

—Llevamos casi un año en Segovia y todo son agasajos, fiestas y buenas palabras. Mi hermano se ha convertido en el mejor niñero de nuestra hija. Juega con ella a todas horas. Pero nada se concreta.

—Con Enrique hay que tener paciencia —alegó Mendoza—. Y su predisposición es buena…

Fernando resopló.

—Todos sabemos que la predisposición del rey cambia según sopla el viento, excelencia. Y que cuanto más tiempo pase, más fuerza damos a nuestros enemigos. No me fío de Pacheco.

Chacón puso los puntos sobre las íes.

—Seamos claros, don Diego. Vos negasteis el pan y la sal a Isabel, apostasteis por la hija del rey como sucesora… Es hora de que hagáis algo a nuestro favor.

Fernando añadió:

—Y más cuando bien sabéis que si vuestro hermano ha llegado a cardenal ha sido por mi intercesión con Borja y la de mi padre con Roma… Debéis hablar con el rey Enrique.

Mendoza sabía que tenían razón pero siguió con las evasivas.

—Es complicado... Basta que se le insista en hacer una cosa para que haga la contraria. —Miró a Isabel—. Tal vez vos tendríais más éxito que yo si hablarais con él.

Isabel se negó.

—Ésa es la última carta. No me hagáis quemarla antes de tiempo. —Hizo una pausa y continuó—: Os aseguro que cuando reine en Castilla premiaré cada gesto que se haya hecho a mi favor. Y que no olvidaré a quienes me apoyaron. Decidid de qué lado estáis.

Mendoza estaba sorprendido por la dureza que mostraba Isabel. Tanto que fue a ver al rey de inmediato.

Al exponerle el problema, Enrique se ofendió.

—¿A qué tanta prisa? ¿Acaso no doy muestras evidentes de cariño y hospitalidad?

—Sí, es cierto, pero Castilla necesita estabilidad y orden. Y éste es el momento oportuno.

Como veía remiso al rey, Mendoza siguió proporcionándole argumentos para que diera un paso al frente en el asunto de la sucesión.

—¿No habéis sentido el cariño del pueblo cuando os ha visto con Isabel y Fernando?

El rey asintió.

—Entonces, ¿por qué no tomar ya la decisión? Cuanto más tiempo pase, mayor margen daremos a intrigas y desconfianzas.

Enrique guardó silencio. Mendoza intuyó que había algo que le costaba decir.

—Podéis hablar en confianza, sabéis de mi lealtad.

Por fin, el monarca se animó a hablar.

—Estas últimas semanas me he sentido feliz y triste a la vez... Feliz por recuperar a mi hermana, a mi sobrina..., a mi propio cuñado, Fernando... Y triste porque hay otra parte importante de mi familia que es ajena a esta alegría y que puede resultar perjudicada por esa negociación a la que me apremiáis...

—Vuestra hija.

Enrique asintió.

Mendoza pensó qué alternativas podía ofrecer al rey. Y encontró una.

—¿No quisisteis casarla con el hermano del rey de Francia para garantizar su futuro y su rango? En las negociaciones con Isabel podemos imponer que se comprometa a garantizar su boda con alguien de alcurnia...

Enrique le miró ilusionado.

—¿Vos garantizaríais eso?

—Os lo juro por mi vida. Sabéis del cariño que profeso a la princesa Juana.

—Entonces, decid a Isabel que mañana mismo nos reuniremos.

XII

El marqués de Villena empezó a dar muestras de desánimo. No paraba de pensar en cómo salir de la encerrona en que la alianza de Isabel con los Mendoza le había metido. Mientras pensaba, comía. Y mientras comía y pensaba, echaba un ojo a unos documentos que tenía sobre la mesa.

Por eso viajó otra vez a Extremadura: para intentar convencer de nuevo a Juana de Avis. Necesitaba que interviniera Portugal o se perdería todo aquello por lo que había luchado: esencialmente, mantenerse en el poder.

Poco futuro tendría con un Enrique asesorado por los Mendoza y por Chacón. Ninguno, si llegara a reinar Isabel.

Esta vez no podía fallar, pensaba Pacheco en Trujillo, donde pasaría la noche antes de visitar a la todavía reina de Castilla. Había preferido hacer una parada de tan cansado que estaba y por una tos que le acompañaba desde hacía una semana. Sentía como si se hubiera hecho viejo de repente. No recordaba la última vez que se había puesto enfermo.

Y pensaba en su esposa, María Portocarrero, y en sus palabras antes de morir: ¿había merecido la pena dejar pasar los años de intriga en intriga? ¿No debería haber dedicado más tiempo a su familia y a disfrutar de la vida?

Antes nunca se había hecho estas preguntas. Pero ahora se lo cuestionaba. Tal vez por el cansancio y las dudas, en esta ocasión, había decidido viajar acompañado de su hijo Diego.

Mientras pensaba en esos temas, comía. Y mientras comía, echaba un ojo a unos documentos que tenía sobre la mesa.

En ese momento entró su hijo en el despacho.

—Hola, hijo. ¿Quieres comer algo?

—Gracias, pero no tengo apetito. ¿Cómo os encontráis?

—Mal... Ni la reina ni Carrillo han hecho caso a mis palabras. Debo de estar haciéndome viejo, hijo.

Con gesto triste, bebió un trago de vino.

—Vuestra madre tenía razón... Tal vez debí haberme retirado a tiempo. Dedicarme a ella, a casar a vuestra hermana Beatriz..., a querer a quienes me quieren. Y olvidarme de un rey desagradecido y desmemoriado.

Su hijo intentó animarle.

—No os desalentéis ahora vos. Sabéis que yo os apoyo y que haré lo que me digáis.

Pacheco sonrió agradecido.

—Lo sé, hijo. Lo sé.

De repente, Pacheco empezó a toser. Diego se alarmó.

—¿Qué os ocurre?

Pero su padre seguía tosiendo y no podía responderle. Diego pasó de la alarma a la desesperación.

—¡Socorro! ¡Que venga un médico!

Pacheco tuvo otro ataque de tos más fuerte y empezó a salir sangre de su boca. Luego, perdió el conocimiento.

Diego estaba horrorizado.

—¡Dios mío! Padre... Padre...

Al poner la mano en su cuello, Diego se dio cuenta de que su padre había muerto. Le abrazó llorando.

Era el 1 de octubre de 1474.

18

Por fin reina

Octubre de 1474

I

Tras su charla con Diego Hurtado de Mendoza, Enrique se reunió con Isabel y los suyos.

La princesa, avisada por don Diego, quiso empezar la conversación aceptando los deseos de Enrique.

—Juro que me comprometo a que vuestra hija tenga un matrimonio digno, según su condición de hija de rey…

El rey sonrió.

—Me alegra mucho oír vuestras palabras. Entonces, pasemos a otros puntos que tratar.

La satisfacción apareció en el rostro de todos los presentes.

Isabel miró a Chacón para que empezara. Justo cuando éste iba a hablar, entró Cabrera en la sala. Lo hizo a la carrera y sin siquiera llamar. Enrique se alarmó.

—¿Qué ocurre, Cabrera?

—Don Juan Pacheco, marqués de Villena…, ha muerto.

Todos quedaron sorprendidos. Y Enrique, francamente conmocionado.

—¿Juan… ha… ha muerto…? ¿Cómo ha sido?

Cabrera explicó lo que sabía.

—Los médicos dicen que fue por un abceso en la garganta… Tenía úlceras sangrantes.

Enrique sufrió un vahído. Isabel se preocupó por él.

—¿Os encontráis bien, majestad?

Todos se acercaron junto al rey.

—Tal vez sea mejor suspender la reunión —dijo Mendoza.

Enrique casi lo suplicó.

—Sí… Os lo ruego. Necesito estar solo.

El rey se retiró a su alcoba, acompañado de Cabrera y un criado.

Al marchar Enrique, Cárdenas expresó lo que sentían todos.

—Hasta muriéndose es inoportuno don Juan Pacheco… Lo teníamos todo en la mano…

—No os preocupéis —dijo Mendoza—. Demos tiempo al rey.

Chacón dio la razón a don Diego.

—Cierto. Nadie en esta sala apreciaba al difunto, pero debemos comprender que Enrique creció con Pacheco, que fue en su día su verdadero amigo, que logró la corona gracias a él. Hay que entender su dolor.

Fernando estaba de acuerdo a medias.

—Lo entiendo…, pero no me fío.

No le faltaba razón: sin dar aviso de ello, Enrique marchó a Madrid a la mañana siguiente. Era su costumbre actuar así en los momentos difíciles.

II

Al saber de la muerte de su sobrino, Carrillo, tras esperar unos días, fue a Segovia a visitar a Diego Pacheco. Le encontró en el despacho de su padre, atendiendo los asuntos pendientes. Antes, había celebrado misa funeral por su padre en el monasterio de Guadalupe, por su cercanía con Trujillo. Luego, llevó sus restos al panteón familiar del monasterio de El Parral, en Segovia.

Diego no recibió a Carrillo con buena cara: no olvidaba, ni perdonaba, que le hubiera negado el apoyo a su padre.

—Esperaba veros en el entierro de mi padre. ¿Qué hacéis ahora aquí?

—Es evidente que soy más necesario aquí que en el cementerio. Dejad esa actitud inmediatamente. ¿O creéis que es esto lo que vuestro padre hubiera querido que hicierais?

—¿Y vos sabéis lo que hubiera querido mi padre?

—Sí. Os querría ver al lado del rey allá donde esté... Os querría ver como sucesor suyo, no como un funcionario ordenando papeles.

Tras una pausa, el arzobispo continuó:

—Oportuna muerte la de vuestro padre... Y con la misma enfermedad de la que murió su hermano don Pedro Girón...

—¿Qué queréis decir?

—Nada que pueda probar... Pero parece que Dios ha elegido el mismo camino para llevarse a los dos a su lado. O eso, o el veneno era el mismo.

Diego Pacheco estaba estupefacto.

—¿Creéis que mi padre fue envenenado?

—Lo que creo es que las casualidades son asuntos más propios de los hombres que de Dios... Y que en este caso benefician a la misma persona: Isabel.

Carrillo suspiró antes de seguir hablando.

—Estoy cansado, pero la muerte de vuestro padre me obliga a reaccionar... Viajad a Madrid para que el propio rey os dé sus condolencias. Tocad la fibra de sus emociones... Y tendréis un sitio a su lado.

Diego no entendía esa súbita aparición de Carrillo.

—¿Cuáles son vuestros intereses para venir a darme consejo?

—Los mismos que los de vuestro padre: evitar que Isabel sea reina.

III

La marcha del rey a Madrid decepcionó profundamente a Isabel. Diego Hurtado de Mendoza justificó el viaje hablando de su debilidad, que arrastraba desde hacía tiempo, a la que se había sumado su inmensa tristeza por la muerte de Pacheco.

No fue el único en abandonar Segovia en poco tiempo. Una vez más, y para Isabel ya eran muchas, Fernando era reclamado por su padre. Una vez más, Francia había recompuesto su ejército y había entrado en Cataluña.

Isabel quedó muy afectada por la noticia.

—¿Volvéis a Aragón?

—He de hacerlo.

Su esposa casi le suplicó.

—Os necesito aquí… Enrique puede volver en cualquier momento.

—Y mi padre y mi pueblo me necesitan allí, Isabel. Debo ir a defender Cataluña o si no pensarán que no merezco ser su próximo rey… —Rectificó enseguida—: Que no merecemos ser sus próximos reyes, Isabel…

Fernando la abrazó.

—Lo siento, Isabel, lo siento mucho… Os juro que lo que más deseo es estar junto a vos.

Luego la miró a los ojos.

—Volveré pronto. Tenedme informado de todo lo que acontezca… No dudéis que me presentaré aquí de inmediato, si es necesario.

Le dio un beso y salió de la estancia.

Al quedarse sola, Isabel, decepcionada, musitó para sí:

—Vos lo habéis dicho: si es necesario.

IV

Diego Pacheco fue a ver al rey a Madrid, como le había aconsejado Carrillo. Allí comprobó lo que le había dicho tantas veces su padre. Enrique era blando como una damisela. Sobre todo cuando recordaba los momentos vividos con su progenitor.

—Pobre Juan... Aún recuerdo cómo me enseñó a utilizar una lanza... —Sonrió—. No era muy bueno en eso... Vuestro padre tenía como arma la palabra, no espadas ni lanzas. Pero yo era casi un niño... Aún no me daba cuenta de nada.

Diego Pacheco mintió.

—Sí, me hablaba de ello a menudo, de aquellos tiempos, majestad. Lo hacía con cariño y respeto hacia vos.

Enrique cayó en la trampa. Con la mirada perdida, siguió recordando al difunto.

—El mismo que yo sentía por él... Teníamos nuestras disputas... Algunas muy graves. Pero son muchas las cosas que le debo a don Juan Pacheco. —Miró a Diego—. Me hubiera gustado estar a su lado en los momentos finales para decírselas. Nos pasamos la vida luchando por el poder y la riqueza... Pero cuando la muerte nos llama, nos impide llevarnos nada de eso al más allá.

Diego sabía que tenía que seguir apretando al rey. Y lo hizo.

—Tal vez entonces, mi padre os hubiera dicho lo triste que estaba por vuestro trato hacia él de estos últimos tiempos.

—Ser rey es muy complicado, Diego, muy complicado. Y a veces no se puede tener a todo el mundo contento. Pero os juro que me hubiera gustado zanjar nuestras disputas.

—Bien, yo ya he cumplido el objetivo de mi visita —dijo Diego—. Con vuestro permiso, majestad...

—Esperad. Sé de algo que le hubiera satisfecho a vuestro padre. Él quería que estuvierais a mi lado... Y lo estaréis. Le sucederéis en todos sus cargos.

—Sería un honor, majestad.

—Y para mí un alivio que aceptéis. Llamaré a un notario ahora mismo. Porque desde ya os nombro maestre de la Orden de Santiago.

Enrique abrazó a Diego. No se dio cuenta de que éste sonreía.

Cuando la noticia del nombramiento de Diego Pacheco al frente de la Orden de Santiago llegó a Segovia, nadie podía creérselo. El cargo de maestre no se heredaba, a no ser que fuera de rey a príncipe. Y aun así, debía someterse a votación por los miembros de la Orden.

El rey ya había hecho en su día la misma maniobra con Beltrán de la Cueva. Pero en esta ocasión era más grave. Diego Pacheco no había prestado ningún servicio a la Corona, mientras que por el contrario Beltrán sí había prestado muchos. Suponía también que un noble pudiera heredar un cargo de esa elevada posición de su padre. Y volvía a sobrevolar la sombra de un Pacheco sobre la paz política que había surgido tras el encuentro del rey y su hermana Isabel.

Don Diego Hurtado de Mendoza viajó de inmediato a Madrid para poner coto a la ambición del hijo de Pacheco y a la estupidez del rey. A Isabel no le pareció suficiente y, además, no se fiaba de los Mendoza. Por eso, en cuanto aquél marchó buscó a Cabrera.

—Cabrera, ¿qué gente de confianza tenéis en Madrid?

—A don Rodrigo Ulloa, contador del reino, y a don Garci Franco, miembro del Consejo Real. Ellos son mis ojos allí...

—Pues enviadles mensaje de que informen sin demora de lo que allí se decida... Y si pueden, antes incluso de que se decida. O pasará lo que ahora: que nos enteraremos de las decisiones del rey cuando sea demasiado tarde.

V

Ya era diciembre y en Segovia hacía mucho frío y nevaba casi a diario. Pero el día había amanecido con un sol esplendoroso. Y su luz resaltaba la blancura de la nieve.

Al verlo, Isabel buscó a su amiga Beatriz de Bobadilla para dar un paseo. Recordaba que, desde que era una niña, le encantaba pasear con la que era entonces su dama de compañía los días de sol y nieve.

—¡Qué agradable recordar los viejos tiempos!

Beatriz sonrió.

—Los que vienen serán mejores, ya lo veréis.

Isabel no estaba tan segura de eso.

—No sé si por muy buenos que sean me reconfortarán por todo lo que he perdido por el camino. Mi infancia... A mi madre... A mi hermano... La amistad de Gonzalo de Córdoba. Incluso a Carrillo, que, pese a su ambición, tantas cosas buenas hizo por mí.

—¿Os arrepentís de ello?

—Nunca. Al contrario. Todo eso me hace tener más fuerza. Porque si dudo, si titubeo, todas esas pérdidas no habrán servido para nada. He luchado para eso. He vivido para conseguir ese objetivo... Y que Dios me perdone, pero hasta cuando vivía mi hermano Alfonso, pensaba: «Yo sería mejor reina que él».

Aturdida por el significado de sus palabras, Beatriz se detuvo, obligando a Isabel a hacerlo también.

—¿Acaso deseáis la muerte de vuestro hermano Enrique?

Hubo un silencio. Isabel la miró, seria.

—Os reconozco que a veces la he deseado... Y he rezado a Dios para que me perdone. Pero es mucho el daño que Enrique ha hecho: a mí y a Castilla.

—Debe de ser duro vivir pensando en eso en vez de en vuestro marido, en vuestros hijos... En ser una mujer feliz.

Sin duda lo era, pensó Isabel. Pero había algo superior a eso.

—Quiero ser reina, Beatriz. Debo serlo. Aunque eso suponga pensar y hacer cosas que mi corazón me reprocha.

VI

Tal y como le indicó Isabel, Cabrera había dado aviso a Ulloa y a Franco para que le tuvieran informado de cualquier cosa que ocurriera en Madrid. Éstos aceptaron con lealtad, pero era tarea casi imposible para ellos llegar hasta el rey Enrique. Diego Pacheco le tenía prácticamente secuestrado.

Le impedía ver las cuentas que Rodrigo Ulloa le presentaba, como contador del reino que era. Salía de caza un día sí y otro también sin permitir más compañía que la de los criados y los perros.

Ulloa le comentó a Franco:

—Es imposible acercarse a él. Sólo tiene ojos para esa mala copia del marqués de Villena.

Incluso cuando el rey tuvo una grave recaída, Diego Pacheco cuidaba del monarca más que el médico que le atendía.

Éste recomendó a Su Majestad dieta y reposo. Pero Enrique, cada día más débil, se negó.

—¡No quiero! ¡Estoy bien!

—No estáis bien. Hacedme caso. Debéis descansar y no comer nada sólido en unos días.

Enrique se quejó.

—¿Para qué os pago? ¿Para que me atormentéis? ¡Fuera!

El médico obedeció. Diego Pacheco intentó que se calmara, preocupado.

—Tal vez deberíais hacer caso al cirujano, majestad.

Enrique estaba fuera de sí y ya no reconocía ni a amigos ni a enemigos.

—¿Vos también me vais a dar órdenes, Diego?

—No. Yo estoy aquí para obedecer las vuestras.

—Entonces ordenad que me preparen la cena. Tengo hambre. Me apetece un buen asado.

—¿Un asado?

—¡Sí, un asado!

Diego Pacheco ordenó preparar esa inadecuada cena. Sentía como si el rey, sabiendo lo débil que estaba, estuviera huyendo hacia el abismo. Desde que se encontraba en Madrid, su salud era cada vez más precaria. Y no dudaba de que, de un día para otro, una de sus recaídas sería definitiva.

Antes de que eso ocurriera, debía cumplir su misión: que el rey firmara que su hija Juana era su sucesora. Por eso, amablemente, durante la cena habló de traer a Juanita a Madrid para que viera a su padre. El rey no parecía muy ilusionado ante esa idea.

—No sé si ella tendrá muchas ganas de verme. Siempre que está conmigo le prometo algo que luego no puedo cumplir.

—Tal vez en esta ocasión sea diferente...

El joven Pacheco estaba intentando convencer al rey cuando un criado avisó de la llegada de Diego Hurtado de Mendoza.

Nada más ver al monarca, Mendoza se dio cuenta de su estado.

—Os veo muy débil, majestad.

Enrique sonrió cínico.

—¿Habéis viajado hasta aquí con el frío que hace sólo para preocuparos por mi salud?

—No sólo por eso. —Miró a Diego Pacheco—. Pero tal vez sea mejor esperar a mañana y poder hablar a solas.

—No, hablad ahora.

Mendoza lo pensó durante unos momentos, pero al final aceptó.

—Debéis saber que hay malestar en Castilla por el nombramiento del nuevo maestre de Santiago.

Diego Pacheco intentó responder, pero, pese a su estado, el rey se le adelantó.

—Yo decido y mando. ¿No es lo que siempre me aconsejáis

que haga? ¿Que muestre decisión y carácter? ¿Me vais a aconsejar ahora lo contrario?

—No. Sólo os aviso de que el hombre a quien habéis dado tal cargo ha cooperado en conspirar contra vos. Hace meses que su padre visitó a vuestra esposa para pedir que el rey de Portugal entrara con su ejército en Castilla.

El rey miró a Pacheco.

—¿Es cierto lo que dice?

—No lo es, os lo juro… Además, si fuera cierto, ¿por qué ha esperado hasta ahora para acusarme? Yo os diré por qué… Los Mendoza quieren que Isabel herede la corona en vez de quien debe hacerlo, vuestra hija doña Juana. —Miró a Mendoza—. Ése es el pacto, ¿no?

Enrique estaba empezando a marearse.

—¿De qué pacto habláis?

Diego Pacheco se explicó.

—Fernando e Isabel apoyaron a don Pedro González de Mendoza para que fuera nombrado cardenal en Roma. A cambio de su apoyo para sucederos.

Mendoza se levantó airado.

—¡Sois un intrigante como vuestro padre!

Enrique hizo un gesto de dolor y los que discutían callaron. Luego el rey manifestó su hartazgo. De ellos y de la vida.

—¿Es que no puedo ni cenar en paz? Dejadme solo, os lo ruego. Me va a estallar la cabeza con tanta palabrería, con tanta intriga…

Enrique contempló cómo Mendoza y Diego Pacheco salían de la estancia.

Esa misma noche, el rey murió.

Dicen que su padre, el rey Juan, enfermó al saber de la noticia de la ejecución —por él firmada— de don Álvaro de Luna, su amigo y mano derecha. Y que, por eso, apenas vivió un año tras su pérdida.

Enrique sólo había sobrevivido poco más de dos meses al fallecimiento de don Juan Pacheco. Ya estaba enfermo antes de saber de la muerte del marqués de Villena. Y no había firmado su sentencia de muerte física.

Pero sabía que, con su reencuentro con Isabel, había ejecutado a quien había sido su doncel y su tutor. Su cerebro en tanta y tanta intriga. La escalera que le había llevado a ser rey.

Y también se acordaba de las muchas discusiones y los temores de Enrique a la ambición sin límites de Pacheco.

Pero era como si, muerto su compañero de andanzas, seguir siendo rey no tuviera razón de ser.

En realidad, muchas veces se había preguntado si merecía la pena ser rey. Le hubiera gustado seguir siendo eternamente aquel niño que jugaba con sus mascotas, que oía embelesado a los músicos y a los poetas que su padre invitaba a la Corte.

Dicen que cuando murió, Enrique tenía una sonrisa en su boca.

Tal vez estaba pensando en ese niño que fue. Y, por lo tanto, en la última vez que recordaba haber sido verdaderamente feliz.

VII

Ni Diego Hurtado de Mendoza ni Diego Pacheco habían conseguido su objetivo: que Enrique dijera quién debía heredar su corona.

Ambos, junto a Garci Franco y Rodrigo Ulloa, estuvieron presentes cuando esa misma noche un sacerdote dio la extremaunción al rey muerto. Acabada la liturgia, el sacerdote les dejó solos y Mendoza empezó a dar órdenes.

—Debemos convocar una junta que decida quién hereda la corona, si Isabel o Juana, la hija del difunto rey.

Diego Pacheco se opuso.

—No es necesario.

Todos miraron extrañados a Diego, que siguió mintiendo.

—El rey me dijo antes de morir que su heredera natural era Juana. Lo juro.

Mendoza se plantó frente a Pacheco.

—¿Hay algo escrito que dé fe de ello?

Diego Pacheco titubeó.

—Algunos criados pudieron oírlo...

Mendoza le miró con desprecio.

—Castilla no puede depender del testimonio de unos criados.

Luego miró a los otros presentes.

—Habrá una semana de luto. Luego se reunirá una junta en Segovia que decida quién es la reina. Nadie debe dar un paso en falso. Debemos elegir pensando en el futuro de Castilla. Y en acabar con las rencillas que la han mancillado estos últimos tiempos.

Luego miró a Enrique.

—Ahora, dejadme a solas: quiero rezar por él.

Cuando se quedó a solas con el cuerpo sin vida del monarca, Diego Hurtado de Mendoza puso una mano en la cabeza del que había sido su rey. Lo hizo con cariño, como un padre que ha perdido a su hijo.

—¡Qué buen rey habríais sido, Enrique! Si alguna vez hubierais querido serlo.

Fuera de la habitación, Franco y Ulloa tenían órdenes que cumplir: se las acababa de dar Mendoza. Pero no obedecieron. Se debían a Cabrera y a Isabel. Esa noche del 12 de diciembre de 1474, cabalgaron sobre la nieve hasta Segovia para dar noticia de los últimos sucesos.

Cuando llegaron a la residencia de Isabel, tras cabalgar toda la noche y parte de la mañana, ésta les recibió acompañada de Chacón, Cárdenas y Cabrera. Fernando aún seguía en Cataluña.

Cárdenas les preguntó:

—¿Sabéis si antes de morir dijo algo o firmó algún documento sobre quién heredaría su corona?

Ambos negaron.

—¿Daréis fe de vuestras palabras?

Ambos afirmaron.

Nada más oír estas palabras, Isabel se giró a Chacón para saber del siguiente paso a dar.

—No hay tiempo que perder —dijo firme Chacón—. Preparadlo todo, Cárdenas.

Ulloa avisó de un hecho importante.

—Hay algo que sin duda debéis saber: don Diego Hurtado de Mendoza va a convocar una junta para dilucidar quién será la heredera de la corona: vos o Juana, la hija del difunto Enrique...

Isabel, tras las palabras de Chacón, fue rotunda.

—No hay nada que dilucidar. Se acabó tener paciencia. Ya he tenido bastante.

Cabrera no estaba de acuerdo con ella.

—Pero alteza..., tal vez debiéramos esperar la decisión de esa junta.

Chacón le respondió con firmeza.

—Al contrario, razón de más para darse prisa. Hemos pedido a los Mendoza muchas cosas y apenas nos dieron migajas.

Isabel zanjó la discusión.

—No esperaré, Cabrera. Os ruego que deis a estos caballeros ropas secas y comida caliente. Luego, convocad al comendador, a jueces y regidores. Ése es el protocolo, ¿no es cierto?

Cabrera asintió y obedeció.

Cuando Isabel quedó a solas con Chacón y Cárdenas, éste preguntó a la princesa:

—Vuestro esposo... ¿qué opinará de no estar presente en la coronación?

—Fernando lo entenderá. Él también ha luchado para que llegara este momento.

—¿Y si no lo entiende? —preguntó preocupado Cárdenas—. Su carácter es tan fuerte como el de vos.

—Entonces, aprenderá algo muy importante: él mandará en Aragón. Pero en Castilla, quien manda soy yo.

VIII

Isabel asistió de riguroso luto a los requisitos previos a su coronación. En la iglesia de San Martín, el comendador preguntó a Rodrigo Ulloa y a Garci Franco mientras el pueblo aclamaba a Isabel en la calle.

Ulloa y Franco dieron fe de que el rey había muerto y de que ni dijo ni firmó escrito alguno que estableciera legítimo heredero.

Luego, Chacón tomó la palabra para defender los derechos de Isabel a heredar la corona en razón de su sangre y de los cumplimientos de los pactos de Guisando.

—Y puesto que aquí se halla Su Alteza, aquí debe ser coronada según las leyes de estos reinos.

El comendador preguntó a los nobles y jueces allí presentes si alguien se oponía a ello. Todos callaron.

El comendador sentenció:

—Que así sea.

Y así fue. Tras celebrarse un funeral por el rey Enrique, Isabel se dirigió a la plaza Mayor, donde se celebraría la ceremonia de su coronación. Nada más salir de la iglesia, Isabel se quitó su capa negra y mostró un vestido blanco como la nieve.

De camino a la plaza Mayor, Chacón desfiló a su lado. Isabel insistió en que lo hiciera, pues haber llegado hasta ahí era tan mérito suyo como de ella. Nada más empezar a andar, observó que don Gonzalo estaba pensativo.

—¿En qué pensáis, Chacón?

Éste sonrió.

—En una niña con la que jugaba al ajedrez.

Cuando llegaron a la plaza Mayor, Cárdenas le tomó juramento. Isabel, con la mano derecha encima de los Evangelios, juró obedecer los mandamientos de la Santa Madre Iglesia y mirar por el bien común de sus reinos, uniéndolos y pacificándolos.

Incluso se atrevió a ir más allá de la fórmula establecida.

—No juraré sólo por eso... También miraré de acrecentarlos, con todas mis fuerzas... Sí, juro y amén.

Cárdenas se giró hacia el público. En las primeras filas estaban clérigos y caballeros, éstos con sus cotas de malla. Los primeros se postraron de rodillas. Los segundos sólo hincaron una rodilla en tierra.

Cárdenas preguntó alzando su voz a los cielos de Segovia:

—Y vosotros, nobles, caballeros y clérigos, ¿juráis que serviréis a Isabel como vuestra reina?

Todos repitieron la fórmula:

—Sí, juro y amén.

Cabrera alcanzó la corona a Isabel, que se la ciñó en la cabeza. Los mismos que acababan de jurar empezaron a clamar:

—¡Castilla, Castilla, Castilla!

El pueblo prefirió vitorear a Isabel. Y algunos hasta vitorearon al gran ausente: Fernando.

Isabel descendió del estrado, miró a uno de los caballeros y le pidió su espada. Luego se la dio a Cárdenas.

—Caminad delante de nosotros con la espada de la justicia como símbolo.

La comitiva, solemne, se puso en marcha a hacer la ofrenda de la corona a san Miguel. Guiaba el desfile un doncel con el pendón de Castilla y León. Tras él, a poca distancia, iba Cárdenas sujetando la espada con las dos manos desde la punta, dejando la empuñadura arriba. Inmediatamente después, Isabel desfilaba acompañada de Chacón.

Apenas había dado unos pasos cuando divisó a Beatriz a poca distancia de allí, contemplando la ceremonia. Ambas se sonrieron y a duras penas se contuvieron de correr a abrazarse.

Palencia, al que Isabel no había permitido estar en ninguna reunión desde la marcha de Fernando, estaba indignado al ver a

Isabel tras Cárdenas con la espada. Así se lo hizo saber a Cabrera, que se encontraba a su lado.

—Isabel se está mostrando detrás de la espada que simboliza la justicia... Eso significa que será ella quien imponga penas y castigos.

—¿De qué os extrañáis? —preguntó Cabrera.

—Eso nunca lo ha hecho una mujer.

—Entonces es que ya iba siendo hora.

IX

No tardó Diego Hurtado de Mendoza, acompañado de su hermano el cardenal Pedro, en llegar a Segovia para mostrar su indignación a Isabel y sus asesores.

—¿Cómo habéis podido hacer algo semejante? Era una junta la que debía haber decidido quién era la reina...

—Castilla hubiera entrado en crisis ante el vacío de poder —justificó Chacón—. Y ya sabemos qué pasa cuando ocurren estas cosas.

Pedro no estaba de acuerdo.

—Aun así, hubiera sido mejor guardar las formas... Siempre habrá alguien que os podrá reprochar que os habéis hecho con la corona de manera injusta.

—¡Sólo era cuestión de esperar una semana para saber la decisión de la comisión! —Miró a Isabel—. Vos habríais sido elegida reina en ella... Os lo juro.

Harta de polémicas, Isabel se dirigió a los Mendoza.

—Si es verdad que iba a ser elegida reina en esa comisión, don Diego, pensad que entonces lo único que he hecho es evitar que perdierais el tiempo... Porque ya lo soy. —Miró fijamente a los dos hermanos—. ¿Sois leales a mi causa?

Pedro se adelantó a Diego para decir que sí, pero su hermano mayor no tardó en hacerlo también.

—Entonces debéis jurarme lealtad. —Se giró hacia Cárdenas—. Cárdenas, acercad esa Biblia...

Y los Mendoza acataron y juraron.

Más difícil lo iba a tener Isabel con su esposo. Nada más acabar la coronación, Palencia le escribió informándole de todo.

Fernando recibió el mensaje entre combate y combate con los franceses, luchando al lado de Pierres de Peralta. A él le mostró su indignación.

—No sólo se ha atrevido a coronarse sola... Ha hecho desfilar delante de ella la espada que simboliza la justicia.

Peralta se asombró.

—¿Isabel se ha erigido en la que imparte penas y castigos en Castilla? No hay mujer que haya hecho eso en ningún reino cristiano, que yo sepa...

Fernando tiró la carta al barro, de mal humor.

—¿No soy acaso su marido? ¿No tengo yo acaso en Castilla derechos de sucesión? ¿O es que sólo voy a ser su consorte? —Miró a Peralta— Esta vez, Isabel ha llegado demasiado lejos.

XXII

Cuando todo estuvo en orden y los órganos de gobierno elegidos y asegurados, Gonzalo Chacón pidió licencia a Isabel.

Pensaba que ya había cumplido con su cometido y deseaba volver con su mujer a Arévalo, a vivir una vida tranquila y lejos de intrigas. Isabel le liberó de sus obligaciones.

Luego, Chacón aconsejó a Isabel que Cárdenas le sustituyera y ella también aceptó de buen grado.

Tampoco puso quejas a las otras peticiones de Chacón: recuperar los restos de don Álvaro de Luna de la fosa común donde se encontraban y llevarlos al sepulcro que su familia tenía en la capilla de Santiago, en la girola de la catedral de Toledo.

Isabel sonrió pero no le dijo a Chacón la razón de ello. Pensaba la reina que todo había sido una inmensa venganza del hombre que se lo había enseñado todo contra quienes tramaron la muerte de su amigo y maestro, don Álvaro. Y, sin duda, la había conseguido.

Antes de marchar, Chacón quiso dar sus últimos consejos a Isabel, en presencia de su sucesor Cárdenas.

—Debéis prepararos para atender problemas que sin duda aparecerán pronto, majestad. Uno es vuestro esposo… Conociéndole, no estará muy feliz de que os hayáis coronado sin él.

—Gracias, don Gonzalo —le respondió cariñosa—. Pero dejad que los problemas con mi marido los resuelva yo sola. ¿Algo más?

Chacón miró a Cárdenas que pasó a informar a la reina.

—Carrillo se ha entrevistado con Juana de Avis. Coincidieron en Madrid en los funerales del difunto rey Enrique… Todo apunta a que pedirán ayuda al rey de Portugal para defender los derechos de la hija de ella. Tal vez debamos apresurarnos en buscar para Juanita un buen marido de alguna corte europea.

Isabel negó con la cabeza.

—Eso no bastará. A ella, a Juanita, tal vez sí. A Carrillo y a su madre, no.

Chacón la miró preocupado.

—Entonces será difícil evitar una guerra. Vendrán tiempos difíciles, majestad.

Isabel sonrió.

—¿Han sido alguna vez fáciles, Chacón?

Tras una pausa, continuó:

—Os juro que negociaré con Carrillo y con el diablo si hace falta para que no mueran más hombres en los campos de batalla. Pero no seré débil como mi hermano Enrique: si quieren guerra, la tendrán. Porque todos en este reino deben tener claro algo muy importante...

Isabel se sentó en el trono que tantos años había ocupado su hermano Enrique y sentenció con firmeza:

—Que yo, Isabel, soy la reina de Castilla.

Luego, añadió con solemnidad:

—Y sólo Dios podrá apartarme de este trono.

Índice

Prólogo 9
Personajes principales 13

Introducción 15
1. Poco antes de la tormenta 21
2. El rapto 48
3. La rebelión de los nobles 81
4. Jaque al rey 108
5. La guerra 140
6. El rescate 172
7. Duelos y quebrantos 200
8. Princesa antes que reina 228
9. Pactos e intrigas 261
10. El engaño 287
11. La gran decisión 320
12. Ése es 366
13. La boda 399
14. En lo bueno y en lo malo 442
15. El príncipe 476
16. *Nihil obstat* 509
17. Otra vez Segovia 546
18. Por fin reina 570

El papel utilizado para la impresión de este libro
ha sido fabricado a partir de madera
procedente de bosques y plantaciones
gestionados con los más altos estándares ambientales,
garantizando una explotación de los recursos
sostenible con el medio ambiente
y beneficiosa para las personas.
Por este motivo, Greenpeace acredita que
este libro cumple los requisitos ambientales y sociales
necesarios para ser considerado
un libro «amigo de los bosques».
El proyecto «Libros amigos de los bosques» promueve
la conservación y el uso sostenible de los bosques,
en especial de los Bosques Primarios,
los últimos bosques vírgenes del planeta.

Papel certificado por el Forest Stewardship Council®